建党伟业

（修订版）

张隼 ◎ 著

新华出版社

图书在版编目（CIP）数据

建党伟业 / 张隼著． -- 修订本． -- 北京：新华出版社，2021.9（2025.2重印）
ISBN 978-7-5166-6002-7

Ⅰ．①建⋯　Ⅱ．①张⋯　Ⅲ．①长篇小说—中国—当代　Ⅳ．① I247.5

中国版本图书馆 CIP 数据核字（2021）第 164831 号

建党伟业

作　　者：张　隼	
责任编辑：齐泓鑫	封面设计：李尘工作室

出版发行：新华出版社
地　　址：北京石景山区京原路 8 号　　邮　编：100040
网　　址：http://www.xinhuapub.com
经　　销：新华书店、新华出版社天猫旗舰店、京东旗舰店及各大网店
购书热线：010-63077122　　中国新闻书店购书热线：010-63072012

照　　排：华兴嘉誉
印　　刷：大厂回族自治县众邦印务有限公司

成品尺寸：170mm×240mm
印　　张：38.5　　字　　数：636 千字
版　　次：2021 年 9 月第一版　　印　　次：2025 年 2 月第二次印刷
书　　号：ISBN978-7-5166-6002-7
定　　价：136.00 元

版权专有，侵权必究。如有质量问题，请与出版社联系调换：010-63077124

目 录

第一部分　五四运动　觉醒 ……………………………… 1

1. 混乱世界何日休 / 3
2. 黑暗中的一线光明 / 13
3. 探索救国道路的人们 / 26
4. 火烧赵家楼 / 39
5. 北京余波未央 / 53
6. 岩浆涌动的上海 / 67
7. 长沙挥斥方遒 / 81
8. 武昌风云激荡 / 95
9. 济南少年壮歌 / 109
10. 广州奋起响应 / 123

第二部分　马克思主义　传播 ……………………………… 137

1. 马克思主义传入中国 / 139
2. 传播马克思主义第一人：李大钊 / 154
3. 享有声望的中国革命者：陈独秀 / 170
4. "最有理论修养的同志"：李汉俊 / 187
5. 理论界的"鲁迅"：李达 / 204
6. 《共产党宣言》翻译者：陈望道 / 220
7. 华南马克思主义传播者：杨匏安 / 237
8. 利群书社：恽代英 / 253
9. 文化书社：毛泽东 / 267
10. 齐鲁书社：王乐平 / 282

第三部分　早期党组织　组建 ································ 297

　　1. 陈李相约 / 299
　　2. 维经斯基来华 / 313
　　3. 陈独秀的朋友圈 / 327
　　4. 平地一声惊雷 / 341
　　5. 沪上率先发起 / 355
　　6. 京城积极响应 / 370
　　7. 武昌相继跟进 / 384
　　8. 长沙秘密组建 / 398
　　9. 济南树立旗帜 / 413
　　10. 广州另起炉灶 / 428

第四部分　一大会议　底定 ································ 443

　　1. 维经斯基离开中国 / 445
　　2. 张太雷出使苏俄 / 458
　　3. 一大的酝酿准备 / 471
　　4. 张国焘赴沪协调 / 483
　　5. 山东代表到上海 / 497
　　6. 董必武陈潭秋抵沪 / 509
　　7. 毛泽东何叔衡到上海 / 523
　　8. 广州代表分途抵达 / 535
　　9. 周佛海姗姗来迟 / 547
　　10. 预备会议以及与会代表疑云 / 559
　　11. 开幕式及各地工作报告 / 570
　　12. 讨论党纲 / 578
　　13. 凶险不期而至 / 587
　　14. 南湖底定建党伟业 / 598

第一部分　五四运动

觉　醒

1. 混乱世界何日休

　　1840年爆发的鸦片战争，是综合实力雄踞世界之巅长达两千年之久的泱泱中国沦为半殖民地半封建社会的肇始。

　　在此之前，无论什么朝代，中国都以天朝上国自居，视其他国家为番邦蛮夷，对其有的使用武力，有的使用财富，有的使用武力加财富，在历史书上都曾留下过万国来朝、四海宾服的辉煌记录。清兵入关之后，大清王朝承袭了天朝上国的封号，苦心经营出来的康乾盛世，令万里之遥的英吉利政府心生敬意，决定派遣使者进入中国，试图沟通联系，打开通商之门。于是有了1793年英吉利的马戛尔尼使团访问大清王朝。马戛尔尼使团一路亲眼所见，全是悲惨的大清国人处于半饥半饱状态，富贵和贫穷上下悬殊无可比拟，穷苦的人处在官吏的淫威之下没有任何诉苦申冤的机会，认为"清政府好比是一艘破烂不堪的头等战舰"，"清政府的政策跟自负有关，它很想凌驾各国，但目光如豆，只知道防止人民智力进步"。"满洲鞑靼征服以来，至少在过去一百五十年里，没有改善，没有前进，或者更确切地说反而倒退了"；"当我们每天都在艺术和科学领域前进时，他们实际上正在变成半野蛮人"；"一个专制帝国，几百年都没有什么进步，一个国家不进则退，最终它将重新堕落到野蛮和贫困状态"；"不过是一个泥足巨人，只要轻轻一抵就可以把他打倒在地"。由此，英吉利人动了向大清王朝发动攻击的念头，只不过需要一个机会，或者一个借口。果然，第一次鸦片战争一下子撕破了大清王朝脸上的华丽伪装，把它的真实内容向全世界做了一次最客观的展示。

　　打那以后，看出了清王朝的真面目，几乎每一个帝国主义列强，只要出动一支哪怕仅有数千数百人的队伍，到中国的地面走一遭，准会嘴巴一张，想要什么是什么。

　　天朝皇室、官府应该想的到，从土地和人体身上索取过多，一旦超出极限，必定会引发难以想象的后果。但他们要维持体面的生活，可管不了这些，一再索取，致使本已千疮百孔的华夏大地更加满目疮痍，本已食不果腹的华夏民众更加饥寒交迫。番邦蛮夷不给人活路，天朝不给人活路，普通百姓想要活下去，只有靠自己。1851年1月，洪秀全在广西揭竿而起，发动了太平天国农民起义。

太平天国运动打从一开始，即涂上了西方宗教色彩，在某种意义上说，它是中国人学习和运用西方文化首次最强力展示。1859年，由干王洪仁玕提出、天王洪秀全批准颁布施行的《资政新篇》，提出了初步的民主法制思想，主张"以法治国"、舆论监督和直接选举政府官员；批判重本抑末，尊重科学技术，提倡兴办企业，主张工商谋利，鼓励私人资本，在中国发展资本主义；在文化思想上反对迷信，提倡新式教育；在外交上主张自由往来、平等互利，更是学习西方先进经验的集中体现。另一方面，太平天国运动并没有完全放弃中国古代文化流传下来的精华，1853年颁布的《天朝田亩制度》，确立了"凡天下田，天下人同耕"原则，正是遵循"天下者，天下人之天下也"的古代朴素思想，视天下人一律平等，实现"耕者有其田"，对于鼓励农民起而反抗是极具号召力的。

不要因此认为太平天国运动仅仅只是反对清朝统治。在反封建主义的同时，太平天国运动同样担负了反对外来侵略的使命。最终，在中外反动势力的联合打压下，持续了十四年之久的太平天国农民起义陷入失败。

太平天国运动的失败，无论给当时抑或后世，都带来了极其深刻的影响。即使限于当时的客观条件，这次农民起义确实存在着许许多多为后人诟病的地方，但是，它是中国历史上农民起义领袖第一次把在西方广泛流行的基督教与本国实际情况结合起来，创立了拜上帝会，以此招收信徒，号召受苦受难的农民起来推翻残暴腐朽的统治者，可以看作是国人睁眼看世界的第一次运用。一个不敢反抗的民族，只会永远被奴役，是绝对没有希望的民族，只有抱着必死的决心，与任何试图奴役我、侵略我、压迫我、置我于死地的敌人战斗到底，才能获得生存的机会以及做人的尊严。

第二次鸦片战争，加上在镇压太平天国运动中亲眼看到、亲身体会到洋枪洋炮发挥的巨大作用，清政府中部分人承袭了"师夷长技以制夷"的理念，并将其发扬光大，提出"师夷制夷""中体西用"的口号，大力提倡学习西方先进科学技术，兴办轮船、铁路、电报、采矿、纺织等各种新式民用工业，创办新式学校，这便是洋务运动。声势倒是很大，影响还算不错，结果却不尽人意。

洋务运动以甲午海战中北洋水师全军覆灭而成为画饼，但其影响在继续发酵。继之而起的救国志士意识到仅仅学习西方先进的科学技术解决不了问题，在洋务派提出的"中学为体，西学为用"主张之基础上，提出还需要学习西方先进制度。自秦汉以降，两千多年来，尽管发生过很多次朝代更迭，可改来换去，无非是把一个人从龙椅上提溜下来，换一个新人坐上去而已，皇权至上制度基本上没有任何变化。

资产阶级早期维新派的代表人物严复积极宣传"物竞天择，适者生存"的进化论观点；康有为则把中学和西学融合起来，宣传变法主张；梁启超师从康有为，认为只有变法才是救亡图存的唯一出路。康、梁效仿中国古代历史上其他任何一个变法者屡试不爽的招数，即取得帝王的支持，依靠帝王来推行变法。哪怕他们要求实行的君主立宪制度，确确实实严重侵犯了皇帝至高无上的权力尊严，他们依旧取得了不甘臣服于人的光绪皇帝支持，热热闹闹地大搞了一阵子，很有些成功在望的感觉。不料，垂帘听政的慈禧很不高兴，把变法运动送进坟墓，同时把光绪皇帝变成了阶下囚。由此，维新派再也翻不起多大波浪，只能化作一个历史符号，在历史的故纸堆里唉声叹气，灰头土脸。

在资产阶级早期维新派人物闹着搞变法的当口，由于西方传教士借传教之名，肆意欺压人民，他们发展的所谓教民，更是横行乡里，私设公堂，欺压良善，山东农民为了生存，首先揭竿而起，竖起"扶清灭洋"的旗帜，爆发了义和团起义。在山东巡抚袁世凯的血腥镇压下，义和团运动在山东受挫，不得不向直隶转移。眼见得义和团声势越来越大，慈禧采取安抚之策，试图让他们对付入侵的洋人。帝国主义列强在中国领土上尝到了甜头，又洞悉天朝官场的黑暗，他们相互勾结、相互串通，一下子冒出一个以大不列颠与爱尔兰联合王国、美利坚合众国、法兰西第三共和国、德意志帝国、俄罗斯帝国、日本帝国、奥匈帝国、意大利王国八个强盗国家为主体的联军，打着镇压义和团的名义，企图借机一举把中国瓜分掉。他们攻陷北京，所到之处，杀人放火、奸淫抢掠，无恶不作，给中华民族造成了空前的劫难。

面对八国联军的入侵，袁世凯在天津小站练出的万余新军隔岸观火，南方各省联合起来与列强签订《东南互保条约》。清廷则与洋人勾结，绞杀了义和团。清廷得到了什么呢？一纸《辛丑条约》令中国完全沦为半殖民地半封建社会，清政府成为西方列强统治中国的工具，朝廷成为"洋人的朝廷"。

跟太平天国运动一样，义和团存在这样那样的问题。引用孙中山先生在

《国民会议为解决中国内乱之法》中给予的评价:"及遇义和团之变,中国人竟用肉体和外国相斗,外国虽用长枪大炮打败了中国,但是见得中国的民气还不可侮,以为外国就是一时用武力瓜分了中国,以后还不容易管理中国,所以现在便改变方针,想用中国人来瓜分中国。"在《九七国耻纪念宣言》中,孙中山进一步指出,虽然义和团存在严重缺点,"然而义和团的人格,与庚子辛丑以后,一班媚外的巧宦,和卖国的奸贼比较起来,真是天渊之隔。可怪他们还笑义和团野蛮。哼!义和团若是野蛮,他们连猴子也赶不上。"

中国共产党的创始人之一陈独秀在《我们对于义和团两个错误的观念》中,亦对义和团做出客观的评价,"他们只看见义和团排外,看不见义和团排外所发生之原因","他们不曾统观列强侵略中国,是对全民族的,不是对于少数人的;剧烈的列强侵略,激起了剧烈的义和团反抗,这种反抗也是代表全民族的意识与利益,决不是出于少数人之偶然的举动"。"我读八十年来中国的外交史、商业史,我终于不能否认义和团事件是中国民族革命史上悲壮的序幕。"

针对义和团运动是"中国人仇视欧洲文化和文明"之谬论,列宁在《中国的战争》一文中反驳道:"中国人并不是憎恶欧洲人民,因为他们之间并无冲突,他们是憎恶欧洲资本家和唯资本家之命是从的欧洲各国政府。那些到中国来只是为了大发横财的人,那些利用自己的所谓文明来进行欺骗、掠夺和镇压的人,那些为了取得贩卖毒害人民的鸦片的权利而同中国作战(1856年英法对华战争)的人,那些用传教的鬼话来掩盖掠夺政策的人,中国人难道能不痛恨他们吗?"

对清政府政治不修、纲维败坏,朝廷则鬻爵卖官、公行贿赂,官府则剥民刮地、暴过虎狼;盗贼横行、饥馑交集、哀鸿遍野、民不聊生的社会现状极度不满,同时,又因为温和的改良主张遭到清朝重臣断然拒绝,孙中山觉得改良主义道路已经进入死胡同,只有推翻这个腐朽的政权,国家才有希望。为此,1894年11月24日,孙中山在檀香山创立了以"驱除鞑虏,恢复中国,创立合众政府"为政治诉求的兴中会,开启了资产阶级民主革命的大幕。1905年8月20日,兴中会、华兴会、光复会等革命组织的代表人物,在东京正式组建了中国同盟会,孙中山被推举为总理,将兴中会的政治诉求拓展成"驱除鞑虏,恢复中华,建立民国,平均地权",第一次明确提出了建立资产阶级共和国的政治主张。从此以后,孙中山一直在为实现这个目标而不懈地努力奋斗。在他的领导和影响下，革命党人先后发动了十余次武装起义，尽管每一次都遭到血腥镇压，但反抗清朝统治的革命怒火一直在神州大地上暗暗燃烧。

作为九省通衢的武昌，有着得天独厚的地理位置及自然环境，晚清洋务重臣张之洞督鄂期间采取的一系列旨在维护清朝统治的革新举措，培养了许多人才，造就了一支新军，积累了不少财富，使其成为敲响清王朝覆灭丧钟的始发地。

武昌的民主革命活动发轫于花园山聚会。其召集人是张之洞第一批送到日本士官学校留学的湖北云梦人吴禄贞。这是国内第一个革命党的秘密组织。它发起于1903年，次年春随着吴禄贞以及其他骨干成员大多离开湖北而自行解散。不过，花园山聚会播下的革命火种一直在暗暗延烧。此后，武昌又相继出现了科学补习所、日知会等革命团体。紧接着，同盟会员蒋翊武和孙武等人分别建立了文学社和共进会，注重在新军发展成员，积极为推翻清朝统治做各种准备。

辛亥年，广州黄花岗起义失败的消息传入武昌，文学社和共进会成员都没有被清朝统治集团的疯狂屠杀所吓倒，而是充分利用席卷川、鄂、湘、粤四省的保路风潮形成的有利时机，经过协商，决定请同盟会重要人物黄兴、宋教仁或谭人凤来鄂主持大计，并定于1911年10月6日晚（中秋节）举行起义，推举共进会负责人刘公为总理，文学社负责人蒋翊武为总指挥，共进会另一位负责人孙武为参谋长，全面负责指挥起义事宜。随即，他们派人通知湖南革命党人焦达峰届时一同发动。因为焦达峰函告武昌起义指挥部，10月6日起义湖南准备不足，请展期十天，加上同盟会的重要领导人黄兴、宋教仁等人都没能赶到武昌，起义指挥部不得不推迟起义时间，按照焦达峰的要求，确定湘鄂两省于10月16日同时发难。殊不知，10月9日中午，意外出现了：孙武在位于俄租界宝善里14号的共进会机关配置炸弹时，不慎引发爆炸，引起了俄国巡捕的注意。俄国巡捕迅速赶来搜查，赫然搜出了起义所用的旗帜、文告、印信、名册等一应之物。

湖广总督瑞澂得到消息，先是吓出一身冷汗，继而恼怒不已，赶紧召集新军第八镇统制张彪、第二十一混成协协统黎元洪等人商议，决定全城戒严，搜捕起义总指挥部——武昌小朝街85号。

这一天，蒋翊武恰好从岳州赶回了武昌。他迅速在起义总指挥部召集几位革命党重要领导人开会，分析讨论了当前局势，做出在当晚12时发动起义的决定。

可是，武昌城门紧闭，城内各标、营的革命党人虽然接到了通知，城外的炮队却得不到起义命令，原定的城内各标营等待城外炮响之后立即响应起义的计划落空。半夜时分，军警荷枪实弹，幽灵一样地闯进武昌小朝街85号。刘复基、彭楚藩等人被捕，旋即遭到杀害，蒋翊武因为拖了一条长辫而成功脱逃。

起义指挥机关遭到破坏，主要领导人孙武受伤，蒋翊武逃跑，刘公躲避，其他领导人有的逃了，有的被捕，有的被杀，起义面临胎死腹中的危险。

混乱当口，到处流传着瑞澂派兵搜捕革命党人的消息，一时间，革命党人不由得惶恐不安，人人自危。1911年10月10日晚，工程八营兵士金兆龙、程正瀛、熊秉坤等人铤而走险，率先发动，打响了推翻清朝统治的第一枪。立即，隐藏在武昌新军里面的革命党人纷纷响应，推出工程营左队队官吴兆麟担任临时总指挥。在吴兆麟的指挥下，起义将士人人用命，一夜之间攻下了督署。翌日，湖北革命党人即在咨议局宣布成立了中华民国军政府鄂军都督府，即俗称的中华民国湖北军政府，把在起义当晚屠杀过革命党人周荣棠的黎元洪抬出来担任都督。

武昌首义的成功，很快在全国引起了连锁反应，受孙中山三民主义思想浸润的各地革命党人纷纷揭竿而起，在不长的时间里，推翻了清朝政权，彻底终结了两千多年的封建帝制，在名义上建立了资产阶级民主共和国。

不过，这种推翻、终结和建立，并不是完全按照孙中山的理想来实现的。即使当时已有十五个省份宣布了独立，可是，革命党人面对北洋军队的凶残镇压，无法从任何一个帝国主义国家获得贷款来武装军队，以便于同北洋军队相抗衡，内部顿时分裂成主战派和主和派，两派一直争吵不休，最后竟然以主和派占了上风；而各帝国主义列强为了维护其在华利益，尽管表面上承诺中立，但一直在暗中帮助北洋军队。在内忧外患面前，革命党人被迫采取忍让退守的政策，与北洋军队的实际控制者袁世凯展开秘密谈判，以袁世凯答应逼迫宣统退位结束清朝统治为条件，将中华民国临时大总统宝座拱手让给镇压辛亥革命的刽子手袁世凯。

革命党人的这一举动，充分暴露出孙中山领导的资产阶级民主革命具有妥协性和不彻底性，同时预示着依靠玩弄阴谋诡计和帝国主义支持而上台的袁世凯根本不可能建立孙中山等革命党人心目中所向往的资产阶级民主共和国。已于1912年1月1日当上中华民国临时大总统的孙中山对此有所警觉，在他为环境所迫、不得不交出中华民国临时大总统职权之前，为了限制袁世凯的权力及其野心，特意设置了定都南京、新总统必须到南京就职并遵守参议院所制定的《临时约法》等几个条件。可是，袁世凯老奸巨猾，为了实现掌控天下的野心，能把清廷玩弄于股掌之间，一样也可以把革命党人当成掌上玩偶，略施阴谋，便将孙中山设置的定都南京这一条瞬间化为泡影。由此，为中国纷乱的政局打开了潘多拉魔盒，国家和民众所遭受的灾难甚至比清朝统治时期有过之而无不及。

袁世凯如愿以偿地在北京就任中华民国临时大总统，一方面继承了清王朝的衣钵，继续对帝国主义列强俯首帖耳，致使国家遭受外来欺凌的现实不仅没有得到任何改善，反而越发加重；另一方面开始有计划有步骤地摆脱《临时约法》对他的限制，并于1913年3月派人枪杀了准备北上组建责任内阁的国民党代理理事长宋教仁。孙中山、黄兴不胜其忿，为了维系民主共和国的根基，毅然领导发起了二次革命。只可惜，袁世凯上台后，以各种借口和手段，将原先控制在革命党人手里的军队大多予以裁撤、解散，革命党人内部又四分五裂，跟武昌首义相比，应者寥寥，二次革命很快遭到镇压，孙中山、黄兴等人不得不逃往日本。如此一来，纵观天下，似乎已经没有人能遏制他心底的欲望了，袁世凯踌躇满志，上下其手，首先操控选举，当上了正式大总统，紧接着，于1914年1月悍然下令解散了国会，5月又废除了《临时约法》，代之以《中华民国约法》。

因为袁世凯欲壑难填，国内政局如此混乱；因为各帝国主义列强毫无廉耻地追逐利益最大化，国际局势同样浑浊不堪。1914年8月，第一次世界大战爆发。日本趁西方帝国主义国家无暇东顾之机，对德奥宣战，并派兵接管了德国在山东的势力范围；与此同时，美国亦加紧了对中国的殖民扩张。

日、美帝国主义的强盗行径遭到了中国民众的普遍反对，然而，袁世凯不仅没有遵从民意谴责侵略者，反而为了取得日本人的支持以便将当皇帝的梦想变成实实在在的现实，竟然在1915年5月大部分接受了日本人提出的灭亡中国的"二十一条"。以牺牲国家与民众的利益，换取个人的私欲，袁世凯卖国求荣，以臻极致！同年12月12日，袁世凯申令接受推戴为中华帝国皇帝，下令改次年为洪宪元年，并且一板一眼地祭拜天地，昭告天下，正式坐上了中华帝国皇帝宝座。不到半个月，即12月25日，前云南督军蔡锷与云南将军唐继尧等人在昆明宣布云南独立，旋即建立云南都督府，出兵讨伐袁世凯，拉开护国战争序幕。袁世凯匆忙派兵镇压，但在护国军的凌厉打击下，兵锋受挫。南方其他各省精神为之一振，纷纷宣布独立，加入护国军行列。袁世凯仅仅在那个位置上坐了八十三天，龙椅即告破裂分解，几个月以后，他也一命归西。

袁世凯是仰仗在天津小站编练新军，逐步培植和发展起一支效忠他本人的北洋军队，成为清末权臣，进而从镇压辛亥革命的元凶大恶，摇身一变，成为中华民国临时大总统、正式大总统的。他从制造想当皇帝的舆论开始，到真正登基称帝，虽然他一手提拔起来的亲信部将因为各种各样的原因，大多数没有给予支持，甚至有的公开反对他称帝，但只要他活着，袁世凯仍然具有一言九鼎的威严。他一死，昔日主要部将没了共主，一时间，树倒猢狲散，他们仰仗背后有不同的帝国主义者撑腰，谁都想拥有更多的话语权，谁也不服谁，由此各立山头，自成派系，你争我夺，相互倾轧，各种手段无所不用其极。皖系军阀首领段祺瑞依靠日本帝国主义的支持，当上了国务总理，手握军权，跟以英美帝国主义国家支持的总统黎元洪、副总统冯国璋（直系军阀首领）展开的权力角逐。

第一次府院之争发生在黎元洪与段祺瑞身上。

黎元洪被武昌革命党人架进鄂军都督府，一开始并不想放弃忠于摇摇欲坠的清廷，一连犹豫了好几天，不得不接受都督一职，愿意跟革命党人同生死共进退。后来，在中华民国定都武昌抑或南京，以及其他一系列重大问题上，武昌革命党人与江浙革命党人产生了很大的分歧，尤其是在中华民国政府机构的席位方面，武昌革命党人只有黎元洪当上了有名无实的副总统，原共进会负责人孙武连一个陆军次长的职位都谋不上，其他人更不用说，全靠边站，首义英雄们在心中跟孙中山、黄兴以及其他地区革命党人划开了一道鸿沟，以黎元洪为首的很多首义英雄从此重新排队，站在窃国大盗袁世凯一边。等待中华民国尘埃落定，因为许许多多首义英雄根本没把黎元洪放在眼里，黎元洪心怀不满，趁机与袁世凯联手，谋害了几位著名的首义英雄，解除了原革命党人的军权，解散了很多部队，致使首义之区在此后十几年的时间里，再也没有留下精彩篇章。黎元洪亦因此尝到了寄人篱下的滋味，被袁世凯胁迫到北京担任副总统之后，一直是核心圈子里的边缘人物。袁世凯死后，黎元洪尽管继任了总统，可手里没有兵权，往往说话算不得数，即使不是傀儡，也属位高权轻，成为一个可悲的历史人物。不过，他总算做了一件值得称道的事：恢复了《中华民国临时约法》以及旧国会。

  首先，在国务院秘书长人选问题上，黎元洪与国务总理段祺瑞发生争执。随后，在要不要对德宣战这个问题上，黎元洪本来受美国人怂恿，原是打算参战的，可当发现段祺瑞受日本人指使，试图借此机会，从日本人那里借款，准备大量购买军火，扩充皖系军队实力时，立马改弦易辙，大加反对，与段祺瑞闹得剑拔弩张，水火不容。为了达成目的，段祺瑞真是豁出去了，暗地里鼓动十几个督军，把他们一股脑儿叫到北京，组成督军团，一块儿向黎元洪叫阵，试图逼迫黎元洪就范。黎元洪毕竟见过阵仗，硬是把他们一股脑儿顶了回去。段祺瑞怎肯甘休，随即叫人写了对德宣战书，要求黎元洪盖上总统印章。人家兵权在握，黎元洪自知扛不过去，不得不打落牙齿和血吞，勉勉强强在文件上盖了章，等于是向段祺瑞缴械投降。段祺瑞得寸进尺，在国会开会讨论时，又大肆干涉。恰在此时，段祺瑞私自向日本借款一事被揭露出来。这一下，黎元洪可算抓住了把柄，又硬气了一把，于1917年5月21日，下令撤销了段祺瑞的国务总理职务。段祺瑞又羞又怒，离开北京，跑到天津之后，即根据临时约法中总统无权撤销总理职务之规定，不承认黎元洪的免职令，并且以天津为基地，组织脱离北京政府的各省督军成立军务总参谋处，扬言要另外炮制出一个临时政府。

  黎元洪见事情很难收场，不得不请督军团团长张勋出面调解。趁此机会，张勋率领辫子军进入北京，先是威逼黎元洪颁令解散国会，废除约法，继而拥立宣统复辟帝制。黎元洪搬起石头砸了自己的脚，把头一缩，躲到使馆区闭门不出。

  段祺瑞早有准备，一见时机来临，马上率部进京废除了宣统皇帝。惹出这么一档子事，黎元洪深感无奈，鉴于在他流亡期间，冯国璋已经以代总统身份在南京履行了职权，黎元洪再也不好意思坐到总统的交椅上去，冯国璋就继续以代总统身份履行总统职权。段祺瑞名利双收，既赢得了再造共和的美名，又得以继续担任国务总理。他重新掌握了大权，即在宪法研究会的鼓噪下，拒绝恢复《中华民国临时约法》和召集国会。

冯国璋与段祺瑞出生地不同，性格不同，处事方式不同，背后依靠的主子亦大不相同，龃龉与矛盾在所难免。在对待西南军阀以及广东护法军政府的政策上，二人很快闹到了有你无我的地步。这被人冠以第二次府院之争。

具有资产阶级民主思想的《中华民国临时约法》像破布一样，被袁世凯、段祺瑞等人想用就用，想扔就扔，并且搞出了张勋复辟这样的闹剧，令天下动荡，百姓遭殃，孙中山不由得异常悲愤，由上海南下广州，联合桂系、滇系等西南地方实力派，准备讨伐北洋叛逆。1917年8月25日，国会非常会议在广州召开，9月1日，选举孙中山为中华民国海陆军大元帅，桂系军阀首领陆荣廷、滇系军阀首领唐继尧为元帅。10日，孙中山正式就职，随即组建中华民国军政府，举起护法的旗帜，试图横扫北洋军阀，一举扭转乾坤。然而，唐继尧、陆荣廷只不过是为了利用孙中山的名望，与段祺瑞对抗，以便巩固和扩充自己的地盘。一旦他们与直系军阀首领冯国璋勾结起来，有了共同对付皖系首领段祺瑞的实力，就一改原先的态度，处处刁难孙中山，并最终把他排挤出了军政府。孙中山心有余而力不足，发出一声"南北军阀一丘之貉"的感叹，于1918年5月回到了上海。

段祺瑞把黎元洪拉下了马，对待冯国璋，同样没有什么好脸色。冯国璋主张跟南方求和，段祺瑞却在当年8月派兵进入湖南，拉开了南北战争的序幕。1918年10月，段祺瑞更是操纵国会选举，把冯国璋赶出了总统府，当选总统徐世昌以及总理都成了他段祺瑞的傀儡。由此，段祺瑞实质上赢得了第二次府院之争。

紧接着，段祺瑞政府不断排斥直系势力，同时对奉系军阀张作霖造成了极大的威胁，为即将爆发的直系军阀和奉系军阀联手跟皖系军阀作战埋下了伏笔。

清朝统治被推翻，中国并没有建立起孙中山等革命党人所希望的资产阶级民主共和政权，反而因为权势人物都在极力追逐个人的私利，致使国家长期陷入动荡、混乱之中，并且，即使在第一次世界大战期间，帝国主义列强对中国的欺凌也没有发生任何实质性的改变。长夜难明赤县天，百年魔怪舞翩跹，中华民族遭受的灾厄何日能够了结？在黑暗之中，何时能够看到一线光明的曙光？

2. 黑暗中的一线光明

　　国家混乱不堪、民众了无生机的当口,总有一些仁人志士怀抱救国救民的理想,挺身而出,用他们的思想和行动,唤醒真正爱国的人们,跟腐朽黑暗势力作不屈不挠的斗争。辛亥革命爆发之前是这样。辛亥革命没能完成建立资产阶级民主共和国的任务,反而因为野心家、阴谋家袁世凯篡夺了革命果实,把国家推向更加深重的灾难,把民众推入更加痛苦的深渊,一样有仁人志士奋然而起,用各种手段唤醒民众,去救国家于苦难、救民众于水火,虽粉身碎骨,亦在所不惜。

　　深入反思辛亥革命为什么会失败,这些有志之士得出结论:中国国民对这场革命"若观对岸之火,熟视而无所容心"是根本原因,为了建立名副其实的共和国,必须改造国民性,破除迷信,"冲决过去历史之网罗,破坏陈腐学说之囹圄",以求得思想的解放。陈独秀是其中最杰出的代表。他于1915年9月15日在上海创办《青年杂志》以来,一直提倡民主、反对独裁专制;提倡科学,反对迷信盲从;提倡新道德,反对旧道德;提倡新文学,反对旧文学;提倡白话文,反对八股文;猛烈抨击以孔子为代表的往圣前贤,在黑暗的世界里画出一线光亮,给沉闷、腐朽的社会空气注入了一缕新风,从而拉开了新文化新思想运动的大幕,掀起了一场思想上的放足运动。

　　陈独秀原名庆同,官名乾生,字仲甫,生于安庆一个书香门第,两岁时没了父亲,跟随人称白胡子爹爹的祖父学习四书五经。祖父原指望他能两耳不闻窗外事,一心只读圣贤书,通过文章谋一个锦绣前程,谁知他竟然将大把时间放到贪玩上去了,对书本敬而远之。每当祖父叫他背诵所学的文章,他常常记得上句忘了下句,背得结结巴巴。祖父气得拿起篾条朝他身上招呼过去。他不闪不避,小嘴巴倔强地鼓在一起,两眼狠狠地瞪着祖父。祖父愈发冒火,浑身上下都发抖,用手指着小孙子,破口大骂道:"这个小东西将来长大成人,必定是一个杀人不眨眼的凶恶强盗。真是家门不幸!"

　　祖父去世后,在哥哥的教育下,陈仲甫继续读书。他毕竟聪明伶俐,哪怕很贪玩,依旧没有辜负祖父和哥哥的厚望,十七岁那年,一举考中秀才。

　　1897年去南京参加乡试,陈仲甫见识了考生的迂腐、可笑,同时认识了一些维新派人物,接触了西方文明和现代自然科学知识,这些隐隐触动了他内心深处的神经,他开始觉得后者是一条可以救国的道路,遂对科举考试完全失去了兴味。

次年,陈仲甫赴东北投奔嗣父陈昔凡,帮助他抄写文稿,做一些杂事。在一个下大雨的晚上,陈仲甫跟随陈昔凡在东北乘坐火车,眼睁睁地看到几个喝醉酒的俄国士兵将中国人赶下火车,甚至打死了人。中国人买了车票,为什么还会被赶下火车、被打死,而且没有人敢过问?这里到底是不是中国的土地?杀人偿命的基本法律信条为什么在外国人对待中国人身上完全不管用?陈仲甫十分愤怒,得知是因为中东铁路的路权属于沙皇俄国,殖民统治给民众带来的灾难从此在他心里留下了深刻印象,同时在脑子里种下了反对殖民统治的第一颗种子。

紧接着,因为忍受不了帝国主义的残害,义和团、红灯照大闹山东,清廷朝夕不安,东北不如南方安定,陈仲甫于1899年底启程离开东北,返回安庆。

1901年10月,陈仲甫东渡日本,先在东京高等师范学校速成科补习日语,后就读于东京专门学校(早稻田大学前身)。1902年春,他回到故乡安庆,与一些主张变法维新的爱国知识分子一道,组织成立了安徽最早的进步团体——青年励志社。清政府视维新思想为洪水猛兽,更视传播新思想的陈仲甫为眼中钉肉中刺,一心欲除之而后快,授意安徽地方当局秘密逮捕陈仲甫等励志社骨干人物。在国内无法立足,陈仲甫于9月被迫再度前往日本,进入东京成城学校(日本士官学校的预备学校)陆军科。这一次,他走得更远,和同学汤尔和等人受蒋百里的影响,一同发起创办了中国青年会,明确表明青年会"以民族主义为宗旨,以破坏主义为目的",真正开始走上了排满反清的革命道路。次年3月,陈仲甫、张继、邹容三人强行剪去湖北陆军学生监督姚昱的辫子,被遣送回国。

此时,安徽当局对青年励志社的处理告一段落,陈仲甫遂回到了老家。由于沙皇俄国不仅拒不履行与清政府签订的条约从东北撤军,反而向清政府提出将东北置于俄国监督之下,不准他国干涉等七项无理要求,激起全国的愤慨,全国各地掀起了反俄运动。1903年5月17日,陈仲甫发表了著名的藏书楼演说,随即宣布成立安徽爱国会,公开传播新思想,号召民众拒俄、爱国。两江总督端方闻报，认为陈仲甫等人"名为抗俄，实为排满，且密布党羽，希图大举。务将何春台、陈仲甫一体缉获"。陈仲甫在安徽无法容身，不得不逃往上海，协助章士钊主编《国民日报》。因为宣传排满意识，未几，报纸被上海当局封杀。第二年初，陈仲甫回到安徽，依托汪孟邹的科学图书社，创办了以"救亡图存，开通民智"为宗旨的《安徽俗话报》，同样因受到政治压力而被迫停刊。

而后，陈仲甫应章太炎的要求，参加了以"光复汉族，还我山河，以身许国，功成身退"为宣言的暗杀团（暗杀团团长为蔡元培），并与柏文蔚（柏文蔚年长陈独秀三岁，亦是藏书楼演说、安徽爱国会成员）等人一道组织过反清秘密组织岳王会。岳王会取法岳武穆精忠报国的精神，设秘密机关，入会要焚香宣誓，主要从事军事行动。其总会设在芜湖，陈仲甫任会长，柏文蔚任南京分会长。

武昌首义爆发之际，陈仲甫正在杭州陆军小学堂教书。消息传到他的耳朵，陈仲甫欣喜若狂，随即写出声援檄文，张贴在杭州鼓楼，使得省垣官吏闻之悚然。1911年11月5日，杭州光复。几天之后，安徽宣布独立。安徽都督孙毓筠久闻陈仲甫的名声，力邀他出任都督府秘书长。陈仲甫感到实现抱负的机会来了，一上任，即大刀阔斧地向一切不合理的制度开刀。殊不知旧的政府虽死，两千多年的流毒不可能轻易祛除，失去或者即将失去特权的同僚们一起发作，憎恨他、打压他，使得他根本迈不开步子、走不了路。关键时刻，得不到孙毓筠的全力支持，陈仲甫一气之下，撂下挑子，跑到安徽高等学校担任教务主任去了。

他从来不是一个甘于寂寞、甘心认输的人，身在学校，心系政局。听说安徽被军人割据，孙毓筠左右不了安徽的局势，想抽身离去，把都督的位置让给柏文蔚，柏文蔚迟迟没有答应。因为跟柏文蔚有旧，陈仲甫火速跑去见柏文蔚。

辛亥革命时期，柏文蔚是南京起义总指挥，在解放南京中立下功勋，荣任革命军第一军军长。袁世凯胁迫清帝下逊位诏，主政议和。第一次议和破裂，革命军参谋本部命令柏文蔚统一指挥各军北伐。柏文蔚率部沿津浦路北进，先从蚌埠进攻固镇，继而进占徐州。第二次议和成功，柏文蔚率部驻浦口。

陈仲甫来到浦口，以袁世凯已经担任临时大总统，黄兴主持的南京留守府撤销，浦口对南京失去军事上的意义，劝说柏文蔚回皖促成统一，以便保留一部分革命力量。柏文蔚接受了陈仲甫的意见，先以皖军总司令名义统一全省，继而任安徽都督兼民政长，委任陈仲甫为都督府秘书长。

从此，陈仲甫重返安徽都督府，协助柏文蔚开展新政权的建立和巩固工作。后因袁世凯终于不能收买柏文蔚，撤销了他的职务，陈仲甫亦随之离开都督府。

1913年3月20日，宋教仁被刺。4月26日，袁世凯不惜以苛刻条件与英、法、俄、德、日五国银行团签订《善后借款合同》，取得内战经费和帝国主义的支持，准备用武力消灭国民党武装力量。孙中山从日本回到上海，和黄兴一道掀起了二次革命。柏文蔚被委任为安徽讨袁军总司令，成为二次革命的一支重要力量，本应发挥重要作用，没想到，其一向十分信任的部下胡万泰在他没有来得及出兵之时，突然叛变，率军攻击他，柏文蔚被迫出走。作为柏文蔚的重要幕僚，陈仲甫受到通缉，化装成商人乘民船从安庆逃到芜湖。因为对芜湖驻军龚振鹏部在胡万泰倒戈之际见死不救的行为异常愤慨，到达芜湖后，陈仲甫径直来到龚振鹏的司令部，责问此人"按兵不动，是何居心"。龚振鹏被激怒了，下令将陈仲甫逮捕入狱。随后，龚振鹏准备以"临阵脱逃，扰乱军心"的罪名将陈仲甫处决。时任皖军副司令的张子刚闻讯后，急忙带着卫兵赶到龚振鹏司令部进行劝阻，致使龚没敢立即对陈仲甫下毒手。柏文蔚逃到南京，得知陈仲甫落难的消息后，火速赶来营救。龚振鹏碍于柏文蔚情面，不得不顺水推舟，放了陈仲甫。

10月下旬，效忠于袁世凯的安徽都督倪嗣冲发出缉拿革命党人的通告，陈仲甫成为要犯，被迫逃往上海。他在安庆的老家遭到袁世凯爪牙查抄，儿子陈延年、陈乔年及时逃往乡下，幸免于难。其后，第二位夫人高君曼亦带着两个幼子来到上海。陈仲甫依靠写点文章，勉强维持一家人的生计。

辛亥革命固然推翻了清朝统治，可一番辛苦，种下了龙种，收到的却是跳蚤，陈仲甫异常失望，同时很不甘心。

1914年7月，得知章士钊在日本创办了《甲寅》刊物，陈仲甫把夫人高君曼和两个孩子托付给亚东图书馆经理汪孟邹，只身去了日本，投靠章士钊，当起了《甲寅》的编辑。

这次日本之行，他头一回使用"独秀"作笔名，在《甲寅》上发表文章《爱国心与自觉心》一文，把自己对国家与爱国家之间关系的理解揭示得淋漓尽致："人民何故必建设国家？其目的在保障权利，共谋幸福，斯成立国家之精神"，"国家者，保障人民之权利，谋益人民之幸福者也。不此之务，其国也存之无所荣，亡之无所惜"，"盖保民之国家，爱之宜也；残民之国家，爱之也何居"。并且指出，要有爱国心也要有自觉心，"恶国家甚于无国家"，如果是一个人民在其中没有权利，无幸福可言的国家，"瓜分之局，何法可逃，亡国之奴，何事可怖"。

文章一出，顷刻之间，在留日三千多学生当中引起了轩然大波，反对者把它看成了洪水猛兽，纷纷大肆挞伐；赞成者觉得正中时弊，大呼畅快。

从此，"陈独秀"这个名字陪陈仲甫走过了人生的风风雨雨，见证他的飞扬，亦看到了他的落寞，他以"陈独秀"之名成为中国共产党革命史上一位极具传奇色彩的人物，在中国历史上留下了不可磨灭的痕迹。

亦是通过这篇文章，陈独秀与中国第一个系统介绍马克思主义的著名人物李大钊从相知、相识，到引为知己，最后相约建党，共同成为中国共产党创始人。

李大钊在1913年残冬前往日本留学，因为曾向章士钊创办的《甲寅》刊物投稿，获得章士钊欣赏，由此跟章士钊结下了深厚友谊，时常到《甲寅》编辑部去跟章士钊见面。陈独秀的《爱国心与自觉心》引起如此大的反响，章士钊自然是要询问李大钊的看法。李大钊觉得陈独秀的文章里"厌世之辞，嫌其太多；自觉之义，嫌其太少"，在章士钊的劝说下，不多久写出了《厌世心与自觉心》，提出："自觉之义，即在改进立国之精神，求一可爱之国家而爱之，不宜因其国家之不足爱，遂致断念于国家而不爱。更不宜以吾民从未享有可爱之国家，遂乃自暴自弃，以跻于无国之民，自居为无建可爱之国之能力者也"，劝陈独秀"奋生花之笔，扬木铎之声"，"不要自迫于消极之宿命论"。

陈独秀写出《爱国心与自觉心》不久，接到汪孟邹的来信，得知夫人高君曼身染肺病，已经咯血，不得不离开日本，返回上海。

反思自己走过的道路，陈独秀决定继续唤醒民众的爱国心与自觉心，对汪孟邹说道："我早就想办一本杂志，只要十年、八年的工夫，全国的思想都要改观。"

汪孟邹极表赞同,可眼下亚东图书馆的生意十分清淡,已经没有能力接受老友的托付,便找到同行老友、群益书社的陈子寿、陈子沛兄弟,劝说群益书社和陈独秀合作。《青年杂志》得以横空出世。

在创刊号上,陈独秀发表了《敬告青年》,提出六个原则:(1)自主的而非奴隶的;(2)进步的而非保守的;(3)进取的而非退隐的;(4)世界的而非锁国的;(5)实利的而非虚文的;(6)科学的而非想像的。

一言以蔽之,《青年杂志》旨在宣传倡导德先生(指民主Democracy)和赛先生(指科学Science),批判儒教和传统道德糟粕。毫无疑问,这给沉闷得令人窒息的世界钻了一个洞眼,放进了一点新鲜空气。

《青年杂志》一共出版了六期,到了1916年2月15日,由于发行量一直维持在一千份左右,有点难以为继,以及刊名与上海青年会出版的《上海青年》周刊有点雷同,受上海青年会侵权的指责,为了避免闹出风波,不得不停刊。

陈独秀是一个勇于反省而且善于反省的人。《青年杂志》停刊以后,他接受群益书社老板陈子寿的建议,于1916年9月1日,将《青年杂志》更名为《新青年》,重新复刊。面目焕然一新,内容随之跟进,陈独秀更加旗帜鲜明地力主学习西洋文化,高扬起民主和科学的旗帜,向禁锢民众思想的孔教展开了猛烈的抨击,一举打开局面,使《新青年》得到了新青年的注目,赢得拥趸无数。

《新青年》以新的面貌重现乱世江湖,作者群里同时增添了李大钊和胡适。

李大钊的醒世文章《青春》甫一面世,犹如惊雷,振聋发聩,将无数青年从浑浑噩噩的梦境中唤醒,"进前而勿顾后,背黑暗而向光明,为世界进文明,为人类造幸福,以青春之我,创建青春之家庭,青春之国家,青春之民族,青春之人类,青春之地球,青春之宇宙,资以乐其无涯之生。"

此时,胡适跟陈独秀素无往来。不过,二人有一个共同的朋友:汪孟邹。

当年,陈仲甫在办《安徽俗话报》的时候,得到过科学图书社创办人汪孟邹的帮助。陈仲甫应邀担任都督府秘书长,汪孟邹在一些朋友鼓动下找到他,希望看在老朋友的份儿上,帮其在政府里面谋一个肥差。

听了汪孟邹的话,陈仲甫瞪着眼睛对他吼道:"做什么!这里是长局吗?

马上会变的。回去，回去，你还是回到芜湖，卖你的铅笔、墨水、练习簿的好。我来和烈武说，要他帮一点忙，你还是到上海去再开一个书店的好。"

烈武是柏文蔚的字。陈仲甫说到做到，马上找柏文蔚商量，帮汪孟邹凑了一些股份，让他到上海开一家书店，争取在上海站住脚。于是，上海有了一家在中国现代新兴出版业中有过相当影响的出版社——亚东图书馆。

胡适跟汪孟邹是同乡。他在1910年赴美国留学之前，与汪孟邹颇有交往。当《甲寅》杂志在日本创刊出版后，汪孟邹将这个由他代理的杂志寄给胡适，希望胡适能够在美国帮助推广，并为《甲寅》撰稿。胡适果真将自己翻译的《柏林之围》及写作的《非留学篇》投给《甲寅》杂志，获得了章士钊的赏识。陈独秀亦因此知道了这个安徽小老乡有不错的文字功夫和思想，当《青年杂志》创刊后，托付汪孟邹逐期寄给仍在美国留学的胡适，请胡适供稿。

有了表现的机会，胡适自然不会放过，将俄国作家泰来夏甫的短篇小说《决斗》翻译出来，寄回了上海。这是他给《新青年》撰稿和投稿的开始。11月，胡适写出了《文学改良刍议》，一面在自己主编的《中国留美学生季报》上发表，一面抄写一份，寄给了《新青年》主编陈独秀，刊登在1917年1月1日出版的《新青年》第2卷第5号上，被认为是吹响了中国新文化运动的号角。

紧接着，在《新青年》第2卷第6号上，陈独秀发表了《文学革命论》。由此拉开文学革命的大幕，陈独秀与胡适一道被视为是文学革命的领军人物。

鉴于《新青年》在上海办得很红火，陈独秀和亚东图书馆经理汪孟邹等人酝酿着要办一个大书店，资金不够，想要招募股东，遂于1916年11月28日来到北京，入住前门外的中西旅馆。

事有凑巧，北洋政府正酝酿着让蔡元培出掌北京大学。12月26日，蔡元培接到北洋政府的正式任命，即亲赴陈独秀所住的旅馆，邀请陈独秀到北京大学担任文科学长。陈独秀一开始是再三推辞，但蔡元培连续几天登门，并答应可将《新青年》移至北京，陈独秀这才接受了蔡元培的聘请。随即，陈独秀返回上海，把太太高君曼和两个孩子，以及《新青年》都搬到了北京。

此时的北大，新风未开，一派老气横秋。陈独秀为了一扫这种沉闷污浊的空气，埋头苦干，重新制定学科教育发展大计。既要忙着学校的公事，又要编辑出版《新青年》，陈独秀实在顾不过来，遂萌发了举办同人期刊的念头，先后邀请鲁迅、胡适（胡适1917年7月从美国留学归来，经陈独秀向蔡元培推荐，得以进入北大任教）、钱玄同、刘半农、沈尹默等人进入《新青年》编辑部。

随后，李大钊得到章士钊推荐，进入北大，先后担任图书馆副主任、主任。

因为一直关心国内的政治局势，在袁世凯出卖国家利益继而登上中国帝国皇帝宝座期间，出于反袁斗争的需要，李大钊无法静下心来求学，未能完成学业，被早稻田大学开除学籍，不得不结束在日本留学的经历。李大钊回国以后，受聘在章士钊主办的《甲寅日刊》当编辑期间，发表了许多反对军阀统治和反对封建文化的文章，认为古今之社会不同，古今之道德自异，孔丘所代表的封建专制主义的道德必然要崩溃，跟陈独秀一南一北，遥相呼应，向孔教发出挑战，可以称得上是志同道合的战友。因此，陈独秀理所当然地把李大钊拉进同人圈子。

李大钊，字守常，1889年出生，河北乐亭人。他出身贫寒，还在襁褓的时候，父母相继去世，是祖父一手把他拉扯大的。他约莫五六岁的时候，即进入私塾读书。过了四五年的光景，祖父深感无力支撑孙子的生活，张罗着为他娶了一位太太。太太名叫赵纫兰，比李大钊大五岁，成婚之后，不仅独自操持着李家大大小小的事情，而且更希望丈夫能出人头地，一直含辛茹苦，继续供丈夫读书。

深知日子的艰难，李大钊可不敢辜负太太的期望，一心一意读书，于1907年夏考入公费的天津北洋法政专门学校。在这里，他阅读了大量西方资产阶级革命时代的书籍，受到反对封建主义、追求民主自由思想的影响，逐步树立起民主主义的观点，对当权者造成国家混乱、民不聊生，以及帝国主义列强的蹂躏极为不满。1913年4月1日，李大钊以北洋法政学会编辑部部长之职，创办了《言治》半月刊，在创刊上号发表了《大哀篇》，痛陈："吾民瘁于晚清秕政之余，复丁干戈大乱之后，满地兵燹，疮痍弥目，民生凋敝，亦云极矣。""吾侪小民，固不识政党之作用奚似，但见吾国今之所谓党者，敲吾骨吸吾髓耳。夫何言哉！夫何言哉"；愤怒地指出："所谓民政者，少数豪暴狡狯者之专政，非吾民自主之政也；民权者，少数豪暴狡狯者之窃权，非吾民自得自得之权；幸福者，少数豪暴狡狯者掠夺之幸福，非吾民安享之幸福也。""共和自共和，幸福何有于吾民也！"

同年底，李大钊东渡日本求学，1914 年 9 月考入早稻田大学政治本科学习。此时的日本，虽说仍然处于皇权统治时期，但各种各样的社会思潮，在整个国家蔓延开来。在早稻田大学，李大钊有幸接触到日本著名的社会主义者安部矶雄，还读到了幸德秋水、河上肇等社会主义者的著作，心头隐隐约约觉得社会主义应该是所有现行国家制度里面最优越的制度，由此开始研究起了马克思学说。

1915 年 2 月 11 日，为反对袁世凯接受日本提出灭亡中国的"二十一条"和企图复辟帝制，李大钊等在日本东京神田区青年会馆，成立中国留日学生总会。李达代表总会起草了《警告全国父老书》，并通电国内，号召全国人民"举国一致，众志成城，保卫锦绣之河山"，对反日爱国运动起了极大的推动作用。

同年秋，李大钊参与发起中华学会。1916 年 1 月，正值护国战争爆发，全国掀起反袁斗争的风暴之际，中华学会与林伯渠等人组织的乙卯学会合并，组成了神州学会。李大钊被选为神州学会的评议长，全力投入反袁运动，因为经常旷课，被早稻田大学于同年 2 月 2 日以"长期欠席"为由予以除名。

李大钊继续留在日本，履行留日学生总会文事委员会编辑主任之责，全力投入创办《民彝》杂志的工作。等待《民彝》杂志创刊号刊印出来之后，李大钊把编辑工作移交给其他人员，于 1916 年 6 月回到中国。

一开始，李大钊应汤化龙之邀赴北京办《晨钟》报。他原本想借办报唤起"吾民族之自我的自觉"，但很快发现汤化龙不过想通过拉拢利用他收买人心而已，遂毅然离职。1917 年 1 月，李大钊受聘为《甲寅日刊》编辑，发表了许多批判黑暗时局及旧礼教的文章，着重"掊击专制政治之灵魂"，引起守旧派的仇视。同年 7 月，张勋拥戴废帝溥仪复辟，李大钊被迫避走上海。

正当李大钊愁苦愤懑之际，俄国十月革命爆发，他敏锐地觉察到，中国国情与俄国有诸多相似之处，完全可以以俄国为师，实现民族的自救自新。从此，李大钊开启了研究、传播、实践马克思主义的人生新篇章。

1918 年 1 月，任北大教授兼图书馆主任的章士钊看到李大钊很是空闲，遂把图书馆主任职位让出来，向蔡元培推荐由李大钊接任。李大钊因此进入北大。

李大钊在编辑同人刊物之余，一直悉心研究马克思主义及俄国十月革命。他于1918年7月和11月，先后在《言治》季刊和《新青年》上发表了《法俄革命之比较观》《庶民的胜利》《Bolshevism的胜利》，预言十月革命所掀动的潮流是不可阻挡的，由此带动一批先进的知识分子研究马克思主义、研究列宁主义。

1918年冬天，第一次世界大战结束了。美国总统威尔逊提出了大小国家一律平等的主张。消息传到国内，国人无比欢喜，全都沉浸在公理战胜强权的梦幻之中，自以为从此以后可以摆脱帝国主义国家的奴役，获得应有的尊严了。

这时候，《新青年》已经在社会上引起了很大的反响，可它是月刊，远远不能满足渴求及时得到最新消息、最新观点、最新思想的人们的要求，陈独秀、李大钊决定创办一份以周期短、版面活、紧跟局势等特点而见长的报纸，作为《新青年》的姊妹报。他们得到了张申府、周作人、高一涵等人的支持，于1918年12月22日创办《每周评论》周刊。

陈独秀在发刊词上写道：

自从德国打了败仗，"公理战胜强权"，这句话几乎成了人人的口头禅。

列位要晓得什么是公理，什么是强权呢？简单说起来，凡合乎平等自由的，就是公理；倚仗自家强力，侵害他人平等自由的，就是强权。

德国倚仗着他的学问好，兵力强，专门侵害各国的平等自由，如今他打得大败，稍微懂得点公理的协约国，居然打胜了。这就叫做"公理战胜强权"。

这"公理战胜强权"的结果，世界各国的人，都应该明白，无论对内对外，强权是靠不住的，公理是万万不能不讲的了。

美国大总统威尔逊屡次的演说，都是光明正大，可算得现在世界上第一个好人。他说的话很多，其中顶要紧的是两主义：第一不许各国拿强权来侵害他们的平等自由。第二不许各国政府拿强权来侵害百姓的平等自由。这两个主义，不正是讲公理不讲强权吗？我所以说他是世界上第一个好人。

我们发行这《每周评论》的宗旨，也就是"主张公理，反对强权"八个大字，只希望以后强权不战胜公理，便是人类万岁！本报万岁！

1919年1月5日，李大钊在《每周评论》第三期上发表了《新纪元》。他首先对什么是新纪元做出界定："人类的生活，必须时时刻刻拿最大的努力，向最高的理想扩张传衍，流转无穷，把那陈旧的组织、腐滞的机能一一的扫荡摧清，别开一种新局面。这样进行的发轫，才能配称新纪元。"紧接着，他豪情满怀地说道："一九一四年以来世界大战的血、一九一七年俄国革命的血、一九一八年德奥革命的血，好比作一场大洪水——诺阿以后最大的洪水——洗来洗去，洗出一个新纪元来。这个新纪元带来新生活、新文明、新世界，和一九一四年以前的生活、文明、世界，大不相同，仿佛隔几世纪一样。""从今以后，生产制度起一个绝大的变动，劳工阶级要联合他们全世界的同胞，作一个合理的生产者的结合，去打破国界，打倒全世界资本的阶级。""这个新纪元是世界革命的新纪元，是人类觉醒的新纪元。我们的黑暗的中国，死寂的北京，仿佛分得那曙光的一线，好比在沉沉深夜中得一个小小的明星，照见新人生的道路。我们应该趁着为一线光明，努力前去为人类活动，做出一点有益人类的工作。"

《新青年》与《每周评论》旗帜鲜明地宣传新文化，抨击旧道德，令守旧派犹如在热锅上煎烤的蚂蚁，寝食难安。其代表人物林琴南不敢直接论战，费尽心机，化名林之，搜肠刮肚地炮制出了两篇短篇小说《荆生》和《妖梦》，于1919年2月、3月发表在《新申报》上，含沙射影攻击新文化运动及其主将。李大钊手提长剑，挥戈上阵，于3月9日祭出一招，发表了《新旧思潮之激战》一文，便一剑封喉，令林琴南之流的守旧派再也不敢以这样的形式向新文化运动主将们发动攻击。但是，这些家伙不会偃旗息鼓，干不了能上台面的事，可以使出阴招，从能搞倒搞臭陈独秀的地方下手，编织谎言，大肆散布陈独秀与学生同狎一妓，因吃醋而抓伤妓女下体泄愤的消息。与此同时，北大一个学生受林琴南之流的蛊惑，遥相呼应，在各大报纸上炮制陈独秀已经不堪压力，辞职离校的谎言。为了将陈独秀、蔡元培彻底赶下台去，林琴南甚至活动同乡议员张之奇提出弹劾教育总长和北大校长的议案，尽管没获得通过，但给蔡元培造成了很大的压力。

1919年3月26日，总统徐世昌指令教育总长傅增湘致电蔡元培校长，要他依法依规立刻对陈独秀进行处理。

当天晚上，蔡元培在巨大的压力之下，不得不召集沈尹默、马叙伦教授到北京医专校长汤尔和（陈独秀被聘为北大文科学长，汤尔和、沈尹默都向蔡元培做过推荐）家中开会，讨论对陈独秀的处理意见。汤尔和、沈尹默和马叙伦都力言陈独秀"私德太坏"，"如何可作师表"，主张将陈独秀赶出北大。尽管蔡元培不愿意这样做，可他是少数派。为了让陈独秀面子上好看一点，他们决定废除学长制，改而成立由各科教授会主任组成的教务处，推马寅初为首任教务长，陈独秀文科学长一职自动解除。不过，在蔡元培坚持下，陈独秀仍保留教授职位。

陈独秀不可能被这些流言蜚语、更不可能为失去文科学长的职位而懊恼，这反而激发了他内心的反叛，决计跟李大钊一道研究马克思主义。他们于1919年4月在《每周评论》上捧出了自己的心血之作——《二十世纪俄罗斯的革命》，认为这场革命是"人类社会变动和进化的大关键"。

胡适看到这篇文章，不由得大吃一惊：仲甫越来越左倾了！

多年以后，胡适仍然对此耿耿于怀，致信汤尔和，颇有些责备的意思："独秀因此离开北大，以后中国共产党的创立及后来国中思想的左倾，《新青年》的分化，北大自由主义的变弱，皆起于此晚之会。独秀在北大，颇受我与孟和（陶孟和）的影响，故不十分左倾。独秀离开北大之后，渐渐脱离自由主义的立场，就更左倾了。此夜之会，虽有尹默、夷初在后面捣鬼，然子民先生最敬重先生，是夜先生之议论风生，不但决定北大的命运，实开后来十余年政治与思想的分野。此会之重要，也许不是这十六年的短历史所能定论。"

此时此刻，在上海和巴黎，正分别召开与中国的命运和前途密切相关的两个和会：一个是南北和会，一个是巴黎和会。前者是由广州南方军政府与北京北洋政府之间就结束敌对状态所谋求召开的会议；后者则是欧战结束以后几个主要战胜国主持召开的对战败国的处理以及重新划分势力范围的会议。

陈独秀在思想上已经初步接触了马克思主义，针对南北代表云集上海，正在展开和谈，一针见血地指出："若想真和平，非多数国民出来，用那最不和平的手段，将那顾全饭碗阻碍和平的武人、议员、政客扫荡一空不可。"

巴黎和会呢？北洋政府受日本人唆使，在欧战方酣之际，曾经宣布加入协约国，尽管一直到欧战结束，也没有派遣一兵一卒漂洋过海到欧洲参战，但输送了数以十几万计的华工,去帮助协约国的军队修筑工事、运送伤员以及做其他各种各样的苦力活,毫无疑问,对协约国的胜利起了重大作用。中国有资格作为战胜一方派遣和谈代表去巴黎参加会议,不论是谁,都会对巴黎和会抱有一丝希望。

原先,美国总统威尔逊主张无割地无赔款的和平,赞成中国收回山东的权益,消息传来,举国欢腾,人人庆贺公理战胜了强权,幻想着国家会在威尔逊总统主持正义下,获得尊严。陈独秀一样很乐观,甚至把世界上第一个好人的大帽子戴在了威尔逊头上。没过多久,巴黎和会上不利于中国的消息即不断传进国内:中国以参战国资格提出取消列强在华特权的七个条件,和会根本不予考虑;取消日本"二十一条"的要求,也未列入议程;日本甚至与英法秘密约定将德国在山东的掠夺物,完全转让给日本,并且据此拟定了和约,逼迫中国与会代表签字。

陈独秀和全国民众一样,一天比一天失望,一天比一天愤怒。

可是,北洋政府屈服于英、美、法、日等帝国主义列强的压力,在交通总长曹汝霖、驻日公使章宗祥、货币局总裁陆宗舆、日本留学生总监督江庸的极力鼓吹下,准备全盘接受和约。陈独秀相继发表了《关门会议》《南北代表有什么用处》等文章,愤怒地指责曹汝霖、章宗祥、陆宗舆、江庸为亲日派四大金刚。

3. 探索救国道路的人们

1918年5月初，北洋政府将要与日本签订《中日陆军共同防敌军事协定》（驻日公使章宗祥对这一协定的出台出力甚多，劳苦功高）的一些内容被日本媒体披露：中国与日本采取共同防敌的行动；在战争期间，中国方面不仅要允许日本军队开入东北全境以及蒙古地区，还要对日本军队尽力协助，供给其兵器和军需品，跟日方交换军事地图和情报；在中国境外作战时，中国应派出军队声援。

这是日本人为了干涉俄国十月革命，侵占中国东北并控制中国军队，搞出来的极其卑鄙无耻、极其下作的东西；北洋政府卖国求荣，只顾自身的权力与利益，眼里哪有国家、民族和百姓，日本人无论有什么要求，总是欣然同意，全盘接受，爽爽快快确定了签约日期。殊不知，政府的想法和做法与民众的愿望截然不同，并且超过了民众心理的底线，民众再逆来顺受，亦会起而反抗，更何况接受了新思想、新文化的先进知识分子。留日学生得到消息，群情激奋，于5月3日在大手町召集会议，全体议决组织中华民国留日学生救国团，罢课回国请愿，唤起国人救亡图存，同时决定各省各校留日学生派遣先发队分赴北京和上海，筹备一切。

5月5日，为了统一领导留日学生罢学归国运动，中华民国留日学生救国团正式成立，确立其宗旨为"冀图团结一致，警觉当局，唤醒国民，抵制日人谋我之野心，打消其亡国之条件"，并且研究了具体行动计划。

同一天，湖南籍留日学生在东亚学校开会，商量具体落实大手町集会的办法，被日本警察禁阻，捕去数人。

1915年5月7日，日本人向袁世凯政府发出签署"二十一条"之最后通牒，这一天由此被不甘屈辱的人们定为国耻日。此后，每年的5月7日，留日学生都要举行国耻纪念会。日本政府岂容中国留日学生朝它脸上吐唾沫，用尽各种方法进行阻止，学生们想租一个会场都很困难。1918年5月7日，留日学生实在找不到适当的会场，不得不相约装作食客，在东京神田维新号中国饭店召开秘密会议，进一步商讨回国展开活动的大计。会议正在进行中，一大群日本军警嗅到气味，如狼似虎地冲进来，拿拳脚当作獠牙，把警棍化为魔掌，恶狠狠地扑向手无寸铁的学生，见东西就砸，见人便咬。一时间，集会学生头破血流，遍体鳞伤，桌椅支离破碎，杯盘狼藉，场面混乱不堪。随后，这群强盗般的恶徒将参与集会的四十六人（包括三名女生）全部逮捕，关进警署。被捕者受到种种侮辱和虐待。

这一下，全体留日学生更是义愤填膺，决定立刻展开行动。湖南留日学生代表李达作为救国团的主要成员，并作为先发队的领队，带领黄日葵、龚德柏、王希天、阮湘等人率先出发，于5月7日晚，登上客轮，踏上了回国的道路。13日，他们到达天津，向报界说明救国团成立后的活动和宗旨，随即由津赴京。

其他留日学生陆续回国。在很短的时间里，大约有两千余名留日学生回到了国内，他们以上海为大本营，呼吁民国政府反对日本提出的侵吞领土要求，致电北京教育部，声明留日学生的举动是爱国行为，并且要求驻日公使清查和追究日本人陷害留日学生的行为；同时派代表到各地进行宣传。

5月15日，李达一行到达北京后，刚在湖南会馆安顿下来，随即马不停蹄地奔向北京大学，同北大一些颇有人望的学生领袖诸如邓中夏、许德珩、高君宇、张国焘等人见面，痛陈留日学生在东京受辱的情形，引起了这些北大学生的同情，大家商量发动一个群众性的反日爱国运动。

国内学生从报纸上看到《中日陆军共同防敌军事协定》的主要内容时，同样有许许多多热血爱国者用各种形式表达了自己的救国愿望。5月9日下午，高等工业专门学校（简称高工）学生正在工场实习，张传琦为激励同学们奋起抗争，当场用刀切断手指，写下血书："亡国条件不取消绝不答应，勿限于五分钟之热血。"5月11日，高工学生夏明钢用一把锋利的小刀，在左手食指上割开一道深及骨头的口子，用鲜血在衣襟上写下悲壮豪迈的决心："此条约取消之日，为我辈生还之时！"北京高等师范学校（简称高师）学生匡互生等闻讯，"慷慨握拳击案，促速图之"，不遗余力地参加救国活动。

经过几天的奔波，李达等人很快得到北京大学、北京高等师范学校、高等工业专门学校、法政专门学校等校学生的热烈响应。

20日晚，他们共同在北京大学西斋饭厅召开大会，先由留日学生归国代表陈述他们在东京遭到的种种欺凌和屈辱，发表要求废除卖国的《中日陆军共同防敌军事协定》的演说，许多人在会上痛哭流涕，纷纷表示和留日学生一致斗争，当场决定第二天集合北京各校学生到总统府去请愿，声援留日学生的爱国行动。

北大校长蔡元培感到这样做与他"救国不忘读书，读书不忘救国"的理念不符，亲自出马，再三劝说北大学生莫要参与，无奈激发了爱国热情的北大学生哪里听得进去，遂于21日，即学生们发起请愿活动的当天向总统提出辞职。不过，因为总统挽留，以及北大学生认错，两天之后，蔡元培复职。

参加请愿活动的有北大、高师、高工等校的学生，以及从天津赶来的一些学生代表，共两千多人。据张国焘回忆，他们出发之后，竟然如此文雅如此谦恭温顺，连一点声势也没有造出来。既没有人喊口号，也没有人打出横幅，大家闷头闷脑地一路走去，纵使有老百姓询问这是在干什么，也没有人答复。

到了新华门大总统府门外，大家共同推举李达、王希天、黄日葵、阮湘、许德珩、易克嶷、段锡朋、廖书仓等八名代表，手捧请愿书，恭恭敬敬地去求见民国大总统冯国璋，要求废除中日军事协定。其他的学生全部等在新华门外。冯国璋一开始是不愿意出面的，派北京市长王志襄、步兵统领李阶平等接见学生，劝他们回校。没有见到总统本人，八名学生代表没有罢休。任由学生一直在总统府停留，未免很不像话，冯国璋不得不出面了。可学生们缺乏政治斗争经验，事前没有组织，哪里禁得起老奸巨猾的冯国璋一场哄骗？面对学生的质问，冯国璋让人找来条约原件，一条条读给学生听，然后告诉他们：这份条约属于"非正式条约"，"非如外间所传为亡国条件"，为了国家的利益，这条约还是应该签的。结果，八位代表被冯国璋一场圆滑而兼恐骇的话骗了出来。他们走出新华门，把见到总统的经过告诉给大家，要求大家跟随他们各自回到学校，第二天复课。

天津直隶第一女子师范女生郭隆真听到这个消息时，大哭大闹了一顿，表示抗议，可木已成舟，无可奈何，不得不跟着请愿队伍离开。

一场本应该至少会产生一定影响的请愿活动，弄得好像做贼似的灰头土脸，究其原因，按照当事人许德珩的说法，一是因为时间太仓促了，根本来不及做什么准备，二是学生从来不问政治，并且北京大学包容一切，大家的思想很不一致，有一帮学生如傅斯年、范恺、吴澄、杨济华、曾劭勋等人事前跑到公府告密，说有学生"要纠众造反，向政府请愿示威"，"这运动只是少数人的运动,不能代表全体学生",对这次学生爱国运动产生了很大的反向作用力。

不管怎么说,这毕竟是中国学生第一次发起的比较大规模的反帝爱国斗争,很好地展现了爱国学生勇于救国的勇气与行动,不仅成为五四运动的预演,而且在一定程度上激起了青年学生对国家命运的密切关注,各种社团由此犹如雨后春笋般涌现出来,从而为五四运动作了思想准备和组织准备。

请愿斗争变成了一场走路秀,见到总统,却被糊弄,什么效果都没有,李达心里产生了强烈的震动。他深刻地体会到:要想救国,单靠游行请愿是没有用的,在反动统治下,"实业救国"也是行不通的幻想。"只有由人民起来推翻反动政府,像俄国那样走革命的道路。而要走这条道路,就要加紧学习马克思列宁主义的理论,学习俄国人的革命经验。"因此,这年6月,李达一回到东京,便毅然放弃理科学习,把主要精力用于研究马克思主义学说。

同样是受这次游行请愿运动的刺激,北京一些爱国学生警醒了。他们认识到,在军阀的统治下,这种丧权辱国的事总会不断地发生,不由得打从心里发出呐喊:北京的学生气死沉沉,有类于冷血动物,爱国热情不仅比不上留日学生,甚至与郭隆真相比,亦大有逊色,难道都是甘愿当亡国奴的碌碌无为之辈吗?

北京一大批学生开始觉醒,纷纷表示要投入到救国行动当中。不过,他们对于如何救国,意见并不一致,大体有三种看法:一、由爱国人士逐渐展开活动,获得人民支持,将来这些爱国人士能进入国会,掌握政权,形成政治上的新风气,救国才有办法;二、醉心新文化运动的人物认为,应当加强新文化运动,才是救国的正当途径;三、激进的学生认为应该从事彻底革命,推翻亲日派的统治。

为此,学生们经常聚集在寝室里辩论,大家各持己见,谁也说服不了谁,最终达成妥协:救国第一,无论大家持哪种态度,都应该求同存异,一致奋起救国。

既然要救国,事先没有准备、没有核心的组织,单靠临时由基于义愤组织起来的队伍是没有力量的,在做事之前,大有组织坚固的有力量的小团体之必要。

基于这样的认识,首先以参与这场请愿活动的北京大学一部分学生为主要发起人，组织了学生爱国会（后改名学生救国会）。参加的人员不限于北京大学，还有北京其他各校的爱国学生，实际上成为北京中等学校以上爱国学生组织。不久，暑假来临，学生救国会派遣许德珩、易克嶷两人作为代表南下与其他各地的学生以及知名人物联络，以便能够早日把它升格为全国学生统一的爱国组织。

天津距离北京最近，许德珩、易克嶷南下第一站是天津。

论爱国热情，跟北京学生相比，天津学生不遑多让。请愿活动以虎头蛇尾画上句号，天津学生代表心有不甘，回到津门以后，在留日学生代表阮湘的带动下，立即与天津地区各校学生建立联系，于5月22日，发动1200余名学生赴直隶省长公署请愿，要求省长向北京政府转达学生们不承认卖国条约的意见。随后，京津各校代表召开了联合会议，决定协同行动，分步进行。那位在总统府门前大哭大闹的郭隆真，以及北洋大学学生张泰来（即张太雷）、工专学生马骏、谌志笃、马千里等人，都是其中的积极分子。

郭隆真、张泰来、马骏、谌志笃、马千里等人见到许德珩、易克嶷，格外欢喜，迅疾召开会议热烈欢迎，对于成立全国学生救国会同样持欢迎的态度，令两位来自北京的救国会代表感到此行必定会不辱使命、不负众望。

带着初战告捷的喜悦，许德珩、易克嶷离开天津，到达了济南，找到张绍卿（即康生），同他谈起了发展组织的事，在济南方面播下了火种。

紧接着，许德珩和他的伙伴一道抵达武昌，见到了恽代英。

恽代英是湖北地区著名的学生领袖。他于1917年10月和梁绍文、冼震、黄负生等人一道创办了以"群策群力，自助助人"为宗旨的互助社。这是湖北地区诞生的第一个进步团体，也是中国最早的进步社团之一。1918年夏，恽代英大学毕业，担任中华大学附中教务主任。

大家都在谋求救国的道路，尽管以前素未谋面，初次相见，仿佛多年不曾重逢的故交旧友，相谈甚欢，情意浓厚，为尔后武昌积极响应五四运动打下了基础。

挥别恽代英，许德珩和易克嶷没有继续南下，而是乘船顺着一江夏水向东流。如果他们继续向南，应该会在长沙见到毛泽东、蔡和森、萧瑜这些新民学会的主要发起人。不过，几个月以后，他们还是跟毛泽东在北大图书馆相见了。

新民学会是毛泽东、蔡和森、萧瑜等人于1918年4月14日，在长沙发起成立的进步组织。最初，他们以"革新学术，砥砺品行，改良人心风俗"为宗旨，规定会员一不虚伪，二不懒惰，三不浪费，四不赌博，五不狎妓。新民学会定期举行会议，讨论学术问题、思想问题和当前形势，探讨中国革命的道路和方法，同时注重检查会员的工作和学习情况，互相展开批评。

在蔡和森家里发起新民学会时，这个团体只有十四人，后来发展到七八十人。毛泽东、蔡和森不用说了，罗章龙、罗学瓒、郭亮、夏曦、张昆弟、李维汉、向警予、李思安、蔡畅等人无一不在中国革命史上留下了极其精彩的篇章。

许德珩和易克嶷能够跟毛泽东在北大图书馆相见，是因为毛泽东于1918年8月19日送有志于到法国勤工俭学的新民学会会员到北京参加留法前的培训，直到1919年3月12日离开北京，前往上海，在此期间，为生活所迫，经杨昌济教授向李大钊说项，在北大图书馆阅览室担任了三个月的助理馆员。

在九江上岸后，许德珩和易克嶷找到了同文书院的学生方志敏以及邓毅生。

在南京，许德珩二人找到了金陵大学学生黄仲苏、林伯渠之弟林祖烈，以及其他几个人。大家就成立统一的学生爱国组织交换了意见，表达了各自的关切。

许德珩、易克嶷的最后一站是上海。

在这里，他们见的人更多，待的时间也很长。在学生方面，他们联系了复旦大学的狄侃、程学瑜，华侨学生何葆仁，圣约翰大学的瞿宣颖，河海工程学校的张闻天、沈泽民，以及南洋公学的恽震、留日归国学生黄介民等人。

此外，他们拜访了在商务印书馆工作的人称上海通的黄警顽。

上海妇女方面，他们见到了留日归国的学生李果、程孝福，神州女学舒惠贞，黄兴夫人黄宗汉，女子救国会的朱剑霞，以及从天津来的刘清扬。这些女界的先锋后来成立了上海女界联合会，宣传爱国，抵制日货。女界联合会五四以后也参加了上海学生联合会，发挥了很大的作用。

许德珩二人临行前，蔡元培给他们写了一封信，介绍他们到上海去看望吴稚晖（曾任北大学监，未到职）。经吴稚晖介绍，他们去莫利爱路拜会了孙中山。

当时，孙中山因护法运动失败，被迫辞去广州军政府大元帅的职务，离开广州在上海寓住。孙中山在客厅里接见了许德珩和易克嶷。他们向孙中山介绍了北京学生开展爱国运动的情况，以及组织救国会和为什么要成立救国会、救国会计划筹备一个刊物等一切情况。孙中山对北京学生的爱国活动深表同情，对他们准备出版一个刊物的想法表示赞许，并且讲了一些鼓励的话。陪同孙中山接见他们的还有廖仲恺、朱执信、戴天仇（即戴季陶）等人。

他们还与《民国日报》的邵力子、叶楚伧，《时报》的戈公振，《申报》的史量才，江苏省教育会的黄炎培、沈恩孚，商会的虞洽卿、荣宗敬等取得了联系。

这时候，留日归国学生喻育之、龚德柏、郝兆先等人在上海创办了以反日救国为主旨的《救国日报》。无论什么事，许德珩、易克嶷都能跟留日归国学生互相商量，给他们的工作带来了不少便利。上海学生会组织起来后，在西门外体育场召开大会，欢迎两位救国会代表，并邀请了他们报告学生运动情况。

他们还派人到广州联系了孙中山先生领导的国会非常议会议员，以及到湖南岳州联系了同情学生爱国运动的湘西镇守使冯玉祥将军。

由于他们联络的结果，各地学生都加入了学生救国会，使其几乎成为全国性的学生团体；更重要的是，他们与各方面的人物都有过交往，令社会各界了解并且关注学生救国会的诉求与行动。

9月初，许德珩、易克嶷完成了使命，启程返回北京。

为了便于展开活动，救国会成员决定筹备出版一个刊物——《国民》杂志，这一进步组织遂以刊物的名字，被人称作国民杂志社，简称国民社。刊物的主要发起人有许德珩、黄日葵、邓中夏、鲁学祺、段锡朋、张国焘、廖书仓、易克嶷等。其中，黄日葵本是留日学生代表，请愿活动失败后，不再回去日本，考入了北大。

1918年10月20日，他们在北京南池子欧美同学会会所正式成立国民杂志社。邓中夏、许德珩、周炳林等人当选为编辑员；谢绍敏为调查股主任，张国焘任总务股干事，段锡朋任评议部议长。

同年12月19日，国民杂志社在《北京大学日刊》上发表了成立启事，声明该社同人"感于世界潮流变迁之剧，国民智识不足以资为因应"，故而要"本研究之所得贡献国民"。阐明其四大宗旨是：一、增进国民人格；二、研究学术；三、灌输国民常识；四、提倡国货。主旨内容是以社会政治的实际为主，进行反帝爱国与争取民主的宣传。

经费由南北各地学生自己凑集，每人出五块大洋，共凑了一千五百余元。因为办这个杂志的目的是宣传爱国、反帝、反军阀，不是谈文学革命，参加的人又不限于北大学生，不能在北大校内挂牌子，国民社的发起人只好在北池子骑河楼路南一所房子里租一大间房子，通信、开会、讨论问题都在这里。原定于1918年10月杂志正式出版，但在筹备就绪之际，管理会费的鲁学祺，竟挪用了五六百元会费，使刊物的出版受到影响，不得不推迟于1919年1月1日出版。

他们邀请李大钊做指导，即《国民》杂志的总顾问，国民社的成员有事都和他商量。《京报》主笔邵飘萍和著名画家徐悲鸿，也都被他们请来做顾问。他们甚至约请了杨昌济教授为杂志写文章。

蔡元培亲自为创刊号作序：

《国民》杂志者，北京学生所印行也。学生唯一之义务在求学，胡以牺牲其求学之时间与心力，而从事于普通国民之业务，以营此杂志？曰：迫于爱国之心，不得已也。向使学生而外之国民，均能爱国，而尽力于救国之事业，使为学生者得专心求学，学成而后有以大效于国，诚学生之幸也。而我国大多数之国民，方漠然于吾国之安危，若与己无关。而一部分有力者，乃日以椓丧国家为务。其能知国家主义而竭诚以保护之者，至少数耳。求能助此少数爱国家、唤醒无意识之大多数国民，而抵制椓丧国家之行为，非学生而谁？呜呼！学生之牺牲其时间与心力，以营此救国之杂志，诚不得已也。

进而，蔡元培对《国民》杂志提出了四项要求：正确、纯洁、博大、有恒，希望这个杂志"慎勿以无聊之词章充篇幅"，"勿提倡绝端利己之国家主义"，"愿社员永远保此朝气，进行不息，则于诸君唤醒国民之初心，始为无负也"。

许德珩在创刊号上发表《吾所望于今后之国民者》，作为代发刊词，从"感受、耻辱、痛惜、知耻、力行、勤奋、毅力"等七个方面，进一步阐明这个杂志的宗旨；并控诉封建军阀统治所造成的"无处非兵，无处非匪，无处非失业逃亡之饿殍，无处非嗷嗷待哺之灾黎"的悲惨局面，决心"一饮此强悍专横之血之肉，以雪吾愤"。对于外来侵略者，"虽冒万死与之争，犯大事与之战，亦不可惜"。

邓中夏用"大壑"的笔名每期都为杂志撰述国内外大事，介绍国际新闻。

《国民》杂志第二卷第一期发表了《共产党宣言》的前半部，这是《共产党宣言》介绍到中国来的第一个译本。译者为李泽彰，全书已经译完，因限于《国民》杂志的篇幅，只能陆续发表。前半部出版后胡适特地把李泽彰找去，训斥道："你快毕业了，毕业后你还做不做事？你要做事就不要再登下去（指《共产党宣言》译文连载）；如要出风头，那你就登下去！"由于胡适的威胁，李泽彰抽出译稿的下半部不敢登下去了，所以《共产党宣言》在《国民》上没有全部登完。

《国民》杂志最初是用文言发表文章，因为它是全国性刊物，当时社会上对于白话文还不容易接受。五四以后，《国民》杂志改为白话文。

1919年2月，北大学生干事会成立，北大的学生救国会全体成员都参与进去。新潮社原是不参加的，在李大钊的劝说下，罗家伦、傅斯年、康白情亦加入其中。他们选出段锡朋、傅斯年、蒋复璁、姚从吾、周炳琳、许德珩、陈剑修、方豪、雷国伦、康白情、罗家伦等十余人为干事。干事会下设总务、文书、交际、会计、庶务、纠察、讲演七个股，积极联络北京各校学生，从事爱国宣传活动。

新潮社是1918年11月19日由罗家伦、傅斯年、顾颉刚、徐彦之等人在蔡元培、陈独秀、胡适、钱玄同、李大钊的直接指导与帮助下，发起成立的北京大学学生社团。其经费来源跟国民社有所不同，是新潮社的发起人通过文科学长陈独秀向蔡元培请求帮助，蔡从教育经费中拨出一笔款子予以解决的。

同年12月3日，新潮社的名字首次出现在《北京大学日刊》上。成立启事宣称：同人等集合同趣组成一个月刊杂志，定名曰《新潮》。专以介绍西洋近代思潮，批评中国现代学术上、社会上各问题为职司。不取庸言，不为无主义之文辞。成立方始，切待匡正，同学诸君如肯赐以指教，最为欢迎！

1919年1月，《新潮》杂志在北大红楼图书馆正式创刊，旗帜鲜明地站在新文化运动的立场上，与旧势力、旧传统、旧思想展开了激烈论战。

在创办和编辑《国民》杂志的过程中，邓中夏发现《国民》杂志对那些识字的人有宣传效用，对不识字或识字很少的青年工人、农民，几乎没有多少作用。为了解决这个问题，邓中夏和廖书仓、许德珩、黄日葵、周炳琳、康白情、罗家伦、高尚德（高君宇）、杨钟健、朱自清、俞平伯、张国焘等人商量，决定组织一个北京大学平民教育讲演团。1919年3月7日，他们联名在《北京大学日刊》发出《征集团员启事》：

盖闻教育之大别有二：一曰以人就学之教育，学校教育是也；一曰以学就人之教育，露天演讲、刊发出版物是也。共和国家以平民教育为基础，平民教育，普及教育也，平等教育也。学校教育惟饶于资财者之子弟始得享受，而寒畯之子弟及迫于生计而中途失学者不与焉，未足语于平民教育。苟乏术以补救之，则人民智识必大相悬殊，社会上不平之景象必层见迭出，共和国体必根本动摇。补救之术维何？厥曰露天演讲、刊布出版物，亦即所以补助学校教育之所不及者也。顾以吾国平民识字者少，能阅印刷品出版物者只限于少数人，欲期教育之普及与平等，自非从事演讲不为功。北京大学固以平民主义之大学为标准者也，平民主义之大学，注重平民主义之实施，故平民教育尚焉。同人等发起兹团，所以达此旨也。同学中热心平民教育者，愿兴起共襄斯举。

征集启事刊出后，很快征集了团员四十余人。3月23日，北京大学平民教育讲演团正式成立，邓中夏与廖书仓当选为总务干事，确立讲演团的宗旨是"增进平民知识，唤起平民自觉心"，像极了国民社四大宗旨的变体。

北京大学平民教育讲演团成立后，经常到街头群众中间进行露天讲演。他们常常是两三个人或三五个人一组，出发前，事前拟好题目，选定地点（有时也不事先选地点），打着讲演团的白布小旗，仿照基督教救世军的宣讲办法，携带一面小铜锣，到人多而适当的地方，主讲人站得高一点，另一个人把锣一敲，主讲人开始演讲起来。庙会是平民教育讲演团最好的讲演场所，但常常被警察干涉。

演讲的内容，在五四运动前，虽对国家、爱国、制度等政治问题有所涉猎，但主要是国民常识、平民教育、慈善、公德的启蒙教育等话题；五四运动之后，根据国际国内形势的变化，一些政治理念及有关爱国的讲演急剧增多，均具有鲜明的反帝反封建的色彩。

大约在北大学生发起学生救国会的同一时间，少年中国学会亦在筹建之中。

最先提议建立少年中国学会的是王光祈。此人于1914年到北京进入中国大学学习法律，1918年6月初毕业，担任成都《群报》和《川报》驻北京记者。眼见得请愿活动失败，他感到应该早日集结有志气的青年同志，互相切磋，经过历练，成为各项专门人才，使足以言救国与建国的种种问题的解决，因而联络同乡曾琦、周太玄等人，以"少年意大利党""少年德意志党"为榜样，打算筹备组织少年中国学会。但是，他们都没有名气，觉得李大钊在《青春》一文中畅想的创造青春中国跟他们想要发起的少年中国有诸多相似，便邀请他参与发起。

王光祈起草了一个《意见书》，到北大图书馆拜会李大钊，解释他及其同人发起少年中国学会的意图时，说道："盖以国中一切党系皆不足有为，过去人物又使人绝望，本会同人固欲集合全国青年，为中国创造新生命，为东亚辟一新纪元。故少年中国学会，中华民国青年活动之团体也。"

这正与李大钊的思想基本保持一致，李大钊愿意做这样的尝试，与陈愚生、张尚龄、周太玄、曾琦、雷宝菁等人一道推举王光祈负责起草《学会规约》，于1918年6月30日正式在北京南郊岳云别墅召开筹建会议。

从这一天开始，王光祈、李大钊、周太玄、曾琦等七人一连在岳云别墅开了好几天会，以王光祈起草的《学会规约》展开讨论，反复修改，把少年中国学会的宗旨归结为振作少年精神、研究真实学术、发展社会事业、转移末世风俗。他们制定了四条信约：一、奋斗；二、实践；三、坚忍；四、俭朴。对吸纳会员的要求：入会须由会员五人介绍，并经评议部认可；会员须研习一种专门学科，不得中途休辍或自行更改；不得嫖娼、赌博、懒惰、浪费；不得接近政党；不得虚伪、冷漠、言行不一、无悛改之心；甚至，介绍会员不加审慎也或致警告，以至于除名。并且决定以王光祈为主任，进行为期一年的筹备，寻求何为"少年中国""中国向何处去"的答案，一年之后，再正式召开成立大会。

在这一年的预备期里,主要有下列几种人参加了少年中国学会:一、向往俄国十月革命的一些人;二、因反对日本侵占山东而归国的一小部分留日学生;三、从事爱国运动的国内各学校少数学生。

1919年7月1日,少年中国学会正式成立。经李大钊、王光祈、曾琦提议,将宗旨修改为:本着科学的精神,为社会的活动,以创造少年中国。

随后,在《少年中国》月刊创刊宣言中,明确宣告了这一宗旨。

参加少年中国学会的人各怀理想,在主义上不尽一致,按照李大钊的说法:我们"少年中国"的理想,不是死板的模型,是自由的创造;不是铸定的偶像,是活动的生活。我想我们"少年中国"的少年,人人理想中必定都有一个他自己所欲创造而且正在创造的"少年中国"。你理想中的"少年中国",和我理想中的"少年中国"不必相同;我理想中的"少年中国",又和他理想中的"少年中国"未必一致。可是我们的同志,我们的朋友,毕竟都在携手同行,沿着那一线清新的曙光,向光明方面走。那光明里一定有我们的"少年中国"在。我们各个不同的"少年中国"的理想,一定都集中在那光明里成一个结晶,那就是我们共同创造的"少年中国"。

毛泽东、恽代英、邓中夏、杨贤江、高君宇、李达、黄日葵、缪伯英、蔡和森、赵世炎、张闻天、沈泽民等后来著名的共产党人都先后参加了少年中国学会,而且,他们当中有很多人是起领导作用的。参加这个学会的还有杨钟健、许德珩、章廷谦,以及周炳琳、孟寿椿等人,他们后来是著名的民主党派人士。后来堕落成为国家主义分子青年党的曾琦、左舜生、李璜、余家菊等同样是这个组织的中坚分子。新潮社的新诗人康白情,陕西文人郑伯奇等,亦先后加入其中。

少年中国学会成员分散在国内各大城市,都同情或直接参加五四运动,以后虽因立场观点不同走向分裂,但在当时对五四运动起了很大的联系作用。

北大校长蔡元培当时曾说过:"现在各种集会中,我觉得最有希望的是少年中国学会。因为他的言论,他的行动,都质实得很,没有一点浮动与夸张的态度。"

少年中国学会在成立一年之后,不但和别的社团联合起来,形成统一战线,在任务和工作方面也渐渐由朦胧而显明,比先前更实际更具体。在学会中,李大钊又提出了主义,使之具有了政治的蕴含。

五四运动之后，王光祈还倡议发起了工读互助团。他的这项倡议得到了李大钊、蔡元培、陈独秀、胡适、周作人等知名人物支持。1919年12月24日，他们与王光祈等十七人率先成立了北京工读互助团，以"本互助的精神，实行半工半读"为宗旨，试图通过这种组织的扩大和联合，实现"人人做工，人人读书，各尽所能，各取所需"的理想社会。

还有值得一提的进步团体是以匡互生为主发起成立的工学会。他以北京高等师范学校学生身份参加了1918年5月的请愿活动以后，吸取"此次请愿之教训，深悟群众运动，若无中坚分子领导，必不能奏效"，遂与周予同、刘薰宇等人一道，于1919年2月成立了同言社，借练习辩论为名，暗中进行第二次学生运动的准备。随后，他们更深切地认识到，要改造社会，必须打破劳心与劳力的界限，工与学并进，做工的人要读书，读书的人要做工，打破中国数千年来"贵学贱工"的谬见。1919年5月3日，在同言社基础上成立了工学会。其宗旨是："国有困难外交，则竭力以谋补救"，希望建立起一个没有剥削和压迫的平等社会。

4．火烧赵家楼

1919年4月底，巴黎和会这个强盗分赃的会议正式决定，要把德国强占中国山东的"权利"，判给日本帝国主义继承，同时拒绝关于取消袁世凯与日本所订的"二十一条"卖国条约的提议，把中国直接推向战败国的行列。

是外交委员会委员长汪大燮和事务长林长民收到梁启超从欧洲发给他们的电报，最先得以知道这个消息的。林长民心急如焚，即刻（5月1日）写了一篇《外交警报敬告国民》发表到《晨报》《国民公报》等报纸上，大声疾呼："山东亡矣，国将不国矣，愿合四万万众誓死图之！"汪大燮同样不敢怠慢，迅疾召集外交委员开会，通过了拒绝在巴黎和会签字的决议，并且得到大总统徐世昌的许可，给身在巴黎的外交总长陆徵祥发去电报：公果敢签者，请公不必生还。

5月2日，从报纸以及其他途径得知消息，蔡元培在北京大学饭厅召集学生班长和代表一百余人开会，讲述了巴黎和会上帝国主义互相勾结，牺牲中国主权的情况，指出这是国家存亡的关键时刻，号召大家奋起救国。

当天晚上，国民社各校代表召开紧急会议，讨论办法。高工一位学生代表夏秀峰当场咬破手指，写下血书，令许许多多热血学生眼里要冒出火来。于是发出通知，决定5月3日晚7时召开全体学生大会，并邀请北京十三个中等以上学校学生代表参加，共同讨论决定什么时候发起行动以及怎样展开行动。

同样是这一天，卖国心切的国务总理钱能训重新给巴黎发了一份同意签字的电报。林长民第一时间得知这一消息，不敢怠慢，急急忙忙跑去向汪大燮报告。汪大燮深感救国无望，气愤难平，不想亲眼看到国家尊严遭到践踏，遂辞去外交委员会委员长职务，准备躲进小楼成一统，管他冬夏与春秋。外交委员会秘书长叶景莘脑子清醒，建议汪大燮去找外交委员会理事蔡元培商量，把学生发动起来，或许可以逼迫政府不敢签字。汪大燮如梦初醒，赶紧找到蔡元培，告知事情真相，要求他尽快发动学生，造成声势，迫使卖国政府收回成命。

5月3日，蔡元培把傅斯年、罗家伦、康白情、段锡朋等人召集到西斋饭厅细说详情，要求他们号召全体学生一同向北洋政府施加压力，令其停止卖国行动。

随后，蔡元培见了陈独秀。当初，陈独秀称威尔逊可算世界上第一个好人，如今听了蔡元培转告的消息，不由得大声痛斥这位光讲空话的威大炮，并且表示要在《每周评论》上专发火药味很浓的鼓动文章，配合挽救危局的爱国行动。

傅斯年、罗家伦、康白情、段锡朋等人发起成立新潮社、国民社，正是受了新文化运动以及1918年5月请愿活动失败的影响，出于救国的目的。政府卖国，他们岂能无动于衷，迅速约集各校学生代表召开了一个紧急会议，讨论办法。一来因为清华大学要在这一天举行纪念典礼，北大许多学生都想到清华去参观，包括罗家伦等人都想去捧场，二来考虑到在国耻日发动学生运动更具有号召力，他们把活动时间定在5月7日。具体办法，他们决计先举行游行示威，继而学习留日学生对付章宗祥的榜样，把白旗送到曹汝霖、章宗祥、陆宗舆的家里。

留日学生给章宗祥送白旗，发生在1919年4月11日。

在此之前，巴黎和会上，中日代表就山东问题发生了激烈冲突，驻日公使章宗祥为了谋求改善中日关系，决定满足日本人提出的一切条件，想要出席和会，取代顾维钧、王正廷。留日学生获知，向国内发去电文："章宗祥自使日以来，种种卖国行为，罄竹难书。幸今日暴德已倒，强权屈服，正义人道，风靡全球。吾大中华民国全体国民方期于欧洲和平大会，战胜恶魔，一雪国耻。苟两报（指东京的《时事新闻》和上海的《时事新报》）所载不虚，则是我政府受日奴运动，倒行逆施，以卖国专家充外交总长，兼欧洲和平会议代表，势非卖尽中国不止，同仁一息尚存，极力反对，并将以颈血溅之。"卖国政府迫于压力，章宗祥此举未能如愿。紧接着，章宗祥改变计划，试图执掌外交部，以便掣肘反对派。4月11日，他带着日本小老婆回国。三十多名留日学生赶到车站，把上面写着"卖国贼""矿山铁道尽断送外人"的白旗，雪片似的朝他乘坐的车上飞去。

这几天，几家报纸捅出的消息，以及一些外国教员的宣传，都在说中国的外交已经完全失败，并且直陈原因完全在曹汝霖、章宗祥、陆宗舆等秘密订定的南徐、济顺两路借款合同的换文上所有的"欣然承诺"四个大字上面。北京所有的学生,除了那些脑筋素来麻木的人以外,没有不痛骂曹、章、陆等没有良心的,没有不想借一个机会来表示一种反抗的精神的。段锡朋辞别了蔡元培以后,马上找到邓中夏、廖书仓、许德珩、张国焘等人,一同召集《国民》杂志社各校代表紧急会商,进一步明确当天晚上7点在北河沿北大法科大礼堂召开大会。

到会的人极为踊跃。推定北大法科四年级学生段锡朋(亦说是廖书仓)担任会议临时主席,推定北大文科学生黄日葵、孟寿椿二人做记录。

大会首先请《京报》主笔、北大新闻学研究会导师邵飘萍报告了巴黎和会山东问题交涉失败的情况。紧接着,张国焘、许德珩等人相继上台演讲。

会议开得很紧张的时候,刘仁静拿出一把菜刀来,试图当场自杀,以激励国人。法科学生谢绍敏悲愤填膺,咬破中指,撕开衣襟,用鲜血书写"还我青岛"四个字。这一下,更激励了全体学生的情绪。段锡朋、邓中夏、廖书仓、许德珩、张国焘等主持人无法平抑学生们的情绪,再也不能维持五七发难的成议,经全体学生当场议决,形成四项决定:一、联合各界一致力争;二、通电巴黎专使坚不签字;三、通电各省于5月7日游行示威;四、原定5月7日天安门之游行提前至4日行之。并当场在北大学生中推出段锡朋、邓中夏、廖书仓、许德珩、张国焘、傅斯年、罗家伦等二十个委员负责召集,由他们到各学校联络进行。

在这次会议上,大家推举段锡朋为5月4日天安门广场集会的主席。

晚上9点左右,罗家伦从清华回来,看见他们已经把会开完了,什么决议都已达成,心里有些恼火,埋怨段锡朋、邓中夏、廖书仓、许德珩、张国焘等人:"我们说好在5月7日发动,而现在改期了,不是要把北大断送了吗?"

可是埋怨归埋怨,大家已经形成决议,再要更改,是万万不能的。在段锡鹏、邓中夏、廖书仓、许德珩、张国焘等人的劝说下,罗家伦不得不在记录上面签了字,表示他认可了这次会议的决定。

随后,傅斯年、罗家伦、段锡朋、邓中夏、廖书仓、许德珩、张国焘等人分工负责,有联系其他学校的,有紧急制作旗帜、标语与传单的。傅斯年、罗家伦等人把之前存在学生银行的三百元拿出来买竹布,请北大的书法研究会及画法研究会的同学来帮忙,在新潮社一夜之间,做了三千多面旗子,除了北大每一个学生都有旗子外,其余的送给其他学校学生。国民社的许德珩、张国焘等人同样在忙于类似工作，许德珩甚至把自己的床单都贡献出来了。

五四运动尽管是以北京大学学生为主发起的，但是，从效果上看，如果没有北京高等师范学校的参与，这场运动很可能仅限于5月4日的游行示威活动，恐怕不会引发几乎全国学生的连锁反应，甚至将商人、工人，以及其他一切爱国者都卷入进来。因而，可以说，高师是把五四运动推向深入的重要推手。

高师最著名的学生领袖是匡互生。此人从小练习武术，有一身功夫，且有勇有谋。辛亥革命时期，他正在长沙邵阳驻省中学读书生，毅然扛起长枪，勇敢地投入到攻打巡抚衙门的战斗。1913年仍在中学读书时作文痛骂北洋军阀。1915年考入北京高等师范学校，先后发起成立了同言社、健社等进步团体。作为湖南人，他与北京大学的罗章龙、易克嶷等人过从甚密，经常召开秘密会议。

5月2日，匡互生与北大、高师等校二三十人再度召开秘密会议，达成共识：单纯的游行示威，不可能逼迫政府罢免曹汝霖、陆宗舆、章宗祥等卖国贼，必须有人实施暴力行动，才能震慑政府，促进收回胶济铁路，因此提出暗杀曹、陆、章，实行暴动的主张。会议决定立即派出人员先探查卖国贼曹、章、陆的住宅，查明行动的门路、进出的路线等；同时派人分途联络其他激进分子。

曹汝霖在赵家楼的住址，是从高师附小曹汝霖儿子处探到的。他们又集中到廊房头条胡同的照相馆，从那里陈列的政界名人照片中辨认曹、陆、章的长相。

5月3日夜晚，匡互生召集同言社成员成立工学会，并且提议大家讨论对于即将举行的游行示威运动，工学会应该采取何种态度。

在他的引导下，工学会大多数成员主张采用激烈的手段去对付那几个仰日本军阀的鼻息，做国内军阀的走狗，并且惯以构成南北战争以快私意的曹、陆、章。

工学会讨论得最热烈的时候，北京大学派人过来告知次日举行游行示威。

匡互生召集秘密会议做出的决定是趁5月7日学生集会抗议，国民外交协会同时在中央公园举行国耻纪念大会，曹汝霖应邀出席之机，当众刺杀曹汝霖，造成国际影响。工学会核心会员以及参加秘密会议的人员都做好了准备，连身后事都向亲密的朋友商托好了。但计划有变，游行示威活动改在明天！他不得不改变讨论重点：如何利用这次游行示威，达到暴打甚至刺杀曹、陆、章等人的目标。

仓促之间，无法搞到炸弹、手枪（有一位同盟会的老会员答允为匡互生的秘密行动小组提供一把手枪，最终未能兑现）。工学会成员尽其所能，带了一些铁器、小罐火油以及火柴，预备毁物防火。

北大这边，派出的代表当夜分途到各校接洽，约定次日下午1点在天安门会齐。当夜11点左右，各代表在北大开了一个预备会议，当场举出了三个总代表，一个是罗家伦，一个是江绍原，一个是张廷济，并且推罗家伦写了一个通告。

时间紧迫，罗家伦没有推辞，尽管新潮社里人来人往，很是嘈杂，但他好像完全没有留意，站在一张长桌旁，匆匆起草了《北京学界全体通告》：

现在日本在万国和会上要求并吞青岛，管理山东一切权利，就要成功了！他们的外交大胜利了！我们的外交大失败了！山东大势一去，就是破坏中国的领土！中国的领土破坏，中国就亡了！所以我们学界今天排队游行，到各公使馆去，要求各国出来维持公理。务望全国工商各界，一律起来，设法开国民大会，外争主权，内除国贼，中国存亡，就在此举了！今与全国同胞立两条信条道：

中国的土地可以征服不可以断送！

中国的人民可以杀戮不可以低头！

国亡了，同胞起来呀！

宣言写成，即由狄君武送到北京大学交印刷所印刷，原计划印五万份，但直到集合出发，才印了两万份，只好把这两万份拿到街头散发。

第二天早上，他们预备了一个英文的备忘录，送给各国使馆。

国民社同样没有闲着，许德珩受全体学生代表的委托，起草了《北京学生天安门大会宣言》：

呜呼国民！我最亲爱最敬佩最有血性之同胞！我等含冤受辱，忍痛被垢于日本人之密约危条，以及朝夕企祷之山东问题，青岛归还问题，今日已由五国共管，降而为中日直接交涉之提议矣。噩耗传来，天暗无色。夫和议正开，我等之所希冀所庆祝者，岂不曰世界中有正义，有人道，有公理，归还青岛，取消中日密约，军事协定，以及其他不平等之条约。公理也，即正义也。背公理而逞强权，将我之土地，由五国共管，侪我于战败国如德、奥之列，非公理，非正义也。今又显然背弃山东问题，由我与日本直接交涉。夫日本虎狼也，既能以一纸空文，窃掠我二十一条之美利，则我与之交涉，简言之是断送耳，是亡青岛耳，是亡山东耳。夫山东北扼燕、晋，南控鄂、宁，当京汉、津浦两路之冲，实南北之咽喉关键。山东亡，是中国亡矣。我同胞处此大地，有此山河，岂能目睹此强暴之欺凌我，压迫我，奴隶我，牛马我，而不作万死一生之呼救乎？法之于亚鲁撒、劳连两州也，曰："不得之，毋宁死。"意之于亚得利亚海峡之小地也，曰："不得之，毋宁死。"朝鲜之谋独立也，曰："不得之，毋宁死。"夫至于国家存亡，土地割裂，问题吃紧之时，而其民犹不能下一大决心，作最后之愤救者，则是二十世纪之贱种，无可语于人类者矣。我同胞有不忍于奴隶牛马之痛苦，亟欲奔救之者乎？则开国民大会，露天演说，通电坚持，为今日之要着。至有甘心卖国，肆意通奸者，则最后之对付，手枪炸弹是赖矣。危机一发，幸共图之！

5月4日上午10点，北京十三所大学在国立法专召开筹备会议，傅斯年与段锡朋一起被推选为会议主席，傅斯年同时被推举为游行总指挥。

经过紧张的动员和部署，预定时间一到，北大学生扯起了许许多多横幅，上面书写着"还我青岛""保我主权""诛卖国贼曹汝霖、章宗祥、陆宗舆""废除二十一条"等各种各样的大字，走出校门，与事先已经联络好了并齐聚在天安门广场的其他各校学生会合。

北京高等师范学校学生最先到达天安门广场。工学会成员、史地部学生张润芝书写的一副丈余长挽联竖立在金水河边，最为引人注目：

卖国求荣，早知曹瞒遗种碑无字；
倾心媚外，不期章惇余孽死有头。

边款为：

卖国贼曹汝霖、陆宗舆、章宗祥遗臭千古。北京学界同挽

　　游行队伍会合以后，首先举行大会。许德珩宣读了《北京学生天安门大会宣言》，罗家伦宣读了《北京学界全体通告》，傅斯年、段锡朋等人发表讲话，向群众说明游行示威的意义。紧接着，国民杂志社负责人许德珩、高君宇、邓中夏、张国焘等人指明了游行的方向和行动的秩序。傅斯年高举游行大旗在游行队伍最前面走着，队伍一路高喊着"取消二十一条！""保我主权！""严惩卖国贼曹汝霖、陆宗舆、章宗祥！"等口号，朝东交民巷进发。一路上，各校学生见着地方就张贴标语，见着人就散发传单。民众了解了学生运动的意图，亦纷纷加入游行行列，队伍越发壮大，气势越发雄壮。

　　当天，总统徐世昌款待驻日公使章宗祥，钱能训、曹汝霖、陆宗舆作陪。听说学生在游行示威，徐世昌立即命令京师警察厅总监吴炳湘前往解决，不许游行。

　　游行队伍进入东交民巷时，吴炳湘乘摩托车赶来阻止，未能如愿。

　　当此之时，外国军队和警察早已得到消息，架设了机枪，布列了阵地，勒令学生不准进入使馆区。学生领袖商议片刻，选出傅斯年、罗家伦、段锡朋、狄福鼎四人为代表，向美、英、法、意等四国使馆递说帖。因为当天是星期日，四国公使都不在使馆，只有参赞出来接见，表示同情他们。四个学生代表和东交民巷的官员通过数次电话以后，被推选进入美国使馆，留下说帖。

　　当四位学生代表与中国警察、四国使馆交涉过程中，大部队在使馆外面苦苦等候了两个多小时。中国的土地，中国人不能进入，中国警察拦在东交民巷入口，阻挡学生的爱国行动，逼迫学生撤退和解散。个体和国族的尊严受到进一步刺激伤害，学生愤怒情绪在酝酿、在膨胀，游行秩序开始失控。国家快亡了，此时不起待何时？随即，工学会那些已经把身后事都向亲密的朋友交代好了的会员高呼起来了："大家往外交部去！""大家往曹汝霖家里去！"

　　傅斯年担心发生意外，极力劝说大家不要激动。但喧嚣、愤怒的声浪汹涌澎湃，令傅斯年无法控制局势。队伍遂在工学会那些下定赴死决心的成员

鼓动下，经过东长安街，前往赵家楼。一路上，学生们不停地高呼"打倒卖国贼曹汝霖""打倒卖国贼章宗祥""打倒卖国贼陆某、徐某、段某"，以及其他骂政府的话。

大约4点半的光景，游行队伍全部开到赵家楼胡同曹汝霖的住宅前面了。

此时此刻，曹宅大门早已紧闭。由于房屋围墙太高，无法翻入，盛怒之下的学生将旗子掷向院内，高喊："卖国贼曹汝霖快出来！"

曹宅内院以及附近有三四十个全副武装的警察，是京师警察厅总监吴炳湘派过来保护曹汝霖的。当学生们叩击大门时，警察即上前阻止，双方发生争执。学生们一面和警察理论，对其宣传爱国思想，一面绕屋而行寻找破门之路。

过了好一会儿，里面没有人回应，又找不到破门之策。学生们不免有些泄气，正预备散队回校。匡互生忽然发现大门右侧有一个窗户，不由分说，纵身跃上窗台，一拳将窗户玻璃击得粉碎。几个早已做好牺牲准备的工学会成员见状，精神大振，大叫一声，一个接一个从窗口跳了进去。

学生们一跳进去，宅内的警察立即涌上前来。他们慷慨激昂地号召守卫警察"争国权、惩治卖国贼，以振国威"。警察颇受感动，自动取下枪上的刺刀，退出上膛的子弹，让匡互生和他的同学打开大门。游行者潮水一般涌了进去。

进入曹宅前，匡互生听说曹汝霖和章宗祥两个卖国贼正在曹家开会，全然不顾手上正在流血，和大家涌入内宅搜寻。看到后门那儿立着的一块木屏，一名学生飞起一脚，将它踢倒在地，发出轰然的一声。在宅外以及立在后面狂呼的学生听了，以为是里面放枪，很有些惊慌，不约而同地后退了几十步。后来，由里面出来的学生说清原委，倒退的人胆子又大了起来，向前涌去。

这时候，没有找到曹汝霖，曹汝霖的卧室太华丽，里面还有一个日本女人（大家把这个日本女人保护起来，没打她）。匡互生怒不可遏，取出预先携带的火柴，将屋内易燃的帐子、挂画、信件集中起来，准备点火。

段锡朋见此情景，吓了一大跳，赶紧阻止匡互生道："我负不了责任。"

匡互生头都不回，毅然回答道："谁要你负责，你也确实负不了责任！"

呲！噗！燃起了熊熊大火。紧接着，几个学生到汽车房，将乘用车捣毁,取了几筒汽油,到客厅书房浇上汽油,放火燃烧。这把火,几乎将曹宅东院一排西式房屋烧尽,只剩了门房及西院中式房屋一小部分(是吴炳湘派消防队扑灭的)。如果没有这把火,学生运动很可能到这里便会告一段落,历史亦很有可能会被改写。但是,现实中终究出现了这把大火,烧醒了更多的民众,投入到救国行动中。

曹汝霖确实把驻日公使章宗祥带回了家里,参战督办处军法处处长丁士源、日本新闻记者中江丑吉也来到曹宅。他们是离开总统府以后,一同来到赵家楼,继续商讨卖国之策的。他们认为,学生们不至于有什么暴烈行动;即使出现什么行动,也会很快被武力驱散和制止。一见学生拥入,曹汝霖仓皇避入一小屋,章宗祥由仆人引到地下锅炉房,参战督办处军法处处长丁士源以及中江丑吉在客厅里被包围起来,不得脱身。躲在锅炉房里的章宗祥看到外面起火了,想趁乱逃走,被一个学生发现,迅速赶上前去,用一根旗杆劈头朝那家伙打去。中江丑吉因掩护章宗祥,也被学生痛打一顿。丁士源则乘混乱之际逃出。章宗祥挨打后,倒在地上装死。动手打他的学生很有些害怕,转身往后走。其他的学生看到了,以为倒地的是曹汝霖,不由得又惊又怕,高声叫喊:"曹汝霖已经被大家打死了!"

喊声很快传遍了四周。胆怯的学生不敢再待下去,跑回学校避祸去了。一些激烈的学生争先恐后地去看那被打死的人,以证实传言是假是真。混乱之际,佯装已被打死的章宗祥逃到外面一间皮蛋店里去躲藏了。

火放了,被打的目标不见踪影,绝大多数学生觉得继续待下去已经没有任何意义,陆续散去,只剩下几百个学生仍在曹宅及其附近逗留。不一时,听说有好几排军队已经开到赵家楼一带了(是丁士源逃出去后叫来的),这些学生赶紧回撤。那些起初对学生还算客气的警察胆大起来,板起面孔,吹起警笛,开始协同军队捕捉学生。在猫子与老鼠的追逐游戏中,包括许德珩、杨振声、江绍源、傅斯岩、易克嶷在内的来不及离开的三十一名学生和一位市民遭到逮捕。

许德珩是和易克嶷一起被捆在拉猪的手推板车上,拉进步军统领衙门的。他们和其他三十个人一同关在一间监房里,极其拥挤肮脏,只有一个大炕,东西两边各摆着一个大尿桶,臭气满屋。每半小时还要听他们的命令抬一下头,翻一个身,以证明他们这些犯人都还活着。

匡互生在攻打曹宅时用力过多，已经精疲力竭，跟着大队人马回去学校休息了。听到有学生被捕的消息，匡互生认为首先打进曹宅和点火的都是他，不是被捕同学之罪，决定去自首，换出被关押的三十二人。但在很多同学的极力劝说下，他不得不收回了那个打算。

傅斯年同样离开了曹宅。他既不是带领大队人马一块儿走的，也不是跟别人一道结伴离开的，而是一看到曹宅燃起大火，心知必定会惹出很大的麻烦，拿出那本上面写着许多代表姓名的日记簿，往火里一丢，烧掉之后，马上逃去避风头，直到晚上才忐忑不安地回到北大。得知有人被捕，他跟一个学生发生激烈的争执，被那个学生打了一拳，怒气难消，索性把脖子一缩，从此不再参加任何行动。

北大预科生郭钦光因患有肺病，游行前大家劝他不要去，他不听，在游行中受了劳累，又受到军警的追打，回来后病情加重，于5月5日不幸死于北大宿舍。

三十二人被捕，以及郭钦光之死，令学生们无不异常悲愤。同一天，各校学生代表齐集北京大学开会，在北大学生干事会的基础上，成立了北京学生联合会，推选段锡朋为会长，决定从即日起实施总罢课，要求北京政府立即释放被捕同学。

北京学生联合会成立了演讲部，推选张国焘担任演讲部部长，号召所有的学生走出学校，利用各种各样的形式，向民众宣传学生的爱国主张以及被北洋政府抓去三十多个学生的事实，谋求民众的支持。

与此同时，蔡元培会同其他十三所中等以上学校的校长在北大开会，成立校长团，不断地跟警察厅、国务院、教育部交涉，要求迅速释放被捕学生。这一下，几乎整个北京城里，都充满了对北洋政府的愤恨和对被捕学生的关心，要求释放学生的声浪，一天一天地高涨起来了。

迫于民众的压力，北洋政府不得不于5月7日上午释放了全体被捕人员。

北大全体学生都在汉花园红楼北面的广场上等候本校被捕学生归来。他们借来了三辆小汽车，被捕学生分别坐着这三辆小汽车来到广场。广场上放着五张方桌，许德珩、杨振声、江绍源、傅斯岩、易克嶷等十二三位北大被捕学生，都站在方桌上和同学们见面。蔡元培讲了几句安慰勉励的话。大家激动得热泪盈眶。

高师校长陈宝泉用了两辆汽车，接回该校八名被捕学生。当汽车驶近学校大门时，早已等候在校门前的师生为八名勇士戴上红花，并将他们高高举起。

学生释放后，斗争并没有结束：第一，参加巴黎和会的中国代表没有不签字的表示；第二，曹汝霖以学生烧了他的房子，打了他们，向为首的学生起诉，要求赔偿损失，依法制裁；第三，段祺瑞以及党羽叫嚣"宁十年无学校，不可一日容此学风"，在解散北京大学的企图破产后，指使安福系阁员提出整顿学风，进行反扑，首先撤销了北大校长蔡元培的职务，派胡仁源代北大校长。

5月8日，蔡元培被迫辞职，离开北京。

北大师生无不义愤填膺，于次日组成强大的游行队伍，到教育部请愿。教育部尽管有意挽留蔡元培，怎奈当局者一意孤行，丝毫不会满足师生们的要求。

关于曹汝霖卖国集团提出对为首滋事学生"依法制裁"的问题，参加五四游行的全体学生于5月13日联名上书检察厅：如爱国有罪，人人愿意自首，不能由少数同学负责；如果法院票传学生，愿意集体受传，少数同学决不出庭。

又因为教育总长傅增湘在5月4日当天将学生运动情况驰报徐世昌时，徐世昌曾有过这样的表示："学生伤人纵火，大干例禁。然青年血气方刚，误入歧途，察原其情，宜哀矜而毋惩，谕之使知非可矣。"所以，曹汝霖卖国集团希望走法律程序制裁爱国学生的企图化为泡影。

李大钊觉得，五四运动的兴起，进一步促进了学生的思想解放，马克思主义必将大行其道，他准备把自己主编的这一期《新青年》办成马克思主义研究专刊，引导学生走在社会潮流前面，启迪他们朝着马克思主义的方向前进。

5月15日，《新青年》马克思主义研究专号终于问世了！它一经面世，立即迎来拥趸一片。马克思主义迅速变成一阵狂飙，突破了其他各种社会思潮的迷雾，不仅在青年学生中引起了很大的震动，也震动了社会其他各阶层。

为了声援学生，陈独秀于5月18日发表了《为山东问题敬告各方面》一文，号召全体国民发扬民主自卫精神，无论何人，都要站出来反对日本及亲日派。

此时，北洋政府仍在加紧向五四运动的发起者实施秋后算账的部署。

为了迫使北洋政府不再迫害爱国学生，5月18日，北京学生联合会在北大二院召开紧急会议，经过商讨，决定从第二天起实施总罢课，向北京政府提出四条要求：一、向巴黎和会我国代表表示坚决拒绝山东问题签字；二、惩办卖国贼曹、章、陆；三、挽留傅增湘、蔡元培；四、维持上海和议。

北洋政府还没有动手，学生竟然率先发动了，政府官员不由得异常恼怒，指责学生是纠众滋事、扰及治安，限令三天之内一律上课。

学生表示拒绝。各校代表在北大三院开会商讨对策的时候，被军警重重包围。会议决定改变策略，由张国焘率领演讲团以十个人为一个单位，结队而行，打出各种各样的旗帜，深入到北京每一个角落，继续展开宣传；同时派遣人员分赴天津、武昌、长沙、上海、南京、济南各地，展开全国性规模的斗争。

5月26日，运动尚处于高潮中，罗家伦对运动进行总结，写出了《五四运动的精神》一文，刊发在《每周评论》上面，第一次将这场爱国学生运动称之为五四运动。罗家伦认为，五四运动显示了三种"关系中国民族的存亡"的精神：一是"学生牺牲的精神"，二是"社会制裁的精神"，三是"民族自决的精神"。

五四运动爆发之前，胡适跑到上海欢迎杜威去了，从陈独秀5月7日给他的信里得悉详细情况，认为这场运动"搞得太过火，没有英美式的政治家风度，出乎英美式群众运动的范围"。一回到北大，他不知道自己到底算老几，以为老兔子蔡元培离职，中兔子陈独秀已经解除权力，自己这只小兔子可以成为说话算数的大人物，马上要求学生联合会下达复课命令，结果遭到拒绝。继而，胡适想用釜底抽薪的办法，提议把北大迁到上海，愿去者签名。他把新潮社两主将傅斯年、罗家伦叫到跟前，告诉他们"排队游街，高喊打倒英日强盗，算不得救国事业"，"外间的纷扰，外间的刺激，只应该增加你们求学的热心与兴趣"。在胡适的劝说下，傅斯年、罗家伦都签了名。陈独秀知道这件事情后，十分恼火，把傅斯年、罗家伦叫去训了一顿，从此再也没有人提起这件事情。

北洋政府费尽心机，不仅不能让学生运动稍有收敛，反而看到学生运动的烽火越烧越旺，不得不跟着改变了策略，声称只要学生不继续胡闹，可以尊重学生的意见，慎重考虑和约的签署问题。

学生们得到了还算满意的答复，渐渐不再发动更大规模的演讲活动。

卖国政府总是对卖国贼情有独钟。6月1日，北洋政府竟然颟顸到无耻的地步，公开表彰曹汝霖、章宗祥、陆宗舆等卖国贼对国家作出的贡献。

对卖国贼的表彰，就是对爱国行动的否定、对国家尊严的践踏。一时间，学生们群情激愤。第二天，张国焘亲自率领几个学生，重新打出演讲团的旗帜，到王府井一带的繁华地带，支起摊子，开始了新一轮的演讲。这一次，卖国政府早有防备，马上出动一大批军警，气势汹汹地把他们抓进了监狱。

张国焘和七名学生被捕的消息，迅速传遍了整个北京城。北京学生联合会做出决定，从6月3日起，所有出发讲演的学生都挺起胸膛，放大声音，站在通衢大道上堂堂皇皇地举行讲演。如果军警来捕，让他们逮捕。如果第一天出发的学生全体被捕，第二天用加倍的人数出发讲演。如果第二天发生同样情形，第三天再加上一倍，直到北京中等以上学校两万五千余名学生全体被捕为止。

这天，几千名学生高喊着"为了国家的前途，献出自己的生命和自由的时刻到了"，好像洪水一样涌向北京城每一个民众汇聚之地，到处去演讲、去抗议。

军警如蝗虫一般扑了过来。一天之内，有近千名学生遭到逮捕。监狱容纳不下，竟把北大三院作为临时监狱。4日，学生用加倍的人数出发，军警进行了更大规模的逮捕。北大三院也收容不下，只得又把理科作为临时监狱的扩充部分。

6月5日，获悉北京有大量学生被捕的消息，上海工人举行大罢工，声援北京学生运动，天津、汉口也有罢市的趋势，甚至于北京商界有将和天津、汉口商界采取一致态度的传说，并且在外面活动的学生联合会成员提出了严厉的抗议，北京政府感到继续关押学生，势必难以收拾，不得不无条件撤走看守的全部军警。

被捕学生没有离开，一致质问北京政府为何如此任意踩躏人权，讨要说法。当天下午，教育部坐不住了，派来几个代表劝学生回校。质问没有得到满意答复，学生们严词拒绝回校，并不客气地教训了他们一顿。这些代表垂头丧气地离开以后，被捕学生决定政府如再没有悔过的表示，仍采取激烈手段去对付他们。

北京政府不得不另派代表前来自认误捕学生之罪。被捕学生的第一个要求得到满足，7日，遂全体回校休息一天。

第二天晚上，北京学生联合会决定，9日召集全体同学，同赴新华门，以罢免曹汝霖、章宗祥、陆宗舆三人为条件，向徐世昌作最低限度的交涉。

北京政府得到消息，同时听说南苑某军队也有预备武装进城加入请愿的谣言和津京商界将有激成罢市的倾向，当晚12点钟召集国务会议，一致通过容纳民意，罢免曹汝霖、章宗祥、陆宗舆三个卖国贼职务，由教育部用电话通知学生联合会，并力劝学生联合会转告诸位同学，明日不要到总统府请愿，以免酿成其他不测的祸变。学生联合会当即要求须有罢免曹、章等的实证，才有商量的余地。他们答应以明日上午9时以前送到各校的刊载着罢免命令的政府公报为证。果然，9日上午8点，政府公报送到各校，曹、章、陆确实遭到免职。

尽管并没有达成主要目的，但曹、章、陆三贼遭到罢免，学生陆续返回课堂，学校渐渐恢复秩序，一场由爱国学生发起的救国运动似乎至此步入收官时段。

5. 北京余波未央

尽管遭到北洋政府圈禁、关押的学生全部获释，曹汝霖、章宗祥、陆宗舆三个卖国贼的职务被撤销了，可是，签不签署巴黎和约没有说法，北大校长蔡元培能不能复职亦被有意回避，难道轰轰烈烈的学生运动，将会由此收场吗？是陈独秀、李大钊催生了这场爱国运动，他们不会忘记这次运动的主要目的以及因这场运动给蔡元培带来的负面影响，决计亲自走到前台，乘学生运动的东风，进一步号召民众起来跟北洋政府作不懈的斗争，直到取得完全胜利。

从表面上看，五四运动是国民社、新潮社、工学会等北京中等以上学校进步社团的主要发起人得到北洋政府将要签署极端不利于中国的《巴黎和约》的消息以后，自发组织起来的，陈独秀、李大钊都没有直接参与行动。但是，不能因此否定他们对这场学生爱国运动起到的极其重要作用。尤其是陈独秀，伟大领袖毛泽东主席称之为五四运动的总司令，他是当之无愧的。

如果不是《新青年》横空出世，旗帜鲜明地树起民主和科学两面大旗，掀起了新文化运动，向腐朽的中国传统封建文化发起猛烈冲击，引发了一场伦理革命、教育革命、文学革命，使中国的思想界特别是青年学生解除了思想的禁锢，引发了一次思想上的大解放，很难想象，在封建专制文化盛行的氛围下，会不会爆发这样一场伟大的爱国运动。如果不是陈独秀、李大钊创办了专门报道评论巴黎和会与山东问题、推动政治运动的刊物——《每周评论》，并且在这一刊物上发表了他们一系列振聋发聩的文章，如何能够唤醒学生的救国意识？尤其是1919年1月19日，陈独秀在《每周评论》上发表了《除三害》一文，提出了进行国内斗争的具体方式：一是"要有相当规模的示威运动"；二是"社会中坚分子，应该挺身出头，组织有政见的有良心的依赖国民为后援的政党"，更是一次很好的动员预令。如果不是陈独秀、李大钊等人对《国民》杂志社、《新潮》杂志社予以大力支持与指导，学生们仍然沉浸在一潭死水的陈腐空气里，又如何能有效组织起来，去为救国展开积极的行动？

第一个冲进赵家楼，点燃那把烧出民族希望之火的匡互生谈及这场伟大的爱国运动的起因时，首先心怀崇敬地说道："在五四运动以前，北京方面有公开地流行和秘密地流行的两种新出版物。关乎前者，有《新青年》《每周评论》一类作代表；……有了这些带强烈刺激性的出版物作晨钟暮鼓，一向消沉的青年，也就不能不从睡梦中惊醒，思想解放自是当然的结果了。"

紧接着，匡互生谈到另外两个原因，即（北洋政府对民众）事实的压迫与（受过革命教育和参与过革命运动的学生）革命暗示的残留。他把这看作是三个根本原因，而且，"这三个原因如果不同时存在，那么，所谓五四运动也就根本地不能发生；即令发生，也不过很无影响地一现罢了。……至于中国代表在巴黎和会失败的消息的宣传，虽然可以说是这次运动的一个近因，但是实际上只可以把它当作一点引起爆发物爆发的火，与这次运动实在没有多大的关系；因为没有作爆发物的远因即令遇到火光，也无爆发的事实的发现哩"。

而且，是陈独秀在和会期间，敏锐地观察时局动态，相继发表了《关门会议》《南北代表有什么用处》等文章，第一次在报纸上将曹汝霖、章宗祥、陆宗舆、江庸四个卖国贼的名字并列起来，把他们称作"亲日派四大金刚"。五四运动喊出的最响亮口号便是"打倒卖国贼曹汝霖""打倒卖国贼章宗祥""打倒卖国贼陆宗舆"。赵家楼那把大火烧掉的正是"亲日派四大金刚"之首曹汝霖的住宅。

5月4日当天，陈独秀得到国务总理钱能训发报要中国巴黎和谈代表在合约上签约的消息，把巴黎和会与上海和会连在一起，在《每周评论》上发表《两个和会都无用》一文，鼓励民众直接行动，等于是给学生运动发出了动员令、出发令：上海的和会，两方都重在党派的权利，什么裁兵废督，不过说说好听，做做面子，实际上他们哪里办得了。巴黎的和会，各国都重在本国的权利，什么公理，什么永久和平，什么威尔逊总统十四条宣言，都成了一文不值的空话。那法、意、日三个军国主义的国家，因为不称他们侵略土地的野心，动辄还要大发脾气，退出和会。我看这两个分赃会议与世界永久和平、人类真正幸福，隔得不止十万八千里，非全世界的人民都站起来直接解决不可。若是靠着分赃会议里那几个政治家、外交家在那里关门弄鬼，定然没有好结果。

整个五四运动期间，陈独秀更是立场鲜明地支持学生的爱国行动。

5月9日，北大校长蔡元培被迫辞职离京，有不少人劝陈独秀离开北京，以免遭到当局迫害，甚至他在上海的好友也觉得他"在京必多危险，函电促其南下"，但他要站在学生背后，支持这场运动，与学生同生共死，愤然回答："我脑筋惨痛已极，极盼政府早日捉我下狱处死，不欲生存此恶浊的社会。"

　　5月11日，陈独秀以《对日外交的根本罪恶》作投枪匕首，谴责北洋政府对学生运动的镇压，同时赞许学生的爱国精神："国民发挥爱国心做政府的后援，这是国家的最大幸事。我们中国现在有什么力量抵抗外人？全靠国民团结一致的爱国心，或者可以唤起列国的同情，帮我们说点公道话。人心已死的中国国民向来没有团结一致的爱国心，这是外国人顶看不起中国人的地方，这是中国顶可伤的现象。现在可怜只有一部分的学生团体，稍微发出一点人心还未死尽的一线生机。仅此一线生机，政府还要将他斩尽杀绝，说他们不应该干涉政治，把他们送交法庭讯办。象这样办法，是要中国人心死尽，是要国民没丝毫爱国心，是要无论外国怎样欺压中国，政府外交无论怎样失败，国民都应当哑口无言。不然便要送交法庭，加上他一个干涉政治扰害公安的罪名。这样办法好极了！好极了！"

　　5月18日，陈独秀发表《为山东问题敬告各方面》，公开号召全社会应形成合力，一同支援学生运动，继续谴责卖国行为："呵！现在还是强盗世界！现在还是公理不敌强权时代！""现在日本侵害了我们的东三省，不算事，又要侵害我们的山东，这是我们国民全体的存亡问题，应该发挥民族自卫的精神，无论是学界、政客、商人、劳工、警察、当兵的、做官的、议员、乞丐、新闻记者，都出来反对日本及亲日派才是。万万不能把山东问题当做山东一省人的存亡问题，万万不能单让学生和政客奔走呼号，别的国民都站在第三者地位袖手旁观，更绝对的万万不能批评学生和政客的不是。象这种全体国民的存亡大问题，可怜只有一部分爱国的学生和政客出来热心奔走呼号，别的国民都站在旁边不问，已经是放弃责任不成话说了。若还不要脸帮着日本人说学生不该干涉政治、不该暴动，又说是政客利用煽动，（全体国民那个不应该出来煽动？煽动国民爱国自卫，有什么错处？）这真不是吃人饭的人说的话，这真是下等无血动物。象这种下等无耻的国民，真不应当让他住在中国国土上呼吸空气。"

　　5月26日，陈独秀发表《山东问题与国民觉悟》一文，郑重提出："这回欧洲和会，只讲强权不讲公理。英、法、意、日各国硬用强权拥护他们的伦敦密约，硬把中国的青岛送给日本交换他们的利益，另外还有种种不讲公理的举动，不但我们心中不平，就是威尔逊总统也未免有些纳闷。但是经了这番教训，我们应该觉悟：公理不是能够自己发挥，是要强力拥护的。""根本救济的方法，只有'平民征服政府'。由多数的平民——学界、商会、农民团体、劳工团体——用强力发挥民主政治的精神（各种平民团体以外，不必有什么政党），叫那少数的政府当局和国会议员都低下头来听多数平民的命令。无论内政外交政府国会，都不能违背平民团体的多数意思。……倘不能照这样征服他们，凭空想他们拿出良心对外不秘密断送国民的生存权利，对内不违法侵害国民的自由权利，真算是望梅止渴了。我们因为山东问题，应该发生对外对内两种彻底的觉悟。由这彻底的觉悟，应该抱定两大宗旨，就是：强力拥护公理，平民征服政府。"

6月8日，陈独秀撰写了《研究室与监狱》，声称"世界文明发源地有二：一是科学研究室，一是监狱。我们青年要立志出了研究室就入监狱，出了监狱就入研究室，这才是人生最高尚优美的生活"。这，既是陈独秀给予被捕学生的最高褒奖，亦是他给自己定下的信条。

李大钊对五四运动所起的作用同样不可低估。他在日本留学期间从事的各种救国活动，以及发表在《新青年》上的《青春》一文，使他成为学生的偶像。李大钊性格温和，处事坦荡，能把持各种不同观点的人团结在自己身边。因此，在五四运动以前，有许多学生读过李大钊在《新青年》及其他报刊杂志上面发表的文章，非常钦佩他的见解，常常来向他请教，他那图书馆主任办公室的外间，不仅经常接待单个或者三五成群的学生，而且常常是他与学生们开讨论会的地方。

跟陈独秀一直把欧美式的科学与民主作为其奋斗的基本纲领不同，俄国十月革命胜利的消息一传入国内，李大钊立刻公开赞美这场革命，试图以俄国革命的成功，警示青年学子，引导青年学子走出一条充满光明的道路。

1918年7月1日，李大钊在《言治》季刊上发表了《法俄革命之比较观》，热情讴歌俄国革命："法人当日之精神，为爱国的精神，俄人之今日精神，为爱人的精神。前者根于国家主义，后者倾于世界主义；前者恒为战争之泉源，后者足为和平之曙光，此其所异者耳。"文章公开指出，"资本主义为资本家一阶级的利益，是战争之源泉，社会主义为了全人类的利益，是和平之曙光"。最后，李大钊通过这篇文章郑重向世人宣告："吾人对于俄罗斯今日之事变，惟有翘首以迎其世界新文明之曙光，倾耳以迎其建于自由、人道上之新俄罗斯之消息，而求所以适应此世界的新潮流，勿徒以其目前一时之乱象遂遽为之抱悲观也。"

欧战结束后，人人都说这是公理战胜了强权，李大钊在中央公园所做的演说，把它看作是庶民的胜利："我们这几天庆祝战胜，实在是热闹的很。可是战胜的，究竟是那一个？我们庆祝，究竟是为那个庆祝？我老老实实讲一句话，这回战胜的，不是联合国的武力，是世界人类的新精神。不是那一国的军阀或资本家的政府，是全世界的庶民。我们庆祝，不是为那一国或那一国的一部分人庆祝，是为全世界的庶民庆祝。不是为打败德国人庆祝，是为打败世界的军国主义庆祝。"

随后，李大钊以振聋发聩的声音，指明了问题的实质："这回战争的真因，乃在资本主义的发展。国家的界限以内，不能涵容他的生产力，所以资本家的政府想靠着大战，把国家界限打破，拿自己的国家做中心，建一世界的大帝国，成一个经济组织，为自己国内资本家一阶级谋利益。俄、德等国的劳工社会，首先看破他们的野心，不惜在大战的时候，起了社会革命，防遏这资本家政府的战争。联合国的劳工社会，也都要求和平，渐有和他们的异国的同胞取同一行动的趋势。这亘古未有的大战，就是这样告终。这新纪元的世界改造，就是这样开始。资本主义就是这样失败，劳工主义就是这样战胜。世间资本家占最少数，从事劳工的人占最多数。因为资本家的资产，不是靠着家族制度的继袭，就是靠着资本主义经济组织的垄断，才能据有。这劳工的能力，是人人都有的，劳工的事情，是人人都可以作的，所以劳工主义的战胜，也是庶民的胜利。"

《庶民的胜利》形成文字，与1918年11月中旬和《布尔什维主义的胜利》一道，发表在《新青年》第五卷五号上，对引导学生直接行动起了很大的作用。

《布尔什维主义的胜利》跟《庶民的胜利》一脉相承，在揭示第一次世界大战结束的原因以及展望人类的未来方面，前者更进了一步。李大钊以冷静的、理智的，同时又是热情的、豪迈的笔触写道：

原来这次战局结终的真因，不是联合国的兵力战胜德国的兵力，乃是德国的社会主义战胜德国的军国主义。……对于德国军国主义的胜利，不是联合国的胜利，更不是我国徒事内争托名参战的军人，和那投机取巧卖乖弄俏的政客的胜利，是人道主义的胜利，是平和思想的胜利，是公理的胜利，是自由的胜利，是民主主义的胜利，是社会主义的胜利，是布尔什维克主义的胜利，是赤旗的胜利，是世界劳工阶级的胜利，是二十世纪新潮流的胜利。因为二十世纪的群众运动，是合世界人类全体为一大群众。这大群众里边的每一个人一部分人的暗示模仿，集中而成一种伟大不可抗的社会力。这种世界的社会力，在人间一有动荡，世界各处都有风靡云涌、山鸣谷应的样子。在这世界的群众运动的中间，历史上残余的东西，——什么皇帝咧，贵族咧，军阀咧，官僚咧，军国主义咧，资本主义咧，——凡可以障阻这新运动的进路的，必夹雷霆万钧的力量摧拉他们。他们遇见这种不可当的潮流，都像枯黄的树叶遇见凛冽的秋风一般，一个一个的飞落在地。由今以后，到处所见的，都是布尔什维克主义战胜的旗。到处所闻的，都是布尔什维克主义的凯歌的声。人道的警钟响了！自由的曙光现了！试看将来的环球，必是赤旗的世界！

这种对群众运动的热情赞颂，在青年学生心目中激起的涟漪，是不可预测的。

1919年1月1日，李大钊写出了《大亚细亚主义与新亚细亚主义》，发表在1919年2月1日出版的《国民》杂志第一卷第二号上，尖锐地揭露了日本军国主义倡言的"大亚细亚主义"实际上是并吞中国主义的隐语。继而，他提出亚细亚人应该共倡一种新亚细亚主义，代替日本军国主义者倡导的"大亚细亚主义"。怎么实现呢？李大钊的主张是，拿民族解放作基础，根本改造。凡是亚细亚的民族，被人吞并的都该解放，实行民族自决主义，然后结成一个大联合。

这是先进的中国知识分子第一次提出民族解放思想，而且刊发在《国民》杂志上，对许德珩、邓中夏、张国焘、段锡朋等国民社成员造成的影响最为直接，对国民社自动发起五四运动起到的作用，怎么形容都不过分。

同年2月20日，北京《晨报》刊登了李大钊撰写的《青年与农村》，声言:"我们中国是一个农国,大多数的劳工阶级就是那些农民。他们若是不解放,就是我们国民全体不解放;他们的苦痛,就是我们国民全体的苦痛;他们的愚暗,就是我们国民全体的愚暗;他们生活的利病,就是我们政治全体的利病。去开发他们,使他们知道要求解放、陈说苦痛、脱去愚暗、自己打算自己生活的利病的人,除去我们几个青年,举国昏昏,还有那个?"在文章里,李大钊指出了中国新青年的使命:"要想把现代的新文明,从根底输入到社会里面,非把知识阶级与劳工阶级打成一气不可。"为此,他发出号召:"青年呵!速向农村去吧!"

5月1日,李大钊在《晨报》副刊劳动节纪念专号上刊登的文章——《五一节 May Day 杂感》中指出,这一天是工人阶级"直接行动"取得成功的日子。这是中国先进知识分子首次公开提出采取"直接行动"跟敌人斗争,在浑浊的人世间发出了最强的声音,三天之后爆发的北京学生爱国运动正是直接行动的体现。

同一天,李大钊出席了以北京大学为中心举行的五一节纪念大会,并发表了慷慨激昂的讲话。纪念大会结束过后,在李大钊的指导下,北京大学平民教育演讲团分成五组,赴各地沿途进行讲演,激励了士气,凝集了人心,对三天以后爆发的五四运动,作用同样不可低估。

五四运动爆发之后,李大钊始终和爱国学生站在一起。在运动最紧张的时期,李大钊连星期日都守在办公室,与学生领袖们交流运动进展情况,研究深入推进的办法,给青年学生领袖以直接指导。同时,在他的指导下,很多进步青年组织的负责人分途到各大中城市里去,进一步组织、发动和领导各地斗争。

5月18日,李大钊在《每周评论》上刊发《秘密外交与强盗世界》,明确指出:"我们反对欧洲分赃会议所规定对于山东的办法,并不是本着狭隘的爱国心,乃是反抗侵略主义,反抗强盗世界的强盗行为。……我们且看巴黎会议所议决的事,那一件有一丝一毫人道、正义、平和、光明的影子,那一件不是拿着弱小民族的自由、权利,作几大强盗国家的牺牲!……大家都骂曹、章、陆这一班人为卖国贼,恨他们入骨髓,都说政府送掉山东,是我们莫大的耻辱,这抱侵略主义的日本人,是我们莫大的仇敌。我却以为世界上的事,不是那样简单的。……不止夺取山东的是我们的仇敌,这强盗世界中的一切强盗团体、秘密外交这一类的一切强盗行为，都是我们的仇敌啊！我们若是没有民族自决、世界改造的精神，把这强盗世界推翻，单是打死几个人，开几个公民大会，也还是没有效果。我们的三大信誓是：改造强盗世界，不认秘密外交，实行民族自决。"

在此之前，中国先进分子虽说看到了帝国主义列强的侵略以及民族危机的严重性，但只认为那是国内政治太腐败、国家太软弱所引起的，没有意识到帝国主义侵略的本质。是李大钊第一次提出了彻底的反帝反封建的革命思想，促使中国人民在这场反帝反封建的革命运动中，进一步认清帝国主义的强盗面目和北洋军阀政府的卖国行径，使得五四运动具有彻底的、不妥协的反帝国主义的性质。

没有达成学生运动的主要目的，跟陈独秀一样，李大钊是不会妥协的。他们知道，自己直接行动的时候到了，同样义无反顾。

6月9日，陈独秀与李大钊一同起草了《北京市民宣言》：

中国民族乃酷爱和平之民族。今虽备受内外不可忍受之压迫，仍本斯旨，对于政府提出最后最低之要求如左：（1）对日外交，不抛弃山东省及经济上之权利，并取消民国四年七年两次密约。（2）免除徐树铮、曹汝霖、陆宗舆、章宗祥、段芝贵、王怀庆六人官职，并驱逐出京。（3）取消步军统领及警备司令部两机关。（4）北京保安队改由市民组织。（5）市民需有绝对集会言论自由权。我市民仍希望和平方法达此目的，倘政府不顾和平不完全听从市民之希望，我等学生、商人、劳工、军人等，惟有直接行动，以图根本之改造。特此宣言，敬求内外人士谅解斯旨。（各处接到此宣言，希即复印传布）

在宣言里，陈独秀、李大钊将段祺瑞的头号亲信、陆军次长徐树铮，北京政府警备司令段芝贵，以及极端仇视学生运动的步军统领王怀庆，与曹汝霖、陆宗舆、章宗祥并列，要求撤销这三个人的职务，一下子戳在了段祺瑞的心窝上。

陈独秀把《北京市民宣言》交给胡适，让他译成英语。当天夜里，陈独秀和高一涵一道，来到为北大印讲义的小印刷所，把它交给正在加班的两个印刷工人。印完传单以后，他立刻到人口稠密的中央公园散发传单，当即引起了民众的关注。北洋政府得知消息，如临大敌，严命警署迅速捉拿散发传单的危险人物。

6月11日晚，陈独秀、高一涵、邓初等几个安徽同乡吃过晚饭之后，一道去前门外新世界游艺场吃茶聊天。陈独秀一到那儿，马上取出一叠传单，向四周的吃茶人和游玩民众散发。茶房接到过警察的警告，顿时慌乱起来。陈独秀可不管这些，一边散发传单，一边直奔新世界顶部的屋顶花园。陈独秀一到顶部的屋顶花园，刚好看到下一层露台上正在放露天电影，便将传单撒了下去。

忽然，从阴暗角落里跑出了两名巡警，扭住陈独秀的双手。

"真是暗无天日，你们竟敢无故抓人吗？"陈独秀奋力挣扎着，大声吼叫道。

巡警不理会他，把他的双手反扭到背后之后，从他身上搜出了一筒传单和一封信。巡警打开传单，就着手电光，赫然看到跟昨天在中央公园找到的传单一模一样，冷笑道："你说你是无辜的，那么，这是从哪里来的？"

陈独秀回答道："我到新世界商场，在头层楼矮墙上捡到的。"

"一下子捡到这么多，而且放在自己身上，骗鬼的吧？"

陈独秀解释道："我当时看了三分之二，大意尚未看明白，遂揣在兜内，准备回去以后再仔细看一看。"

巡警冷冷地瞥了他一眼，打开那封信，只见上面的称呼正是陈独秀，马上喜出望外，说道："原来你就是陈独秀。很好，警署正在通缉你，是你和李大钊等人传播过激言论，鼓动学生造反的，正要把你和李大钊捉拿归案呢。"

陈独秀非常机敏，赶紧说道："不错，我是陈独秀。蔡校长走后，我也请假回到了安徽老家，昨天才回北京，到哪里去鼓动学生造反？"

不管陈独秀说什么，巡警不予理会。陈独秀由此被关进了监狱。当天夜里，警署派出一大批军警，踢开箭杆胡同九号的大门，搜查了陈独秀的家和《新青年》编辑部，抄去了陈独秀的许多书籍和信札，给予高君曼好一通威胁。

得到陈独秀被捕的消息，李大钊赶紧找来北大德文班学生罗章龙等人，要他们以北京学生名义发电报给上海学生联合会，把陈独秀被捕的消息捅出去，动员舆论进行营救；另一方面，想方设法，为营救陈独秀而积极奔走。

第二天，北京各种报纸全都刊登了陈独秀被捕的消息，同时，上海方面的《时事新报》《民国日报》《申报》等各大报纸亦纷纷予以披载。一时间，激起国民的众怒，社会各界纷纷抨击北洋政府。

京师警察厅既感到难堪，又异常震怒，6月14日，以书面形式向国民公报馆发出警告："一则曰：近日外间发布之《市民宣言》传单，政府疑为陈氏所发。再则曰：政府认此次学生风潮发难于北京大学，皆陈君鼓吹新思想所致，故有拘捕之举。……嗣后对于此等案件勿得妄加臆语，惑人听闻。"

张国焘出狱之后，以学生代表身份前去上海参加全国学联成立大会。可是，他到达上海没几天，接到有十几个学生和陈独秀相继被捕的消息，北京学生联合会赶紧派遣他回京处理此事。他一回到学校，马不停蹄跑去图书馆找李大钊。

李大钊告诉张国焘北京各大学教职工都在为营救被捕学生和陈独秀先生奔走，要他把学生重新集合起来，对北洋政府造成持久的压力。

此后，张国焘不断地出入图书馆，跟李大钊商议对策，迅速恢复北京学生联合会的活动。张国焘被推举为北京学生联合会主席，全面主持营救工作。

6月15日，北京学生联合会致函京师警察厅：一、陈先生夙负学界重望，其言论思想皆见称于国内外，倘此次以嫌疑遂加之罪，恐激动全国学界再起波澜。当此学潮紧急之时，殊非息事宁人之计。二、陈先生向以提倡新文学新思潮见忌于一般守旧学者，此次忽被逮捕，诚恐国内外人士疑军警当局有意罗织，以为摧残近代思潮之地步……基此种种，学生等特陈请贵厅将陈独秀早予保释。

第二天，北京大学教授刘师培患病卧床，闻讯扶病而起，与七十余名教授、学者联名保释陈独秀，称：陈先生夙负学界众望，言论思想皆见称于国内外，此次被捕，恐激起全国学界再起波澜，当此学潮紧急之际，殊非息事宁人之计。

这一天，聚集在上海的北京、天津、南京、杭州等地学生，决议成立全国学生联合会。全国学生联合会成立后，立即致电北洋政府，强烈呼吁释放陈独秀。

6月20日，民国大学校长应善以又联名几十人，向警察总监提出同样的要求。6月25日，安徽同乡会、在京皖籍官绅、安徽省长吕调元，相继致电京师警察厅，以"学潮初定，似不宜又兴文字之狱"为由，请尽快释放陈独秀。中华工业协会同一天在《时报》刊出致当局的电文："陈君提倡新思想，著书立论，无非研究学理的关系，既不与共和国家法律相抵触，亦适合共和国民思想自由之心理。兹值全国人民愤激甫息之时，当局岂可遽兴文字之狱，而以北京学潮迁怒陈君一人。窃恐大乱之机将从此始。"

李大钊认识到，仅仅依靠民间力量，仍然不足以解救得了被捕学生和陈独秀，向时任南方护法军政府秘书长的章士钊发去电报，请求他出面跟龚心湛（钱能训于6月14日辞去总理，由龚代理总理职务）代总理斡旋。

章士钊获悉此事，立即致信龚心湛："陈君英姿挺秀，学贯中西。皖省地绾南北，没产材武之士，如斯学者，诚叹难能。育一人才，至为不易，有焉忍遽而残之耶？特专函奉达，请即饬警厅速将陈君释放。钊与陈君总角旧交，同岑大学，于其人品行谊知之甚深。敢保无他，愿为佐证。"

此时，陈独秀被捕的消息早已传遍全国。各路人马纷纷登场，向徐世昌总统关说的，向强力部门关说的，一时间闹得沸沸扬扬。

与此同时，李大钊盯住巴黎和约这一主要目标不放。6月25日，从巴黎传来消息，说徐世昌总统已经向参加巴黎和会的中国代表团发去电报，同意签署合约。决不能听任五四运动的主要目的遭到无视，在李大钊的指导下，北京学生联合会决定于27日由各校推出数百代表，与其他团体代表一同向徐世昌请愿。

6月27日，北京中等以上学校学生联合会请愿团、山东请愿团及在京的留日学生、天津各界联合会、陕西学生联合会等代表数百人来到新华门前，两天一夜不眠不休，一直在做最后的抗争。徐世昌迫于无奈，只好出面答应：专使如未签字，即电令拒绝签字，如已签字，则将来和约交到中国时，一定予以批驳。

徐世昌反复无常，各界代表尽管暂时无法证明他说话的虚伪，也只好各回原校，准备另图补救。这时候，国内爱国运动的消息早已传到国外。6月28日，是和约签字的日子，身在巴黎的留法学生和华侨全体涌到中国代表团驻地，阻止他们赴会签字，并声言专使如要去签字，大家定以国内学生对付曹汝霖的办法对待他们。中国巴黎和会代表团以陆徵祥为首，包括代表顾维钧、王正廷、施肇基、魏宸组，未出席签字会议，拒绝在巴黎和约上签字。

五四运动的主要目的已经达成，陈独秀虽在狱中，有那么多人营救，可保性命无虞，李大钊亦上了警署黑名单，他应该怎么办？

　　北大毕业后留校任教的张申府，只要有空闲，总是到图书馆帮助李大钊做事。李大钊不在图书馆的时候，张申府代理主任，处理一切事情。他与陈独秀、李大钊关系密切，参与了《每周评论》的编辑工作。他和张国焘一样，都为李大钊忧心。趁此机会，二人力劝李大钊暂时出去躲避一下，免得又会牵扯太多人的精力。

　　李大钊接受了张申府和张国焘的劝告，拿了一份胡适新编辑出版的《每周评论》，催促夫人赵纫兰收拾行装，离开北京，回到老家乐亭去避难。

　　《每周评论》上面有一篇胡适写的文章：《多研究问题，少谈些主义》。

　　看完过后，一团怒火嗤嗤地从李大钊头顶往外冒。胡适真是胡说！他怎么能说不需要主义，只主张一个一个地研究问题，一点一滴地解决问题呢？不懂主义，怎么研究问题？他不需要什么主义？且看他是怎么说的：

　　　　空谈好听的"主义"，是极容易的事，是阿猫阿狗都能做的事，是鹦鹉和留声机器都能做的事。……空谈外来进口的"主义"，是没有什么用处的。一切主义都是某时某地的有心人，对于那时那地的社会需要的救济方法。我们不去实地研究我们现在的社会需要，单会高谈某某主义，好比医生单记得许多汤头歌诀，不去研究病人的症候，如何能有用呢？……比如"社会主义"一个名词，马克思的社会主义，和王揖唐的社会主义不同；你的社会主义，和我的社会主义不同：决不是这一个抽象名词所能包括。……我们不去研究人力车夫的生计，却去高谈社会主义；不去研究女子如何解放，家庭制度如何救正，却去高谈公妻主义和自由恋爱……

　　胡适字里行间透露出来的意思是攻击马克思主义！既然如此，不需要跟他遮遮掩掩，直截了当地告诉他，我就是喜欢谈谈布尔什维主义！李大钊立即回应：

　　　　我们的社会运动，一方面固然要研究实际的问题，一方面也要宣传理想的主义。这是交相为用的，这是并行不悖的。……因为有了假冒牌号的人，我们愈发应该一面宣传我们的主义，一面就种种问题研究实用的方法，好去本着主义作实际的运动,免得阿猫、阿狗、鹦鹉、留声机来混我们骗大家。……我总觉得布尔什维主义的流行,实在是世界文化上的一大变动。我们应该研究他,介绍他,把他的实象昭布在人类社会,不可一味听信人家为他们造的谣言,就拿凶暴残忍的话抹煞他们的一切。所以一听人说他们实行"妇女国有",就按情理断定是人家给他们造的谣言。后来看见美国《New Republic》登出此事的原委,知道这话果然是种谣言,原是布尔什维克政府给俄国某城的无政府党人造的……

后来,北京的形势松懈下来了,李大钊回到了北大,陈独秀也出了狱。

陈独秀出狱,不仅是社会各界努力的结果,还跟北洋政府和南方军政府在上海展开和谈有些关系。9月上旬,许世英作为和谈代表,得到徐世昌、段祺瑞的授意谒见孙中山。孙中山毫不客气地告诉许世英:"你们做了'好事'(逮捕陈独秀),很足以使国人相信,我反对你们是不错的。你们也不敢把他杀了,死了一个,就会增加五十个、一百个。你们尽管做吧!"

许世英连忙回答道:"不该。不该。我就打电报回去。"

9月16日,陈独秀得以保释出狱。不过,他的活动受到了很大的限制,不能离开北京,更不能离开警察的视线。

陈独秀一出狱,北大学生在第三院举行大会,热烈欢迎。张国焘任大会主席并致词,热情奔放地说道:陈独秀先生是北大的柱石、新文化运动的先锋、五四运动的思想领导者,我们可敬的老师……抗议北京政府非法逮捕他,对于他的遭受迫害,深致慰问;对于他的出狱表示由衷欢迎。

《新青年》同人更是聚宴桃李园,为陈独秀从监狱重返研究室接风洗尘。胡适、李大钊、刘半农、沈尹默都为之赋诗庆贺。《新青年》第6卷第6号几乎成了欢迎陈独秀出狱专号,尤其以李大钊的白话诗《欢迎仲甫出狱》引人瞩目:

你今出狱了,我们很欢喜!他们的强权和威力,终竟战不胜真理。什么监狱什么死,都不能屈服了你;因为你拥护真理,所以真理拥护你。

你今出狱了,我们很欢喜!相别才有几十日,这里有了许多更易;从前我们的"只眼"(陈独秀以"只眼"作笔名发表了大量批评时政文章。如《研究室与监狱》一文便是用"只眼"则个名字发表的。引者注）忽然丧失，如今"只眼"的光明复启，却不见了你和我们首创的报纸！可是你不必感慨，不必叹惜，我们现在有了很多的化身，同时奋起；好像花草的种子，被风吹散在遍地。

你今出狱了，我们很欢喜！有许多的好青年，已经实行了你那句言语："出了研究室便入监狱，出了监狱便入研究室"。他们都入了监狱，监狱便成了研究室；你便久住在监狱里，也不须愁着孤寂没有伴侣。

6. 岩浆涌动的上海

作为《新青年》的诞生地，上海各界最先领受了第一缕新鲜空气，得到五四运动的消息后，各界奋起声援，以至于在后期，上海成为了五四运动的中心。

5月5日晚，《民国日报》总经理兼总编辑、复旦大学国文教员邵力子收到北京爱国运动的专电，连夜赶写新闻报道，亲自参与排版、校对，报纸出版发行后，于6日凌晨拿着报纸，急匆匆来到复旦大学，径直跑到学校的大钟跟前，猛烈地敲了起来。天还没有亮，全校近四百名学生都从睡梦中惊醒过来，一个个都感到莫名其妙。校学生自治会主席朱仲华担心是厨房失火，头一个跑出房门，赶到大钟那边一看，认出了邵力子，赶紧询问缘由。得知端的，他一面朝宿舍方向奔跑，一面大声吼叫："大家都去饭厅集中，邵先生有重要消息报告。"

这时候，已经有很多学生跑出宿舍，过来打探消息。听了朱仲华的话，他们复又跑回去，一阵阵大喊。很快，全体学生都齐聚在饭厅。

邵力子站在一条凳子上，首先宣读了关于北京学生反对巴黎和约中丧权辱国条款，在天安门前游行示威和火烧赵家楼、痛打卖国贼的报道，继而从中日马关条约讲到袁世凯阴谋称帝，日本帝国主义乘机提出二十一条不平等条约；又从第一次世界大战后日本试图从德国手里夺去在中国山东的种种特权，讲到在法国首都召开的所谓巴黎和会，中国代表要求归还德国在山东省种种特权、取消二十一条不平等条约，以及取消一切帝国主义者在我国的特权，都遭到帝国主义列强毫无理由的拒绝。最后，他慷慨激昂地问道："北京学生有这样的爱国思想和行动，难道我们上海学生就没有吗？……再不表示表示我们刚毅果敢的精神，那不辜负了学校平日的训诲，你们自己又怎样对得起你们自己的良心？"

大家听了，无不极为愤怒，主张马上积极响应。大学部学生何葆仁率先响应，站到凳子上提出推举代表，天亮后立刻去各大学和规模较大的中学联络，采取一致行动。朱仲华建议，明天即是5月7日，这是日本帝国主义向袁世凯发出"二十一条"之最后通牒的日子，应于这天在老西门公共体育场召开以学生群众为基本队伍的国民大会,会后开始游行示威。何、朱两位同学的主张,得到全场同学的拍手赞成。于是,大家推举了二十八名代表去各校联络,其他同学照常上课。

同一天,从各种途径获悉北京学生运动情况,江苏省教育会、留日学生救国团、上海商业公团联合会等五十五个公团以及日报公会等团体,纷纷发电严责北洋政府摧残士气,要求严惩卖国贼,坚决拒绝在和约上签字,直接收回青岛。

上海商业公团联合会的电文说,"青岛问题,存亡关系,一发千钧,危急万状",强烈要求将曹、陆、章"按律严惩,与众共弃","学生爱国,起与卖国贼为难,正合全国民意。因此被逮,商民等全体愤激",应将爱国学生"即行释放","立电和会专使,坚持直接归还青岛,万不得已,则退出和会,决不签字。"

5月7日,上海各学校,以及商界、报界等六七十个团体,共两万余人,聚集于西门外公共体育场召开国民大会,由时任江苏省教育会副会长的黄炎培先生担任主持,集体议决救国办法。与会人员一致赞成停办日货,拒绝使用日本钞票,"通函全国与日本断绝商业关系,至密约取消、青岛交还时为止";针对北洋政府的卖国行径,会议决定,在提出严重抗议的同时,提出三项要求:(一)废除中日一切有损国权之条约,欧洲和约非青岛收回不能签字。(二)惩办卖国贼段(祺瑞)、徐(树铮)、曹、陆、章。(三)释放被捕学生。

随后,人们手执白布小旗,分别写着"还我青岛""挽回国权""誓死力争""国民自决""共讨国贼""扶持公理""抵抗强权"等字样,并高呼口号,开始了游行示威;同时,派出代表到南北和会上声述这次大会提出的三项要求。

四年前的5月9日,是袁世凯政府在日本帝国主义的威逼利诱下,接受了丧权辱国的"二十一条"的日子,此后,这一天亦被教育界提议定为国耻纪念日。每年的5月9日,沪上的学校、商户等都会以讲演、出版、义卖等多种形式,警示民众勿忘国耻。今年的这一天,更是几乎全城商界停业,以此纪念五九国耻,对欧洲和会表示国民抗争之决心,也是对北京学生表示的敬意。

这一天,在邵力子和复旦校长李登辉的建议下,上海四十四所学校代表共九十六人汇聚在复旦校园，举行成立上海学生联合会的预备会议，推举复旦大学何葆仁为临时主席，程学瑜为临时书记，决议致电巴黎和会中国代表团，力争主权，并请南北议和总代表转请北洋政府抗议日本拘辱中国留日学生的罪恶行径；同时发出号召，要求各商店不得售卖日本货。

随即，学生全体罢课，纷纷组织演讲团、劝告团，以"欲求国土之完全，非取消中日密约不可；取消中日密约，非誓死抵制日货不可"，劝令各商店不批日货，不售日货，发起了颇具规模的抵制日货运动。

还是在这一天，与上海商业公团联合会爱国心切相比，代表上海买办阶级的总商会利欲熏心，罔顾民意，逆势而动，发出了臭名昭著的佳电，对学生以及商户的爱国运动进行歪曲、诋毁，对卖国政府的丑恶行径进行辩解："凡我国民深知国步维艰，当静以处事。"对于山东问题，"遴派资格声望足以胜任大使者，任命日使，克日起程前往，坚持欧战平定交还清国一语，迳与日廷磋商交还手续"。

佳电内容见诸报端，邵力子接连于5月10日、11日、12日，在《民国日报》上发表了三篇时评：《异哉！总商会之电》《商人何以消耻》《总商会佳电之"清国"》，对总商会的媚外行径进行了严厉批评斥责。

邵力子指出："二十一条及去年九月密约，卖国贼早甘心断送，许日人继承德国权利矣。"故"青岛问题，果由我直接向日本交涉，岂能有收还之望"。

他更是独具慧眼，点出了佳电中所说"清国"一语，使国人看清上海总商会领袖是曹汝霖式的商会长。民族败类："日人攻取青岛，事在民国三年。日人纵蔑视我国，其正式公文必不至复称我为清国。而总商会之电中，乃一再有'交还清国'字样，果何所据而云然？""如此之总商会，则真商界之奇耻矣！"

鉴于总商会的顽固立场，上海商业公团联合会于5月13日召开临时会议，决定抛开它，通电各省商界，一律不使用日货。随后，上海工商各业均积极响应。

仅仅只是抵制日货，而不是罢市，所起的作用必然有限。为促进罢市，邵力子认为应该对总商会实行根本改组。在5月15日的时评中，他严词指出商会"全体辞职，实所当然"。"然吾人最所希望者，为商会组织法之根本改善。"

5月11日，上海学生联合会在寰宇中国学生会正式成立，通过学联章程与宣言。宣言指出："期合全国青年学生之能力，唤起国民之爱国心，用切实方法，挽救危亡。"选举复旦大学学生何葆仁担任会长，程天放负责执行部，李鼎年负责总务部，朱仲华为总会计兼总干事，随即通电全国各校，一同响应。

上海学生联合会成立以后，各校学生分头成立调查组，进一步清查日货。

5月12日，由5月7日参加国民大会的每一个团体各推举一人，成立了国民大会上海事务所，电请全国各省市一致举行国民大会，力救危亡，并电促巴黎和会中国专使拒签和约。

5月14日，京津学生代表方豪、段锡朋等十人来到上海。上海学生联合会当天下午召开欢迎会，请他们公开宣讲北方同学掀起反帝爱国热潮以及遭受北洋政府残酷镇压、迫害的实际情况。

紧接着，国民大会上海事务所和报界联合会亦相继请京津学生代表介绍爱国运动情况，相互激励，共商救国大计。

在学生爱国热情的感召下，《申报》《民国日报》《新闻报》等各大报馆联合决定，自5月14日起停刊日商广告及日本船期、汇市商情；洋布业和绸缎业决议日货限期抛售库存，不再续订新货；餐饮业则对日本所产鱼翅、干贝、鲍鱼等海味一律弃而不用……

在学生群众反帝爱国运动积极开展之际，复旦校工会在徐福、刘福（徐福系复旦大学总务处工友，平时负责给学校领款、购书及采购仪器等工作，学生家有汇款多来托他代领，托他买书购物等等，他为复旦校工会会长；刘福是复旦大学的门房，负责学校传达室的工友，复旦校工会副会长）带领下，也开始在5月19日组织成立了一个中华工界救国联合会，甚愿致身国事。

由于北洋政府对学生提出的正义要求置之不理，5月26日上午9点，在上海学生联合会的组织下，上海公私立学校的学生，共两万余人，齐聚在西门公共体育场举行罢课宣誓典礼，全体投入罢课救亡活动。誓文如下：

民国8年5月26日，上海男女学各校学生二万余人谨在中华民国国旗之下宣誓曰：吾人期合全国国民之能力，挽救危亡，生死以之，义不反顾，谨誓。

会后，全体学生举行了盛大的示威游行活动。

罢课后，遵照学生联合会的决议，各校学生积极进行宣讲、发传单、调查日货、介绍国货，以及组织义勇队，进行军事训练等爱国活动，每日须自修三四个小时。复旦学生会更是分派同学去京沪杭铁路沿线各县市去宣传，推动民众的爱国运动。因为来去旅费需个人自备，采取自愿报名的方式，由学生会统一分派。

张廷灏的回忆记录了全过程：我报名以后，被派去嘉兴、松江一带宣传。我和另外两位一起去的同学，带了传单和曹、章、陆三个卖国贼的铜版照片，乘火车去指定地点。为避免宣传品被军警没收，我们三人事先分了工，一人单独演讲，一人专门携带宣传品，一人专管分发传单和卖国贼照片，彼此暗中照顾，宣传时分开，暂不联系。宣传告一段落，去预先约好的亲友家中休息，作再次宣传的准备。前后总共出去了三次，每次都是早上出发晚上回校。各地听众都颇为动容，也有当场接口高呼"拥护学生运动""坚决抵制日货""惩办卖国贼"等口号的。

上海各校实现了统一罢课，但美、法教会插手所办的两所教会学校，圣约翰大学和震旦大学，借口是外国人出资创办的学校，决不允许学生参加学联，并且公然出面干涉、破坏学生运动。圣约翰大学有章益、江一平等二十四名学生参加了上海学生联合会，校长卜芳济一怒之下，下令将他们全部开除，赶出校门。这事被学联得悉之后，学联一面派代表前往慰问，一面由朱仲华请求李登辉校长支持，得到他的同意后，公开宣布复旦大学吸收他们二十四个同学转学，从而有力地粉碎了教会学校破坏反帝爱国运动的阴谋。

学界罢课如火如荼之际，上海商界罢市运动仍进展缓慢，纵使学生到处宣讲、劝导、号召，没有取得太大效果。邵力子在5月26日的《民国日报》上时评《上海还有人么？》，大声质问："上海还有人么？""表示上海的民意，不能单靠学生，学生既有牺牲精神，还要望一般市民，都来作一致的行动，然后方能积极去做。"5月28日他又发表《大家要帮助学生》一文，他说："凡具有爱国心的国民，不论他是商人，是工人或者是军人，都起来帮助学生，共同反对那国贼。国贼除掉，国家自有生机……我们又岂可一味退缩，站在旁观的地位……"

5月31日，上海学生联合会在西门外体育场主持召开了两万余人的大会，追悼在五四运动中献出生命的北大学生郭钦生。北大被捕学生代表许德珩到会发表了演说，高度赞扬了郭钦生烈士勇于牺牲的精神。紧接着，其他各地的学生代表亦发表了演说。随后，在何葆仁、朱仲华的主持下，全体学生向烈士遗像致敬，并且唱哀悼歌。紧接着，聚会学生分作两路进行游行示威，每路各一万人左右。一路由何葆仁带队，南下龙华；一路由朱仲华带队，北上直冲租界。

朱仲华带领的一支游行队伍，沿老西门走民国路到了老北门，再从河南路直冲法租界和公共租界。路过三茅阁桥上海《民国日报》社时，邵力子、叶楚伧等人站在二楼阳台上向队伍招手，并热情鼓掌。沿途有不少商店的中国职工，看到这支首次冲进租界来的游行队伍，纷纷主动送上一杯又一杯茶水。

游行队伍到了四马路巡捕房，门口站出来十几名中、西包探，其中有一个操着洋泾浜英语问朱仲华："你们怎么到这里来了？"朱仲华回答："我们要到天妃宫去！"便径自带队向前走去。天妃宫在河南路桥的苏州河北，是上海总商会所在地。工部局事先毫无所知，没有布置，包探来不及请示，又没有对应措施，不敢阻拦游行队伍。只有几名中国包探，紧紧盯住这支万人游行队伍直往北进。游行队伍过了天妃宫桥，到达市总商会，商会负责人早已溜之大吉。两名在场的商会理事，仅仅空口表扬学生是爱国行动，十分敬佩，但对游行队伍提出的"限期罢市"要求，再三声称不敢做主。朱仲华等人再三叫他们把负责人找来谈话，他们却一直拖延应付。这时，跟来的一名中国包探，也插进来悄声对朱仲华说道："你们学生的行动，我们也是支持的，大家都是中国人嘛！只要你们不要出啥事情就好。要不，日本领事会来找我们的麻烦的。"随即，那名中国包探溜之乎也。

相比于学生的直接行动，总商会、上海县商会一直不闻不问，商人们出于利益和被恐吓，还没有进行彻底罢市。邵力子心急如焚，在6月1日的《民国日报》上，他再一次发表了《商人快下个决心罢》的文章，他说，"商人是有爱国心的"，但商人"不能集合起来，做一种力量的举动，又和不爱国有什么分别呢？敷衍因循，决不是救国行为。商人真要救国，快下个决心罢！"

6月3日，上海学联和北京学生代表赴上海县商会动员罢市，仍然毫无结果。学生到总商会接洽,得到的答复是:"对于示威运动,似非大国民所宜有。"

面对这样的商会,邵力子深感无奈,沉痛地写道:"县商会今天开会的结果,我料定不过打几个电报,倘要和学生一致行动,这是断没有希望的。"他引用一位朋友的话说:"现在上海的绅商,没有一个不被袁世凯强奸过,你想还有什么希望呢?"对于总商会的敷衍表示,邵力子忍不住大声痛斥道:沈仲礼对学生代表说"示威行动,似非大国民所宜有",这是句什么话!我们只求免当亡国徒,还想混充大国民吗?……几见世界上的大国民,能容忍卖国政府来?

虽说县商会、总商会当了缩头乌龟,民族资产阶级一直在抵制日货,工人店员们在爱国学生的感召下,积极行动起来了。他们跟学生一样,纷纷组织救国十人团,暂不购买日货。商务印书馆、中华书局等单位职工,组织宣传队,逐日进行露天演讲,散发传单大声疾呼:"工界列位同胞呀!我们国家现有一桩极了不得的事情,就是山东的青岛快要归日本了,山东省的人民权利快要被日本管理了。我们的国家恐怕真正要亡国了。"呼吁广大工人起来共同救国。

对比于商会的不敢行动,6月4日,中华工界救国联合会在《民国日报》上发表了宣言,犹如惊雷响箭,在上海上空回荡:

现在我们的中国,实在是危险得很哪!日本要夺我们的山东,恐怕全国的同胞,是无人不晓得了。山东是文化出产的地方,又占在中国地理上很要紧的位置。亡了山东,还不是同亡了中国一样了?他们学界的人,结了一个大团体,终日的在那儿奔走呼号,尽他们的救国责任;商界的人,也结了团体,渐渐的活动,要显出他们救国的热心。看看我们工界的人是怎样呢?可算是简直没有一点举动,就是简直没有一点爱国心。唉!难道这么大的中国,单是他们学界、商界救得了的么?难道我们工人不配救国么?要晓得我们工界的人,是占最多数的。我们多数工人不去救国,那还有希望吗?况且我们向来是能吃苦,能耐劳,不好虚名,脚踏实地的。若是拿这样精神去救国,不是格外切实,格外厉害吗?所以我们复旦大学里的工人,办了一个工界联合会,那会的宗旨,就是上面所讲的了。吾们的苦心,就是想唤醒全国的工人,大家快快起来,也办一个联合会,然后联络各处的小团体,做成一个极大的团体。那时候,既有他们的学界、商界大家一致的救国,又加了我们工界的一致救国,那还怕什么山东争不回?还怕什么日本的强暴呢?

4日下午,北洋政府逮捕大批学生的消息传到上海,学联及工商界各团体纷纷开会讨论,痛斥军阀政府蔑视民意,一意孤行,主张国民自救。学联发出急电,呼吁全国民众火速营救北京被捕学生,各校学生四出演讲,请工商界急起行动。

当天,上海学联代表再次来到总商会、上海县商会,请求通告商界与学界采取一致行动。商会领导人表示:"商界以营业为根本。沪上为通商大埠,若果罢市,恐地方秩序,有不安之势。而况一般苦力经纪之人,将何以谋衣食。事须谋相当者可行,以免与地方治安有碍。若一味迫切,恐无人担此重任。"

商会采取拖延之策,拒不出面,学联只有决定,将学生全部派遣出去,号召商户一律闭门罢市。爱国学生前期已经做了不少工作,各商户答应积极予以响应。

在6月5日的《民国日报》上,邵力子高声呐喊:政府"悍然与人民宣战了","人民到了这个地步,还不敢积极抵抗,只说要罢市,这已是可怜极了,倘若这也办不到,还讲什么爱国?"他劝说道:"北京学生是真有牺牲精神,奉劝大家快下个决心罢,那卖国政府不去,他总要牺牲大家,做他送人的礼物呢!"

任凭邵力子吼破嗓子,县商会、总商会是不会理会的。倒是学生与工人店员的坚决态度,使得罢市成为现实。6月5日凌晨,南市小东门外大街各商号首先罢市。参加的是鱼行、水果行、绸缎店、洋货店、烟酒店等,一般都是中小商店。他们因为得不到商会的支持,遂自动联合起来,组织了一个商店联合义会,并标明"保一方治安,为永久之计"。这一下,吹响了全市罢市的号角。随即,南市大小商户立即响应,全都紧闭大门,不再营业。9点左右,法租界商铺亦相继罢市。再过一个小时,公共租界商家也关闭了大门。南京路永安、先施两公司看到其他商家全都闭门歇业,不得不跟着宣布罢市。罢市风潮像多米诺骨牌一般迅速波及全城。到了12点,上海全埠已经全部罢市,有些商店门前还贴出白纸,要求惩办国贼,释放学生,国贼不除不开市。有的店员更是破指血书"学生一日不放,本店一日不开"十二个字,贴在门板上,显示抗争到底的决心。

眼见得罢市已成事实,上海总商会坐不住了,发出了一个紧急通告,声言:"此次商界罢市虽激于义愤,而一切举动务求文明,勿酿意外。"

为了使罢市斗争持续下去,当天下午5点,由上海学生联合会主席何葆仁做会议主席,上海学商各界两百余名代表,开了一个联合大会。商界、学界、报界、教育界代表纷纷发言,希望商界坚持罢市,并发布通电,呼吁全国各界一致行动。

6日,军警气势汹汹地挨户勒令开市,各商家要么以"买卖各有自由权"答复,要么回答"伙友外出,无人营业"。即使在军警的逼迫下,有的不得不暂时开门营业,可军警一走,店门又给关上了。面对此种情形,军警纵使再凶狠,亦是无可奈何。法租界总领事发出布告,劝租界里面的商家开门营业,没有任何人回应;公共租界工部局派出洋巡捕在南京路一带强令店家开业,遭到商人拒绝。

商家罢市,华界军警毫无办法,租界巡捕无计可施,淞沪护军使卢永祥如坐针毡,于6月7日召集了一个官民会议,说道:"罢市已经三天,如再旷日持久,恐怕工人起而效尤,地痞乘机扰乱,实属非常危险。现在就开市,已经不是五分钟热度,还可以表示各位能发能收。"要求到会者劝告各商家赶紧开市营业。

荷兰银行买办虞洽卿跳了出来:"这次罢市,店东都是不愿意的,只因为各伙友出于同情学生的一念才发动的。事情如果有转圜地步,商界无不从命。"

会议做出决定,由上海总商会劝导开市。在这样的情况下,以销售舶来品为主的先施公司的买办资本家,勾结捕房,强迫店员在6月8日开市,以为真的是他们养活了店员,而不是店员喂肥了他们,发出威胁:"各伙如有违抗者,立予开除。"但店员"宁愿牺牲现有职业,悉行反对",使得资方的破坏行为落空。

尽管有了先施公司的榜样,总商会捡起卢永祥丢出的鸡毛当令箭,于9日印发传单,通告各业说:"要求之事,目的已达,应即于10日开市。"

总商会自以为有了卢永祥的旨意，只需要一发通告，各商家断无不开门营业的道理，谁知毫无成效，随即再发通告，危言耸听地说罢市会"造成金融停滞，工界休化，长此以往，危险不可思议"，接着又说"商会有维持之责，不得行而不通告劝导"，并限"各商店及工界，于本月旧历十三日，先行开市，照常工作"。

各商户已激发出爱国热情，根本不理睬总商会的那一套，冷冷地加以拒绝，理直气壮地反驳道："从前你在哪里，罢市时你在哪里，今日谁要你维持。"

卢永祥所言"恐怕工人起而效尤"更是罔顾事实，颠倒黑白。事实上，6月5日，上海工人已经发起了罢工。是上海日商内外棉纱厂工人首先举行罢工。这天上午，日商内外棉第三、四、五厂五千多工人，高呼"不替仇人做工"的口号，一拥而出，奔赴街头。下午，浦东日纱厂数百男工，撞破紧闭着的大门，和女工一齐罢工。商务印书馆和中华书局职工，亦相继宣布罢工。紧接着，印刷、钢铁机械、交通市政、卷烟等行业的数万工人宣告大罢工。6月10日，罢工进入最高潮。沪宁、沪杭两线铁路工人一齐罢工。海员罢工飞速扩大，仅罢工海船达数十只，工人五千余。工部局电气处、全市电话工人、日商铃木洋行职工、英商和平铁厂、伊文思图书公司、美商茂生洋行、奇异电灯厂、荧昌火柴厂、华昌盒片厂、大有榨油厂以及各马车行工人纷纷加入罢工行列。仅几天时间，上海工业生产瘫痪，交通全部断绝。从此，工人阶级作为一支独立的力量登上了历史舞台。

上海全市学生罢课、工人罢工、商人罢市得以完全实现，标志着五四运动的中心转移到了上海。

罢工罢市遭到帝国主义列强的横蛮干涉和镇压。各国巡捕、警探、陆战队、万国商团、消防队倾巢而出，巡逻镇压，在6月份先后逮捕四十九人。它们还调集军舰进行恫吓，英舰蜜蜂号、那脱号相继驶沪，停泊海关沿岸，炮口对准上海民众；日本帝国主义者叫嚣，要组织由日本人指挥的警备力量，以高压手段扑灭上海民众的三罢斗争，并从佐世保军港派驱逐舰四艘疾驶上海。6月12日晚，英法租界捕房更以马队冲锋，开枪轰击爱多亚路带钩桥一支数百人的店员游行队伍，造成了死伤十人的带钩惨案。但上海工人、店员没有屈服。他们不畏强暴，先后在福州路、虹口、山东路、带钩桥，与帝国主义武装展开面对面的斗争，即使手无寸铁，也要拿起石头、椅子、刀子、水桶作武器，奋勇抗击，充分展现出这场罢工罢市活动具有反帝性质，工人阶级做了最坚决、最勇敢、最彻底的抵抗。

上海三罢斗争的影响力迅速波及各地，南京、镇江、宁波、厦门、芜湖、杭州、天津、济南、汉口等重要商埠相继出现罢市罢课风潮。面对全国人民的同声讨伐，反动当局如坐针毡。淞沪护军使卢永祥、沪海道尹沈宝昌曾经试图对罢市商家进行弹压，此时改变主意，不得不联名致电北洋政府，称"星星之火，可以燎原，失此不图，将成大乱，……民心向背，即时局安危"，要求"将三人（即曹汝霖、章宗祥、陆宗舆）一并免职，……力顾大局"。

正当上海社会各界如火如荼展开声援北京学生爱国运动之际，中华革命党人戴季陶、沈玄庐和孙棣三为了响应五四运动涌现的新思潮，打算创办一个新报纸，以独立的精神、批判的态度，提倡新文化、宣传社会主义、激励工人运动，给这场爱国运动推波助澜。《星期评论》由此横空出世。

发起刊物的时候，戴季陶、沈玄庐和孙棣三等人都囊中羞涩，仅仅只凑集了三五十元的开办费。沈玄庐不仅出资办刊，担任主编，为刊物写稿、审稿，还亲自做发行工作，有时自己骑着自行车在上海市区送发报纸，甚至连他的老母亲，也负担了发行上的不少工作。

它一经面世，以卓越的见识，鲜明的政治观点，吸引了无数国人，与陈独秀、李大钊等人创办的《每周评论》齐名，被时人誉为"舆论界中最亮的两颗明星"。

沈玄庐在6月8日出版的第一期《星期评论》发刊词中写道："我说，我是我的我，一切世界，都从心里的思想创造出来。这个心原是我一个人的心，却凡是人都有心，就都有我。合众我众心的思想和意识，就是创造或改造世界的根本。""我就要问我，现在的世界是谁的世界？我便直截了当答应是'我的世界'。又问现在的国家是谁的国家，我也直截了当答应是'我的国家'。"

不久，从日本东京帝国大学毕业回国的李汉俊加入《星期评论》的编辑阵容。

工人罢工斗争持续了一个多星期，沉重地打击了帝国主义列强以及国内反动统治，表现出了中国工人阶级的政治觉醒和巨大的革命威力，标志着中国工人阶级已经开始摆脱了资产阶级的政治影响，走上了独立进行政治斗争的道路。

正是在上海工人以及全国工人斗争的巨大压力下，不仅被捕学生首先得以释放，继而，北洋政府不得不罢免了曹、陆、章三个卖国贼的职务。

6月11日晚上，商学各界四百余人召开紧急会议，认为斗争已经取得部分胜利，决定次日先行开市复工，同时拟定宣言书，郑重声明："非将卖国殃民之祸首段（祺瑞），徐（树铮）惩办，我学商工各团体运动，仍须积极进行。"

随即，上海学联发出传单：

我们已经获得了初步的胜利。……各商店、工厂、作坊可以开门；各校可以开学。然而，斗争仅仅是开始，山东还未收回；亚洲尚有黩武主义要我们去推翻，我们尚须推行教育国民的运动，俾能从初步胜利中得益。中华爱国儿女必须准备对付更剧烈的斗争，方能使国家成为民治的国家。……段（祺瑞）和徐（树铮）二人是国贼中的元凶，必须严厉惩治！

12日，商界开市，工人开工。拒签巴黎和约这一主要目的仍没有公开说法，学联决定："只要救国目的一日不达到，则爱国运动仍将坚持不渝，继续进行。"

6月16日下午，全国各地学生代表五十七人在大东旅馆六楼召开中华民国学生联合会成立大会，到会的还有教育、商、工、报各界来宾数十人。邵力子作为报界代表致辞，高度赞扬北京学生"求学不忘爱国"和"爱国不废求学"的斗争精神，并且对工商两界提出殷切期望，希望两界能如学生一样奋起救国。

18日，全国学联选举段锡朋为会长、何葆仁为副会长、陈宝锷为评议长。

全国学生联合会筹备工作始于6月1日。这一天，由沪、京、津、宁等地及留日学生代表共十八人，在上海寰球中国学生会召开筹备会，决定致电各地学联，于两星期内各派代表两名至沪，共同商订学联章程，并成立中华民国学生联合会总会。筹备期间，即通电全国各地学联，利用暑假广泛进行爱国宣传活动；并通电各省各界，主张惩办国贼，应除恶务尽。全国学生联合会成立之后，又发布紧急宣告，号召全国民众奋起与北洋政府斗争，拒签和约，并派遣代表，分赴苏、皖、湘、鄂各城市联系，发动全国各地进行拒签和约的斗争，直到取得最后胜利。

孙中山应邀到全国学联进行演讲，公开给予高度评价："宋代有太学生陈东等伏阙上书，今日有北京学生发起的五四运动。学生不能安心读书，挺身出来干预政治，总是因为政治太坏之故。从五四运动以来，不一月间，学潮弥漫全国，人人激发爱国良知，誓死为爱国的运动，整个社会蒙受绝大的影响，使顽劣的北京政府也不敢撄其锋。此一运动倘能继长增高，其收效一定更为伟大而长远。"

到上海参加全国学联成立大会的有一位来自湖北的代表——陈潭秋。全国学联成立之后，其他代表陆续返回，他拜访了主持湖北善后公会工作的董必武。

1919年早春，因为鄂西救国军总司令蔡济民被杀事件，董必武来到上海寻找孙中山告状，想为蔡济民讨还公道。辛亥革命元勋被暗杀，孙中山十分震怒，立即派遣人员前往利川调查处理。可是，调查人员还没有到利川，即被人害死。孙中山徒唤奈何。董必武彷徨无助之际，因为南方军政府和北洋政府热热闹闹地搞起了议和，湖北在上海成立了善后公会，租了霞飞路渔阳里路南的一处房子当会址，用以处理南北战争期间遗留下来的问题，受到众人的推荐，他和同乡好友张国恩一道，成为了湖北善后公会的负责人，负责处理湖北省来往的事宜。

此时，跟他在辛亥革命时期相识的同志詹大悲住在霞飞路渔阳里路北，恰好跟李汉俊的家相邻，而且，李汉俊又是辛亥元勋李书城的胞弟，因而，詹大悲与李汉俊认识了，看到董必武苦闷，便带着李汉俊到湖北善后公会，让他们见了面。

李汉俊在日本深入研究过马克思主义，满脑子都是马克思主义，跟董必武见面之后，向他谈起了苏俄、谈列宁、谈马克思主义，不停地朝这位陷入彷徨之中的中华革命党人脑袋里灌输马克思主义，并且指出，孙中山先生在经历了无数次的失败之后，已经认识到了他所搞革命的缺陷，热烈地支持新文化运动，鼓励其得力干将戴季陶、邵力子、朱执信、胡汉民在《民国日报》上宣传马克思主义。李汉俊从日本带回了许多新出的杂志，以及《黎明》《改造》《新潮》等杂志，不时地提供给他，并且给他介绍俄国的十月革命。

董必武第一次完整地听到了俄国十月革命的经过和情况，心里更是激动不已。他觉得自己苦苦探索的东西，都可以通过马克思主义学说来解释。

五四运动爆发，董必武立即以湖北善后公会名义，致电湖北省议会、教育会、武汉商会、汉口各团体联合会称："外交失败，败亡间不容发，请亟起主张严惩卖国党，急电巴黎专使拒绝签字，并要求列强主持公道以图挽救。"

随着《巴黎和约》签字的日期原来越临近，6月21日，上海工商学各界代表开会，坚决反对政府签署和约，并于两天后发表联合宣言："北京当局纵允许签字，吾人誓不承认，并否认欧战中中日一切胁诱而成之密约。"

6月25日，全国学联、江苏省教育会和上海商业公团联合会等联名致电巴黎和谈专使："如或违背民意，……当与曹、陆、章同论。"

第三日，上海各界民众一万余人在西门体育场召开紧急会议，齐声呼喊"死不签字"，集体议决拒签和约及废除中日间一切不平等条约。

6月28日是巴黎和约签字日，巴黎旅法华工和学生包围了中国代表团寓所。中国代表团宣布拒绝在巴黎和约上签字。至此，五四运动取得完全胜利。

不过，国内得到消息的时间滞后。7月1日，据传北洋政府代表团已在和约上签字，上海各界数万民众又在体育场举行声势浩大的国民大会，群情激愤，一致表示：誓不承认签字为有效，声讨卖国政府，不承认卖国政府，不承认伪国会。

7月3日，获悉中国代表团未在巴黎和约上签字，上海各界欣喜若狂。

7. 长沙挥斥方遒

长沙爱国运动有两个显著特点，一是由于得到北京五四运动消息的时间较晚，发起响应的时间与上海、武昌、济南、广州等其他各大城市相比，显得较晚一些；二是持续的时间最长，当其他各地的学生爱国运动渐渐平静下来之际，长沙乃至于整个湖南的学生爱国运动仍然方兴未艾，如火如荼，其火焰延续了很长时间，最终导致另一场运动——驱张运动。究其原因，正是因为湖南军阀张敬尧是最大的卖国贼段祺瑞的亲信，段祺瑞在北京不能做、不敢做的事，张敬尧都能做、都敢做，段祺瑞在北京做了某些事情之后，迫于社会各界的压力，不得不改弦易辙，张敬尧哪怕遭到民众的强力反抗，依然我行我素，使用武力，大肆迫害参加爱国运动的学生以及社会各界进步人士；而湖南人宁折不弯的个性，加之有了很好的思想指引者、行动领航人，对反动统治势力的反抗最为坚决。

湖南爱国学生思想上的指引者、行动上的领航人是从湖南省立第一师范学校毕业不到一年的毛泽东。

在进入湖南省立第一师范学校读书之前，毛泽东尽管已经表现出强烈的社会责任感，具有独立的个人品格，但在某种意义上说，进入这所学校，才是毛泽东尔后成长为令他的人民发自肺腑地敬仰他、爱戴他，令他的敌人（纵观毛泽东的一生，他没有私敌，他的敌人，无论来自何方，都是中华民族的敌人，是中国人民共和国的敌人，是中国共产党的敌人，是中国人民共同的敌人。1994年5月29日，时任全国人大常委会副委员长的雷洁琼来到湖南韶山，为毛主席纪念馆题写的"公者千古，私者一时"，是他一生最好的写照）打从骨子里害怕他、诋毁他的人民领袖的关键点。在这里，毛泽东得到了伦理学教授杨昌济的指点，和萧瑜、蔡和森一道成为杨昌济教授最欣赏的三个学生。几乎每一个周末，他们都会到杨教授家里，跟杨教授开怀畅谈。在这里，毛泽东与萧瑜、蔡和森等人长期探讨"如何使个人及人类的生活向上"，得出了"集合同志，创造新环境，为共同的活动"这个结论，遂于1918年4月14日，在蔡和森家里发起成立了以"革新学术，砥砺品行，改良人心风俗"为宗旨的新民学会，萧瑜被推举为总干事，毛泽东、陈启民为干事。几个月之后，毛泽东从湖南省立第一师范学校毕业。此时，杨昌济教授已经受聘去了北大，正在毛泽东规划今后人生目标之际，他接到杨教授的一封信，从此决定了他和新民学会大多数会员的发展方向。

杨昌济曾经留学英国和德国，本来在湖南省立第一师范学校教授伦理学，在学科领域有很高的造诣和影响力，1918年初，被蔡元培聘请到北大担任教授。那时候，蔡元培正与吴稚晖、李石曾、吴玉章等人一道发起赴法勤工俭学运动。杨昌济觉得此事可为，写信告诉他在湖南省立第一师范学校的三个得意学生萧瑜、蔡和森、毛泽东，嘱咐他们召集一些湖南学生，到北京联系勤工俭学事宜。

由此，蔡和森、萧瑜、毛泽东分批来到了北京，为已经决定赴法留学的新民学会会员做留学前的准备，编列计划，募集资金，找了三所留法预备学校，把来到北京的新民学会会员送过去学习。毛泽东这次在北京待了近半年时间，在李大钊担任主任的北大图书馆当过助理管理员，与李大钊、陈独秀、张申府都有过交往，认识了北大许多有名人物，并且与杨昌济教授的女儿杨开慧确定了恋爱关系。因为去法国留学的新民学会会员通过了留法预备学校的学习，要去法国了，以及接到母亲生病的消息，要回去服侍母亲，毛泽东离开北京，先把他们送到上海，紧接着又亲自把他们送上了远洋的客轮，于4月6日回到阔别数月的长沙。

通过新民学会会员周世钊的介绍，毛泽东被修业小学聘为历史教员，随即写信嘱托大弟弟毛泽民和堂妹毛泽建把母亲护送到长沙来治疗养病，自己则在教书之余，通过各种联络活动，广泛接触长沙教育界、新闻界人士和一些青年学生，向他们讲述在北京、上海半年多的亲身经历，介绍他所接触到的李大钊、陈独秀等那些值得人们钦佩的学界领袖，激发他们树立起爱国救国的精神。

正是毛泽东回到长沙这段时间的工作，周南女校的学生魏璧、周敦祥、劳君展（劳启荣）和女教员陶斯咏一起加入了新民学会。新民学会从此有了女会员。

由于反动军阀张敬尧的百般封锁，北京五四学生运动的消息没有及时传入长沙，但在五七国耻日，长沙学生依然进行了纪念活动，手执"誓死争回青岛"等各种旗帜，进行了游行示威，被张敬尧派遣军队驱散。5月8日，张敬尧又召见各校校长，宣称青岛问题"不得谓为外交失败，如鼓动风潮，恐遭外人诘责"，要求各校"告诫学生力持镇静"，"不得听信谣传，借青岛问题引起纠纷"。

5月9日，长沙《大公报》不顾军阀当局的恫吓，以《北京学生界与山东问题》为题，详细报道了北京学生爱国运动真相。毛泽东当即写了一张措词激烈、鼓动人心的传单："同胞们，起来！用我们的热血，挽救祖国的危亡。"与长沙第一师范学校新民学会会员陈书农等人商量后，即以一师学生会名义发出。

长沙第一师范学校已经开始行动，省议会、总商会、农会、教育会等团体随即跟进，于5月14日联合发出支援北京学生的通电，一致表示："倘我代表在青岛问题上擅自签字，国民死不承认。"要求"严惩卖国贼"，以谢国人。

5月下旬，北京学生联合会派遣邓中夏和倪品真来到了湖南长沙。

毛泽东与邓中夏在湖南已结识，老熟人见面，用不着客套，邓中夏开门见山，直接向毛泽东、何叔衡（时在楚怡小学任教）等介绍了北京学生运动的情况，商量改组现有的湖南学生联合会，使湖南学界有一个公开、统一的领导机构，以便发动学生响应北京爱国运动。

现有的联合会是1918年夏为反对签订《中日共同防敌军事协定》举行全体罢课，遭到军阀张敬尧镇压之后，建立起来的，组织不健全，发挥不了作用。

不过，长沙第一师范学校、商业专门等校的学生组织比较健全，开展社会活动也有一些经验。毛泽东决定，派出新民学会骨干成员，首先和这些学校的学生骨干分子联系，得到他们的支持，然后进一步扩大联系范围，向联系的各学校学生主要骨干，详细分析当时国际国内的形势，特别是巴黎和会和北洋军阀的外交政策，全国青年学生运动发展的新形势，指导他们组织各校学生会，且要求每个学校推举一个或两三个代表，于25日上午到楚怡小学何叔衡房间开会。

很多新民学会会员已经到法国去勤工俭学了，眼下，一师新民学会骨干是蒋竹如、陈书农、张国基等人。毛泽东立刻找到他们，向他们介绍情况，交代任务，商量具体行动计划。据新民学会蒋竹如回忆："5月23日晚上，我正在（一师）自习室里复习功课，忽然毛泽东同志把我叫了出去。并告诉我：北京派来了两个代表……现在要商量一下，怎样响应北京的学生运动。于是，他邀我和陈书农、张国基等几个人，到一师后山操坪里，在月光下商谈了一阵。决定通过新民学会会员的活动，每个学校推举一个或两三个代表，于25日上午到楚怡小学开会。第二天，我们便分头进行，通知各校推派代表。"

毛泽东先后到长沙第一师范、商业专门学校、明德中学等校活动，向学生骨干们提出："我们的斗争，第一，反帝反封建的政治方向，要力争山东主权的完整，和反对北京军阀政府的卖国政策。第二，要有统一的组织，使力量集中，声势浩大，以取得斗争的巨大胜利。第三，要对斗争存在的问题和困难有足够的估计；如何对付张敬尧必会施加的压迫，使斗争坚持到底，就是应该注意的问题。"

25日上午，湖南商业专门学校的彭璜、易礼容，省立第一师范学校的蒋竹如、陈书农，工业专门学校的柳敏，法专的夏正猷、黎宗烈，明德中学的唐辉章，雅礼中学的李振翩，周南女校的魏璧、劳启荣，楚怡工业学校的朱后郑，长沙师范的缪瑞祥、高标，妙高峰中学的向培元等二十多名学生代表齐聚楚怡小学。

毛泽东首先向大家介绍了北京中等以上学校学生联合会总干事邓中夏，随即，请邓中夏向代表们报告北京学生运动发生的经过。

邓中夏汇报了北京学生和市民群众游行示威的经过和继续罢课的目的之后，殷切希望湖南学生实行总罢课，以实际行动声援北京学生的爱国斗争。

湖南人的爱国热情从来不落人后，学生代表群情激奋，纷纷表态，坚决响应。

随即，毛泽东提出了重建湖南学生联合会，得到了与会人员的一致同意。

通过讨论，会议很快形成了三项决议：一、尽快成立湖南学生联合会，作为发动罢课和统一各校学生行动的领导机构；二、迅速传达北京学联代表的报告和会议的决议；三、全省学联正式成立后，立即实行罢课。

紧接着，大家趁热打铁，讨论酝酿了学联的章程。

5月28日上午，各校代表齐集省教育会，举行湖南学生联合会成立大会。大会定下了学联的宗旨为：爱护国家，服务社会，研究学术，促进文明；逐条通过了《湖南学生联合会章程》；选举夏正猷为会长，彭璜为副会长，易礼容为评议部长，陈书农为干事部长；决定把学联会址设在落星田商业专门学校内。

毛泽东在修业小学的住处距离学联会址不远，自此以后，毛泽东每天都要到学联去，和学联负责人一起研究问题，指导学联的各项活动，成为湖南学生联合会思想上的领航人，行动上的指引者，实际上的领导人。

6月2日，湖南省学生联合会决定，长沙二十所学校学生于翌日统一罢课。

次日，学联发表了罢课宣言："外交失败，内政分歧，国家将亡，急宜挽救。……学生之求学，以卫国也。国之不国，学于何有！我们的学生出于良心之感发，鉴于形势之要求，决定自六月三日起，全体罢课，力行救国之职责，誓为外交之后盾。"最后，宣言发出了"请斩曹、陆以谢天下"的呼吁。

按照湖南学生联合会的决定，从这一天开始，长沙各校相继罢课。

长沙第一师范响应学联的号召最得力、最坚决。经一师学友会的骨干和新民学会会员在同学当中日夜串联，一师学生在规定时间里全体罢课。不过，有一个小插曲，一师学生会主席白瑜不愿意罢课，可是，当时，毛泽东也参加了一师学生决定是否罢课的会议，加上那么多新民学会会员，他担心会做出相反的决定，便提议清查会议，凡是没有班代表资格的一律请退出会场，把毛泽东以及好几个新民学会会员赶走了。结果，毛泽东的影响太大，会议依旧做出了罢课的决定。

湖南商业专门学校是湘首先倡议罢课者之一，几乎跟一师同时罢课。

尽管远离城垣，工业专门学校的学生一样非常积极，全体响应，先后组织了"救国十人团""义勇团""演讲团"等小团体，进行调查国货、宣讲等活动。他们还成立了纠察部，每天轮派纠察二人值日，维持校园秩序，统筹学生行动。

演讲团在麓山寺、云麓宫等处向民众进行宣讲，劝买国货，并在学校前坪赫曦台设备茶水座位招待游客，同学们轮流登台演说，造成了很好的影响。一个名叫郭保吾的小贩听了演说十分感动，当众扯毁所携仁丹等东洋货物，说道："我是一个做小生意的，素来不明白外间的事情。今日听见此说，心中甚觉不安。平常日本人在市上昂首大步，我等则须让路，真是可恶！如今既有此提倡国货的好法子，那有不赞成的呢？我以后誓不再贩彼货，把现存的当诸君扯碎，聊表心迹。"

6月6日，工专学生演出话剧《青岛风云》，"情节奇离，意气悲壮，观者为之泣数行下。其中欧战讲和一幕，尤为别开生面，引起一般人之世界观念也"。

6月3日这一天，只有明德中学、湖南法专和几个女校没有行动起来。

毛泽东亲自前往明德中学进行说服工作，明德中学随后也实现了罢课。

在各校学生的一再督促之下，6月5日，法专开始罢课，跟其他各校采取一致行动，并厉行各种救亡方法，组织"救国十人团"，分途演说。

男生罢课后，看到女校都没有投入罢课行动，周南女校及省立第一女校学生骨干都心急起来了，相约一起开会，决定从6月5日起，两校全体罢课。

在周南女校学生运动的影响下，长沙各女校学生运动广泛展开。6月10日成立长沙女学生联合会，推举唐冰瑜、周敦祥任正副会长，以联合会名义致函徐世昌总统，提出拒绝签字要求。而后，女学生全力投入"抵制日货、提倡国货"的宣传活动。她们仿效各男校的办法，组织演讲、调查、交际、编辑各部，分股办事，绝不懈怠。演讲部每天轮流派出四五人，"往各公馆对各太太奶奶小姐将某国如何虐待我国及抵制某货、提倡国货种种情形，仔细讲演，并劝平日所用之装饰品均须改购国货"。6月17日，长沙女学生联合会改组为长沙女学生励进会，以"增进女界的幸福，提倡女子服务社会的能力"为宗旨，发行《白话周刊》，举办平民女子半日学校，致函总商会，要求推行国货，取缔奸商。

女校尽管罢课较为迟缓一些，但受到了社会各界的关注与赞扬；法专学生没有带头执行罢课决议，引起了其他各校学生的强烈不满，夏正猷身为学生联合会会长，连本校的学生都没能及时发动起来，不得不引咎辞职。6月5日，学联代表选举彭璜继任会长，应元岳为副会长，易礼容为评议部长，陈书农为执行部长。

二十所学校先后罢课，宛如推倒了多米诺骨牌，一时间，长沙七十三所学校纷纷响应，投入罢课行动；紧接着，湖南全省学生也罢了课。

罢课开始，毛泽东更加繁忙。他经常到学生集会上发表演讲，一天天地领导着学生运动，指导学生运动的发展方向。在毛泽东的呼吁下，教员联合会以及其他各种各样的联合会纷纷涌现出来，不遗余力地声援和支持学生运动。

面对日益高涨的学生爱国运动，张敬尧十分恼怒，于 6 月 8 日以"过激党"捣乱的罪名，恫吓学生，声言"社会党人利用时机，到处煽惑，淆乱人心，业经当局查党，正严令侦察总局一体拿办"，并且扣留了学联对外的各种通电；其后，又接连通函各校，迫令学生上课，发表了《告学生训令》，杀气腾腾地说："倘有听信浮言，固执己见，荒废学业，游行市街，现值匪气未尽，本兼省长为维持治安，预防祸患起见，定当遵照命令严加制止，勿谓言之不预也。"

与张敬尧的反应不同，湖南教育界、工商界，以及各社会团体强力支持学生爱国运动。6 月 12 日，学生参加了湖南各公法团体成立的国货维持会的活动。四百余名学生捣毁了屡教不改的破坏抵制日货的坡子街华太长号，引起轰动。

眼见得各种招数都没有起到任何作用，学生爱国运动引起了越来越多的关注与支持，张敬尧生怕局面难以收拾，祭出最后一招：通令各校提前考试放假。

6 月 21 日，长沙各校师生代表一百余人集会，讨论在学校提前放假以后，如何继续开展抵制日货、演讲、调查、演剧等事。彭璜代表学联表示："此次学生做事，当有坚忍的精神，既认定题目，决不稍变。"工专学生代表随即挺身而出，主张"暑假不可停止演讲、调查等事"，号召各校同学利用提前放假的时机，到各地扩大爱国宣传。这次会议由此定下了持续展开爱国运动的大计。

暑假后，许许多多学生分散到各地活动，趁着其他学校仍在上课的机会，把爱国运动的火焰烧到其他各地。学生联合会会长彭璜曾亲赴衡阳，与夏明翰、蒋先云等组建的湘南学生联合会接洽联络，促进了湘南地区学生爱国运动的高涨。

学生的爱国运动，不仅遭到张敬尧打压，身在中国的日本人同样极为嫉恨。7 月 6 日，湖南学联派调查员上日轮调查货物，遭到日本水手殴打。各校学生立即举行游行示威，请求张敬尧交涉，可他反而称学生为"过激党"。在中国领土上，中国人遭受东洋人、西洋人欺凌的事情比比皆是，不胜枚举，民众早已习以为常；可眼下正是爱国运动蓬勃展开之际，难道中国的司法机关不能伸张一次正义吗？学联把此事控告到长沙县法院。法院受到爱国运动的激励，挺起脊梁，不再内外有别，纵容洋人，依法判处日本水手三个月徒刑，大长了中国人志气。

7月7日，省学联和国货维持会联合各界民众，在长沙举行焚烧日货游行示威大会。游行队伍前面高举着"烧毁日货游行大会"和"同胞们注意，切勿买日货"的大旗，每名学生肩上扛着一匹日本布，后面跟着绸布业的店员工人，最后是国货维持会和学生联合会的旗帜。到了教育会坪，学生们将布匹摊放坪中。

雅礼大学学生柳直荀是湖南学生联合会负责人之一，在演讲时激动地说道："中国好比一头睡着了的狮子，一旦醒来，就无敌于天下，我们的目的就是要唤醒民众。现在，我们的民众正在觉醒！"

学生们将煤油浇在布匹以及各种日货上，点火焚烧。

大火已起，众人情绪高昂之际，张敬尧亲自率领荷枪实弹的军警来捣乱会场，恶狠狠咒骂学生"扰乱秩序，名为爱国，实为祸国"，发出"学生只准读书，教员只准教课"，"如果不听本帅的话，还要闹事，本帅就要办人，决不容情"的警告，强令学生解散。可学生和围观群众直到布匹全部烧成灰烬，这才离去。

为了统一斗争目标，统一行动，7月9日，毛泽东和省学联及工商各界召开联席会议，商讨成立湖南各界联合会。确定其目的在于，"专在除去障碍物，推翻武人政治，排斥官僚派及阴谋家，故拟组织各界联合会，造成真正平民团体"。为此，会议决定：以学联创立的"救国十人团"为榜样，在各界大力发展"救国十人团"，建立起湖南各界联合会的基层组织。

当月，"救国十人团"已经发展到了四百多个。

暑假期间，学生联合会组织各校留校学生，在长沙成立讲演团四十四处，到街头挨家挨户宣传反日爱国。学联会和工人有了联系，学校办了许多夜校，动员工人上学。长沙的工人们也组织宣传队，和学生们共同行动。湖南各县的学生和各界人民也都有同样的组织和活动。

在反帝爱国运动中，学生联合会非常重视提高群众的政治觉悟。毛泽东提议学联要创办自己刊物，彭璜、何叔衡、陈昌等一致赞同。这便是毛泽东筹集资金创办的《湘江评论》。毛泽东在创刊宣言中写道：

自"世界革命"的呼声大倡,"人类解放"的运动猛进,从前吾人所不置疑的问题,所不遽取的方法,多所畏缩的说话,于今都一改旧观,不疑者疑,不取者取,多畏缩者不畏缩了,这样潮流,任是什么力量,不能阻住。任是什么人物,不能不受他的软化。世界什么问题最大?吃饭问题最大。什么力量最强?民众联合的力量最强。什么不要怕?天不要怕,鬼不要怕,死人不要怕,官僚不要怕,军阀不要怕,资本家不要怕。

毛泽东在创刊宣言最后部分满怀激情向世人宣告:

时机到了!世界的大潮卷得更急了!洞庭湖的闸门动了,且开了!浩浩荡荡的新思潮业已奔腾澎湃于湘江两岸了!顺他的生,逆他的死。如何承受他?如何传播他?如何研究他?如何施行他?是我们全体湘人最切最要的大问题,即是"湘江"出世最切最要的大任务。

在创刊号上,还发表了毛泽东撰写的《陈独秀之被捕及营救》一文。文章转载了陈独秀散发的传单内容,详细报道了各界营救陈独秀的情况,预言:"政府尚未昏聩到全不知外间大事,可料不久就会放出(陈独秀)。若说硬要兴一文字狱,与举世披靡的近代思潮,拼一死战,吾恐政府也没有这么大胆子。"

继而,毛泽东宣称:

中国名为共和,实则专制。愈弄愈糟,甲仆乙代,这是群众心里没有民主的影子,不晓得民主究竟是甚么的结果。陈君平日所标揭的,就是这两样。他曾说,我们所以得罪于社会,无非是为着"赛因斯"(科学)和"兑莫克拉西"(民主)。陈君为这两件东西得罪于社会,社会居然就把逮捕和禁锢报给他,也可算是罪罚相敌了,凡思想是没有畛域的,去年十二月德国的广义派社会党首领卢森堡被民主派政府杀了,上月中旬,德国仇敌的意大利一个都林地方的人员,举行了一个大示威以纪念他。瑞士的苏里克,也有个同样的示威给他做纪念。仇敌尚且如此,况在非仇敌。异国尚且如此,况在本国。陈君之被逮,决不能损及陈君的毫末。并且是留着大大的一个纪念于新思潮，使他越发光辉远大。政府决没有胆子将陈君处死，就是死了，也不能损及陈君至坚至高精神的毫末。陈君原自说过，出实验室，即入监狱。出监狱，即入实验室。又说，死是不怕的。陈君可以实验其言了。我祝陈君万岁！我祝陈君至坚至高的精神万岁！

另外，毛泽东在创刊号上发表了一组批判封建主义的短文，号召妇女们组织起"女子革命军"，冲破封建主义的枷锁，求得自身的解放。

《湘江评论》创刊号于1919年7月14日正式出版发行。最初只印了两千份，很快抢购一空，再印两千份，仍不能满足需要。许许多多青年学生莫不被它"不要怕"的精神所鼓舞，纷纷跟家庭决裂，走到了学生运动的阵营。

初战告捷，毛泽东提笔写信给杨开慧，把自己回到长沙以后，轰轰烈烈地搞起了学生运动，以及创办《湘江评论》的经过、收获和第一期《湘江评论》寄给了杨开慧。紧接着，当第二期《湘江评论》出版之后，又寄了过去。

毛泽东实在忙碌极了。每一天，只要一睁开眼睛，他都有忙不完的事情，白天要忙于发动学生和民众，晚上也有许许多多人前来找他寻求指导。他不得不听从何叔衡、彭璜、周世钊等人的劝告，广泛地向学生们约稿；可是，每当要出版《湘江评论》的时候，稿子时常收不起来，没有办法，他不得不在半夜三更，不避暑气的熏蒸，不顾蚊子的叮咬，挥汗疾书，亲自动笔赶稿。

学生已经发动起来了，教职工也发动起来了，一些市民也纷纷投入到了这场史无前例的运动中，这是一个开端。毛泽东觉得还需要发动更多的民众，普遍地参与这样一种运动。这种民众的运动，就是民众的大联合。《湘江评论》从第二期开始，接连三期，刊登了他亲自动笔写出来的《民众的大联合》。文章一开头便说：

国家坏到了极处，人类苦到了极处，社会黑暗到了极处。补救的方法，改造的方法，教育、兴业、努力、猛进、破坏、建设，固然是不错，有为这样根本的一个方法，就是民众的大联合。

紧接着，毛泽东在文章里热情地讴歌了俄国的十月革命：

我们且看俄罗斯的貔貅十万,忽然将鹫旗易成了红旗,就可以晓得这中间有很深的道理了。并且第一次宣传了马克思以及马克思主义,为湖南学生和民众打开了一个崭新的视野。

当他听到十几岁的小学生丁玲率领一群女生,冲进省议会,扯掉会议的旗帜,要求妇女有财产继承权的时候,毛泽东发自内心地笑了。看到一队队意气风发的学生,到处宣传抵御日货,没收日货,让那些平素趾高气扬的商人不得不低下头颅,向学生们赔着笑脸,他由衷地兴奋,深切地感受了学生运动的威力。

这一天,何叔衡兴冲冲地告诉毛泽东:"润之,你的文章已经被《大公报》转载了。整个长沙城,到处响彻了你的呼声:国家坏到了极处,人类苦到了极处,社会黑暗到了极处,我们倘能齐声高声一呼,必将这历史的势力冲破!"

毛泽东豪迈地说道:"爱国的人们已经觉醒,各界联合会应该更加积极展开行动,共同向军阀势力宣战。那样一来,张敬尧必将再无法横行霸道。"

在毛泽东的影响和推动下,运动进入到新阶段:积极发挥各界联合会的作用,希望能够尽早像上海一样,举行声势浩大的罢工、罢课、罢市活动。这一下,更加触怒了湖南军阀张敬尧,必欲除之而后快。毛泽东丝毫不把任何威胁放在眼里。

几乎忙得什么都无暇顾及之际,毛泽东接到了杨开慧的来信。

杨开慧非常钦佩他在长沙发动的学生运动,渴望能够回来,参加这场伟大的爱国运动。她还说,当李大钊看到毛泽东《湘江评论》的发刊词时,非常兴奋,在《新生活》上发表题为《大联合》的短评,赞同毛泽东的主张:"我很盼望全国各种职业各种团体,都有大小组织,都有大联合,立下真正民众大联合的基础。"

毛泽东想起跟李大钊交往的情景。李大钊给予他的勉励,让他更加觉得自己必须尽快使湖南各界联合会积极行动起来。

后来,胡适更是在《每周评论》上称赞道:"《湘江评论》第二、三、四期的《民众的大联合》一篇文章,眼光远大,议论也很痛快,确是现今的重要文字。还有'湘江大事述评'一栏,记载湖南的运动,使我们发生无限的乐观。武人统治之下，能产生我们这样一个好兄弟，真是我们意外的欢喜。"

看到胡适的评论，毛泽东情不自禁地想到自己去年旁听胡适讲课时，提出了一个问题，希望胡适能够解答，没想到，胡适以他不是北大学生为由，拒绝回答，夹起讲义走掉了，把他扔在那儿发呆。毛泽东暗想：如果胡适知道他赞扬的青年人，正是昔日他不肯回答提问的那个青年人时，不知道会作何感想？

毛泽东一样想起了陈独秀。尽管跟陈独秀交往不多，可是，陈独秀所说的每一句话，陈独秀的每一个神态，毛泽东都记忆犹新。

随着他的文字不断见报，毛泽东所面临的压力越来越大了。可是，他毫不畏惧，白天不断地跟社会各界的代表交谈，晚上接待许许多多慕名前来的民众。充满爱国热情的人们，不由得格外关心毛泽东的境况。他们得到各种各样的消息，说是《湘江评论》犹如一枚重磅炸弹，炸得张敬尧坐立不安，胸中凝聚了无穷的愤恨，他们很担心毛泽东的安全。

果然，第五期《湘江评论》刚刚出版，还没来得及发行，张敬尧派出人马，以宣传"过激主义"为由，将已经出版的《湘江评论》全部收缴，并且给予取缔。

要跟他们斗到底！毛泽东心里燃烧起一团接一团怒火，马上想去学生联合会，部署发动更大规模的学生运动。可是，1919年8月10日，张敬尧不仅派人封闭了《湘江评论》，而且以武力强行解散了湖南学生联合会。

蒋竹如后来回忆湖南学生联合会遭到封闭及其随后的行动时，说道："我们事先得到了风声，把学联的文件、印章和未卖完的各期《湘江评论》，一篮一篓地转移到河西的湖南大学筹备处去了。学联虽被封闭了，但我们并未为军阀张敬尧的淫威所吓到。从此以后，毛泽东同志和学联其他负责人搬到湖大筹备处，继续进行革命活动，对张敬尧的黑暗统治，进行揭露和抨击。"

世界战争的结果，各国的民众，为着生活痛苦问题，突然起了许多活动。俄罗斯打倒贵族，驱逐富人，劳农两界合立了委办政府，红旗军东驰西突，扫荡了多少敌人，协约国为之改容，全世界为之震动。匈牙利崛起，布达佩斯又出现了崭新的劳农政府。德人、奥人、捷克人和之，出死力以与其国内的敌党搏战。怒涛西迈，转而东行，英、法、意、美既演了多少的大罢工，印度、朝鲜又起了若干的大革命，异军特起，更有中华长城渤海之间，发生了"五四"运动。旌旗南向，过黄河而到长江，黄浦汉皋，屡演活剧，洞庭闽水，更起高潮。天地为之昭苏，奸邪为之辟易。咳！我们知道了！我们觉醒了！天下者是我们的天下，国家者是我们的国家，社会者是我们的社会。我们不说，谁说？我们不干，谁干？刻不容缓的民众大联合，我们应该积极进行。

面对《湘江评论》和湖南学生联合会被封，毛泽东耳边回荡起《民众的大联合》最后一部分，他毫不畏惧地说道："他越不准我们干。我们越要干下去！而且，越要联合更多的人一块儿干下去！"

8月20日，湖南学联发表宣言，谴责张敬尧强迫解散学生联合会。宣言称：湘省自组织学生联合会以来，如新剧演讲，发行周刊，提倡国货，抵制日货诸事，无非发于爱国之至诚，力谋根本之解决。而张氏则遇事干涉，屡欲借故摧残。

紧接着，毛泽东、彭璜、何叔衡一道组织新民学会会员，继续发动学生进行各种活动。湖南学生的爱国热情不仅没有被压服，反而更为高涨，宣传抵制日货的声浪一天都没有停息过。

很快，毛泽东被湘雅医学专科学校学生会主办的杂志《新湖南》邀请过去担任主编。他把在《湘江评论》上磨炼出来的智慧与虎气全部迸发出来，积极投入新一轮战斗。从第七期起，《新湖南》周刊便成为一个宣传社会主义的刊物。

毛泽东在该刊刷新宣言中说："本报第七号以后的宗旨是：一、批评社会；二、改造思想；三、介绍学术；四、讨论问题……我们的信条是：什么都可以牺牲，惟宗旨绝对不能牺牲。"

第七期上，刊登了《社会主义是什么？无政府主义是什么？》《评新中国杂志》《哭每周评论》《工读问题》等文章，使读者耳目为之一新，感到《湘江评论》在这里复活了。这场战斗引发的冲击波更为强烈，没过多久，再一次惊吓了湖南军阀，《新湖南》在毛泽东手头仅仅编了五期，便遭到查封。

张敬尧的倒行逆施，使毛泽东心里激起了满腔仇恨，他愤怒地吼叫道："必须除掉张敬尧！"

9月中旬，毛泽东在商专召集原学联骨干酝酿驱张问题，指出北洋军阀内部直、皖两系内讧是驱张的大好时机，湖南学生要做驱张运动的主力，尽可能策动教员和新闻界人士支援。他明确地把驱张运动视为爱国运动的继续和深入。

伴随"张毒不除，湖南无望"的怒吼，长沙乃至整个湖南的学生运动进入新阶段。正当长沙的学生运动遭到张敬尧镇压的关键时刻，毛泽东多了一位同盟军。

此人正是火烧赵家楼的主角——匡互生。哪怕在北洋政府的高压政策之下，部分学生发生动摇，他从来没有退缩，以"冲破网罗，继续运动，与军警决斗，获最后之成功！不成，则以死继之"的精神，和进步同学一起组成讲演队，活跃在北京每一个角落，直到完全达成这次运动之目的。

当年夏天，匡互生从北京高等师范学校毕业，回到长沙，在楚怡小学担任教员，跟何叔衡成为同事。在这里，他认识了毛泽东，而毛泽东早已对他有所耳闻，两人英雄相惜，互为知己。匡互生由此加入新民学会。

时逢北洋军阀张敬尧强行解散了学生联合会、封闭了《湘江评论》，引起了学生更大规模的反抗，匡互生与毛泽东、何叔衡、彭璜等人一道，继续鼓动学生运动，并且在学生运动屡遭摧残的时候，与毛泽东、何叔衡一道起草驱张宣言。不过，在毛泽东发动新民学会，以及鼓动湖南社会各界到北京、上海，以及全国各地进行驱张运动的时候，匡互生想到的是赵家楼那把火终于导致卖国贼被罢免、巴黎和约被拒签，他感到直接行动，远比上北京请愿，到上海、广州等地寻求支持，制造社会舆论要强得多，因而，打算亲自动手，一下子了结张敬尧的性命。他纵使从小练得一身好武艺，可张敬尧不管走到哪里，都前呼后拥，别说击杀此贼，想要接近张敬尧都很困难，于是他找到赵恒惕，开口要借五颗炸弹。赵恒惕秉承"湘人救湘之谋，天经地义"的原则，痛快地答应了。炸弹借来后，作为效果测试，匡互生先行炸掉了一颗，留着四颗准备给张敬尧享用。可不等他找到机会把这顿大餐奉送给张敬尧，在全国各方力量的高压下，张敬尧撤离湖南，驱张运动取得胜利，匡互生只得把剩下的炸弹还给赵恒惕。

8. 武昌风云激荡

跟长沙一样，武昌乃至整个湖北地区响应北京五四运动的各种活动，最先也是由学生在前面冲锋陷阵，背后有一个舆论领袖或灵魂人物作为引导者，激励学生以及民众的斗志，导引运动的发展方向。长沙学生爱国运动的舆论领袖或者灵魂人物是毛泽东，湖北这边的则非恽代英莫属。

作为舆论领袖或者灵魂人物的毛泽东与恽代英，在很多方面具有相似之处。比如说，毛泽东与恽代英都博览群书，擅诗善文，是同辈之中的佼佼者，在读书时期，深得老师器重和同学们敬慕，毕业之后，在社会各界，具有无可替代的号召力；在为人处世方面，两人都注重实干，并且亲自实践，为了追求真理，无论多么艰辛，都甘之如饴；两人的性格也是那么相近，都是宁折不弯，坚韧不拔，在任何外来压力面前，从来不曾低下过高贵的头颅，只会越挫越奋，朝着自己选定的道路一往无前。他们探索救国救民道路的伟大实践，都是从学生时代与志同道合者成立进步社团开始的：毛泽东在湖南省立第一师范学校读书期间，与蔡和森、萧瑜等人发起成立的是新民学会，这是湖南第一个学生进步团体，恽代英在湖北中华大学学习时期，与梁绍文、冼震、黄负生等人发起成立了以"群策群力，自助助人"为宗旨的互助社，这是湖北第一个学生进步团体；毛泽东与他的伙伴发起成立的新民学会，主要成员最初基本上是湖南省立第一师范学校在校学生，后来扩展到其他各校，互助社是恽代英等人首先在他们就读的中华大学发起成立的（互助社成立于1917年10月，比新民学会早了半年），1918年4月27日，恽代英又与余家菊等人一道成立了以"成己成人"为宗旨的跨校学生进步组织——仁社，使得互助社与湖北地区其他学校的学生进步团体密切联系起来。

不过，哪怕再相似，任何一个人都不可能是另一个人的复制品，无论性格特征，或者人生轨迹，都会存在着一些差异性。恽代英跟毛泽东在许多方面，又具有很大的不同。拿性格来说，毛泽东愈发豪迈，恽代英更加内敛；毛泽东与天奋斗，其乐无穷，与地奋斗，其乐无穷，与人奋斗，其乐无穷，恽代英则享有"中国甘地"以及"当今墨子"之称。从他们指导学生爱国运动的身份来看，毛泽东从湖南省立第一师范学校一毕业，即完全脱离了学校，在发起与引导长沙学生响应、声援北京五四运动期间，跟他毕业的学校已经没有任何实际性关系（除了一师还有一些新民学会会员）；恽代英从中华大学毕业后，随即被聘为附中部主任（校长），成为他毕业学校的一名在编教师。为此，毛泽东依靠的是新民学会，恽代英不仅有互助社、仁社可作依托，而且扛着中华大学这块招牌。

五四运动爆发的第三天，即5月6日，《汉口新闻报》报道了这一北京爱国学生举行游行示威活动的消息；江城另一份大报《大汉报》在头版以《北京快电》为标题，同样报道了这一消息，并且在第二张底版上发表了名为《中国可以不亡》的短评文章，盛赞北京学生的爱国行动，是"国势危急之秋，人心尚未死绝，振臂一呼万山响应，中国或可不亡，此又可喜之事也"。

恽代英读了报纸，但觉感情偾兴，恨不躬逢其盛，认为此役总可痛惩卖国贼，不致使无忌惮也。他不能仅仅只是作为旁观者，或者清谈客，他必须激励武昌学生以及社会各界，出来响应这一爱国运动，当天晚上便写下一张传单——《四年五月七日之事》：

有血性的黄帝的子孙，你不应该忘记四年五月七日之事。现在又是五月七日了，那在四十八小时内，强迫我承认二十一条密约的日本人，现在又在欧洲和会里强夺我们的青岛，强夺我们的山东，要我们四万万人的中华民国做他的奴隶牛马。你若是个人，你还要把金钱供献他们，把盗贼认做你的父母兄弟吗？我亲爱的父老兄弟们，我总信你不至于无人性到这一步田地。

热血浑身上下在不停地冲撞，思维如同打开闸门的洪水，不绝若江河，恽代英一气呵成，一蹴而就，马上把他最信任的学生林育南喊过来，一起连夜赶印了六百余份传单，准备次日到学校运动会上去散发，随后印成邮片通告全国。

第二天是国耻纪念日，江城各机关、各学校全都放假一天，表示不忘日本人对国家造成的伤害。只有中华大学为"鼓励尚武精神""振扬国雄"，正在举行运动会。恽代英、林育南、冼伯言、沈光耀、喻进贤、汤济川等人将这份充满爱国热情的传单，拿到运动会上去，到处散发。六千多名学子群情激愤，反响强烈。一时间，运动场上到处响起激愤的声音："勿忘国耻！""捍卫青岛！""捍卫山东！"

同一天，恽代英、林育南收到正在北京大学读书的黄晓峰的来信。黄晓峰在信中详细叙述了北京学生在天安门广场集会游行和火烧赵家楼、痛打章宗祥的情况，并要求湖北方面响应，作一致行动。恽代英、林育南读之泣下，恨不得马上发起行动。随即，林育南把这封信贴到中华大学门口的"揭示栏"上。爱国师生都为信中叙述的事而激奋，当即有的愤恨交加、慷慨激昂地发表演说；有的捶胸顿足，痛哭流涕；还有的把自己所用的日货拿出来当众焚烧。附中校监余家菊亦是互助社成员，与恽代英一同毕业，一同进入附中部的。他听到消息，匆忙赶过来，以怕官厅干涉，于学校和他的地位有危险为由，要林育南把信撕下来。林育南与余家菊进行了激烈的争辩。最后，余家菊使用强力把这封信扯掉了。

尽管信被撕掉了，但中华大学运动场上的声音传播了江城，更传到了时任《大汉报》主笔和编辑的萧楚女耳朵里。他非常佩服恽代英的才干与担当，于5月9日将这张传单上的内容全文刊登出来，同时加上按语，以激励民众："观此其爱国热忱溢于言表，同胞共览，请勿为亡国奴。"

报纸推波助澜，很快将这份传单的内容传遍武昌、汉口、汉阳三镇的大街小巷，成为鼓动人民投身爱国运动的号角。

一纸传单不过是动员学生起来响应、声援北京五四运动的第一步，紧接着，恽代英准备首先发动中华大学附中部学生，然后扩展到武昌，甚至汉口、汉阳各大中学校，把大家都组织起来，统一行动。但他是中华大学附中部主任，不便公开出面。林育南理所当然冲在前面，成为武昌中华大学附中部学生运动的点火人，以及为武汉各大中学校学生运动的联络者、发动者和负责人。

林育南的发动和联络工作是卓有成效的。两天之后，即5月9日，武昌十余所学校的学生代表便齐聚中华大学，决定成立武昌学生团，以学生团的名义向北京学界发电声援，并且公推恽代英负责起草《武昌学生团宣言书》。为了将武昌其他学校以及汉口、汉阳各大中学校都动员起来，造成全体学生一致行动的局面，大家同时决定派遣林育南等人到其他各个学校去联络。

次日，中华大学、武昌高师等十五所已经动员起来的大中学校代表举行茶话会，决定与北京学生采取一致行动，外争国权，内惩国贼，不达目的，誓不罢休。

为了写好《武昌学生团宣言书》，恽代英广泛收集资料，认真思考，最后决定着重叙述日本侵略中国的历史，借以唤起学生的"国耻记忆"，达成激发国人的对日仇恨，并将对日仇恨转化成爱国的动力的目的。他写道："日人之谋我久矣，从来以不平等国待我，民国四年二十一条之交涉，以我遇事退让之。凡可允诺者皆允诺之，而五月七日加我以最后通谍（牒）。"紧接着，他在宣言书里对北京学生五四爱国行动给予了高度评价，明确指出：曹、章（在五四事件中）受惩的原因，盖其误国之罪，妇孺皆恨之入骨。北京学生加以痛惩，亦无异为全国学生代表……亦无异为全国国民代表……欲绝祸根，惟去恶务尽之一法。最后，宣言书强烈要求北洋军阀政府下令斥逐曹、章、陆之辈，号召学生积极行动起来，投入到这场轰轰烈烈的爱国运动当中去。

5月12日，武昌学生团正式成立，通过了由恽代英起草的致北洋政府、各省、各机关、各学校并巴黎和会及美国总统威尔逊的电文，强烈要求争回山东主权。同一天，洋洋四千余言的《武昌学生团宣言书》开始在《大汉报》上连载，对唤起全体学生以及各界民众投入爱国行动起了积极的作用。

两天后，武昌学生团联络武汉中学以上全体学生五千一百七十四人，致电北京大总统暨国务院，表达了学生的严重关切："青岛得失交涉胜负，国体主权至为重要。民国四年交涉，吾忍辱签字，以待和会。和会再不得，真国亡种奴，万劫不复。请电专使，力争勿懈。北京学生四日之举，出于义愤，务恳略迹原心，宽大待遇，以壮民气，为外交后盾。生等四年之中，不敢忘五月七日之事，再受耻辱，宁死不甘，甚望尊重民意，力荷艰巨为幸。"

这一时期，包惠僧作为《大汉报》和《汉口新闻报》的特约外勤记者，以"鸣"系列或"雷"系列为笔名，对武昌学生爱国运动进行了大量报道。他是1917年从湖北省立第一师范学校毕业的，一开始，做了半年多的小学教师，因为性格耿直得罪了人，被迫离职，受一位新闻记者的启发，开始给各报社投稿，以此维持生计。1919年初，他获得了两家报纸的特约外勤记者资格，5月17日，包惠僧在这两种报纸上都将这份电报的内容披露出来，为学生运动助力。

武昌学生团成立以后，与汉口、汉阳大中学校的联络工作越发加速。包惠僧披露学生致电北京大总统暨国务院内容的同一天，在恽代英指导下，武汉地区二十六所学校代表汇聚中华大学，在武昌学生团的基础上，成立了武汉学生联合会，通过了第二次宣言书。武昌高师英语部三年级学生高鸿缙被选为大会临时主席和学联文员。中华大学的蓝芝浓、林育南，文华大学的余上沅，外国语学校的余敬昭，勺庭中学的李书渠等人都被推选为武汉学生联合会的负责人。

随即，武汉学生联合会接连发出了《北京大学转各学校》《北京参众两院》《上海和会唐、朱两总代表转各代表》三则要电，声援北京学生运动。

接着，林育南等率全体代表赴湖北督军公署和湖北省长公署请愿，提出四项要求：一、承认学生联合会；二、准许发行印刷品，提倡国货，鼓励爱国思想；三、请省署致电北京政府，力争山东青岛主权，并将学生会各电，饬电局一律拍发，嗣后不得再有扣留情事；四、准许学生组织游行大会，露天演讲，声张民气。

湖北省长何佩瑢以"公务冗繁"为借口，推出政务厅一个姓韩的厅长来接见。此人答应了学联提出的前三项要求，但以"恐生事端"为由，否决了第四项。

在湖北督军公署那边，林育南等全体代表第一次吃了闭门羹，第二天早上再去时，王占元被迫接见了他们。他先伪善地说："彼等爱国热情，实可钦敬，督军本人籍隶山东，尤深感佩。"随即来了一通颠倒黑白、信口雌黄："现在时局靖乱，和议未成，地方秩序，社会安宁，系极为切要。武汉乃商务繁盛之区，五方杂处，良莠不齐，游行街市，露天演说，设有不肖之徒，从中蛊惑滋事，妨害治安，那就难办了，本督军所以绝对不能允准。"进而，王占元电令警卫处暨卫戍司令部，派出大批军警和士兵"巡查街市"，严加防范爱国学生。

面对军阀的阻挠破坏，蓝芝浓、高鸿缙开始动摇。林育南和大多数代表坚持按照原计划于当天中午12时举行集会游行。

武昌高师英语部学生陈潭秋见本校有一些学生犹豫、彷徨，激励道："人家把刀架到我们的脖子上，难道我们还能躺着不动吗？""向帝国主义列强宣战，是正义的事情，怕什么？国家兴亡，匹夫有责。我们要见义勇为，知难而进！"

5月18日，武昌各校学生三千余人汇聚在阅马场，举行了颇有声势的动员演说，随即开始游行。高师学生走在最前面（陈潭秋所在班级走在高师游行队伍的最前头），中华大学学生走在最后面，其他各校一个学校一个学校地列在中间，人人手持书写"争回青岛""灭除国贼""提倡国货""同仇敌忾""誓雪国耻"的白色小旗，从阅马场出发，经过武昌路、抚院街（今民主路）、司门口，转长街（今解放路）、大朝街（今复兴路），再转回阅马场，一路上四处散发恽代英为这次活动所写的《呜呼青岛》传单，高呼各种爱国口号。

为了唤醒国民的爱国心，在这份传单上，恽代英语气激烈，笔触悲壮：

呜呼青岛！呜呼山东的主权！呜呼我中国的前途！贪得无厌的日本人，没有一天忘记了我这地大物博的中华民国。他知道我们的同胞是没有人性的，是不知耻的，是只有五分钟爱国热心的，是不肯为国家吃一丝一毫亏的。所以，对于中国的土地，夺了台湾，又夺大连、旅顺，现在又拼命的来夺青岛了。对于中国的主权，夺了南满的主权，又夺福建的主权，现在又拼命的来夺山东的主权了。国一天不亡，我们一天不做奴隶，日本人总不能餍足。受日本人欺侮，还要把日本人当祖宗看待的人，我不责你是黄帝不肖的子孙，我看你有一天打入十八重地狱，任你宛转呼号，没有人理你，像朝鲜人一样。

一时间，"为山东的主权，为中国未来的前途"，"莫买日本货，亦莫卖日本货，把日本商业来往排斥个永远干净"等口号如同春雷般炸响。

游行队伍所到之处，沿途的市民、商家莫不既流露出一种国家大有希望的喜悦之情，又含有痛恨日本人欺侮太甚的怒气。许许多多民众自发拿出茶果酬劳游行队伍，都被学生婉拒。学生纷纷表示："救国属于国民天职，只要诸君齐力进行，胜于茶果之酬报万万。此次集合之举，出于天良非为邀誉而来，务请诸君谅察。"有位人力车夫为学生爱国热忱所感动，大声疾呼："学生万岁！"

这次游行使"争回青岛""灭除国贼""勿忘国耻""提倡国货"的口号更加深入人心，为运动的深入发展奠定了群众基础。

5月20日，武昌文华大学校、圣约瑟学校全体学生七百余人，手持大小白旗，上书"提倡国货""保全主权""声张民气""唤醒同胞"等字样，以极其沉痛、极其简洁的白话歌谣，游行街市。游行队伍前面有一个外国人引导，后面有两个外国人殿后，用军乐伴奏，步伐整齐，随处购取洋货，当场毁碎，以提醒民众，不得购买日货。军警纷纷出动，见此情景，瞠目结舌，不敢干涉。游行队伍行进到督军署前时，天突然下起了大雨，但仍秩序井然，没有一人离队。

湖北督军王占元心心念念的是效忠能给予他权势和地位的人。跟张敬尧一样，王占元对学生爱国运动极尽阻挠、刁难、镇压之能事，先以"妨害治安"为借口拒绝学生组织游行示威，继而派出大批军警、卫队在阅马场、司门口等交通要道"分途逡巡"，企图阻止游行队伍。可是，在爱国激情的燃烧下，枪杆子没有起到任何作用。两天后，王占元再次传见中华大学、武昌高等师范学校等二十余所大中学校校长、校监，目露凶光，面带杀机，威胁道：若再有集会游行之事发生，即唯各校校长、校监是问。

王占元遏阻学潮的罪行，激起了广大爱国学生的愤怒，他们丝毫没有退缩，准备改变方式，与卖国贼斗争到底。恽代英旗帜鲜明地支持学生运动，告诫他们："如欲游行演讲，则宜准备受捕，受捕之后，宜照常继续进行。"

5月21日，在江城社会各界支持下，恽代英以"提倡国货，抵制日货"为重要内容，发起成立学生实行提倡国货团，并拟订《学生实行提倡国货团办法大纲》，规定入团者如非不得已不能使用外货，包括外国原料制造之物品，尤其是日货；对社会于提倡国货尽调查劝告扶助之责，未经申报购买外货兼备罚办。

根据学联的统一安排，5月25日，提倡国货团不顾官府的禁令，正式投入行动。每一个团均由十人组成，也称十人团，分赴各地进行以"唤醒国民爱国知识"为宗旨的演说，劝中国人将中国原料制造的国货售予中国人，不得以外国货代者。针对商家、市民不知道如何分辨国货与外国货的问题，另外组成四个人一个小组，分途调查内销货物来自哪个国家，如果发现日货，则集中销毁。

5月26日，北京和天津学生联合会派代表来汉联络。武汉学联在汉口辅德中学开会，听取北京、天津学生代表关于京津学界罢课斗争和成立全国学联会的情况介绍，准备推举两名代表赴沪参加筹备全国学联会等项事宜。

同一天，在《汉口新闻报》"官厅维持治安之一斑"栏目中，包惠僧全文刊发了军、省两长23日、24日颁布的两个取缔训令，通告不准集会结社、结会演说、旗帜招摇、游行市面、刊发传单等，报道了官厅对学生运动的压制。

5月29日，武汉学联创办了《学生周刊》。恽代英为学联刊物《学生周刊》制定了"唤起国民爱国热忱，提倡国货坚持到底"的宗旨，并且亲自撰写了发刊词，号召广大学生与民众在"外交紧急，河山变色"的危急之际，"对外一致，始终不懈"，众志成城地投入挽救祖国危亡的斗争。

湖北军、省两长获悉学生即将罢课的消息，在这一天召集江城各校学长，举行特别会议，决定对学生的罢课行动采取严厉办法，传谕各位校长在罢课未发生之时"妥为解慰，严加防范"，"罢课如已成事实，则军省两长为维持治安期间，不得不为最后之严厉对付方法。如一校举行罢课，则封闭一校。其有管教各员，以放弃责任论，令其解职离校。该学生等以越犯规矩论，即令全体解散。校校如是，办法如之，决不能稍事顾恤云"。

压制从来都不可能取得成功。31日，王占元封闭《学生周刊》当天，武汉学联各校代表在文华大学举行秘密会议，决定从6月1日起实行总罢课，并分配地点，各校分担游行讲演，"每校各出一组（十人），如被军警逮捕，赓续补派，至全体捕尽无可再派为止"。同时，学联发表了《武汉学生罢课宣言》："今武汉中等以上学校全体学生概行罢课，俟上所举三端得政府圆满解决为止。"

尽管学联再三强调一切要在秘密中进行，但是，消息仍然外露。王占元闻讯，立刻传见武汉大、中学校校长，威胁道：如果哪个学校首先罢课，就立即封闭哪个学校的大门；所有学校的教职员及学生一律不准外出，违者"严办不贷！"

6月1日清晨，为了把学生堵在校园里，从源头上断绝他们罢课示威游行的举行，王占元可谓下了血本，派出大批军警包围了每一所学校，再把剩下的军警全都撒到武昌街上巡逻，以至于整个武昌街面上，军警"首尾相衔，不绝于途，交通几为之断"。但王占元的恫吓并没有吓倒爱国学生。学生们群情激奋，不顾军警的阻扰，按照计划全体罢课，并且试图冲出校门，进行讲演活动。王占元气急败坏，严令军警予以镇压。于是，包围武昌高师的军警冲进校门，持枪乱戳爱国学生，当场十余名学生被刺伤，一个名叫陈开泰的学生，身受数刀，血流遍身，晕倒在地。几乎同一时间，文华大学、高等商科学校、第一中学、甲种工业学校等均有学生受伤，数十名学生遭到逮捕。王占元用他对日本人的卑躬屈膝、对国人的凶残蛮横，制造了震惊全国的六一惨案。

爱国学生没有屈服，当天下午 1 点左右，有的学生从数丈高的围墙一跃而下，有的学生潜出校门，有的学生毫不畏惧地径直冲出校门，高擎白旗，冲开反动军警的封锁线，会合后，奔向阅马场、督军府，举行了声势浩大的游行示威活动。

目睹这一令人振奋的情景，恽代英欣喜若狂，提笔称赞道："今日为罢课演讲之第一日，即湖北学生与官厅宣战之第一日也。"

双手沾满了爱国学生的鲜血，王占元还想把自己装扮成像对待日本人一样百般体贴百般逢迎的活菩萨，在给北洋军阀政府国务院、陆军部、内务部、教育部的密电中，污蔑湖北的学生运动系"匪人有乘机混杂，希图扰乱情事"，诡称六一惨案系因"学生滋闹，不得不用临时制止，且人众拥挤不开，致有所误"。

对于反动军阀的暴行，恽代英一面对其予以严厉谴责，一面积极与学生联合会负责人研究对策：他先是叫林育南领导武汉学联当即向湖北省议会递交请愿书，抗议军警暴行，要求弹劾直接制造惨案的警务处长崔振魁，并且通电全国揭露王占元镇压学生的罪行；随后与林育南等指挥学生冒雨聚集在督军府和省署门前，手举"爱国无罪""还我学友""缉拿凶犯""惩治国贼"等标语牌，静坐示威，要求释放被捕学生、缉拿镇压学生的凶犯；他还赶赴医院慰问与鼓励受伤学生，号召广大学生紧密团结起来，继续坚持斗争。

不只是恽代英一个人在战斗，当天晚上，武汉各校校长及教师代表愤然召开特别会议，决定全市教师一致辞职。湖北省议会也谴责当局，要求查清事实。

6月3日，学生不顾禁令，再次上街进行爱国宣传。文华大学的学生上街时，暴雨滂沱，他们全然不顾，冒着大雨散发传单。林育南带领中华大学数十名学生在暴雨中上街，到劝业场散发传单，发表演讲。受到学生爱国热情的激励，人们争相出来倾听，一时间，这里人山人海，道路为之堵塞。保安队根据警务处长的旨意，气势汹汹地进行镇压，当场致四名学生重伤，五人轻伤，另外捕去七人。

有一位名叫李鸿儒的受伤者，是中华大学法科学生，本来在6月1日被捕，经过恽代英、林育南发动静坐示威活动而获释，这天出来演讲又被保安队殴伤。在被迫返乡途中，他悲愤难遏，留下绝命书，"鄙人救国无状，徒存所耻，尚望学界同人各抱爱国之忱，誓达目的为止"，投入汉水，壮烈捐躯。

这一天，省立第一师范学校同样组织了演讲队，准备上街宣传。但当徐复观抱着"上战场的心情"扛着旗子出了校门，走上街头时，竟然发现自己站在一片肃杀的气氛之中。街上布满了军队，店门紧闭，路无行人，找不到演讲对象。

为了找到可供演讲的听众，这支演讲队决定前往平日里游人如织的抱冰堂。途经武昌国立高等师范学校时，他发现校门有重兵驻守，不许学生进出，只有一些学生趴在围墙，向他们欢呼挥手，算是精神上的支援。演讲队快到抱冰堂时，徐复观与早已守候在这里的士兵迎面相遇。王占元带的兵跟他一样，是北方人，江城民众把北方军队称之为北方胯子。这帮北方胯子的枪尖上着刺刀，豺狼一样冲过来，一言不发，把演讲队的旗子抢去，折为两段，然后跟在后面行进。演讲队进到抱冰堂，没有一个人敢和胯子监视之下的演讲队员接近，演讲队绕了一个圈圈，不得不回到学校。其他各校的演讲队，慑于军警的淫威，没敢再走出校门。

接连发生六一、六三惨案，恽代英愤怒而又悲怆，撰写了《武汉学生被官厅解散最后留言》《学生联合会报告军警蹂躏状况书》等文稿，刊登在《大汉报》上面，及时揭露军阀暴行，为学生爱国行动伸张正义；他还积极与社会各界联络，如与施洋为首的武汉律师公会密切联系，与汉口红十字会联系，请商界有影响的人物为爱国学生作说客，取得广泛的同情与支持。

6月3日，武昌律师公会副会长施洋在该会召开的紧急会议上，提出援救学生案。施洋一面提议将被军阀惨杀的学生送法庭检验，一面向律师公会建议呈请法庭提起公诉，严惩凶手，抚恤学生，恢复被捕学生自由。

律师公会接受了施洋的意见，代表受伤学生提出公诉。

还是这一天，为了声援学生，抗议王占元的暴行，江城商界拧成一股绳，汉口各团联合会、汉口总商会、武昌商会等团体联合起来，举行临时会议，谴责反动军阀的倒行逆施，开展抵制日货、提倡国货活动。

同样是在这一天，镇压爱国学生运动的刽子手王占元，因为获得了日本天皇颁发的奖章，得意扬扬，大肆庆祝。为了报答日本天皇赐予他的无上荣耀，王占元极尽媚里卖国之能事，更加卖力地推行镇压政策，借口提前放假，下令所有学校立即关闭，同时宣布，任何作公开反日讲演的学生就地处决。

在6月4日的《大汉报》上，包惠僧作《学生演讲及军警弹压》一文，对学生的罢课行动评议道：

京津沪汉，为吾国精华荟萃之区，即外人瞻仰之地。此次莘莘学子怆怀国事，北京、天津、上海曾相继罢课。吾鄂学生既与各处取一致行动，不能不为同一之表示。然卒尔为之，立召官厅之干涉。于是借游行演讲之名，以激成全体罢课之实，此学生之苦心孤谊（诣）也。

6月4日，武汉学生联合会在汉口秘密召开紧急会议，决定把惨案情况通电全国；提出"青岛未争回，卖国贼未惩办以前，联合会誓不解散"，罢课目的未达到，决不上课；同时审时度势，议决让愿意回家的学生都回到家乡去，把爱国运动带到广大农村地区，让爱国火焰持续不灭。

6月5日，恽代英悲愤地写下《武昌中等以上学生放假留言》，将王占元镇压学生运动的罪行公布于众，并予以强烈谴责，讽刺对学生下狠手的军警、保安队如果能够同日本争青岛，打死他们师生心甘情愿，还讥讽军警、保安队把日本人看得像老太爷一样，看到外国人哼都不敢哼一声，只会对手无寸铁的爱国师生动用武力，尖锐地批判靠纳税人养活的军警，所谓的维持秩序就是禁止爱国。在文章最后，恽代英强烈讽刺官厅："索性请他贴个告示，写明禁止爱国，违者重罚，免得像我们的糊涂虫，当真爱起国来，又要累官厅生气。"

6月7日，武昌高师以全体学生的名义发出电文，痛斥"王占元、何佩瑢横杀学生，解散学校"的罪行，强烈要求罢除王占元、何佩瑢的职务，"以谢国人"。这时，全国学生联合会筹委会通知武汉学联派两名代表到上海，参加全国学联成立大会。武汉学联随即推举两名代表，赶赴上海参加会议。将要毕业的陈潭秋邀集同学与学生代表一道赴上海参观学习、交流学运经验。

在军阀铁蹄践踏下，以学生为主进行的爱国运动不得不转移战场，江城声援北京五四运动的行动进入第二阶段，罢工罢市相继爆发，工人运动成为主流。

跟上海总商会、上海县商会竭力不支持学生爱国运动形成鲜明对比的是，5月10日，汉口总商会即通电北京国务院、广东军政府、上海和会总代表、济南六十二团体总代表等，称巴黎外交失败是国内南北争权夺利所致，要求政府"务请诸公树弭内患，而外患自消矣"。5月12日，汉口总商会致电北京外交协会，要求"凡所谓以威胁之条约非正式之密约务须一律撤销，至于胶湾则更宣布交还中国之言犹在耳也"。学联提倡国货，抵制日货，汉口商会、武昌商会全都积极响应。六一、六三惨案发生后，汉口总商会连日开会，一再致电北京当局说明惨案经过，控诉鄂当局的残暴行径。恽代英亲自到汉口拜访商界巨子刘子敬等人，表示学界希望得到商界更有力的支持，得到他们的积极回应。

上海商人罢市、工人罢工的消息传到武昌，恽代英立即行动，与黄负生、林育南、施洋等人商议，发动了一万余名工人、商人、农民、学生，在汉口华商跑马场召开国民大会，号召工人罢工、商人罢市，把首先由学界发起的这场伟大爱国运动继续下去，直至达成目的。

在发动商人罢市的最后时刻，因反动军阀禁止散发传单，如果被抓到不仅有生命危险，整个运动也无法开展。恽代英询问黄负生应该怎么破解这道难题。

黄负生立即买来四把白色折扇，扇面以墨笔书写"定于本月某日起为了救国，全市商店罢市，此扇请速传观"。

6月10日，汉口数十家商店发表《罢工宣言》，表明其宗旨：一、惩办殴辱武昌学生之军警；二、争回青岛；三、恢复学生自由；四、除曹（汝霖）、章（宗祥）、陆（宗舆）三国贼。如达目的，方可开市。各商店门口随即写出"国耻痛心，休业救国"等标语，喊出"罢市救国，万众一心，不惩国贼不开门"的口号，首先举行罢市。为了推波助澜，恽代英写出《为什么要罢市》《罢市的目的与办法》等传单，明确指出，罢市可以争回青岛，可以挽回中国的利权，可以惩罚卖国贼，可以表示民众的爱国心，可以取消亡国密约，可以救被捕的学生，可以不做亡国奴，提高中国人的人格。并将罢市情况和口号写在纸扇上，组织学生分段向汉口和武昌的各商店传阅，动员全体商家一同投入罢市。

6月11日，包惠僧在《汉口新闻报》"学潮中之余音袅袅"栏目中，披露政府压制给学生带来的伤害，并对官厅利用放假提前遣散学生、分化学生的圆滑手段进行了揭露："保安队士毒打学生致伤数十名之多，闻皆系警务处之命令，尽人皆知。而官厅近则巧用圆滑手段，将中等以上学校全行提前放假，以为釜底抽薪之计。现在学生因恐官厅用压迫手段（六月三日以前，露天演讲认为学生举动；六月三日以后，凡发传单演讲者，皆以土匪扰害地方论），皂白难分，故各隐忍回籍，官厅此计不可谓不工且巧矣。"

在汉口罢市事件带动下，6月11日，江城各轮船水手和火夫举行同盟罢工，使沪汉间交通"全然在杜绝状态"。次日，江城各公司大小商轮工人也开始罢工，"一律停止装运客货"。紧接着，其他各行各业的工人相继罢工。

罢市同样在发酵。6月11日，汉口租界区、二码头、华景街（今华清街）、前后花楼以及后城繁华区的商店，纷纷罢市。6月12日，武昌近千家商店门前贴出"坚持到底""惩办国贼""国事如此，无心营业"等标语，宣告罢市。由此，全城商家绝大多数实现了闭门歇业。

江城商家罢市以后，警厅派人挨家挨户拍门要求开业，商户一概相互推诿，警厅只有徒唤奈何。王占元派出副官到商会劝告开市，何佩瑢亦派人进行劝说，他们软硬兼施，无所不用其极，最终在商会面前碰了一鼻子灰。

6月13日，得到北京被捕学生全部获释，曹、陆、章三个卖国贼被免职的消息，在各界压力下，武昌被捕学生亦全部获得自由，残害学生的警务处长崔振魁被迫辞职，保安队长被撤职查办。武昌、汉口、汉阳三镇重新开市。

6月16日，全国学联在上海成立。不久，应全国学联的要求，林育南和余尚垣携恽代英起草的《武汉学生联合会提出对于全国学生联合会意见书》乘船东下，去全国学联工作。

在意见书里，恽代英不仅提出全国学联应组织严密，而且指出了全国学联如何达成最终目的的根本办法："中国是宗法专制社会，政治界的龌龊，不是一手一足之举，一次政治运动，就能廓而清之，打扫干净的。中国要图根本改革，学生联合会必须采取正确的革命方法与策略，把工商界及整个社会都发动起来，坚持斗争，积而久之，国家和人民的前途才有希望。"

6月28日，在全国各界的共同努力下，中国政府全权代表陆徵祥拒绝在《巴黎和约》上签字，使帝国主义在华势力受阻，五四运动取得伟大胜利。

9. 济南少年壮歌

1918年暑假期间，许德珩和易克嶷南下途中见过的学生领袖，在五四运动爆发之后，大多担负起了发起本地学生响应这一伟大爱国运动的责任，可是，济南的情况似乎不太一样。他们见过的张绍卿好像没有什么作为，反倒是王尽美（王瑞俊）、邓恩铭等不为北大所知的年轻学子谱写了一曲少年英雄壮歌。

山东靠近北京，且大多数繁华地区濒临海岸线，这决定了这个省份在船坚炮利的时代，必然会成为帝国主义列强垂涎三尺的地区。换句话说，这里的民众遭受强盗侵犯的频率比其他地区都要多得多，因而，他们对于任何强盗的罪恶行径，感觉最为灵敏，抵制最为坚决。由于巴黎和会的主要内容涉及山东，包括青岛以及胶济路段的路权，毫无疑问，山东民众必定会异常关注。获悉日本强盗将要从战败国德国手里接过奴役山东的权力，山东民众无不怒火万丈。可是，卖国政府跟民众不是同一个心思，感觉自然大不一样，采取的行动更是大相迥异。

早在4月20日，巴黎和会正在进行期间，不利于中国的声音一经传入国内，济南十余万民众，包括青年学生，齐聚在演武厅广场召开山东国民请愿大会，并展开浩浩荡荡的游行请愿活动，表达了民众不愿意让国土沦落到日本人手里的决心，试图迫使省政府向巴黎和会中国代表拍发电报，要求他们据理力争，拒绝签署一切不平等的和约。但是，卖国政府没有做出任何积极回应。5月2日，济南三千余名工人在北岗子举行了收回青岛演说大会，随后为抵制日货发起组织"劳动五人团"，试图以直接行动促使政府挺起胸膛，同样打了水漂。在和约条款尘埃落定时，明知中国实质上被当成战败国遭到凌辱，北洋政府代理总理钱能训无视民众的反应，发电报给参加巴黎和会的中国代表团，督促他们在和约上签字。

北洋政府这一丑陋的行为很快被揭露出来。皇城脚下的北大学生出离愤怒，自发与其他各校联络，由此爆发一场伟大的反帝爱国运动：五四运动。

5月5日早晨，北京爆发学生爱国运动并且遭到镇压的消息传到山东，山东民众极为愤慨，人人从心里爆出呐喊："各地学生为鲁事入狱，鲁人再不为后援，何以为人类？"酝酿着要发起声援行动。济南各校学生全是热血少年，人人壮怀激烈，立即响应，纷纷组织各校学生自治会，选出自治会长（邓恩铭是省立一中学生自治会负责人兼出版部部长），率领学生先在西门大街集中，然后分赴商埠、城郊，进行讲演，抵制日货，不坐日本人霸占的胶济路火车等等。

5月7日，山东省暨济南各界六十二个团体三千五百余人，在省议会召开国耻纪念大会。学生们全都胸佩三角形白布，上面书写着"讨伐国贼""头可断，青岛不可失""宁流热血死，勿为亡国奴"等文字，其他民众人人手持写有"勿忘国耻""力争主权"等口号的白色小旗，整个会场陷入一片沉痛的白色世界。会场内外布满了便衣军警和日本暗探，试图进行破坏捣乱，但企图没能得逞。学生以及民众争相登台演讲。山东省立第一师范学校学生张兴三讲到激愤处，咬破中指，当场血书"良心救国"四个大字。全体到会人员无不落泪，指天发誓，固结团体，决定此番举动如不能达到圆满目的，虽牺牲全省人民性命，亦在所不惜。

在这次大会上，众人集体决定分别致电北洋政府、巴黎和会中国代表团，要求释放被捕学生，严惩卖国贼曹、陆、章；收回青岛及山东路矿权利。

当天晚上，在石愚山、朱孟武、王尽美等人的倡导下，省立第一师范学校联合济南二十一所学校学生代表七十余人在省议会开会，决定电请北洋政府释放被捕学生，严办曹、陆、章三个卖国贼，并要求两天后答复，否则一律罢课。

5月8日，济南商会通电全国商会，自即日起，全城商家"抵制日货，为政府后盾"。一时间，报馆不刊登日本人的广告，不代卖日本人的报纸，银行和钱庄不兑换日本人的货币，几乎所有的商铺都不售卖日本货物。紧接着，济南商会发起成立"救国十人团"，将抵制日货的运动推向高潮，力争扫除所有日本货物。

5月10日，济南城内外二十一所学校学生不顾督省两长禁令，冲破军警的阻拦，在省议会举行联合大会，公推六名代表，面见督省两长，请转电北京，传达学生要求：一、速电巴黎专使，据理力争，勿轻签字；二、惩办曹汝霖、陆宗舆、章宗祥诸人之罪；三、电沪会代表，让步息争，同御外侮。同时请省长发给学生军械，实行兵式体操，预备外交破裂，全体学生愿为前驱,抵抗侵略者。

会后,全体学生以七八个学生结成一组,分成若干个小组,分赴每一条街道举行演讲,以期唤醒各界,热心爱国,共同抵制日货。

5月11日黎明,邓恩铭率领省立一中学生,冲破军警封锁,向日本人集中驻地、商埠一带进发,劝说商界罢市,抵制日货,反对当局干涉学生的爱国行动。

5月12日,山东省学生联合会正式成立,学生代表们推选出山东工业专门学校学生张文英为会长,济南第一师范学校学生石愚山为学生联合会评议部部长、学联副会长,王尽美为学联领导人之一,负责统一领导济南乃至全省学生运动。

学联一经成立,马上提出了四条共同斗争目标和行动口号:(一)声援北京学生爱国运动,要求政府立即释放被捕学生;(二)要求政府拒绝在《巴黎和约》上签字;(三)要求政府收回山东权利,废除二十一条密约;(四)要求政府惩办曹汝霖、章宗祥、陆宗舆等卖国贼。

国务院知道,一旦山东学生进行反日运动,局面势必不可收拾,遂于5月16日密电山东督军张树元、省长沈铭昌,诡称:

> 青岛问题,日本原有交还中国之宣言,现我专使在欧会悉力坚持,务期于交还中国一层,有所表示。山东省关系最切,诚恐人民激生仇日举动,转以促召外侮,酿成不可收拾之局。希以外交事实,剀切晓导,勿致滋生事端,是为至要。

学生们是不会相信这些鬼话的,继续开展各种宣传,以及抵制日货行动。5月20日,省城各学校联合抵制日货进入炽烈化,学校用品中所有的日本货物全部被收集起来,付之一炬,有买日货者实施严厉惩罚。

在抵制日货的同时,学生联合会和商会筹集了一万余元资金,在布政司街设立了一所华醒国货商行,号召人们使用国货。商行购进的衣物、鞋帽、布匹等均为国产。广大市民纷纷前来购买,以表支持。他们还在私司家码头成立提倡国货研究会,会内设专人负责处理收缴的日本货物。

为了响应北京学联发出的罢课宣言,5月23日,山东学生联合会召开了第一次会议,讨论决定次日全市各校大罢课,推举石愚山为罢课总指挥;并发表了由王尽美等人起草的《罢课宣言》,声明了罢课的原因和目的,字字句句透出其殷殷热血救国情:"政府为人民所推戴,不惟不作保障,反视若义当牺牲。学生对于此等政府,殊深绝望,不得已,乃以个人能力,自谋保全,誓死相争,罔记利害。""国家兴亡,匹夫有责,亡国之惨,迫在眉睫,凡有血性,谁无义气?""抑露我头角,展我抱负,与彼孤注一掷,以雪国耻。""学生等求援无路,呼喊莫闻,沦亡在即,亦何心更求学问,自本日为始,全省学生一律停课。"

《罢课宣言》提出了学生全面罢课后的三项任务:一、组织演讲团,分赴各城市乡村,演讲亡国之惨;二、印制简明印刷物,激发同胞爱国热忱;三、组织调查部,会同商会,分赴各商家调查日货,务使禁绝。

5月24日,济南全市各大、中、小学在学生联合会的统一部署下,全体实施罢课。这天上午8点左右,一师全体学生三百余人,在校学生自治会率领下,整队到达南关演武厅大会会场。还在一师预科学习的王尽美,被推选为一师北园分校的代表,领导北园分校的同学,随后到达。省立一中的学生在邓恩铭等人带领下,与其他各校学生一样,先后列队抵达这里。很快,七八千人汇聚在一起。每人都手执小旗,上面书写着"誓死收回青岛""取消二十一条""惩办卖国贼""立即释放北京被捕学生"等标语。

会议开始,学联会负责人说明当前形势,宣布了学联会罢课的决定。随后,以学校为单位,整队出发,举行了浩浩荡荡的游行示威。

紧接着,在学生联合会的领导下,各校学生不顾反动势力的一切阻挠破坏,积极展开街头演讲,发动商界职工清查和抵制日货的爱国活动,并与商界联合成立了学商联合会,与工界组织了学工联合会,与农界组成了学农联合会。在学联会倡议下,召开了全市各界联合大会。到会的有:学联会、省议会、商会、教育会、律师公会、报界联合会等各会代表;另外还有许多学生、工商业者和市民,合计有七八千人。会议上各界代表相继发言,一致表示要坚决声援北京学生,谴责军阀政府丧权辱国的可耻罪行,表示坚决反对北京当局在《巴黎和约》上签字。

民众反日怒火高涨,使得日本人恨之入骨。毫无人性的倭寇需要的是自己的利益,是不懂道理也不讲道理的畜生,试图以暴力手段迫使学生停止爱国运动。这一天,当学生们正在济南胶济铁路火车站附近游行示威时,日本浪人突然像疯狗一样地扑上前去撕咬、殴打,并且公然把四名学生绑架到了日本领事馆。

倭寇竟然在中国领土上非法绑架中国学生,学生手无寸铁,无法与之对抗,一齐到省长公署找省长沈铭昌,要他到日本领事馆去把人要回来。这本是政府职责,但沈铭昌竟然避而不见。愤怒的学生将省长公署的玻璃砸碎,郊区的农民也赶来支持。沈铭昌深知继续当缩头乌龟,事情必然会闹得更大,急忙让济南道尹兼外交交涉使唐柯三出面交涉,好歹把四名学生从日本人手里要了回来。

直接向学生下手,遭到了强烈反弹,倭寇转而把目标转向早已被抽调了脊梁的政府官员,要他们出面镇压。5月26日,日本驻济南领事馆代理领事山田一郎致函山东督军和省长,对山东全省出现的抵制活动提出抗议:"排日感情及排日货之举愈趋愈恶,报纸无日不有排日之记载,学生到处演说,商人到处运动抵制日货。尤恶者,各银行及钱庄均不用日本军用钞。此足以毁坏敝国人民之生活。"

日本人生活怎么样,关中国人屁事!难不成东洋倭寇吸尽了中国人的鲜血,还不让中国人表示一点点反抗吗?此獠竟然如此寡廉鲜耻。更蛮横无理的是,日本进而直接要求山东军政当局加派军队进行强力镇压,同时禁止民众抵制日货。

山东督军张树元、省长沈铭昌当着中国人的官,吃着中国老百姓的民脂民膏,却一门心思为了让日本人过上美好生活,好像接到圣旨,立即派遣军警弹压。

5月29日,暂时压制了爱国运动,这两个家伙一同向国务院报告称:山东学界对于青岛问题,二十三日中学以上各校一律罢课。学生激于爱国愚诚,时有开会集议、游行演说、散布传单、抵制日货情事,即经会同剀切劝导。一面通令军警恪遵明令,严重取缔。如有不服制止者,即行逮惩。现在游行演说、散布传单举动,业已禁止有效。各生均已入校,但仍不免观望各处消息,尚未上课。兹又闻学生等将有派人赴各县分投演说之意。昨日复招集各校校长来署,严切责成校内之事,应由各校校长负责。校外之事,应由军警遵令办理,并通令各县知事,一体加意遏止。其胶济沿站各县,并经派员驰往查看，倘有不逞之徒，从旁煽惑，即依法严办。现在地方安谧，除仍会商随时防范外，谨此电陈。

正是这一天，济南女界召开提倡国货抵制日货大会。刚从女师毕业到附小任教的张惠贞讲到个别奸商为一己私利，置民族利益于不顾，偷偷将国货商标贴在日货上继续出售时，悲愤地用剪刀剪破自己的左手中指，蘸血奋笔疾书"凭良心提倡国货，沥血诚泣告同胞"十四个大字，激起了民众的义愤。

由于反动政府一贯妥协媚外，日本气焰更加嚣张。6月上旬，倭寇军队每天都在济南周围进行野战演习；日本浪人胸怀倭刀，每天晚上都像鼷狗一样到处乱窜，鸣枪寻衅，白天则三五成群，手执"青岛得胜"旗帜进城游行，侮辱笑骂进行爱国讲演的中国学生。倭寇的行为，激起了济南民众的更大愤怒。为了更有力地支援全国各地的爱国运动，反击倭人的挑衅，济南市民发出更加有力的呼声。

6月8日，王尽美和省立一师其他进步学生一起，自筹资金，创办了《山东省立第一师范学校学生周刊》。王尽美起草了发刊词："今日内忧迭起，险象环生，亡国惨剧，迫在眉睫。""神州茫茫，竟为群雄之逐鹿场，大张沉沉，竟作异族之蹂躏地"，"出此周刊，作同胞晨暮之鼓钟，庶几使同胞梦者醒、醉者苏，协力同心，共谋救国之策"，"吾等罢课，纯属救国，吾等救国，纯本良心。不忍坐视国家之沦亡，故振臂高呼，反帝救国，盟天日而誓山河……"

周刊的发行，对唤起民众迅速觉醒、指导学生运动发展，发挥了重要作用。

6月9日上午，在学联要求下，由省议会出面，在省议会召开了全市各界代表大会，讨论如何声援北京被捕学生和响应上海等地罢市等问题。会议作出决定，从6月10日起，全市实行大罢市，并责成学生联合会具体进行组织和发动工作。

下午，学联分别召开学联本部会议和学商联合会议，研究有关罢市的问题。

学联会本部会议开得很顺利很成功，但学商联合会在开会讨论罢市的问题时，以商会会长张子衡为首的一些大资本家，顾及自己的利益，说罢市有碍治安，影响生计，当局不允，虑有后患，一定要慎重，意思是不想罢市；

一些中小商人虽然同意罢市，但都不敢出头，一直闷声不响，很少说话。会议继续了很长时间，决定不下来。中间休息了一会，学生们进行个别发动的工作之后，情况有了改变。一位小商人发言说："北京学生是为我们山东问题被捕的，上海市各界人民为声援北京学生罢工罢市，我们是山东人，难道我们自己就不关心山东吗？"

这席话，令大商家闭口无言。会议经过争论，除小部分大商家不同意外，大多数商家都举手表示同意罢市，随后对罢市的部署作了具体安排。

得到商家要举行罢市的消息，反动当局不敢怠慢，连夜部署军警，准备干涉。

6月10日清早5点钟左右，第一师范学校的学生们，划分为若干个小组，由各小组组长带领，陆续出发，先后到达了预先规定的地区——西门大街西头。

这时候，他们赫然发现大街上军警密布，警戒森严，如临大敌。军警早已得到消息，并且部署好了，怎么办？目标已经确定，无论如何，必须达成！不一时，街上行人渐渐多了起来，各商店也都开了门。罢市时间定于早晨6点，时间一到，发令员立刻从怀中抽出小白旗高举摆动，高喊"罢市"的讯号。各学校学生一见号令，迅疾通知各商店："罢市开始。"各商店伙友一见通知，立即上门板，关店门。军警眼见得罢市开始了，急急忙忙冲向商店进行干涉，不准关门。学生们见军警阻拦，随即赶上前去进行劝阻。在一片混乱声中，从西门大街西头到院东一带，绝大多数商店都关了门，罢了市。不肯关门的有山东银行、瑞蚨祥等两三家大商号，后经学生们再三动员劝说，相继关门，和其他商店一道罢了市。

与此同时，从商埠到西关、南关、东关等处的商家，一样在学生与军警的斗智斗勇之中，关门罢市了。由此，全市大罢市的计划得以顺利实现。

与商人罢市相对应，工人亦发起罢工。针对倭人的罢工行动尤其令人敬佩。6月9日，济南车夫组织"十人救国团"开展活动，并制定规约，不拉日本人和着日本冠履衣服者，专用国货，排斥日货等。10日，面粉业工人率先罢工，很快形成了送面工人不给日本人送面、送水工人不给日本人送水、车夫不拉日本人、金汁工人不为日本人挖厕的局面。14日，各行各业工人在普利门外青年会举行会议，决定：凡为日本人做工者，当即完全罢工；不充当日本人仆役；不买日货。

给国务院发密电信誓旦旦地保证山东地面已经安谧，谁知仅仅过了十天的工夫，济南便来了一场全市大罢市、大罢工，狠狠地扇了山东督军张树元、省长沈铭昌一记耳光。这两个山东最高军政长官不由得又羞又怒，可不管是什么原因造成的，立刻勒令各学校"不许学生游行示威和进行演讲活动，否则以扰乱治安论罪"，并调动大批军警，企图用武力强制商民开市。

学生们要是轻易听从反动军警的指挥，原先的一切爱国活动、所有努力岂不是毫无意义、白白浪费了吗？当天晚上，济南各学校学生自治会的一些学生领袖，照例碰头开会，讨论第二天的活动。已经知道反动政府下达了"不准学生出校"的命令，以及第二天军警要干涉学生活动、强制开市的消息，各校的学生领袖们感到形势严重，一致认为必须团结一致始能斗争下去，经过商讨，提出如下对策：（一）演讲时，遇到军警干涉，一部分学生围着他们讲道理，一部分学生继续演讲；东边不行就转移到西边，西边实在不行，再转移东边。不管怎样，演讲决不停止。（二）如果军警用武力干涉，学生也强硬对待。如果军警逮捕学生，其他学生随即沿街高呼，发动组织群众，一起跟着走，决不能畏缩后退。（三）如果军警强制开市，全体学生发动街上的群众一同进行阻止，坚决不让开市。

6月12日凌晨，天还没亮，第一师范学校的学生领袖石愚山等人得到消息：夜间忽然从天上掉下来了一支军队，在学校大门内安营扎寨！

他们赶紧跑出去一看，大门以内果然住满了士兵，大约有一百人的样子。

学校大门被军警堵住了，学生们都非常焦急。大家紧急商量一阵子，做出决定：第一，向士兵说明学生是爱国行动，请他们放行。第二，如果这个办法不行，全体学生分成三队，第一队由大门硬冲出去；第二队由后楼越墙出去；第三队由西南院越墙出去，然后都到学校门前会师。

军警犹如一面铜墙铁壁，屹立在校门口，任凭学生们怎么解释，他们毫无回应。唉，如果他们能用这种态度对待倭寇，那些东洋狗杂种何至于在中国的领土上如此嚣张，比主人还要主人？中国人在自己的地面上，却毫无尊严地苟延残喘！

第一个办法行不通，石愚山等人只好命令大家执行第二个办法。第一队学生们大声呼喊着"冲上去"的口号，蜂拥而上。军警在日本人面前好像打断了腰的狗,只有摇尾乞怜的份儿,一见学生冲过来,摇身一变,化作一匹匹凶狠的豺狼,张牙舞爪,恶狠狠地扑了过去。有的学生被打倒了,爬起来还是向前冲。正在第一队学生和军队英勇搏斗时,第二队和第三队学生趁机越墙出去,绕道到达校门前,在他们的协助下,第一队的学生们终于冲出了学校大门。

省立第一师范学生突破反动军队的封锁来到大街时,其他各校学生也都先后冲到大街上来了。原来,其他各校也和一师一样,同样遭到反动当局派出的武装兵士的包围封锁和拦阻,都被军队堵了校门。但是,各校学生用了种种方法,都冲了出来。其中工专的学生,经过了一场激烈的厮打,终于在门外工人群众的支援下,内外冲击,得以胜利地冲破了二狗子设置的阻拦网。一师北园分校的学生,则是在王尽美带领下,说动了一些兵士,全部顺利地从校门口冲出来的。

省立一中的学生在邓恩铭的率领下,亦冲破军警的拦阻网,来到这里。

邓恩铭是一个既有智慧,又非常勇敢的人,具有谋而后动的秉性。他原来也跟王尽美的想法一样,试图先做通下级兵士的工作,取得下级兵士的谅解,以方便展开各种各样的反帝爱国宣传活动,不料,军官们防范甚严,他的计划无法实施。无法直接做下级兵士的工作,邓恩铭决定改变策略,另寻他法。

他先把一部分学生分散开来,让他们一批批地从大门往外冲,军警一阻拦,学生们掉转头去,到处翻越院墙。军警不得不离开大门,分散拦截学生。大门口的军警力量一减弱了,埋伏在侧面的大部队趁此机会一拥而上,从大门口冲了出去。军警再朝大门集中,已经来不及了,只能看到他们的身影,算是为他们壮行。

面对日本人以及西洋强盗的侵略与凌辱,张树元手握重兵,屁都不敢放一个,此时接到报告,咬牙切齿地将学生大骂一通,立马调动了驻济南市第四十七旅一部和驻辛庄第五师一部,分东西两路向中合拢,企图强力驱散街上的学生队伍。

一师的学生,一部分正在院东大街一带进行示威演讲,忽然看到大批马步兵跟正要冲上战场与倭寇拼死相斗的铁血勇士一样,在警察配合下,气势磅礴地自东向西碾压过来,学生们一点也不惊慌,继续他们的活动。"勇士们"来到院东大街,露出凶恶本相,不是抗击倭寇的英雄,而是镇压爱国运动的刽子手。他们一面大声吆喝,一面开始动手打拉学生。学生赤手空拳,毫不畏惧,一边奋力抵抗,一边大声给他们讲道理,试图让他们认清自己是人,别做畜生不如的事情。然而,对不讲道理的人讲道理,从来是起不了任何作用的。学生们遭到更加凶残的打骂。

剧烈的对抗惊动了正在周围讲演的省立一中、正谊、商专等校学生,以及沿街市民群众,大家不约而同地赶了过来,全部站到一师学生队伍这一边。一时间,从西门大街东段到院东大街西段一带,人山人海,口号声此起彼伏,群情愤怒。

军警识得厉害,心里清楚,继续对学生采取打骂行动,必然会触犯众怒,引发难以想象的后果,他们不得不罢手,与学生和群众形成僵持状态。

与此同时,工业专门学校、齐鲁大学等许多学校的学生,在商埠二大马路一带游行以后,准备到四大马路的日本领事馆去示威。不料,他们刚过纬一路,突然遇到了第五师的部队。这支见了日本人毕恭毕敬的中国军队,一旦看到爱国学生,早已枪上膛、刀出鞘,凶神恶煞地准备刀枪相向了。学生们冲不过去,在张文英等人带领下,不得不改道向东进入西门,准备和一师等校的学生会合。

中午时分,他们从西边拥过来了,更增添了在这一带与军警对峙的力量。

工专、齐大等校学生刚进西门不久,女师的学生们也冲破重重封锁,赶了过来。反动军警正想关闭西门,有一位女学生毫不犹豫地飞步抢上前去,向正在关动的门里伸进去一只腿。士兵略一迟疑,后面学生们一拥而上,夺门而入。

这样一来,各校学生大都集中到芙蓉街南口以西、大布政司街南口以东的这一段大街上来了。反动政府妄想把学生冲散驱走的阴谋,至此彻底落空。

既然无法驱散学生队伍,军队指挥官索性命令人马将这一段大街四面封锁起来,准出不准入,企图用围困的办法,迫使学生自动解散。可是,接连闯过两阵的学生们,全部集中在一起,感到力量更大了,斗志更旺了,大家抱定必死决心要和反动派斗争到底。他们在一师门前临时搭起了几张桌子,当作临时指挥中心,各校代表轮流上去演讲,号召所有的民众,参与到爱国行动上来。大街两边的商店伙友以及各街道市民，为学生们的爱国热忱和斗争精神所感动，送来许多吃的东西，有面包、糕点、鱼、肉、鸡、蛋，也有茶水等等。一师对门路南广生行，送来了大批果子露，泰康公司抬出许多点心送给爱国学生。为了对反动当局的武力迫害表示严重抗议，没有一个学生肯食用，他们一直坚持到深夜。

散居在济南的一百多名乞丐把乞讨来的一点点零钱集中起来，买了食品送到了学生面前，见学生们不肯食用，一个个垂泪说道："我们是中国人，今日分送的东西乃是向中国人讨来的。要是国家亡了，我们要饭又向谁家要去？"

眼见得几乎全城民众都关注被围学生，群众的愤怒愈来愈大，学生们又非威胁所能屈，反动当局被迫派出代表和学生谈判。

各校学生推举了四位代表，提出了三项条件。第一，省政当局立即电告北京，要求北京政府：坚决拒绝巴黎和约签字；严惩卖国贼；无条件收回青岛；取消二十一条密约；全部释放学生。第二，保证今后人民出版、言论、集会自由，不准再用武装力量侵犯学生爱国活动。第三，在承认前两项条件的基础上，对于开市问题，政府不得干涉。

为了尽早结束这种状态，避免引起更大的风波，张树元的代表被迫都答应了，并当场写成文件，由省议会盖章保证。

午夜12点，张树元下令调开军队，解除对学生的包围。各校学生整队返校。

6月15日，鉴于曹、陆、章三个卖国贼的职务已经被罢免，当局又接受了学生提出的要求，济南商、学界一万余人，在一师门前召开联合大会，一致决定当天下午开市。中午，邓恩铭以及济南男女各校数千人一起手持写有"谨守秩序，感谢商民"等口号的三角旗，分东、西两路，冒着大雨，在商埠和城内游行。

两天以后，又传来一个不幸消息：北洋政府仍然同意在《巴黎和约》上签字，日期预定在6月28日。济南各界民众怒不可遏，纷纷举行集会，强烈抗议反动军阀政府的卖国阴谋，并致电北京反动政府和巴黎中国代表团，表明坚决反对签字。

为了制止反动政府的卖国勾当，在学生联合会倡议下，由省议会出面主持，于6月18日召开了各界联合会代表会议，一致议决，立即由各联合会分别推派代表组成山东各界请愿团，由王乐平等人带队，前去北京请愿。

次日，山东各界请愿代表团一行八十三人乘车由济南去北京，王尽美、邓恩铭等数千人到车站送行。学生们时而唱着王尽美改编的歌曲，"听听听，山东父老，同胞愤怒声，送我代表赴北京，质问大总统！反对卖国廿一条，保护我山东，堂堂中华，炎黄裔胄，主权最神圣"；时而高呼"拒绝和约签字""严惩卖国贼"等口号，并与代表们互相拥抱、恸哭，整个车站沉浸在一片悲壮的气氛中。

6月20日早饭后，请愿团代表整队出发，上午11点左右到达总统府门前。那里警卫密布，如临大敌。请愿团上前要求晋见总统，几经交涉，不被允许，随后把朱红大门关闭起来，将请愿团代表们拒绝于门外。许多代表见此情景，高呼口号，向着朱红大门手捶脚踢。由于天气极热，加上心情过分激动，有的代表当场晕倒。总统府门外围聚的人愈来愈多，见总统府拒绝代表们的正义要求，无不表示气愤，纷纷咒骂反动军阀政府寡廉鲜耻，只知卖国殃民。下午，情势所迫，北洋政府派出军警督察处处长马龙标，以山东人的身份，劝说代表们暂时回寓，听候政府答复。但代表们坚决声言：外交危局，已届刻不容缓，代表不远千里来京，岂有不见之理！非立见总统不可。直到当晚10点左右，马龙标又出面，并代表总统府答复说："今天已晚了，明天上午大总统一定接见。"代表们勉强整队回寓。

第二天一早，马龙标倒是把代表们带到了大总统徐世昌面前。可当代表们提交了山东各界人民请愿书，要求政府采纳民意，明确表示态度，以便回告山东父老时，徐世昌答道："……至于所提三事，第一条，关于和约问题已电巴黎专使，暂缓签字；第二条，高徐、顺济两路草约问题，是可以废除的，不过先偿还日本垫款的二千万元，目前尚有困难；第三条，关于惩办曹、陆、章等人问题，事属司法范围，本总统无权过问。"把代表们的三条要求推得干干净净。

大家回去以后，计议决定：一方面推出六位代表，明天去见代理总理龚心湛，要求他明确表示拒绝签字；另一方面，各代表分头联系各界，请求声援。

龚心湛的第一次批复纯粹是敷衍搪塞，不仅没有解决代表们的正义要求，而且埋伏着许多出卖祖国的阴谋。代表们可不能带着这个结果归见山东各界人民，经过商讨后，作出决定：（一）立即将原批复退回，要求明白表示保证决不签字。（二）立派代表李子善专程回济，组织第二批请愿团来京增援。（三）再次通电各省，约请各省组织请愿团来京作全国大请愿。

6月27日晚，代表团接到龚心湛的第二次批复，大意是：已电令巴黎和会中国专使，不保留山东问题，对和约决不签字。

两天后，代表们接到消息：巴黎和会中国专使来电，已在和会拒绝签字。

正是这一天，山东各界第二批请愿代表八十多人，又赶到了北京。两批代表碰头后，经过研究，认为请愿的主要目的已经达到，决定离京返济。

五四运动的主要目标已经达成，但山东各界的爱国斗争仍然没有结束。

整个运动期间，济南各家报刊都在头版报道了山东学生以及各界民众的爱国救亡活动，日本在济南的舆论工具《日商济南日报》和亲日军阀段祺瑞的《昌言报》辱骂学生和爱国民众"狂热""闹事"，激起学生和各界民众的极大愤慨。

7月21日，在学联的联络下，济南各界爱国组织联合召开数千人大会，愤怒声讨这两家报纸的罪行。马云亭领导的回民救国后援会也出席了这次大会。

济南回民救国后援会是马云亭联络朱春焘、朱春祥兄弟，在学生爱国运动兴起之后，召集马凤元、周万顺、杨永俊、陈左等爱国回族同胞，在济南西关秘密集会，发起成立的一个爱国组织，由时年六十四岁的马云亭担任会长。他们利用伊斯兰教聚礼的"主麻日"，在清真南大寺内，做完礼拜后，秘密集会，对回族群众宣传革命道理，组织参加爱国运动。在他们的发动下，在很短的时间内，济南便组织起数以百计的回民救国十人团。随后，他们进一步深入发动全市回民群众，在清真南大寺和北大寺集合，配合爱国学生组织及各界民众团体游行示威。

会后，各界爱国人士集队涌入这两家报馆。马云亭带领回族青年冲在最前面，砸了报馆，捣毁机器，并把社长张景云、主编薛惠卿等人捆绑起来，游街示众。

紧接着，游行队伍开到济南镇守使衙门和日本驻济南领事馆门前示威请愿。当浩浩荡荡的游行队伍步出西门，行至商埠时，济南镇守使马良立即派遣骑兵，企图冲散游行队伍。但骑兵不忍践踏同胞，勒马不前。马良手持短剑，狂喊督阵，也起不了作用。示威游行大获全胜。

次日，山东督军张树元主持召开军警首脑紧急会议，以学生等强据省议会开会，结伙捣毁《昌言报》为借口，电请北洋政府颁布戒严令，任命安福系亲日派、济南镇守使马良为戒严司令，镇压群众爱国运动。

马良本是回民，但对回民同胞毫无骨肉之情、怜惜之意，一切唯反动军阀及其背后的主子日本人之命是从，立即派兵捣毁了山东回民救国后援会等爱国团体，逮捕了后援会会长马云亭（马云亭救过马良的女儿，并被马良之女拜为义父，马良哪有半点人性）以及朱春焘、朱春祥兄弟二人。对待日本人，他则是另一副模样，鉴于爱国民众抵制日货，不与倭寇有任何接触，致使倭寇粮食紧张，他派遣军队采办大宗粮食送到日本人驻地，整个一毫无廉耻的狗奴才！

8月3日，学生联合会得知消息，组织各校学生三千余人去省督军署请愿，要求取消戒严令，禁止为日本人采办粮食，释放马云亭、朱春焘、朱春祥。

马良凶残之极，当场撕毁了请愿书，亲自带领一队打手，对请愿学生在烈日下施以毒打，然后将十六名学生逮捕关押，恫吓要将其全部枪毙。其他各校闻讯，纷纷赶来声援，马良一不做二不休，迅速派兵包围了省立第一师范学校，并将声援的外校学生和一师学生一齐赶入大礼堂，申斥学生不应该发起爱国运动。在石愚山、王尽美、朱孟武等人带领下，全体学生高呼口号，大声抗议。

8月5日上午，马良以"煽惑军警，危害治安"罪名，悍然下令残杀了马云亭、朱春焘、朱春祥。同一天，三名张贴抗日传单的济南市民被逮捕，先是遭到严刑拷打，随即被扣上土匪罪名绑缚刑场予以枪决。

马良的暴行轰动全国，激起各地群众极大义愤。山东学联与社会各界推选代表二十余人上京，与京、津代表刘清扬、郭隆真、瞿秋白等人一道，三次到总统府去请愿，一直斗争到1920年初，迫使北京政府不得不下令释放被捕学生，取消了济南戒严令，并且将残暴的济南镇守使马良撤职。

山东的爱国运动，使一批勇立运动潮头的学生领袖、先锋人物成长起来，如张文英、石愚山、张兴三、王尽美、邓恩铭等，而省立一师的王尽美、省立一中的邓恩铭更是脱颖而出，逐渐成为后期运动的领军人物。

10. 广州奋起响应

北京学生爱国游行示威遭到北洋政府镇压的消息传到广州之际，亦是国耻日前夕。广东高等学校同学会立即致电各省教育会转各校师生："曹章诸贼，公然卖国，事实昭彰；……今幸京津学生振臂一呼，代表四万万同胞，歼此公敌。……我全国学界允宜一致声讨，为京津学生之后援。并请否认曹汝霖、章宗祥、陆宗舆等为中国人，以张大义而保国权。"5月7日，广州各校学生纷纷举行集会和游行示威活动，以声援北京学生运动。次日，广东高等学堂以及广州外交后援会等学校和团体，几乎同时在各报纸上发出声援北京爱国学生运动的通电，要求北京政府立即释放被捕学生，严惩卖国贼，收回青岛，废除与日本签订的一切密约。

5月11日下午，广州外交后援会联合各界群众，在东园广场召开国民大会。

会场前悬挂题有"国民大会"四个字的白色土布大横额，两旁悬挂着长约数丈的白布联："欲杜强邻，先歼国贼；不申义愤，曷号公民。"整个会场，到处是写着"誓杀国贼""保我国权""不与汉奸同中国"等字样的标语、旗帜。在会场东面，有一座临时搭盖的大棚作为演说坛。全市中等以上学校的学生几乎全部参加，加上陆续赶来的各界群众，总数高达近十万人。各学校和各团体的代表、非常国会和省议会的议员，纷纷登台演讲，声讨日本帝国主义强占青岛的罪行，谴责北洋政府妥协投降的卖国行为。演说者无不激情飞扬，声泪俱下地挥洒爱国豪情，把整个会场一次又一次推向激情澎湃的高峰，"誓杀国贼""保我国权""不去国贼，鲁难未已""国将亡，速讨贼"等呼声此起彼伏。

集会过后，广州各界纷纷通电，声讨段祺瑞、曹汝霖、章宗祥、陆宗舆等卖国贼，谴责北洋政府镇压学生的行径，并举行了示威游行。

示威游行队伍分成九十九队，以"国民请愿"的大头牌为先导，由西便门出发，转入城内，直出大东门，奔向广东军政府。其中一队学生队伍，一律穿着多耳快鞋，肩荷铁锄，高举"诛锄国贼"旗帜，异常壮观。游行队伍到达广州军政府，向总裁岑春煊和外交部长伍廷芳请愿，提出三项要求：

（1）取消"二十一条"，废除不平等条约，收回青岛；（2）严惩卖国贼；（3）释放北方被捕的爱国志士。

广州军政府是为了捍卫《临时约法》的精神，由孙中山联合西南军阀，在广州建立的。按照孙中山的意思，建立这个政府，是要推翻北洋政府的统治，可是，西南军阀则是为了借助这个平台，与北洋军阀讨价还价，以实现利益最大化。因而，手里没有兵将的孙中山处处受到排挤，注定难以施展抱负，不得不于1918年5月发出一声"顾吾国之大患莫过于武人之争雄，南北如一丘之貉"的感叹，心有不甘地离开广州，回到上海寓居。不久，各帝国主义列强出于各自利益的考虑，劝说南方军政府与北洋政府和谈。第一次世界大战结束以后，英美等国为了反对日本支持皖系独霸中国的企图，更加希望中国统一。由此，南北和谈正式拉开序幕。无论南北政府，都由武人控制，眼里只有本集团私利，没有国家，没有民族，更没有人民。指望这样的政府支持爱国民众的诉求，是不现实的。不过，岑春煊、伍廷芳不会公开拒绝，口头上表示努力争取。

5月18日，辛亥革命老人、广东教育会会长、岭南大学副校长钟荣光通知各中等以上学校负责人在九曜坊教育会所开会，决定以广东教育界的名义致电北京，对爱国学生运动表示声援，同时通知各校掀起学生运动。可惜的是，在学生运动发动起来之后，钟荣光没有继续站在学生的前面，领导这场伟大的爱国运动，而是站在学生的侧面，劝说学生不可采取过激行动。

随后，广东籍北大学生郭钦光在赵家楼遭受军警推打，因过度劳累和悲愤，在5月7日身亡的消息传到广州，激起全体学生更大的义愤。5月25日，在广东高等师范学校的倡议下，全市五十余所学校的学生共五千余人，齐聚高师礼堂开会，提出了十项建议，交由各校代表讨论决定后执行：一、电巴黎和会力争青岛，及取消各种密约；二、电挽北大校长蔡元培；三、请政府于（与）被辱留学生严重交涉；四、联合各国学生及世界（人民）；五、联络全国律师公会，对卖国贼提起公诉；六、举行各校学生游行；七、组织调查劣（日）货会；八、组织学生义勇团；九、组织学生工厂；十、发起追悼郭钦光烈士大会。

这期间，北京学生联合会派出的代表方豪，到达了广州。他立即在广东高等师范学校召集市内中等以上学生代表开会，首先说明五四运动的原因以及焚曹殴章（即焚烧曹汝霖住宅、痛打章宗祥）经过情形；随后，说明日本以中国为其倾销商品的市场，将其倾销所得充做军政费用，劝导同学们极力抵制日货；并且把日货划分为必要品、次要品和普通品，分别对待，普通品势在必禁，比如日本以海产税养海军，如果大家不买日本海味，这将成为他们的致命伤。方豪身为北京学生联合会主要领导人之一，他的讲话具有很强的号召力，一下子鼓动了全场；他提出的抵制日货办法，具有可操作性，为广州学生接下来的行动指明了方向。

5月26日，广州各校学生五千余人在高师操场举行追悼郭钦光大会。庄严肃穆的灵堂上，悬挂着用鲜花组成的一副挽联：是为国殇；不愧英雄。横额是：正气磅礴。四周挂满各界送来的挽联。南武中学校长何剑吾、高师陈良烈、女子师范刘衡静等相继发表演说，都强调发扬爱国精神。各校学生和琼崖同乡会成员列队祭奠，他们庄严宣誓，誓除国贼，以慰英灵。追悼会拉开了抵制日货的序幕。

第三天，即5月28日，广州五千余名学生第一次举行抵制日货游行。这似乎是一次示范性行动，为继之而来的更加猛烈的行动打开了闸门。

次日，各校学生一齐发动，约有三万余人一同举行声势浩大的联合大游行。他们于中午11点左右从天字码头出发，途经长堤、十三行、十八甫、第九甫、惠爱街、双门底等地。游行队伍人人手持小白旗，上书"还我青岛！""不买劣货！"等字样，前面有军乐队开路，显得异常威武雄壮。游行的学生一边走，一边派发传单。一路上，围观群众如潮如涌，无不热烈鼓掌，争相看阅传单。

一时间，整座广州城内人心振奋，妇女、小孩、黄包车工人等都谈论抵制日货。西关一带的厨工不仅谈论，更是直接行动，在窗口贴出粤语告示："抵制需毅力，劣货切勿食。国体要争持，务尽个人力。如有违反者，定以群力击。"

北洋政府对待爱国运动，是毫不心慈手软的镇压，广州军政府呢？一开始，它似乎跟北洋政府划清了界限，虽未公开支持，也没有反对。实际上，它是采取两面手法，一方面为了利用学潮反对北洋政府，以提高西南方面的地位，允许学生在一定范围内活动；另一方面又害怕引火烧身，危及自己的利益和统治，暗中采取了一定的防范和限制手段，并且试图一直按照这个路子走下去，从中渔利。

面对迅猛兴起的抵制日货风潮，日本驻广州总领事太田喜平要求广东督军莫荣新实行镇压。日本主子发了话，莫荣新立刻改变态度，奴颜婢膝地向倭人表示道歉过后，联同代理省长翟汪、省会警察厅长魏邦平等向民众施压，谩骂学生是"匪徒"，把爱国行动污蔑为"扰乱治安"，高调宣布必须予以严厉惩办。

恶狗狂吠，只能吓倒软骨头，真正挺起脊梁的人是无所畏惧的。

5月30日，数千学生在东堤公园召开大会。突然大雨滂沱，参加大会的人员视若无睹，没有一个人离开会场。登台演讲的学生，慷慨陈词，激情四射；肃立听讲的群众，吞声暗泣，引起共鸣。会议结束后，展开新一轮示威游行。队伍向长堤方面进发，目标是到长堤先施公司、西堤大新公司及十八甫真光公司。

这三大公司里面充斥日货，公司老板自恃有军阀及其他权力人物做后台，在学生发起抵制日货行动后，从来阳奉阴违，被人们称之为三大亡国公司。

游行队伍到达先施公司门前。早知学生们在抵制日货，公司负责人深知，公开与学生作对，就是与民众为敌，表示给予大力配合。可是，在检查的时候，刘尔崧等人查出了一批日本草帽。

证据在手，在外面等候的学生再也抑制不住心中怒火，一边齐声高呼："抵制日货，打倒三大亡国公司。"一边冲进公司，准备彻底清查日货。

砰的一声，突然从楼上传出了一声枪响。亡国公司难道是要公开行凶吗？学生们更加怒不可遏，一些身强体壮的学生纷纷冲上楼去。果真有一个面目可憎的家伙正拿着手枪，对准学生，准备第二次开火。关键时刻，一个学生飞身跃上前去，一拳把凶手的手枪击落。其他学生一拥而上，捉住了凶手，把他拉到楼下。经过询问，凶手是先施公司经理马应标的亲信马德耀。全体学生无不异常愤怒，在他身上贴了"亡国奴马德耀"的字条，勒令他站在椅子上，面向成千上万的学生及民众认罪。

这时候，踢踢踏踏一阵乱响，许许多多全副武装的军警，从长堤东西两端冲了过来，包围了游行队伍，紧接着，强行冲进学生群体，要把开枪凶手救回去。他们举起步枪，刺刀上的寒光令人生畏，和善一点的，只是咆哮如雷，不住地威胁赤手空拳的学生，要大家迅速离开，滚到一边去；凶相毕露的，毫不客气地挥舞着枪杆子，在学生队伍里肆意冲杀，如入无人之境，几乎瞬息之间，把许许多多学生刺得遍体鳞伤，鲜血染红了衣衫。学生们没有屈服，犹如二十年以后那些不甘心白白死在倭寇手里的民众，为了保护重要目标，在倭寇的屠杀面前，毫不畏惧地舍命相搏。有一位工业专科学校的学生甚至徒手夺得一支步枪。

搏斗了一个多小时，学生受伤惨重，军警却越战越勇。不能继续战斗下去了，必须急救重伤同学，还要避免不必要的牺牲，各校学生会负责人简单地商量过后，不得不放弃了凶手，把伤者抬进先施公司的货柜上敷药。

军警大获全胜，不再继续攻击，而是趁此机会叫奸商关锁了门外的铁栅，把公司当成了监狱，一下子将仍然待在里面的三百余名学生给全部关起来了。

被困的学生，临时举行全体会议，推选一部学生，组成纠察大队，负责护理受伤的同学，并保管这家亡国公司的货物，以免事后遭到诬陷。另外，各学校推选代表，指挥本校同学的行动。为此，被困学生秩序井然不紊。他们高唱英武不屈的歌曲和高呼口号，赢得了栅外群众的同情和赞叹。许许多多学生和市民，送茶水食物慰劳，喊着"努力挣扎""设法营救"的口号，直到第二天黎明。

天亮时分，一大队军警吃饱喝足休息好了，有了精神和体力，从楼上冲了下来，拿着木棍和竹帚，恶狠狠地向被困者迎面打了过去。彻夜无眠、疲劳过度的学生们哪里是这些如狼似虎的家伙的对手，很快败下阵来，包括刘尔崧在内的七名学生被捕，其余学生全都受了轻重不同的伤，被警察逐到了铁栅外面。

刘尔崧和周其鉴、阮啸仙、张善铭都是第一甲种工业学校的活跃分子。得知北京五四运动爆发的消息以后，他们怀着读书不忘救国、天下兴亡匹夫有责的思想，积极发动本校的同学，很快组织甲工学生会，推选周其鉴为会长，在校内外发动、组织同学参加爱国集会和示威游行，向社会各界开展宣传活动。

似乎是为了给军警的行动贴上正义的标签，莫荣新、翟汪、魏邦平先后发布了《督军、省长布告》《省长公署布告》《警察厅布告》，称"断不容此等乱民扰乱秩序",“如敢故违,一经拿获,即以扰乱治安论,尽法惩办不贷"。

同时,为了严防全省范围里出现抵制日货的风潮,莫荣新、翟汪呕心沥血,发出《督军、省长致各镇守使、道尹、督办、总办电》,严禁抵制日货行动。

卖国政府跟民众所思所想从来是大不相同的,莫荣新、翟汪、魏邦平丝毫没有想到,布告一出,越发激发了广州学生以及爱国民众的愤怒。5月31日,各校学生代表召开紧急会议,决定于次日发动更大规模的游行示威活动,向莫荣新请愿,要求释放被捕学生,交出凶手,惩办魏邦平;并且派遣人员分别与工商界联络,以罢工、罢市,作为爱国学生的后盾。

单单只是学生闹着抵制日货,已经造成了巨大麻烦,工商界一起闹将起来,势必越发难以收拾,军政府不得不允许教育会副会长陈其瑗保释全部被捕学生。

但是,风波并未平息。魏邦平领受莫荣新、翟汪的命令,指使第一甲种工业学校校长黄强诬蔑刘尔崧等学生的爱国行动是"聚众扰乱治安"。黄强大笔一挥,白纸黑字,郑重宣告开除了刘尔崧、阮啸仙、周其鉴三人的学籍。

刘尔崧、阮啸仙、周其鉴感到既愤怒,又悲凉。他们不能因此而退缩,决定继续斗争下去,干脆去照相馆照了一张合影,在相片后面题了一首诗:

莽莽大地,哪块是我们的故乡?济济众生,哪个是我们的知己?
孤零零的几个人儿,联成一气,势利是非所为,炎凉更非所知。
海可枯,石可烂,此志不可移!

开除刘尔崧、阮啸仙、周其鉴学籍的布告发出之后,引起了第一甲种工业学校师生的强烈不满,他们罢教罢课,一致向黄强提出抗议。社会舆论纷纷谴责黄强这一无理决定。黄强担心一发而不可收拾,不得不收回成命。

6月5日,广东省会学生联合会正式成立。其宣言将拳拳爱国之心表露无遗:

中日密约,中外轰传,亡国丧家,祸迫眉睫。吾侪学生,受国家之培育，为社会之中坚，对此亡国丧家之密约，其将俯首帖耳，仳仳偭偭，而莫敢抗争耶？抑将摩拳擦掌，汹汹涌涌，群起而骚动耶？前者，颓唐老大，麻木不仁，稍之无耻，谓之制造粪料之机械，直不能名之曰人。后者激于一时之客气，张脉偾兴，亦能振励，然外强中干，十五分钟后又相忘于无事，依旧酣嬉矣。呜呼，如是之国民，如是之学生，国焉得而不弱，焉得而不亡耶！……而最近如（民）四年廿四条条件之要求，日人既满囊呼啸而去，又上吾国以蠢猪之称号，其轻恣狂暴之态，国人非恨之刺骨而思与之拼命者耶？曾几何时，今又有密约之发见，国人其奈之何哉？即其奴隶我，牛马我，若彼之待高丽以待我，国人又奈之何哉？要之我国人苟无真实的自觉心，坚固的团结力，只十五分钟之热度，如一盆散沙焉，其必不能御外侮而反招外侮，必不能救国亡而反促国亡，盖征于前事而可断者也。吾侪学生，非所谓受国家之培育，为社会之中坚者乎？苟尚无真实的自觉心，坚固的团结力，亦只有十五分钟之热度如一盘散沙焉，又何责乎国人也？是吾国之弱且亡，实为我学生之罪，我学生其能任之乎？此所以有广东省会学生联合会之组织也。斯会之组织，固以争此次密约为动机，然其究竟之目的，不贵有一时奋兴之客气，而贵有永久不灭之决心，沉潜修养，实事求是，振爱国之精神，导国人以自觉，斯所愿也，庶寡过乎。但念任重道远，非独力所能胜；是用噍血嘤鸣，期众擎之易举。素仰贵校热诚爱国，必表同情。

省会学联宣言固然荡气回肠，然而他们以"学成救国"为口号，不主张现实斗争，充其量不过是做一些游行、号召之类的事情。因而，省会学联规定其总体工作任务是：

通电反对中日密约，举行社会运动以唤起人心，与京津学生救国团体相提携，并与留日学生广东同乡会学生救亡团向国会请愿反对密约，宣布其无效。……设立平民义学，组织演讲团启迪国人自觉心。

5月30日的游行活动闹出很大动静，南武中学校长何剑吾，以及高师、岭大等校大部分师生，觉得像对待三大亡国公司一样的主张和做法过于激烈，容易惹出事端，主张和平做事。省会学联是以高师为主成立起来的，其温和的主张，显然是受到了这些人的影响。在以后的行动中，公立法政学校、第一甲种工业学校等校学生认为他们等同畏缩，不是热血青年之所为，颇有些不与为伍的意思。由此，公立法政学校、第一甲种工业学校等校从省会学联会中分离出来，另外成立中等以上学校学生联合会，提出不同的主张，按照不同的办法做事。

中等以上学校学生联合会（简称中上学联）是6月17日成立的。中上学联将会址设在广州天官里广东公立法政专门学校，以"读书不忘救国，救国不忘读书"为宗旨，一致推选张启荣、周其鉴任正副会长，并选出阮啸仙、刘尔崧、云逢瀛、邓曾骧、符明昌、马福年等分工负责，领导活动。

在中等以上学校学生联合会成立之前，为了分散学生的力量，翟汪强行宣布："……本年六月十六日至七月二十五日止，为暑假休业之期……"

休业尽管确实对进一步扩大学生爱国运动造成了不小的影响，但学生运动并没有完全停止。中上学联一经成立，随即组织全市学生开展以提倡国货、抵制日货、"打倒三大亡国公司"为主题内容的实际斗争。

通过前期的斗争，张启荣、周其鉴、阮啸仙、刘尔崧、邓曾骧等人更加深刻地认识到：中国是日本货的最大销售场，如果能够坚决杜绝日货，日本的工商业势必会大受打击，日本或许可能发生内变，中国方面可以由此获致取消"二十一条"；再者，抵制日货使得北洋政府穷于内外应付，必然更多露出丑态，可以作为打倒卖国贼的一个有效手段；第三，抵制日货可以提高群众爱国主义思想，对发展民族工业有利。因而，他们确立了中上学联的斗争方向。

中上学联首先发出通电宣言，旗帜鲜明地高举抵制日货的大旗；紧接着，发动学生投入各种活动：排演街头剧，分组到街坊宣传，张贴标语，散发传单，刊印《国耻》《国货月刊》《殷鉴》（写朝鲜所受日本的苛政）等小册子，专人负责打五更等（即应急醒起之意），扩大宣传活动；成立检查队（由邓曾骧兼任队长），水陆检查日货，一旦发现日货，当即扣下，并且烧毁；开设国货陈列所，将国货与日货并列，使得民众能将国货与日货区分开来，以免日货鱼目混珠；创办平民义务学校，向普通老百姓灌输爱国主义思想。

在正义浪潮的冲击下，省会学联会的基干队伍内广东高等师范学校中，大约有三分之一的学生眼见得过于温和的做法没有产生想要的效果，他们幡然觉醒，毅然与省会学联会决裂，参加到中上学联会这方面来，扩大了中上学联队伍。

对待中上学联会，广东督军莫荣新、广东警察厅厅长魏邦平恨之入骨，不仅公然派遣人马拆毁了会名牌额，而且一旦得到有学生集会的消息，即刻横加压迫。中上学联不得不改变活动方式，针对反动军阀害怕洋人的特点，利用外国人开办的韬美医院、博济医院以及沙面域多利酒店等处召集会议和进行各种活动。

为了压制中上学联，莫荣新、魏邦平无所不用其极。对凡接受中上学联会委托承印文告的印刷商号，莫荣新、魏邦平发布命令，一经查出，即行封铺拿办。这样便能令中上学联停息自己的声音吗？不，他们是以公立法政学校、第一甲种工业学校学生为主成立的，第一甲种工业学校虎狼当道，他们可以要求公立法政学校印刷处承担出版印刷品的任务，及时传播学联的声音。

五四运动提出的惩办卖国贼、拒绝签署《巴黎和约》等主要目的达成之后，全国大多数地方的声援行动渐渐归于沉寂，广州方面，爱国学生与各界民众以提倡国货、抵制日货为主要内容的爱国活动仍然方兴未艾。

7月10日，广州各界数万人再次在东堤东园广场举行国民大会，会场上人如山海，备极踊跃。主席台上高悬"国民大会"的横额，两边悬挂一副白布对联：

主权所在，究属何人，愿四百兆同胞振奋精神结团体；
奴性不除，终难救国，合五大洲民族伸张公理胜强邻。

时国民党元老谭人凤抵穗。对于桂系军阀控制的广东军政府限制学生爱国运动的行径，他感到非常气愤，登台发表演说，充分肯定了学生爱国运动，力言卖国贼之当讨伐，以及国民皆当奋起救国，很有鼓动性，深得与会者的赞同。

国民大会决定向军政府请愿，提出必须严厉惩处卖国贼，公开宣明政府的外交政策，彻底废除中日"二十一条"；同时提出请伍廷芳出任省长。

随后，与会学生及其他各界民众举行了声势浩大的游行。游行队伍手持

"请讨国贼""废除密约"等字样的小旗,沿途摇铃疾呼:"同胞速起救国!"

游行队伍所到之处,行人无不投以敬佩的目光,同时纷纷鼓掌支持。但当队伍齐聚在军政府门前,提出正当要求时,得到的是漠视与不睬。

次日,各界民众再次请愿,军政府仍然置之不理。

如此麻木不仁的政府,到底是中国南方的军政府,还是日本人的政府?怒火在民众心中迅速燃烧,催动商人开始罢市。中等以上学校学生联合会因势利导,随即派出代表到各行业商店作了恳切说明,邀约他们一同罢市,并填具志愿书不再购入日货,甚至要求广东全省商会会长陈勉畲策动全省商界举行大罢市。

12日,广州再度举行国民大会和游行示威。

同一天,眼见得罢市的火焰越烧越旺,莫荣新悍然下令逮捕罢市领导人,同时派出大批军警上街,限令各商店一律开门营业,试图以此残暴的手段迅速扑灭差不多形成燎原之势的罢市风潮。武力从来不能迫使民众屈服,反而激起民众更大的愤慨。从13日起,广州学生和全体民众纷纷罢课、罢市、罢工。一时间,广州工商业全部罢业,电灯、自来水、铁路、人力车等行业工人相继罢工,全城交通阻塞,缺水断电。莫荣新十分恼怒,亲自出面诬蔑工人、学生、商民和市民。

14日,当数千群众在省议会请愿时,当局派出军警数百人,强行驱散请愿队伍。在驱散过程中,军警豺狼成性,向群众开枪扫射,打伤十多人,拘捕了五十多名爱国学生。次日,数千群众在东园广场集会,广州军政当局又派兵镇压,殴伤许多人,拘捕了机器总会会长和大批学生。7月16日,广州学生不畏高压,依然上街游行,发表演说。军警又拘捕了中上学联副会长周其鉴等三百多人。为此,广州各界团体联合发表了《粤人泣告全国书》,愤怒声讨桂系军阀的暴行。

闻知广东军政府倒行逆施,戕害群众爱国运动,身在上海的孙中山极为愤慨,立即通电予以谴责:"闻警厅因国民大会拘捕工学界代表,将加以诛刑。方今文明各国,不闻有压抑民意之政府,我粤为护法政府所在之地,岂宜有此等举动?尚冀所闻之不实,万一有之,请即予省释。盖民气以愈激愈烈,若专恃威力,横事摧残,不惟为粤人之所公愤,亦即全国之所不容也。"

迫于各界的谴责和压力，广东军政府当局不得不释放了被捕的市民和学生。

7月16日这一天，学生检查队在西堤省港船码头外检查日货时，警察游击队（即公安队）闻风而至，勒令解散检查队。学生不从，警察游击队即用枪托殴打学生，并且将试图反抗的张殿邦、蔡沙棠、冯世英、黄应球等九人押赴警察厅。

中上学联会得到消息，星夜集合各校学生前往警察厅，将其团团围住，要求释放被捕同学。警察厅生怕学生冲了进去，在四周布满警力，戒备森严。

起初，张殿邦等人被关押在警察厅侦缉室。傍晚时分，侦缉室对他们进行了第一次讯问，随后把他们提到楼上厅长办公室，由魏邦平亲自审问。

魏邦平为学生的爱国行动伤透了脑筋，心里的怒火早已在熊熊燃烧，一看到被捕学生，即刻呼啦啦喷发过去，咆哮着学生不应该从事与读书无关的活动。张殿邦等人以柔制刚，申述杯葛日货是爱国行动，厅长是中国人，国之兴亡，不能与厅长无关；厅长本应领导我们进行抵制日货，今反出此，这于情于理似有不合。魏邦平被戳中痛处，辞色稍霁，在后来的讯问中，态度好了很多。最终，由一些教育行政负责人出面劝解，要被捕的九名学生在他们写好的悔过书上签名释放。

9月下旬，学生检查队长邓曾骧得到消息，日本三井洋行运载白报纸两船，为避免学生的检查，准备午夜运往佛山与天庆上街之和安泰商号交易。他马上召集会议，讨论对付办法。有人主张星夜乘船前往截获；另一部分学生认为真的要去追赶，必然会经过鹰沙附近，那一带土匪太过猖狂，撞上他们，非常麻烦，主张天亮以后再去。持前一种意见的学生提出，如果真的遇上土匪，可晓以大义，土匪亦有义侠气，未必肯下毒手；而且，可在船上挂一对"广东中等以上学校学生联合会公干"的红黑字灯笼（以前的红黑字灯笼是公干所用），使土匪看出是什么来路，必然不会出面阻拦。后一种意见的学生消除了疑虑，众人达成共识。

学生连夜跟踪追赶，翌日天亮时，截回了这两船洋纸，靠泊在长堤天字码头。

日本领事得信，立即给莫荣新发去公文，妄称有土匪从佛山抢走他的两船三井洋行白报纸，现停泊天字码头，要莫负责追回。莫荣新不敢怠慢，马上命令魏邦平照办。魏邦平第一次派了一些清道夫过来，以为可以将这些东洋货运走，岂知清道夫反而被同学们说服，转身离开。同学们以为不会再有人来，只留下少数人在船上看守，大多数上岸吃中午饭去了。恰在这时，警察游击队带领一队徒手喽啰赶到，对学生好一顿拳脚相加，将看守学生打退，随后把洋纸全部搬往商会。

在广州无法动手，中上学联当即派人到佛山活动，一面劝说和安泰商号向警厅具结领回洋纸，一面与佛山学生会秘密联系，要他们协助。和安泰提出，要学联派出同学护运洋纸货船回到佛山，学联佯作答应，以便该商号堕入彀中。

过了两天，洋纸货船运抵佛山。当地学生会依计行事，阻止劣货登岸。正当商学双方同往佛山商会谈判问题之际，中等以上学生联合会人员乘机将这两船洋纸拖回广州，一大早，便在南堤东园门前旷地焚毁，以免再生意外的枝节。随即散发传单，大事宣传，以儆效尤。烧毁洋纸时，观众人山人海，无不鼓掌称快，大呼奸商应有此下场！由于该纸已由和安泰具结承领，已非三井洋行所有之货物，日本领事到达这里，只得哑口无言。这便是轰动一时的"烧毁和安泰劣纸"事件。

自和安泰事件发生后，中上学联继续组织大规模的示威和检查日货游行。他们的行动遭到了军警的残酷镇压。在检查日货和示威游行的斗争中，有四名学生因与军警搏斗受伤致死。11月8日，中上学联在南堤八旗会馆门前旷地举行追悼大会，群情激愤，高举四位爱国学生遗像，再度展开大规模的游行示威。游行队伍进至先施公司门前，即大呼"誓为死难同学复仇"等口号，将先施公司的负责人拉出来，在他们的胸前分别挂上写有"先施亡国公司凉血司理马璇德"及"先施亡国公司凉血部长区耀"的白布条，使人们在游行中认清奸商面目，并在门前摄照影片留作罪证资料。活动正在进行之中，突然，一大批军警蜂拥而来，挥舞刺刀枪托，向手无寸铁的学生乱撞乱刺，有的甚至开枪射杀。学生义愤填膺，英勇地与军警展开搏斗，赤手空拳，亦缴获了五支马枪，与此后面临日本人的屠杀，很多国军将士自动放弃抵抗相比，学生们确实是勇敢的，值得敬佩的。

不过，学生毕竟既没有任何武器或防身工具，又没有经过训练，在训练有素的军警面前，失败在所难免。十余名学生受伤，其中四名重伤，另有多名学生被军警逼落珠江而淹死，数百名在格斗中进入先施公司的学生被关闭在里面不能出来，学生代表张殿邦等十一人遭到逮捕。魏邦平随即贴出文告，污蔑爱国学生擅取公司食品，抢劫财物等。军警旗开得胜，立即把活捉的十一名俘虏押往南石头惩戒场扣押。为了避免群情激愤不平和学生拦途抢人，军警在解送他们时绕道大沙头转用船只运送。被捕者关进监狱之后，禁绝送进衣裳、食物等。

广州各界人士得悉消息，纷纷派出代表组成慰问团，分别到广东公立医院和南石头惩戒场看望、慰问受伤和被捕的学生，赠送彩旗、鲜花、食物等等。

在社会舆论压力之下，反动政府不得不将囚在先施亡国公司内饿了三天的学生释放出来。释放这些被关闭的学生之前，亡国公司以及反动军警大逞淫威，借口搜查丢失的马枪，使用刺刀挑起女学生的衣裙，并且将女学生陈慕德、陈英勉、陈爱珍、严静宜等人痛打了一顿，进一步暴露出这些下贱坯子绝非真正的中国人，而是披着人皮的畜生，跟日本人一样的强盗。

又过了几天，在群众的压力下，警察厅长魏邦平示意保释被捕的张殿邦等十一名学生，是广东省教育会派遣会员高师校长金曾澄、南武中学校长何剑吾等三四人前往保释的。张殿邦等学生要求以后不能再有同样事件发生，金曾澄答应不了，随即拂袖而去；后经何剑吾力劝，张殿邦等十一名学生走出了监牢。

抵制日货是复杂的、艰苦的斗争，不仅会面临流血争斗，而且要抵御利诱等各种卑鄙手段。三大亡国公司使用金钱拉拢学生不成，便收买一些其他人员，专到公司里面去充当顾客伪装购物，同时大降货价，谋求招徕，以为这样可以使人误以为是中上学联会的学生已经被其收买，风潮已经平息，可以平购劣货，但在依旧如火如荼的抵制日货运动面前，计谋未能得逞，仍然门可罗雀，生意萧条。亡国三大公司不得不改变方式，声言如矛头不再指向他们，可以供给两名学生往欧美留学的费用，或捐款一万元充作会费，但绝大多数爱国学生不为所动。

在抵制日货同时，广东学生还上街推销国货，使得贩售国货的商店，大有供不应求之势。随着爱国运动的持续发展，广东民族工业得到了振兴，尤其在发展造纸原料工业、机器纸、乌烟、织布机、电器制品等方面，有了很大的发展。

广州的爱国运动，打从一开始，社会各界便与学生站在一起，汇合成一股强大的潮流，显示了革命群众团结的巨大力量。尤其是工人阶级的加入，不但加强了革命势力，而且推动了工人运动的发展，数月之内，广州工会发展到一百多个。

由于有工人和广大市民的参加，广州爱国运动持续时间长达一年多，召开有十万人参加的国民大会高达十余次，波及范围在全省半数县市以上，这在全国是极为罕见的，充分显示出团结、毅力、恒心、不达目的决不罢休所产生的效果。

在这场伟大的爱国运动中，广州新闻媒体屈服于桂系军阀的淫威，没有起到像其他各大城市那样的推动鼓舞作用，不过，杨匏安任职的《广东中华新报》，从1919年6月起，创设通俗大学校副刊，以介绍科学知识，宣传新文化、新思想为宗旨，算是为广州吹进了一缕新风，预示着以后的广州必将发生重大变化。

第二部分 马克思主义
传 播

1. 马克思主义传入中国

马克思主义传入中国，以五四运动为分水岭，可以划分为两个时期，在此之前，尽管已经出现了一些介绍马克思以及马克思主义的文章，但那都是零碎的，不成系统的，浮光掠影的，并没有真正弄清弄懂马克思主义的核心要旨，只不过是作为一种社会现象介绍给中国人的，加之在那个时代受孔教的束缚，几乎所有的中国人都浑浑噩噩，不知道救国为何物，没有起到什么作用；受新文化运动熏陶、五四运动洗礼的先进知识分子一旦觉醒，纷纷把目光转向马克思主义，形成了一种研究、介绍、传播马克思主义的风潮，他们要么用如椽之笔、要么用办报纸或办书社的方式，向国人推介马克思主义，使得马克思主义精髓真正为怀揣救国理想的人们所认识、所接受，从而开启了探索中国社会革命道路的新篇章，在短短两年时间里，便成立了以马克思主义为指导的中国共产党，赋予中国社会革命以崭新的面貌。所有传播马克思及其学说的人们，都值得记忆，值得缅怀。

19世纪中叶，马克思主义一旦在板荡不安的欧洲横空出世，立刻在那里产生了极其巨大的影响，并开始在全世界范围内传播。那么，马克思主义是怎么漂洋过海来到中国的呢？对此，学界早有定论，最初是由西方来华传教士首先选择翻译内容并按照自己的理解，再结合中国文化语境将其表达出来的。至于具体是什么时候传入中国的，大致出现过两种说法。

第一种说法得到了普遍认同。1899年2月，西方基督教传教士在上海广学会主办的《万国公报》第121期发表了署名"英士李提摩太译，华士蔡尔康属文"的文章《大同学》[此为英国社会学家本杰明·颉德（Benjamin Kidd）所著《社会演化》一书翻译为中文后取的名字，在《万国公报》第121册至124册连载，于1899年5月成书出版]，其中有一段是这么说的：其以百工领袖著名者，英人马克思也。马克思之言曰：纠股办事之人，其权笼罩五洲，实过于君相之范围一国。吾侪若不早为之所，任其蔓延日广，诚恐遍地球之财帛，必将尽入其手，然万一到此时势，当即系富家权尽之时。何也？穷黎既至其时，实已计无复之，不得不出其自有之权，用以安民而救世。

把马克思当成是英国人，显然是一个错误。在同年4月的《万国公报》第123期上，这一错误得到更正，并且提到马克思的《资本论》："今世之争，恐将有更甚于古者，此非凭空揣测之词也。试稽近代学派，有讲求安民新学之一家，如德国之马克思，主于资本者也。"其中，"安民"是由"socialism"翻译而来。

另一种说法是，中国最早提到马克思及其学说的中文著作是英国人克卡扑（Kirkup）所著的《社会主义史》。这本书是李提摩太委托华人胡贻谷翻译出来，于1898年夏在上海以《泰西民法志》之名交付广学会出版的。

这种说法被认为是错误的，源于中国社会科学院唐宝林、王也扬两位学者的考证。前者首先认为此说有误，后者找到史料，证明唐宝林的判断是正确的：藏于上海中国基督教三自爱国运动委员会图书馆的广学会1912年度工作报告（英文）中有当年该会新版（New）和再版（Reprints）书籍的完整目录，《泰西民法志》[History of Socialism（Kirkup）by I.K.Hu] 清楚地列于1912年新版书之中，而1898年度的广学会工作报告并无出版此书的记录。另外，胡贻谷1917年为其老师谢洪赉（又名庐隐）撰写的《谢庐隐先生传》（现藏上海图书馆）中写道，"著者获遇先生，在一八九八年之初，盖为余初入中西肄业之年也，时年仅十四"。一个初入中西书院学习的十四岁少年获得翻译李提摩太认可，翻译《泰西民法志》，不可想象。1912年出版的《泰西民法志》，书前有译者胡贻谷写于宣统庚戌（1910年）的序，版权页上印有"上海广学会藏版，上海商务印书馆代印"的字样。

还有一种说法，认为最早向中国人介绍马克思及其学说的年份为1902年，把马克思介绍给中国人的不是西方传教士，而是资产阶级维新派大佬梁启超。不过因为第一种说法拿出了过硬的证据以及其他一些原因，此说实际上没有什么市场。

梁启超不是从西方传教士那里得到有关马克思著作的，而是来源于日本。日本自明治维新以后，大量西方政治思想波浪般翻涌进去，马克思等人的著作亦乘波驭浪，被译介到日本。梁启超戊戌变法失败后流亡日本，得以接触到马克思主义著作。1902年10月16日，他以"中国之新民"作笔名，在《新民丛报》（梁启超在横滨创办的报纸）第18号上发表《进化论革命者颉德之学说》，将马克思译作麦喀士，进行了简单介绍："麦喀士，日尔曼人，社会主义之泰斗也。""今之德国，有最占势力之二大思想，一曰麦喀士之社会主义，二曰尼志埃之个人主义。""麦喀士谓今日社会之弊在多数之弱者为少数之强者所压伏。"

但事实上，梁启超并不是第一个向中国人介绍马克思的中国人，更不是第一个向国内介绍马克思的中国人。大约两年前，即1900年12月6日，中国留日学生戢翼翚、杨廷栋、杨荫杭、雷奋等人在东京创办了《译书汇编》，在创刊号上刊登了"坂崎斌"译的有贺长雄著《近世政治史》，不仅提到"麦克司与拉沙来均以一千八百四十八年倡自由之说"，而且在第三章第一节"万国工人总会及德意志支部"里，写道："一八六二年，各国工人领袖均集于万国工人总会。""麦克司总理全体。"文章把马克思翻译成"麦克司"。第三章第一节描写的是马克思流亡伦敦，召集各国工人首领创立了第一国际。为此，文章简述了第一国际的宗旨、规约、组织机构、斗争纲领，以及在伦敦、日内瓦、洛桑、伯尔尼、巴塞尔等地召开会议的决议。这才是在中国人创办的报刊上第一次出现马克思以及社会主义这些字眼，并且把马克思与社会主义学说结合在一起，向中国留日学生进行宣传推介的。

从时间上可以看出，同样身在日本的梁启超，在他创办的《新民丛报》上向留日学生介绍马克思与社会主义，是两年以后的事情。之所以梁启超会被一些人看作是最早向中国人介绍马克思及其学说的人，大抵上源于他是一位著名的维新派人物，戢翼翚、杨廷栋、杨荫杭、雷奋等人跟他相比，属于米粒之光，放不出太大的光芒吧。

不可否认，维新运动的失败，令梁启超对其他各种社会思潮产生了浓厚的兴趣，他在介绍马克思以及社会主义方面，确实也做了一些事情。他在1903年11月2日至12月4日《新民丛报》第40—43号的《二十世纪之巨灵托辣斯》一文中，称"麦喀士（社会主义之鼻祖，德国人，著书甚多）之学理，实为变私财以作共财之一阶梯"；在1904年2月《新民丛报》第46—48号的《中国之社会主义》一文中，写道："社会主义者，近百年来世界之特产物也。櫽栝其最要之义，不过曰土地归公、资本归公，专心劳力为百物价值之源泉。麦喀士曰：现今之经济社会实少数人掠夺多数人之土地，而组成之者也。"据此，梁启超给社会主义下的定义是："社会主义，是要将现在经济组织不公平之点，根本改造。"

在梁启超发表《进化论革命者颉德之学说》之前，国内其实已经出现了华人翻译的、对马克思主义做过一些介绍的图书。这就是日本社会主义研究会会长村井知至所著的《社会主义》，翻译者为罗大维，于1902年4月在上海广智书局出版。跟梁启超不同的是，罗大维没有表达自己的见解，只是充当一个传声筒。

在资产阶级维新派人物传播马克思主义的时候，资产阶级革命派，即那些留日或者曾经长期居住在日本的中国革命党人，马君武、孙中山、朱执信、宋教仁、廖仲恺等，他们在日本从事反帝反封建的资产阶级民主革命的同时，同样曾经研究和传播过马克思学说，并且运用于解释中国社会问题。

在资产阶级革命派诸多人物当中，最早介绍马克思及其学说的当属马君武。

马君武最先追随梁启超，并成为《新民丛报》撰稿人，拜见了孙中山，聆听其革命言论以后，对孙中山甚为敬佩，觉得：“康梁者，过去之人物也；孙公，则未来人物也。”从此，他抛弃了资产阶级改良路线，追随孙中山，转变为资产阶级革命派。1903年2月，他以"君武"为名，在《译书汇编》第11号发表《社会主义与进化论比较》一文，说："马克司者，以唯物论解历史学之人也。马氏尝谓阶级竞争为历史之钥。马氏之徒，遂谓是实与达尔文言物况之合也。"文章在比较社会主义与进化论时，认为"社会主义发源于法兰西人圣西门、佛礼尔，中兴于法兰西人鲁意伯龙、布鲁东，盛极于德意志人拉沙勒、马克司"。他把马克思译作马克司，傅立叶译作佛礼尔，鲁意伯龙、布鲁东则今译为路易·勃朗、蒲鲁东，拉沙勒是拉萨尔。"由圣西门以降，社会党人皆以为人群生计之发达，自古至今经三级焉。三级者谓，由家奴变为农仆，由家仆变为雇工。由是观之，人群生计（日本谓之经济）之发达，必不止于今日之雇工而已。社会者发达不息之有机体也。其必有一日焉，打破今日资本家与劳动者之阶级，举社会皆变为共和资本、共和营业，以造于一切平等之域，此社会党人所公信也。"

在这篇文章中，马君武还列出了社会党巨子最有名著作二十六部供研究社会主义参考，其中马克思所著书五部：《英国工人阶级状况》《哲学的贫困》《共产党宣言》《政治经济学批判》《资本论》。事实上，在五部书中，《英国工人阶级状况》是恩格斯的著作，《共产党宣言》则是马克思和恩格斯合著的。

同年，在国内，上海广智书局出版了日本人福井准造著、赵必振翻译的介绍社会主义发展史的著作——《近世社会主义》，第一次较系统地介绍了卡尔·马克思的生平和学说。不过，赵必振把卡尔·马克思翻译成了加陆·马陆科斯。书中提到共产主义者同盟发表"宣言书"（即《共产党宣言》），"大攻击经济社会之现组织，绝叫社会制度之改革，为劳动者吐万丈之气焰"，并把《共产党宣言》第四章最后一段（共产党人不屑于隐瞒自己的观点和意图。他们公开宣布：他们的目的只有用暴力推翻全部现存的社会制度才能达到。让统治阶级在共产主义革命面前发抖吧。无产者在这个革命中失去的只是锁链。他们获得的将是整个世界。全世界无产者，联合起来！）翻译出来，展现在读者面前。不过，不知道出于什么原因，赵必振略去了最后一句话，将其译为：

同盟者望无隐蔽其意见及目的，宣布吾人之公言，以贯彻吾人之目的，惟向现社会之组织，而加一大改革，去治者之阶级，因此共产的革命而自警。然吾人之劳动者，于脱其束缚之外，不敢别有他望，不过结合全世界之劳动者，而成一新社会耳。

尽管赵必振没有把《共产党宣言》的精华——用暴力推翻全部现存的社会制度翻译出来，但是，他第一次向国内介绍了这一伟大的宣言，意义十分重大。

孙中山1896年在旅欧期间，研究过包括马克思主义在内的各种社会主义学说。他认为《资本论》是马克思主义最终成为系统学说的代表作。"有德国麦克司者出，苦心孤诣，研究资本问题，垂三十年之久，著为《资本论》一书，发阐真理，不遗余力。而无条理之说，遂成为有统系之学理，研究社会主义者，咸知所本，不复专迎合一股粗浅激烈之言论矣。"1905年初，孙中山以社会主义追随者姿态访问了设在比利时布鲁塞尔的第二国际书记处，与第二国际执行局主席王德威尔德和书记胡斯曼进行会谈，请求接纳兴中会作为第二国际成员。1905年8月，孙中山在日本东京将兴中会、华兴会、光复会等革命团体组成统一的革命组织同盟会以后，在宣传自己的革命主张时热情地介绍了马克思的社会主义学说，为马克思主义在中国的传播作出了积极贡献。同年10月,同盟会机关刊物《民报》在日本东京创刊,孙中山在《发刊词》中第一次提出了三民主义,认为民族主义、民权主义、民生主义"可试举政治革命、社会革命毕其功于一役",并称"民生主义就是社会主义,又名共产主义,即是大同主义"。在他的带动下,很多革命党人研究马克思的社会主义学说,使其在中国得到进一步的传播。

朱执信是传播马克思学说文章最多、内容最全、影响最大的资产阶级革命派,被誉为"同盟会中真正研究马克思主义的人""共产党人之前介绍马克思主义的代表人物之一""马克思主义在中国传播的拓荒者",甚至有人把他看作"中国第一批马克思主义者"。从1905年11月起,他以"蛰仲"为笔名,在同盟会机关报《民报》上接连发表《德意志社会革命家小传》,介绍马克思、恩格斯的生平状况及其主要历史功绩,阐述《共产党宣言》的十条措施和《资本论》中剩余价值学说。按照读音,他把马克思翻译为马尔克。

译出关于无产阶级革命的十项要求和措施后,朱执信指出:"马尔克素欲以阶级争斗为手段,而捄此蚩蚩将为饿殍之齐氓,观于此十者,其意亦可概见。……马尔克既草《共产主义宣言》,万国共产同盟会奉以为金科玉律,故颂美马尔克,诟病马尔克者,咸是焉归。"表明朱执信知道马克思的精髓,但他依据幸德秋水和堺利彦译自英文版的《共产党宣言》,翻译出来的第四章最后一段,完全丢掉了阶级斗争这个精髓:

凡共产主义学者,知隐其目的与意思之事,为不衷而可耻。公言其去社会上一切不平组织而更新之之行为,则其目的自不久达。于是压制吾辈、轻侮吾辈之众,将于吾侪之勇进焉詟伏。于是世界为平民的。而乐恺之声,乃将达于源泉。噫!来,各地之平民,其安可以不奋也!

即使如此,朱执信确实真心推崇马克思及马克思主义。对于马克思个人,他认为,"欲不宗师而尸祝之,其安能也?"马克思"所为文,奇肆酣畅,风动一时",以至于"当世人士以不知马尔克之名为耻"。朱执信研究和推介马克思主义,在五四运动之前,亦恐怕少有人能与之并驾齐驱。他认为马克思关于"资本家者,掠夺者也。其行,盗贼也。其所得者,一出于浚削劳动者以自肥尔"之论,"为社会学者所共尊,至今不衰"。马克思"所取救济之策则有方方：一为《共产党宣言》中所举十条；一则为农工奖励银行之设置也"。他能够认识到："马尔克之意，以为阶级争斗，自历史来其胜若败必有所基，彼资本家者，至于今兹，曾无复保其势位之能力。""既已知劳动者所不可不行之革命，始于破治人治于人之阶级，而以共和号于天下矣，然后渐夺中等社会之赀本，遂萃一切生产要素而属之政府。然而将欲生产力之增到无穷，则固不可不使人民之握有政权也。"因之，马克思"素欲以阶级争斗为手段"，以拯救处于苦难之中的人民。

但囿于资产阶级革命派的局限性，他往往只是站在旁观者的立场上指出这一点，而不能在实际中加以运用。因而，他并不能算作一名真正的马克思主义者。为此，毛泽东在《中国共产党第七次全国代表大会的工作方针》中指出，"朱执信是国民党员，这样看来，讲马克思主义倒还是国民党在先"，才是最中肯的说法。

俄国发生十月革命，朱执信给予高度赞扬，认为这是"在有民国以来，到现在，总要算这个时候最有光明，最能够鼓舞做事的人的兴会"。"无论吾人现在赞成俄国过激主义与否，……以有主义之民意推倒武力，已成为不可隐之事实。"

在这一新的时代下，朱执信对马克思主义的阶级斗争理论以及人民群众的作用，有了更深的认识，并同情和向往共产主义。为此，何香凝曾经说过，"如果他还健在，他很可能是坚决信任马克思主义的"。

在传播马克思主义这个方面，廖仲恺同样很有建树。他以"渊实"为笔名在1906年8月《民报》第7号发表的他译自柏律氏的《社会主义史大纲》，概述了社会主义思想和社会主义运动的起源和历史发展的五大时期，重点介绍了马克思、恩格斯领导的社会主义运动。他指出："拉萨尔、麦喀氏（马克思）、英盖尔（恩格斯）等，导其先路，遂成一八四八年之《共产党宣言》，虽然，民岩犹洪水也，一决其堤，浩浩滔天，势莫能御，于是一八四九年，乃有政治的及社会的革命之爆发"，"革命的社会主义，遂如洪水时至，汜滥大陆。"

后来，廖仲恺仍以渊实为笔名在《民报》第12号发表他所译柏律氏的《无政府主义与社会主义》。文章提及马克思和巴枯宁时，从哲学上说明了社会主义与无政府主义的区别，认为社会主义者"善自思维，以为吾人入世，必生长于一种族、一社会之中。无论何人决不能外此事实而生存。故社会主义者，自此事实之认识而出发，改良其制驭此社会组织者，而与人以自由。彼无政府主义者，徒欲抹此事实，不异一拳碎黄鹤楼以求之。哲学已有如斯相异之点，故其手段，更为背驰。社会主义者，为欲得自由利用国家，无政府主义者，则欲废绝国家"。这里的阐述尽管不大准确，但反映了马克思主义哲学某些观点。

宋教仁对推介马克思主义同样起了积极作用。1906年6月，他以"䍩勇"为笔名在《民报》发表译自日本《社会主义研究》杂志的《万国社会党大会略史》。在叙论中，他摘译了《共产党宣言》第四章最后一段：

马尔克（Karl Marx）之作《共产党宣言》（Communist Manifesto）也，其末曰："吾人之目的，一依颠覆现时一切之社会组织而达者，须使权力阶级战栗恐惧于共产的革命之前，盖平民所决者，惟铁锁耳，而所得者，则全世界也。"又曰："万国劳动者其团结！"

在这篇文章中，宋教仁介绍了第一国际的历史和第二国际的各次代表大会，概述了马克思主义的阶级斗争理论及其意义。文章说道，"现世界之人类"，"得形成为二大阶级：掠夺阶级与被掠夺阶级是矣。换言之，即富绅与平民之二种也"。富绅"独占生产之机关"，平民"以劳力而被其役使"。"资本与劳力"，"其不平等之极"。"一若涉天堂，一若居地狱"。于是乎，"阶级斗争之幕既开矣，旗鼓堂堂，为执戈立矛，而进入两阵之间"。

胡汉民侧重于研究和传播马克思的唯物史观。作为《建设》杂志主编，他在这一刊物上发表了自己撰写的《唯物史观批评之批评》，阐述了唯物史观的创立、发展过程及其内涵，指出"唯物史观的意义，简单说，就是以经济为中心的历史观"，"唯物史观实是贫民哲学、劳动阶级的哲学"，并且高度评价了唯物史观，认为马克思的唯物史观产生使"社会学、经济学、历史学、社会主义同时有绝大的改革，差不多划一个新纪元"。他认为：尽管古代哲学家也曾略有论及，可是"到马克思才努力说明人类历史的进动原因。以为人类因社会的生产力而定社会的经济关系。以经济关系为基础，而定法律上政治上的关系。更左右其社会个人的思想感情意见。其间社会一切形式的变化，都居于经济行程自然的变化。以此立经济一元论的历史观。"其基本内容，"包含社会组织进化论和精神生活之物质的说明两大部分，而阶级斗争说又是当中一个重要关键"。

综上所述，可以看到，资产阶级革命派传播马克思主义是有选择的，他们都没有全面把握马克思主义的组成部分，更没有真正把握其实质和精髓，最终成不了马克思主义者；他们传播马克思主义的目的以及对马克思学说所做的中国式解读，是为了达成资产阶级革命的目的，显然，马克思主义指明的道路，他们是接受不了的，最终，逝者永远停止了思考以及行动，闭上了嘴巴，活着的资产阶级革命派，包括五四运动时期曾积极传播马克思主义甚至参与过筹划组建早期共产党组织的那些人，基本上全都走向了反面，成为马克思主义最坚决的反对者。

无政府主义者在宣传、推介马克思主义过程中，同样做出了一定的贡献。1908年1月，信奉无政府主义的刘师培、何震等人创办了《天义报》。在这份报纸的第15号上，刊登了民鸣翻译的恩格斯1888年为《共产党宣言》英文版所作序言的一部分，刘师培为此加上了编者按："《共产党宣言》发明阶级斗争说，最有裨于历史。此序文所言，亦可考究当时思想之变迁，欲研究社会主义发达之历史者，均当从此入门。"在3月出版的《天义报》第16至19卷四册合刊上，发表了根据日文本译成的《共产党宣言》第一章的部分译文；刊载了齐民社同人翻译的《社会主义经济论》首章，译者还对马克思阶级斗争观点进行了评介。在文章中，马克思被翻译成马尔克斯。文章称："自马尔克斯为古今中外各社会均因经营组织而殊，惟阶级斗争，则古今一轨。自此谊发明，然后社会主义者始得新根据，因格尔斯以马氏发见此等历史，与达尔文发见生物学，其功不殊，诚不诬也。"

尽管如此，所有介绍马克思以及马克思主义的文章都是零星的，从介绍者各自的需要出发，并没有对马克思主义做深入系统的研究与介绍。马克思主义在中国真正意义上的传播始于五四运动时期。尤其是五四运动之后，其他各帝国主义列强依旧对中国这块肥肉虎视眈眈，苏俄则接连发表了两次对华声明，废除沙皇政府历次同中国订立的一切不平等条约，放弃以前沙皇政府从中国夺取的一切领土、特权和在中国境内设立的租界，并将沙皇政府和俄国资产阶级从中国夺得的一切都无偿地永久地归还中国，令中国先进的知识分子真正开始拥抱它。传播马克思主义,实践"俄罗斯新文明",成为中国最激进知识分子追求的救国新路。

在孙中山领导的资产阶级革命派队伍里,邵力子、戴天仇(戴季陶)、沈玄庐等人亦纷纷加入到宣传马克思以及马克思主义的阵容。

1917年11月10日,邵力子在他主编的《民国日报》"要闻版"头条,以《美克齐美(Maxialistr之译音,过激党之意)占领都城——突如其来之俄国大政变》为题,最早报道俄国十月革命成功的消息。

五四运动后期,邵力子更是在《民国日报》创办了《觉悟》副刊,亲任主编,在上面组织发表了大量宣传马克思主义和社会主义理论的文章,刊登共产党人撰写的革命理论文章二百多篇。李大钊、陈独秀、李达、李汉俊、陈望道、施存统等早期共产党人文章,他更是优先发表。邵力子本人亦写出了很多专论社会主义和马列主义的文章。当著名学人章太炎在寰宇学生会演讲时,指斥"提倡社会主义是好奇",他立刻发表了《提倡社会主义决不是好奇》一文,予以反驳。文章说:"太炎先生晓得社会主义是什么东西吗?社会主义在今日,还算是奇怪的东西吗?提倡他的人就算是'好奇'吗?现在世界大势是什么趋向,社会主义是什么性质,本篇不能细讲,晓得的人已是不少。但就太炎所说的话来看,实在是前后矛盾,可以证明他对社会主义不但是'一知半解',简直是'毫无研究'。"紧接着,他毫不客气地忠告章太炎"先用一点研究的苦功才好"。

随后,邵力子先后发表了《布尔什维克的真相》《共产与公道》《拒受遗产与共产主义》《主义与时代》《心与力》《马克思的思想》《救现在中国的对症良药》等文章。

戴季陶早年在日本接触到马克思主义思想,并对社会主义进行过一些探索。1910年12月,他以"天仇"为笔名,在《天铎报》上发表《社会主义论》,明确指出:"社会之祸,人民之苦,不在于学问之不发达,机械之不新奇,而实在社会阶级之不平也。""故今日之社会,非举此人类败类之贵者、富者、野蛮、专横而一洗之,不足以图人类之幸福也。"1911年初,他发表《社会党之风云》一文,明确表达了对马克思主义对资本主义社会生产和社会矛盾的态度。

五四运动时期,戴季陶与沈玄庐等人一起创办了《星期评论》,在一年时间里，发表了一百三十余篇宣传马克思学说的文章，包括翻译了考茨基的《马克思资本论解说》《商品生产的性质》以及李卜克内西的《马克思传》等名著、名篇，使得《星期评论》成为与《每周评论》《新青年》并驾齐驱的宣传新文化新思想、宣传马克思主义阵地。不过，他仍然主张要使中华民国成为一个真正"德谟克拉西的国家"，中国社会成为"德谟克拉西的社会"，人人都有很安全很正当很自由的生活，人人都能得到极巩固的生活保障。为此，他一方面反对封建主义、要求从帝国主义的威胁中争取独立，另一方面又想防止布尔什维克在中国发生。

1919年下半年，美国国会否决了关于中国山东问题的正确提案，苏联政府发表了第二次对华声明，令戴季陶对资本主义制度感到极度失望，对苏联政府产生了好感，思想逐渐朝马克思主义方向转化，大量著述介绍阶级斗争学说，与各种反对阶级斗争理论的错误观点进行辩论，并用阶级分析法思考中国革命。

1920年3月20日，戴季陶在《星期评论》上发表了翻译自美国《讲和委员布里特·桂氏在美国上院外交委员会的报告》，指出过去对苏俄咒骂式的传闻"十九都是浮说"，指责"以为俄国行的是无政府主义，以为俄国是充满了残杀、掠夺、奸淫的罪恶"的人，是"无识的蠢材！"进而，他说："俄国布尔塞维克的主张和无政府主义的主张相去不可以道里计。因为俄国的布尔塞维克是纯正的马克思主义。马克思的社会主义自来就是与无政府主义立于两不立的地位。""俄国劳农政府里面充实的社会民主的精神的确是真的……他们政府的领袖能够实实在在的和兵士工人受平等的物质分配，已经可以说在世界历史上要算是空前的。"

面对劳工，戴季陶大声疾呼："工人啊！大家要明白点！政府不分中外，法律不分华洋，是他们的，是他们处罚我们的。"号召工人要赶快觉醒："中国的劳动者，倘若要有良好的劳动条件，除了自己的奋斗外，再也没有第二条路。想靠资本家和资本家培养出的政府保护劳动者，恐怕是一辈子做不到的呢。"

在《学潮与革命》一文中，戴季陶认识到："革命是急激的进化……现在中国这个时代所需要的，不是自然的无意识的 Evolution，是人为的有意识的 Revolution。因为中国人今天在世界上如果不图急激的进化，在世界文化生活当中将要失去了存在的地位。"这表明他已经放弃了改良主张，赞同马克思主义暴力革命论。不过，戴季陶并非想要成为真正的马克思主义者，而是认为马克思主义毕竟已经在苏俄取得胜利，试图将其纳入三民主义的轨道最少可以取其长。

沈玄庐传播马克思主义，不仅在于他与戴季陶等人一道创办了《星期评论》，而且，他自己亦写文章推介马克思主义。比如说，在《幸呢？不幸呢？》一文中，沈玄庐从马克思"物质决定意识"这一观点出发，认为"古往今来以及现在，凡人类认识为人的文明，哪一样不印有劳动者的螺纹；人类的解放，是人类自然活力的解放，而不是人类以外别的什么捏造出来的虚幻的'神、佛、天师、菩萨'所能够解放的"，不但宣传了马克思主义的唯物史观，而且阐明了劳动者既是文明的创造者，也是解放自己的决定力量。此外，沈玄庐撰写了宣传马克思主义劳动价值论、剩余价值论、无产阶级专政的国家学说等基本观点的一系列文章。

陈溥贤亦是中国早期传播马克思主义的一员大将。他早年留学日本，考入早稻田大学学习，与李大钊结识。1916年回国后，他与李大钊同时服务于《晨报》。第一次世界大战结束不久，陈溥贤作为《晨报》特派记者派驻日本，正值日本社会主义运动复苏，他在《晨报》上开始介绍日本的社会主义运动，积极宣传马克思主义。1919年4月1日，他发表了《近世社会主义鼻祖马克思之奋斗生涯》，介绍了马克思及其生平，试图通过宣传马克思的"献身求学"精神，为读者"异日献身研究社会主义之动机"。5月5日，陈溥贤在《晨报》副刊开办宣传"马克思研究"专栏，从这一天开始，刊登了他以"渊泉"为笔名翻译的《马克思的唯物史观》，宣传马克思对人类社会科学作出的两大贡献：唯物史观与剩余价值。

在这篇文章里，引述了《共产党宣言》的若干段落，而结尾段的内容，陈溥贤是这样翻译的：

共产党以隐蔽主义政见，为卑劣的行为。所以我们公然向世人宣言曰：我们能够推倒现时一切的社会组织，我们的目的就可以达到。使他们权利阶级，在共产革命的面前，要发抖。劳动者所丧失的东西，是一条铁链。劳动者所得的东西，是全世界。愿我万国劳动者团结勿懈！

由此，陈溥贤一发而不可收拾，从 6 月 2 日至 11 月 11 日，在《晨报》上连载了《马氏资本论释义》。这部考茨基写于 1886 年的马克思主义普及本，用通俗易懂的语言传播了马克思经典《资本论》第一卷的基本内容，影响广泛。该书后又经过陈溥贤修订，以《马克思经济学说》书名于 1920 年 9 月由文学社出版单行本。他还组织翻译了日本社会主义者河上肇等人的著作，诸如《马氏唯物史观概要》《马氏唯物史观的批评》《唯物的经济史观的意义》等。

以报人身份宣传马克思主义的还有研究系大将张东荪。在五四运动之前，张东荪早已接触了马克思主义，尤其是社会主义，不过，他信奉的是基尔特社会主义［又叫工会社会主义，介乎社会主义与工团主义（Syndicalism）之间，属于改良主义。他们否定阶级斗争，鼓吹在工会基础上成立专门的生产联合会来改善资本主义］，为此，他对马克思的阶级斗争学说（早期翻译为阶级竞争）基本上持否定态度。他将人类生存的要素分为"向上""平等""自由"，而马克思"阶级的竞争"是"平等"与"向上""自由"竞争。就中国论，他认为"宜侧重'自由'，"'向上'与'平等'还可以在自由之后"。北京学生运动演变成全国性爱国运动，他开始在《时事新报》《学灯》副刊上连载河上肇《马克思的唯物史观》、恩格斯《各国社会党之情形及社会主义之概论》、马克思《劳动与资本》等介绍马克思主义的文章。1919 年 7 月，他一改此前不必侧重阶级斗争的看法，认为中国在提倡互助的精神之外，"决不可屏弃阶级竞争，否则对于现状便无法推翻"；又说"阶级竞争是很需要的"，直接赞同马克思主义。

1920 年，张东荪、梁启超成立的共学社更是出版了马克思研究丛书，并且在《时事新报》上刊载了广告："马克思的学说，在近代思想界占很重要的位置，现在更是他发展的时代，凡是留心世界思潮的人，都应该研究的，但是此项材料，我国尚少输入。"在为读者推荐马克思作品时，张东荪如实相告："浅学如仆，仅得见其《共产党宣言》与《资本论》二著。"

除了上面这些人之外，还有许许多多人宣传过马克思主义，诸如刘伯垂、谭平山、施存统、俞秀松、李季等，他们都成为中国共产党早期党员。

刘伯垂一开始是孙中山的追随者，1918 年 7 月担任广州军政府司法部司员。孙中山辞职后，他跟着辞职，与旅粤同志于 8 月 10 日筹资成立《惟民》

周刊社，在上面发表了《俄国波尔失委克（布尔什维克）之新写真》《列宁教育的设施》等一系列文章，介绍社会主义，传播马克思主义。

谭平山于1919年5月在《新潮》杂志上发表《"德谟克拉西"之四面谈》，具体介绍了《共产党宣言》。从北大毕业后，他和陈公博、谭植棠一道回到广州，于1920年10月创办了《广东群报》，连载了《马克思的一生及其事业》《列宁传》和列宁有关实行新经济政策的演讲，《俄国共产党的历史》《加入第三国际的条件》以及李大钊的《马克思的政治经济学说》、瞿秋白的莫斯科长篇通讯《共产主义之人间化》，发表了陈独秀与区声白论战的来往书信，在"评论专栏"中，连续二十八天刊载评论文章《共产主义与无政府主义及议会派之比较》，阐明马克思主义关于无产阶级专政的基本原理，批判无政府主义的错误思想。

施存统、俞秀松在建党之前传播马克思主义，主要是在他们发起的工读互助团失败，进入《星期评论》担任编辑工作以后，刊发了大量有关马克思主义以及俄国十月革命的文章，认识到青年学生必须到工人当中去，开展工人运动，对财产私有制社会做根本的改造。施存统后来留学日本，翻译了日本学者的大量社会主义文章，以及自己撰写的介绍马克思主义的文章，发回国内发表。俞秀松则投入实际工作，深入到工人当中去开展宣传、教育工作，努力组织一个工人的团体。

李季宣传马克思主义的贡献，在于他翻译了柯卡普的《社会主义史》。这本书客观地介绍了马克思主义和马克思主义学说，介绍了剩余价值学说，并且较系统地介绍了世界社会主义运动的发展历史，在中国早期传播社会主义、马克思主义发展史中影响很大。毛泽东阅读了这本书，以及陈望道翻译的《共产党宣言》、恽代英翻译的《阶级争斗》，受到了阶级斗争启蒙，确立了马克思主义信仰。

还有一些没有成为中国共产党早期党员的人宣传过马克思主义。

头一个是成舍我。他翻译的《共产党宣言》（摘译），刊登在1919年4月16日的《每周评论》第16号上。在这篇文章里，他热情称赞《共产党宣言》"是表示新时代的文书"。随后，他还发表了《近代社会主义与乌托邦社会主义的区别》等文，并且在《新青年》翻译了列宁的著作《无产阶级政治》。

北大经济系学生李泽彰同样翻译了《共产党宣言》。他翻译的第一章全文，译名是《马克斯和昂格斯共产党宣言》，刊载在《国民》杂志 1919 年 11 月的 2 卷 1 号上。因为胡适的劝诱，他未能将后面的文章发表出来。

林伯渠的堂兄林修梅，是五四时期最早宣传马克思主义的一位将军。他写下了《社会主义之我见》《社会主义与军队》等一系列文章，公开宣传"我相信马克思派的共产主义在中国今日社会情形最为适合"，"现在社会上有一种最大毒害，就是私产制度，我们想把这种毒害，设法扫除，只有社会主义是他对症妙药"，"俄国实业进步远不及欧美各国，列宁居然把社会主义实行起来，而且一天巩固一天"，"我国政治经济状况，完全和俄国一样，同是农业立国。……我们只有抱定这种决心，谋社会主义的实行，也是一定可以在短时期内成功"，有力地驳斥了所谓"马克思主义不适合中国国情"的谬论。

此外，国民党人徐苏中，通过翻译日本早期著名社会主义宣传家河上肇著译的《见于资本论的唯物史观》《科学的社会主义与唯物史观》两文，介绍了唯物史观。林云陔发表《社会主义建设之概略》《近代社会主义之思潮》《近代社会主义进行之动机》《阶级斗争之研究》等文章，宣传了马克思主义。

陈炯明率领粤军退居闽南以后，拨款创办了旨在"创造新生活、新组织"的《闽星》半月刊，为传播马克思主义做出了一定贡献。他本人亦因为经常在报纸上歌颂社会主义，获得了社会主义将军的美誉。

在整个五四运动时期以及建党前后的岁月里，自己著文介绍马克思主义的代表性人物是"三李一杨"，即李大钊、李达、李汉俊、杨匏安。其中，李大钊主要宣传唯物史观，李汉俊侧重经济学说，李达则以科学社会主义见长；杨匏安则被一些学者冠以"北李南杨"之名，与李大钊并列。陈独秀以其个人威望，在实践马克思学说方面，更是无人能出其右。陈望道翻译的《共产党宣言》，是第一部完整的中文译本，且最大限度地抵近马克思主义原意。其他诸如恽代英、毛泽东、王乐平等人以创办书社的方式，传播马克思主义，贡献之大，堪称一时翘楚。他们在各自领域里的建树，直接促成了中国共产党的诞生，其他任何人都不能望其项背。接下来，会单独给他们每人辟出一小节，作专门介绍，这里不再赘述。

2. 传播马克思主义第一人：李大钊

在李大钊向国人传播马克思主义之前，已经有不少人吃过螃蟹，向国内介绍过马克思及其学说，他之所以能享有中国传播马克思主义第一人之美誉，主要应该源于这么几个事实：其一，在李大钊之前，所有介绍马克思及其学说的人，都无意于真正地信仰、传播与实践马克思主义，他们要么是把它当作一种社会存在或者社会现象，简略地告诉给中国人，有这么一个人，有这么一些事，要么是想把它用来服务于各自不同的目的。李大钊完全不同。他在俄国十月革命启发下潜心研习马克思主义，自觉地运用马克思主义观点、方法思考解决中国现实问题的出路，形成了对马克思主义比较全面、准确的认识，真心真意信仰它，原汁原味传播它，并且逐渐确立了通过无产阶级与资本阶级的"阶级竞争"来改造经济组织、"根本解决"中国问题的发展思路，自此以后，又用毕生的精力来实践它。其二，列宁在《国家与革命》一文中说："只有承认阶级斗争，同时也承认无产阶级专政的人才是马克思主义者。马克思主义者同庸俗小资产者（以及大资产者）之间的最大区别就在这里。必须用这块试金石来测验是否真正了解和承认马克思主义。"所有推介马克思及其学说的人，无论他们是不是真正地了解马克思主义，都没有意识到，马克思主义不仅在理论上富有指导意义，更是一种实践的科学，只有通过实际行动，才能将它的作用全部发挥出来，窥破其中玄机。发出"直接行动"的号召，始于李大钊。其三，从客观效果来看，马克思主义并没有因为那些人的介绍而得以广泛传播，只有当李大钊先后发表了《法俄革命之比较观》《庶民的胜利》《Bolshevism 的胜利》《我的马克思主义观》等文章或演讲以后，马克思主义犹如疾风迅雨，冲破了陈腐气息，唤醒许许多多先进的知识分子，令他们掀起了学习、研究和传播马克思主义的热潮。其四，李大钊除了在报纸杂志上发表文章传播马克思主义之外，还利用其他各种形式，诸如给各种进步社团担任顾问，指导社团成员研究马克思主义，以及在课堂上讲述马克思主义，举办座谈会宣传马克思主义等方式，将推介马克思主义的行动推向普遍化。

一、李大钊是从俄国十月革命入手，潜心研究马克思主义的，一旦确定了马克思主义信仰，便终生不悔，努力付诸实践

必须承认，向国内传播马克思主义的中国人，都至少懂得外语，获得的则是二手资料。因此，所有推介马克思及其学说的人，都是直接拿着自己看到过或者能搞到手的资料，按照个人的理解，把它翻译出来的，且不说二手资料中可能已经出现了许许多多偏离马克思原意的东西，到了翻译者手里，又会发生一次认识上的偏离，则距离马克思真正想要表达的意思越发远了，哪怕二手资料能够原汁原味把握马克思主义的真意，再行加工，一样不能保证不失真。这当然也是任何一个翻译者（尤其是二手资料翻译者）都会遇到的问题。为了尽可能地贴近原著作者想要表达的意思，翻译者需要把握的是，一方面必须熟悉原著作者写下那部著作时的语言环境、社会环境，另一方面还得熟练掌握将要转换成的语言的语言环境、社会环境。这是针对几乎所有的翻译著作来说的，无论是自然科学，抑或社会科学，概莫能外。对于社会科学而言，尤其是在涉及社会变革，以及情感、思想等问题时，鉴于翻译者大有可能会根据自己的认知和想象，扭曲了原著作者的原意，因而，最好要有类似实践活动带来的客观效果，作为参考。

马克思主义诞生于1848年2月《共产党宣言》的发表。它一横空出世，使得国际无产阶级革命运动有了科学理论的指导，从此社会主义运动蓬勃发展起来了。二十三年以后，正是在马克思主义的指导下，巴黎工人发动武装起义，成立了人类历史上第一个无产阶级专政的政权——巴黎公社。不过，巴黎公社并没有完全遵循马克思主义的基本原则，马克思尽管认为巴黎公社是对他共产主义理论的一个有力证明，但也称它是"在特殊条件下的一个城市的起义，而且公社中的大多数人根本不是社会主义者，也不可能是社会主义者"，"公社以其审慎温和著称的措施，只能适合于被包围城市的情况。……它所采取的一些特殊措施只能表明通过人民自己实现的人民管理制的发展方向"。因而，即使想从巴黎公社探求实践马克思主义的真谛，亦是做不到的。何况那些推介者连这一点都没有做到。

不可否认的是，巴黎公社产生的两个后果，对无产阶级革命以及建立无产阶级专政政权的影响，无论是过去、现在，抑或是未来，都具有非常重要的意义。

其第一个后果，促进了马克思主义的发展。马克思认为巴黎公社"浪费了宝贵时间"去组织民主选举，而不是迅速地消灭凡尔赛军，是一件非常遗憾的事情。法兰西国家银行存放着数以十亿计的法郎，公社却对此原封不动也未派人保护。马克思认为他们应该毫不犹豫地全部没收银行的资产，公社为防备谴责而选择不去没收银行的资产，结果银行资产被搬运到了凡尔赛武装的军队。归根结底，这是巴黎公社缺乏一个成熟的马克思主义政党来领导革命斗争的表现。打那以后，组建一个坚强成熟的马克思主义政党，成为各国马克思主义者的共识。

第二个后果，在巴黎公社失败之后不久，欧仁·鲍狄埃创作的《国际歌》，一直为全球的共产主义者所传唱。

巴黎公社首开取得无产阶级专政政权的先河，但由于巴黎公社领导者没有完全遵循马克思主义，以及资产阶级过于强盛等因素，导致这场革命很快陷入失败，所以，无论出于什么目的，人们都不可能从巴黎公社中吸取多少经验教训。以列宁为首的布尔什维克人在俄国发动十月革命，取得了完全胜利，建立了世界上第一个社会主义国家。研究俄国的十月革命，无疑能够更好地了解马克思主义真谛。因此，李大钊不像其他人，一上来便生搬硬套地翻译有关马克思的生平介绍及学说，而是着力于研究俄国十月革命，从这里入手，一步步抵达马克思主义核心。

身戴北大图书馆主任职务的光环，以及为人谦和敦厚，善于跟各方面的人物打交道，给李大钊带来了很多便利，他能够得到很多自己想要的资料。根据掌握的资料，及其在留日时期曾经接触过一些马克思主义书籍，他开首第一篇文章《法俄革命之比较观》，便表达了对十月革命的认识，并且对这一革命所蕴含、体现的社会主义理想与实践予以充分肯定，预示着他从此将要踏上马克思主义道路。

欧战结束后，人人高唱"公理战胜强权"的赞歌时，李大钊大声疾呼这是"庶民的胜利"，展现出他对马克思主义人民创造历史观念的运用。在文章的最后，他以惊雷般的笔触，发出呼喊：

须知今后的世界，变成劳工的世界。我们应该用此潮流为使一切人人变成工人的机会，不该用此潮流为使一切人人变成强盗的机会。凡是不做工吃干饭的人，都是强盗。强盗和强盗夺不正的资产，也是一种的强盗，没有什么差异。我们中国人贪惰成性，不是强盗，便是乞丐，总是希图自己不做工，抢人家的饭吃，讨人家的饭吃。到了世界成一大工厂，有工大家作，有饭大家吃的时候，如何能有我们这样贪惰的民族立足之地呢？照此说来，我们要想在世界上当一个庶民，应该在世界上当一个工人。诸位呀！快去做工呵！

紧接着，李大钊意犹未尽，写出了《Bolshevism 的胜利》，通过赞颂俄国十月革命和宣传布尔什维主义的政治主张，开始展示他具有初步共产主义思想的先进知识分子的情怀，并开启了他深入研究马克思主义的大门，同时，也是打开了中国先进知识分子研究马克思主义的大门。

1919 年 5 月、10 月，李大钊相继在《新青年》上发表了《我的马克思主义观》上下两部分。这是李大钊确定马克思主义信仰的代表作、宣言书、里程碑，也是他抛弃一切非马克思主义思想，全心全意信仰马克思主义的分界线。

在同一时期，《晨报》副刊开办了"马克思研究"专栏，上面刊登了陈溥贤以"渊泉"为笔名翻译的《马克思的唯物史观》。陈溥贤与李大钊曾经一同留学日本、一同在《晨报》担任过编辑，李大钊在北大担任图书馆主任，陈溥贤却被《晨报》派往日本进行采访活动，日本学者石川祯浩在他所著《中国共产党成立史》一书中，说道：

李大钊自 1919 年夏至同年秋写下了他那篇著名的《我的马克思主义观》，如部分学者已经指出的那样，这篇文章在很大程度上是依据河上肇《马克思的社会主义的理论体系》和福田德三《续经济学研究》（同文馆 1913 年出版）等写成的；而河上的这篇论文……此前已经由陈溥贤翻译并用"渊泉"的笔名在《晨报副刊》上进行过介绍。考虑到李大钊与《晨报》及陈溥贤关系之密切，李大钊不可能不知道《晨报副刊》上的那篇文章（指陈溥贤的《马克思的唯物史观》）。……李大钊之接受马克思主义，在一定程度上得到了陈溥贤在资料方面，或者在对马克思主义的解释方面的帮助。如果撇开陈溥贤，我们就无法谈论五四时期的李大钊是如何接受了马克思主义的。

由此，引发了一场陈溥贤是不是对李大钊研究马克思主义、传播马克思主义起到了中介作用，或者到底起到了多大作用的公案。

李大钊在早稻田大学读书时，与陈溥贤是同学。陈溥贤任留学生总会文事委员会编辑，李大钊为该委员会编辑主任。他俩又同时为中国经济财政学会1916年的责任会员。1919年，陈溥贤撰写了长篇通讯《东游随感录》，集中地介绍了河上肇主编的《社会问题研究》等社会主义刊物。

石川祯浩等人忽略了一个基本事实，陈溥贤《马克思的唯物史观》是以同一时期河上肇的《马克思的唯物史观》为译本，补充了《马克思的社会主义的理论体系》的部分内容而成的；李大钊《我的马克思主义观》倒是出自河上肇的《马克思的社会主义的理论体系》，二者译本的主要来源不同。

至于是不是陈溥贤给李大钊提供了资料方面的帮助，恐怕永远没有人能搞得清楚。

一旦真正地信仰马克思主义，李大钊便运用马克思主义哲学观点与方法，研究中国历史，分析世界重大革命事件，开创了用马克思唯物史观探讨中国历史发展规律的先河；他积极传播马克思主义，扩大了马克思主义信仰群体；他提出"一个社会主义者，为使他的主义在世界上发生一些影响，必须要研究怎么可以把他的理想尽量应用于环绕着他的实境。所以现代的社会主义，包含着许多把他的精神变作实际的形式使合于现在需要的企图"。这是马克思主义中国化的最早表述，有效地推进了马克思主义与中国革命实践相结合；他运用马克思主义指导中国革命，在第一次国共合作时期，提出"我们的策略是掌握工人运动的领导权。以使其成为革命的先锋队"，为毛泽东对无产阶级领导权问题的认识产生了有益的启示；他认为"中国的浩大的农民群众，如果能够组织起来，参加国民革命，中国国民革命的成功就不远了"。为大革命失败以后以毛泽东为代表的中国共产党人提出团结农民阶级，建立工农联盟的思想做了理论准备，是新民主主义革命取得胜利的根本保证。纵观李大钊的一生，他"矢志努力于民族解放之事业，实践其所信，励行其所知，为功为罪，所不暇记"，真正做到了"勇往奋进以赴之"，"殚精瘁力以成之"，"断头流血以从之"，为传播和实践马克思主义献身。

二、李大钊是最先窥破如何实践马克思主义，号召民众并亲自直接行动的人

直接行动，包括理论上的直接指导与实际上直接参与各种行动。

1918年5月，由留日学生带动的第一次请愿活动失败以后，李大钊便开始了直接行动的尝试。这年6月，北大学生发起学生救国会。在李大钊指导下，学生救国会派遣许德珩、易克嶷南下，到天津、济南、武昌、九江、济南、上海等地作爱国宣传，串联学生。在他们的鼓动下，这些城市有大批青年学生参加了这个组织。到五四前夕，学生救国会已发展成全国性进步青年组织。北京学生五四运动之所以能形成很大的声势，与这次直接行动有很大的关系。

同年7月，李大钊与王光祈等人一道发起成立少年中国学会。一年以后，少年中国学会正式成立，李大钊经常组织会员研究马克思主义，研究十月革命，并且出版了《少年中国》月刊，由他亲自担任主编。

为加强联系，扩大影响，学生救国会于1918年10月成立国民社，出版《国民》杂志，聘请李大钊任总顾问。李大钊对国民社进行了热情帮助和精心的指导。国民社有事都和他商量。在李大钊指导下，《国民》杂志发表了很多反帝反封建的文章，突出强调反对日本对中国的侵略。李大钊也常在《国民》杂志上发表文章，尖锐地揭露日本帝国主义侵略阴谋。《国民》杂志第五期还发表了《共产党宣言》中译本的前面一部分。这是在我国最早出现的马克思主义著作的中译本。

同时，李大钊担任北大文科部分青年学生傅斯年、罗家伦等人组织的新潮社的指导老师，不仅帮助他们筹备出版《新潮》月刊，协助他们负责杂志印刷、登广告、发行等项事务，而且为他们撰写了《联治主义与世界组织》《物质变动与道德变动》等文章，并将图书馆红楼一层22号房间拨给他们使用。这个杂志在青年知识分子中流传比较广泛，在反对封建文化方面起了一定的作用。但是，新潮社大多数成员思想处于旧民主主义革命思想阶段，李大钊针对这个情况，提出了他们能够接受的反对封建军阀统治、建立民主共和的口号，把新潮社成员团结起来，使不少青年在李大钊帮助下，接受了反帝口号。

此外，李大钊直接指导了平民教育演讲团的工作。平民教育演讲团是邓中夏等发起成立的北大学生组织,他们深入工厂、街头作爱国宣传,帮助工友补习文化,讲解时事,以"增进平民认识,唤起平民自觉心"。五四运动高潮中,他们组织演讲团,配合运动的发展,到市民中展开了"抵抗强权,争回青岛"的反帝宣传活动。五四运动后,他们又从城市向农村扩展,并到长辛店工人中进行工作。这些,有力地促进了工人平民的觉醒,使得马克思主义在工人平民当中得到传播。

五四运动前夕,李大钊发表了《青年与农村》《现代青年活动的方向》等文章,教育青年要把自己的命运、国家的前途同劳动人民解放紧紧地联系起来。他指出:"要把现代的新文明,从根底输到社会里面,非把知识阶级与劳工阶级打成一气不可。""知识阶级要加入劳工团体。"他号召青年到民间去,到农村去,到工人、农民和劳动妇女中去开展工作,启发他们的觉悟,组织和发展革命力量。他说:"我们中国是一个农国,大多数劳工阶级就是农民。他们若是不解放,就是我们国民全体不解放,他们的苦痛,就是我们国民全体的苦痛;他们的愚暗,就是我们国民全体的愚暗;他们生活的利病,就是我们政治全体的利病。""农村很有青年活动的余地,并且有青年活动的需要。"因此,革命青年应以俄罗斯青年为榜样,"应当发动农民起来斗争","消灭苦痛的原因",把劳苦大众"从苦痛里救出来,把黑暗的农村变成光明的农村"。

1919年5月1日,李大钊帮助《晨报》副刊出版了"劳动节纪念专号"。这是中国报纸上第一次纪念世界劳动人民自己的节日。李大钊在专号上发表了著名的《五一节MayDay杂感》,指出这个日子是工人的"直接行动"(Direct Action)取得成功的日子,号召工人阶级"直接参与"到现实的反帝反封建运动当中去,对即将爆发的五四运动,特别是对五四运动后期工人阶级的加入,起了很大作用。

获悉五四运动当天,北洋政府出动军警逮捕示威学生三十二人,李大钊连夜在北大红楼图书馆和一些学生领袖研究下一步的斗争方案。第二天上午,北京各大专院校学生开始罢课。其后,随着运动的深入,社会各界纷纷响应,举行罢市罢工,声援和支持学生的爱国行动。一时间,李大钊的图书馆办公室成为了各地代表交流情况的集合地,在李大钊的参与下,规划行动计划,把运动推向深入。在运动紧张时期,李大钊连星期日都守在他的办公室。接受他的建议后，很多进步青年组织的负责人相继奔赴各大中城市，进一步组织、发动和领导各地斗争。

李大钊还把进步教职员组织起来，并且和学生联合会一道，共同营救被捕学生。据高一涵回忆，一次，为了救援被捕学生，大家集合队伍去政府请愿，走到国务院门前时，只见铁门紧闭，门内架着机关枪。李大钊愤怒异常，一个人跑出队伍，冲将上去。学生们赶忙上前，才把他拖住。真是又英勇又危险。

6月9日，李大钊和陈独秀起草了《北京市民宣言》，并到街头去散发。6月11日，陈独秀因散发《宣言》不幸被捕，李大钊立即投入营救陈独秀的斗争。

陈独秀被捕，李大钊受到了反动军警的监视，胡适接掌《每周评论》，按照他的说法，准备"针对那种有被盲目接受危险的教条主义，如无政府主义、社会主义和布尔什维克主义等等，来稍加批评"，遂在1919年7月20日出版的第31期《每周评论》上发表《多研究些问题，少谈些主义》一文，攻击宣传马克思主义是"留声机"，是"阿狗阿猫"都能干的事，反对在中国传播马克思主义。他以"多研究些问题"为幌子，鼓吹"一点一滴的改良主义"，反对社会革命。

性格温和的李大钊在离京之前，已经看到这篇文章，回到老家一个偏僻的深山里休假时，尽管与胡适私下里颇有交往，毅然直接回击他的谬论。

李大钊在《再谈问题与主义》中驳斥了胡适对宣传马克思主义的攻击，批判了胡适鼓吹的改良主义，指出问题与主义是密不可分的，要解决中国的问题，必须用马克思主义作指导，"才有把一个一个的具体问题都解决了的希望"，继而对空谈给予批判，等于是呼吁按照主义直接采取行动：

……这可以证明主义的本性，原有适应实际的可能性，不过被专事空谈的人用了，就变成空的罢了。那么，先生所说主义的危险，只怕不是主义的本身带来的，是空谈他的人给他的。

胡适看到李大钊的文章后，又连续搞出了三论、四论。李大钊要么身居偏僻之境，没能看到，没有及时回应；要么觉得自己一篇文章已经说得很清楚，不予理会。胡适的四论刚刚炮制完毕，《每周评论》即被查封，论战遂无疾而终。

李大钊于1919年下半年在《新青年》发表的《我的马克思主义观》里面有相当篇幅介绍"余工余值说"。胡适随即于1919年12月在《新青年》发表《新思潮的意义》，把新文化运动限定在"研究问题，输入学理，整理国故，再造文明"的范围内，批评"现今的人爱谈'解放与改造'"，主张"一点一滴的解放""一点一滴的改造"。在回顾新思潮运动时，胡适批评马克思主义在中国的传播，"悬空介绍一种专家学说，如'赢余价值论'之类，除了少数专门学者之外，决不会发生什么影响"，"十篇'赢余价值论'，不如一点研究的兴趣"。批判李大钊之意昭然若揭。李大钊1920年1月在《新青年》第7卷第2号上发表《由经济上解释中国近代思想变动的原因》，作为对胡适的回应，鞭辟入里地指出，"经济的变动，是思想变动的重要原因"。

由于论战发生在李大钊传播马克思主义的过程中，加之胡适的资产阶级自由主义和实验主义立场，因而这场论战历来被定性为"五四"时期马克思主义与反马克思主义尖锐冲突的揭幕战。随即，两次大的论战接踵而至，即马克思主义者与基尔特社会主义的论战，以及马克思主义者与无政府主义者的论战。在这两场论战中，李大钊同样发挥了很大的作用。

1920年9月，英国唯心主义哲学家罗素来华，梁启超、张东荪等人奉行基尔特社会主义，打着"资本主义必倒、社会主义必兴"的幌子，鼓吹"先发展资本主义"实业，反对在中国作社会主义宣传，反对工人阶级的革命运动。李大钊于1921年3月发表《中国的社会主义与世界的资本主义》等文章，坚决予以驳斥："中国虽未经自行如欧、美、日本等国的资本主义的发展实业，而一般平民间接受资本主义经济组织的压迫，较各国直接受资本主义压迫的劳动阶级尤其苦痛。中国国内的劳资阶级间虽未发生重大问题，中国人民在世界经济上的地位，已立在这劳工运动日盛一日的风潮中，想行保护资本家的制度，无论理所不可，抑且势所不能。……所以今日在中国想发展实业，非由纯粹生产者组织政府，以铲除国内掠夺阶级、抵抗世界的资本主义，依社会主义组织经营实业不可。"

马克思主义传入之前，无政府主义已经在中国广泛传播。无政府主义亦译作安那其主义，近现代西方小资产阶级社会政治思潮之一，其目的在于提升个人自由及废除政府当局与所有的政府管理机构，核心是反对无产阶级专政和建立无产阶级政党。当马克思主义在中国得到广泛传播的时候，无政府主义者黄凌霜1919年9月发表了《马克思学说的批评》，开始向马克思主义发起攻击。随后，无政府主义者纷纷出笼，炮制出一系列反马克思主义的文章，称"马克思的集产社会主义，现在已不为多数党所信仰。近来万国社会党所取决的，实为共产主义"。不击退无政府主义思潮的进攻，马克思主义不可能与工人运动相结合，亦不可能产生工人阶级革命政党。李大钊公开发表《自由与秩序》予以批判：

真正合理的个人主义，没有不顾社会秩序的；真正合理的社会主义，没有不顾个人自由的。个人是群合的原素，社会是众异的组织。真实的自由，不是扫除一切的关系，是在种种不同的安排整列中保有宽裕的选择机会；不是完成的终极境界，是进展的向上行程。真实的秩序，不是压服一切个性的活动，是包蓄种种不同的机会使其中的各个分子可以自由选择的安排；不是死的状态，是活的机体。

我们所要求的自由，是秩序中的自由；我们所顾全的秩序，是自由间的秩序。只有从秩序中得来的是自由，只有在自由上建设的是秩序。个人与社会、自由与秩序，原是不可分的东西。

在李大钊、陈独秀等马克思主义者的有力反击下，奉行基尔特社会主义路线的张东荪之流，以及无政府主义者黄凌霜之辈最终都偃旗息鼓。通过这些直接论战行动，在中国先进知识分子心目中确立了马克思主义的主导地位，提高了共产主义知识分子的思想觉悟，为中国共产党的成立奠定了思想基础。

三、李大钊通过文章以及报纸杂志，推动了马克思主义在中国的传播

在《法俄革命之比较观》《庶民的胜利》两篇文章中，李大钊没有公开提到马克思以及马克思主义，但是，在相当程度上表达和传播了马克思主义的若干观点。这，不仅可以看作是李大钊传播马克思主义的开山之作，亦是中国先进知识分子系统研究、传播马克思主义的开始。因为他力透纸背的笔锋，飞扬豪迈的气概，令许许多多先进知识分子开始从浑浑噩噩的梦幻中觉醒了。

李大钊最先直接提到马克思主义，并且指出了马克思主义的最终目的的文章是《Bolshevism 的胜利》。他写道：

Bolshevism 就是俄国 Bolsheviki 所抱的主义。这个主义，是怎样的主义？很难用一句话解释明白。寻他的语源，却是"多数"的意思，郭冷苕（Collontay）是那党中的女杰，曾遇见过一位英国新闻记者，问她 Bolsheviki 是何意义？女杰答言："问 Bolsheviki 是何意义，实在没用；因为但看们所做的事，便知这字的意思。"据这位女杰的解释，"Bolsheviki 的意思只是指他们所做的事"。他们的主义，就是革命的社会主义；他们的党，就是革命的社会党；他们是奉德国社会主义经济学家马克思（Marx）为宗主的；他们的目的，在把现在为社会主义的障碍的国家界限打破，把资本家独占利益的生产制度打破。

时光的年轮进入 1919 年，李大钊接连发表了《新纪元》《大亚细主义和新亚细主义》《战后之妇人问题》等一系列文章，讴歌了新的纪元，明确提出民族自决，反对帝国主义，表达了全世界无产者联合起来，用阶级斗争的手段，推翻剥削制度的马克思主义观点。

1919 年 4 月 6 日出版的《每周评论》上，刊登了《共产党宣言》第二章《无产者和共产党人》后面一部分，论述了无产阶级专政的思想，李大钊在前面加上的一段按语，为人们正确理解马克思主义提供依据：

这个宣言是马克思和恩格斯最先最重大的意见。他们发表的时候，是由一八四七年的十一月到一八四八年的正月，其要旨在主张阶级战争，要求各地的劳工联合，是表示新时代的文书。

5 月，李大钊小试牛刀，表达了马克思主义的一些基本观点之后，正式登堂入室，在《新青年》开辟并主编了"马克思研究号"，发表了标志着他开始系统传播马克思主义的惊世宏文——《我的马克思主义观》上部。这篇文章介绍马克思主义的三个组成部分时说："马氏社会主义的理论，可大别为三部：一为关于过去的理论，就是他的历史论，也称社会组织进化论；

二为关于现在的理论，就是他的经济论，也称资本主义的经济论；三为关于将来的理论，就是他的政策论，也称社会主义运动论，就是社会民主主义。"并且指出："阶级竞争说恰如一条金线，把这三大原理从根本上联络起来。""既往的历史都是阶级竞争的历史"，无产阶级革命则是历史上最后一次阶级斗争，部分体现了他对马克思主义精髓的把握。最后，他写道"资本主义趋于自灭，也是自然之势，也是不可避免之故了"，指出了社会主义取代资本主义的必然趋势。

自从在《新青年》上开辟了"马克思研究号"以来，李大钊连续发表了许多介绍马克思主义、社会主义以及中国工人状况的文章。

李大钊这一系列文章的发表，犹如指路明灯，为在黑暗中寻求探索救国道路的中国先进知识分子指明了方向，使得研究与传播马克思主义的人员越来越多。

受李大钊的影响，以及在李大钊的直接指导下，学生救国会出版的《国民》杂志在五四运动之前，刊登过李大钊的《大亚细主义和新亚细主义》，五四运动之后，在其第二卷一号上登载了《马克思和恩格斯共产党宣言》第一章和《鲍尔锡维克主义底研究》（作者为周炳琳），第二卷二、三号上连载了《马克思的历史的唯物主义》的译文，第二卷四号上刊登了《苏维埃俄国底经济组织》《苏维埃俄国底新农制度》等文章，为传播马克思主义、社会主义推波助澜。

在李大钊的帮助下，《晨报》副刊于1919年2月7日进行改组，当天便刊载了李大钊的《战后之世界潮流——有血的社会革命与无血的社会革命》，赞颂了俄国的十月革命以及推动这场革命的马克思主义，并且做出了惊世预言："在这回世界大战的烈焰中间，突然由俄国冲出了一派滚滚的潮流，……这种社会革命的潮流，虽然发轫于德、俄，蔓延于中欧，将来必至弥漫于世界。"

5月1日，李大钊在《晨报》副刊"劳动节纪念专号"上面发表了《五一节 MayDay 杂感》："听说俄京莫斯科的去年今日，格外热闹，格外欢喜。因为那日正是马克思的纪念碑除幕的日子。我们中国今年今日注意这纪念日的还少。可是明年以后的今日，或者有些不同了，或者大不同了。"展望马克思主义在中国取得迅猛的发展，乃至于取得最后胜利。

5月5日，马克思诞生日。李大钊在《新青年》上开辟"马克思研究号"的同时，帮助《晨报》副刊开办了"马克思研究"专栏，在上面刊发了马克思的《劳动与资本》、考茨基的《马氏资本论释义》、河上肇的《马克思唯物史观》等论著，并且用一定的篇幅发表了马克思、列宁、李卜克内西等革命领袖的传记以及介绍国际共产主义运动情况的文章。1919年8月7日至11日，《晨报》副刊以《新共产党宣言》为题，发表了《第三国际第一次代表大会的宣言》。

其他诸如邵力子在《民国日报》上辟出的《觉悟》副刊，戴季陶、沈玄庐等人创办的《星期评论》，张东荪主编的《时事新报》，毛泽东创办的《湘江评论》，以及各种进步社团出版的报纸杂志，纷纷加入到宣传马克思主义的阵营，极大地扩展了马克思主义传播途径，把传播马克思主义推向一个新高度。

1920年元旦，李大钊发表《由经济上解释中国近代思想变动的原因》，运用马克思主义唯物史观论述中国近代经济、思想的变化，指出："欧美各国的经济变动，都是由于内部自然的发展；中国的经济变动，乃是由于外力压迫的结果。"为此，中国经济的发展实际上已不可能再走欧洲各国和日本的资本主义道路。因为，一方面，"中国既受西洋各国和近邻日本的二重压迫"，经济上"国内的产业多被压倒，输入超过输出，全国民渐渐变成世界的无产阶级"，另一方面中国已经被纳入世界资本主义市场，"在一国的资本制度下被压迫而生的社会的无产阶级，还有机会用资本家的生产机关；在世界的资本制下被压迫的世界的无产阶级，没有机会用资本国的生产机关"。对李大钊来说，中国既已处于世界资本主义经济的轨道，在"中国今日在世界经济上，实立于将为世界的无产阶级的地位"的情况下，中国社会发展只能采取非资本主义的道路。因此，他强调"我们应该研究如何使世界的生产手段和生产机关同中国劳工发生关系"，像俄国Bolsheviki党那样进行社会主义革命，"把现在为社会主义的障碍的国家界限打破，把资本家独占利益的生产制度打破"。所以，中国问题的"根本解决"不但取决于"经济问题"的根本变动，而且取决于中国"劳工阶级"运用"世界的生产手段和生产机关"进行阶级斗争从而推倒世界资本主义。

四、李大钊利用其他各种形式传播马克思主义

指导各种进步团体的活动,是李大钊传播马克思主义的一条重要途径。

国民社、新潮社都在李大钊的指导和影响下,不同程度地宣传过马克思主义。

1919 年 7 月 1 日,少年中国学会总部在北京正式成立,推选王光祈为执行部主任,李大钊被推举为学会机关刊物《少年中国》的编辑主任。学会以"本科学的精神,为社会的活动,以创造'少年中国'"为宗旨,在李大钊主编的《少年中国》刊物上介绍自然科学、社会科学、文学、哲学方面的论著与译文,涉及人生观、世界观及社会问题各个方面,传播马克思主义亦成为其中一项重要内容。

由邓中夏担任总干事的北京大学平民教育讲演团,自从成立以来,一直在向工人农民宣讲时事政治、科学知识和革命道理。后来,邓中夏、张国焘、罗章龙等人更是在李大钊的指导下,开办了工人文化补习学校,向工人宣传马克思主义。

成立研究马克思主义的各种团体,也是李大钊宣传马克思主义的重要方式。完成了《法俄革命之比较观》《庶民的胜利》《Bolshevism 的胜利》的写作之后,为了更好地研究马克思主义,李大钊酝酿着准备成立马克思学说研究会。很快,他找到了几个教授。不过,大家都觉得在北洋政府的统治下,公开研究马克思学说,将会惹出许多麻烦,得为马克思学说研究会披上一层合法的外衣。教授们见多识广,想到人口学家马尔萨斯的某些观念已经在中国甚为流行,麦客士跟马尔萨斯在发音上有些相似,为了混淆视听,便把麦客士说成是马尔克斯,把马克思学说研究会定名为马尔克斯研究会。

1918 年冬,马尔克斯研究会正式成立起来了。很快,引起了警署的注意。警署派人前来调查询问。一开始,李大钊和教授们拿他们是在研究人口问题出来对付过去了。可是,警署并不完全放心,一直监视着马尔克斯研究会的动向,终于觉察出了蛛丝马迹,立即以防止过激主义传播为由将其查禁。

马尔克斯研究会昙花一现,并没有改变李大钊继续研究马克思学说的初衷。他要继续谋求另外的途径。不久,一个打从俄国回来的人物——张西曼进入北大。

张西曼系湖南长沙人,十三岁即加入了同盟会,1909 年进入京师大学

堂（北京大学前身）学习。1911年1月，他来到海参崴，考入俄国东方语文专科学校攻读政治经济学，同俄国革命党人有所接触，萌生了中俄革命互助的思想。1912年，张西曼到彼得堡和莫斯科等地考察，接触了正在俄国秘密传播的马克思主义的著作，从此更加注意俄国革命的发展。1914年回国后，他与几个志同道合者在哈尔滨创办了东华学校。1918年，受俄国十月革命影响，为接触相关的宣传材料，他再度奔赴海参崴，在那里读到了大量有关俄国革命的宣传材料，相信十月革命必有远大的前途，遂翻译了许多有关俄国革命的资料，包括列宁起草的《俄国共产党党纲》，向国内介绍十月革命。同时致函孙中山、蔡元培等建议成立社会主义研究会，学习十月革命的经验，避免以往仅仅利用新军和会党的不足。

1919年7月，张西曼应蔡元培邀请，来到北京大学，在图书馆里担任编目员，兼任俄文系教授，正式与李大钊打上了交道。

鉴于张西曼身份特殊，他一来到图书馆，便特别受到李大钊的重视。陈独秀出狱后，同样对他青眼有加。张西曼借助在图书馆工作的特殊条件，不断地向李大钊、陈独秀等人宣传普列汉诺夫、列宁的社会主义理论，讲解苏维埃政权及其无产阶级专政的原理，与李大钊、陈独秀一起于当年10月组织了"社会主义研究会"。其宗旨是，"集合信仰和有能力研究社会主义的同志，互助的来研究并传布社会主义思想"；方法分为文字宣传和讲演两种，文字宣传又包括编译社会主义丛书、翻译社会主义研究集、发表社会主义论文三项。

社会主义研究会得到了北京大学校长蔡元培的支持，并且受到遍及全国各地社会主义者的广泛兴趣，参加者达一百数十人，以成年人居多，也有一部分青年学生。他们在天津、上海、长沙、汉口、广州、日本东京等地设有分会。为了极力避免北洋军阀的非法干涉，他们绝不夸张宣传。

后来，由于参加者主张差异，意见不一，研究会发生了分化：郭梦良、徐六几等组织了"基尔特社会主义研究会"；陈顾远等组织了"工团社会主义研究会"；朱谦元等组织了"无政府主义研究会"。李大钊继承和发展了该会的宗旨，于1920年3月指导邓中夏、黄日葵、高君宇、罗章龙等人在北京大学成立了"马克思学说研究会"；陈独秀则于1920年5月在上海成立了"马克思主义研究会"。

1920年秋，李大钊正式担任北大教授后，把高校课堂当作传播马克思主义的重要阵地，在北京各大高校开设马克思主义理论课程。他在北大史学系开设"史学思想史"等课程，在法律系开设"社会主义"课，在政治系开班"现代政治"讲座；在北京女高师、师范大学、朝阳大学、中国大学讲授"女权运动史""史学思想史""社会学"，宣传马克思主义唯物史观。

3. 享有声望的中国革命者：陈独秀

在中国共产党成立前后传播马克思主义的众多著名人物当中，陈独秀无疑是最为独特的一个。他在探索救国救民道路的过程中，最先开启了新文化运动的大门，使得新思想能够伴随这一运动踏波而来，但跟李大钊、李汉俊、李达等人相比，他又是最后一个接受马克思主义的，而且是在李大钊、李汉俊等人的影响下，逐渐接受并信仰马克思主义的。即使如此，一旦他接受并信仰马克思主义，陈独秀在传播马克思主义学说中所起的作用，是包括李大钊、李汉俊、李达在内的其他任何一位马克思主义早期传播者都无可比拟的。这，不但源于他是新文化运动旗手，已经积累起了足够的影响力和号召力，亦在于他是一个勇于行动者，说做就做，毫不拖泥带水，不仅自己通过研究马克思主义，写下了大量传播马克思主义的文章，而且几乎把所有宣传马克思主义的人物都凝聚起来，造成了传播马克思主义的巨大声势，更把《新青年》办成了一个宣传马克思主义的重要阵地，由此，陈独秀后来居上，成为早期传播马克思主义的领军人物。俄共（布）远东局派出的代表维经斯基向共产国际和俄共（布）写信报告情况时，盛赞陈独秀是"当地一位享有很高声望和有很大影响的教授"，"一位享有声望的中国革命者"。

作为革命者的陈独秀，在辛亥革命之前，参加过暗杀团，主持过岳王会，是准备亲自实践暴力行动的，但是，到了北洋政府时期，他走的却基本上是资产阶级改良主义路线。这一点，在他1918年7月15日发表的《今日中国之政治问题》一文中，表露得十分清楚："我们中国要想政象清宁，当首先排斥武力政治，无论北洋派也好，西南派也好，都要劝他们把这有用的武力，用着对外，不许用着对内。""中国那一党人那一派人，配说有普鲁士或萨、长军阀的勋劳和实力呢？……各派人都想拿自己之势力来统一中国，而各派都统一不成；即使一时成功，也断断不能持久；互相统一，互夺政政，争夺不休，必至外国人来统一而后已。所以我始终主张北洋、国民、进步三党平分政权的办法。"

把有用的武力用于对外，不许对内，想法虽好，可也反映出陈独秀没有看清各派都倚仗不同的帝国主义列强，追逐一党一派之私利，眼里根本没有国家，是不可能通过平分政权来获得统一的，过于充满幻想了。

对待马克思主义，陈独秀似乎更是没有什么好感。他在1918年12月29日出版的《每周评论》上发表《德国内政之纷扰》一文中，公开声称：马克思的社会主义今日已经没有根据了，所以他的势力在国会也渐减少。

即使到了1919年4月6日，陈独秀依然对十月革命、共产党以及社会主义抱有很大的成见："欧洲各国社会主义的学说，已经大大地流行了。俄、德和匈牙利，并且成了共产党的世界。这种风气，恐怕马上就要来到东方。日本人害怕得很，因此想用普通选举、优待劳工、补助农民、尊重女权等方法，来消弭社会不平之气。但是这种稀奇古怪的外国事，比共和民权更加悖谬，自古以来不曾有过，一定传不到我们中国来，即便来了，就可以用'纲常名教'四个字，轻轻将他挡住。日本人胆儿太小，我们中国人不怕！不怕！"

大约半个月以后，即1919年4月20日，随着巴黎和会不利于中国的情形一天天严重，陈独秀开始对十月革命进行认真思索，态度出现重大转变，在发表的《二十世纪俄罗斯的革命》一文里面，第一次正面评价这场革命："十八世纪法兰西的政治革命，二十世纪俄罗斯的社会革命，当时的人都对着他们极口痛骂。但是，后来的历史学家，都要把他们当作人类社会变动和进化的大关键。"

不久，陈独秀写了另外一篇关于俄国布尔什维主义的文章《随感录》，针对"日本人硬叫Bolsheviki做过激派，和各国的政府资本家痛恨他，都是说他扰乱和平"这一现象，说道："Bolsheviki是不是扰乱世界和平，全靠事实证明，用不着我们辩护或攻击；我们冷眼旁观的，恐怕正是反对Bolsheviki的先生们出来扰乱世界和平！……反对他们的人，还仍旧抱着军国侵略主义，去不掉个人的、一个阶级的、一个国家的利己思想（日本压迫朝鲜，想强占青岛的土地和山东的经济权利，就是一个显例），如何能够造成世界和平呢？"进而，陈独秀盛赞俄国是"劳动者的国家"，认为中国十分需要"俄国精神"。至此，他完全赞同十月革命，奠定了尔后走上马克思主义道路的思想基础。

五四运动时期，陈独秀因散发传单被捕，在监狱里关了近三个月，获得保释之后，在李大钊的影响下，思想上进一步向马克思主义靠拢，重新开始集中精力编辑贻误多日的《新青年》，在12月1日出版的第七卷一号上，发表他撰写的《本志宣言》：

> 我们相信世界上的军国主义和金力主义，已经造了无穷罪恶，现在是应该抛弃的了。……我们想求社会进化，不得不打破"天经地义""自古如斯"的成见；决计一面抛弃此等旧观念，一面综合前代贤哲当代贤哲和我们自己所想的，创造政治上、道德上、经济上的新观念，树立新时代的精神，适应新社会的环境。我们理想的新时代新社会，是诚实的、进步的、积极的、自由的、平等的、创造的、美的、善的、和平的、相爱互助的、劳动而愉快的、全社会幸福的。希望那虚伪的、保守的、消极的、束缚的、阶级的、因袭的、丑的、恶的、战争的、轧轹不安的、懒惰而烦闷的、少数幸福的现象，渐渐减少，至于消灭。……我们主张的是民众运动社会改造，和过去及现在各摄政党，绝对断绝关系。我们虽不迷信政治万能，但承认政治是一种重要的公共生活；而且相信真的民主政治，必会把政权分配到人民全体，就是有限制，也是拿有无职业做标准，不拿有无财产做标准；这种政治，确是造成新时代一种必经的过程，发展新社会一种有用的工具。至于政党，我们也承认他是运用政治应有的方法；但对于一切拥护少数人私利或一阶级利益，眼中没有全社会幸福的政党，永远不忍加入。

这表明陈独秀的新世界观正在萌芽，对民主诉求由对封建专制讨伐的"德"先生到主张公共权力的大众民主。

陈独秀还在《晨报》上发表了《告北京劳动界》，大声呼喊："劳动界诸君呀！十八世纪以来的'德莫克拉西'是那被征服的新兴财产工商阶级，因为自身的共同利害，对于征服阶级的帝王贵族要求权利的旗帜。""如今二十世纪的'德莫克拉西'，乃是被征服的新兴无产劳动阶级，因为自身的共同利害，对于征服阶级的财产工商阶级要求权利的旗帜。"他呼吁无产阶级应该成为自觉阶级，用暴力彻底铲除资本主义不平的世界，建立苏俄式的劳农专政的国家。

在这篇文章里，陈独秀将知识分子亦视为劳动者的一部分。他认为："今日的世界，不是资本家创造出来的，乃是数千年来劳动者创造出来的。"劳力有体力与脑力两种，"大凡以体力脑力做工的，一概都是劳力的运动"，

"在独立生产上,脑力不可少,体力不可少。脑力和体力,是同在一个阶级",体力劳动者把体力卖给资本(家)做工,是一个被雇者;知识分子把脑力卖给资本家做工,也是一个被雇者。因此,脑力劳动者要和体力劳动者携手,"结合团体,共同进行,把资本家推倒,打破雇主与被雇者,不生分别,没有阶级,便可做成社会上种种改造的事业"。他警告"自命为智识阶级的士大夫,不要太高兴,不要以为无产劳动阶级永远可以欺负,不要永远把他们蹈在朝靴底下不当作人看待"。

1920年1月29日,行动受到限制的陈独秀,应汪精卫、章士钊等人的邀请,要筹办西南大学,秘密离开北京,来到上海。2月4日,他溯江而上,到达武昌,进行了多场演讲,提出了具有社会主义特征的"三个打破"的政治主张,即"打破阶级的制度,实行平民社会主义""打破继承的制度,实行共同劳动""打破遗产的制度,不使田地归私人传留享用"。他的演讲在武昌引起轰动,报纸上连日登载报道,致使湖北官吏大为惊骇,陈独秀被强令马上离开武昌。

2月8日傍晚,陈独秀返回北京。警察像炸了锅的蚂蚁,散向四周,试图重新逮捕他,陈独秀不得不在李大钊的护送下,离开京城。在去往天津的路上,陈独秀与李大钊一番推心置腹的交谈,留下了相约建党的历史印记。毫无疑问,这成为陈独秀信仰马克思主义、传播马克思主义的又一个重要转折点。

陈独秀是一个天生的行动派,与打从骨子里流淌出直接行动的马克思主义学说有着天然的亲和力。他一回到上海,在与戴季陶、邵力子、沈玄庐、张东荪等老朋友重新相聚的时候,又认识了李汉俊等一些新朋友,受到他们的影响,进一步拥抱马克思主义,强化了马克思主义观念,很快把《新青年》从北京迁回上海,开始利用《新青年》以及自己的影响力,积极传播马克思主义。

1920年4月,陈独秀发表了《马尔萨斯人口论与中国人口问题》一文,运用马克思主义经济学原理,批判马尔萨斯人口理论是"掩护资本家的偏见",分析了资本主义社会"生产过剩"的实质,论证了人口过剩现象的产生源于私有财产制度的不合理与科学不发达等原因,提出了解决中国人口问题的办法。

一个月以后,《新青年》第7卷第6号出版。陈独秀把这期杂志办成"劳动节纪念号",专门发表介绍"五一"运动史,美国、日本、英国、俄罗斯劳工运动,以及上海、南京、唐山、山西、江都、长沙、芜湖、无锡、北京、天津等地工人状况的文章。这表明陈独秀不仅已经完全接受了马克思主义,越来越重视中国工人运动,而且将许许多多马克思主义传播者凝聚在自己周围。

在这期杂志上,陈独秀还发表了他在上海船务、栈房工界联合会上的演说《劳动者底觉悟》。演说和文章热情洋溢地赞颂了生活在底层的劳动工人,并且对工人运动、建立无产阶级专政的政权报以期待:"世界上是些什么人最有用、最贵重呢?必有一班糊涂人说皇帝最有用、最贵重,或是说做官的、读书的最有用、最贵重。我以为他们说错了,我以为只有做工的人最有用、最贵重。……社会上的各项人,只有做工的是台柱子,因为有他们的力量,才把社会撑住;若是没有做工的人,我们便没有衣、食、住和交通,我们便不能生存。如此,人类社会岂不是要倒塌吗?……世界劳动者的觉悟计分二步:第一步觉悟是要求待遇改良;第二步觉悟是要求管理权。现在欧美各国劳动者底觉悟已经是第二步;东方各国像日本和中国劳动者底觉悟,还不过第一步。……不过我望我们国里底做工的人,一方面要晓得做工的人觉悟确有第二步境界,就是眼前办不到,也不妨作此想;一方面要晓得劳动运动才萌芽的时候,不要以为第一步不满意便不去运动。"

纪念号以不寻常的姿态,刊出了署名为苏俄副外交人民委员加拉罕的苏俄第一次对华宣言《俄罗斯苏维埃联邦社会主义共和国对中国人民和中国南北政府的宣言》全文,同时还刊出了十五个团体、八家报刊热烈赞颂这一宣言的文章。

其实,《俄罗斯苏维埃联邦社会主义共和国对中国人民和中国南北政府的宣言》并不是最近才发出的,它早在1919年7月25日便已经发表出来了。在这个宣言里,苏维埃政府郑重宣布废弃沙皇政府在中国的一切特权和不平等条约。由于中国北洋军阀政府的阻挠,这一宣言迟迟未能在中国报刊上面发表。

正是这一宣言的公开发布以及《新青年》杂志推波助澜,中国的先进知识分子越来越倾向于马克思主义、倾向于走俄国十月革命的道路了。

这时候，俄共（布）远东局派出的代表维经斯基来到中国，首先结识了李大钊，然后通过李大钊的介绍，前来上海拜会了陈独秀。了解了维经斯基来华的使命，陈独秀引荐他会见了戴季陶、邵力子、李汉俊、沈玄庐、陈望道、张东荪、刘大白等人，让他见识了时下正在传播马克思及其学说的中国知识分子阵容。

维经斯基送给陈独秀一些英文版的《国际通讯》(《国际通讯》是共产国际的刊物，每周三期，用英、法、德、俄四种文字出版)。陈独秀很想找人把里面有关苏俄的介绍翻译出来，供《新青年》刊登之用，但一时间，竟然找不到人翻译。听张东荪说起沈雁冰能译英文稿，陈独秀马上通过张东荪约见沈雁冰。

一听沈雁冰说他曾在北大读过书，并且思想上正在向马克思主义靠拢，陈独秀跟他一见如故，拿出一叠《国际通讯》，交给沈雁冰，要他尽快把里面关于苏俄的介绍翻译出来，刊登在《新青年》杂志上。这样一来，陈独秀传播马克思主义的圈子像石头激起了波澜，一圈一圈地向外辐射，向外扩展。

为了更好地研究和宣传马克思主义，陈独秀决定把上海滩上所有正在传播马克思主义的人员全部组织起来，发起成立马克思主义研究会。

维经斯基初步接触了戴季陶、沈玄庐、邵力子、陈望道、施存统、张东荪等人以后，深切地感受到中国正在传播马克思及其学说的先进知识分子的思想并不统一，主张先成立马克思主义研究会，吸收所有的先进分子参加讨论，以便最终能达成一致。成立马克思主义研究会，首先需要有一个固定的地方，以方便大家聚会。盘算了一番，维经斯基觉得戴季陶这个中国国民党员的家里，比陈独秀家更适合召集会议。毕竟，中国国民党是一个公开的组织，已经在中国有了一定的影响，安全不成问题；有些问题需要秘密商谈，才在陈独秀家里个别交谈。

陈独秀与维经斯基意见合拍，不久，马克思主义研究会正式成立起来了。

几乎每天晚上，马克思主义研究会的成员们都会在戴季陶家里举行一些研讨会。不过，刚开始的一段时间里，参加讨论会的人员并不是固定不变的，视个人的情况，每次到会的人员都会有一些不同。发展到后来，人员相对固定下来了，作为其中的骨干分子，有十余人，包括陈独秀、李汉俊、戴季陶、邵力子、沈玄庐、张东荪、陈公培、俞秀松、施存统、陈望道、沈雁冰等人。其他诸如沈仲九、刘大白等无政府主义者，也时常会露一露面。后来，李达从日本回到中国，到达上海，被陈独秀留住在自己家里，成为马克思主义研究会的重要成员。

成立马克思主义研究会，还有一个非常重要的目的：为成立马克思主义政党做准备。当陈独秀、李汉俊等人提出成立早期共产党组织时，一些曾经传播过马克思主义，但实际上并不打算信仰马克思主义的人物，如研究系张东荪、无政府主义者刘大白、资产阶级革命派戴季陶等人相继退出了马克思主义研究会。后来，他们先后向陈独秀等马克思主义者发起进攻，引发一场又一场论战。尤其是戴季陶，尔后变成残害中国共产党以及工农革命运动的国民党理论旗手，可以说，蒋介石手上沾满了多少无产阶级革命者的鲜血，戴季陶手上决不会少一丝一毫。

同样是在维经斯基的支持下，陈独秀在辣斐德路成裕里开设了又新印刷所，意蕴"日日新又日新"之意。印刷所承印了社会主义研究小丛书，第一本便是陈望道翻译的《共产党宣言》，为传播马克思主义做出了很大的贡献。相关内容，在后面的章节里会做出详细介绍，这里不再赘述。

1920年8月，陈独秀等真正信仰马克思主义的先进知识分子，在上海发起成立了早期共产党组织。这是中国第一个共产党早期组织，亦称上海发起组。

为了沟通与国内其他各地先进知识分子的联系，向他们宣传马克思主义，同时影响他们，让他们成为真正的马克思主义者，并秘密成立共产党早期组织，陈独秀不仅写信与各地先进知识分子联系，而且自1920年9月1日出版《新青年》第8卷1号起，把它作为中共上海早期组织机关刊物，开辟了俄罗斯研究专栏，主要介绍俄罗斯十月革命以后，在政治、经济、军事、文化等领域的发展情况。

在这期《新青年》杂志上，陈独秀发表了《谈政治》一文，对国内存在的各种谈政治、不谈政治的主张，以及自己为什么要谈政治进行了鞭辟入里的剖析，是他完全接受马克思主义、真正成为马克思主义者的标志性文章。全文结构浑然天成，把它拆卸开来，主要是从谈政治、国家、无政府主义、革命手段等几个层面，否定了他十几年来真诚追求的资产阶级民主革命，批判了资产阶级的政治制度，最终提出了用社会革命手段，建立无产阶级专政国家的新方案。

在谈政治层面上，陈独秀首先指出大多数人以前不谈政治的原因：误解政治是"争权夺利的勾当"。接触到马克思主义唯物史观后，陈独秀赫然发现："我们不是忽略了政治问题，是因为十八世纪以来的政治已经破产，我们正要站在社会的基础上造成新的政治。"政治是客观存在的，"你谈政治也罢，不谈政治也罢，除非逃到深山人迹绝对不到的地方，政治总会寻着你的，但我们要认真了〔解〕政治底价值是什么，绝不是争权夺利的勾当可以冒牌的。"

其次，文章剖析了当时不谈政治与不反对政治的两类人。

陈独秀认为，主张不谈政治的有三派：

一是学界，张东荪先生和胡适之先生可算是代表；一是商界，上海的总商会和最近的各马路商界联合会可算是代表；一是无政府党人。前两派主张不谈政治是一时的不是永久的，是相对的不是绝对的；因为他们所以不谈政治，是受了争权夺利的冒牌的政治底刺激，并不是从根本上反对政治。后一派是从根本上绝对主张人类不应该有一切政治的组织。

不反对政治的人也有两派：

一是旧派。他们主张的政治，其实是为了维护封建专制的统治与秩序；一是新派，他们虽然认识到政治、法律和国家只是改造社会的一种工具，不必弃之不用，但他们不是采取革命的手段改造这工具，而是仍旧利用旧工具来建设新的事业。所谓"仍旧利用旧工具"实质是主张改良，即走议会道路来改造国家。这派人所依据的学说，是所谓马格斯修正派。

再次，文章指出了政治的实质。陈独秀在文章里一针见血地指出：

强权、国家、政治、法律是一件东西的四个名目。这些东西实质上都是工具，强权何以可恶？我以为强权所以可恶，是因为有人拿他来拥护强者无道者，压迫弱者与正义。若是倒转过来，拿他来救护弱者与正义，排除强者与无道,就不见得可恶了。由此可以看出,强权所以可恶,是他的用法,并不是他本身。

最后,文章阐释了无产阶级的政治观。陈独秀公开指出:"世界各国里面最不平、最痛苦的事,不是别的,就是少数游惰的消费的资产阶级,利用国家、政治、法律等机关,把多数勤苦的生产的劳动阶级压在资本势力底下,当做牛马机器还不如。""我虽然承认不必从根本上废弃国家、政治、法律这个工具,却不承认现存的资产阶级(掠夺阶级)的国家、政治、法律有扫除社会罪恶的可能。""我承认用革命的手段建设劳动阶级(即生产阶级)的国家,创造那禁止对内外一切掠夺的政治法律,为现代社会第一需要。"即资产阶级的国家、政治、法律是造成社会罪恶的根源;救治国家的根本之途,是用马克思主义的阶级斗争,用革命的手段,推翻资产阶级的政治,建立无产阶级专政的新政治。

从国家层面上,陈独秀首先指出了国家的本质即国家的阶级性。他运用马克思主义观点,认为,在有阶级的社会中,任何一个阶级的统治都来源于它们的经济统治,而一个阶级的经济统治,又必须依靠它的政治统治来维护和巩固,因此,国家政权总是属于在经济上占统治地位的阶级。他说道:"近代国家就是征服者支配被征服者底主权","国家是掠夺别人,并防止别人来掠夺的工具"。"劳动者自来没有国家,没有政权,正是因为过去及现在的国家、政权,都在资产阶级底手里,所以,他们才能够施行他们的生产和分配方法来压迫劳动阶级。""现在的资产阶级的国家和政治建筑在经济的掠夺上面","是资本家私有财产底护符"。

其次,陈独秀将国家的出现与法律、强权联系起来,指出:"若是没有强权,便没有法律,没有法律,还有什么政治、国家呢?"

再次,陈独秀阐明了为什么要建立无产阶级专政的国家政权。他认为:"国家是一定发展阶段之中的一个产物,是阶级的冲突和经济的利益不能和谐的一个证据。""从积极方面说起来,我们以为过去的现在的国家和政治,过去的现在的资本阶级的国家和政治,固然建筑在经济的掠夺上面;但是将来的国家和政治,将来的劳动阶级的国家和政治,何人能够断定他仍旧黑暗,绝对没有进步的希望呢?""资产阶级所欢迎的,不是劳动阶级要国家、政治、法律，是劳动阶级不要国家、政权、法律。劳动者自来没有国家、政权，正因为过去及现在的国家、政权都在资产阶级底手里，所以他们才能够实行他们的生产和分配方法来压迫劳动阶级。若劳动阶级自己宣言永远不要国家、不要政权，资产阶级自然不胜感激之至。你看现在全世界底国家对于布尔塞维克底防御、压迫、恐怖，比他们对于无政府党厉害得多，就是这个缘故。"因此，无产阶级必须为了自身权益，顺应历史发展规律，实现无产阶级专政，完全征服资产阶级。

再则，要想废除资本主义下的各种不平等制度，如"财产私有制度""工银劳动制度"和"过于不等的经济状况"，以及铲除这些制度造成的人类第二恶性，无产阶级亦必须建立自己专政的政权和自己的"政治、法律等机关"。陈独秀同时告诫人们：即使无产阶级取得了政权，也要建立自己的强有力专政，否则，"马上不但资产阶级要恢复势力，连帝政复兴也必不免"。

陈独秀严肃批评了无政府主义者不承认一切形式的强权及其自由组织的主张。

一、针对无政府主义者宣扬"我们不承认资本家的强权，我们不承认政治家的强权，我们一样也不承认劳动者的强权"，陈独秀强调指出："人类的强权也算是一种自然力，利用他也可以有一种排除黑暗障碍底效用。因此我觉得不问强权底用法如何，闭起眼睛反对一切强权，像这种因噎废食的办法，实在是笼统的、武断的，决不是科学的。若有人不问读书底目的如何，但只为读书而读书；不问革命底内容如何，但只为革命而革命，自然是可笑。现在若不问强权底用法如何，但只为强权而反对强权，或者只为强权而赞成强权，也未免陷入同一的谬误。"进而告诉人们："无政府党所诅咒的资产阶级据以造作罪恶的国家、政治、法律，我们也应该诅咒的；但是劳动阶级据以铲除罪恶的国家、政治、法律，我们是不应该诅咒的；若是诅咒他，倒算是资产阶级的朋友了。"

二、针对无政府主义崇尚"自由组织的社会"，陈独秀给予当头棒喝："若是不主张用强力，不主张阶级战争，天天不要国家、政治、法律，天天空想自由组织的社会的出现，那班资产阶级仍旧天天站在国家地位，天天利用政治、法律。如此梦想自由，便再过一万年，那被压迫的劳动阶级也没有翻身的机会。"

继而，陈独秀告诫人们："各国底资产阶级，都有了数十年或数百年底基础，站在优胜的地位，他们的知识经验都比劳动阶级高明得多；劳动阶级要想征服他们固然很难，征服后想永久制服他们，不至于死灰复燃更是不易。这时候利用政治的强权，防止他们的阴谋活动；利用法律的强权，防止他们懒惰、掠夺，矫正他们的习惯、思想都很是必要的方法。这时候若反对强权的压迫，若主张不要政治、法律，若提倡自由组织的社会，便不啻对资产阶级下了一道大赦底恩诏，因为他们随时得着自由，随时就要回复原有的势力地位。……若仍旧妄想否认政治是彻底的改造，迷信自由主义万能，岂不是睁着眼睛走错路吗？"

在革命手段层面，陈独秀强调阶级斗争和暴力革命的必要性："我敢说，若不经过阶级战争，若不经过劳动阶级占领权力阶级地位底时代，德谟克拉西必然永远是资产阶级底专有物，也就是资产阶级永远把持政权抵制劳动阶级的利器。"

陈独秀批判了"不取革命的手段改造这工具，仍旧利用旧的工具来建设新的事业"的新派人物。他说道："他们不主张直接行动，不主张革那资产阶级据以造作罪恶的国家、政治、法律底命，他们仍主张议会主义，取竞争选举的手段，加入（就是投降）资产阶级据以作恶的政府、国会，想利用资产阶级据以作恶的政治、法律，来施行社会主义的政策。结果不但主义不能施行，而且和资产阶级同化了，还要施行压迫劳动阶级反对社会主义的政策。……像这样与虎谋皮为虎所噬还要来替虎噬人的方法，我们应该当作前车之鉴。""这种国家里面，不但无政府党所诅咒的国家、政治、法律底罪恶不能铲除，而且更要加甚。因为资产阶级底军阀官僚从前只有政治的权力，现在又假国家社会主义的名义，把经济的权力集中在自己手里，这种专横而且腐败的阶级，权力加多罪恶便自然加甚了。"

为此，陈独秀指出："资产阶级所恐怖的，不是自由社会的学说，是阶级战争的学说。"只能用"革命的手段"，才能建立劳动阶级国家。

自那以后，陈独秀以自身的威望及其影响力，在《新青年》上组织文章，对无政府主义展开了持续的批判。他随后创办的《共产党》月刊，以及上海发起组成员邵力子主编的《民国日报》觉悟副刊等报刊，同样加入讨伐无政府主义的阵营。通过持续激烈的论战，陈独秀和他的同志们彻底肃清了无政府主义的影响，划清马克思主义与无政府主义之间的界限，使马克思主义更加深入人心。

1920年11月6日，张东荪在《时事新报》上刊文《由内地旅行而得之又一教训》，极力鼓吹基尔特社会主义，对科学社会主义进行公开批评，立即引起团结在陈独秀身边的上海发起组成员李达、陈望道、邵力子等人的驳斥。

陈望道是11月7日与李达一同在《民国日报》副刊《觉悟》发表文章予以回击的。陈望道的文章名为《评东荪君底又一教训》。他大声质问：东荪君！你现在排斥一切社会主义，却想"开发实业"，你所谓"开发实业"难道想用"资本主义"吗？你以为"救中国只有一条路"，难道你居然认定"资本主义"作唯一的路吗？东荪！你旅行了一番，看见社会沉静，有些灰心，想要走旧路吗？我怕东荪君转向，社会更要沉静，又怕东荪君这时评就是转向的宣言！

邵力子于翌日发表《再评东荪君底又一教训》一文，亦驳斥了张东荪的论调。

张东荪可算得上是老报人了，怎肯轻易雌伏，作为回应，发表了《大家须切记罗素先生给我们的忠告》作为补充和说明，强调他非常赞同罗素讲的中国须完成的两件事，即发展教育和开发实业，"至于社会主义不妨迟迟"。所以，对于罗素先生的话大家要牢记在心，这并不是反对社会主义，而是适当地放慢脚步，先着力发展实业和教育，社会主义的理想则在不远的将来。

紧接着，梁启超在《改造》上发表《复张东荪书论社会主义运动》予以声援。

陈独秀不再居于幕后，直接走上前台，从《新青年》第8卷4号起，增开"关于社会主义的讨论"专栏，主导马克思主义者与张东荪之流的论战。

为此，陈独秀先后发表了《致罗素先生底信》《复东荪先生底信》《社会主义批评》等文章，刊登了其与张东荪的往来信件，不仅批判了张东荪，而且对罗素进行了批判，劝他不要贻误中国人，免得进步的中国人对他失望。

针对张东荪认为中国经济落后，缺少真正的劳动者，中国绝对不能建设劳动阶级的国家，也没有条件建立代表劳动阶级的政党，"真的劳农革命决不会发生"，只能依靠"绅商阶级"来振兴实业，发展资本主义，陈独秀只须一声质问，足以令他开不得口："中国如若无劳动者，先生吃的米、穿的衣、住的房屋、乘的车船，是何者人做出来的？先生所办的报纸，是何人排印出来的？"

张东荪认为，中国当前唯一的问题是贫乏，根本解决之途是"增加富力，发展实业"。对此，陈独秀指出："如果说中国贫穷极了，非增加富力不可，我们不反对这话；如果说增加富力非开发实业不可，我们也不反对这话；如果说开发实业非资本不可，且非资本集中不可，我们不但不反对这话而且极端赞成；但如果说开发实业非资本主义不可，集中资本非资本家不可，我们便未免发笑。"因为"资本是资本，资本家是资本家。劳动力是生在劳动者身上的，是拆不开的；资本不是长在资本家身上的，是拆得开的。惟是中国的实业不振兴，所以我们要求资本，惟是中国眼前没有很多的大资本家，所以更不该制造资本家"。

紧接着，陈独秀以雄辩的语气说道，资本主义社会由于资本私有，生产过剩，造成了它"必然崩溃不可救的危机"，同时"锻炼"出了无产阶级，使无产阶级成为"致自己死命的武器"。"资本主义与军国主义相结合是资本主义发展的必然结果，他们争夺殖民地市场又酝酿国际资产阶级的更大危机，其结果就是国际资本主义的末日。资本主义的不可克服的弊端在第一次世界大战已经暴露无遗，那么后进的中国为什么还要去蹈其覆辙呢？"要救中国，却要"采用在欧美已经实业界危机的资本主义来发（展）中国实业，未免太无谋了"。

针对张东荪排斥科学社会主义的论调，陈独秀针锋相对予以批驳，在中国不是不讲社会主义，而是"有急于讲社会主义底必要"。他大声质问："像中国这样知识幼稚没有组织的民族，外面政治的及经济的侵略又一天紧迫似一天，若不急进的 Revolution，时间上是否容我们渐进的 Revolution 呢？"

继陈独秀带领上海共产党早期组织成员批驳张东荪、梁启超的谬论而起的，是李大钊、蔡和森等人亦纷纷挥起大笔，加入批判基尔特社会主义的大营。

张东荪经受不住陈独秀等人的猛烈回击，偃旗息鼓，再也发不出一点声息了。

开办学校，是陈独秀传播马克思主义，并且为无产阶级革命准备人才的重要方式。1920年9月，在陈独秀的领导下，上海发起组创办了外国语学社和平民女校，以及为发动工人群众而创办的小沙渡路工人夜校。

马克思主义注重发动工人运动。为了将马克思主义理论传播到工人阶级这一庞大的整体，引导他们接受马克思主义，最终走上革命道路，陈独秀组织上海发起组成员，先后发起创办了两种工人刊物：《劳动界》周刊和《伙友》周刊。

其中，《劳动界》周刊是陈独秀和李汉俊于1920年8月15日发起创办的，旨在通过宣传，改良劳动界的境遇，使刊物成为中国劳动阶级的一个有力的言论机关。主要撰搞人有中共上海发起组成员陈独秀、李汉俊、陈望道、袁振英（署名震瀛）等人。每期开设了《演说》《国内外劳动界》《调查》《时事》《读者投稿》等栏目。

《伙友》周刊则是陈独秀、俞秀松、李汉俊与工商友谊会联合创办的。它于1920年10月10日创刊，由《新青年》社发行，陈独秀担任主编。

此外，陈独秀发动上海共产党早期成员深入接触工人群众，直接宣传马克思主义。他亦亲自参与行动，极力呼吁为工人减轻工作量、缩短工作时间，并利用自己手里的笔，向工人群众揭破资本家真正的嘴脸，从而使工人群众认识到真相。由此，陈独秀不仅壮大了马克思主义传播队伍，而且为实现革命奠定了群众基础。

1920年11月7日，在陈独秀的主导下，上海发起组创办了《共产党》月刊，用以指导全国各地先进知识分子开展建立共产党早期组织等各项活动。

在《共产党》月刊创刊号上，发表了陈独秀写的《短言》：

经济的改造自然占人类改造之主要地位。吾人生产方法除资本主义及社会主义外，别无他途。资本主义在欧美已经由发达而倾于崩坏了，在中国才开始发达，而他的性质上必然的罪恶也照例扮演出来。代他而起的自然是社会主义的生产方法，俄罗斯正是这种方法最大的最新的试验场。要想把我们的同胞从奴隶境遇中完全救出，非由生产劳动者全体结合起来，用革命的手段打倒本国外国一切资本阶级，跟着俄国的共产党一同试验新的生产方法不可。一切生产工具都归生产劳动者所有，一切权都归劳动者执掌，这是我们的信条。

同时，《共产党》月刊创刊号刊登了李达、李汉俊、沈雁冰、施存统等上海共产党早期成员的文章，如《俄国共产政府成立三周年纪念》《俄国共产党的历史》《俄罗斯的新问题》等，极力宣传中国应该走俄国革命道路。

《共产党》月刊登载的文章，为各地共产党早期组织成员提供了重要思想武器，使他们进一步了解党的纲领、性质、特点、组织原则等问题，提高了认识。

在陈独秀的主持下，1920年11月23日，上海共产党早期组织成员起草了《中国共产党宣言》，明确地指出了共产主义者的理想和目的，不仅集中体现了以陈独秀为代表的早期马克思主义传播者在理论与实践上的重要成果，而且给全国各地组建共产党以及吸纳党员提出了统一的原则性标准，对于全国各地的建党工作具有十分重要的指导意义，为以后组建全国性政党提供了重要的理论基础。

《中国共产党宣言》具体内容如下：

1. 共产主义者的理想

A、对于经济方面的见解　共产主义者主张将生产工具——机器工厂，原料，土地，交通机关等——收归社会共有，社会共用。要是生产工具收归共有共用了，私有财产和赁银制度就自然跟着消灭。社会上个人剥夺个人的现状也会绝对没有，因为造成剥夺的根源的东西——剩余价值——再也没有地方可以取得了。

B、对于政治方面的见解　共产主义者主张废除政权，如同现在所有的国家机关和政府，是当然不能存在的。因为政权，军队和法庭是保护少数人的利益，压迫多数劳动群众的；在生产工具为少数人私有的时候，这是很必要的。要是私有财产和赁银制度都废除了，政权，军队和法庭当然就用不着了。

C、对于社会方面的见解　共产主义者要使社会上只有一个阶级（就是没有阶级）——就是劳动群众的阶级。私有财产是现社会中一切特殊势力的根源，要是没有人能够聚集他的财产了，那就没有特殊阶级了。

2. 共产主义者的目的

共产主义者的目的是要按照共产主义者的理想，创造一个新的社会。但是要使我们的理想社会有实现之可能，第一步就得铲除现在的资本制度。要铲除资本制度，只有用强力打倒资本家的国家。劳动群众——无产阶级——的势力正在那里发展和团聚起来，这个势力是会使资本主义寿终正寝的。这种势力是在那里继续增长，这正是资本家的国家内部阶级冲突的结果。这个势力表现出来的方式，就是阶级争斗。

所以阶级争斗就是打倒资本主义的工具。阶级争斗从来就存在人类社会中间，不过已经改变了几次状态，因为这是以生产工具的发达为转移的。在封建国家的时候，阶级争斗也是一样的存在；但是与在资本家的国家下面的阶级争斗是有分别的，因为资本家的国家下面阶级争斗是格外紧迫，其势足以动摇全世界。这种势力的增长，日见坚实，终归会把资本主义铲除了去。

这种争斗的增长，是历史的法则。

共产党的任务是要组织和集中这阶级争斗的势力，使那攻打资本主义的势力日增雄厚。

这一定要向工人、农人、兵士、水手和学生宣传，才成功的；目的是要组织一些大的产业组合，并联合成一个产业组合的总联合会，又要组织一个革命的无产阶级的政党——共产党。共产党将要引导革命的无产阶级去向资本家争斗，并要从资本家手里获得政权——这政权是维持资本家的国家的；并要将这政权放在工人和农人的手里，正如一九一七年俄国共产党所做的一样。

革命的无产阶级的产业组合定要用大罢工的方法，不断的扰乱资本家的国家，使劳动群众的敌人日趋软弱。要是到了可以从资本家手中夺得政权的最后争斗的时机，由共产党的号召，宣布总同盟罢工，这就是给资本制度一个致命的打击。

并且当了资本家被打倒了之后，这些产业组合就变成了共产主义的社会中主管经济生命的机关。

资本家政府的被推翻，和政权之转移于革命的无产阶级之手；这不过是共产党的目的之一部分，已告成功；但是共产党的任务是还没有完成，因为阶级争斗还是继续的，不过改换了一个方式罢了——这方式就是无产阶级专政。

3. 阶级争斗的最近状态

照现在看来，全世界可视为一个资本家的机关，所以一国的阶级争斗可使其他国家受同一的影响。一九一七年十一月俄罗斯无产阶级革命胜利的结果，使俄罗斯的阶级争斗变作劳农专政的方式。所以在其他国家内的阶级争斗也日见紧迫,他的趋向是向着与俄罗斯的阶级争斗一样的方式——就是无产阶级专政。

俄罗斯的阶级争斗变成无产阶级专政的方式,并不是一种偶然的状态,这是人类社会发展中的自然状态。当着资本家正被打倒,开始创造一个共产主义的社会的时候,这种状态是自然的。在一定的时期,这种俄罗斯的政况是必然的,所以这种政况在各国也是会必然的。因为我们从生产和分配的方法上看起来,这些国家都是一样的——都是资本主义式的。

俄罗斯的无产阶级的专政仅仅表明全世界的无产阶级的势力和全世界的资本主义的势力争斗,现在在世界上有一部分已经战胜了。当着各国的无产阶级还在和资本主义争斗,还没有得到胜利的时候,我们设想俄罗斯在她领土之内,单独可以造成一个共产主义的国家,这是大错而特错的。俄罗斯的无产阶级既即时不能建立一个共产主义的国家,资本主义又已经推翻了,她便不得不保卫自己,抵抗国内外的仇敌,这是很显明的。所以只有实行无产阶级专政,才能达到抵抗国内外的仇敌的目的。这就是说要用一个阶级的力量来创造共产主义的社会,而这个阶级是要造成将来的世界,并受历史的使命,要成就这件事业。

再说罢,这并不是俄罗斯历史发展的特征,也是全世界历史发展的特征,而且这种阶级争斗的状态,世界上任何国家都得要经过的。

无产阶级专政的意义不过是说政权已经被革命的无产阶级获得了,但是决不是说,资本主义势力的余迹,如反对革命的势力,都已消灭了。也不是说推翻资本主义政权的结果,共产主义就很容易很简单的实现了。完全不是这么一回事,无产阶级专政的任务是一面继续用强力与资本主义的剩余势力作战,一面要用革命的办法造出许多共产主义的建设法,这种建设法是由无产阶级选出来的代表——最有阶级觉悟和革命精神的无产阶级中之一部分——所制定的。

一直等到全世界的资本家的势力都消灭了,生产事业也根据共产主义的原则开始活动了,那时候的无产阶级专政还要造出一条到共产主义的道路。

4. "最有理论修养的同志": 李汉俊

在中国早期传播马克思主义的先进知识分子群体之中, 李汉俊无疑也是一位具有很大影响力的人物。帮助上海发起组召集各地共产党早期组织代表召开第一次全国代表大会, 正式成立中国共产党的共产国际代表马林, 曾经在致共产国际的工作报告中, 称赞李汉俊为中共党内"最有理论修养的同志"。

毫无疑问, 要想当得起"最有理论修养"这个称号, 在所有马林见到过的中共早期党员当中, 这个人必须是最了解马克思主义理论的, 他不仅要在言谈与文章里面都能够一语中的, 直接说破马克思主义的真谛, 而且在行动上会自觉按照马克思主义理论展开行动。现在, 只要是稍微懂得一点马克思主义知识的人, 都应该知道, 马克思主义理论分为马克思主义哲学、政治经济学、科学社会主义三个组成部分。马克思主义哲学, 即马克思的哲学唯物主义, 包括辩证唯物主义和历史唯物主义。前者是唯物辩证法, 后者是历史观和政治观。马克思主义政治经济学, 则以社会的生产关系, 即经济关系为研究对象, 创立了剩余价值学说, 揭示了资本主义生产和剥削的秘密, 揭露了无产阶级与资产阶级之间阶级对立和斗争的经济根源, 从而得出了资本主义必然灭亡、共产主义必然取得胜利的经济学规律上的铁的必然性。科学社会主义指出了无产阶级革命以及取得无产阶级政权的具体途径。跟中国传播马克思主义第一人李大钊对它们的认识作一个比较, 李汉俊可以算得上是有异曲同工之妙。他认为: "马克思学说, 可以分作理论与政策两方面。理论底方面, 又可以分作'唯物史观''经济学说''阶级斗争说'三大部分。政策底方面, 就是所谓'社会民主主义'的部分。这中间, '唯物史观说'是关于过去的理论, 是研究过去社会组织变化的原因和经过的, 亦可以叫作社会组织进化论; '经济学说'是关于现在的理论, 是用分析剖解的方法研究现在的资本主义经济组织, 并预言了这组织必然的命运的, 亦可以叫作资本主义经济论; '社会民主主义'是关于将来的理论, 是研究如何实现社会主义的方法的, 亦可以叫作社会主义运动论; '阶级斗争说'是像一条金线一般把上述三部分的根本缝起来, 以成就其为一个完整的大组织的部分, 马克思学说底有机联络就在这一部分。"为此，可以说，尽管李汉俊在研究、传播马克思主义的时间上要比李大钊稍晚一些，也没有李大钊那样的经历及威望，但在对马克思主义理论体系的认识上，是可以与李大钊并驾齐驱的。不过，仅仅以此作为李汉俊能够配得上"最有理论修养"这个称号的证据，又是不够的，它充其量只是一个参照物。

那么，李汉俊能够得到马林如此高的评价，他到底在言行举止上是如何体现出来呢？换一个说法，他在研究、传播马克思主义过程中，是如何表达马克思主义真义的？他做过哪些事情，又是怎样做的呢？首先从李汉俊的生平说起吧。

李汉俊，原名李书诗，又名李人杰，湖北潜江人。1902年，年仅十二岁的他与其胞兄李书城一块儿东渡日本留学。他首先进入法国教会学校晓星中学，等升入日本高等学校之后，改为清政府的官费学生。后来，他又考入东京帝国大学学习工科。由于李汉俊的求学经历，又很有语言天赋，他精通英、法、日、德四种语言。在东京帝国大学学习期间，李汉俊经常去旁听日本经济学家河上肇讲授的马克思主义经济学课程，与河上肇缔结下了深厚的师生之谊，在河上肇思想的影响下，开始转向马克思研究，认为"中国不从根本上来改变是不行的"。1918年底，李汉俊毕业回国，将许多日、德、英文版的马克思主义书刊带到上海，以旺盛的精力，昼夜伏案翻译和写作，开始积极宣传马克思主义。

因为胞兄李书城是老同盟会员，武昌首义时期曾担任过战时总司令黄兴的参谋长，与资产阶级革命派詹大悲、邵力子、戴季陶、沈玄庐等人关系不错，李汉俊在日本留学的时候，同样与这些人物有所接触，回到国内，一直住在哥哥家里，得以与这些人再度聚首，并保持良好的关系。

起初，李书城将家安在霞飞路新渔阳里6号。詹大悲居住的地方距离那儿不太远。李汉俊回国之后，重新与詹大悲接上关系，两人来往密切。通过詹大悲，李汉俊又结识了一位新朋友——董必武，积极向这位湖北老乡宣传马克思主义。

多年以后，董必武深情回忆道："当时社会上有无政府主义、社会主义、日本的合作主义等，各种主义在头脑中打仗，李汉俊来了，把头绪理出来了，说要搞俄国的马克思主义，介绍《马克思主义入门》。看政治经济学入门到底是资本主义,还是帝国主义,我们也弄不懂,这就是我们的老师,我们的'本钱'。"

董必武比李汉俊年长四岁,在武昌首义时期,曾在詹大悲担任主任的汉口军政分府供职,负责粮草,留学过日本,当过律师,在见到李汉俊的时候,是负责湖北善后公会负责人之一,以这样的经历,能心悦诚服于他介绍的马克思主义,纵使董必武当时已经对孙中山领导的资产阶级革命感到失望了,正在探索其他救国道路,李汉俊如果没有很高的马克思主义理论修养以及说服能力,是不可能让董必武把无政府主义等观念从脑子里驱逐开去,从此走上马克思主义道路的。

点化董必武,使其走上马克思主义道路,是李汉俊展现马克思主义理论修养、传播马克思学说的一项杰作。李汉俊公开传播马克思主义,则是从将其处女作《怎么样进化?》发表在1919年8月17日的《星期评论》上开始的。这篇文章便是他传播马克思主义的开山之作。从此,李汉俊进入这个刊物担任编辑,成为《星期评论》的核心人物之一,与戴季陶、沈玄庐并称《星期评论》的"三驾马车"。

《怎么样进化?》开篇第一句问道:"人类比起一切禽兽,有什么两样的地方?"随即,李汉俊一路辨析,用唯物史观来阐释人类社会的发展规律,揭示生产力与生产关系、经济基础与上层建筑构成社会的基本矛盾,是推动人类社会前进的根本动力。他剖析资本主义制度"大资本家的生产和机关垄断,和交易市场的垄断,不但是形成一种跛子社会,是为的膨胀资本的富力"。这必然破坏生产力,造成经济大恐慌。"我们把从古至今的进化历史研究起来,再追寻近代的文明和罪恶发达的根源",便可以看到资本主义必然由发达到崩坏,无产阶级新的社会组织必然要产生。通过抨击资本主义制度的丑恶,李汉俊指出劳动者的"言论自由被剥夺了,生产的机关被占据了,市场的经济被垄断了,政治上的地位是剥削了,这是弱小国民的困苦境遇"。随即,他郑重宣告:人类要想改变这种资本家垄断生产机关和交易市场,工人变成同机器一样的"器具"的"跛子社会",朝幸福、安定的方向发展,必须"把机器的所有权,普及于一般运用机器的人"。

无产阶级革命的观念呼之欲出,初步展现李汉俊对历史唯物主义的认识。
紧接着,李汉俊翻译了日本社会主义者山川菊荣著的《世界思潮之方向》，从1919年8月起在《民国日报》觉悟副刊上连载。文章指出："俄国革命发生以来，世界形势日日变化。"社会主义、劳工运动已成为世界潮流之方向。无产阶级革命行动不是"盲目冲动"的"暴动"，而是"已经兼备伟大理想和伟大实行力"。"世界实在向无产阶级的解放一方面，正在突飞猛进，已经成了一大势。"

在解释什么叫革命时，文章写道："革命呢？是要将政治、社会、经济各方面，一切旧来的思想、道德、制度、组织，从根本上推翻，完全在新基础上，改建社会的运动。这种革命是鼓动知识阶级的新思想，和从实际的经济的压迫、不得不起的贫民阶级的反抗运动，两种激流相合时所激发的。"

受到文章内容的感染，李汉俊难以遏制心里的激情，写下了《我有几句话要说》的短言："我们中国怎么样？——中国决不在世界外，也不能在世界外。……五四运动以来的群众运动，现在只剩下什么北京请愿团，其余的都到哪里去了？"

他紧接着说道："人家叫我作民党或革命党，我应该在这一点有切实的打算。"

有的学者认为"民党"指的是共产党，李汉俊这是想要建立无产阶级政党，把他看成最早提出建立无产阶级政党的人；也有的学者认为，李汉俊的意思应该是当时已经有人叫他参加国民党（1914年7月国民党改组为中华革命党，1919年10月再次改组，称中国国民党），但他觉得这个党并不是一个有希望的党，因而不打算参加，他想参加的是无产阶级政党，可当时的中国没有这样的党。

综合最后一段文字："我只是平民，民众，无产阶级的一分子。……我要个什么。我去取个什么？要谁给呢？管他给不给呢？"话里隐隐约约表达出不去求人，不依靠已有政党，希望平民、无产阶级靠自身结合力组织起来从事社会主义革命的意思，蕴含李汉俊确实有建立无产阶级政党的打算，则"民党"不是指共产党。何况，在1919年8月之前，甚至迄今为止，似乎没有哪一个国家的马克思主义政党被称作"民党"，连简称也没有，不知道那些看到"民党"两个字便认为是指共产党的学者，到底以什么为依据？总不会纯属天马行空的想象吧？

无论是从这些文字材料上分析，抑或从不久之后真正成立了中国共产党这一事实来看，李汉俊无疑是最早提出应该建立无产阶级政党的人。马克思主义作为指导无产阶级从事社会变革的科学体系，其核心内容，是成立无产阶级政党，发动民众，进行阶级斗争，最终推翻资本主义，建立无产阶级专政的政权。李汉俊最早提出建立无产阶级政党，充分体现了深厚的马克思主义理论修养。

随后，李汉俊和詹大悲一起节译了日本社会主义者佐野学的《劳动者运动之指导伦理》，发表在《民国日报》副刊《觉悟》上，热情地赞颂社会主义是与无产阶级的形成相伴而生的以图解决劳工问题的一类思想，是一种主张建立完全消灭劳力榨取制度的"新文明"。

1919年9月21日，《星期评论》第16号，李汉俊在《时局怎么样？》一文中说道："希望解放和改造的国民啊！解放和改造，是要从努力和奋斗当中去求，冥想是不中用的。依附是不中用的。雷同是不中用的。拿出不妥协不退让的精神来，去作孤立的奋斗。拿出创造的真精神来，去作大破坏、大建设的功夫，中国人的生命，才有复活的日子。"其意义显而易见，要想取得社会变革的成功，不能只凭空想，不能只是空谈理论，必须行动起来，用自己的努力去创造。

李汉俊意犹未尽，于10月6日给董必武写了一封一万五千余字的长信，把这种观点加以发挥，详细地阐述了他对于社会改造的意见。文章以《改造要全部改造》为标题，李人杰为名，于1920年元旦发表在《建设》第1卷第6号上。李汉俊对调和主义和教育救国论这两种错误观点进行了批判。他说：调和主义是英国政治家用的一个词，调和是用在性质相同，不过质量有点轻重、颜色有点浓淡的东西里面的，中国与英国的历史背景、价值观、社会性质均不同，而中国的调和者，看不到这些，用英国进化的办法解决中国的问题，是行不通的。事实上，英国的历史仍是"破坏与创造的连续的排列"的历史，不能"因为你看不出破坏与创造的痕迹来"，就说它是调和的历史。因此与其"说他是调和，不若说他是进化"。通过对辛亥革命、二次革命的分析，李汉俊认为其失败在于革命的不彻底性和调和的结果。对教育救国论，李汉俊给予了否定。在他看来，教育与社会是局部与全局的关系，不彻底改变社会，仅仅着眼教育，属于局部的改良，而这种局部的改良必然"是无结果的"。李汉俊以非凡的胆识、卓越的见识、振聋发聩的声音说："我向来不信局部的改良，不信有局部的改良，不信局部能够单独改良。""要改造局部，就非破坏了那个全部，另造出一个适合这个局部的有机的全部。""没有旧的破坏就没有新的建设。没有旧的全部破坏，断没有新的全部改造，断没有新的局部的改良。这个旧的与新的、旧的全部与新的局部、新的全部与旧的局部，是没有调和的。""我们湖北不只教育会糟，因为糊〔湖〕北全部糟，才能容教育会糟。我们中国不只湖北糟，因为中国全部糟，才能容湖北糟。我们现在要救中国，只有大破坏，大创造，大破坏!!!大建设!!!"

马克思主义是工人阶级求得自身解放的指路明灯，李汉俊对工人阶级有着天然的同情与情感。继在《世界思潮之方向》中指出中国的革命者应该到知识分子、工人当中去，第一次公开宣称知识分子与工人相结合的观点以后，1919年10月26日，李汉俊在《星期评论》上发表《最近上海的罢工风潮》一文，在称赞中国工人阶级斗争精神的同时，再度希望革命的知识分子和工农群众相结合。他指出："我们自身应该从精神上打破'知识阶级'四个字的牢狱。图'脑力劳动者'与'体力劳动者'的一致团结，并且一致努力，对于'体力劳动者'知识上开发做功夫，然后社会的改造，才有多少的希望哩！"希望知识分子深入到工人当中去，了解工人，了解工人运动，用自己所学的理论指导工人运动，同时在运动中丰富、发展、修正理论，以使工人运动取得胜利的态度昭然若揭。

从1919年11月起，至1920年9月，《建设》杂志连载了署名译者为戴季陶或戴传贤的《马克斯资本论解说》。这是国内第一次全面介绍考茨基作为马克思主义者时的名著，该书比较系统、准确和通俗地阐释了马克思的《资本论》，为中国先进知识分子了解和学习《资本论》提供参考。按照戴季陶的说法，"翻译的工作，是我和执信先生两人共同作了二分之一，和汉俊两人作了四分之一"，译者中仅有"汉俊是马克斯主义者"，而其他译者只能算作马克思主义的"研究者"或"介绍者"。戴季陶尽管并不是真正的马克思主义者，1927年以后又是镇压中国共产党领导的工农革命的理论专家，但当年他确实研究和传播过马克思主义，并且取得了不少成果，他对李汉俊做出的评价，显然是对李汉俊具有很高马克思主义政治经济学理论修养的一种肯定。

正是有了极具马克思主义理论修养的李汉俊加盟《星期评论》，并成为其中的核心成员,《星期评论》1920年新年号出现了这种深谙马克思主义精髓的滚烫的文字:"希望我们的体力劳动者组织一个东方无产阶级的大联合来,迎着红灼灼的太阳光,高呼无产阶级万岁!"其新年贺词一样充满激情:"敬祝世界红灼灼的新年,希望大家热烘烘的奋斗。"

1920年2月1日,《星期评论》社的总发行及编辑部从爱多亚路新民里5号搬到法租界白尔路三益里17号。这里正是李书城的新寓所,人称李公馆。李书城带着家人搬进这里之后,霞飞路新渔阳里6号的主人换成了戴季陶。李汉俊仍然与哥哥住在一起,"整天在社里的编辑部工作",成为主持刊物日常运作的重要人物,其地位与主编无异。这时候,他不仅在传播马克思主义方面有了更大的自主权,而且进一步展现了研究马克思主义的才干,以及马克思主义理论修养。

大约在这一时期,俞秀松、施存统、陈公培、陈望道等进步青年先后来到《星期评论》。其中,俞秀松是在1920年3月底由李大钊介绍,进入这个杂志社的。一到社里,他立刻被这里的盎然生气所打动,"这里的同志,男女大小十四人,主张都极彻底,我实在还算不得什么。但是和爱快乐天真的空气,充满我底四周,真觉得做人底乐趣"。据在该社工作过的杨之华(时为沈玄庐的准儿媳,后成为瞿秋白夫人)回忆:"李汉俊是该社的思想领导中心。那时,他和日本、朝鲜的共产党方面都有联系。"她同样表达了对李汉俊马克思主义修养的肯定。

陈望道进入《星期评论》社另有一番渊源。戴季陶想找人翻译《共产党宣言》,准备在《星期评论》予以连载,邵力子推荐了陈望道。这件事得到了陈独秀的支持。戴季陶把自己从日本带回的日文版《共产党宣言》,以及陈独秀从北京大学图书馆借的一本英文版《共产党宣言》一同寄给陈望道,要他进行比较与对照。陈望道在老家浙江义乌分水塘把它翻译成中文以后,又接到戴季陶来《星期评论》担任编辑的邀请,遂于1920年5月来到上海,住进李汉俊家里。

见到李汉俊,陈望道把自己译出的《共产党宣言》译本连同日文版、英文版《共产党宣言》一起交给他,请他校阅。李汉俊校对完毕,又把它交给陈独秀。经过陈独秀、李汉俊的校对,《共产党宣言》中文全译本终于定稿,于1920年8月由"又新印刷所"出版发行。初版印了一千册,很快便销售一空，一个月后，又印了一千册，仍然供不应求，成为传播马克思主义的重磅图书。这不仅是对李汉俊精通日语、英语的认可，也是李汉俊具有高超马克思主义理论修养的表现。

1920年5月1日，《星期评论》第48号发表了李汉俊撰写的《强盗阶级底成立》。他认为，资本主义剥削制度是"近代文明和罪恶的根源"，它独占生产资料，垄断市场。李汉俊称资本家是强盗，资产阶级是强盗阶级，因为他们"以国家、法律、道德为堡垒，以智识为武器，以金钱为弹丸，在青天白日之下，万目环视之中，掠夺平民财产，剥削平民血汗"。他说资本家与一般强盗的区别"不过一个是用制度的势力去抢、一个是用破坏制度的个人腕力去抢罢了。所以说资本家是强盗、资本家阶级是强盗阶级"。文章运用马克思主义政治经济学原理，揭露了资产阶级剥削工人剩余价值的罪恶，号召人民觉醒起来，打倒强盗阶级。

在与基尔特社会主义者张东荪之流的论战中，李汉俊同样显示了深厚的马克思主义理论修养。他于5月16日在《星期评论》第50号上发表《浑朴的社会主义者底特别的劳动运动意见》一文，针对张东荪所言的"我们主张的社会主义既不像工行的社会主义建立一个全国工行，又不像多数的社会主义组织一个无产者专政政治，更不像无治的社会主义废去一切机关，复不像国家的社会主义把所有生产收归国有，乃是浑朴的趋向"，他尖锐地予以驳斥道："既然是主义，一定有一个内容；断没有只有趋向而无内容的，可以说是主义。"没有具体内容，只有一个浑朴的趋向，"这就好比是一个瞎子，手里棍子也没有拿一根，只朝着一个方向，也不晓得前面有路无路，是山是水，只向前面走得一样。瞎子所趋的前面确是浑朴的。到了尽头或是遇着虎豹，或是掉下岩去，或是落下水去，或是走到桃源去，总是要达到比现在不同的一种特别境象的"。同时，李汉俊说明："社会主义，虽然也有人说不是一个严格的主义，只是一个世界的时代精神。但这不过是因其内容复杂，不能像别的主义，下严格的定义罢了，不是说他无内容的。这个内容是各民族各依各底历史的精神、现在的境遇；在世界的时代精神笼罩下面造成的各民族特有的理想的世界。这个理想的世界，或为集产主义，或为共产主义，或为无政府主义，或为珊地加利主义，或为T.W.W.主义，或为波尔色维主义，或为工行社会主义……唯有东荪所主张的社会主义是无内容的、仅有一个趋向，并且还是一个浑朴的趋向。这种社会主义，我们却还是没有听见过。"他的那个社会主义"是一个走投无路的"社会主义，"是他一个人的社会主义"。

1920年5月30日，李汉俊在《民国日报》副刊《觉悟》上发表了《自由批评与社会问题》，继续对基尔特社会主义进行批判。文章用明了的语言不仅介绍了马克思主义的科学社会主义与其他各种社会主义流派，并且为它们作了区别："在将所有的产业机关归于强有力的中央政府之下的，就成了集产主义。以公平分配为'各尽所能、各取所需'的，就成了共产主义。……以社会底共有为'社会男女的自由的（没有构成国家所必需的强制权力）协同的团体底共有'的，就成了无政府共产主义。"为此，李汉俊总结出社会主义的最低限度的基本原理为："在一般社会上取平均主义，在产业上使产业机关为社会共有，使分配平等。"

通过比较，李汉俊认识到近世社会主义"以马克思底社会主义为中枢"。

他进而指出："马克思主义的基本原理是我们择取方向时候的指南针，我们只要有了这个指南针，我们就可以随时施设，应机修正，不至于死守盲撞了。"

李汉俊在传播马克思主义的突出贡献之一，是通过《劳动者与"国际运动"》这篇文章，较系统地介绍了国际共产主义运动史。该文分三次在《星期评论》第51、第52、第53号（1920年5月23日、5月30日、6月6日出版）上发表。共产国际共运史就是一部马克思主义与世界无产阶级相结合的发展史，透过这个窗口，可以更好地帮助中国先进知识分子进一步了解和学习马克思主义。

为了准确地阐明马克思主义观点，李汉俊直接翻译了第一国际宣言、第二国际布鲁塞尔（1891年）大会决议、第三国际筹备宣言等重要文件的关键段落。他强调指出，第一国际、第二国际（1895年恩格斯逝世前）初期的整个活动，都是为了团结、动员世界无产阶级，对资本—帝国主义进行阶级斗争，以摧毁旧的国家机器，建立无产阶级专政的新型国家；第二国际中后期，以及伯尔尼国际彻底背叛了马克思主义，成为资本—帝国主义的走狗而"声名很坏"；20世纪初，列宁为了将无产阶级革命推向前进，提出了建立第三国际的新任务，为团结各国无产阶级政党，在思想上、政治上、组织上作了全面的准备。

这篇文章发表于李汉俊正与陈独秀等人一道讨论组建中国马克思主义政党时，其有关无产阶级政党的组织原则、机构及其运作，对正在从事组织无产阶级政党实践活动的中国先进知识分子来说，具有不可估量的现实意义。

1920年6月6日，《星期评论》发表"刊行中止的宣言"，声称：同人决意在本刊中止后，努力致力于学术的研究，并准备"刊行有研究价值的关于社会主义的书籍"等，要以自己的脑力、体力"为改革社会尽力"。随即，李汉俊转入系统研究、翻译和著述社会主义理论书籍，特别是与经济组织改造有关的著作，同时，他还撰写了大量传播马克思主义的短文，发表在其他各种报纸杂志上面。

李汉俊最有影响的翻译作品是宣传《资本论》，充分体现了他对马克思主义政治经济学的掌握程度。马克思主义经典巨著《资本论》，内容深奥，"不是脑筋稍微钝的人们所能了解"的，而德国社会党著名的左翼领导人米里·伊·马尔西撰写的《经济漫谈》，很适合普通读者口味。日本远藤无水将其译成日文，以《通俗马克思资本论》在日本文泉堂出版。李汉俊以此为据，"考其内容、审其作用"，翻译后改名为《马格斯资本论入门》，1920年9月由社会主义研究社出版。这是在中国第一次以通俗的语言向国人系统介绍马克思的《资本论》。

这部著作像李汉俊在译者序里介绍的那样，"将马格斯经济学说底骨子即商品、价值、价格、剩余价值，以及资本和劳动底关系用很通俗的方法说明了出来，说得这样平易而又说得这样要领的，在西洋书籍中也要以这本书为第一"，而且充满革命精神，受到中国先进知识分子的热烈欢迎，销量十分不错。

举最末一段译文为例："我们非以产业为基础团结起来不可。我们要有拿着我们的政府去撤废资本主义的准备，同时我们又非代替他们的地位，把世界的劳动者收容到我们产业的团结里面，一致的来废止工银奴隶制不可。"

为了使中国读者更好地学习和掌握其内容，李汉俊将书中"有点抽象之处，非略有经济学常识者不能了解"，令读者"非费点思索不能了解的地方，又略略加了点注解"。他在译注中写下了这些话："劳动者是一个阶级，利害都是一致的"，要"使劳动者成一个阶级来奋斗，使劳动运动更为有力"；"真正的劳动运动只要劳动者有了阶级觉悟，能够多数团结起来就有了"，"他们只要能够多数团结起来奋斗，无有不成功的"。

在《马格斯资本论入门》序的末尾，李汉俊进一步建议读者，看过这本书后再读将"马格斯经济学说底全体都发露在里面"的马克思于 1865 年在国际工人协会做的讲演——《价值、价格及利润》(Value, Price and Profit)，并透露"鄙人现在着手这本书底翻译，大约不久就可以出版"。《价值、价格及利润》后来以李定的名字出版，充分显示了其对马克思主义剩余价值学说的掌握程度。

1920 年 8 月 15 日，创立了中国共产党上海早期组织之后，李汉俊与陈独秀等人随即创办了面向工人进行马克思主义传播的刊物——《劳动界》，由李汉俊担任主编。这是中国第一个工人周刊，内容有《演说》《时事》《小说》《国内劳动界》《国外劳动界》等十一个专栏。8 月 17 日至 20 日，他们在《民国日报》副刊《觉悟》上刊登《(劳动界)出版告白》，旗帜鲜明地宣布："同人发起这个周报，宗旨在于改良劳动阶级的境遇，好叫本报成为一个中国劳动阶级的有力的言论机关。"

在《劳动界》发刊词《为什么要印这个报？》中，李汉俊开门见山地指出："为什么要印这个报？因为工人在世界上是最苦的。……他们就是这样苦，这样做得多。他们还是住的没有得好的住，吃的没有得好的吃，穿的没有得好的穿。""我们再看那做东家，有钱的人，……他们虽然这样一天到黑一点事不做，他们反有大房子住，好东西吃，好衣服穿，有马车坐，有汽车坐，有小老婆抱，有大世界逛，有戏看。"结尾，李汉俊说道："工人在世界上已经是最苦的，而我们中国的工人比外国的工人还要苦，这是甚么道理呢？就是因为外国工人略微晓得他们应晓得的事情，我们中国工人不晓得他们应该晓得他们的事情。我们印这个报，就是要教我们中国工人晓得他们应该晓得他们的事情。我们中国工人晓得他们应该晓得他们的事情了，或者将来要苦得比现在好一点。"

一个星期以后，8 月 22 日，李汉俊在《劳动界》上发表了最有影响的一篇文章《金钱和劳动》，向工人宣传劳动创造价值的马克思主义观点。他问道："钱既然是代表劳力的，何以一天到黑一点事都不做的人，反有钱用，一天做到黑的工人和农夫反没有钱用呢？"随即，李汉俊指出其中原委："所以钱是有了工人和农夫的劳力，才会尊贵，才会有用处，换一句话来说，钱的尊贵用处，是工人和农夫的劳力生出来的。"这无疑会使工人明白自己苦难的根源是阶级压迫。

不久，李达在翻译荷兰学者郭泰撰写的《唯物史观解说》时遇到了一些障碍，李汉俊全力帮助克服，展现出他在马克思主义唯物史观的研究方面，同样有很不错的造诣。这一点，可以从李达在该书的"翻译附言"里体会得到："我有一句话要声明的，译者现在的德文程度不高，上面所说的那些补译的地方，大得了我的朋友李汉俊君的援助。"

这部包含李汉俊心血的译著自1921年5月初版后，受到广泛欢迎，帮助一批又一批探索救国道路的人们确立起科学的历史观，投身无产阶级革命事业。

1920年9月，上海发起组成立新青年社，社址设在法租界法大马路大自鸣钟的对面。这是中国共产党早期组织创办的第一个公开出版机构。不可否认，陈独秀在创办新青年社过程中，必定居于领导地位，李汉俊对新青年社的贡献同样不可低估。该社组织出版了"新青年丛书""社会主义小丛书"，先后出版了《共产党宣言》（陈望道译）、《马格斯资本论入门》（李汉俊译）、《阶级争斗》（恽代英译）、《社会主义史》（李季译）、《唯物史观解说》（李达译）等很有影响的书籍，并且采用批发、代销、代派、邮购等多种方式发行《新青年》《共产党》月刊和《劳动者》周刊等进步杂志，促进了马克思主义的传播。

1920年11月6日，张东荪陪极力兜售基尔特社会主义的英国著名哲学家罗素到湖南讲演以后，在《时事新报》上发表《由内地旅行而得之又一教训》一文，竭力附和和宣扬罗素的理论。文章提出：他陪罗素在长沙讲学由内地旅行归来，"觉得救中国只有一条路，一言以蔽之，就是增加富力。而增加富力就是开发实业。因为中国的唯一病症就是贫乏"，因为大多数人都未曾得着"人的生活"，因此，"空谈主义必定是无结果"的，要使中国人"都得着人的生活，我们的努力当在另一个地方"。公然再一次向马克思主义者发起挑战。

李汉俊毫不犹豫地挺身而出，挥戈上阵，相继写出了《跑到内地才睁开眼睛么？》《冤哉枉也——抨击张东荪先生的人们》等一系列文章，运用马克思主义的唯物史观，剖析中国近代社会，驳斥张东荪反对劳工运动、反对社会主义运动的谬论。李汉俊在文章中指出,帝国主义的入侵改变了中国社会的性质,资本主义的经济架构开始在中国运作;中国不仅有劳动阶级,而且身受中外资产阶级的双重掠夺;中外资产阶级都是强盗阶级,张东荪鼓吹中国没有劳动者,没有资本家,主要应发展实业,目的就是要发展资本主义,反对社会主义。

针对张东荪极力鼓吹的"我以为在现在中国不必促进工人对于资本家的敌忾心。而只应促成工人对于工人的同情心。换一句话来说,就是暂且不要提倡工人对于异阶级的反对观念,而只要提倡对于同阶级的互助观念","在今天只希望工人对于工人讲互助,而不希望工人对于资本家相冲突",李汉俊针锋相对地指出,工人阶级与资产阶级是根本对立的,其矛盾是不可调和的,张东荪不提促进工人对于资本家的敌忾心,目的就是"不希望工人有阶级的觉悟",甘受强盗阶级的压迫。所以,他提出,应在工人和国民中"大大地灌输资本家阶级是掠夺阶级或强盗阶级的观念,使社会一班都明了资本家阶级底横暴,劳动者阶级底不合理的痛苦的理由"。通过与基尔特社会主义者的论战,不仅坚决驳斥了张东荪之流的假社会主义谬论,进一步划清了科学社会主义与形形色色假社会主义之间的界限,同时有力地推动了马克思主义在中国的传播。

1920年11月7日,上海发起组创办了中国共产党最早的党内机关刊物《共产党》月刊,由李达负责具体组织编辑文章。李汉俊给予了有力的支持,不但积极为该刊撰稿(李汉俊以"汗"为笔名在月刊上发表了《劳农制度研究》和《太平洋会议及我们应取的态度》等文章),而且在陈独秀离开上海,他担任上海党组织代理书记时,又很好地领导了这个刊物。《共产党》月刊旗帜鲜明地阐明了中国共产党的基本主张以及与其他党派的区别,指出了中国革命的方向是用阶级战争的手段夺取政权,建设劳动者的国家,着重宣传关于共产党的基本知识,大量介绍第三国际和国际共产主义运动的情况,帮助共产主义者了解党的性质、特点和组织机构,在理论上使各地共产党早期组织成员提高了对党的认识,在实践上为召开第一次全国代表大会,正式宣告成立中国共产党起到了积极推动作用。

李汉俊和日本、朝鲜的共产党方面都有联系,使他在日本、朝鲜亦享有不错的知名度。1921年4月25日,日本《大阪每日新闻》驻上海特派员芥川龙之介、记者村田孜郎到李公馆拜访了李汉俊。在芥川龙之介的眼里，李汉俊是一个"身材不高之青年，发稍长，长脸，血色不足，目带才气。手小。态度颇诚恳，同时又让人感到神经敏锐。第一印象不坏，恰如触摸细且强韧的钟表发条"。

芥川龙之介在札记里描绘了他们的这次会面，明显表露出对李汉俊的好感：

与村田君访李人杰氏。李氏年方二十有八，以信条言系社会主义者，上海"少年中国"代表之一人也。

有僮，即引予等至客厅。有长方形桌一，洋风椅子二三，桌上有盘，盛陶制果物。梨、葡萄、苹果——除此自然之拙劣模仿外，另无装饰，足慰客目。然市内尘埃不见，满溢简素之气。愉快。

李氏曾在东京大学里待过，日语极其流畅。尤其是琐碎的大道理，也能让对方领会，这手本事，在我的日语之上亦未可知……李的言谈举止煞是爽快利落，致令同行的村田君浩叹"此君脑子极灵"，亦非不可思议。

李氏云，现代中国应将如何？此问题之解决，不在共和亦不在复辟。此种政治革命于中国改造之无力，过去既已证明之。现在亦复将证明之。然吾人之当努力者，唯社会革命一途而已耳。

李氏又云，种子在手，唯惧万里之荒芜，或吾力之不逮也。是以不得无忧吾人之肉体堪此劳任否。言毕蹙眉。

在整个访华期间，芥川龙之介会见了诸多所谓的民国贤达名流，留下了四篇人物素描，除李人杰外，其余三人分别是上海的章炳麟、郑孝胥和北京的辜鸿铭。章炳麟即章太炎，被鲁迅先生誉为"先哲的精神，后生的楷模"。郑孝胥不仅工诗，而且善书，辛亥革命以后以遗老自居。辜鸿铭号称学贯中西，被林语堂视为"出类拔萃，人中铮铮之怪杰"。对这三位声名远播的人物，芥川在行文中固然表现出对他们学识的尊重，同时又语带调侃，不无冷讽，唯独对李汉俊的态度恭敬有加，应该说，是对李汉俊马克思主义理论学识修养及品格的双重认定。

按照时下国人对洋人的推崇程度，可以想象得到，李汉俊如果活在当下，不知道要被国人冠以多少令人目不暇接、绚丽耀眼的××大师、××神之类的称号；他要是愿意接受国内知名大学的聘请，恐怕除至少给予二级教授的职称之外，还有院长、所长、副校长之类的领导职务，外加一座装修豪华的别墅。只是，根据李汉俊的性格，他恐怕是决不会接受这些无聊玩意的。对志存高远的革命者来说，头衔算得了什么，房子算得了什么，被洋人推崇算得了什么，他要的是救国救民。

李汉俊在传播马克思主义方面的功绩，仅从撰写和发表宣传文章来说，从1919年他在《星期评论》上发表第一篇具有马克思主义观念的文章开始，到中国共产党诞生的1921年止，仅在上海一地，他以李漱石、李人杰、人杰、汉俊、汗、海镜、海晶、先进、厂晶等作为笔名，在《新青年》《星期评论》《民国日报》副刊《觉悟》和《妇女评论》《建设》《劳动界》《共产党》《小说月报》等报刊上，发表了九十余篇传播马克思主义的译文和文章。

1922年元旦，是中国共产党正式成立后的第一个元旦，李汉俊在《民国日报》副刊《觉悟》上同时发表了《中国底乱源及其归宿》《我们如何使中国底乱源赶快终止？》两篇文章，运用唯物史观指出鸦片战争之后，在先进的生产工具的冲击下，中国传统的社会结构开始崩坏，以及造成中国社会乱源的原因，并提出解决中国乱源的办法是走社会主义道路。他在文章中说："中国底乱源，一是因为中国这社会各局部相互间的进化程度太不一致而发生的调和作用；一是因为中国在全体上与世界底进化程度悬隔太远而发生的剧烈的调和作用……"由于调和作用是在进化方向上，所以"中国底混乱不是只能产生灭亡的混乱，乃是产生进化之可能的混乱，并又进而断定这混乱要中国进化到了社会主义才能终止"。

张闻天读到这两篇文章后，撰写了《中国底乱源及其解决》，作为对李汉俊的致敬，明确表示："我对于汉俊先生明晰的眼光所看到的明晰的见解，我表示无限的佩服，并且他对马克斯唯物史观的解释，尤得我底同意，不像那批自以为马克斯专家的学者把他解释得死板而且不通。"但在"进化"与"调和"两个词的使用上，张闻天提出了不同看法。他认为，"进化"用得不准确，应该用"进步"。因为"社会的进化是在说，现在的社会是怎样来的，而社会的进步是在说，社会应该怎样去的：这其间有很大的不同"。而在东方传统文化中,"调和"含有妥协的意思,中国人的"根本精神是自为调和意欲"。正是这种妥协,"在今日的中国如其再主张什么新旧调和,南北调和等这种臭调子,真是灭亡之征兆"。

这两个词是李汉俊从日文本的马克思主义著作(文章)中转译过来的。针对张闻天提出的不同看法,李汉俊一一给予回答。他认为"进化"有向前生长和向前发展、表达动态的意思,不过,也接受了张闻天的意见,在每一个"进化"后面的括号内写上了"或进步"。对于"调和"一词,李汉俊指出它是英国政治家经常用的一个词,是用在性质相同,"不是旧的与新的,合理与不合理的调和",有"适应"和"同化和淘汰"的作用。他用于分析中国社会问题,就是中国是世界全局中的一个局部,必须适应世界发展的趋势,朝社会主义方向发展;必须淘汰旧的社会制度,创造新的社会制度。

继而,李汉俊认为马克思主义唯物史观、经济学说、社会民主主义和阶级斗争学说是"浑然的有机完体",对这个系统是不能自由发挥的,否则就不是马克思主义,而是别的主义了。但马克思主义必须随着时代的变化而变化,马克思主义在各个国家已经产生了适合他国的马克思主义,"到中国要成为什么呢?现在还不晓得,这就要靠中国人底努力了。我们努力底结果,或者能够造出什么来。张闻天先生,我们大家努力罢!"这可以看成马克思主义中国化的最初表述。

1922年1月23日,李汉俊在《民国日报》副刊《觉悟》上又发表了《唯物史观不是什么?》一文,对恩格斯的《社会主义从空想到科学的发展》第二章哲学部分,在中文语境里进行诠释,详细论证了唯物史观是"辩证法的思索法和唯物论的观察法"的"巧妙的结合"。这是李汉俊马克思主义理论修养很高的又一表现。

在这篇文章里,李汉俊认为马克思的政治经济学是用唯物史观对历史考察的结果,所以马克思主义的唯物史观也可以称作经济史观。其根本的一条是:造就社会的因素很多,但终极原因在经济条件。人的观念(包括善恶正邪、信仰等),均由物质条件决定,并受它的限制,"经济的条件是历史的进化底根本动力"。具体地说,即人类发展的各个阶段起支配作用的是物质的生产、交换以及与之相适应的产品分配。这也是一切社会制度的基础。在阶级社会里，生产资料必然被一个阶级所私有，从而"支配生产及交换"，进而支配生产者。在现在这个社会，这个阶级就是资产阶级。资本主义的生产关系是社会生产过程中的最后一个对抗形式，在资本主义社会的胎胞里发展的生产力，同时又造就解决这个对抗的物质条件（即无产阶级）。"所以人类社会底前史就以这资本家社会形态而告终。"

  文章结尾处，李汉俊要读者阅读此文时，参照《我们如何使中国底混乱赶快终止？》一文，说明他写这篇文章的目的不是单纯介绍马克思辩证法的原理，而是要中国先进分子用来剖析中国革命的历史使命，解决中国革命的实际问题。

5. 理论界的"鲁迅"：李达

鲁迅先生以笔作刀枪，揭露反动统治之下的黑暗现实，坚持社会正义，反抗强权，在革命以及充满革命激情的年代里，备受人们崇敬，被誉为"民族魂"。中国人民的伟大领袖毛泽东曾经给予高度评价："鲁迅的骨头是最硬的，他没有丝毫的奴颜和媚骨，这是殖民地半殖民地人民最可宝贵的性格。"为此，鲁迅先生是一座丰碑，想要成为鲁迅先生式的人物，必须具有他那种铮铮铁骨，以及坚持正义、反抗强权的风骨。毛泽东称赞早期马克思主义传播者、上海发起组成员之一李达是理论界的"鲁迅"，无疑表明李达在理论界是鲁迅先生精神的再现。

毛泽东是1956年7月在武汉视察时称李达是理论界的"鲁迅"的。那时候，时任湖北省委副秘书长、省委书记处办公室主任梅白，受省委派遣，到毛泽东身边帮助工作。第二天，毛泽东要梅白去请武汉大学校长李达到东湖宾馆见面。李达看到毛泽东，面有愧色地说道："我很遗憾呀，没有同你上井冈山，没有参加二万五千里长征。"毛泽东说："你遗憾什么？你是黑旋风李逵，你比他还厉害。他只有两板斧，你有三板斧。你有李逵之大忠、大义、大勇，还比他多一个大智。你从'五四'时期，直到全国解放，都是理论界的'黑旋风'，胡适、梁启超、张东荪、江亢虎这些'大人物'都挨过你的'板斧'，你在理论界跟鲁迅是一样的。"送走李达，梅白问主席："您能否公开评价一下李达，把您刚才的话发表出去？"毛泽东笑道："他是理论界的'鲁迅'，还要我评价什么？历史自有公论！"

李达，字鹤鸣，湖南零陵人。1909年秋考入京师优级师范。在赴京路上，目睹外国强盗在中国土地上耀武扬威，根本不把中国人当人看，他受到了强烈震撼。原以为在师范学堂里，可以学到救国救民的道理和解救中国的良方，可是，学政的腐败如同一场瘟疫，到处蔓延，他深感失望，但求学的决心毫不动摇，他在浑浊的世界上特立独行。1911年辛亥革命爆发了，他感到兴奋，以为共和体制一经兴起，整个中国必然会发生天翻地覆的变化，谁知北洋军阀篡夺了革命的果实，各种腐败依旧到处丛生，列强的蚕食鲸吞依旧日甚一日，整个华夏大地，民不聊生，哀鸿遍野。中国到底会走向何方？

世界上有没有救世的良药？他一直在苦苦地思索着，也在不断地探索着。他先是认为中国之所以贫穷落后，是由于科学不发达，只有发展教育，普及科学知识，唤醒人民的觉悟，才能国富民强。于是有了教育救国的理想。当看到北洋军阀摧残一切，其手段与清廷相比有过之而无不及时，他那教育救国的理想开始破灭。这时候，受孙中山"大办实业，以利国富民强"的思想影响，李达树起了实业救国的理想。抱着这个目的，他决定参加统考到日本去留学。1913年，他考取了湖南留日官费生。在东京读书一年，因肺病辍学回国。病愈之后，1917年春，他再次东渡日本，考入东京第一高等师范学校（后改称东京帝国大学）学习理科。俄国十月革命胜利的消息传来，李达偷偷阅读马列主义书籍，初步树立了对马克思主义的信心和对苏俄的向往。

1918年5月，段祺瑞政府与日本秘密签订丧权辱国的《中日共同防敌军事协定》后，留日中国学生群情激愤，李达率领一部分留日学生救国团成员到北平请愿。但是，留日学生救国团"预定唤起国内学生大搞救国运动的希望终于没有实现"。这次挫折，使他深切地觉悟到：要想救国，单靠游行请愿是没有用的；在反动统治下"实业救国"的道路也是一种行不通的幻想；恐怕只有像俄国那样走革命的道路，唤醒人民起来推翻反动政府，才能行得通，而要走这条道路，必须加紧学习马克思列宁主义的理论，学习俄国的革命经验。于是，回到日本以后，李达毅然放弃了理工科的学习，全力研读马克思主义。根据当时能够掌握以及学到的马克思主义知识，他越来越坚信，只有马克思主义才是拯救中国的良方。

五四运动爆发后，李达接连从日本给上海的《民国日报》副刊《觉悟》投稿，发表了《什么是社会主义》《社会主义的目的》等文章，进行社会主义宣传。

在《什么是社会主义》这篇文章中，李达不仅解释了什么是社会主义，而且对社会主义与共产主义、无政府主义做出了正确区分，澄清了人们对社会主义的模糊认识，对指导人们树立正确的社会主义观念起到了积极作用。他说道："社会主义、共产主义、无政府主义各有各的主张，不能笼统说的。近时很有人把社会主义当作共产主义，也有人把无政府主义置在社会主义头上，实在可笑得很，又是可怜得很。""社会主义，是反对个人竞争主义，主张万人协同主义。社会主义，是反对资本万能主义，主张劳动万能主义。社会主义,是反对个人独占主义,主张社会公有主义。社会主义,是打破经济的束缚,恢复群众的自由。""共产主义是社会主义终极的理想。"私有制是最终要消灭的。但是"现在社会主义的纲领,还没有主张到这个田地"。换言之,社会主义是共产主义的低级阶段,两者的纲领和政策是不能相提并论的。社会主义与无政府主义根本不同,"无政府主义全然不承认有国家的组织",社会主义虽然也不承认资本主义"这样的国家,这样的政府",但是主张"要组织一种社会主义的政府",这"和那无政府主义根本打破政府组织是不一样的。再就他的手段说来也是不同的"。

李达在《社会主义的目的》一文中指出:"社会主义是十九世纪的产物。""社会主义有两面最鲜明的旗帜,一面是救经济上的不平均,一面是恢复人类真正平等的状态。"前者即消灭经济上的剥削,后者是铲除政治上的压迫。换言之,社会主义运动的基本目标使人民在经济上摆脱贫穷,在政治上能实现人人平等。

这些文章对中国先进知识分子分清真假社会主义起到了启蒙作用。同时,正是因为李达非常清醒地认识到了真正的社会主义特征及其目的,初步具有马克思主义理论修养,使他在基尔特社会主义、无政府主义,以及其他形形色色的非马克思主义者攻击马克思主义时,能像鲁迅一样,用笔作刀枪,做出深刻的揭露。

从1919年秋到1920年夏,为了系统地向国内传播马克思主义,李达翻译了《唯物史观解说》《马克思经济学》《社会问题总览》,寄回国内出版。

随即,李达抱着"寻找同志干社会革命"的目的,放弃学业,返回了中国。

李达曾经作为留日学生总会理事,到上海参加中华民国学生联合会的工作。全国学联跟上海中华女界联合会时时会有工作上的来往。女联会长徐宗汉是辛亥革命时民军总司令黄兴的夫人,一个来自浙江桐乡的名叫王会悟的小姐在她手下做文秘工作。李达拜访徐宗汉时,亦结识了王会悟。

王会悟中学时代接触了大量新思想新文化。五四运动以后,她来到上海,经人介绍,进入中华女界联合会做文秘工作。见到李达以后,王会悟被李达的谈吐和聪明才智、还有他的身上流露出来的革命者气质所倾倒;李达也因王会悟思想进步崇尚新文化而心生好感。李达回去日本之后,两人经常通信联系，渐渐地从相识，到相知，最后发展到了情侣关系。

一到达上海，李达马上去看望王会悟，告诉她自己这次回国的目的。王会悟不反对他干革命，可饿着肚子是干不了革命的，便劝告他，应该先找一所学校，去当教员，在生活上没有后顾之忧，再寻找真同志一起干革命。李达接受了她的建议。因对陈独秀倾慕已久，听说陈独秀住在上海，李达决定去拜会这位新文化运动的旗手。陈独秀非常豪爽，不仅邀请李达担任《新青年》杂志编辑，而且安排李达和王会悟一同住在他的家里。由此，李达既找到了真同志，又可保生活无忧。

李达回国不久，以梁启超为首领、张东荪为主将的研究系分子，打着社会主义的幌子，鼓吹基尔特社会主义，提倡社会改良，反对社会革命，企图阻碍马克思主义在中国的传播和共产主义运动在中国的兴起，李达即与陈独秀、李大钊、李汉俊等人一道，积极投入到论战当中，初步展现了理论界鲁迅的风貌。

在这场与反马克思主义思潮的论战中，李达等坚定信仰马克思主义的先进知识分子，系统地论述了无产阶级专政的必要性和重要性；揭露了无政府主义者"绝对自由"的欺骗性，进而划清了真、假社会主义，无产阶级政党和资产阶级政党的界限，为中国共产党的成立和发展清除了思想障碍，奠定了理论基础。

1920年11月6日，张东荪在《时事新报》上刊文《由内地旅行而得之又一教训》，声称：

我此次旅行了几个地方，虽未深入腹地，却觉得救中国只有一条路，一言以蔽之，就是增加富力。而增加富力就是开发实业。因为中国的唯一病症就是贫乏，中国真穷到极点了。罗素先生观察各地情形以后，他也说中国除了开发实业以外无以自立。我觉得这句话非常中肯又非常沉痛。舒新城君尝对我说："中国现在没有谈论什么主义的资格，没有采取什么主义的余地，因为中国处处都不够。"也觉得这句话更是非常中肯又非常沉痛。……或则我们也可以说有一个主义，就是使中国人从来未过过人的生活的，都得着人的生活，而不是欧美现成的什么社会主义、什么国家主义、什么无政府主义、什么多数派主义等等。

李达翻出了张东荪于1919年12月1日，在《解放与改造》杂志上刊发的文章《我们为什么要讲社会主义》，里面堂而皇之地写道：须知现在中国有一个现象，大家非大注意不可的。这就是普遍的生活困难。在乡村因为生活困难，遂跑到都市，在都市依然是生活困难。所以在这个普遍的生活困难状态下，无论甚么主义必定都变了抢饭吃的手段，不单是社会主义有这种危险的。赞同社会主义之意昭然若揭。据此，李达写下了《张东荪现原形》一文，指出："张东荪本来是一个无主义无定见的人，这几年来，他所以能够在文坛上沽名钓誉的，就是因为他有一种特长，会学时髦，会说几句言不由衷的滑头话。"他作（做）文章，有一种人所不能的特长，就是前言不顾后语，自己反对自己。这是因为他善变，所以前一瞬间的东荪，与后一瞬间的东荪是完全相反的。原来他是一个假社会主义者，"东荪自己把假面具揭破了"，"现（出）原形"。

这是李达向张东荪挥起的第一记板斧，威力十足，一下子令他原形毕露。

紧接着，李达又祭出如椽之笔，发表了《劳动者与社会主义》和《社会革命底商榷》两篇文章，首先对社会主义的真义作了明确的解释，"社会主义主张打倒资本主义，废止私有财产，把一切工厂一切机器一切原料都归劳动者手里管理，由劳动者自由组合联合会，共同制造货物"。社会主义实行"各尽所能，按劳分配"的原则。痛斥张东荪一类走狗学者只是口头上讲社会主义，心里未必赞同，只是胡乱地讲，却未必十分懂得，"他们不说中国人要准备知识，学好了社会主义，好行社会革命，便说要助长资本主义的发达好谈社会主义"，"这种似是而非的论调，最易淆惑人心。他们是社会主义的障碍，是我们的敌人"，强调社会问题"有一个最大的根本解决方法，就是社会主义"。"社会主义是解决社会问题的根本出路，只有社会主义才能使劳动者不饿死不冻死，不受资本家的压迫。因此，劳动者非信奉社会主义，实行社会主义革命把资本家完全铲除不可。"

接连挨了几板斧，张东荪着实感到浑身疼痛，但又不甘心，于1920年12月15日又在《改造》杂志上发表《现在与将来》一文，进行反扑。文章说："中国现在既有贫乏病，则开发实业为唯一之要求。……就现在人民太贫得求生不得而讲，即使资本主义的企业发达，终是利在目前而害在将来。我们没有法子破坏他的缘故，亦就在他能利于目前。我们若在此时即破坏他，便是我们认题未清。"张氏的观点是：中国资本主义丝毫不发达，搞工人运动的社会主义者大部分集中在上海，因为只有上海还有几家资本家的工厂，没有资本主义，没有工厂，小农们都患有贫乏病，如何能搞工人运动、搞社会主义呢？

张东荪之所以敢于反扑，是有梁启超在背后给他撑腰。看到张东荪放了第一把火，梁启超精心准备了两个月，发表了《复张东荪书论社会主义运动》的万言书，竭力支持并进一步发挥和补充张东荪的反社会主义观点，提出了使中国走资本主义道路，反对社会主义运动的改良主义纲领，同时在《改造》上开辟"社会主义研究"专栏，公开举起反马克思主义旗帜，反对建立无产阶级政党。

与此同时，蓝公武、蒋百里、彭一湖、费觉天这些有一定名望的人，亦写出过大块文章，积极倡导资本主义，表明对社会主义的消极态度。

在所有这些主张资本主义、反对社会主义的人当中，鉴于梁任公是多方面的人才，又是一个谈思想的思想家，所做的文章很能代表一部分人的意见，很能博得一部分人的同情，而且他虽然明明主张资本主义反对社会主义，而立论似多近理，评论又复周到，凡是对社会主义无甚研究的人，看了这篇文字，就不免被其感动，望洋兴叹，裹足不前。为此，李达把矛头对准了梁启超。

1921年5月，李达发表了《论社会主义并质梁任公》一文，一针见血地指出，这是"表同情于资本家与表同情于劳动者的两派"之争，是"社会主义与反社会主义两方面"之争，对梁启超的假社会主义进行了全面而又深刻的清算。

首先，李达批判了梁启超"马克思主义不适合中国的国情""中国无劳动阶级"、不能提倡社会主义的谬论。在梁启超看来，中国的基本国情，一是"实业不发达"，"产品贫乏，无法均产"；二是"劳动阶级不存在"，在中国搞社会主义只能成为"利用游民的运动"，其结果只会增加游民。"欲社会主义之实现，其道无由。""目前最迫切之问题，在如何而能使多数之人民得以变为劳动者"，"有业无业乃第一问题，而有产无产转成第二问题"，因此，社会主义在中国行不通。针对这种谬论，李达论证了社会主义的任务是"把这种自由竞争和私有财产制度永远铲除"，"建设永久的共产社会"，而不是在现存制度下搞均产。他进一步指出:"中国工业发达程度虽不如欧美日本,但中国无产阶级所受的悲惨,比欧美日本的无产阶级所受的更甚。"中国不是没有劳动阶级,中国的无业游民是国际资本主义造成的,"所以就中国说,是国际资本阶级和中国劳动阶级的对峙,中国是劳动过剩,不能说没有劳动阶级",所谓"游民"实际上就是"失业的劳动者"。李达得出结论:"中国当时的社会实况虽与欧美有不同,而社会主义的原则却无有不同,而且又不能独异的。"为此中国的无产阶级包括失业游民有要求改善经济参与政治的资格和权利。李达甚至质问梁启超:"我们并不主张利用游民实行革命,但劳动者不幸失业而成游民,如果有相当的团体训练,为什么绝对不允许他们主张自己的权利?梁任公一定要他们回复到赁银奴隶地位以后,才准他们发言,是何道理?"

其次,李达驳斥了所谓中国唯一的出路是"奖励"资本家"开发实业",走资本主义道路的言论,指斥那是一种脱离实际的空想。梁启超认为,中国的唯一出路是资本家"开发实业",发展资本主义,使"游民"有工可做,只有通过这个途径"造成"劳动阶级,然后社会主义才有"凭借"。李达指出,社会主义者并不否认在民生调弊、产业落后的中国"开发实业"的重要性,问题在于采用何种方式开发实业,即采取资本主义生产方式还是采取社会主义生产方式来发展经济。他嘲笑梁启超先"造"劳动阶级再行社会主义的欺人之谈,同为了解放天然足的女子而故意为她缠足一样荒唐。他比较了资本主义和社会主义生产方式,"资本主义生产组织是无政府无秩序的状态,社会主义生产组织是有秩序有政府的状态",认为只有社会主义的生产方式可以克服资本主义社会的固有矛盾和由此造成的生产过剩的经济危机、工人失业等社会痼疾。为此,"就中国的现状而论,国内新式生产机关绝少,在今日而言开发实业,最好莫如采用社会主义"。

再次,李达揭露了"矫正资本家""务取劳资协调"的欺骗性。

梁启超说他提倡资本主义"原属不得已之法",他认为"矫正"资本主义弊病的方法,一是借社会教育使资本家发生"深切著明之觉悟","务取劳资协调主义,使两个阶级之距离不至太甚";二是通过政府之立法,社会之监督,对资本主义加以限制和矫正;三是用"疏泄"的办法使资本主义与非资本主义"相为并进"。由此,需要劝说劳动者不再反对资本家,并劝工人办一点"疾病保险"之类的"切身利益之事","作对全世界资本家阶级最后决战之准备"。李达毫不留情地揭穿了梁启超"巧言饰词"的实质是社会改良主义。他指出,社会主义运动要"铲除社会问题的根本原因",把自由竞争和私有制这个"万恶的根源"完全撤废。而改良主义的社会政策只是"略略缓和社会问题,并不是想根本的解决社会问题的",劝诱资本家宽待劳动者,只不过是使劳动者永远吟呻在资本家的掠夺支配之下,"他们宽待劳动者,无非是免得受罢工的损失,即可以安稳地扩张资本势力;换句话说,即是使劳动者安于奴隶状态而不思反抗"。

最后,李达指出实现社会主义的唯一途径是直接行动,进行社会革命。

在同基尔特社会主义的论战中,李达对社会革命的根源和目的,以及社会主义运动的内容及其实行的手段等问题,都做了正确的分析和论证,指出,社会革命的目的,是推倒有阶级有特权的旧社会,组织无阶级无特权的新社会。"社会主义运动,就是用种种手段方式实现社会主义的社会。"

为了揭露资产阶级改良主义的欺骗性,李达深入分析比较了议会政策、工会运动和直接行动三种不同的具体手段,主张实行社会根本改造的手段只能是"直接行动",即"最普遍最猛烈最有效力的一种非妥协的阶级斗争手段"。他强调指出:"劳农主义的直接行动,主张联合大多数的无产阶级,增加作战的势力,为突发的猛烈的普遍的群众运动,夺取国家的权力,使无产阶级跑上支配阶级的地位,就用政治的优越权,从资本阶级夺取一切资本,把一切生产工具集中到无产阶级的国家手里,用大速度增加全部生产力,这就是直接行动的效验。"

在这场论战中,李达秉持的基本思想是:中国革命的唯一出路,是由无产阶级政党领导群众用暴力夺取国家政权,向社会主义迈进。

与此同时,李达等马克思主义者还与无政府主义思潮进行了激烈的论战。

早在清朝末年,无政府主义思潮已经传到了中国。20世纪20年代初,无政府主义更加泛滥起来,刊物、团体和流派不断增多,他们打着共产主义的招牌,否定一切权力和权威,特别是反对无产阶级有组织的阶级斗争和无产阶级专政,成为马克思主义传播和建党的重要思想理论障碍。

李达在《什么是社会主义》一文里,已经对无政府主义做了初步批判,可以看作是马克思主义者批判无政府主义的开山之作。他主编的《共产党》

月刊从第一期到第五期的《短言》都批判了无政府主义。他的《社会革命底商榷》和《无政府主义之解剖》两篇文章,在这场论战中起了非常突出的重要作用。

第一,李达从源头上揭露批判了无政府主义的理论基础。

无政府主义者认为,"互助"是人类天然存在的一种感情,是人类社会赖以存在的基础,是一切生物进化的真正因素。互助性的强弱,决定了竞争的胜负。李达认为,互助论并不完全是克鲁泡特金的发现,达尔文也多少承认它。达尔文在论证自然进化的要素时,注重相互斗争,忽视了相互扶助。克氏则强调了达尔文忽视的一面,忘却了相互斗争。事实上,和睦共同、斗争征服这两类本能互相对立,无论动物跟人类都是具备的。从这个理论前提出发,他揭示了无政府主义理论本身的矛盾,表明其理论基础是不能成立的:"若说人类没有斗争征服的本能,怎么会产生那'少数的妨害者'?若说互相扶助是大多数人所具备的本能,相互斗争是少数人的偶发性,那么,这种偶发性不也是从那大多数的心理中发生出来的?"

第二,李达批判了无政府主义在国家和自由问题上的错误。

无政府主义者从抽象的人性论出发,认为强权违背了互助的公理,侵犯了人类的自由,阻碍了人类社会的进步,要求"去除一切强权";极力反对马克思主义无产阶级专政学说,不承认国家是阶级斗争的产物,硬说国家是人类相互仇视和"相侵相夺""相杀相害"的根源,认为要实现人类的自由和社会的进步,首先要消灭国家。李达在批判这个谬论时阐明了两个观点:其一,要严格区分两种不同性质的国家。对国家、政治、法律,必须根据不同的情况区别对待,不能一概视为恶物,仅从一般意义上进行反对。如果说"此时""此处"的国家是特权阶级所有是可以的,但说"将来的""他处的"也是特权阶级所有,是错误的。如果嫌特权阶级的国家不好,只好把特权阶级打倒建设没有特权阶级的国家。其二,无产阶级专政的国家政权是完全必要的。在社会主义革命之后,必须通过无产阶级专政,来组织社会的生产和消费,迫使不愿意劳动的人为社会工作,以及对抗那资本主义敌国。针对无政府主义者极力提倡的"绝对自由",李达指出:这种"无政府共产主义"是"空中楼阁",不要中央集权是"蔑视时间空间的空想","绝对自由""绝对平等"的抽象思想是没有的,资本阶级并不害怕这一点,而是害怕那种最有力的具体的即时可以实现的社会主义制度。

第三，李达集中批评了无政府主义在生产管理方面的分散主义以及毫无限制地分配和消费主张。

在生产管理方面，李达指出："共产主义的原则主张把一切农业工业的生产机关都移归中央管理，有时因生产机关的种类不同，或移归地方管理。"而无政府主义主张取消中央的权力，取消有计划和集中统一的领导，将一切生产机关委诸自由人的自由联合体管理。据此，李达认为："无政府主义生产组织，有一种最大的缺点，即是不能使生产力保持均平。"换句话说，无政府主义生产组织无法克服资本主义生产的盲目性，必然导致资本主义式的生产混乱，重复资本主义生产方式的弊端。由此，李达得出结论："非有中央权力去干涉不可。"

在分配制度上，李达批判了无政府主义"各尽其能，各取所需"的分配原理，认为：消费原则必须受生产力的发展水平所制约，生产力有一定的限度，生产物当然也有限度，以有限的生产，满足个人无限度的消费自由，是绝对办不到的。在"生产力未发达的地方与生产力未发达的时期内，若用这种分配制度，社会的经济的秩序就要弄糟了"。他还着重批评了无政府主义消费原则的另一个缺点，即取消货币制度，主张"借助货币的形式分配生产物"，并加以"限制"。

第四，李达深刻地揭露了无政府主义的世界观基础是个人主义。

李达深刻剖析了法国施蒂纳"个人主义的无政府主义"、法国蒲鲁东的"社会的无政府主义"、俄国巴枯宁的"团体的无政府主义"，以及克鲁泡特金的"无政府共产主义"等各种无政府主义思潮，点明了它们的共同要素，"就是否认一切政府，一切国家，一切权力"，揭露了它们是没有科学的体系和哲学的基础的，其出发点和归宿点就是资产阶级个人主义，必然导致"个人万能"的英雄史观。他明确指出，推动社会进步的不是个别英雄人物的意志，而是广大人民群众的力量；完成社会革命已不能靠个别暗杀活动，而要靠广大无产阶级联合起来的自觉行动。一切政治的、经济的、社会的组织和各种制度，都是人类久远的历史集积而来的，而且受了合理的判断所指导、所开拓、所蓄积而成的，正所谓根深蒂固，绝不是一人或数人的意志和感情表现所能颠覆、所能绝灭的。要干这种事业，必定要具有一种能够作战的新势力才能办到。

无政府主义提倡个人主义,反对一切国家组织和权威,导源于他们先验的道德观和人性论。李达在批判无政府主义个人主义的同时,批判了他们在人性论和政治观上的偏见,指出:"一切无政府主义对于人性的研究太乐观了。对于政治的研究太悲观了。对于人性,与其乐观不如悲观,较为合理。如实地说起来,将来实现的新社会中,与其乐观不如把悲观作基础实行建设反为万全之策。"

李达对无政府主义的批判,系统深刻,击中要害,对廓清无政府主义在探索救国道路的人们当中制造的混乱,促进他们转向马克思主义,产生了积极作用。

与无政府主义如火如荼地开展论战之际,李达将笔化作刀枪、化作板斧,勇往直前,投入下一场战斗——跟第二国际修正主义的论战。

第二国际修正主义的创始人和主要代表是德国社会民主党人伯恩施坦。他在恩格斯逝世以后,以《社会主义问题》为总标题,发表了一系列文章,公开声称必须对马克思主义进行全面的修正。其核心要点是:美化资本主义、反对暴力革命、从资本主义和平过渡到社会主义。实质上是不要马克思主义、不要社会主义革命、不要社会主义。以列宁为首的布尔什维克坚决批判俄国党内的孟什维克并在组织上与之决裂,坚持发展马克思主义来反对修正主义,在1914年第一次世界大战爆发的转折关头保卫了马克思主义。第二国际大多数国家的共产党由于批判不力,致使修正主义在党内逐步占了上风,成为资产阶级的附庸,大战爆发后背叛无产阶级,转向支持本国帝国主义政府的战争政策,导致第二国际瓦解。

在建党前夕,中国的共产主义者必须对第二国际修正主义作一个系统深入的批判,以便不会沾染上第二国际修正主义的毒素,李达在这方面做出了突出贡献。

首先,李达系统地揭露了第二国际修正主义对马克思主义的背叛。1920年11月,李达在《共产党》创刊号上发表《第三国际党大会的缘起》,简要概述了第二国际"堕落的历史",指出他们有的醉心于改良主义,有的主张议会道路,有的主张劳资协调,在第一次世界大战中,不少第二国际领袖人物公然背叛了无产阶级国际主义,成为帝国主义的帮凶,哪能配代表各国的社会党呢？而新成立的第三国际，即以列宁为首的国际共产党联盟，其主旨是"实行马克思的共产主义即革命的社会主义，由公然的群众运动，断行革命，至于实现的手段，就是采取无产阶级专政"。这代表国际工人运动的正确方向，是我们前进的目标。

1921年1月，李达在《新青年》第8卷5号发表了《马克思还原》一文，结合国际共产主义运动的史实，系统批判了第二国际修正主义在实践和理论上对马克思主义的背叛，并且指出他们堕落为修正主义的主客观原因：

从主观上说，是把马克思主义历史唯物论误解为一种"机械史观的宿命论"，在社会发展面前完全陷入消极被动；从客观形势上讲，十九世纪中叶以后，世界资本主义利用掠夺殖民地的办法转嫁了国内经济危机，同时迫于国内阶级斗争的压力对政治经济政策作了某些调整，是劳资矛盾有所缓解，社会主义运动出现了暂时的低落。致使"一般马克思主义者，窥见当时的形势，以为与其求速成而无效，不如取渐进主义，愈改变而愈离奇，竟弄出非驴非马的马克思社会主义来"。

其次，李达集中论述了马克思的社会主义思想，还原马克思的本来面目。在《马克思还原》一文中，李达还原了被第二国际修正主义误解或歪曲了的"马克思的真面目"，将马克思科学社会主义归纳为五个重要原则，即"唯物史观""资本集中说""资本主义崩坏说""剩余价值说"和"阶级斗争说"，并且强调"马克思的政治学说和经济学说，均详备于此五原则之中"。他把对社会主义的理解，归纳为如下七条：一、一切生产关系财产关系，是社会制度的基础，一切社会宗教、哲学、法律、政治制度等组织，均依这经济的基础而定。二、社会的物质生产力，发展至一定的程度时，就与现社会中活动而来的生产关系财产关系发生冲突。资本家利用收集生产物的剩余价值，坐致巨富。劳动者仅赖工钱谋生。富者愈富，贫者愈贫。遂划分社会为有产者和无产者两大阶级。三、人类的历史是阶级斗争的历史。资本制度发展到了一定阶段，大多数的无产阶级就与少数的有产阶级互相对峙起来。劳动者发生阶级的心理与阶级的自觉，互相联合组成一大阶级，与有产阶级为猛烈的争斗。四、资本主义跋扈，渐带国际的倾向，而无产阶级的作战，亦趋于国际的团结。于是全世界一切掠夺、压迫、阶级制度、阶级斗争，若不完全歼灭，全世界被压迫被掠夺的无产阶级，不能从施压迫施掠夺的有产阶级完全解放。五、无产阶级的革命，在于颠覆有产阶级的权势，建立劳动者的国家，实行无产阶级专政。六、无产阶级借政治优越权，施强迫手段夺取资本阶级一切资本，将一切生产工具，集中到劳动者的国家手里，用最大的加速度，发展生产力。七、国家是一阶级压迫他阶级的机关，若无产阶级专政，完全管理社会经济事业，把生产工具变为国家公产以后，则劳动阶级的利益，成为社会全体的利益，就没有奴隶制度，没有阶级差别，生产力完全发达，人人皆得自由发展。国家这种东西自然消灭，自由的社会自然实现了。

再次，李达深入论述了马克思主义关于无产阶级专政的理论。

1921年6月，李达在文章《马克思派社会主义》中，着重论述了马克思主义与修正主义分歧的焦点——无产阶级专政问题。他指出："多数主义何以反对现代的民主主义，反对议会政策，而必欲实行专政呢？这是因为议会政策是资本阶级社会的政治机关，和阶级斗争的思想是绝对不能相容的。据列宁说一切民主主义都是对立的，换句话说，就是阶级的民主主义。以前的民主主义不过是一阶级的机关；资本阶级的民主主义，不过是资本主义专制的表现。所以劳动阶级的民主主义（即劳动专政）要努力把资本阶级的民主主义打破。""劳动专政的本质，即是一阶级对于他阶级所行的革命的强有力的国家。""资本阶级的国家是资本阶级专政，劳动阶级的国家是劳动阶级专政。""劳动阶级专政的目的在征服资产阶级，根本铲除资本主义的一切思想，风俗习惯和制度，确立社会主义的根基。""劳动专政用什么形式表现出来呢？"李达认为最好的形式是"劳动阶级和下等农民永久专政的劳农会共和"制度。

从这些文章可以看出，李达在批判第二国际修正主义中的重大功绩主要表现在他相当准确而深刻地阐明了无产阶级专政的一系列重大问题，在当时的理论界达到了最高程度，这对于即将产生的中国共产党具有重大指导意义。

对第四国际极左思潮的批判，是李达展现鲁迅般风貌的另一战场。

1921年10月，英、法、荷、葡等国的少数极左派在柏林成立了第四国际。他们否定革命领袖的作用，否定党的领导，反对建立无产阶级政党，主张共产主义者退出"黄色工会"与资产阶级议会"绝交"等一系列错误的理论和策略,在一些重大原则问题上反对列宁主义。这对于刚产生的中国共产党是十分不利的,因此不能置之不理。李达在1922年4月写出《评第四国际》等文章,批判了第四国际的一系列错误理论,进一步捍卫了马克思列宁主义。

首先,李达论述了坚持无产阶级政党领导的必要性和重要性。

针对第四国际不赞成无产阶级有独立的政党,李达指出:

"阶级"和"政党"并不是一样东西。……多数工人阶级觉悟的萌芽,都被那班黄色领袖践踏了。他们被那班领袖的邪说所迷,还不感觉无产阶级革命的必要,甚至有时还甘愿为有产阶级所利用。照这样,若如第四国际的主张,要希望全体无产阶级都变成革命的指导人,这恐怕要成问题了。无产阶级若没有一个共产党来领导,决不能从有产阶级手里,从那班昏迷的领袖们手里解放出来。……所以无产阶级革命,应先由有阶级觉悟的工人组织一个共产党作指导人。共产党是无产阶级的柱石,是无产阶级的头脑,共产党人散布到全体中间宣传革命,实行革命。

在谈到坚持共产党领导的重要性时,李达说道:"无产阶级要实行革命,必须有一个共产党从中领导,才有胜利可言。""无产阶级革命的目标在夺取政权,实行劳工专政。政权必须用武装方能夺到手,既用武装就不能不有严密的组织,什么劳动者的自由结合,完全没有用处。阶级争斗,就是战争,一切作战计划,全靠参谋部筹划出来,方可以操胜算。这参谋部就是共产党。""共产党不仅在革命以前是重要,即在革命时也是重要;革命之后又须监护劳农会,尤其重要。除非到共产主义完全实现的时代,共产党不可一日不存在。"

其次,批判了第四国际在黄色工会问题上的"左"倾关门主义错误。

第四国际把一切黄色组合都看作是腐败不堪的东西,而主张共产主义一律退出来。李达斥之为"用关门的法子以进行部落式的共产主义"。李达认为,按照第四国际的做法,"结果无非分裂无产阶级为共产主义和非共产主义的两派罢了。……非共产主义者将永远脱离不了那班黄色领袖的支配,永远受不到共产主义的洗礼,这简直是放弃有组织的无产阶级了,这简直是替那班黄色领袖譬如雷金、孔巴斯、亨德逊一流人淘汰他们的组合中的共产主义分子。殊不知那些黄色的劳动组合，固然是腐败不堪，令人失望，但若共产主义分子下了决心加入其中运动，不见得不能使他们共产主义化。假使有几万的共产党员加入各组合中组织共产主义的核心，散布共产主义种子使他发酵起来，一面更用别种宣传方法和那班黄色领袖抗争，结果一定可以得到若干同志加入自己的队伍中来。若是黄色国际所领导的那许多黄色组合都共产主义化，世界革命马上就会实现"。

再次，指出了共产党人对待资产阶级议会应持的正确态度。

针对第四国际鼓吹与资产阶级议会绝缘，李达指出：第二国际"忘记了革命的目的只顾眼前利益"，"逐末忘本遂至于忘却劳动阶级于不顾"的议会主义是必须反对的，但是，"第三阶级（即资产阶级）的议会却不是绝对不可以利用的。共产党对于革命运动，凡在可能的范围内，没有不利用。共产党人若是抱着革命的目的跑进议会去，利用议会而不为议会所利用，定可得到很好的成绩"。共产党人可利用议会讲坛和资产阶级报纸"宣传主义"，"努力揭露资产阶级政府的虚伪，陈述资本主义的罪恶，宣布共产主义的好处，唤起劳动阶级的自觉"。

又次，阐述了社会革命中对待农民的政策和策略。

第四国际认为城市无产阶级联合农村无产阶级革命，在农业国的俄国是对的，在东亚各农业国也是对的，至西欧各国则不然，西欧各国农民至少也有一片土地，纯粹农村无产阶级很少，所以所取的方向和俄国是不相同的。李达给予了有力的驳斥："社会革命，工业劳动者自然是主力军，而非与农村无产阶级结合，就不易成就。"即使是在西欧各国，"社会革命最初实应联络农村中这种半无产阶级，至少也要运动他们严守中立，才可以减少阻碍力"。

最后，李达逐一批驳了第四国际对"劳农俄国所行的新经济政策""和农民妥协""和资本主义国家通商"的非难。

针对第四国际反对"劳农俄国所行的新经济政策"，李达说道："这种非难，实在没有理由。"因为实行新经济政策"是十一月革命（即俄国十月社会主义革命）期内所预定的计划而且在俄国共产党执政的第一年（一九一七年）内已实行过或准备实行的"。由于国内战争和小资产阶级怠工而不得不采取离开原来计划的方法。"现在的改变，不过回复到以前的地位罢了。"

关于和农民妥协，即允许私人贸易，李达指出：在国内战争期间，"一切需要都以他是否为战争所需要为评判的标准。因此大部分的粮食都以之供给军队和城市中军火工业的工人。但他不能由和平方法取得，所以迫而采用强制的方法征发农民的剩余粮食"。战争结束后，农民"就不能忍受这种征发"。如果不改变国内经济政策，将会加剧无产阶级与农民阶级的矛盾，而必然"重新采用以前所定的政策，以增加农民的生产量，以缓和农民的反感"。这种妥协"只要不是卖主义的，只要是为环境所迫，也是可以许可的"。而第四国际根本不懂得这一点，跟着"资产阶级那样诬谤"新经济政策，这实质上是为国际资产阶级服务。

针对第四国际指责苏俄不该和资本主义国家通商，李达解释道，这"系出万不得已"。因为，一方面，"租让政策是以一部分不重要的实业与外国资本家开发，同时又由外国取得大机械自己开发本国实业"，发展国民经济，巩固国防；另一方面，当时俄国处在资本主义国家的重重包围之中，"若使西欧果有几个大社会主义国家出现，俄国又何至于降格和资本主义国通商！"

江亢虎挨李达的板斧发生在1923年8月。为了抵制科学社会主义在湖南的传播，中国社会党发起人江亢虎应省长赵恒惕的邀请，给湖南全省各县教师作了《社会主义概论》的讲演，贩卖假社会主义。李达研究了江亢虎的全部言论，并且查阅了他的《新游俄记》《演讲录》等，赶写出《社会主义与江亢虎》一文，指出江亢虎"不懂社会主义偏要制造社会主义来欺世盗名"，"不了解俄国社会革命，偏要引用资本家攻讦劳农俄国的话来到处传"，真是"谬种流传，遗害绝非浅鲜，我们为忠实真理起见，不能不加纠正"，"不能不加以辨白"，剥开江亢虎的假相：其在民国初年"所提倡的社会主义并不是社会主义，实为温情主义"；现在所鼓吹的"新社会主义"则是"官僚的社会主义""走狗的社会主义"。

李达把板斧砍在胡适身上，发生在中华人民共和国成立以后，似乎已经超出了本小节的主旨，在此不必赘述，有兴趣的读者可以自己去查询。

6.《共产党宣言》翻译者：陈望道

在中国早期传播马克思主义的各位重量级人物，基本上都承担了两种角色：一是大家在宣传马克思主义，歌颂俄国十月革命，与基尔特社会主义、无政府主义等形形色色的假社会主义，或者反马克思主义思潮进行论战，在促进马克思主义与中国工人运动相结合等方面，发挥了几乎同等重要的作用；二是每一个人都有所侧重，在其侧重的方面，发挥了别人不可替代的独特的作用。陈望道的独特作用在于他全文翻译的《共产党宣言》，最抵近马克思、恩格斯的原意，它的出版发行，极大地促进了马克思主义传播，提高了共产党早期组织成员以及先进知识分子对马克思主义无产阶级革命理论的认识，从而真正确立无产阶级革命思想。

陈望道早年毕业于金华中学。1915年1月赴日本留学，先后在东洋大学、早稻田大学、中央大学等学校攻读过文学、哲学、法律，受日本风起云涌的社会主义思潮影响，阅读了大量有关社会主义的书籍。1919年6月，他回到国内，途经杭州时，经人介绍，见到了浙江省立第一师范学校校长经亨颐，接受经校长聘请，在暑假以后正式到该校担任语文教员。其时，一师的教学空气依然十分陈腐。为了改变这一现状，陈望道随即与夏丏尊、刘大白、李次久等人一起，组成"国文教授会议"，制定国文教授法大纲。他们主张语文课要教文言文，也要教白话文，而无论教文言文或白话文都要注意它的思想性和艺术性。他们从全国的报刊中选辑了十多篇思想性与艺术性都很好的文章，按其内容进行分类，使用学校里的石印机印刷出版，作为国文讲义，陆续分发给每个学生。这些办法得到多数学生的欢迎，但是省政府派来教语文的一位秘书坚决反对，甚至赤裸裸地发出威胁："如果没有别的办法解决，我就开枪打死他。"

由此，陈望道、夏丏尊、刘大白、李次久被称为新文化运动四大金刚。

为了向学生提供更多的进步刊物，陈望道赞助一师学生施存统与汪寿华等人先后创办了"全国书报贩买部"和"书报购买团"，在校内外推销《新青年》《每周评论》《星期评论》等全国进步报刊。1919年秋天，在校长经亨颐的牵头下，由教师陈望道、夏丏尊、李次九，以及学生傅彬然、施存统、周伯棣、张维棋等人组成编委，出版了《浙江省立第一师范学校校友会十日刊》，大声疾呼："我们要改造社会，转移人心，打破数千年来的偶像和权威，赶紧改革现行学制，使我们学校里的学生的创造力都得到充分自由的发展。"

随后，陈望道一发而不可收，先后指导学生创办了《浙江第一师范十日刊》《浙江第一师范学生自治会会刊》《双十》旬刊、《浙江新潮》《钱江评论》《教育潮》等鼓吹新文化新思想的报刊，形成了较为浓厚的新文化传播氛围。不仅如此，陈望道还在郑振铎主编的《时事新报》副刊《学灯》及《浙江第一师范校友会十日刊》《教育潮》等报刊上发表了《扰乱与进化》《机器的结婚》《我之新旧战争观》《因袭的进化和开辟的进化》《浙江的一颗明星！》《改造社会的两种方法》《致仲九》等一系列文章，对封建礼教以及一切封建习惯势力进行勇猛的抨击，并且提出了一些社会改革的具体设想，极大地促进了学生思想的进步。

这一年秋季，哪怕刚刚经受了五四运动的洗礼，浙江省长齐耀珊与教育厅长夏敬观照样准备主持祭孔活动，早早地发出号令。往年，省教育会会长兼一师校长作为陪祭，是要带领高年级学生前去参加的，而且，有的要担任司乐，有的要跳八佾舞。现在，受到新文化新思想的熏陶，浙江省立第一师范学校学生认识到孔教是禁锢思想、戕害社会进步的大毒瘤，再也不愿意去祭孔了。经亨颐、陈望道等都赞同学生的意见，因此，一师没有一个参加这次活动的。

齐耀珊、夏敬观大为恼怒，立即纠集顽固反动势力，一齐向浙江省立第一师范学校开火。他们大肆造谣毁谤，首先拿陈望道的名字开刀，说他是"忘道""亡道""叛道"，继而杜撰一师国文课的作文题有《掘坟胜于开矿说》《驱齐灭夏的次序问题》等等，由省长齐耀珊出面，电呈教育部请求查禁白话文。

新文化运动促使青年学子觉醒，由此爆发了五四运动；五四运动彰显了新文化运动的活力，使得新文化运动愈发深入。尽管对五四运动多有不满，教育部深知这个大势，怎敢公然做遏制新文化运动的刽子手？于是驳回了齐耀珊的请求。

11月1日，得到陈望道的资助及其思想与业务上给予的帮助和指导，俞秀松、施存统、宣中华、夏衍等进步学生将《双十》旬刊改组为《浙江新潮》周刊。

《浙江新潮》是浙江省最早受十月革命影响、宣传社会主义的刊物。它在创刊词中提出了改造旧社会，实现理想中的"自由""互助""劳动"的新社会的战斗目标，强调知识分子中有觉悟的人应该"投身到劳动界中，和劳动者联合一致"，"以谋求人类生活的幸福和进步"。在创刊号上，还转载了日本《赤》杂志一幅"社会新路线"图，指出社会改造的方向，终将走向"布尔塞维克"。

11月7日，《浙江新潮》第二期刊发了施存统的《非孝》。

施存统从当时一些新的杂志上看到一些新的学说，结合自己家庭反思孝道，相信"要改造社会，的确非先从根本上改造家庭不可"，提出打倒不合理的孝和行不通的孝，应以父母、子女间平等的爱代替不平等的孝。

文章一面世，被封建卫道者们视为异端邪说、洪水猛兽，浙江当局立即查禁《浙江新潮》，搜走正在排印的第三期全部底稿，并勒令拆毁已经排好的版子。

浙江省长齐耀珊、教育厅长夏敬观在请求教育部查禁白话文上失了一着，此时找到机会，非得给肇事者一点颜色看一看不可。一旦搞清楚写出这篇文章的施存统只不过是一个学生，联想起陈望道、夏丏尊、刘大白、李次九四位国文教师一直在提倡新文学反对旧礼教，不祭孔，在孔子诞辰不休假，他们捏造"非孝、废孔、公妻、共产"八字罪状，勒令一师校长经亨颐立即辞退这"四大金刚"。

然而，经亨颐没有被他们吓倒，不肯辞退陈望道、夏丏尊、刘大白、李次九。陈望道、夏丏尊、刘大白、李次九四人坚持留校任教，没有主动离职。

《浙江新潮》的主持人也没有屈服，他们重写了第三期稿件，请在上海主编《星期评论》的沈玄庐、戴季陶帮助印刷出来，带回杭州发行。这期内容，刊登了傅彬然写的《废孔》和揭露杭州纬成公司、虎林丝厂、武林工厂资本家剥削工人的文章。其中《为什么要反对资本家》一文，用马克思主义剩余价值理论说明资产阶级对无产阶级的剥削行为，认为"这个'剩余价值'便是资产阶级在无产阶级超过必需工作时间外，所作（做）工的价值……资产阶级的专制淫威，已达极点——看待无产阶级与牛马一样——的程度，而人类解放的声浪亦应时而起"。不仅强调了"非孝""废孔"，而且喊出打倒资本家的口号。江浙反动政府以及封建卫道士更加恼火，北洋政府也给它加上"主张家庭革命，以劳动为神圣，以忠孝为罪恶"的罪名，发出了"查禁浙江新潮"的电报。包括施存统、俞秀松在内的二十七名学生上了省警察厅的黑名单，在警察厅动手逮捕之前，大多陆续潜离杭州。

陈独秀对《浙江新潮》的评价很高，说《浙江新潮》的议论更彻底，"'非孝'和攻击杭州四个报——《之江日报》《全浙公报》《浙江民报》和《杭州学生联合会周刊》——那两篇文章，天真烂漫，十分可爱，断断不是乡愿派的绅士说得出来的"。并鼓励道："我祷告这班可爱可敬的小兄弟，就是报社封了，也要从别的方面发扬《少年》《浙江新潮》的精神，永续和穷困及黑暗奋斗，万万不可中途挫折。"

一师师生没有中途挫折，在陈望道的支持下，曹聚仁、范尧生等一师进步学生在1920年元旦出版了《钱江评论》，延续《浙江新潮》的精神。在其《发刊旨趣》中宣称：本刊是为了迎接"世界潮流的冲激"，并声称"我们既然改造社会，当然是和旧社会不能没有冲突"，"只要看我们新近夭亡的哥子（即《浙江新潮》），就是前车了！但是我们却能撑着'威武不屈'的骨干，等着那横逆的降临，停版、停邮、查办，都是送广告证明我们的价值。"

这一连串的事情加在一起，令齐耀珊、夏敬观更是怒火攻心，他们决心趁机把校长经亨颐和陈望道、夏丏尊、刘大白、李次九等四大金刚一块儿赶出一师，遂利用1920年2月学生放寒假回家之机，悍然下令免去了经亨颐校长的职务。

恰在这时，戴季陶准备在《星期评论》上全文连载《共产党宣言》。

留学日本期间，戴季陶曾经阅读过由幸德秋水、堺利彦合译的日文版《共产党宣言》，心里赞叹不已，购买了一本，带回中国。创办了《星期评论》之后，他翻出那本《共产党宣言》，想将其翻译成中文。但一旦着手，戴季陶赫然发现，读和译是两回事，读起来能够明白其中的大致意思，可真要翻译成中文，没有深厚的语言功底和一定的马克思主义理论基础，是断然不行的。他深感力不从心，便放弃了自己翻译的想法，觉得"不如邀人翻译，并在《星期评论》上连载"。

这也难怪，《共产党宣言》是国际共产主义运动的纲领性文件，包含极其丰富和深刻的思想内容，文字也极为优美、精练，能准确译出已非易事，要做到文字传神必然会更加困难。连恩格斯都说过:"翻译《共产党宣言》是异常困难的。"

一日,当戴天仇(季陶)将自己的想法告诉邵力子后,邵极力赞同。

可是,谁人能堪此大任呢? 邵力子想起了经常向《民国日报》投稿的陈望道。邵力子知道陈望道留日多年,不仅精通日语,而且精通英语,在国语方面亦有很深的造诣,更重要的是,其人在一师倡导发起的新文化新思想运动已经形成了不错的气候,对马克思主义必定有所了解,翻译《共产党宣言》肯定不成问题,他笑眯眯地向戴天仇推荐道:"能承担此任者,非杭州陈望道莫属。"

戴季陶相信邵力子的判断,将自己从日本带回的那本日文版《共产党宣言》交给他,让他和陈独秀提供的英文版《共产党宣言》一并寄给陈望道。

陈望道接到邮件,已是寒假将近。一放假,他立刻离开学校,返回故乡义乌县之分水塘村。为了排除家里一些琐事的干扰,陈望道躲进家宅旁一间破陋的柴屋里,在里面安放了一块铺板、两条长凳、一盏油灯等简单的用具,专心翻译。

柴屋年久失修破陋不堪,义乌山区的早春气候特别寒冷,北风刺骨,常常使陈望道冻得全身发抖,手足发麻。但他以顽强的毅力顶住了严寒,冻得实在难以忍受了,便在原地跑跑步,用力互擦双手增加热量,然后继续翻译。

为了不打扰陈望道的工作,除母亲一日三餐给他送来茶饭之外,家里其余人都是远离这间柴屋。一次,母亲特地送来粽子和义乌盛产的红糖。由于太全神贯注了,陈望道竟然将砚台里的墨汁当作红糖蘸着粽子吃了!他如此夜以继日,孜孜不倦,终于在寒假期间把《共产党宣言》翻译出来了。

过完寒假,浙江省立第一师范学校师生们全部返回学校,联合起来挽留经亨颐校长,教师拒绝接受省教育厅派来的新校长聘书,学生拒绝新校长进校。浙江反动当局不仅不接受师生的意见,反而于3月24日清晨勒令一师所有学生必须立即离校。25日,省署派了四十多名军警进驻学校,禁止学生出入校门。次日,增加军警近百人。29日拂晓,又出动五十多名军警包围了一师,封锁校门,控制电话,并冲入校内,强制正在早自习的学生离校。住在紧靠操场的陈望道闻声惊醒,喊来住在校内的夏丏尊、胡公冤等人,跟学生一起向反动军警展开博斗。

政府当局如此粗暴地摧残一师，全省教育界愤怒了，纷纷起来声援一师师生的正义行动。杭州各中等以上学校学生，更是在杭州学生联合会的领导下，举行了一次大规模的请愿游行。当游行队伍到达梅花碑省长公署时，为守卫军警所阻。游行队伍与军警发生冲突，一名学生为刺刀所伤，造成了五四运动以来第一次流血惨案，引起社会各界纷纷谴责政府当局的暴行。

在社会各界的有力支援下，一师学生会坚持斗争，最终迫使当局撤退警队，收回解散学校的命令。但经亨颐不愿意再留任一师校长。

这次风潮之后，陈望道对当局失望之极，紧跟经亨颐的脚步，离开了一师。不久，陈望道收到戴季陶的电报，邀请他去《星期评论》担任编辑。原来，是孙中山电召戴季陶去广州，《星期评论》几个主要创办人经过商量，决定让陈望道填补戴季陶走后的空缺，一同编辑这个刊物。陈望道到《星期评论》编辑部社时，在三楼阳台上见到了戴季陶、沈玄庐、李汉俊以及沈雁冰等人。戴季陶一见到陈望道，忍不住大哭起来，说自己舍不得离开这个刊物。第二天，他们再开会时，一改原先的态度，做出了停办《星期评论》的决定。

究其原因，戴季陶将要离开是一个主要因素，其第二点在于，《星期评论》因为政治取向很强，当局虽说不敢予以取缔，但不准该刊物流通出去，发行受阻；其三，1920年6月6日《星期评论》在停刊宣言中给予了一个说法："本志终止刊行以后，在若干时期内，社会主义的论坛，一定是暂时陷入消沉的情况。我们预定的计划是：（1）研究基本学术，准备在近之将来，出版宣传社会主义的定期刊行品。（2）刊行有研究价值的关于社会主义的书籍（现在决定从事著译的有六七种）。（3）平时研究所得，随时刊行不定期的小册子。"根据这一点可以看出，《星期评论》的同人们没有停止宣传社会主义、马克思主义的打算，而是要转换一种方式，准备出版丛书。但最后，这个愿望似乎落了空。

《星期评论》停刊，不仅陈望道想要接手的职位不复存在，而且在这个刊物上面连载《共产党宣言》亦化为泡影。不过，国内有许许多多先进知识分子正在研究、传播马克思主义，并且以陈独秀为首的一批先进分子已经成立了马克思主义研究会，正在商讨成立马克思主义政党的环境条件下，作为科学共产主义的第一部纲领性文献,《共产党宣言》是不愁找不到出路的。最终,陈望道将他翻译的《共产党宣言》,交给李汉俊、陈独秀,他们二人进行校阅后,由维经斯基出资,在上海拉裴德路成裕里12号建起了名叫"又新"的小型印刷所,在8月份以上海社会主义研究会的名义,列为社会主义研究小丛书,在这个印刷所里印刷出来,得以出版发行。因为《新青年》编辑部缺少人手,受陈独秀邀请,陈望道进入《新青年》担任编辑,有了一个比《星期评论》更加理想的工作环境。

《共产党宣言》封面印着红底的马克思半身坐像,画像上方印有"社会主义研究小丛书第一种""马格斯 安格尔斯合著 陈望道译"等字样。内页是用5号铅字竖版直排,无扉页及序言,亦不设目录,风格简洁。稍有缺憾的是,书名被错印成"共党产宣言",内文也有二十多处错别字,但这毕竟是又新印刷所开机印制的第一本书,而且是《共产党宣言》全文第一次在中国问世,影响很大。

比陈望道先到《星期评论》工作过一段时间的俞秀松、施存统,各有出路。

俞秀松、施存统被迫离开一师后,因为得知少年中国学会在北京发起工读互助团,于1919年底到达北京,经陈独秀介绍,参加了北京工读互助团。因为难以维持生活,他们不得不于1920年3月离京返沪,找到了老师沈玄庐,经沈玄庐介绍到《星期评论》社工作。周遭的和谐环境与积极向上的氛围,使俞秀松对《星期评论》社产生深厚的感情,以至于在《星期评论》停刊之后,他感到"十分难过",在目睹社里的同人各奔东西之时,悲伤的心情更加难以名状,在致友人沈仲九的信中说道:"在社里底人又要跑散了,你看我难过到怎样?"

从《星期评论》社出去以后,为了亲力亲为来实践他的美好理想,以结合工人运动改造社会,俞秀松前往厚生铁工厂干活。

施存统在《星期评论》当上编辑以后,跟同学俞秀松一道,积极参加了陈独秀发起的马克思主义研究会举办的各种座谈活动。《星期评论》停刊之后,他深感自己知识不够,在戴季陶的劝说下,决定东渡日本留学。6月20日,戴季陶替他安排好了去日本留学的一切事宜,施存统正式启程踏上赴日留学的道路。临行前,他抄写了一份马克思主义研究会成员初步拟定的党纲,带去日本,准备在日本留学生中发展中国共产党早期组织成员。

因为在《新潮》上看到鲁迅的文章，对他"现在偏要发议论，而且讲科学、讲科学而仍发议论，庶几乎他们依然不得安稳，我们也可告无罪于天下了"的意见表示赞同，《共产党宣言》新书一出版，陈望道特意寄给鲁迅一本，请求指正。

鲁迅接到《共产党宣言》，当天即抛开其他一切事务，认认真真地阅读了一遍，心里感到十分满意，对陈望道付出的劳动不吝赞赏："现在大家都议论什么'过激主义'来了。但就没有人切切实实地把这个'主义'真正介绍到国内来，其实这倒是当前最紧要的工作。望道在杭州大闹了一阵之后，这次埋头苦干，把这本书译出来，对中国做了一件好事。""我看望道这个人比北京那批吃'五四'饭的人要强得多，他是真正肯为大家着想的。"

《共产党宣言》初版只印了一千册，很快销售一空，随后加印了一千册，仍然供不应求。因为看到过《星期评论》停刊宣言，不少读者纷纷写信到原《星期评论》编辑部沈玄庐处，询问《共产党宣言》的发行情况。

1920年9月30日，沈玄庐在《民国日报》副刊《觉悟》上刊登了一则题为《答人问〈共产党宣言〉底发行》的公开信，做出公开的回答：

你们的来信问陈译马克思《共产党宣言》的买处，因为问的人太多，没工夫一一回信，所以借本栏答复你们问的话：一、社会主义研究社，我不知道在哪里。我看的一本是陈独秀先生给我的；独秀先生是到《新青年》社拿来的，新青年社在法大马路大自鸣钟对面。二、这本书的内容，《新青年》《国民》——北京大学出版、《晨报》都零零碎碎地译出过几本或几节的。凡研究《资本论》这个学说系统的人，不能不看《共产党宣言》，所以望道先生费了平时译书五倍功夫，把彼底全文译了出来，经陈独秀、李汉俊两先生校对，可惜还有些错误的地方，好在初版已经快完了，再版的时候，我希望陈望道亲自校勘一道。

事实上，作为上海共产党早期组织成员，沈玄庐不可能不知道社会主义研究社在哪里，更不可能不知道社会主义研究社到底是一个什么样的机构，又是干什么的，他这样说，既是出于保密的需要，也是为了宣传《共产党宣言》。

同年9月，对《共产党宣言》第一版中出现的问题作了勘误修改，包括将封面上的马克思坐像底色改为蓝色,进行了再版,满足了读者的要求。

1921年9月1日,根据中央局的决定,中央局宣传主任李达创办了人民出版社。在该社首批出版书目中,陈望道的《共产党宣言》中译本同样名列前茅。

《共产党宣言》对引导中国先进知识分子转变成马克思主义者造成的影响,引用毛泽东1936年对美国记者埃德加·斯诺的谈话,可见一斑:"在我第二次到北京期间,读了许多关于俄国情况的书。我热心地搜寻那时候能找到的为数不多的用中文写的共产主义书籍。有三本书特别深地铭刻在我的心中,建立起我对马克思主义的信仰。我一旦接受了马克思主义是对历史的正确解释以后,我对马克思主义的信仰就没有动摇过。这三本书是:《共产党宣言》,陈望道译,这是用中文出版的第一本马克思主义的书,《阶级斗争》,考茨基著,《社会主义史》,柯卡普著。到了一九二〇年夏天,在理论上,而且在某种程度的行动上,我已成为一个马克思主义者了,而且从此我也认为自己是一个马克思主义者了。"

不过,陈望道的译本是1920年8月出版的,毛泽东第二次到北京时期看到的《共产党宣言》,可能来自于罗章龙、刘仁静等人从德文翻译过来的油印本。

担任《新青年》编辑以后,陈望道参加了马克思主义研究会的活动。他将日本河上肇的《近世经济思想史论》部分内容译为《马克思底唯物史观》,于1920年6月17日至20日在《民国日报》副刊《觉悟》上连载,对传播马克思主义唯物史观起到了重要作用(在1919年至1921年期间,陈望道还翻译了《空想的和科学的社会主义》一书,以及《唯物史观的解释》《劳动运动通论》《劳农俄国底劳动联合》《劳工问题的由来》等文章)。他在马克思主义研究会里面担任劳工部长(也叫工会部长),负责组织工会,向工人传播马克思主义。

由他负责的这块工作,多年以后,陈望道是这么回忆的:最先组织的是纺织工会、邮电工会和印刷工会。印刷工人有点文化,所以要先把他们组织起来,同我们在印刷方面的需要也有关系。参加工会的大部分是年纪大的工人,也有青年工人。我们在租界里,流氓常来捣乱。我们就让一位青年打进工部局,一有动静我们就知道,便于对付流氓。由于工人的文化程度低,我们组织工会不大用文字宣传品，主要口头宣传，办了很多业余学校，把政治性的内容结合到教学中去。工人刊物有《劳动界》，我给它写过文章。还出有《共产党》月刊，起初我参加过工作，后来我转到文化教育方面去了，具体情况已记不起。

办了很多业余学校指的是外国语学社、平民学校以及职工补习夜校。

外国语学社设在霞飞路渔阳里六号。这里不仅是上海社会主义青年团的公开活动场所，而且可以培养人才，更可以把优秀人才选拔出来，送去俄国留学。学校老师人选：杨明斋、库兹涅佐娃教俄语；李达教日语；李汉俊教法语；袁振英教英语。在楼下的厢房里，放了一排排长凳、课桌，挂起了黑板，权充教室；在楼上的厢房、客堂间，搭起了凉棚，架起了铺板，是休息室；在客堂间放着一张可供十二个人同时围着进餐的紫红色的大圆桌；在灶间安上大锅，请来了专门烧饭的师傅。1920年9月28日，《民国日报》上刊登了外国语学社招生广告：

本学社拟分设英、法、德、俄、日本语各班，现已成立英俄日本语三班，除星期日外每班每日授课一小时，文法读本由华人教授，读音会话由外国人教授，除英文外各班皆从初步教起。每人选习一班者月纳学费二元。日内即行开课，名额无多，有志学习外国语者请速向法界霞飞路新渔阳里六号本社报名。此白。

虽说在报上公开登了招生广告，其实只是一个障眼法。从9月份开始，通过上海共产党早期组织成员以及外地进步团体的介绍，一批又一批青年来到这里，他们大都加入了上海社会主义青年团。在前来求学的青年人当中，以学习俄语的最多，为的是分批把他们送往苏俄训练，为中国共产党培养未来的干部。

平民学校因为接受的都是女性，实际上是平民女校。校长是李达，实际上是工会悟负责。根据陈望道的回忆，是吸收"一些觉悟的女子，为反对三从四德，为他们的家庭、学校赶出来，我们办学校，接受他们。丁玲就是这个学校的学生"。丁玲在回忆平民女校学习时的情景时，是这么说的："学生们由于刚刚接触大量的新名词，便狼吞虎咽、生吞活剥地学得了一些什么叫共产主义，什么叫无政府主义，什么叫唯心主义，什么叫唯物主义等初步的社会科学常识。"

随后，陈望道等人发动外国语学社、平民女校的学生，经常到沪西小沙渡路一带工人集中居住的地区，去开办职工补习学校，传播马克思主义和革命思想。

陈望道多次向工人发表关于劳工神圣与劳工联合的演说，启发工人的觉悟；并且为《劳动界》撰写了《平安》《真理的神》两篇产生了很大影响的文章。

《平安》发表在《劳动界》第二册上。陈望道写道：

"平安"两字我们中国人没有一个不喜欢的，中国人几乎一刻也忘不了这两个字，门联上也常常写着这两个字，信札上也常用这两个字做结束。可是，实际上已经得到了吗？实际上已经在可以得到的路上了吗？……做工的做得煞，还是得不到他们闲着抛了的一点剩余，"平"吗？是"平"的路上的景色吗？

紧接着，陈望道对"安"在哪里进行分析，吃得"安"吗？住得"安"吗？夏天"安"吗？冬天"安"吗？得出的结论是都"不安"，只能等着死"安"。

陈望道以悲天悯人的心怀，直指残酷的现实：他们好的更要好，闲着没事，只顾向"不平"做去；我们就只有刻刻向"不平安"陷落！"不平"和"不安"，已经充塞在我们周围了！进而，他大声呐喊：哪里去找"平安"？难道单是在门联上、信札上？我们向哪里去找"平安"？

《平安》发表之后，《劳动界》很快收到署名为幕凝的读者来信——《读陈望道先生〈平安〉的感想》。来信写道：

我读了陈望道先生那篇《平安》，也不晓得发生了多少感想。因为我们的生活，没有一时一刻不在"平安"这两个字的反面进行……我的商店里，越不做事的人，他的出息反而越大；推而至于老板，或经理，有好些竟至一点事也不做，现现成成地拿比我们多好些倍数的工钱，……好像我们拿他几块钱一月,是他白白布施给我们似的……这究竟是"平"不是"平"?他们穿的衣服,每一件总值我们几个月换米的血汗钱;我们要想一件衣服蔽体,都觉得不容易。他们总是到"什么馆""什么馆"里去饱餐几顿;我们一年到头,都是吃那碗忍着一肚皮气换来的粗菜饭,……这都算"平"吗?至于说到"安"字,我的意思,已经被陈望道先生说尽,而我们所受的痛苦,也简直同陈望道先生所说的一样。……我很希望我们劳动界诸同胞,大家起来向着"平安"的大路走,不要昏昏幌幌地睡在鼓子里,专讲究那好听的"平安"名词!

这封来信发表在《劳动界》第三册《读者投稿》栏目,陈望道在文末加了《附记》:

劳动界的痛苦和悲惨,真是看见就要鼻酸,听到就要伤心,我们恨不能马上把他细细传出。前期我匆匆忙忙地做了一篇,居然就引出这么一篇写实的鸣苦的文字,足见悲苦已极,解决的时期就在眼前了。我们都很欢喜。但那篇结尾,有"我们向哪里去找平安"一句话中"哪里"两字很重要,还希望大家注意。

通过《附记》,陈望道再次点了《平安》一文的主题是劳动者要通过斗争才能取得所需要的"平安"。

《真理的神》发表于1920年10月10日。陈望道以通俗易懂的语言,宣传了马克思剩余价值理论、阶级斗争学说:

我还记得,真理的神,面上围着布帕,一手擎着天平秤,一手握着锋利的剑,这就说真理面前没有情面。可惜这世界上,只有财神菩萨天天在这里捧着元宝挥着金鞭,赶我们男男女女,老老小小,瘦瘦细细,长长短短,来就该吸膏吸血的机器鬼。没有情面的真理的神却天天在那里睡,伊从来未曾醒过的长寤。一切东西都替财神老爷打了几成折扣,才来交给我们,乃至"真理"。……做的饿,逛的阔,忙的出力当下贱,闲的游荡作高尚,就算是"真理"。我们要彼何用,要彼这替财神打过折扣的真理做啥?

不久，陈望道又发表了《劳动者唯一的"靠着"》一文，指出劳动者应该建立劳动联合，即工会组织，以确保劳动者能够不要替财神打过折扣的真理：

劳动者唯一的靠着，就是劳动联合。诚意帮助劳动者联合的，就是帮助劳动者筑起坚实靠着，保护劳动者利益和生命的人，这就是劳动者底挚友。破坏或反背联合的，那就是劳动者底叛徒，那就是劳动者切身的仇敌！

同年12月，陈独秀接受广东省省长兼粤军总司令陈炯明的邀请，到广东去担任教育委员会委员长，临行前，指定陈望道负责《新青年》编务工作。

陈望道原来住在三益里邵力子家里，这时搬到陈独秀家里。《新青年》的编辑工作在楼上进行，马克思主义研究会在楼下开会。陈望道同李汉俊、李达、沈雁冰等人天天碰头，研究有关问题。他们觉得，《新青年》已经是马克思主义研究会的刊物了，内容不能再那样庞杂，也不能继续刊登不同思想倾向的文章。考虑到《新青年》原有的作者队伍很庞杂，这些作者又都跟陈独秀的关系不错，不能把非马克思主义的东西全都排出去，他们决定先把马克思主义的东西放进来，使马克思主义的色彩不会被人家注意，于是开辟了《俄罗斯研究》专栏。

饶是如此，胡适暴跳如雷，坚决反对，咒骂《新青年》"差不多成了Soviet — Russia（苏俄）的汉译本"。紧接着，他以《新青年》在北京编辑，或可以多逼迫北京同人做点文章"，不要把刊物放在"素不相识的人手里"为理由，提议将《新青年》"移回北京编辑"。

针对胡适的这一挑战，陈望道给周作人写信，进行了辛辣的讽刺和驳斥。

因为胡适于1919年5月曾写过《历史的文学观念论》一文，有吾辈主张"历史的文学观念"等语，陈望道耐人寻味地将他称作有"历史的观念"的人：

我是一个北京同人素不相识的人，在有"历史的观念"的人，自然格外觉得有所谓"历史的关系"。我也并不想要在《新青年》上占一段时间的历史，并且我是一个不相信实验主义的人，对于招牌，无意留恋。不过适之先生底态度，我却敢断定说，不能信任。……先生们在北方，或不很知南方情形。其实南方人们，问《新青年》目录已不问起他了。这便因为他的态度使人怀疑。怀疑的重要资料：《改造》上梁先生某序文，《中学国文教授》《少谈主义》《争自由》。

陈望道捍卫了《新青年》杂志，继续刊登了大量介绍马克思主义和社会主义学说的论文和译文。值得一提的是，自从1920年11月1日第8卷3号上发表了震瀛翻译的列宁原著《民族自决》之后，《新青年》开始走上了直接翻译有关马克思主义、社会主义原著的道路，把具体介绍苏俄的各种制度和情况，作为马克思主义学说的现实榜样进行宣传。在俄罗斯研究专栏，译载了大量当时能够搜集到的英、美、法、日等国报刊上有关苏俄革命的理论和实际情况的材料，发表了列宁某些著作的译文及关于列宁的介绍和印象记，有关苏俄政府措施的材料，工会运动情况的报道，婚姻法、妇女儿童的状况的介绍，文化教育政策及发展情况的说明，电气化计划的介绍，外国人在苏俄参观的印象等文章。第9卷2号上发表了李大钊的《俄罗斯革命之过去及现在》一文，详细介绍了苏俄政府和列宁的情况。《新青年》还出过共产国际号、列宁号、世界革命号，以作定向宣传。

《新青年》发表过不少赞颂工人运动的文章，对农民运动亦予以极大的关注，第9卷4号全文刊登了《衙前农民协会宣言》《衙前农民协会章程》《衙前农村小学校宣言》。关于妇女问题，《新青年》发表过许多抨击旧婚姻制度、提倡男女平等的文章，对有关恋爱、婚姻，以及新旧道德观等问题进行深入探讨。

此外，在陈望道负责期间，《新青年》发表了陈独秀的《谈政治》、李达的《讨论社会主义并质梁任公》、施存统的《马克思底共产主义》等一批论文，从理论上探讨马克思主义学说，批判了无政府主义、基尔特社会主义、第二国际修正主义等各种非马克思主义思潮，具有重要的理论建设意义。

接受邵力子的邀请，陈望道还参加了《觉悟》副刊的撰稿和编辑工作，不仅在上面刊发了李大钊、陈独秀、李汉俊、李达、沈玄庐、施存统、俞秀松等共产党早期组织成员关于马克思主义理论的文章，以及他和邵力子的多篇马克思主义和社会主义的专论，并且通过发表一些读者、作者、编辑之间的探讨、交流和争论的文章，使一些思想进步但不知道到底应该走什么道路的知识分子，从怀疑马克思主义，到慢慢接受了马克思主义的个别原理，再到尔后完全领会马克思主义的精神实质，运用马克思主义观点、方法，观察形势，分析问题，走上革命道路。

陈望道参与编辑的《觉悟》副刊先后译载过苏俄的《劳动法典》《婚姻律》《文化政策》《经济组织》等文章，同时介绍了俄罗斯进步文学，如屠格涅夫、托尔斯泰以及爱罗先珂等文学大家的作品。《觉悟》副刊对全国各地的工人罢工几乎都有反映。从1920年全国首次举行国际劳动节纪念开始，年年都出劳动节纪念特刊或发表纪念文章，有力地促进了马克思主义与中国工人运动的结合。《觉悟》副刊亦像《新青年》一样，全力声援萧山农民革命运动，关注妇女问题。

中国共产党早期组织成员在传播马克思主义过程中，都没有忽视妇女和妇女的解放问题，尤其是陈望道，发表的相关文章最多，并且形成了自身的马克思主义妇女观，成为他传播马克思主义的又一重大亮点，应该说，其意义丝毫不亚于他翻译出版的《共产党宣言》。自1919年4月至1921年7月，他运用马克思主义观点，在《新青年》、《民国日报》副刊《觉悟》、《新妇女》以及《劳动界》等报刊上发表了大量有关恋爱、婚姻方面的文章，揭露和抨击旧式婚姻制度的罪恶。中国共产党第一次全国代表大会后，为了唤醒更多的妇女投入自身解放运动，他于1921年8月在《民国日报》创办了《妇女评论》副刊，并担任主编。

在《妇女评论》创刊宣言中，陈望道明确表明其宗旨是为了替妇女谋求经济独立，争取平等职业权：

我们虽不鼓吹任何女子皆当谋生计的独立，……但我们却极端主张女子应有绝对的自由劳动权。这就是凡女子要自谋生计时，任何人不能阻止伊，伊要进某项职业时，该职业不能拒绝伊。我们主张一切职业都要开放给女子，而且要和男子同等待遇。

总括起来，陈望道运用马克思主义基本原理，对妇女问题的产生和解决、婚姻问题、恋爱问题、妇女的经济问题和劳动权问题、母性自决与节制生育的问题、自由离婚问题等一系列问题,进了广泛深入的考察和研究,指出解决办法。

关于妇女问题的产生,陈望道从法律、政治、经济、道德以及风俗五个方面分析和总结了我国男女不平等的种种现象,并认为这些不平等的现象并不是近年才有的,只是因为过去并没有觉悟到,因而不觉得不妥罢了。经过五四运动的启迪之后,大家对这不平等现象才渐渐觉得不安起来,于是妇女问题便产生了。

他认为,最重要的解决方法有两种:(1)婚姻问题;(2)经济问题。把这两个问题妥当地解决了,虽不能完全解决妇女问题,但起码可以解决一大半。

如何解决婚姻问题?陈望道提出:第一,反对用聘金;第二,反对父母代订;第三,反对媒人。他认为聘金就是"买定一个女子所付的价钱"。对于处女,顾全体面,特别客气地称为"彩礼",对于寡妇不客气地叫作"身价"。为了聘礼,双方讨价还价,像做生意一样,赤裸裸地用金钱买卖女子。这说明女子不是一个独立的人,而是商品,任意买卖。现在要恢复女子的人权,这卖身价钱"非根本取消不可"。他还认为,烦琐复杂的结婚仪式是"性交广告",男女的结合不要注重于仪式,真正的婚姻,总是神圣的婚姻,不必管形式,只需问实质。

陈望道认为,妇女经济上的不平等,可以分为三种情况:第一、工作机会少;第二,劳动报酬少;第三,没有处分权。为此,他倡导要从经济上解放妇女,使妇女经济独立。实现这一目标,首先,妇女应该享有自由劳动权;其次,妇女应当享有与男子平等的受教育权和取得报酬的权利;最后,改革经济组织。

关于母性自决与节制生育的问题,陈望道认为:

结了婚姻,不能不生殖。生殖了子女,不能没有生活资料给他们。这是极明白的事情,大约谁也是知道的。然而在这谁也知道的接连三个事项中,就是婚姻——生殖——生活资料中,却存着纠结的葛藤。其原因,就在最末一项——即生活资料——难得,换句话说,就在贫穷。为什么贫穷呢?就在人口比生活品过多。为什么人口过多呢?就因为婚姻,生殖不曾节制的缘故。女子的义务，并不是专为生子女，而且愿生与不生，伊也当有自由，不得强迫。像从前的什么打胎、溺死，那是不对，也等于杀人。现在我们是用科学的方法来节制，就是先事预防，并无甚么不对。

在《我想》一文里，陈望道依据阶级分析的观点，将妇女运动分成两大类：一是第三阶级的女人运动，即中流阶级的女人运动；二是第四阶级的女人运动，即劳动阶级的女人运动。第三阶级女人运动，目标是在恢复"因为伊是女人"而失掉的种种自由和特权；第四阶级女人运动，目标是在消除"因为伊是穷人"而吃受的种种不公平和不合理。第三阶级女人运动，是女人对男人的人权运动；第四阶级女人运动，是劳动者对资本家的经济运动。"第三阶级女人运动，要求的是男女平权。在教育上，就有男女同学的要求；在政治上，就有女人参政的要求；在社交上，就有自由交际的要求；在婚姻上，就有自由择配和新贞操说的主张。"但是，"这种运动即使完全达到，得到的也只是有产阶级里的男女平等，并不是'人类平等'。还需进行第四阶级女人运动，也就是'劳动者对资本家的运动'。这种运动的目的在驱穷。因为穷的不只女人所以就该男女合力"。

这表明，陈望道认识到，单纯的妇女解放运动不能触动社会制度的根源性变革，在有阶级压迫的社会里，妇女的解放必须与无产阶级的解放联系起来。

陈望道根据马克思主义基本原理，深入研究与宣传妇女和妇女解放问题，对唤醒处在不平等地位的中国妇女，催促她们迈向解放道路，参入新民主主义革命的进程，与无产阶级一道，实现自身的彻底解放，具有重要意义。

7. 华南马克思主义传播者：杨匏安

杨匏安被公认是中国南部地区第一个系统介绍马克思主义学说的人。更有学者或党史研究人员把他与李大钊相提并论，认为在研究、传播马克思主义方面，杨匏安足以与李大钊并驾齐驱，因而将他们冠以"南杨北李"之名。

李大钊传播马克思主义主要是以《新青年》做媒介，杨匏安则是在《广东中华新报》上发表介绍社会主义、马克思主义的文章，进行马克思主义传播。

《广东中华新报》是政学系谷钟秀、杨永泰于1915年10月10日创办的机关报，目的在于攻击袁世凯倒行逆施试图称帝的罪恶。他们聘请容伯挺做主笔。

容伯挺系广东新会人，早年留学日本，并且在日本参加了同盟会。1912年回国以后，担任同盟会广东分会会计员兼书记员。1913年当选为广东省议会议员，代理议长。二次革命时期，容伯挺因在袁世凯眼皮下通电反袁，遭到逮捕，后来在国民党上海交通部极力营救下得以获释。1915年初，容伯挺第二次赴日，与李大钊、林伯渠等人组织了神州学会，公开反对袁世凯卖国求荣复辟帝制的卑劣行径。容伯挺回国以后，即受谷钟秀、杨永泰聘请，担任《广东中华新报》社长兼主笔。容伯挺"人直、口直、笔直"，被称为"敢言敢写的记者"。袁世凯死后，容伯挺被选为广东省参议会议员，除了仍然兼任《广东中华新报》社长和主笔之外，还先后担任过广东省长公署公报所所长、省财政厅参议、印刷局局长。1917年夏，广东军政府成立之后，容伯挺将《广东中华新报》主笔职位交给了陈大年。

陈大年是广东南海人，很有文采，读书时期即结交了激进的爱国青年汪精卫、胡汉民等人，甚至跟汪精卫结拜为兄弟。1903年因为在报上发表激烈言论，被官府通缉，他逃亡日本，在胡汉民介绍下，入读日本法政大学专门班。1906年6月，他在商界进步人士创办的《七十二行商报》担任主笔，时常发表文章抨击社会腐败。孙中山发起二次革命的时候，陈大年在自己担任主笔的报纸上连续发表反袁文章。二次革命失败以后，陈大年被迫出逃，避居日本，在横滨的华侨学校任教。在这里，他结识了一个新朋友——杨匏安。袁世凯死后，陈大年回到广州，不愿意走进官场，当上了执业律师，并于 1917 年夏兼任《广东中华新报》主笔。

在西南军阀实力派人物排挤下,广东军政府大元帅孙中山不得不于 1918 年 5 月 8 日愤然辞职,离开广州,寓居上海,广东军政府完全落到了桂系军阀手里。这一时期,《广东中华新报》虽说在宣扬社会主义,宣扬马克思主义,与粤军总司令陈炯明的思想是合拍的,但也为桂系军阀说了许多好话。因而,1920 年底,陈炯明回师驱逐桂系军阀以后,痛恨容伯挺,容不得容伯挺,容伯挺不得不逃亡日本。1923 年初,容伯挺潜回广州,被密探发觉,遭到拘捕与杀害。陈大年则因为与胡汉民、汪精卫等人颇有交情,陈炯明未敢对他下手,他得以幸免于难。

容伯挺主政《广东中华新报》期间,陈大年向他介绍了杨匏安,称杨匏安才华横溢,很有见识。容伯挺深以为然,马上将杨匏安延揽到报社担任记者。在该报宣传社会主义和马克思主义的核心人物正是杨匏安。而且,是容伯挺想乘五四运动之东风,在《广东中华新报》上增辟《通俗大学校》一页,"专载百科学术思潮以供读者修养研究之用",找到杨匏安,"用就精神科学、自然科学中,遴选诸家学说二百数十余条,请社友杨君抄译而演述之,以飨吾国志学之士"。这才有了杨匏安译述各种《世界学说》,仅属于社会主义派别的,便有共产主义、集产主义、马克思主义、社会民主主义等九篇。杨匏安便以介绍马克思主义的这篇文章,成为华南地区第一个系统传播马克思主义学说的人。

在容伯挺和陈大年眼里,杨匏安能坚持独立思考,从不随波逐流。第一次世界大战结束以后,巴黎和会即将召开之际,美国总统威尔逊提出和平条款十四点,主张建立国际联盟,解决国际争端,大小国家一律平等,尊重殖民地人民的意见,反对秘密条约等。作为名义上的战胜国中的一员,中国以为从此可以和列强平起平坐了,北京市民和学生推倒了国耻克林德牌坊,北京政府拆下碑石,并在中央公园建公理战胜牌坊,举国欢腾,全国放假庆祝。连名流学者如蔡元培、陈独秀、李大钊都说这是公理对强权的胜利、劳工主义的胜利、庶民的胜利。杨匏安却于 1919 年 3 月 3 日至 5 日,在《广东中华新报》上发表题为《永久的和平果可期乎?》的编译文章,提出另一番见解:"顾以吾人所观,则欧洲之纠纷犹不敢遽云止息,以德、奥、俄三大帝国,现方分崩离析,将来必有多数新建小国出现。此中过激社会主义运动其势愈益猛烈，大类洪水之后，混沌苍茫，不知从何收拾，欧洲前途犹在昏暗中也。……仅除德人一害，假令战争善后之策不得其宜，各种重要问题措施不当，其所贻留之导火线必较前加剧，是则欧洲中东将一变而成第二巴尔干，祸福倚伏，正自难知，高瞻远瞩者未尝不为之寒心也。"

那么，杨匏安究竟是何许人也？

杨匏安，广东香山人，在本乡恭都学堂小学毕业后，家里卖了田地，托亲戚带他到广州，考进两广高等学堂预科学习（其前身是清末洋务派首领两广总督张之洞创办的广雅书院，辛亥革命后改名为省立一中）。在这里，他不但在文史知识方面打下了深厚的基础，而且接触了张之洞洋务派、康有为梁启超改良派和他的香山同乡孙中山民主革命派、刘师复无政府主义派等各种社会思潮。

1912年秋，杨匏安从省立一中毕业，回到家乡在恭都小学任教，由于和同事揭发校长刘希明贪污的行为，被校长刘希明买通官方，扣上"扰乱学校教学，图谋不轨"的罪名，关进监狱。出狱后，他看透了社会的黑暗，怀着对未来光明的向往，与堂叔杨章甫等人随同华侨商人乘舟东渡，到了日本横滨。原想靠一位同行的亲戚介绍职业，不料那位洋行买办听说他们是坐牢出来的，竟然拒之门外。杨匏安只好寄居在横滨市一间小阁楼上，靠找些零活度日，如饥似渴地研读有关西方各种流派新学说的日文书籍。1916年冬天，母亲谎称有病，把杨匏安从日本骗回家，与邻村姑娘吴佩琪结了婚，随后带着一家人前往澳门，在那儿谋得一份教师的工作。1918年初，陈大年推荐杨匏安到私立时敏中学任教务主任，同时和容伯挺一道邀请他兼任《广东中华新报》记者。杨匏安便举家迁到广州，与堂叔杨章甫一道寄居在司后街杨家祠。见杨匏安一家七口人，生活十分艰难，警察局的同乡也邀请他去当秘书，但杨匏安自甘清寒，也不肯与他们同流合污。

五四运动爆发后，杨匏安从德、俄等国的革命风暴和五四运动中，深切体会到民众力量的伟大，也从日本社会主义运动和俄国十月革命受到启发，从一个激进的民主主义者，朝马克思主义方向发展。从1919年5月下旬起，至同年12月底止，在广州五四爱国运动高潮期间，杨匏安奋笔疾书，为《广东中华新报》写了八九万字介绍新文化思潮和马克思主义的文章。

其中，1919年7—12月，在《世界学说》这个总标题下，杨匏安发表了四十一篇文章，系统介绍了西方各种流派的哲学观点和社会学说，内容广泛，几乎包括哲学、社会科学的各种方面和各种流派，极大地开拓了人们的视野。他介绍社会主义、共产主义、马克思主义的文章，全都列入这个总标题名下。

1919年10月18—28日，杨匏安发表了《社会主义》一文，简要介绍了欧洲的欧文、圣西门、傅立叶、蒲鲁东和马克思等各种流派关于社会主义的论述，热情地赞扬《资本论》"为社会主义圣典"，并且指出："近代生产事业，虽以资本制度而益形发达，然今日贫富之悬隔，及社会上各种罪恶，莫不由是而生。然则现在之社会状态，实劳动者奋起革命以求改造之时也。"

不过，杨匏安把马克思与拉萨尔并列，甚至还要排在拉萨尔后面，是对马克思主义的误读，表明他并不懂得马克思与拉萨尔的区别。文章称："同时有来查尔（即拉萨尔）者，与马克斯共称为近世社会主义之巨子。马克斯所出理论，来查尔本之实行，盖一则为哲学者，一则为政治家也。……又来氏言论，虽不若他人之过激，顾材干灵敏，卑斯麦常称其具超群绝伦之资格。……德国社会民主党于1863年成立，来查尔之所组织也。其于德国政治界占一大势力，至今弗衰。"

随后，杨匏安又介绍了共产主义，并且将共产主义理解为"于经济上反对私有财产制，而主张财产共有；于社会上反对个人的特权，而主张权利平等"，认为共产思想古已有之，中国古代的井田制就是一种共产主义。

1919年11月9日、10日，杨匏安在撰写的"社会民主主义"条目下，介绍了《共产党宣言》里的十条纲领。这时候，他真正开始抵近马克思主义的核心。

紧接着，杨匏安发表了系统介绍马克思主义的文章——《马克斯（思）主义（一称科学的社会主义）》。全文七八千字，自从1919年11月11日在《广东中华新报》上首次刊登最前面的部分内容之后，一直持续连载至12月4日。

文章一开头，杨匏安便热烈地赞扬了马克思主义：

> 自马克思氏出，从来之社会主义，于理论及实际上，皆顿失其光辉。所著《资本论》一书，劳动者奉为经典；而德国社会民主党，且去来查尔而归于马氏，在近世社会党中，其为最有势力者，无疑矣！马氏以唯物的史观为

经,以革命思想为纬,加之在英、法观察经济状态之所得,遂构成一种以经济的内容为主之世界观,此其所以称科学的社会主义者也。由发表《共产党宣言》书之1848年,至刊行《资本论》第一卷之1867年,此二十年间,马克思主义之潮流达于最高,其学说亦于此时大成。

它发表的时间几乎与李大钊的《我的马克思主义观》下篇同时。跟李大钊一样,杨匏安在这篇气势恢宏的雄文里对马克思主义的唯物史观、剩余价值理论和阶级斗争学说作了比较确切的阐述,是最早把马克思主义传播到中国的先驱者之一,更是中国南部第一个如此全面宣传马克思主义知识的人。不过,跟李大钊不同的是,尽管杨匏安在字里行间充满对马克思的同情和敬意,但始终以《世界学说》之一的客观立场,作新闻记者式的报道,表明他这时还没有完全把马克思主义内化成为自己的精神结构,只不过在思想上已经朝马克思主义方向转化。

首先,杨匏安对马克思主义理论体系的理解基本正确。他在文章开头所言"马氏以唯物的史观为经,以革命思想为纬,加之在英、法观察经济状态之所得,遂构成一种以经济的内容为主之世界观,此其所以称科学的社会主义者也"之语,是对唯物史观、阶级斗争和剩余价值理论的表达。这种理解虽有失偏颇,但抓住了马克思主义在分析、处理社会历史问题时的基本观点、立场和方法,把握了马克思主义不同于其他种种社会思潮的理论特质,是难能可贵的。

其次,杨匏安阐述了马克思的唯物史观。他将唯物史观理解为一种史学方法和社会哲学,是一种研究社会问题的科学方法论,指出唯物史观是科学社会主义的基础,阐述了社会基本矛盾是人类社会发展的根本动力、社会存在决定社会意识、生产方式是社会发展的决定力量等诸多原理,并对唯物史观作出了崇高评价:"自马克斯唯物的历史观既出,其于社会科学之意义,固在于指示社会生活的规则,此其所以为极有用之史学方法,又为空前的社会哲学欤!"

在阐述马克思关于生产社会基本矛盾,是人类社会发展的根本动力这一基本原理时,杨匏安指出:"任何社会的政治法制,以及种种精神上的构造,必然随经济基础的变化而变化;而一切社会组织,也必然随生产力的变动而变动。生产力是一切社会组织和经济基础发生变化的最高动因。生产力的发展如果受到束缚，其结果非令旧社会组织崩坏不可，是则社会革命也。"

展开来说，杨匏安这是把马克思主义唯物史观归结为两个要点。

第一个要点：人类社会生产机关的总和，构成社会经济的构造。一切社会上之政治法制，及种种精神上的构造，皆随经济上的变化而变化。

对此，杨匏安又具体解释为两条：其一，"一国之法律，全视其国之社会经济而定。……经济犹基础，法律政治犹建筑，若经济的特性有重大变化，则节制此经济之形式，必随之而转移；故社会生活之内，有一种规律，这种规律可以以天然科学的方法探得，盖社会经济得现象，原为一种天然物，其现象之全部，即是社会生活的物质，而其现象之生存毁灭，即物质的运动也。"其二，强调经济基础决定上层建筑，并"不否认理想的作用，无论过去未来，人之社会理想，皆可以为改变法律及社会秩序之近因，然人于善恶的想象，决非离此物质世界，而为独立存在者也"，"社会理想既全为社会经济的影子，而非改革社会制度之最终原因"。社会制度的变革"必不能恃其社会的理想，而必由于阶级之战争，盖阶级战争者，经济现象的结果也"。

第二个要点是：生产力决定生产关系，"生产力一有变动，社会组织必随之而变动。……手臼产出封建诸侯的社会。蒸汽制粉机产出产业资本家的社会"。这里的"社会组织即社会关系"，"与布帛粟米无异，亦人类依生产力而产出者也"。新的生产关系最初是能够促进生产力发展的，但是，"社会生产力发达到某时期，便和旧的生产法矛盾。……到了生产力的发达取诸新形式，那旧生产关系便成了生产上的障碍物，社会革命于是开始"。

再次，杨匏安论述了马克思主义的阶级斗争学说，阐明了马克思主义阶级斗争的观点：自有文字以来的人类历史都是阶级斗争的历史，但阶级斗争并不是永恒存在，它会随着资本主义生产方式的消失而消失。

在文章中，杨匏安说道："阶级竞争说，是和唯物史观很有密切关系的。""社会发展的根源，不在天之创成，而归之地之生产；以技术及经济的因子，为一切政治及精神之历史原动；生产上之变化，即历史变化所由起，划分历史上之时期者，生产之手段（器具机械）也，演出社会上之阶级者，生产之形态也；此种阶级之战争，即人类之历史焉。""所谓阶级就是经济上利害相反之阶级，一方是有资本或土地等生产的手段的人，统称有产阶级；一方是受压迫掠夺的的人，统称无产阶级。""此两种阶级，在种种时代，以种种形式而表现，若亚细亚者、若欧洲古代者、若封建者、若现代资本家者。是等生产方法出现之次第，可作经济组织之进化阶级；而资本家的生产方法，在社会生产方法中，乃采对敌形式之最后者；阶级竞争亦将随此资本家的生产方法同时告终矣。"

又次，杨匏安正确地表述了马克思剩余价值学说，揭露了掠夺工人剩余价值的种种方法及其罪恶。

什么是剩余价值及其来源？杨匏安指出：在近世社会中，大多数劳动者没有生产工具，唯一具有的是劳动力，他们要生存，必"须卖其劳动力于资本家，而资本家则给以若干之工值"。资本家为了发财，千方百计地压低给工人的工值，延长劳动时间，"资本家给劳动者以六小时之工值，收十二小时之劳动效果，此中有六小时之价值差别，是名'赢余价值'，仍是劳动者自己所制作，顾资本家攫为己有，盖坐享其成者也"。"赢余价值"即剩余价值，是由工人创造的，被资本家无偿占有的，超过劳动力价值的价值。杨匏安还具体地谈到资本家所投资本分两部分，一部分是用来生产"赢余价值"的，这部分资本是可变资本，而另一部分，"则用于生产的工具，异日物品产成，可以取偿，此一部不经生产手续而有所增益，故曰不变的资本"。说明了剩余价值是由可变资本而产生的原理。

进而，杨匏安指出，资本家因为追逐剩余价值，必定会导致三个后果：一、资本家尽力延长工人的工作时间，生产出更多的产品，同时降低工人的工资，从而降低了社会购买力，加以资本主义社会"经济组织，纯以生产工具为私人所有，其生产力遂涣散而无统一"，由此必然会出现"生产太骤，货物未能流通，于是有经济恐慌，市场停滞之现象"。二、"资本家掠夺生产结果的制度，酿成人与机械的竞争"，劳动者"不独不能随着产业同时上进，反逐渐低压，沉沦到自己阶级的生存条件以下。他们竟变作无以自存的贫民，贫困的发展，比人口和财富还快"，所以，"近世生产事业，虽因为资本制度，更为发达。然而他的结果，是贫富悬隔"。三、"社会已不能在有产阶级底下生存了。换句话说，有产阶级的存在，已不适合现在社会了。""社会上大多数之人，只可凭佣赁图活，无自立希望，境遇愈逼，困难愈重，反抗的意志及反抗的运动愈烈。"劳动者"一旦群起而取得国家之权力，改一切生产工具为国有，脱去资本家之羁绊，恢复各人之经济自由，此为解决社会经济的矛盾之唯一方法"。

总括全文，尽管像当时其他马克思主义传播者一样，杨匏安对马克思主义理论的认识在某些方面有失偏颇，但他准确抓住了要害，说明了马克思主义的实质和核心内容，而且他表述的观点基本上都是符合马克思主义原理的。他在文中断言："马氏之言验矣！今日欧美诸国已悟布尔塞维克之不能以武力扫除矣！"

不过，杨匏安毕竟跟李大钊有所区别，最起码，他不完全是出于主动研究和传播马克思主义，精心捧出了那些力作，等于完成了容伯挺交给的任务，从此在很长一段时间里，再也没有新的有影响的传播马克思主义作品面世。代之而起的是从北京大学毕业回到广州的三个青年人：谭平山、谭植棠、陈公博。

毕业前夕，谭平山、谭植棠、陈公博曾在陈独秀的指导下，在上海创办《政衡》杂志，进行了一些马克思主义宣传。其中，谭平山撰写的《中国政党问题及今后组织政党的方针——根本的革新政治之第一步》，概述了俄共（布）在列宁领导下的革命实践，指出马克思主义已经是一种不可逆转的历史潮流，"会弥漫全世界，……那有高筑堤堰，可以抵挡得住的吗？"

回到广州之后，谭平山、谭植棠、陈公博等人常常聚集在一块儿，按照陈独秀的意见，商议筹备成立社会主义青年团。他们感到，搞运动没有一个得力的宣传工具是不行的，决定先办个刊物。鉴于中国几千年来所酿成之散漫、自私、不团结、缺乏群体观念等陈腐陋习，他们希望"发展群的本能，铲除群的障碍，巩固群的堡垒，增进群的乐利"，决定将所办刊物取名《广东群报》，以《新青年》为榜样，大力宣传新文化新思想。

说干就干，他们推陈公博做总编辑，谭平山编新闻，谭植棠编副刊，谭天度负责对外组稿和征集订户等工作，正式投入运作。创办初期资金匮乏，他们都把各自的薪金收入以及节省下来的钱全部拿出来，又请求自己的家庭、老朋友、老同学资助，终于在10月20日出版了《广东群报》第一期。

在创刊号上，他们说明了办报的缘起：

我们群报设在广东，有两个意见。一、广东地方，与外人通商最早，与西洋文明接触的机会亦多。从道理而论,广东的文化,应该发达得不得了。何以近年来,事事反落人后?而新文化运动那件事,更加赶别省不上,是什么缘故?都因为广东素来是工商实业的地域,人人多有重金钱,看轻文化底毛病,我们的群报,是宣传新文化的机关,不得不设在广东。二、广东社会的平民思想,比较上实在发达,虽至厨夫走卒也知争自由,也知争平等,无龌龊卑屈底气象,证之近百年来事实,广东一省,实无异中国革命的策源地。而性情活泼,勇进取,民气强悍,轻于冒险,尤为广东的特性,但可惜从来没真正的社会指导者,故往往暴露那进锐退速,倾轧排挤,和械斗豪赌,所有误入迷途种种弊病,因为这个缘故,我们的群报,不得不设在广东。

《广东群报》创办之际,得到了陈独秀的鼓励与支持。应谭平山之约,陈独秀专门为创刊号撰写了《敬告广州青年》一文,字里行间透露出拿出实际行动,解决中国当前问题的意思:

我希望诸君讲求社会需要的科学,勿空废光阴于无用的浮夸的古典文字。我希望诸君多多结合读书会和科学实验所,勿多发言论。我希望诸君切切实实研究社会实际问题底解决办法,勿藏在空空的什么主义什么理想里面造遁逃薮安乐窝。我希望诸君做贫苦劳动者底朋友勿当官僚资本家佣奴。我希望诸君努力扫除广州坏到无所不知的部分,勿空谈什么国家世界的大问题。

谭平山则强调,必须铲除旧制度、旧思想、旧礼俗等阻碍中华民族进步的障碍,打破种种民族保守性,要"以全民幸福为最高理想","用科学的方法整理我国固有的古代文化,……求个补充和改革办法,使之成为一种新生的文化"。

没想到,刚刚出版了一期,桂系军阀莫荣新以宣布过激言论为由将它取缔。

出师不利,谭平山、谭植棠、陈公博很有些懊恼,但又无法跟桂系军阀斗下去,只有在一块儿谋划接下来应该怎样干下去。

恰在这时候,陈炯明率领粤军,打垮了莫荣新的部队,将桂系军阀以及人马全部赶回了广西。陈炯明素来喜欢谈论社会主义,甚至希望在他管辖的福建地区建设社会主义试验田，觉得可以利用《广东群报》为自己做宣传，于是派遣了两个亲信，前来参与《广东群报》的工作，试图把该报重新恢复起来。

谭平山、谭植棠、陈公博一见有了转机，非常高兴。就这样，在陈炯明的支持下，《广东群报》越办越红火，成为了广州宣传新文化新思想的一块重要阵地。

11月，谭平山、谭植棠、陈公博等人与无政府主义者的"互助团"合并，正式召开了广州社会主义青年团成立大会，制定了《章程》，成立了干事局，确立其宗旨是"研究社会主义，并采取直接行动的方法，以达改造社会的目的"。

陈公博后来回忆起这段经历时，写道：

社会主义青年团成立，声势很是浩大，参加分子有各校的教授，也有各教授的学生，原因是我和平山在高师和法专当教授，所以参加者非常踊跃。……广州共产党利用这个青年团作为外围吸收共产分子，以后林祖涵、刘尔崧、阮啸仙、杨匏安都是那个青年团慢慢吸收入党的。

事实上，陈公博的回忆并不完全准确。林祖涵即林伯渠。由李大钊推荐，他于1920年12月到上海见到陈独秀，经陈独秀介绍，加入了上海早期共产党组织。1921年6月，林伯渠到达广州，以党员身份，参加过谭平山、陈公博、杨匏安等人的座谈会。杨匏安尽管不是广州共产党早期组织发起人，但是，李大钊通过容伯挺的介绍，知道有这么一个人在宣传马克思主义，在跟陈独秀的通信中，向陈独秀介绍过他，因此，广州共产党早期组织成立后，他由谭平山介绍，成为中国共产党第一次全国代表大会之前，全国五十多名党员之一。

1920年12月中旬，陈独秀来到广州以后，《广东群报》传播马克思主义的声音愈发宏亮、坚定。1921年元旦，群报刊出了谭植棠的文章，呼吁青年朋友快去信仰社会主义，实行社会的革命。谭植棠认为，社会主义已成为人类的信仰，已由空想地步进到了实现的地步，俄国革命之后，德、奥、英、法、美、比各国人民，受其影响，都已有了根本觉悟，"厉兵秣马，与资本主义的政府宣战，而实行产业革命。风声所播，全国披靡，世运变迁，依自然而进化。所谓一鸡报晓，万方皆白……不是强权所能抵挡的了"。

1月，《广东群报》连载了署名无懈（即周佛海）的长篇论文：《俄国共产政府成立三周年纪念》。文章指出，十月革命开创了世界革命和社会主义的前途，共产主义是真正的最纯粹的正统的马克思主义，其特质"乃是集产主义和无产阶级的专政的结合"，无产阶级的专政与社会主义关系密切，先有无产阶级的专政，后才有社会主义。"没有无产阶级底专政，就一定没有实现社会主义的希望了。德国底改造不彻底，就是这个原因。所以共产党行无产阶级底专政，正是他们对于社会主义的一大功绩。无产阶级专政是实现社会主义的手段。"

1921年1月5日至4月30日，《广东群报》连载了陈公博翻译的《马克斯的一生及其事业》，其中的第六章便是《共产党宣言》，第十章介绍的是《资本论》，第十一章、十二章为《世界工人联合会》。这篇文章其实早在1920年4月1日，便刊载在谭平山、谭植棠、陈公博在上海创办的《政衡》杂志第2期上。由此可见，跟李泽彰、刘仁静一样，陈公博亦在陈望道之前已经将《共产党宣言》全文翻译出来了，不过，真正令《共产党宣言》传播开来的是陈望道的译本。

至于他为什么要翻译《马克斯（思）的一生及其事业》，陈公博自称："年来我们国人研究马克斯学说的，着实不少，而马克斯派在东方的势力，也有一日千里之势。但我看了许多出版物，对于马克斯学说的介绍，都不过零编断简，并不曾有个系统研究，至于马克斯的一生及其事业，更没有人关心到了。""这本书是斯柏高John Spargo著的，他也是世界劳工联合会的会员，对于马克斯未死的朋友及子女，都是谂交。这本书虽不算十分详细，总算是传述马克斯的最善本。"

尽管陈公博在中国共产党成立不久即叛党，后来和周佛海一样，追随汪精卫，当了汉奸，但他和周佛海在早期传播马克思主义方面，做出了一定的贡献。

1921年3月，陈独秀与陈公博、谭平山、谭植棠等组建了广州共产党早期组织后，把《广州群报》作为党组织的机关报，继续批判无政府主义、宣传马克思主义，发表马克思传记、共产国际文件，介绍苏俄的历史和现状等。

广州马克思主义者与无政府主义的论战,以陈独秀居于主导地位。

陈独秀到达广州之后,即利用演讲、撰文、通信等不同方式,利用各种场合、各种平台批判无政府主义。区声白在广东高等法政学校听了陈独秀所作题为《社会主义批评》的讲演,就关于社会主义的问题,用写信的方式向陈独秀提出异议,由是,两人以信件往来方式展开论战。《广东群报》当即全文刊载了这场辩论的每个细节,公开披露了质疑与答辩的具体内容。

针对区声白之流"无政府主义的社会,是自由组织的,人人都可以自由加入,自由退出,所以每逢办一件事,都要得人人同意"这种绝对自由的主张,陈独秀反诘道:"我们的社会乃由许多生产团体结合而成,一团体内各人有各人的意见,人人同意已不易得;一社会内各团体有各团体的意见,人人同意更是绝对没有的事;一团体内意见不同的分子还可以说自由退出,我不知道一社会内意见不同的分子或一团体,有何办法可自由退出?"

关于无产阶级专政的国家学说,无政府主义者觉得:"社会革命成功了以后,当然要把资产阶级所私有的财产归之于公,那么资产阶级也变作无产阶级了,还怎样谋复辟呢?资产阶级的势力都是金钱给予他们的,一旦金钱没有了,他们那里有势力来复辟?"因此,他们认为无产阶级专政完全没有必要。陈独秀认为没收资产阶级私有财产并不等于没收资产阶级的思想和复辟势力,社会革命成功以后的工作更艰巨更伟大,改造绝不像无政府主义者想象的那样简单,那样顺顺当当。他说:"从革命发生起,一直到私有财产实际归公,必然要经过长久的岁月,从私有财产在制度上消灭,一直到私有财产在人心上消灭,又必然要经过长久的岁月,在这长久的岁月间,无论何时都有发生阴谋使资本制度死灰复燃甚至于恢复帝制的可能。"为此,必须建立无产阶级专政的国家政权。

由此,衍生出无政府主义者主张废除法律。"凡事皆由公众会议解决,公意是因事实之不同,而可随时变更的,不像法律是铜板铁铸的,由几个人订定,不管他人如何一定要他人遵守的。"陈独秀予以反驳:"如果绝对的废除,便发生种种困难。但凡有社会组织,必有一种社会制度,随之亦必有一种法律,保护这种制度,不许有人背叛,就在无政府时代也必须是如此。""过于铜板铁铸的法律不适应社会的需要,这种法律当然要修改,但不能拿这个做绝对废除法律的理由。"

在分配方式上，无政府主义者认为："假使它在实行社会革命以后，把社会产物通通归到社会公有，然后各尽所能，各取所需，那末这种更好的自由结合，就是我们很希望的理想社会了。"陈独秀诘问道："无政府主义者用这种没有强制力的自由联合来应付最复杂的近代经济问题，试问怎么能够使中国的农业工业成为社会化？怎么能够调节生产只使不至过剩或不足？怎么能够变手工业为机器工业？怎么能够统一管理全国交通机关？"

随后，其他共产党早期组织成员亦纷纷加入论战。其中，周佛海以无懈为笔名，在《广东群报》发表《我们为什么主张共产主义》一文，开宗明义地指出："我们的这个共产主义，并不是无政府的共产主义，乃是现在在俄国实行着的共产主义，就是资本阶级因为吓人吓己，把我们叫做过激派的共产主义。"对于无政府主义，"若不经过一种阶段，决不能实现"，而某阶段，就是共产主义。无政府主义在人性问题和经济问题方面有两个缺点。他们认为人性是善的，而"社会底分子，不限定个个是善的，无政府主义就没有完全实现的可能"。经济方面，无政府主义"要使经济生活不安，经济状况紊乱"。最后，周佛海阐明在中国实行共产主义的三个必要理由，并呼吁大家为这个目标共同奋斗。

杨匏安虽然在广东头一个系统地介绍马克思主义的基本原理，但是，当谭平山、谭植棠、陈公博等人创办了《广东群报》，在上面宣传马克思主义的时候，他并没有加入他们；当他们发起社会主义青年团的时候，他同样不是最先的响应者；当陈独秀来到广州，帮助谭平山、谭植棠、陈公博等人抛开无政府主义者建立的共产党组织，重新按照马克思主义原理成立共产党的时候，他一样不是最初的成员。不过，他已经抵近马克思主义核心，是一定会成为马克思主义者的。

广州社会主义青年团成立之后不久，由谭平山介绍，杨匏安加入了这个组织，开始探索劳动教育问题。通过调查研究，他发现工人运动深入发展的障碍是文化教育和觉悟问题。杨匏安认为，开展劳动教育，是"唤起工人觉悟"的必由之路。结合时任省教育委员会委员长陈独秀希望在青年工人中推广普通话的提议，在谭平山的支持下，杨匏安于1921年2月间，开办了"注音字母训练班"来推广普通话。在教学过程中，杨匏安并不是纯粹教注音字母，而是为民众上文化课，讲政治斗争、阶级斗争，传播新思想、新文化，宣传马克思主义，做提高工人阶级思想觉悟的工作。陈独秀、谭平山等共产党人还多次到注音字母训练班讲课，进行马列主义的宣传工作。这个"注音字母训练班"一直办到1922年夏陈炯明叛变孙中山为止。在此期间，杨匏安等人通过艰苦的工作，为广东地区发展、壮大无产阶级革命力量，培养了一大批优秀骨干和领导者。

1921年4月，杨匏安当选广东社会主义青年团执委会文书部中文负责人。他组织了广东社会主义讨论会，以"专讨论马克思主义及关于马克思主义各种问题以至如何应用于中国为宗旨"，以新的方式研究、传播马克思主义。

广东共产党早期组织成立之后不久，在春夏之交，同样是由谭平山介绍，杨匏安加入了这一组织，成为中共广东早期党员之一。杨匏安入党后，他的住宅杨家祠便成了党组织活动据点，早期党组织的许多会议都是在他家里召开的。

1922年2月，广州社会主义青年团机关报——《青年周刊》正式创刊，杨匏安在创刊号撰写《宣言》，宣告他们是马克思主义的信徒："我们认定旧式的农业社会制度，是过去的，无可维持的；现在新起的工商业社会制度，是不合理的，应当改造的；所以'社会革命'四个大字就是我们先行的旗帜。""我们最服膺马克斯主义，因为他的经济学说能把资本制度应当崩坏的纯经济的、纯机械的历程阐明，他的革命的无产阶级学说就是指示我们实现社会主义的实际道路。"

在《宣言》中，杨匏安运用马克思主义原理，根据中国的实际情况，初步提出了无产阶级领导地位和工农联盟思想。他认为，中国工业虽然不如欧美日本发达，但"无产阶级所受的惨痛也因此比较别一国犹甚"。因为"中国资本家的力量比不上外国资本家雄厚，故他们所掠夺的剩余价值尤其厉害"，而且"中国工人的训练较为幼稚，没有坚固的抵抗组织"，故他们的地位更低下。因此，杨匏安主张：我们所注重的劳工运动，就是要促使工人觉悟，帮助他们组织起来革命，由"无产阶级跑到支配阶级的地位"。同时，杨匏安还提出："我们尤其注重的是农民运动。中国是一个农业国，生产的大部分都是出自农民□□（血汗）。"而中国的"农民受地主的苛虐，一天甚似一天"，但总是"安分守己"，因而，要"指导他们向着转变的道路走去"，即唤醒他们对地主进行反抗，实现土地公有公耕之利益，进而"联合一切无产阶级",开展"猛烈的、普遍的群众运动"。

《宣言》还全面地分析了国内各阶级的状况,号召学生、妇女、军人和青年携起手来,共同革命,号召军人学习苏俄红军的榜样。"对于无政府主义者,本来可以认为同属一家,因为彼此的步调初本相同;很希望他们莫过作空想无办法的说法,应同我们联合一致进行。我们所反对的,就是冒着社会主义招牌,缓和阶级斗争,而使资本家间接收受利益的基尔特社会主义。我们仍然希望他们多读点共产党的著作,生发点奋斗的精神。"

同年4月,杨匏安在《青年周刊》连续发表了长篇文章《马克斯主义浅说》。该文将《马克斯主义(一称科学的社会主义)》修改整理以后,用白话文的形式,更深入浅出、准确鲜明地解释了马克思主义的唯物史观、剩余价值论和阶级斗争论等三大重要组成部分,对当时青年学习和掌握马克思主义理论起了重要作用。

在这篇文章中,杨匏安明确地将马克思主义分成三个部分:唯物的历史观、阶级竞争说和经济学说,并且遵循这一顺序阐述了马克思主义的主要内容和观点,表明他对马克思主义的理解更加深刻;在解释唯物史观的内容和运用上,去掉带有强调方法论理解的部分,在用语上去掉了强调机械论、因果必然性口吻,行文重心转移到论述革命的必然性;对生产力与生产关系的相互作用理解得更透彻;在阶级斗争学说方面,不仅说明了无产阶级革命的历史使命,而且说明了革命的主体,强调了阶级斗争夺取政权的重要性。

1922年10月,杨匏安在《珠江评论》发表了《无产阶级与民治主义》,对无产阶级在民主革命时的战略应不应该与资产阶级合作和缩短民治主义阶段的问题进行初步探索。他认为,"中国是一个资本主义发达(展)最落后的国家,国家的政权掌握在军阀官僚手里",因而中国必须采取与其他资本主义国家"有所不同"的态度和策略。正是从中国具体的国情出发,杨匏安明确提出中国革命分两步走,"目前革命第一步,就是打倒封建特权"。为此,"无产阶级当面就放着一个重大问题,这就是无产阶级对民治主义的态度"。"为了增大革命势力起见,无产阶级和资产阶级应联合作战,这是毫无疑义的。"由于无产阶级革命与资产阶级运动"两者的战术和企图在根本上是不同的",因此,无产阶级与资产阶级"第一步既然联合,第二步马上就要反目了"。就是说，在反封建的阶段，壮大革命力量，无产阶级和中产阶级联合是必需的，但随之而来的革命第二步，无产阶级便要和资产阶级"反目"，以资产阶级为革命对象。杨匏安由此提出了正确的应对策略，"无产阶级刚刚踏着第一步的时候，不可不预定第二步的战术"，在这方面，要吸取俄、德等国革命的教训，避免再走弯路。尽管杨匏安还没有明确提出半殖民地半封建中国的革命第一步应是民主主义，第二步才能是社会主义，但他从一开始便把马克思主义与中国国情结合起来，从中国的实际社会情况来论证中国革命的历史进程必须分两步走的思想，是难能可贵的，可以看作是毛泽东两个革命阶段理论即旧民主主义革命和新民主主义革命理论的先声。

8. 利群书社：恽代英

在中国早期传播马克思主义的诸多先进知识分子群体当中，恽代英无疑是最独立特行的一个。跟其他马克思主义传播者相比，他不仅在宣传马克思主义的时候起步比较晚，而且采取的主要形式是开办利群书社，销售包括有关马克思主义在内的各种新思想、新学说方面的图书。但在很长时间里，按照恽代英自己的说法，他"常预备欢迎新学说到我心里来，亦欢迎他到我耳朵里来。能欢迎新的，还应该欢迎更新的"，"无论什么天经地义的律令训条，无论什么反经悖常的学说主张，我们总是一律看待。这便是怀疑"，"凡可称为智识者，非直接从经验中得来，即间接从经验中得来。舍吾人一切经验以外，欲求一种可称为智识者，盖渺不可得"，只有"反复经验，反复研究"，才能"自不正确的知识，进而为正确的知识者也"，只是把马克思主义当作跟其他新思想、新学说一样加以介绍，并且要放在实践中去检验，而不是轻易相信，更谈不上信仰。因而，在其他马克思主义传播者纷纷组建或者参与组建当地共产党早期组织的时候，恽代英一直埋首于他在城市和农村试验新生活基地的做法，哪怕武昌共产主义研究小组支部书记包惠僧曾邀请他参与，陈独秀亦派遣袁振英过来做说服工作，他都婉言拒绝。不过，当中国共产党第一次全国代表大会召开之后，新生活基地试验走不通了，他终于认识到无政府共产主义、新村主义在中国都是行不通的，从而逐步树立起对马克思主义的坚定信仰，并为之奋斗终身，从不动摇。对此，董必武有过非常客观的评价：

那时，武汉有一个激进的青年团体，他们有乌托邦和半无政府主义思想，热衷于搞"新农村运动"。这个团体的中心在中华大学，他们创办了一个"利群书社"。他们的领导人是一个才华横溢的青年名叫恽代英。他对学生有很大的影响，是中国早期最优秀的青年领导人之一。这些"新农村人"不相信马克思主义，但是，不久他们就开始讨论马克思主义，并有许多人参加了共产党。

恽代英，亦名遽轩，字子毅，祖籍江苏武进，出生于湖北武昌一个书香门第，1913年考入武昌中华大学预科，两年后，成为中华大学一名正式在册学生，进入哲学本科学习。从那时起，恽代英即被刚刚刮起的新文化运动风潮所吸引，自觉自愿地站在这面大旗之下，先后在《东方杂志》《新青年》上撰写文章，成为提倡科学与民主、批判封建文化阵营里的一员小将。

1917年10月8日，恽代英与黄负生等人发起组织了以"群策群力，自助助人"为宗旨的互助社。这是湖北第一个进步团体，也是全国最早的进步团体之一。社员每日开会一次，报告本人当天自助助人的情况，吟诵《互励文》："我们都晓得：今天我们的国家，是在极危险的时候，我们是世界上最羞辱的国民。我们立一个决心，当尽我们所能尽的力量，做我们所应做的事情。我们不应该懒惰，不应该虚假，不应该不培养自己的人格，不应该不帮助我们的朋友，不应该忘记伺候国家、伺候社会。我们晓得，我们不是没有能力，国家的事情不是没有希望。"

1918年6月6日，互助社成员在中华大学门口办起了启智图书室，展览国内宣传各种新思潮的刊物，如《新青年》《新教育》《北京大学月刊》等，供当地青年学子阅读。受互助社的影响以及恽代英的指导，武昌各学校相继成立了类似的进步团体，甚至是跨校团体。同年，恽代英大学毕业，担任中华大学附中教务主任，为了让青年学生"知道世界最近政潮、思潮大概的必要"，在启智图书室的基础上组织了书报代售部，向广大青年推销进步书刊。他向来最爱看杂志，亦爱投稿，与"杂志界有些来往"，《新潮》出版的时候，托他代售，后来《新青年》也托他代售，为他此后创办利群书社积累了人脉基础。

当时，湖北地区出售的书籍，不是图书集成、廿四史等古籍，就是商务印书馆和中华书局两家出版机构出版发行的新式教科书及参考书。武昌横街头作为江城书店最多、最集中的地方，书店林立，没人能数得过来，可竟然没有一家书店出售新文化、新思潮书刊，这给新文化、新思潮的传播带来了极大障碍。

为了改变这种现状，既是受毛泽东《民众大联合》思想的启发，希望"化小团体为大团体"，又因为受到陈独秀、李大钊、王光祈等人在北京实施工读主义的启发，恽代英遂于1919年秋冬之际，同互助社的朋友们商量后，决定把互助社、辅仁社、黄社、仁社、日新社、健学会里面那些相互了解的朋友组织起来，组成一个联合社团，"于城市中组织一部分财产公有的新生活"。

其采取的形式便是开设书局。1920年初，恽代英辞去中华大学附中部主任的职务，和林育南、李书渠等人正式筹办利群书局，把它当作"是一个文化运动的场所，是一个修养会社的结晶体，是一个社会服务的共同生活的雏形"。

筹建书局需要资金，恽代英个人拿出六十元积蓄，还动员他的伯父捐资二十元，再将原来互助社经营的书报贩卖部的三十五串钱转让过来，构成原始资金，在横街头南口18号租到了几间房屋。临街的一间营业，后面是天井，正屋是一间大厅堂，侧边有两间，一间做厨房，另一间做会客室。

为了节省费用，恽代英和林育南等人一道，亲自动手搬运货物，布置书店。他穿着窄袖长衫，戴着近视眼镜，肩上扛着祖父留下的一人长的旧书架，气喘吁吁地从粮道街走过时，学校的工友和路人看见了都很惊奇。为了让书社早日开业，互助社的社员们都自觉地赶过来，跟着他一块儿劳动。

成立任何一个团体都需要有一个宣言书，主要用于宣告其目的与宗旨。为此，恽代英起草了《共同生活的社会服务》。1920年1月22日，这个宣言书以恽代英、林育南、沈光耀、廖焕星、郑遵芳（郑南宣）、郑兴焕、刘世昌、魏君谟（魏以新）、胡竞成、李伯刚、萧鸿举（萧云鹄）和余家菊等十二个人的名义，在上海《时事新报》副刊《学灯》上发表出来，正式向世人揭开了利群书局的面纱。宣言书规定了利群书局的名称、开业时间、书局宗旨、股本来源、预售书刊、活动规则等内容，集中反映了书局致力于建立新生活、改造旧社会的奋斗精神及对未来中国的美好展望。"我们乃是就今天自己力量所及，确立一个有幸福的生活，而且亦结成一个有能力的团体，永远向社会开发；如此的前进前进，一直到我们的理想，靠我们的奋斗实现出来。"

到了开张的时候，利群书局正式定名为利群书社。利群书社的宗旨是"利群助人，服务群众"。恽代英将利群书社定位为："书店是作为传衍新文化的阵地。不是为了卖书而卖书，也不是什么书都卖。因为我们原不是计较锱铢的商人，我们做商人原另有目的。"因此，利群书社致力于介绍新思想、新文化，规定了书社的经营范围：一、经售肆间不易购买的新书与杂志；二、代订不易购买的各项书报；三、代为预订各种新书；四、代派京沪有名日报。

1920年2月1日，正是农历正月初一，利群书社在鞭炮声中正式营业。一开始，书社主要销售《新青年》《每周评论》《新潮》等期刊。第一天卖了八十文，第二天卖了四十文，第三天只卖了二十文，第四天卖了五百余文，第五天卖了两千余文。从此以后，书社每天都有几串稳定的收入。

书社成员共同劳动，共同生活。他们不拿工资，在书社食宿，以期通过半工半读，实行独立自给的生活。书社取得了一些经验以后，恽代英决定复制这种模式，与林育南等人商量，筹集资金，招徕人才，于1920年秋、1921年初分别创办了浚新学校和利群毛巾厂，作为实现共同生活的另外两个试验基地。

为了改变轻视劳动的传统观念，恽代英为利群书社社员们制定了严格的自修和服务制度，并率先遵守，培养出苦行僧般的坚韧品格。"从上午八时至十二时，下午一时至六时，晚七时至九时，是作课的时间。早七时起，夜十时睡。所作的课，各人自由规定"，"同人每人每日对于营业服务四小时或三小时"。

按照恽代英的观念及其制定的服务制度，售书、送报、做饭，以及一切杂务，都由书社社员轮流解决。因为恽代英提出书社是"文化传播的机关"，不仅要行销"对于改进事业所需要的书"，而且让"不买的人，尽可以在营业的地方观览"，社员们每天整理书报，打扫店堂，热忱为读者服务的工作量着实不少。

到了晚上，则是学习与讨论的时间。学习可以自主，但社员们每晚都要举行一次生活会，大家自由发言，或谈心得，或谈志愿，也相互评论优缺点，相互帮助。休息时间一到，立即关灯拔蜡，大多挤在一起睡觉，铺板不够时，长条凳上一样可以睡得安稳。恽代英一般住在家里，偶尔也会留下来，睡在长条凳上面。

不久，林育英（张浩）、萧楚女、李求实、陆沉（卢斌）先后加入利群书社。

由于坚持销售"对于改进事业所需要的书"，书社陆续经销了不少读者欢迎的进步书报刊，包括上海共产党发起组出版的《共产党宣言》单行本、《共产党员是些什么人？》《十月革命带来了什么？》《论俄国共产主义青年团运动》《苏俄的教育》《俄罗斯苏维埃联邦社会主义共和国宪法》《士兵须知》《论工会》等，以及从 1920 年 8 月 22 日起定期出版的《劳动界》周刊。

利群书社还有一些书只用于阅览。新中国首任武汉市长吴德峰便是在这里阅读了马克思主义书籍，走上革命道路的。他回忆这段经历时说："利群书社是马克思主义研究小组的资料库。里面有许多书，只让看，不出卖，小组通过它联系进步分子。记得我在五四后要求进步，但找不到门路，看了一些无政府主义的书，被一位朋友知道了，介绍我到利群书社去看书，并嘱我不要随便介绍别人去。"

另外，恽代英采用向外租借的方式，向读者租借有关马克思主义的书籍。"无论是否买书的人，可以在营业处所观览，算兼办了图书馆一样。"在他看来，"假如一本书可以借给五个人读，就可以发挥五本书的作用，这当然是件大好事"。

利群书社吸引了江城各界进步青年。有些人在看书之余，坐在门口的长凳上相互交流。这为当时的先进知识分子学习马克思主义提供了有利条件。利群书社成立后，又以它为中心，在江城乃至湖北成立了一批小型进步团体，如求我社、觉悟社、爱智社等，成为宣传革命思想、传播马克思主义、组织群众的革命阵地。

由此可见，利群书社尽管是恽代英等人践行克鲁泡特金无政府主义的产物，但客观上成为长江中游传播马克思主义以及其他新思想的阵地，为追求进步的青年提供了大量精神食粮，给他们指明了前进的方向。

随着影响的扩大，利群书社吸引了不少知名人士前来参观访问。1920 年上半年，李汉俊、雷纪堂、董必武、陈潭秋、易礼容、舒新城等人先后专程到访过利群书社。书社开业之后，大律师施洋愿意义务担任利群书社法律顾问；《大汉报》主编萧楚女表示决心投到利群书社的麾下，开创宣传新文化的事业。1920 年 7 月初，毛泽东从北京经上海回长沙路过武昌时，亦曾住在利群书社。毛泽东与恽代英进行彻夜长谈，称赞创办利群书社"这个办法好"，恽代英则鼓励毛泽东在长沙也创办一个类似的书社。毛泽东回到长沙，果然创办了文化书社，并请恽代英作为信用介绍，以便文化书社向外埠订购书刊时免交押金。

为了有目的地组织进步青年读书、评书，利群书社还出版了自己的白话文刊物《我们的》和《互助》。书社在成立初期出版的油印小册子《我们的》,主要记载社员开展各种活动的情况,并用大量篇幅报道社员的活动。因规模太小,且字迹模糊不清,不能满足团体不断扩大、社员间思想交流日趋频繁的需要,《我们的》仅仅出版了三期,不得不停刊。1920年10月10日,为了增加文章篇幅,利群书社又出版了内部刊物——铅印月刊《互助》,不仅刊载宣传新文化新思想,抨击旧文化、旧意识的文章,而且刊登了记载社员们试验新生活以及开展"社会大辩论"的通信。《互助》第1期还刊载了恽代英写的《未来之梦》《共同生活的社会服务》等两篇文章。这个刊物仅仅出版了第1期,便走了《我们的》后路,虽然它只出版了一期,且只印了一千册,但被社员带到全国各地,影响很大。

在《未来之梦》这篇文章里,恽代英写道:"朋友们!我们今天何妨再来共同的做一个大梦!倘若被后人说几句,'理想者,事实之母也,有志者事竟成,岂不信欤?'那便是我们最快意的事了呢。我们拥护中华,救她的危亡,是救我们自己的危亡,图她的兴盛,就是我们自己的幸福。"他承认"个人主义的新村是错了","重蹈工读互助团的覆辙,亦决不是法子",但他又说:"世界不但应为德莫克拉西的,而且应为安那其的,这些话我实在深信。"他还认为,现在所通行个人主义的社会主义有两种,"一新村运动,一阶级革命运动","我信阶级革命的必要,与新村的必要一样真实"。他仍企望"最好莫如利用经济学原理,建设个为社会服务的大资本,一方用实力压服资本家,一方用互助共存的道理,启示一般阶级。而且靠这种共同生活的扩张,把全世界变为社会主义的天国"。

恽代英还具体谈到,利群书社自从开业以来,经济状况一直是勉强敷衍,但为了新文化运动,他们一直要维持下去。随后,他们商定要将工作中心转移到新村建设上,通过办乡村教育和乡村企业,实现共产自给的共同生活。

陈独秀曾是北京工读互助团的发起人之一,在实践中认识到工读互助在中国行不通,他已经完全走了马克思主义道路,发起成立了上海共产党早期组织。1920年12月,他在与张东荪展开论战的同时,对恽代英的《未来之梦》提出了批评。陈独秀指出:"在全社会底一种经济组织、生产制度未推翻以前,一个人或一个团体决没有单独改造底余地。试问福利耶(傅立叶)

以来的新村运动,象(像)北京工读互助团及恽君的《未来之梦》等类,是否真是痴人说梦?"

在创办利群书社的同时,1920年初,恽代英撰写了《论社会主义》《社会主义与劳工运动》等论文,组织进步青年阅读讨论,引导他们学习并接受新思想,以便于更好地投身于改造中国的革命实践。不过,恽代英在《论社会主义》一文中,将新村主义与阶级运动一同划入"个人主义的社会主义"类。数月之后,他在畅想《未来之梦》的时候,并没有完全脱离这一藩篱。

恽代英创办利群书社之后,于1920年3月底带着林育南、郑兴焕奔赴北京,参加少年中国学会活动。在那里,他不仅见到了在北大读书的互助社成员刘仁静,而且与李大钊、邓中夏等人建立了联系,开始研究马克思主义。

五四运动后,恽代英对打从日本传入中国的新村主义(无政府主义的一种,主要是幻想通过"和平的社会改造的办法",进行"共产村"试验,实现"理想的社会——新村")进行了研究,准备开展实践活动。1919年11月1日,他与林育南商谈"很赞成将来组织新村","预备在乡村中建造简单的生活,所需费用不多,村内完全废止金钱,没有私产,各尽所能,各取所需"。因此,他与林育南筹划,准备去林育南的老家黄冈开一所浚新小学,当作新村活动的第一块试验田,希望在乡村中借教育活动,得一个站脚的地方,然后再图实业的发展,要求人们注意养鸡、养鱼、养蚕、畜牧、森林等事情。

在恽代英发起互助社时,刘仁静是一位重要参与者。他于1918年7月从中华大学中学部毕业后,考入北京大学,经过五四运动的洗礼,已经开始拥抱马克思主义。得到这个消息,他于12月2日在北京致信恽代英,兜头给恽代英泼了一瓢凉水,明确表示他不赞成恽代英在黄冈浚新小学从事新村试验,"你的共同生活,除了在城市中实行,我保留地赞同,你的乡村运动,是极不赞成,行不通"。通过"办小学来改造中国的希望是很少成功的","我以为只能盼望革命,只能盼望社会革命","中国的社会革命也必出于流血一途,是无疑的"。

但是,恽代英依然朝着心中的目标前进。1920年春,他和林育南一道来到黄冈回龙山,到林家大湾山后右侧的八斗湾查看校址,又和林育英研究了具体办学事宜。林育英是林育南的堂兄,热情很高,并得到了林育南的大伯父林文卿的大力支持："林氏家族从未办过学校，这回要办一所，为子孙后代造点福，湾里的人都要支持，都要吃力。"林文卿是户长，有了他的支持，浚新小学终于创办起来了，由林育英负责管理。浚新小学共招收二十余名学生，分国民一年级、三年级及高等一年级三个班。不过，后来因为与寺庙和尚闹地产纠纷而被迫停办。

刘仁静见到恽代英的时候，正值恽代英刚刚起步办浚新小学。为此，他虽然极力反对那样的实践活动，并向恽代英推崇马克思主义，但不可能使其完全偏离既定目标，充其量不过是让恽代英对马克思主义产生了兴趣，开始对它进行研究。

后来，刘仁静回忆这次与恽代英相见并且发生争论的情形时，说道：他说，中国可用和平的经济手段来实行社会主义。他认为办工读互助团是最有效的手段之一。我反驳说，这个不可能。中国一定要经过革命，用俄国式的暴力手段，才能把当前的武人政权推翻，实行无产阶级革命，才能够建设新生活。

更重要的是，少年中国学会发起人之一李大钊是中国最早系统传播马克思主义的人，在他的影响下，恽代英更要研究马克思主义。

1920年4月，恽代英被推举为少年中国学会图书编辑部专员，负责编辑"少年中国学会"丛书。他认为所编丛书"应为社会不可少的书"，"应为社会急切需要的书"，遂把《布尔塞维克》等二十六项列为研究书目，并把马克思及其学说提到首位（恽代英把克鲁泡特金及其学说同样列在这二十六种研究书目当中），以盼望马克思主义书籍能对少年中国学会同人有所帮助。

同年10月，恽代英翻译了恩格斯的名著《家庭、私有制和国家的起源》的部分章节，以《英哲尔斯论家庭起源》为题在《东方杂志》第17卷19期上发表。在该文"译者志"中，恽代英指出，英哲尔斯（即恩格斯）为马克思的挚友，终身在宣传事业中联合努力。"读马氏传的，无有不知他的。"

尤其是在1920年春，恽代英受陈独秀的委托，翻译了考茨基的著作——《阶级争斗》，对促使进步知识分子走上马克思主义道路发挥了不小的作用，造成了重大影响。1921年1月，这本书由新青年社作为"新青年丛书"第八种出版。

原来，1920年1月，武昌的几所大学邀请胡适去作学术演讲，胡适因为要给来到北京讲学的美国实用主义哲学家杜威当翻译,脱不开身,便向武昌方面推荐了陈独秀,请陈独秀代替自己到武昌去一趟。正好陈独秀接到时任广东军政府秘书长章士钊的来信,要跟章士钊、汪精卫洽谈筹办西南大学的事,他便离京去了上海,又从上海到达武昌。在讲学期间,陈独秀跟恽代英作了一次长谈,对这个年轻人印象深刻。陈独秀被迫离开武昌,回到北京之际,差一点被京师警察厅逮捕,不得不在李大钊帮助下逃出北京,重返上海。筹办西南大学泡汤,陈独秀定居上海后,将考茨基的早期著作《Class struggle》英译本邮寄给恽代英,请他翻译出来,用《阶级争斗》作为书名,准备交由尚志学会出版发行。恽代英英文不太好,翻译出来的东西多半要经过他的弟弟恽代贤拿英文本进行校正。1920年11月,恽代英应邀到安徽宣城省立第四师范学校任教员,翻译工作才接近尾声。

这本书是考茨基对1891年10月德国社会民主党在爱尔福特代表大会上通过的《爱尔福特纲领》的理论部分(导言)所作的解说。在书中,考茨基虽然回避了无产阶级专政问题,但大体上依据马克思主义观点对资本主义社会的各种矛盾作了比较深刻的分析,论证了社会主义制度取代资本主义制度的历史必然性,也对未来的社会主义社会和共产主义社会作了简明扼要的描绘。

《阶级争斗》全书共五章,即"小生产的经过""劳动阶级""资本阶级""未来的共同生活""阶级争斗",揭示了人类社会发展的基本规律,指出人类社会的基本活动是经济活动,社会制度是由经济结构所决定的;资产阶级与劳动阶级是根本对立的阶级,其矛盾是无法调和的;在资本主义社会,国家机器是保护资产阶级利益的,无产阶级只有通过阶级争斗,铲除私有制,夺取政权,实现社会主义,才是改造社会的唯一正确途径。由于该书科学地阐释了马克思的阶级斗争学说,出版后在中国引起强烈反响,对我国早期马克思主义者的思想转变起了重大作用。不过,《阶级争斗》全文翻译出来之际,上海发起组已经成立了又新印刷所,它不是在尚志学会出版发行的,而是在新青年社以"新青年丛书"第八种出版。

毛泽东所说"有三本书特别深地铭刻在我的心中,建立起我对马克思主义的信仰",其中的《阶级争斗》一书,当是指恽代英翻译的这本书。

通过翻译《阶级争斗》,恽代英了解了马克思主义阶级斗争学说,并向同伴推介它。利群书社郑南宣、廖焕星等社员都有过这样的回忆,恽代英在翻译《阶级争斗》的同时，将该书的内容介绍给利群书社的社员，使他们第一次懂得了要推翻黑暗统治，必须搞阶级斗争。恽代英高度评价《阶级争斗》"是从现实生活中寻求人类的合理世界，这本书让我大大开阔了眼界，从这懂得了许多从未接触过的问题，向我们提供了很多新思想，新知识"。这表明，恽代英已经开始接受阶级斗争，并期望通过阶级斗争达到改造中国的目的，是他抛弃各种非马克思主义观念，接受马克思主义的重要转折点。

恽代英在翻译马克思主义著作的同时，还撰文宣传马克思主义基本观点。

在恽代英看来，"教育是改造世界的唯一有力工具……儿童公育对于世界的改造，有很重大的效力"。"儿童乃国家、社会将来托命之人物，苟彼等尽为恶势力所吞啖，则将来之国家必尽为恶势力所占据，即将来之国家社会绝对无可托命之人。如此，吾国之前途将有较今日更悲惨无望之一日。"为此，他于1920年春夏之交，连续发表了《驳杨效春君"非儿童公育"》和《再驳杨效春"非儿童公育"》，极力主张儿童公育，并且认为，不良的教育、道德都是经济压迫所致；改造社会，"最主要的是全部改造的社会"，"这才是各种问题的根本解决"，在一定程度上宣传了马克思主义的历史唯物主义观点。

因为刘仁静、李大钊等人的影响，以及通过翻译《阶级争斗》，了解到马克思主义有关阶级斗争的观点，恽代英与无政府主义渐行渐远。同年7月、9月，恽代英发表了《怎样创造少年中国》，开始批判无政府主义错误观点，指出："若我们一天天走受掠夺的路，却谈什么无政府主义，这只是割肉饲虎的左道，从井救人的诬说。"进而，他间接宣传了马克思主义的阶级斗争学说："我想只要通情达理的人，他或者不信政治活动或流血是必要的手段；然果遇着显见政治活动或流血，为简捷有力的改造手段的时候，甚至于显见其为改造的独一无二不可逃避的手段的时候，亦没有不赞成取用政治活动或流血的手段的道理。"

对于仍旧迷恋于工读主义的青年人，恽代英大声疾呼道："工读虽是好事，究竟在生活能力不充实的人，不是容易做到的事，不要轻易的盲从妄动呢。"

在创办利群书社的同时，恽代英还积极投身平民教育运动。1920年4月，恽代英和施洋、包惠僧、李书渠等人发起成立了湖北平民教育社。他起草了《平民教育社宣言书》，向世人宣告，从事平民教育，是改造社会的重要途径。平民教育社专门招收经济困难、没有上过学的工人和他们的子弟。恽代英、施洋等经常到平民学校上课,联系工人的实际艰难生活状态,既教他们认字,又教他们明白工人为什么受穷的道理,因而深受工人群众的欢迎。

为了维持利群书社的运转,1921年春,恽代英、林育南按照创办利群书社的模式,在武昌大堤口创办了利群毛巾厂。

织布、染布和卖布是黄冈林家大湾的支柱产业,林彪家织布,林育英家染布,林育南家卖布。林彪与林育南是嫡亲的堂兄弟,林育英则与他们拥有同一个高祖,属远房堂兄弟。林育南因为家中的卖布生意做到了汉口,因此来到武汉读书,结识恽代英的。林育英帮助恽代英、林育南创建的浚新小学关门大吉之后,知道利群书社出现经费周转困难,恽代英、林育南希望创办企业,因为从小跟着父亲学织布、染布,对诸如此类的活计样样精通,来到武昌,与他们一道创办了利群毛巾厂,并且担任技师。恽代英经常到利群毛巾厂来,深入工人群众之中,向他们宣传劳工神圣、妇女解放的道理,启发他们的阶级觉悟。

恽代英在传播马克思主义的时候,董必武、张国恩、刘伯垂、陈潭秋、包惠僧、郑凯卿等人在武昌成立了共产主义研究小组。他没有成为武昌共产党早期组织的发起人,但武昌共产主义研究小组,甚至上海发起组都没有忘记他。上海发起组负责人陈独秀写信给包惠僧,要他与恽代英联系,吸收利群书社的优秀分子入党。包惠僧回忆说:"临时中央曾有信给我要我们吸收恽代英及他领导的利群书店的分子,我也去访问过他们,恽代英我也同他谈过,李书渠、廖焕星、芦斌(陆沉)、林育南等,我和刘伯垂、陈潭秋都直接间接同他们接触过,但他们此刻热衷搞新村运动,办书店,注意个人自修,一个一个都像一个清教徒似的不容易接近。我们认为恽代英及利群书店的分子是小心小眼、小手小脚,不满意现状,又怕革命,没有出息就放弃了。李汉俊来武昌,也到利群书社谈过,马迈也夫同鲍立维来武昌也到利群书社参观过,终没有同他们联系上。"

上海发起组还派遣袁振英来到武昌,同恽代英等人联系,争取他们加入武昌早期共产党组织,同样没有成功。据袁振英回忆:"我一九二〇年在上海,参加了共产党小组,同年还被党小组派往武汉,同恽代英同志联系,劝他加入共产党小组,同时联络武汉三镇的农工学生等,和恽代英到汉阳兵工厂、铁厂、武昌纱厂等处调查劳工情况,到各校调查学生情况。"

武昌共产主义研究小组大约是1920年10月成立的。包惠僧回忆说他去利群书社见过林育南，恐怕属于记忆有误。因为林育南已于1920年7月从中华大学中学部毕业，考入北京医学专科学校，肯定在武昌共产主义研究小组成立之前离开利群书社，前往北京求学了。到了北京的林育南，经常到北京大学与刘仁静相见，受刘仁静影响，思想上正在向马克思主义靠拢。当看到恽代英在《互助》上发表的《未来之梦》时，林育南觉得他这是"凭直觉"，"不慎重地擅发议论"。

1921年4月21日，林育南在北京致信恽代英和利群书社朋友，报告了他与刘仁静讨论社会主义的情况，真实反映了他的思想正在发生转变。信中说，刘仁静"力言马克斯主义是怎样的彻底，方法是怎样的切实，并且说无政府主义是空空洞洞的，所以他是信仰马克斯（思）主义，而不大满意于无政府主义的"。在谈到是用平和运动（即改良主义）还是用大破坏激烈运动（即暴力革命）的方法改造社会时，刘仁静主张后者，但也不反对前者。林育南则认为："须同时并进，互相为用，不可缺一。"但他在具体解释时却又强调，"阶级的利害太冲突了，仅用和平的运动奏效甚难，而且太慢"，所以"不可不用破坏的运动"。

同年6月1日，林育南因为跟刘仁静一道参加北大马克思主义研究会的活动，思想上越来越倾向马克思主义，再次给恽代英写信，谈到《未来之梦》时，对恽代英的一些观点提出了批评。信中指出：与资本家决斗，《未来之梦》上说"莫如利用经济学的原理，一方用实力压服资本家，一方用互助共存的道理，启示一般阶级"，这种理想是很好的。但照我们所取方法去做，是不可能的。又说"靠这种共同生活的扩张，把全世界变为社会主义的天国"，我以为又是空想。又说："组织合理限度劳动的工厂……既不纯为求利，那便工作时间、工人待遇极力要从理想的方面办。"这种理想，我们觉得是很好的。然而说："这样似乎资本家必不能势力相敌。我们便靠这长驱直入的打破资本阶级。"那我们又觉得是空想了。总而言之，我们这种理想是仿佛对的，但审查社会情形和我们的力量，恐怕终久是个"理想"，终久是个"梦"呵！

似乎是为了印证林育南的预言，1921年6月7日夜，湖北督军王占元的嫡系部队陆军第二师在武昌哗变，利群书社由此惨遭火烧，损失殆尽，经过一年多的艰难跋涉，进入了最后的归宿。但它所传播的马克思主义等进步思想却渗透到许多青年的心中，获得了永生，成为激发他们奋勇前进的强大精神力量。

大约同一时刻，恽代英因为传播新文化新思想，遭到军阀通缉，不得不离开了宣城第四师范学校。随后，他于1921年7月1日至4日，参加了在南京高等师范学院梅庵举行的少年中国学会年会。

这次会议着重讨论了学会的宗旨和主义问题。以邓中夏、高君宇等具有初步共产主义思想的知识分子和以左舜生、陈启天等右翼知识分子展开了激烈的辩论。邓中夏等坚决主张学会应确定社会主义的方向，并成为思想行动一致的进步的政治团体；左舜生等坚决反对，坚持学会只能从事改良主义的社会活动，反对学会进行政治革命。许多中间派会员也不主张学会规定主义，希望学会维持兼容并包的状况，成为一个纯学术团体。会议对这个问题进行了表决，结果有十七个人同意学会应研究、确定主义。少年中国学会开始出现分裂的趋势。

恽代英尽管在年会之初依旧采取调和态度，以免"伤感情、生隔阂"，但见学会有树立一面明确旗帜的必要，实无调和的余地时，他的立场发生了根本性改变。年会过后，他很希望学会能成为皮歇维式（布尔什维克式）的团体。

不过，恽代英心里清楚，少年中国学会分裂在所难免，注定成不了皮歇维式团体，他可以先把利群书社改造成这样的团体。他回到武昌的时候，林育南亦因为暑假回到了武昌，他们再次见面。恽代英与林育南交换了意见，心里引起共鸣，两人把受利群书社影响的进步知识青年（包括恽、林共二十四人）召集起来，于1921年7月15日至21日，在黄冈浚新小学召开了具有重要历史意义的会议。

浚新小学被迫停办之后，恽代英感到，这个培养人才的"基础的稳固十分重要，主义可以暂时不必急，基础稳了，以后容易行主义，若是基础还差，主义从何而行？"他与林育南等人精心运作，于1921年5月上旬将它重新开办起来，并且确立办学要点为："教育注意实地观察，野外生活，自治互助，乡村实用。尤注意学生的成就，为我们的运动——共同生活的社会服务——有力的生力军。"学生发展到五六十人，学校对一些家庭困难的学生,一律免收学费。

在此之前,毛泽东得知恽代英、林育南、林育英在武昌创办了利群毛巾厂,既能为宣传新文化新思想活动作掩护,又能为这些活动提供经费,觉得这是个好办法,计划像开办文化书社一样,学习恽代英的榜样,在长沙开办一家织布厂。为了尽快把厂子办起来,毛泽东派遣文化书社经理易礼容到黄冈购买织布机,学习纺织技术和办厂经验。易礼容到达黄冈时,恰逢会议召开,应邀参加了会议。

经过三天的讨论,与会人员一致拥护无产阶级专政,拥护无产阶级在革命中的领导权,拥护苏维埃,赞成组织俄国式党——布尔什维克式的党,并提议把即将成立的组织称做"波社"("波"即布尔什维克之意)。

这次会议,将新创建的组织正式定名为共存社。确定其宗旨是"以积极切实的预备,企求阶级斗争、劳农政治的实现,以达到圆满的人类共存为目的"。

会议并决定,共存社分社员、社友,下设总务股、教育股、实业股、宣传股,社友有选举权,但不能介绍别人为社员或社友,为的是"不至于因社友不健全而失败了社务"。加入共存社,"须守社员所定基本规约",即"不嫖、不赌、不烟、不酒、不纳妾、不奢侈,不作(做)有害社会事业、有害社会团体以及非不得已不作(做)社会不以为怪之恶事"。社内事宜,由社员社友公决。委员的人选,由社员、社友民主选举产生。经过"袁氏金匮投票法",总务股委员举李书渠,教育股委员举恽代英,实业股委员举郑遵芳,宣传股委员举廖焕星。

共存社的宗旨,公开宣布拥护马克思主义,主张用阶级斗争和无产阶级专政的手段改造社会,在中国实现社会主义,与中国共产党第一次全国代表大会通过的第一个纲领基本精神高度一致,标志着恽代英、林育南等利群书社大多数成员在思想上已经发生了根本变化,即清除了改良主义、空想社会主义、无政府主义的思想残余,接受了马克思主义学说,给他们中大多数加入中国共产党组织,为党的事业浴血奋战乃至英勇献身,奠定了思想基础。

1921年7月23日,中国共产党第一次全国代表在上海召开,8月3日,在嘉兴南湖一条中等游船上面闭幕,正式宣告中国共产党成立。1921年下半年,恽代英前往南师范学校任职前,由陈独秀介绍,在上海加入中国共产党。1922年初,林育南从远东大会回来,主张解散共存社,成员自愿分别加入中国共产党。由此,共存社这个具有共产主义小组性质的进步团体结束了历史使命。

9. 文化书社：毛泽东

在早期传播马克思主义的国内知名人物当中，跟恽代英一样，毛泽东起步较晚，而且也主要是通过创办书社的形式进行的；跟恽代英不太一样的是，毛泽东大抵上是由于外语水平不够，又不像恽代英有一个能在这方面帮助他的弟弟，没有翻译过马克思主义学说，而是在他亲自领导发起的探索各种救国方法的实践活动都碰了壁以后，直接得到李大钊、陈独秀等人的指导，慢慢树立起马克思主义信仰，并积极投入传播马克思主义学说的。

毛泽东之所以能够直接得到李大钊、陈独秀的指导，缘于他的两次北京之行。

1918年8月，毛泽东第一次去北京时，带着十几个准备去法国勤工俭学的湖南籍学生，为的是帮助他们联系赴法留学事宜。由于生活极其困难，得到杨昌济教授的推荐，毛泽东从当年10月至次年3月在北大图书馆担任助理管理员，与李大钊、陈独秀等人建立了联系，在脑海里对俄国十月革命留下了深刻印象。

毛泽东第二次到达北京的时间是1919年12月18日。这一次，毛泽东是为驱张运动而来。同行者是一支有四十余人的驱张请愿团。正是这次北京之行，以及从北京转往上海的经历，对毛泽东接受马克思主义产生了决定性影响。

驱张请愿团的目的是驱逐湖南军阀张敬尧。张敬尧是段祺瑞的亲信，皖系军阀骨干分子，在卖国求荣、残害民众方面，跟段祺瑞相比，有过之而不及。湖南学生发起声援北京五四运动的爱国行动，好像挖了张敬尧的祖坟一样，他恨之入骨，派兵强行封闭了《湘江评论》《新湖南》等进步报刊，解散了湖南学生联合会。在毛泽东的领导下，1919年11月16日，湖南学联重新恢复组织，并发表了重组宣言，指责张敬尧"如昏如醉，刮削民膏，牺牲民意，草菅人命，蹂躏民权"。为了提高群众的爱国热情，学联不顾张敬尧的威胁迫害，于12月2日联合长沙各界在教育会坪再次举行焚毁日货示威大会。正当学生代表在会上讲演焚烧日货的意义时，张敬尧派出一个营的士兵，一个连的大刀队，冲进会场，阻挠焚烧，强行驱散与会群众，辱骂殴打学生，当场殴伤数十人，逮捕五人。

12月3日，毛泽东召集新民学会会员、学联负责人在白沙井枫树坪湖南一师国文教员易培基家中开会，商量发动全省中等以上学校的教师实施总罢教，学生实施总罢课，同时联络省内外各种力量，一同将张敬尧逐出湖南。针对当时部分教师和学生对罢课、驱张抱着怀疑观望态度的情况，会议确定通过教师中的进步组织健学会，认真做好这些教师和学生的思想工作。

毛泽东亲自跟各方面做好沟通之后，与学联领袖开会，决定各校在12月6日一律罢课，全体学生自动回家，不许走漏消息；张敬尧一日不离开湖南，学生一日不回学校；各校代表向学校当局交涉退还伙食费，作为学生回家旅费。

12月6日，学联代表中学以上的学校一万三千多学生发布了"张毒一日不出湘，学生一日不返校"的宣言，随即实行总罢课。紧接着，湖南教职员一千二百余人宣布总罢教。随即，学联以及湖南各界联合会开会商定：一、组织驱张代表团，分赴北京、上海、广州、衡阳、常德、郴县等地作请愿活动，一方面扩大驱张宣传，一方面利用张敬尧与吴佩孚、谭延闿之间的矛盾，从军事上压迫张敬尧；二、每校教职员代表分别参加并率领各代表团；三、一部分人留在长沙，继续组织学生和团结省内人士作驱张活动，并负责与外地代表联络。

前往北京的驱张请愿团以湖南长沙第一师范学校教员易培基为总代表，毛泽东为学界代表。他们到达北京之后，在北长街一座叫做福佑寺的地方下榻。

为了公开揭露张敬尧在湖南制造的种种罪恶，传播驱张运动的消息，争取全国舆论支持，毛泽东在那儿成立了北京平民通讯社，亲任社长。寺庙后配殿既是他们的办公处，也是他们的卧室，木板架起的通铺就是床，一张长条香案就是办公桌。白天，毛泽东和请愿团其他成员一道出去调查访问，晚上一旦回到这里，随即伏在香案上整理材料，编辑、撰写、油印稿件。

自12月22日起，平民通讯社每天印发驱张新闻、稿件一百五十余份。

毛泽东经过深入调查，写出了《湘人力争矿厂抵押》呈总统府国务院及外财农商三部文，于1919年12月27日在平民通讯社印发。文章揭露了湖南省矿务局长张荣楣与张敬尧狼狈为奸，贪污受贿巨款，不惜将水口山矿产权拱手交给外国人的无耻行径。文章说："张荣楣所订之约，名为合资办矿，实系抛卖矿权。以张督治湘二年之暴政，敲骨吸髓，无微不至。张荣楣为虎作伥，惟利是嗜，又焉有丝毫计公益，恤民隐之心？以此欺人，夫谁信之！湘民百万，皆历劫余生，对于此种贻祸无穷之契约，认为与其他之短期劫夺，其关系有本身与子孙，个人与全体之别，群情汹惧，誓死不承。"第二天，北京《晨报》全文转载。

12月28日，毛泽东经与各方协商组成了"旅京湖南各界联合会"与"旅京湘人驱张各界委员会"，并在湘乡会馆组织召开了以控诉张敬尧的罪行、号召人们把张敬尧驱赶出湖南的大会。当场，十位湖南籍国会议员签名，推举出三位议员见呈总统、总理，表达湘人驱张的决心。

这期间，得知恩师杨昌济病重住院，毛泽东挤出时间，多次到医院探望。杨昌济在重病中仍不忘毛泽东。他致信时任广州军政府秘书长、南北议和代表的章士钊，推荐毛泽东和蔡和森。信中说："吾郑重语君，二子海内人才，前程远大。君不言救国则已，救国必先用二子。"

1920年1月17日，杨昌济溘然长逝。毛泽东悲痛万分，一面忙于驱张运动，一面与杨开智、杨开慧兄妹共同料理后事。不久，杨开慧跟随她的母亲和哥哥等一大家子人口扶送杨教授的灵柩，回去了湖南。

毛泽东到达北京以后，同北大学生罗章龙、邓中夏密切往来。1920年1月18日，毛泽东与罗章龙、邓中夏等人在陶然亭慈悲庵，商讨驱除张敬尧的策略。

次日，毛泽东等人向北洋政府递送了《湘人控张敬尧十大罪》的请愿书，历数张敬尧自从1918年4月统治湖南以来犯下的十大罪状："纵兵殃民"，"以致农不得耕，商不得市。其罪一"。"金融枯塞，无以为生。其罪二。""公私破产，恢复无期。其罪三。""勒民种烟"，"毁伤国体，腾笑全球。其罪四"。破坏教育，"致学生无校可入，无学可求。其罪五"。"暗杀公民，身蹈刑律。其罪六。"摧残新闻，"言论自由，扫地以尽。其罪七"。乱加盐税，"致盐价骤涨，小民食淡。破坏盐法，目无中央。其罪八"。乱加赋税，"坐收厚赃，不顾民瘼。其罪九"。"伪造民意，破坏团体，供一己利用。其罪十。"

1月28日，毛泽东带领旅京湖南各界代表团全体成员，冒着刺骨严寒，踏着皑皑积雪，前往北洋政府的国务院请愿。新华门前军警林立，荷枪实弹，如临大敌。请愿团一连在冰天雪地里与军警对峙了数个小时，得到的是敷衍与推诿。此后,请愿团接连又发起了六次请愿活动,同样没有任何实际效果。

一时间,驱张请愿团大多数代表情绪低落。难道驱张运动真的要虎头蛇尾,无果而终吗?毛泽东去箭杆胡同九号拜会陈独秀。

陈独秀早已出狱了。出狱之后的陈独秀,浑身上下是一团火。这是一团足以烧毁一切旧势力的火焰。毛泽东很希望从他那里得到指点,能够有利于驱张运动。

三个月的监狱生活,不仅没有扑灭陈独秀的反抗精神,反而让他走得更远。在监狱这所研究室里,陈独秀回顾跟李大钊结识的经过,反思了在潜移默化之中接受过的李大钊思想,开始真正研究马克思主义。尽管他还不完全了解马克思主义,更不知道怎么把马克思学说变成真正的行动,但是,陈独秀仍然认定接受马克思主义指引,是中国先进知识分子必须要为之呼吁为之奋斗的目标。

听了毛泽东的来意,陈独秀说道:"我觉得你们湖南人的精神十分可贵,懂得生命的价值。个人的生命最长不过百年,真生命是个人在社会上留下的永远生命。所以,不论遇到什么困难,都要挺身而出。我很赞赏你们的驱张运动。不过,我更愿意看到你能够多读一些马克思主义的书籍。"

陈独秀答应为毛泽东作一篇名为《欢迎湖南人的精神》的文章,用以支持驱张运动,令毛泽东深为感激;陈独秀要求毛泽东多读一些马克思主义书籍,让毛泽东再一次陷入了深深的思索。回顾这次北京之行碰到的每一件事情,哪怕掌握了足够的证据,凝聚了足够的民心,都没有令腐败透顶的北洋政府倾听民意,对张敬尧采取行动,毛泽东越来越意识到,这个社会太黑暗了,仅靠请愿之类的和平行动,是没有用的,只有像陈独秀说的那样,研究马克思主义学说,从马克思主义学说当中寻找解决中国问题的具体办法,才能走出目前的困境。

毛泽东也拜访过李大钊。

李大钊对毛泽东所做的一切都很清楚,说道:"在湖南,你办过《湘江评论》,发动过声势浩大的学生运动。这些,你都做得非常出色。你们的学生运动和北京的学生运动一样,都遭到了镇压。这是早晚的事情。因为卖国政府跟我们的诉求是不一样的。他们不愿意听从民众的呼声,必然会血腥镇压。不过，在北京，我们针对的是卖国的政府，是全国最大的军阀；而你们在湖南针对的是张敬尧。张敬尧怎么说也只是一个地方性的军阀。要反对，必须反对最大的军阀。只有当你把驱张运动跟反对全国最大的军阀联系在一块。你的驱张运动才有可能成功。"

紧接着，李大钊介绍毛泽东参加了以"本科学的精神、为社会的活动、以创造少年中国"为宗旨的少年中国学会，并且说到了他正计划发动进步学生，重新成立一个马克思学说研究会，用以认认真真地研究马克思学说，希望毛泽东也能认认真真研究马克思主义。

毛泽东果然认认真真研究马克思主义了。只要腾出时间，他必定会在福佑寺里研读李大钊送给他的《共产党宣言》节译本。这是他第一次读到马克思的原著。他越来越佩服马克思的思想，已经从内心深处，深切地感受到自己的心跟共产党是相通的。自己一直在追求一个公平合理的制度，在追求国家摆脱帝国主义的控制，赢得民众的解放，不正是马克思学说的精髓吗？

即使知道驱张运动不可能取得多大的进展，毛泽东仍然夜以继日地起草各种文宣，跟各方面的人物打交道，商讨下一步的安排，做出具体部署。

驱张运动没有任何进展，请愿团成员纷纷离散。毛泽东的经济状况越来越糟，手头越来越拮据。他决计离开北京，前往上海，与彭璜等人会合，继续在那儿展开驱张运动。他手头的钱只能买到去天津的车票。他不知道怎样可以走下去的时候，是一位同学借给他十块钱，使他能买票到浦口。他到达浦口时，又是不名一文，而且车票也没有。没人有钱借给他，毛泽东自己都不知道怎么样才能离开这个地方。更倒霉的是，一个贼偷去了他仅有的一双鞋子！吉人自有天相，天无绝人之路，用在毛泽东身上再合适不过的了。毛泽东的运气真不错，在车站外面，他碰到一个湖南的老友，总算借到了足够买一双鞋子和到上海车票的钱。

毛泽东要找的彭璜，字殷柏，湖南湘乡人，长沙商业专科学校学生，五四运动时期，是湖南学生联合会副会长、会长。1919年7月，由他主持会议，成立了湖南各界联合会。紧接着，他与毛泽东等人一道组织举行了长沙焚毁日货游行示威大会。他率队赴上海进行驱张运动的宣传联络工作。在上海期间，他参与组织湖南旅沪各界联合会，为该联合会负责人之一，并任全国各界联合会干事。1920年2月，彭璜在上海创办了《天问》周刊，担任主编，明确提出民众自决的口号，公开揭露张敬尧压迫民众的罪行，同时倡议发起成立上海工读互助团筹备会。

5月初，毛泽东到达上海与彭璜等人会合，住在民厚南里租的几间房子里，很快成立了上海工读互助团，大家一起做工，一起读书。毛泽东参加的项目是为人洗衣服。因为接送衣服要搭电车，洗衣服所得的钱又转耗在车费上了。由此，毛泽东感到工读团殊无把握，决定停止互助团，另立自修学社，从事半工半读。

只要有时间，毛泽东都会去拜访陈独秀。毛泽东很清楚，他在北京见到陈独秀不久，陈独秀因为去武昌讲学一事，遭到军警的嫉恨，为了避免受到军警的迫害，被李大钊送出了北京城，已经回到上海。有时候，毛泽东是单独去面见陈独秀的，有时候则是与彭璜等人一块儿去的。

这一次，毛泽东到达上海时，维经斯基已经来到了上海，正在帮助陈独秀召集先进知识分子成立马克思主义研究会，进行马克思主义的研究与讨论，为组建马克思主义政党作准备。因而，正是这次上海之行，为毛泽东开启了日后踏上无产阶级革命道路的大门。毛泽东后来回忆道：在上海，"和陈独秀讨论我读过的马克思主义书籍。陈独秀谈他自己信仰的那些话，在我一生中可能是关键性的那个时期，对我产生了深刻的印象"。"他对我的影响也许超过其他任何人。""我一旦接受了马克思主义对历史的正确解释以后，我对马克思主义的信仰就没有动摇过……到了1920年夏天，在理论上，而且在某种程度的行动上，我已成为一个马克思主义者了，而且从此我也认为自己是一个马克思主义者了。"

通过陈独秀，毛泽东、彭璜等人还跟维经斯基见过面，亲耳听他用俄语讲述俄国十月革命，体会到了"列宁之以百万党员，建平民革命的空前大业，扫荡反革命党，洗刷上中阶级，有主义（布尔什委克斯姆）（即布尔什维克），有时机（俄国战败），有预备，有可靠的党众，一呼而起，下令于流水之原，不崇朝而占全国人数十分之八九的劳农阶级，如响斯应。俄国革命的成功，全在这些处所"。

在沪期间，毛泽东与旅沪新民学会会员、湘籍名绅反复沟通，组织了湖南改造促进会，由彭璜担任会长。毛泽东将他撰写的《湖南人民自决会宣言》《湖南改造促成会复曾毅书》等文章发表在《天问》上，具体设计了驱张运动之后湖南的未来，即湖南促进计划——号召湖南民众自治，人民制宪，人民当家做主。

这一天，毛泽东得到消息：张敬尧终于被赶出湖南，湖南省长换上了比较开明的谭延闿。毛泽东欣喜若狂，满怀雄心和抱负，立即告别陈独秀以及他新结识的湖南籍知名人士，踏上了回长沙的道路。

他接受了陈独秀的要求，也得到了陈独秀的许诺，准备一回到长沙，立即开办一个书社，用于宣传马克思主义，为日后进一步成立马克思主义研究会以及共产党组织做准备。另一方面，毛泽东仍然没有放弃改造湖南的努力。

毛泽东回到长沙的时候，谭延闿亲临火车站迎接，以表谢意。何叔衡和其他新民学会会员络绎不绝地前来探望他，跟他商谈接下来湖南该开展怎样的运动。

何叔衡，字玉衡，号琥璜，1902年考中秀才，受命去县里管钱粮，不久之后，因为痛恨衙门黑暗腐朽，甘愿回家种田，教起了私塾。后来，清廷实行新政，鼓励开办新式学堂，何叔衡受聘于云山高等小学堂，在教文史的同时也开始阅读外界新书，接触到孙中山倡导的民主主义思想和近代科学知识。辛亥革命爆发之后，他率先剪去头上的辫子，又动员周围的男人剪辫、女人放脚。暑假的时候，何叔衡回到家中，看到守旧妇女仍然不肯解开裹脚布，说道："看来只动笔动嘴不行，还要动手动刀。"他将家中的裹脚布和尖脚鞋全部搜了出来，亲自操起菜刀，当众全部砍烂。清朝统治被推翻，中华民国建立起来了。何叔衡环顾周围，似乎一切都跟过去没有多少区别，深感自己深居穷乡僻壤，风气不开，外事不知，急盼探求新学，想为国为民出力，便于1913年进入长沙，报考第四师范学校（翌年合并入第一师范），成为一名新生。其时，他虽说已经有三十七岁了，但一向积极参加青年人的活动，并与小自己十七岁的毛泽东结为挚友。1914年7月，他提前毕业，受聘于长沙楚怡学校任主任教员。1918年，与毛泽东、蔡和森、萧瑜等人一道发起了新民学会，是该学会当中年龄最大的成员。他处事老练，颇有长兄风范，深得众人喜爱。当蔡和森、萧瑜、毛泽东等人因组织赴法勤工俭学运动相继离开湖南之后，何叔衡实际上全面负责了长沙新民学会的会务和通信联络。五四运动期间，何叔衡全力协助毛泽东，以新民学会为核心，组织和推动湖南反帝反封建斗争的不断深入和发展。驱张运动时，何叔衡南下衡阳展开活动。由于何叔衡在驱张运动中表现出色,毛泽东称赞他道:"叔翁办事,可当大任。"

毛泽东脑子里挤满了湖南促进计划以及陈独秀嘱托的事情。他把这些全部告诉给新民学会会员。一些会员被毛泽东描述的两个前景吸引了,情不自禁地想要催促毛泽东赶紧和大家一块儿商讨行动计划,然后一块儿干起来;另一些会员心有疑虑,觉得这两种不一样的前景怎么能混杂在一起呢?而且,经过了驱张运动之后,他们更加明白,只有国家的事情办好了,湖南的事情才好办,不应该搞湖南促进计划。因为这个计划的核心要点是湖南自治。于是,争论不可避免。

毛泽东说道:"四千年历史当中,湖南人未尝伸过腰,吐过气。湖南的历史,只是黑暗的历史,湖南的文明,只是灰色的文明!这是四千年来湖南受中国之累,不能遂其自然发展的结果。不实现湖南自治无以将湖南改造好。眼下,有了良好的环境,我们为什么不先改造湖南呢?改造了湖南,也是改造中国的一部分嘛。"

众人不再反对。紧接着,他们拿出了具体步骤:先实现教育促进计划。

有了新民学会会员的全力支持,毛泽东不顾一切地投入行动。他一方面极力用文章来唤醒民众的关注,另一方面又发动新民学会会员全力以赴地发动民众,试图利用民众的力量来迫使省政府实现人民制宪,人民自治。

谭延闿刚刚上台,思想上比张敬尧进步多了,对于毛泽东等人的活动,给予了一定程度的支持。这一点,更使毛泽东深深地感觉到,自己的道路走对了。

饶是如此,毛泽东仍然没有忘记陈独秀为他指引的马克思主义道路。老实说,在他的心目中,此时此刻,马克思主义跟湖南改造促进计划并没有任何冲突:目的都是在于让民众觉醒,让民众拥有自主的权利嘛。

在推进教育促进计划的时候,毛泽东并没有忘记开办一个青年图书馆,一个书社。陈独秀答应过他,要在上海那边联系亚东图书馆和群益书社,帮助他搞到一批有关马克思主义的著作以及其他进步书籍,作为宣传马克思主义的资料。返回长沙途中,路过武昌,毛泽东参观了恽代英、林育南创办的利群书社,深感那确实是一个好办法,更加希望尽快付诸实施。可是,租房子需要钱,购买书籍需要钱,而且数目不是少数,他几乎身无分文,只有跟何叔衡、彭璜他们商量。

彭璜跟毛泽东一道拜访过陈独秀，参观过利群书社，心意跟毛泽东相通，当然会毫无保留地予以支持。

"宣传马克思主义，是一件好事情。"何叔衡说道，"我们现在虽说都不理解马克思主义，但是，按照润之的说法，马克思主义也许确实是解救中国的良方。我可以去找一些关系，看能不能帮你争取到一些支持。"

开办书社需要资金，更需要经营人才。易礼容的名字倏地从毛泽东脑海里跳了出来。此人不仅跟彭璜一样是湖南湘乡人，而且跟彭璜读同一所学校——湖南省立商业专门学校。五四运动期间，彭璜是湖南学生联合会会长，易礼容被选为商业专门学校学生会会长，并代表商专出任湖南省学生联合会评议部主任，于1919年6月正式加入新民学会。1919年夏末，易礼容转入汉口明德大学学习。毛泽东发起驱张运动时，易礼容在汉口组织旅鄂湖南学生联合会作为驱张据点，得到在湖北的湘籍学生及恽代英主办的利群书社的积极支持。因为他学商业，跟恽代英等人有联系，对包括驱张运动在内的各种救国运动进行反思后，他认为"这两年的运动，效力还不十分大"，今后"要预备充分的能力"，"回到湖南去，采取一种最和平、最永久的法子，造成一个好环境，锻炼一班好同志"，以实行自己的主张，在毛泽东心目中，他无疑是书社经理的最佳人选。因此，毛泽东特地劝他放弃学业，邀请他参与筹办文化书社的一切工作，并拟担任书社经理。

随后，毛泽东同彭璜、何叔衡、易礼容等在长沙四处奔走，邀集教育界、新闻界进步人士作为发起人。毛泽东首先邀请的是易培基。易培基不仅亲自为书社题写社名，而且利用自己的人脉和影响力，出面邀请姜济寰、方维夏、朱剑凡等社会名流参与。这些人"鉴于世界新思潮之必须研究，而研究必须有良好材料，则新出版物之介绍机关，必不可少，遂相与共谋书社之发起"。

1920年7月31日，湖南《大公报》第2版刊登了毛泽东起草的《发起文化书社》，并且加上按语：

> 省城教育界新闻界同志，近日发起文化书社，为传播新出版物之总机关，实为现在新文化运动中不可少之一事。亟录其缘起如下。
>
> 湖南人在湖南省内闹新文化，外省人见了，颇觉得希（稀）奇。有些

没有眼睛的人，竟把"了不得"三字连在"湖南人"三字之下。其实湖南人和新文化，相去何止十万八千里！新文化，严格说来，全体湖南人都不和他相干。若说这话没有根据，试问三千万人有多少人入过学堂？入过学堂的人有多少人认得清字，懂得清道理？认得清字、懂得清道理的人有多少人明白新文化是什么？我们要知道，眼里、耳里随便见闻过几个新鲜名词，不能说即是一种学问，更不能说我懂得新文化，尤其不能说湖南已有了新文化。澈（彻）底些说吧，不但湖南，全中国一样尚没有新文化。全世界一样尚没有新文化。一枝新文化小花，发现在北冰洋岸的俄罗斯。几年来风驰雨骤，成长得好，与成长得不好，还依然在未知之数。诸君，我们如果晓得全世界尚没有真正的新文化，这到是我们一种责任呵！什么责任呢？"如何可使世界发生一种新文化，而从我们住居的附近没有新文化的湖南做起。"这不是我们全体湖南人大家公负的一种责任吗？文化书社的同人，愿于大家公负的责任中划出力所能胜的一个小部分，因此设立这个文化书社。（此外研究社、编译社、印刷社亦急待筹设）。我们认定，没有新文化由于没有新思想，没有新思想由于没有新研究，没有新研究由于没有新材料。湖南人现在脑子饥荒实在过于肚子饥荒，青年人尤其嗷嗷待哺。文化书社愿以最迅速、最简便的方法，介绍中外各种最新书报杂志，以充青年及全体湖南人新研究的材料。也许因此而有新思想、新文化的产生，那真是我们馨香祷祝、希望不尽的！

　　文化书社由我们一些互相了解完全信得心过的人发起。不论谁投的本永远不得收回，亦永远不要利息。此书社但永远为投本的人所共有。书社发达了，本钱到了几万万元，彼此不因以为利；失败至于不剩一元，彼此无怨，大家共认地球之上，长沙城之中，有此"共有"的一个书社罢了呵！

　　文中所说的成长在俄罗斯的"一枝新文化的小花"，显然是指以马克思主义为主导的进步文化。这表明，宣传马克思主义是文化书社的应有之义。

　　为了增大宣传力度，8月24日，湖南《大公报》在第七版《新文化运动》栏又予以全文刊载，只是题目换成了《文化书社缘起》，而且文字也略有些不同。

　　8月2日，毛泽东、何叔衡、彭璜、易礼容等十七人，在楚怡小学召开发起人会议。会议推选毛泽东、彭璜、易礼容为筹备员，负责正式推进书社创建工作，起草议事会细则及营业细则，并通过了毛泽东起草的《文化书社组织大纲》：

（一）本社以运销中外各种有价值之书报杂志为主旨。书报杂志发售，务期便宜、迅速，庶使各种有价值之新出版物，广布全省，人人有阅读之机会。关于在外埠出版之书籍，本社与各书店及各丛书社订定专约，每出一种，即尽速寄湘，以资快览。关于各有价值之日报，本社视阅者较多，即与订约，代办分馆。关于各有价值之杂志，本社与各杂志社订约，代办分发行所。

（二）本社资本全额无限。先由发起人认定开办费，从小规模起，以次扩大。以后本社全部财产为各投资人所公有。无论何人，与本社旨趣相合，自一元以上均可随时投入。但各人投入之资本，均须自认为全社公产，投入后不复再为投资人个人所有，无论何时不能取出，亦永远不要利息。

（三）本社由投资人组织议事会，推举经理一人，付与全权，经营本社一切业务。为经营业务起见，经理得雇请必要之助理人。经理及助理人应支取相当之生活费及办事费，其数由议事会决定。

（四）经理每日、每月均须分别清结账目一次，每半年总清结一次，报告于议事会。议事会每半年开会一次（三月、九月），审查由经理所报告之营〔业〕状况，并商榷进行。

（五）本社设总社于省城。设分社于各县。分社俟经费充足时举办。

（六）本社在社内设立书报阅览所，陈列书报，供众阅览。此项阅〔阅〕览所，俟经费充足，更须分设。

（七）本社营业公开。每月将营业情形宣告一次。平时有欲知悉本社情形者，可随时来社或投函询问，当详举奉告。

（八）本社议事会细则及营业细则另行规定。

因为文化书社是作为公共组织存在的，出资人拿出的资金全部作为公产，也没有利息，一切向钱看的国人，哪怕腰缠万贯，宁愿拱手送给洋人，也决不会投资一个铜板的，所以，所有投入股本的人，事实上都是同情文化书社宗旨，希望传播新文化新思想，以图改造社会，并且是各位主要发起人都互相了解的先进分子。从8月2号成立大会起，截至10月22号第一次议事会，投资者有姜济寰、左学谦、朱矫、杨绩荪、方维夏、易培基、王邦模、毛泽东、朱剑凡、匡互生、熊梦非、何叔衡、吴毓珍、易礼容、林韵源、周世钊、陶毅、陈书农、郭开第、彭璜、邹蕴真、赵运文、潘实岑、熊楚雄、刘驭皆等二十七人，一共收取了五百一十九块银元。后来第二次议事会决定继续扩大投资到一千元。其中，有杨开慧说服母亲向振熙，拿出父亲杨昌济教授去世时，他的同事们捐募的一笔奠仪金。

书社开办地点，最初打算在长治路及省教育会等适中地点寻觅，可是仓促间寻找不到合适房子，8月20日由发起人湘雅医学专门学校斋务兼庶务主任赵运文介绍，从湘雅医学校租到了潮宗街门牌第五十六号湘雅旧址的三间房子。

文化书社最初只有陈子博和易礼容两个人工作。没有钱，他们省吃俭用，只用一个黄泥小火炉、一个瓦钵子做饭，筚路蓝缕的艰苦创业情形可见一斑。临时营业期间，易礼容和其他三个工作人员不仅没有工资，生活上仍是自掏腰包。

毛泽东担任文化书社特别交涉员，负责制定发展计划，并与全国各有关方面交涉订购书报杂志。他利用两次到北京、上海建立起来的人脉关系，直接与杂志社、出版社联系，以最低的折扣拿出书刊。他的活动能力是无与伦比的，除各杂志社外，正式约定与文化书社达成出版物交易的有：海泰东图书局、亚东图书馆、中华书局、群益书社、时事新报馆、新青年社、北京大学出版部、新潮社、学术讲演会、晨报社、武昌利群书社等十一处；经过李石岑、左舜生、陈独秀、赵南公、李大钊、恽代英等人为信用介绍，各杂志社、出版社都免去了押金。

9月9日，鉴于书报杂志陆续寄到，文化书社在长沙潮宗街正式开业。

书社投入营运之前，毛泽东邀请集湖南督军、省长、湘军总司令于一身的谭延闿题写"文化书社"金匾一幅。文化书社正式开张时，在鞭炮、鼓乐声中，谭延闿更是在一大群名流显贵的簇拥下，亲临现场，剪下红绸——亮出文化书社的牌匾，敞开了书社的大门，同时也是为文化书社做了一次很有影响的宣传。

十年以后，朱毛红军悍将彭德怀率领红三军团和湘鄂赣边境工农武装攻打长沙，一举夺取之。时任国民政府行政院长的谭延闿听到消息，后悔莫及，恨不得抽自己几个耳光："晓得如此，我当时剪么子鬼彩啊，还不如把他抓起来枪毙了。"

文化书社后来迁至贡院西街，1926年7月又迁至水风井。

从1920年9月9号至10月20号一个月零十二天临时营业期内，文化书社重要书报杂志之销数：《新青年》第八卷第一号一百六十五份、第八卷第二号一百五十五份、《劳动界》一号至九号各一百三十份、《新生活》三十九号至四十号各一百五十份、《新俄国之研究》三十份、《劳农政府与中国》三十份、《科学方法论》三十份，对宣传马克思主义确实起到了很大的作用。至1921年3月，销售一百本或两百本以上的书籍有：《马克思资本论入门》《社会主义史》《新俄国之研究》《劳农政府与中国》等；销售最多的杂志有：《劳动界》五千多份，《新青年》两千多份，《新生活》二千四百多份；报纸方面，《时事新报》每天七十五份以上，北京《晨报》每天四十五份以上。

为了扩大读者范围，文化书社于1920年11月8日湖南《大公报》上第一次刊印广告《文化书社通告好学诸君》，两天以后又在《湖南通俗报》上刊发了一次。通告介绍了文化书社的经营性质及经营内容：

（一）本社为社会所公有，目的专经售新出版物。

（二）本社书报杂志售价至多比出版原店一样，有些比原店更便宜，仅以取到相当之手续费及邮汇费为限。

（三）本社经售各出版物的种数：（1）书——一百六十四种；（2）杂志——四十五种；（3）日报——三种。

在第四项书之重要者中，列出了《马格斯资本论入门》《达尔文物种原始》《社会主义史》《女性论》《旅俄六周见闻记》《科学方法论》《科学的社会主义》《欧美各国改造问题》《革命心理》《新俄国之研究》《劳农政府与中国》等诸多有关马克思主义、社会主义的图书。

（五）杂志之重要者：新青年、新教育、中华教育界、新潮、改造，少年中国、少年世界、新生活、劳动界、劳动者、劳动潮、奋斗、民铎、科学家庭研究、音乐杂志。

（六）日报之重要者：时事新报、晨报。

同时，随书社所售书刊附送了《文化书社敬告买这本书的先生》《读书会的商榷》等铅印广告。

在《文化书社敬告买这本书的先生》里写道：

先生买了这一本书去，于先生的思想进步上一定有好多的影响，这是我们要向先生道贺的。倘若先生看完了这本书之后，因着自己勃不可遏的求知心，再想买几本书看——到这时候，就请先生再到我们社里来买，或者通信来买，我们预备着欢迎先生哩！

我们社里所销的东西，曾经严格的选择过，尽是较有价值的新出版物（思想陈旧的都不要）。书——一百二十四种，报——四种，杂志——五十种（月刊三十三种，半月刊二种，季刊二种，周刊十三种）。我们的目的——湖南人个个像先生一样思想得了进步，因而产生出一种新文化。我们的方法——至诚恳切的做介绍新书报的工〔作〕，务使新书报普播湖南省。

我们很惭愧自己的能力薄弱，不能担负这传播文化的大责，希望各界有心君子予以援助。先生若能帮我们费一点口舌介绍之劳，那我们是特别感激先生的。本社印有很多的书目，先生或先生的朋友要看，函索即寄（不要邮费）。本社经理员易礼容君，营业事项由他负责。他天天在社，无论那（哪）位先生要书，要报，要杂志，要书目，以及其他事项，写信来问，都由他手复，绝不延搁。敬祝先生天天健康！

《读书会的商榷》则说：

近来有许多人提倡"读书会"，我们觉得这个办法实在很好。其好处有三：（1）一个人买书看，出一元钱只看得一元钱的书。若合五个人乃至十个人组织一个读书会买书看，每人出一元钱便可以看得十元钱的书，经济上的支出很少，学问上的收入很多。（2）中国人的"关门研究法"，各人关上各人的大门躲着研究，绝不交换，绝不批评，绝不纠正，实在不好。最好是邀合得来的朋友组织一个小小读书会，做共同的研究。就像你先生看完了这本书，一定有好多的心得，或好多的疑问，或好多的新发明，兀自想要发表出来，或辨明起来，有了一个小小的读书会，就有了发表或辨明的机关了。（3）

报是人人要看的东西,是"秀才不出门,全知天下事"的好方法。现在学校里的学生诸君,也有好多不看报的,是因为学校不能买许多报,报的份数太少的原(缘)故。最好是"每班"组织一个读书会,每月各人随便出几角钱,合拢起来钱就不少。除开买书之外便可多定(订)几份报,至少也可以定(订)一种。那么,便立刻变成不出门知天下的"秀才"了,岂不很好。上列的好处,如你先生觉得还不错,"读书会"这东西,何妨就从你先生组织起呢?若要备新出版新思想的书、报、杂志,则敝社应有尽有,倘承采索,不胜欢迎。

为了使马克思主义和新文化传播全省,文化书社在各地设立分社或代销处。1921年春,文化书社在长沙城内的许多学校如省立第一师范学校、楚怡学校、修业小学等设立了书报贩卖部,聘请了义务推销员,并在本省平江、浏西、宝庆、衡阳、宁乡、武冈、溆浦设立分社和代销处。这些机构的负责人,多半由新民学会会员及其他进步青年担任。毛泽东等人通过文化书社和分支机构,迅速将新文化运动推向全省,还通过书社的业务活动与全国各地的革命团体建立了联系。这张网,不仅是文化传播网,也为革命联络网。湖南早期党团组织建立后,文化书社及其贩卖部、分支机构大多成了党团的通信联络机关或活动场所。

书社取得成功,毛泽东不再为缺乏资金而发愁。他发起的所有运动,都是围绕学生以及进步青年展开的。这些人大都思想激进,但解决不了自身的生活问题,为了让他们毫无后顾之忧,毛泽东时常会拿出在修业小学当主事的薪水,补贴给他们。有了充足的资金以后,他决定资助每一个去青年图书馆的学生和进步青年十元钱,让他们可以乘车,可以吃饭,可以安心地研究马克思主义。

10. 齐鲁书社：王乐平

王乐平是中国国民党党员，跟朱执信、戴季陶、邵力子、沈玄庐等其他孙中山的信徒一样，在中国早期传播马克思主义过程中是起过很大作用的。跟朱执信等人通过办报以及撰写宣传马克思主义文章不同的是，王乐平采取的方法是创办书社。尽管他不是真正的马克思主义者，在被蒋介石派人刺杀之前，没有走上马克思主义道路，但是，以他的齐鲁书社为依托，王尽美、邓恩铭等人相继发起成立了康米尼斯特（共产主义）学会、励新学会，最终成立了济南共产党早期组织。

1907年，王乐平在山东高等学堂读书期间参加了同盟会，因此被学校开除学籍。1911年武昌首义爆发，他与山东著名革命党人丁惟汾等人一道组织山东各界联合会进行响应，加上同盟会北方支部所在地烟台的革命党人发动起义，迫使山东巡抚孙宝琦不得不于11月13日宣布独立。不久，在袁世凯及其党羽的破坏下，山东独立被迫取消。丁惟汾等人随即拜谒孙中山，请求派人到烟台帮助重建都督府，继续革命斗争，使其成为山东的革命中心。这期间，王乐平受孙中山派遣，担任烟台军政府秘书长。袁世凯篡夺了辛亥革命胜利果实，烟台军政府随之撤销，山东临时议会成立，王乐平被选为省议员，并担任山东革命党机关报《齐鲁日报》主编。二次革命失败后，《齐鲁日报》被迫停刊。1914年，山东都督靳云鹏大肆捕杀革命党人，王乐平被迫流亡甘肃。1916年6月，袁世凯倒台毙命，王乐平返回山东，恢复省议员身份，并于1918年9月当选为山东省第二届省议会议员兼秘书长。过了几个月，五四运动爆发，他是积极参与者，先后在上海、济南、北京做了一系列工作，由此结识了陈独秀、张国焘等人。尤其是作为山东请愿团总负责人，他赴京请愿期间，与陈独秀见了面，两人因为对社会现实以及怎样改造社会，具有很多共同的认识，相谈甚欢，随后建立了通信联系。

这次请愿，王乐平和全体代表求见总统不得，遂效法申包胥哭秦庭的故事，跪在门外，放声号哭。时逢下大雨，一小时后，各代表尽陷于水污泥淖之中，痛哭失声，闻者悱恻。李大钊评价说：这样的炎热酷日，大家又跪到新华门前，一滴血一滴泪地哭。唉！可怜！这斑斑的血泪，只是空湿了新华门前的一片尘土!

  1919 年 10 月 10 日,由同盟会演化而成的中华革命党又进行改组,变成中国国民党。王乐平顺理成章地成为中国国民党党员。

  因五四运动已经初步唤醒了民众的觉悟,王乐平等人决定趁势而起,在济南推动新文化新思想运动。于是,他联络了一些进步知识分子,经过酝酿与筹备,于 1919 年 10 月在其住宅的外院——济南院前大街二号创办了齐鲁通讯社,社里附设售书部,与北京、上海、广州等地进步团体建立了密切联系,"以贩卖各项杂志及新出版物为营业",经销全国各地出版发行的进步书刊。

  鉴于他的特殊身份,王乐平发起开办齐鲁通讯社的目的,不可否认,一方面是为了公开地宣扬新文化,传播新思想;另一方面也是为了秘密进行政治活动,宣传孙中山倡导的三民主义,把通讯社作为据点,开展国民党的组织工作。

  为了方便履行第二种使命,齐鲁通讯社不仅大力推销新版书刊,而且兼售文具和体育用品。

  齐鲁通讯社建立之初,为了方便及时获得最新出版的各种书刊,王乐平展示了高超的联络交际能力,与上海、北京、广东出版界都建立了密切联系,对创造社、新青年出版社、新潮社、北京书店的出版物更是青眼有加。自从齐鲁通讯社打开大门迎接读者之日起,不仅鲁迅的著作以及李大钊、瞿秋白等人的翻译作品,成为它推介的重点,而且《俄国革命史》《辩证法》《共产党宣言》《资本论入门》《社会科学大纲》等等具有马克思主义观念的书籍以及马克思、恩格斯著作,亦相继涌了进去。知名的进步杂志诸如《新青年》月刊、《新潮》月刊、《创造》季刊、《奔流》月刊、《小说月报》《曙光》月刊、《建设》《解放与改造》《少年中国》之类,一样是齐鲁通讯社的常客。此外,齐鲁通讯社还销售报刊,比如《努力》周报、《觉悟》周报、《莽原》周报《醒狮》周报《每周评论》《星期评论》《晨报》等,都在它的销售之列。

  由此可见,齐鲁通讯社几乎囊括了当时全国所有的进步书刊。在山东全省,推销进步书刊的只此一家,别无分号。

  其中,《曙光》月刊是由山东旅京进步学生宋介、王统照、王晴霓、范玉遭、徐彦之等人于 1919 年 11 月 1 日创办的刊物(稍晚于齐鲁通讯社),

由宋介担任主编,王统照、王晴霓任主笔,王晴霓兼任经理事务。由此可见,山东人在创办进步刊物传播新思想、新文化方面,同样不落人后。《曙光》杂志在创刊号上发表宣言,指明办刊的宗旨为"本科学的研究,以促进社会改革之动机",在谈到为什么要创办这个刊物时说道:"我们不安于现在的生活,想着另创一种新生活;不满于现在的社会,想着另创一种新社会。但是这新生活、新社会的基础,都建在科学上边。必须科学发达,文明才能进步。""所以我们发愿根据科学的研究,良心的主张,唤醒国人彻底的觉悟,鼓舞国人革新的运动。"

《曙光》月刊创办于五四时期传播新文化新思想的中心,要想与其他进步书刊保持一定的竞争力,必须在读者对象方面下功夫。为此,其创办人最初把山东读者作为主要的发行对象,在济南、烟台和在东京的山东侨胞中均设有代派处。王统照、王晴霓与王乐平、王翔千同是诸城王氏家族成员,交往颇深。这对于将《曙光》月刊推向山东,无疑具有非常大的帮助。

从第1卷第6号开始,《曙光》月刊对社会的观察开始从其根源出发,对社会上的不平等现象进行揭露,并且大量刊载介绍苏俄的文章及列宁的某些著作译文。宋介的《新俄罗斯之建设》便较全面地介绍了俄国十月革命以后的组织状况、政治状况和经济状况,明确指出俄国共产党的最终目的是共产主义,"苏维埃总是较能代表廿纪文明之最高观念的。各资本主义的国家,哪里能比得上呢?"

从第2卷第1号起,《曙光》月刊更是明确宣布,以前的言论,理想的多,现实的少,从本期开始,要对社会、政治、经济、学术等问题进行讨论和批评。为此,发表了一些关于劳动阶级、阶级斗争、社会制度根本改造等问题的论文,诸如李大钊的《团体的训练与革新的事业》和《社会主义下之实业》、何孟雄的《发展中国实业究竟要采用什么办法?》、宋介的《俄罗斯之女劳动家》《劳动家与专利者》、陈独秀的《社会主义批评》《陈独秀答区声白先生书》等文章,明显表现出了这一刊物在宣传马克思主义,对山东进步学生的影响很大。

刚刚经历过五四运动,整个教育界,特别是青年学生都渴求新知识新思想,并在探索救国救民之道。因而,齐鲁通讯社一经开张,立即引来了青年学生甚至是整个教育界的关注,前来看书购书的人络绎不绝。除了济南市区以外，各县中等学校有很多教员和学生纷纷来函求购书刊。而且，中国国民党在那个时候是一个非常进步的组织，王乐平的宣传自然能够吸引探索救国救民道路的青年学生。

自然而然地，山东省立第一师范学校学生王尽美、王志坚，山东省立第一中学学生邓恩铭、赵宸寰，公立山东工业专门学校学生王象午，省立女师学生王辩、隋灵璧以及私立育英中学教员王翔千等五四运动重要领导人以及参与者，都被吸引过去，经常前去购买或阅读进步书刊。

王尽美，原名王瑞俊，字灼斋。他是在参加了中国共产党第一次全国代表大会以后，为抒发尽善尽美地搞好革命工作的志向，改名王尽美的。他幼年丧父，家境贫寒，1918年春夏之交考入山东省立第一师范学校，目睹了帝国主义列强在济南横行无忌的情景，心里萌发了对帝国主义的深深痛恨以及对受到重重欺压的老百姓的深深同情。五四运动一爆发，他意识到，处在那种黑暗的时代，整个国家的命运，都操纵在帝国主义以及反动军阀政客手里，埋首读书，不问政治，对救国救民是无济于事的。他决心走出课堂，奔向社会，毅然积极投身于轰轰烈烈的爱国运动洪流之中。他被推选为一师北园分校的代表，领导北园分校的同学参加运动。由于与邓恩铭、王翔千等人志趣相投，他从此与他们来往密切。

邓恩铭，字仲尧，贵州荔波人，水族，1917年秋在老家的小学毕业，希望谋一个好前程，到山东投奔过继给黄家当县官的二叔黄泽沛（曾在益都、淄川、沂水等地做官），并由二叔资助，于1918年进入济南山东省立第一中学读书。从贵州辗转来到山东，一路上目睹了广大民众遭受的苦难，他心里大为感触，早把奔前程的事抛到一边，心里想：天下为什么会有如此之多受苦受难的民众呢？是因为中国疲弱不堪，才导致民众受苦受难的吗？是的，一定是这样。那么，中国为什么如此疲弱不堪？他竭力想找出其中的原因。没人告诉他答案，他一头扑进书本，想从里面找到答案；他失望了。这时候，北京爆发五四运动的消息传入他的耳鼓。邓恩铭顿时情绪激动，隐隐觉得民众运动才是拯救中国的方向，率先在一中联络一些积极分子，一同组织了学生自治会，担任出版部部长，发动学生向北京学生看齐，跟北京学生一样，投入到这场伟大的爱国运动当中去。

王翔千是育英中学国文教师。他于1907年离开山东，进入北京齐鲁中学读书，肄业后考入北京译学馆，研习德文，接触到一些西洋文化和进步书刊，同情与向往革命。辛亥革命时期，他从北京译学馆毕业，先后出任济南《大东日报》和《齐鲁民报》编辑。1913年，他回乡办了一所国民学校，自任校长兼教员，传播新思想，培养出一批新知识分子。因兴办新学，触怒了当地劣绅，他迫于压力，于1916年来到济南法政专门学校做文案工作。随后，他进入育英中学任教。

因为王乐平跟王翔千同为诸城王氏家族成员，且王乐平比王翔千晚一辈，王翔千妻子的姑母是王尽美的婶母，王志坚是王翔千的侄子，又和王尽美是同班同学，并住同一宿舍，又都是山东省立第一师范学校的高材生，都长于文学，两人的交情也特别深，王乐平对他们总是另眼相看。于是，王尽美、王志坚、邓恩铭、王翔千不仅能够从齐鲁通讯社及时获得最新的宣传各种社会思潮的书籍，而且还能够利用齐鲁通讯社展开讨论。很多时候，王乐平会给他们一些指导。

被吸引到齐鲁通讯社的山东省立女子师范学校学生王辩，是王翔千的女儿。在所有前来齐鲁通讯社购买图书的人员当中，王辩几乎是住在这家通讯社里，得天独厚，不仅自己想看什么都能看到，而且见到了别人去买书的情景。她后来回忆这件事，说道："我父亲王翔千带我到济南升学，就住在王乐平三哥家里，其前院即齐鲁通讯社，专门出售这些新书刊，一些进步青年都来买书。"

齐鲁通讯社创办了仅仅两个月，《新青年》《新潮》《少年中国》《新教育》等的销量都在一百份左右，《建设》《解放与改造》《星期评论》等报刊的销售数量亦不在少数，充分显示出山东进步青年是何等地渴望获取新文化、新思想。1919年12月28日，北京《晨报》以《山东的文化运动》为题作了报道：五四运动以后，"国民心理感受新思潮的冲动，渐渐有点觉悟。就是沉闷的山东，也是如梦初醒"，"今（指1919年）夏间，王者塾（即王乐平）曾约些同志在济南组织了个齐鲁通讯社，一方作通讯事业传达到外边去，一方卖各地新出版物，为介绍思潮改良社会的先声。直到现在各种杂志的销路一天推广起一天，志同道合的人渐渐多了。谁知官府里得到这种消息，就变尽方法取缔。对于《建设》和《解放与改造》两种杂志已下了查禁命令。各校的校长更是慌起来了，怕学生中了新文化的毒"。但"主张新思潮的人，却都不为所动,仍然努力的向前去",以"破除他们的迷妄见识,去改造社会。这总算是山东前途的绝大希望","从此开出一条光明大道来,好教大家向前走去!"

王尽美、邓恩铭、王翔千等一批有觉悟的先进青年经常在齐鲁通讯社购书、讨论,渐渐地觉得有必要将在齐鲁通讯社售书部结识的一批向往共产主义的进步青年组织起来,结成一个团体,大家共同研究、共同讨论、共同提高。于是,1920年夏秋之际,他们在齐鲁通讯社秘密成立了济南康米尼斯特(英文 Communism 的音译,共产主义的意思)学会,专门收集有关共产主义理论的书籍,以研究共产主义为宗旨,继而研究社会主义革命理论。

当然,王尽美、邓恩铭、王翔千等人之所以能够在此时秘密发起成立康米尼斯特学会,跟他们在五四运动期间多次到北京,受到李大钊、罗章龙等人的影响大有关系。其中,王尽美所起的作用最大。

罗章龙追溯这段往事时,是这么说的:"早在一九一九年下半年以后,五四爱国运动的中、后期,我们北京国立八校院的学生会和外省的学生会建立了联系。起初我负责做北京大学学生会的工作,山东的学生会经常有人来北京联系。我们北京大学学生会也经常派人去上海和南方,因为济南是沪京往来的必经之地,因此常中途在济停留。我就是在这样一种情况下,同山东学生会的代表王尽美同志认识的。那时候,我们北京学生会的办公处设在校本部,王尽美同志为联系学生会的工作曾多次到西斋来找我。一九二〇年三月,以北京大学为主,由国立八个校院联合组织的马克思学说研究会成立以后,王尽美同志又来到了北京。我领他到北京大学图书馆、教室、学生宿舍等处转转看看,还去看了一些外面来旁听的学生,同时,向他介绍了北京马克思学说研究会的情况。在北京念书的学生加入马克思学说研究会的是北京的会员,在北京以外各省市念书的学生或工人被吸收入会的叫做通讯会员……王尽美同志对这些都很感兴趣,他登记作为通讯会员加入了北京的马克思学说研究会。那时我任马克思学说研究会的书记,他回去之后经常和我通信联系,交换刊物。……"

王尽美回到济南,萌发了成立类似组织的愿望。首先要解决两个主要问题,一是尽可能多地搜集有关马克思学说的书籍,二是有跟他一块儿发起学会的同人。

对于第一个问题，王尽美已经从北京带回了一些有关马克思主义以及俄国十月革命的书籍，李大钊还答应过王尽美，只要北大有了新的书籍，一定会在最快的时间里，转给济南方面进行研究。王尽美还去过齐鲁通讯社，跟王乐平商谈，得到了齐鲁通讯社可以为马克思学说研究会提供相关书籍的承诺。

第二个问题，不仅王志坚、邓恩铭、王翔千是最好的同人，而且通过在齐鲁通讯社购买和阅读书籍的时候，认识了王翔千的弟弟王象午等人，他们都对马克思主义学说很感兴趣，只要跟他们一说，他们必定会参加。

接下来是订立会章，每一个康米尼斯特学会会员都要发一个证章，凭借证章，才能参与学会的一切活动。至于活动形式，每个星期六都必须集会，集会的形式不拘，有时举行讲演，有时召开纪念会，有时分组进行学习和讨论。

得到王乐平的支持，1920年9月，康米尼斯特学会终于成立起来了。学会的主要成员有：济南一师学生王尽美、王志坚，济南一中学生邓恩铭、李祚周、王克捷、赵震寰，济南工专学生王象午等人。

马克思学说的关键是：人类在社会活动中，不可避免地要划分为不同的阶级。无产阶级要想跟资产阶级斗争，必须运用暴力的手段。可是，有的会员觉得，暴力怎么能解决问题呢？那是暴徒的行为。应该用温和的手段，迫使统治阶级给予民众应该有的权利。也有的不赞成任何一种统治，觉得任何一种统治都是违反人的本性的，要广泛地组织一些团体，用团体的精神，去对付一切困难。

王尽美、邓恩铭、王翔千面面相觑。他们怎么都没有想到，这些本来应该跟他们具有一样思想的青年人，竟然会拥抱无政府主义和其他一些非马克思主义的东西。事实上，他们自己也对无政府主义以及其他非马克思主义思潮的认识不清，便跟这些年轻人一道，认真研究它们，试图找到令大家都信仰马克思主义的钥匙。

随着新文化运动的深入发展，特别是社会主义思潮的广泛传播，齐鲁通讯社售书部已不能适应形势的发展，满足广大读者的需要了。王乐平抓住时机，提议将售书部扩建为书社。有钱可赚，"创社的同人都非常喜欢，愿意增加资本，设法扩充，租赁大布政司街东铺房为营业地点"，并制定了《招股简章》。

《招股简章》内容如下：

一、本社定名为齐鲁书社。二、本社以传播文化为宗旨。三、本社营业如左：1. 代派日报；2. 销售杂志；3. 贩卖各项中外书籍。四、本社地点设于济南。五、本社资本拟招三百股，每股十元，共为三千元。六、本社为股份有限公司，一切对内对外，悉照公司条例办理。七、本社股票为记名式，不得随意转让本国人。八、本社由股东推选董事七人，组织董事会，议决进行事务。九、本社由董事会公推社长、副社长各一人，经理本社一切营业事项。十、本社董事每二年改选以此。十一、本社每年结账一次，由董事会核阅后，开股东会报告。十二、本社所得纯利分为十成，以一成为基金，三成为办事人花红，其余六成分配众股东。十三、本简章有不适用时，得由股东提交董事会修改。

1920年9月25日，王乐平召集了熊观民、陈雪南、聂湘溪、于沐尘、于瑞亭、于范亭、赵华叔、万彦（完颜）祥、隋即吾、蔡自声、武竞民、王少韩等二十余位股东在齐鲁通讯社举行会议，公推姚仲辉、徐晶岩等七人为董事。由董事会公推王乐平担任社长，聂湘溪为副社长，正式成立齐鲁书社。

在王乐平的影响下，董事会做出决定，齐鲁书社"以介绍文化，增高人类的知识为宗旨"，"不纯粹以营利为目的，而以促进社会文化的进度为主要目的"。因此，齐鲁书社的经营模式：其贩卖的书籍，不注重教科书而以参考书为主；贩卖的教育用品，不注重学校团体的用品，而以学生个人用品为主。

10月1日，齐鲁书社正式开业，社址在大布政司街20号（后迁至天地坛街）。

齐鲁书社不仅经销各种进步书刊，而且在门市部后面另外辟出三间房子，陈设桌椅以及桌球台架等，为读者提供阅读的场所和条件，并且经常举办讲演会和学术研讨会，令读者能够交流学习心得体会，探讨救国救民的道路。王乐平以齐鲁书社为基地，联络结识了一批具有初步共产主义思想的知识分子，由此名声大振，成为山东新文化运动的一名旗手，受到新文化运动的主将、中国共产党创始人之一陈独秀的赏识，并与其建立了密切关系；齐鲁书社亦由此而成为驰名全国的传播新文化和马克思主义的重要阵地、山东早期共产主义者的重要活动场所。

北京《晨报》一直关注这个传播新文化的阵地，于1920年10月7日以《山东新文化与齐鲁书社》为题，进行追踪报告："从去年10月间省议会议员王乐平，组织了一个齐鲁通讯社，附设卖书部，专以贩卖各项杂志及新出版物为营业，通讯社虽以人的问题未能十分发达，卖书部却是一月比一月有进步，头一个月仅卖五六十元的书，到最近每天平均总可卖十块钱。卖书部创设的本意，固非以营业为目的，但营业扩充，即是证明山东学界想着研究新文化的也很有进步。"

省立女子师范学校学生隋灵璧回忆自己受到的影响时，说道："当时，我们经常到天地坛街王乐平开办的齐鲁书社去购买、阅读进步书刊，如《新青年》《新潮》《曙光》《三叶集》等等。王乐平还经常送我一些进步书刊，其中有许多是宣传妇女解放、婚姻自由、反对旧伦理道德的作品。这些作品，对我们这些初次冲出封建囹圄的青年女学生，有极大的吸引力，仿佛清新的风吹进我们心田，使我们感到新奇，感到振奋。在新思潮的影响下，有不少同学剪去了发辫，甚至公开与男同学往来，打破了学校一贯坚持的男女授受不亲的封建律条，开始与封建伦理道德决裂，大步地走向自身解放的道路。"

康米尼斯特学会运行了一段时间，感觉共产主义在广大青年群众中的口胃暂时难以消化，王尽美和邓恩铭等人经过多次讨论，决定另行组织一个范围更加广泛的学会，取名为励新学会，广泛吸收青年群众，参加研究革命理论。1920年11月14日，王志坚、王尽美、邓恩铭等十一名发起人举行会议，一致推举王尽美等四人起草详细会章。励新学会以"研究学理、促进文化"为宗旨，以"勤、俭、诚、勇"为信条，规定"凡有中等学校学历者经本会会员五人以上之介绍再经全体会员同意即认为本会会员"；章程规定总会设在济南，各处有会员五人以上者，可设立分会。邓恩铭担任学会庶务，负责学会的日常事务。

因励新学会会员大多是齐鲁书社的热心读者，且第一个发起人王志坚是诸城人，得到王乐平的支持，把总会会址设在齐鲁书社内。

11月21日下午，王志坚、王尽美，邓恩铭等在济南商埠公园大厅召开励新学会成立大会。王乐平、李舸梁等作为来宾参加会议，《曙光》杂志社的王晴霓作为特邀来宾与会祝贺，并向他们正在创办的《励新》杂志损资十元，表示支持。

励新学会的会务有：发行报章、举行演讲、举办学术谈话会、出版《励新》半月刊等。学术谈话会是励新学会会员学习、研究、传播新文化新思想的一个重要途径。邓恩铭与王尽美等人经过多次讨论，制定了学术谈话会简章，规定会员每个星期日都要用半天时间举行学术谈话会。邓恩铭还具体负责邀请济南和北京等文化教育界知名人士举行演讲会，《曙光》杂志社发起人宋介曾受邀发表演讲。

励新学会创办的《励新》半月刊，由王尽美担任主编，以宣传新思想、介绍新文化、揭露社会黑暗、主张社会改革、倡导民众教育为主要内容。可以说，这是在齐鲁书社的孵化下结出的成果。从此，《励新》成为在济南传播新文化新思想的重要刊物。1920年12月15日，《励新》出版了创刊号，王尽美在上面发表了自己撰写的《我们为什么要发行这种半月刊》，作为创刊宣言：

新思潮发生以来，各处都有人树起极显明的旗帜来，高倡文化运动，思想界受了这种影响，发生了空前大变动，凡少有觉悟的人，都照着这条路上走了，这当然是很有希望的一种好现象。

但是新思潮未发生以前，大多数青年，安安稳稳的，埋头于古（故）纸堆里，并不去管社会怎样，人类怎样，就觉着除了"老实读书"以外，并没有旁的问题似的。近来，新思潮蓬蓬勃勃过来以后，便与前大不相同了。大多数青年，已经有了觉悟，便觉着老实读书以外，个人和社会、和人类还有种关系，非常重大，已注意到这上头，便对于从前一切的制度、学说、风俗等等都发生了不满意，都从根本上怀疑起来，于是觉得满眼前里，无一处，无一事，不都是些很重要的问题了。我们一般青年对于这种问题，想得痛痛快快的给他一个解决，确实困难丛生，往往在左思右想，总是解决不来，只觉得个人肉体，和在刀心剑林里似的，不舒服极了，精神上更不消说了，感受极大的苦痛，常此以往，一定发生种种危险。

同人等想到这样，见有联络同志，组织会社之必要，便以精神的结合，组成励新学会，拟定宗旨：研究学理，促进文化。

对于种种的问题，都想着一个一个的，给他讨论一个解决的方法，好去和黑暗环境奋斗，得到结果，便可以宣布出来，争得大家的同意，请求大家的指教。

我们所以要发行这种半月刊，就是为的这个。

创刊号上同时发表了邓恩铭撰写的《改造社会的批评》。他运用马克思主义观点分析各种改造社会的态度，认为："社会是人创造的，故一代的社会情形，与一代的社会情形，必不相同。在不同之间，就发生改造这件事情。改造有没有价值，就看他对于当时，产生什么影响。凡不根据当时社会情形而产生出来的改造，在社会一方面，绝对不会产生什么效果。不但没有效果，并且一定要失败的。"

"自从新思潮流到中国以后，社会上就有了一种不安静的样子，于是改造社会的声浪，一天比一天高。按我们中国的社会情形说起来，这种改造的事情，一定免不了的，那么改造社会这种事情确乎是我们中国的一线生机了……"

他把主张改造社会的人分为三类，即实行的、空谈的、盲从的。批评了那帮空谈社会改造的人："上海提倡改造社会的人实在不少，但是说人话，不做人事的也多，嘴里说劳工神圣，但是出门，非坐洋车汽车不可；嘴里说妇女解放，其实家里老妈子、丫头都有，若是高兴起来，赌，吸大烟也干。出杂志，出日刊，不过是出风头，金钱问题罢了。……咳！像这样的人大声疾呼改造社会，充满肚子的鬼心肠，只叫人家改造，自己不改造，这样空谈的改造，不如不空谈为好。"

对实行的改造，他给予了高度赞扬："从青年五四运动以后，东西洋社会学输到中国，于是一般受恶社会支配的学生、女子、工人，都大半起来高唱改造社会。于是，罢工啦，罢市啦，罢课啦，家庭革命啦，社会公平啦，这种种的事件，种种的声浪，充满了我们的耳鼓。像这样的改造社会，实地练习，是实在的，是改造社会的先驱，是极有希望的！"

对盲从的改造，邓恩民同样提出了批评："世间事情多得很，有好的，有坏的，有适于这时代，而不适于他时代的；有适于这社会，而不适于那个社会的，我们倘若不加一番研究，难免不走入盲途。近来一般人说到西洋学说来，什么也是好的，不用心研究，要知道西洋社会情形与我们中国不同的地方很多。情况既是不同,那么,在西洋社会适合的,拿到中国来,更是洪水猛兽了。"

他提醒道:"我们研究一种学说,必定要拿来与我们的比较,究竟不同之点在哪里,然后取长补短,才不至于徒劳无功……试问拿到中国来能不能实行?能不能有点效果?……我们一般高唱改造社会的,总要多多注意实际上才好。"

激烈地批评了那些"空谈的""盲从的"种种改造方案以后,邓恩铭睿智地指出:"中国的社会一定是要改造的,但是我们去改造非脚踏实地从事不可,若是不然,恐怕我们改造社会不了,倒被恶社会支配。那么,这改造社会这件事,至少也要退下去数十年,我们就是罪人!"

那时候,省立女师是一个典型的封建堡垒,顽固校长周干庭反对妇女解放,禁止学生接触新思想,严禁女学生与男学生接触,妄图把学生培养成为封建礼教下的贞妇烈女。邓恩铭在《励新》第三期山东教育号(二)上撰文《济南女校的概况》,从分析中国妇女问题的现状入手,谈到济南的女校,指出其"大都是用专制手段对待学生,所以女生的自由权,完全归学校掌管:一举一动,非经学校允许不可。例如有男生来访女生,不管他与女生有如何密切的关系,照例要经过那几层卑视人格的专制手续……检查信件……我想这实在是蔑视女生人格的一件事,何以呢?男女都是一样的人,彼此立于平等的地位,何以男校不检查信件?……这是如何的不平等,如何的不自由。……都是持禁锢主义,所以只要女生低头窗下,终日在故纸堆讨生活,他们就喜得了不得。外边新思潮,无论怎样澎湃,他们塞耳不闻,就是有几位学生想去尝试尝试,就遭师长的谴责。……办女校的先生们,你们对于她们看卑劣的小说不加检查,对于新思潮,就好像洪水猛兽。我想你们既是能以看卑劣的小说,一定是可以看新出版物的。"

最后,邓恩铭鼓动女生:"要知道男女平等,妇女解放种种事体,都是要你们自家作主的……不用光指望别人帮你们,赶快起来吧……"

全文表达邓恩铭树立了马克思主义妇女观。受到这篇文章的激励,不少女学生前往齐鲁书社阅读和购买新书刊。后来,省立女师学生用新思想为武器,与周干庭进行针锋相对的斗争,在王乐平的支持下,赶走了周干庭,王乐平又聘请一位刚从北京高等师范学校毕业、积极参加新文化运动的李兰斋担任校长。

邓恩铭不仅是《励新》的主要撰稿人之一，而且负责省立一中学生会刊物《灾民号》的编辑出版工作，使之成为励新学会会员探讨问题的另一个阵地。

在1920年10月10日发表于《灾民号》杂志上的《灾民的我见》政论文中，邓恩铭一开头便提出了六个问题："为甚么有灾民？我们对于灾民应当怎么样？怎么样赈救法？光赈救目前吗？还是赈救将来呢？灾民的觉悟？"

随即，邓恩铭运用马克思主义观点，指出了产生灾民的原因："世界的人，无论哪一种哪一族，彼此都是一样的。富贵贫贱等等也没有不一样的。按社会学说起来，人人都是有衣穿，有饭吃才对。为什么大大的不然？富的富得不得了，穷的穷得不得了，这是什么原（缘）故呢？……灾民生下来就是灾民吗？是替一般（班）军阀、官僚、政客、资本家受灾罢了。所以简单说来，就是因为一般军阀、官僚、政客、资本家，'横征暴敛''穷奢极欲'，才有灾民，资关天的什么事。"

紧接着，邓恩铭说道："社会上既有这般无衣穿，没饭吃，妻离子散，流离失所的灾民，我们有衣穿、有饭吃，一家团圆的，对于这些灾民应当怎么样？我想我们四万万同胞，彼此都是亲兄弟，难道我们就忍心看他们饿死、冻死吗？万不至于这样！一定想法子去救他们。"怎么救他们呢？邓恩铭认为："我们单就赈灾一方面说，现在赈灾的办法，真是多极了。但是总括说来，大概帮是不彻底的多，彻底的少，是目前的办法，不是将来的办法。我们为这种赈灾法，万办不到好处。何以见得呢？我要说他做不到好处，先要说他们如何的办法。他们的办法不外施钱、施米、施衣等等一些皮毛办法罢了，何曾想到根本的打算。试问一般没有家、没有粮、没有钱、没有牲口、全体破产的灾民，每人给他十元八元，就能养家活口吗？况且还得不到十元八元呢？这种办法，我敢下一个武断的批评——这种徒顾目前的办法，一定'劳而无功'的。那末死的还是死，饿的还是饿，卖子女的还是卖子女，做土匪的还是做土匪，变为娼（娟）妓的变娼（娟）妓，结果灾民依旧是灾民。"因此，邓恩铭指出，只有灾民们彻底觉悟起来，认识到受苦受难的原因，改变不合理的社会现实，才能最终改变自己的处境，才是"无形的赈灾策"。要使灾民觉悟，必须使他们懂得："我们为什么终年的劳动，一般（班）军阀、官僚、政客、资本家终年的安乐？为什么我们就穷得没吃没穿妻离子散？一般（班）军阀、官僚、政客、资本家就坐汽车，打麻鹊（雀）牌，吃花酒呢？他们的衣食住一切都是他们的吗？不是，是我们一般（班）苦同胞的。是我们一般（班）苦同胞的血汗。那末我们就永远应该受他们的支配吗？要知道，若是再不设法子来对待他们这一般（班）豺狼似的军阀、官僚、政客、资本家，以后就没有我们苦人过的日子了！"关于如何彻底改变惯有状况？邓恩铭认为农民应当采取"组织农团、设立农事改良所、设立乡村银行和乡村医院等办法"来进行斗争。

王尽美则很注重乡村教育。他在1921年1月1日出版的《励新》第二期发表了《山东的师范教育与乡村教育》，明确提出"乡村教育是改造社会的利器，而师范教育又为乡村教育的基础，这是大众所承认的。于今我们既对于现在的社会组织，表示不满意，当然要实行下改造的工（功）夫，我们相信第一步的作（做）法，要先从改造乡村教育人手。"抨击当时教育制度的腐败，探索农村教育改革问题。

济南共产党早期组织成立之后，《励新》更加旗帜鲜明地宣传马克思主义。4月15日，《励新》第五期刊登王全（即王复元）题为《成年补习班与工学主义》的文章，王尽美为该文附写后记，表明了这一点："我总以为劳动者所以屈服在资本家之下，那种利权并不是资本家本身所特有的，是以前那些劳动者假给他的，现在劳动家既觉悟了，就马上把这种利权收回来，也就是物归原主的意思，于理论上是很对的，于事实上也没有什么困难。不过当这大多数未觉悟之先，少数觉悟者，不得不先尽传播酝酿的责任。一俟时机成熟，我们的理想自能一蹴而就。我所以很希望劳动同胞中之先觉者，个个往实际插手去作才好。"

1921年5月，王尽美等济南共产党早期组织成员组织了济南劳动周刊社，创办了《济南劳动周刊》，作为《大东日报》的副刊出版，确定创办该刊的目的是"促一般劳动者的觉悟，好向光明的路上去寻人的生活"；进行的方针是"增进劳动者的智识""提高劳动者的地位""改造劳动者的生活"。《济南劳动周刊》是山东第一份公开介绍马列主义的报刊，为工人劳动者服务，为工人劳动大众的解放呐喊，因而受到广大劳动群众的欢迎，但不久即因经济困难停办。

第三部分 早期党组织

组 建

1. 陈李相约

　　陈独秀到武昌讲学的事情，在汉口媒体《国民新报》和《汉口新闻报》上大肆报道。京师警察厅既不是瞎子，又不是聋子，岂有不很快得悉这个消息的道理？这还了得，陈独秀乃保释之人，在京的行动尚且受到约束，怎可事先不报告，擅自离开京城？而且是跑到武昌散布过激言论！为什么下面的警察没有发现，没有上报，可见那些办事的警察有多么不负责任。这且不要管它，单说陈独秀这个人，要不是有那么多人钻破脑壳到处求爹爹告奶奶地替他求情，能把他放出去吗？既然出去了，他理当好好反省自己，别再给社会添乱，谁知依旧爱乱跑，爱胡说八道，把他关回牢房，看他再能跑到哪里去，向谁散布这些危害社会稳定的言论。警察厅头目火冒三丈，立即下达命令，相关警署严密陈独秀监视居住的箭杆胡同，一旦看到他的踪迹，马上派人过去，把他重新抓进监牢。陈独秀哪里知道这些，一下火车，没事人一样回到家里。

　　不一时，一个警察上了门，问道："陈先生，你怎么不说一声就离开北京？"

　　陈独秀感到很有些意外，不得不镇定地说道："家中有点急事，无须花费太多时间，所以没有通知你们。"

　　警察不再责问什么，只是叮嘱了一声："陈先生，你是刚被保释的人，若要离开北京，至少要向警察厅关照一声！"

　　望着警察匆匆离去的背影，陈独秀预感到，警察是不会轻易放过他的！因此，他立刻去了胡适的家。这一次，警察的监视确实够严密的。北京《中一区警察署呈报警察总监视察受豫戒命令者陈独秀月记表》记载道："查于二月九日下午一时余，见陈独秀乘人力车出门，声言至缎库胡同胡适宅拜访，是日并未回家。"

　　是胡适推荐陈独秀去武昌演讲的，听了陈独秀的说法，胡适同样认识到警察要重新捉拿陈独秀了，陈独秀与自己的关系人尽皆知，自己的家中亦非久留之地，头一个想法是把陈独秀送到李大钊家里去。可是，李大钊因妻子赵纫兰临近分娩需人照料，在暑假时已经把家人送回了老家，并且退了租住的房子。胡适只有退而求其次，把陈独秀送到刘文典家。当天晚上，马叙伦得到消息,警方要查找陈独秀的下落并且进行逮捕,马上打电话给住在刘文典家附近的沈士远,要他通知陈独秀立即转移。在刘文典家待不下去,陈独秀转移到化学系教授王星拱家。

李大钊知道了情况,心知陈独秀不能继续留在北京,必须转移出去,便跟胡适、马叙伦、刘文典、罗章龙、沈士远、王星拱等人商量如何把陈独秀送出京城。如果警察在陈独秀家里抓不到人,把各个路口以及道路都给封锁了,陈独秀要想坐火车或者汽车离开北京,未免会出现麻烦。李大钊觉得只有用骡车送陈独秀出城比较安全。而且,陈独秀无论如何不能说话,一开口必定会露出南方口音,遭来怀疑;自己是河北人,讲北方话,必须亲自护送,以便在沿途应对一切交涉。

当晚,陈独秀、李大钊都在王星拱的家里住下了。阴历小年那天,天快亮的时候,王家下人找来了一辆骡车,停在门口。王星拱、陈独秀、李大钊赶紧行动起来。按照计划,王星拱从厨房找出厨师穿的一件充满油渍的衣服,让陈独秀把身上穿的衣服脱下了,穿上它,然后找出一只皮箱,把陈独秀的衣服装了进去。李大钊剃去胡须,换上一身已经洗得发白的长衫,手里拿一摞账本,装作收账的生意人,在王星拱的陪同下,一手提了皮箱,跟陈独秀一道出了门。上了骡车,跟王星拱道了别,李大钊对赶车人吩咐一声,骡车直奔朝阳门而去。

一大群兵士和警察正在朝阳门乱扰扰地检查过往行人和车辆。李大钊知道,警察一定是在箭杆胡同找到不人,这才到处设下关卡,要捉拿陈独秀的。李大钊说道:"我和主人一块儿进城收账,主人突然生了寒热病,得赶快送回天津。"

警察哪里肯信?生怕陈独秀在车里面,钻进车篷,在陈独秀浑身上下瞟了好几遍,认不出人,把手一挥,给李大钊放了行。

李大钊赶紧吆喝赶车人,飞快地出了城门,走小路朝天津奔去。

蔡元培辞职时期,代替过北大校长、时任北京大学教育学教授兼总务长的蒋梦麟对李大钊护送陈独秀离京的前后经过有不同的说法:

一天,我接到警察厅一位朋友的电话。他说:"我们要捉你的朋友了,你通知他一声,早点跑掉吧!不然大家不方便。"我知道了这消息,便和一个学生跑到他住的地方，叫他马上逃走。李大钊陪他坐了骡车从小路逃到天津。为什么坐骡车要李大钊同去呢？因为李大钊是河北人，他会说河北乡下话，路径又熟，容易逃出去。记得他们逃到山里的小村子后，李大钊曾写了一封信给我。他说："夜寂人静，青灯如豆。"因为他们住在乡下的一个古庙里，晚上点了很小的油灯，所以有青灯如豆之语。

等待骡车进入了旷野，陈独秀一跃而起，愤怒地骂道："这是一个恶浊的世界！没有一种新鲜力量把它推翻，中国将永远没有出路！"

"是呀，我也一直觉得，不推翻北洋政府，中国永远没有希望。"李大钊说道，"要想推翻北洋政府，不能依靠孙中山先生的国民党。五四运动爆发之后，我们不仅看到了民众的力量，也更多地接触了马克思主义。俄国走马克思主义道路，建立起了一个人人平等自由的崭新国家，我们应该走俄国人的道路。为此，我们必须研究马克思主义，然后成立马克思主义政党，用马克思主义政党来领导民众武装民众，去进行一场深刻的社会革命。如果你觉得这样做可以的话，我们可以一南一北，从研究马克思主义入手，逐渐过渡到组织马克思主义政党。"

陈独秀问道："你为什么不说我们应该尽快组建马克思主义政党呢？"

李大钊笑道："我当然希望这样。可是，听到你再三说不愿意参加任何一个政党，我总得先给你一个改变主意的时间吧。"

"倘若那个时候你要我成立一个新党，我是不干的……"陈独秀用力吸了一口烟，决绝地说道，"我声明不加入这样的党，并没有声明不发起一个自己信仰的党啊！"

李大钊心里回荡着一股暖流。他一直在等待着陈独秀说这一句话。现在，逃离了牢笼的陈独秀，终于能够把一腔心思和热血全部贡献给马克思主义，并愿意跟自己一道组建马克思主义政党，他还有什么比这个更高兴的呢？尽管李大钊并没有真正弄清楚应该怎么组建马克思主义政党，又应该怎么运作，应该吸引什么样的人参加，但是，有了把这个想法付诸实践的机会，找到了同路人，这个同路人又是新文化运动的旗手，那种号召力，将比什么都要重要得多。

两个人心意相通，竟然越说越高兴，越说越激情满怀。

看到陈独秀安全地登上了去上海的轮船，李大钊松了一口气。不过，他并没有返回北京,已经跟陈独秀商议好了准备着手组建马克思主义政党,李大钊必须付诸行动。怎么行动?他决计去向来自俄罗斯的鲍立维教授求教。

鲍立维教授的俄文名字叫波列伏依。他从小在海参崴长大,常跟那儿的中国人打交道,久而久之,不仅能讲一口流利的汉语,而且能阅读中文书籍。有的说他是俄共(布)党员,有的说他不是,而是一名白俄,只不过倾向革命,与许多俄共(布)党员有亲密的友谊和联系罢了。1918年下半年,他从海参崴来到天津,住在旧俄界,跟北京、上海、天津的许多进步文化人进行联络。他既会讲俄语,又会讲汉语,成了沟通俄共(布)朋友和中国进步文化人之间的桥梁。

到达天津之后,鲍立维第一次看到《新青年》杂志,即被它不同凡响的风格所吸引,立即找来所有已经出版的《新青年》,几乎把每一期都读完了。从此以后,李大钊和陈独秀两位新文化运动主将的名字深深烙印在他心里,特别是李大钊对马克思主义的推许和对俄罗斯革命的研究文章,使他佩服万分。他下定决心,准备去北京跟李大钊一晤。为此,他做了一番精心准备,携带了一些来自莫斯科的关于马列主义的小册子,包括布哈林著的《共产主义ABC》英文本,去了北京大学图书馆。在那儿,鲍立维见到了李大钊,并跟李大钊谈得非常投机。于是,李大钊介绍鲍立维到北京大学担任俄语教员,并编纂《俄华辞典》;鲍立维投桃报李,向李大钊介绍了一些来自俄国的俄共(布)党员。

寒假期间,北大没课可上,鲍立维教授住在天津旧俄界。

前往旧俄界的路上,李大钊碰着了一个好友,接受他的邀请,去了他的家——河北大马路日纬路。住在天津的少年中国学会成员章志(时任北京《晨报》和上海《时事新报》驻天津特派员)、南开大学觉悟社成员胡维宪,以及无政府主义者姜般若(时任南开中学学监)、尉克水等人得知李大钊到达天津,纷纷来到李大钊这位好友家里跟他相见。他们相谈甚欢,约定次日晚上一块儿去拜访鲍立维。

李大钊不仅在天津读过书,而且在北大当图书馆主任之后,多次到天津讲学以及开展一些其他活动,期间,到旧俄界拜访过鲍立维,并且跟鲍立维介绍的俄共(布)党员见过面,谈过一些马克思主义。因而,熟悉旧俄界的环境。李大钊、章志、胡维宪、姜般若、尉克水等人进入旧俄界,路过曾有过一面之缘的俄共（布）党员住宅时，李大钊寻思：自己是要寻找组建马克思主义政党或者社会主义同盟的方法，鲍立维至今都不承认是俄共（布）党员，即使找到他，也不可能得到很好的答案，不如直接向这位俄共（布）党员当面请教的好。

心意一定，李大钊带着章志等人直接进入了那位俄共（布）党员的家。

那位俄共（布）党员（有说李大钊等人见的是鲍立维本尊的）十分欢迎李大钊一行。大家寒暄过后，李大钊直接告诉他自己已经找到了志同道合者，准备组建一个社会主义同盟，希望从他那儿得到指教和帮助。俄共（布）党员感到很高兴，帮助他分析中国目前的情势，也说了一些组建同盟或者政党的基本知识。

谈了一个多小时，天色已晚，出于礼仪，李大钊终止谈话，跟俄共（布）党员约定翌日再度相见，便和章志等人一块儿告辞而去。

第二天，李大钊早早地起了床，出去买来一份《益世报》，标题上写着：《党人开会，图谋不轨！》。他不由得大吃一惊，急急忙忙看去，上面写的正是自己与章志、胡维宪、姜般若、尉克水等人去俄共（布）党员家里的情况。

"一定是自己去旧俄界的时候，被暗探看到了，捅到报纸上去的。"李大钊寻思，"要是消息传到北京，北京警署把陈独秀失踪跟这件事情联系起来，追查到自己头上，结果必定不会太妙。得火速离开天津。"

李大钊权衡了一会儿，赶紧去了姜般若的家，叮嘱姜般若务必转告给每一个去过旧俄界的人，提防暗探的监视，以防不测，便急忙乘车离开天津，回去了老家唐山乐亭县，春节后返回京城。

关于这段经历，章志在回忆中有过比较清楚的描述：陈独秀走后，李大钊同志住在河北大马路日纬路友人家中，次日晚间，李、姜、山西同志、南开胡维宪同学连我到特别一区（即天津原来的旧俄租界）某苏联同志家中集会商谈京津地下工作情况约一小时。第二天天津《益世报》登载"党人开会，图谋不轨"的消息。李大钊急忙到姜先生家中，通知我们防患未然。他立刻搭车回京，我与姜先生及山西同志搭京浦车去上海转福建漳州从事新文化工作。

姜般若一行到达闽南以后，姜般若出任教育局职员。据梁冰弦回忆，姜般若曾向陈炯明进言："列宁至友 V 氏（即波塔波夫），将向亚洲诸国推行其革命任务,……请华南有地盘有凭籍(藉)的革命集团,接纳他的使命,共图发展。"

返回北京以后,李大钊惦念那位俄共(布)党员的安全,由此想到了鲍立维,迫切希望跟鲍立维见面。可是,因为他去旧俄界的风声早已传播出去了。尽管报纸上没有指名道姓地说那个去旧俄界的人是他,但北京警署仍然把他列为疑犯,几乎整个北京的警察,都用监视的眼睛盯着他,李大钊不能直接去找鲍立维。幸而,在北大校园里,他还有一位同志——张申府。

张申府十四岁到北京求学,辛亥革命爆发后,以赤子为笔名,在《民国报》上公开发表文章,赞颂并宣传这场以推翻清朝统治建立中华民国为目的的社会革命。1913年,他考上北京大学预科学习数理,第二年考入北大文学院攻读哲学,两个月后,又转到了数学系。1917年,他以助教名义留北大工作,通过同学的介绍,认识了李大钊,主动帮李大钊先在登录室做一些事情,渐渐地,熟悉了整个图书馆的运作。毛泽东在北大图书馆工作期间,直接受张申府领导。李大钊离开的时候,都会指定张申府代理图书馆主任。他还读了许许多多有关社会主义和马克思主义的书籍,可以说是李大钊的代言人,或者可以信赖的人。

得知李大钊回到京城,张申府立刻跑去图书馆找他求证旧俄界传言的真假。

李大钊把一切都毫无保留地告诉给了张申府。紧接着,两个人商量该怎么去跟鲍立维教授联系。寒假还没结束,到处是密探的眼睛,尽管他们迫切希望尽快见到鲍立维,但也不能贸然再派任何人去天津跟鲍立维接触。

假期终于画上句号,鲍立维自动找上门来。不久,他带着一位名叫荷荷诺夫金的俄罗斯人,以开展中俄文化交流的名义来到北大图书馆。

荷荷诺夫金跟李大钊曾经见过的那位俄共(布)党员一样,是奉了俄共(布)远东局海参崴分局的命令,前来中国了解中国先进分子的情况,调查中国有没有可能组建马克思主义政党、实现社会革命的条件。

其实,俄国共产党(布)一直非常关注中国以及其他环绕俄国的有可能发生社会革命的一些国家。早在1919年3月,在鄂木斯克秘密举行的俄共(布)第三次西伯利亚代表会议上,与会人员一致认为准确及时地将苏维埃俄国和西伯利亚的革命进程通报给美国、日本、中国和其他远东国家,具有十分重要的意义。因此,会议决定在远东建立西伯利亚地区委员会情报宣传局，规定其任务是与东方和美国的共产党人建立联系，组织同他们交换情报的工作，进行书面与口头的宣传。1919年6月，为了更好地开展这方面的工作，俄共（布）西伯利亚地区委员会负责人之一加蓬向上级写了一个专门的报告，建议在西伯利亚地区委员会下面设立一个必须有远东各国代表参加的东方局。苏联红军肃清了高尔察克白匪以及外国干涉者之后，中俄边界交通得以打开。1920年1月，设在海参崴、处于地下状态的俄共（布）远东地区委员会的领导人库什纳廖夫和撒赫扬诺娃写信给俄共（布）中央，要求同中国革命者建立经常的联系。

正是在这样的情况下，陆续有一些俄罗斯共产党人进入了中国，包括荷荷诺夫金及李大钊在天津看到过的那位不知名的俄共（布）党员。他们一来到中国，立即跟鲍立维取得了联系，通过鲍立维，了解中国先进知识分子的情况，并认识和结交他们愿意认识和结交的对象。

旧俄界的事情曝光之后，已经潜入中国的俄共（布）党员们都十分谨慎。因为担心会受到密探的监视，荷荷诺夫金跟鲍立维商量好了，一到北大，便径直去拜访校长蔡元培，向他说明他们此行的目的是开展中俄文化交流。

随后，荷荷诺夫金在鲍立维的陪同下，来到了图书馆。

荷荷诺夫金到底跟李大钊是怎么谈的，当事人没有留下第一手资料。不过，1983年4月，法国巴黎出版了《彭述之回忆录》的法文版第一卷，同年香港《争鸣》月刊6月号刊登了程映湘翻译的《彭述之回忆录》中的一节《共产国际第一位来华代表》，写出了二人的会见及谈话，成为第二个版本的陈李相约。

彭述之本来没有多大名声，因为是从苏联回国的，在中国共产党第四次全国代表大会上当选为中央执行委员会委员，并被任命为中央宣传部部长。1929年11月25日，因为要求党中央接受托派路线，抛弃中共六大路线，被开除党籍。二十天后，彭述之与陈独秀等人宣布成立"中国共产党左派反对派"。1932年10月15日与陈独秀一起被捕，"中国共产党左派反对派"遂告解散。全面抗战爆发后，彭述之出狱，继续从事托派组织活动。上海解放前夕，他将托派中央机构撤到香港，后移居美国。这样一个人物的回忆，在没有其他旁证的情况下，是否值得相信，公说公有理，婆说婆有理。在这里，只引用他回忆录里的原文如下：

长期以来大家公认的说法,是在一九二〇年初,共产国际派了一位代表魏金斯基(即维经斯基)来中国,才开始中共建党。他先到北京见到李大钊,然后到上海去见陈独秀,从此以后,他帮助陈独秀建立了未来中国共产党的核心。事实上,是否这样呢?不,不完全如此,这一点我是可以肯定的。实在说,魏金斯基并不是共产国际一九二〇年派到中国来联络五四运动中倾向马克思主义的知识分子的第一个俄国人,他只是派到中国来的第二个俄国人。在他之前,有一位开路先锋替他安排好路子,这位开路先锋就是荷荷诺夫金。这些事实是一九二四年六月李大钊在莫斯科亲口告诉我的。

那时我在苏俄居留已近三年半,在东方共产主义劳动大学攻读以及担任教课也共有三年了。那时共产国际第五次大会正在进行,我以中共代表团成员的身份参加大会,李大钊(同志间通称他李守常或守常)便是中共代表团的首席代表,晚上,我常去他住的房间里长谈,我们相处有日,早已不是陌生人了。这一天倒是我在东方大学接待他,因为他要我陪他参观一下我们的学府。正当我同他一起穿过我们的课室、自修室、庭院……在走廊里偶尔碰上了荷荷诺夫金。当然,这位俄人对我来说也不是陌生人,他是在哈尔滨生长的。他在东方大学的职务就是为中国来的第一年班生灌输基础俄国语言和文化。他是我的俄文教授。我正要向守常介绍这位先生时,守常眼睛里露出又惊又喜之色,急忙地扑向他,欢快地拥抱起来,喊道:"哦!可不是你,荷荷诺夫金。不错,是你!"

我正在惊愕,守常放松了俄人,转过头来向我解释道:"哎呀!这荷荷诺夫金!就是由于他开始了这一切……"这句话更加深了我的诧异。当晚在他房间里谈心时,守常才把这一段故事讲给我听,使我恍然大悟。

"那是一九二〇年年初时节,我同往常一样,正在北京大学的办公室里工作,突然有人敲门。我说:'请进来!'他说:'我就是鲍(波)立维先生向您提起的俄国人,我名叫荷荷诺夫金,李大钊同志,我向您致敬!……'这位俄人是共产党党员,他竟把我也当做一个共产党人来看待!好一个突击技术!我马上表示抗议:'哦!不敢当,我不敢自称是你们的同志,至少目前还不是呢!'可是,我这位客人反驳道:'好了,好了!不必客气啦!我们早就知道您是一位真诚的马克思主义者,您已经在中国传播马克思主义思想,对布尔什维克革命的胜利,您又是多么热烈欢呼,怎么能叫我们不把您当做自己人呢？'"

"他说是受到在伊尔库斯克第三国际远东局的委托前来同我联系的，目的是在中国创立一个共产党。我从来没有过这样的设想，心绪顿时被搅动了。他提出的问题，我必须有点时间来思考一下，我即将这个意思告诉他，并向他说明反正我不是他心目中的适当人物。

"他表示很不同意我的看法，像个雄辩家似的，大发议论道：'据我所知，自从五四以来，在中国出现了许多刊物，长篇大论地研讨社会主义，有些刊物已经明目张胆地挂起社会主义的招牌，您呢，您是五四领袖中的佼佼者，不但公开赞扬俄国革命胜利，而且还毫不迟疑地接受了马克思主义，在这样的情形下，难道不该是在中国成立共产党的时机吗？难道您不是发动这一事业最可胜任的人吗！李大钊同志，没有共产党，社会主义只是一句空话！'

"荷荷诺夫金的话打动了我的心，我感觉到他说得有理，但是他提到的这件事情太严重了，我不能单独地解决，于是我这样答复他：'在中国唯一有魄力发动创立共产党这一壮举的人物是陈独秀。陈独秀是一位社会主义者，或者更确切地说，他是倾向社会主义的。然而，我晓得他同我一样，还从来没有起过组织什么政党的念头，可惜他已离开北京去上海了，因此我只能用通信方式同他商讨您代表共产国际向我们提出的建议。这是需要一些时日的，您是否可以延长在北京的居留时间，以便让我们作出一个决定？一有着落，我会马上通知您。'

"荷荷诺夫金叫我放心，他有耐心等待我们的答复，我就立即去信给独秀，起初，独秀的反应也是慎重的，表示要好好考虑一下，然后才决定是否'下水'。不久，他的犹疑渐渐地消散了，我们一致认为对于共产国际的建议再也没有什么严肃的理由加以推却了。我一收到他肯定的答复，立即告知荷荷诺夫金，他欣喜极了，急忙赶回伊尔库斯克，成为陈独秀和我俩人接受共产国际建议这个佳讯的传递者。不多日，我在京见到另一位第三国际代表伍廷康（即魏金斯基）同志，我催促他即速启程去上海……"

正如守常最后向我提到的，当时第三国际尚在幼年，还未满周岁呢！列宁很急切地指望它朝着亚洲大陆发展，特别是促使老大中国的新生力量活跃起来。正因此，他曾要求共产国际设立远东局，而且认为远东局的首要任务就是要通过一位在满洲生长、精通中文、政治上又可靠的俄人，同中国五四运动中最激进的分子建立关系。

荷荷诺夫金离开以后，李大钊深感有必要立即组织一个严密的、有纪律的、有明确纲领的团体。和邓中夏、高君宇等人经过多次酝酿和讨论，决定首先组织一个研究马克思主义的团体，为建党做准备。

1920年3月31日，在李大钊的指导下，北京大学学生高崇焕、王有德、邓中夏、吴汝明、罗章龙、黄绍谷、王复生、黄日葵、李骏、杨人杞、李梅羹、吴溶沧、刘仁静、范鸿劼、宋天放、高尚德、何孟雄、宋务善、范斋韩等十九人发起成立了"马克斯（思）学说研究会"。该组织是以研究关于马克思学派的著述为目的。他们的研究方法分为四项：一是收集德、英、法、日、中文各种马克思学说的图书；二是讨论会；三是讲演会；四是编译，将德英、法、日文字的马克思学说翻译成中文，便于国人研究学习。

在搜集马克思学说的德、英、法、日、中文各种图书方面，规定会员有分担购置书籍的义务。团体设书记二人掌管购置、管理和分配图书。最初发起研究会的十几个人，筹集一百二十块现洋，购置了第一批有关马克思主义著作。

研究会一面组织会员学习马克思主义，一面组织会员搞翻译，同时还组织讲演活动。李大钊常常参加讲演活动，并且亲自编了一本油印讲义《唯物史观》。

所得外文图书，由研究会成立的翻译室负责译出。翻译室设有三个翻译组。英文组有高尚德、范鸿劼、李骏、刘伯清等人；德文组有李梅羹、王有德、罗章龙、商章孙、宋天放、刘仁静等人；法文组有王复生、王茂廷等人。

他们翻译出来的马克思主义著作，为了及时让会员们研究学习，大多采取油印方式，在内部使用，包括罗章龙、刘仁静等人翻译的《共产党宣言》。

罗章龙回忆道：我记得《共产党宣言》很难翻，译出的文字不易传神，所以进度很慢。如《共产党宣言》中，第一句话，"有一个幽灵，共产主义幽灵，在欧洲徘徊"。大家就议论说，"幽灵"这两个字不太好，但又没有办法，最后还是不能解决。有个同志说，直译，然后把意思作一个说明。在那时，我们认为"幽灵"是一个贬义词，在德文中"幽灵"这个词的原意是

"鬼怪","徘徊"也认为不好,没有指出方向。所以后来加说明,"欧洲那时有一股思潮,像洪水在欧洲泛滥,这就是共产主义"。这样的说明,有七八处之多。

毛泽东1936年对美国人斯诺说他第二次在北京期间读到的《共产党宣言》,从时间上看,应该不是陈望道的译本,而是出自北大马克思学说研究会的油印本;《阶级争斗》恐怕更不是恽代英的译本(比陈望道的《共产党宣言》出版得还要晚),亦来自这里;《社会主义史》倒很有可能是李季翻译的(李季当时在北大担任老师,后应邀去上海),不过,恐怕也是油印的。

马克思学说研究会一开始是秘密的,1921年11月17日,在《北大日刊》第四版上端,刊发了一篇由罗章龙起草的《发起马克斯(思)学说研究会启事》,写道:"马克斯学说在近代学术思想界底价值用不着这里多说了,但是我们愿意研究他底同志现在大家都觉得有两层缺憾:(一)关于这类的著作博大精深,便是他们德意志人对此尚且有'皓首穷经'的感想,何况我们研究的时候,更加上一重或二重文字上的障碍,不消说单独研究是件比较不甚容易完成的事业了。(二)搜集此项书籍也是我们研究上重要的先务。但是现在图书馆底比较简单的设备,实不能应我们的要求;个人藏书因经济底制限也是一样的贫乏;那么,关于图书籍一项,也是个人没有解决的问题。"两项缺憾的共同之处在于,个人力量无法完成对马克思的系统研究,而学会的成立正是旨在集中人力财力。《启事》中还提到了学会的四项活动:搜集马氏学说的德、英、法、日、中文各种图书;讨论会、演讲会、编译(刊印马克思全集,和其他有关的论文)。

这则启事是罗章龙找了北大校长蔡元培,征得他的同意得以刊登出来的。紧接着,罗章龙等人想在北大会议厅开一个成立大会,又去请蔡元培。

蔡元培没有推辞,拨冗参加了成立大会,并且发表了讲话。

此后,罗章龙又找到《北大日刊》的编辑致意校长,要"找一所房子作图书室和办公会址,希望学校对于马克斯(思)学说研究会与其他学术团体一视同仁"。蔡元培倒是爽快地答应拨给"两间宽大的房子,房子里应有设备齐全,火炉、用具都有,还派有工友执勤"。可是,蔡元培手下有人认为这样做,学校会不太平,不肯拨出房子。蔡元培对他们说:"给他们房子,把他们安置好,学校才会太平。"

蔡元培拨给的房子在景山东街第二院,地名马神庙,又叫公主府,距离校长室不远。马克思学说研究会将得到的房子一间用作办公室,一间用作藏书室,专门收藏收集到的马克思主义书籍。他们把这间藏书室称作亢慕义斋。亢慕义斋的意思就是共产主义室,"亢慕义"是德文"共产主义"的译音,"斋"即书房或宿舍,是当时北大习用的名称。之所以选用"亢"这个字,罗章龙做出的解释是:"借重于古汉语的释义。按《周易》乾卦,爻辞云'亢龙有悔',历代注释者自东汉郑玄、唐孔颖达,到南宋朱熹等均释'亢'为'极''穷高''亢阳之至、大而极盛'等义……综言之,'亢'乃'盈、高、穷、极'之义,即吾人理想的最高境界,极高明而致幽远的境界,故称为'亢斋'。"

亢慕义斋室内墙壁正中挂着马克思像,两边贴着一副对联:"出研究室入监狱,南方兼有北方强"。还有两句口号,"不破不立","不立不破"。亢慕义斋四壁张贴有许多富有革命气息的诗歌、箴语、格言。

对联是由宋天放书写的,充分体现了陈李相约建党的精神。

上联"出研究室入监狱"出自陈独秀于1919年6月在《每周评论》上发表的随感录《研究室与监狱》。下联"南方兼有北方强"则出自李大钊。李大钊是结合了西汉戴圣《礼记·中庸》中"南方之强与?北方之强与?抑而强与?"以及朱熹在《四书章句集注》中对"南方之强"的注释"南方风气柔弱,故以含忍之力胜人为强,君子之道也"的意思,提出这个下联的,意思是研究会有南方人也有北方人,南方之强又加上北方之强,南北同志要团结互助、同心一德。

随后,研究会还成立了劳动运动研究、共产党宣言研究、远东问题研究三个特别研究组,另外还有十个固定研究组,分别研究唯物史观、阶级斗争、剩余价值、无产阶级专政及马克思预定共产主义完成的三个时期、社会主义史、晚近各种社会主义之比较及其批评、经济史及经济学史、俄国革命及其建设、布尔什维克党与第三国际共产党之研究、世界资本主义国家在世界各弱小民族掠夺之实况——特别注意中国等。研究会规定,会员选一组或几组进行研究均可。

马克思学说研究会招募志同道合者是卓有成效的,第一次开会时,会员只有四五十人,后来大量征求会员,北京国立八校和北京以外的,也可以通信加入，并且征求了工厂方面的人员参加，会员达一百余人。亢慕义斋收集的马克思主义书籍由最初一百二十元现洋购置的那批图书，扩充到几百部。在北京大学马克思学说研究会的影响下，上海、天津、广东、山西、河北、山东、湖南等地方研究和宣传马克思主义的团体相继成立，成为传播马克思主义的主要阵地。"亢慕义斋"收集了《共产党宣言》《社会主义从空想到科学的发展》《哲学的贫困》等中、英、德文马克思主义文献及报纸杂志，并翻译了马克思的《哲学的贫困》《雇佣劳动与资本》《法兰西内战》，恩格斯的《社会主义从空想到科学的发展》《家庭私有财产和国家的起源》和列宁的《共产主义运动中的左派幼稚病》《无产阶级革命和叛徒考茨基》《苏维埃政权的当前任务》等经典著作，成为中国最早的马克思主义著作的翻译机构。在李大钊的号召下，德文组还艰难地完成了马克思《资本论》第一卷的翻译初稿。

亢慕义斋的图书均盖有"亢慕义斋图书"字样的蓝色印章，阅书时间是每天下午四时至八时，星期日则定在上午八时至十二时。借书最多不超过一个星期，但得经图书经理员认可，可以连借，"惟大本书籍，暂不借出"。

张国焘本应成为马克思学说研究会的发起人，可是，在李大钊指导北大学生发起马克思学说研究会的时候，他已到上海避难去了，与发起人擦肩而过。

1919年12月，原以为北洋政府对于学生的迫害已经告一段落，学生们可以安心坐在教室里学习了，谁知还没有结束。经常有便衣警察到校园里去秘密抓捕进步学生，在五四运动期间最为活跃的学生领袖更是警察必欲抓进监牢的对象。

张国焘不仅自五四运动发轫之际便担任了演讲部部长，发动全体学生走向街头，对民众展开了轰轰烈烈的爱国反帝宣传活动，而且在五四运动渐渐平息之后，因为营救被捕学生和陈独秀，担任了北京学生联合会主席，一直不停地四处奔波。为此，张国焘自然成为了北洋政府的眼中钉、肉中刺，非得把他逮捕归案不可。

张国焘，字特立，江西省萍乡人。1906年冬，因为闹饥荒，洪江会趁机号召党徒，聚众造反，但因组织泛散，数万之众竟在二十六支洋枪的堵截之下，难以支持，不得不解散队伍，分头躲避。一股官军来到张国焘居住的村子，不论在田野、在路上，甚至挨家挨户，看见壮丁就抓，将许多无辜百姓拘禁在一座庙里，责令地方绅士前往指认谁是造反的会众，以便就地正法。绅士们既不愿意得罪乡邻，又不敢得罪官军，只有挑选张国焘和几个孩子前往。无论绿勇指着谁，张国焘都说他不是会众。结果，被抓的人都被释放了。乡里人从此对张国焘赞誉有加。他第一次感到了受人敬仰的滋味，幼小的心灵里萌发了长大以后一定要成为万民敬仰的人物。1908年春，张国焘进入萍乡县立小学堂读书，开始接触了一些新知识。辛亥革命爆发后，他不顾家长的反对，公然发动青年人剪掉了辫子。中华民国一经成立，张国焘即回到萍乡县立中学继续学业。心理上的变化使他对革命党的工作颇为同情，常常与人发生争辩，终于因此与舍监发生争执，被开除学籍，不得不远赴南昌，进入心远中学学习。从那时起，张国焘经常阅读报纸，留心时事。1916年7月，张国焘考入北大。接受了新文化运动的熏陶，张国焘的思想更为激进，他积极参加各种各样的活动，成为学生运动的中坚分子。

2. 维经斯基来华

1920年4月初，李大钊从鲍立维那儿得到消息，说是有一个名叫维经斯基的俄文《生活报》新闻记者，率领一行人来到了中国，住在离王府井大街不远处的一所外国公寓里，准备筹建俄华通讯社，以便把中国的消息译成俄文，发往俄国；同时把俄国的新闻译成中文，供给中国各报刊，以促进中俄两国的信息交流。

中俄两国消息相互闭塞，筹建这样一个通讯社，确实是好事一件。不过，难道他们没有其他目的吗？李大钊乍一得到消息，心里活动开了。

鲍立维兴冲冲地对李大钊说道："李先生，跟随维经斯基先生一块儿来到中国的翻译杨明斋跟我取得联系以后，开宗明义提出要采访赞成十月革命的富有领袖资质的人物。我立即向他推荐了李先生和陈独秀先生。"

这意味着什么？难道他们是俄共（布）或者共产国际方面派出的使者，帮助中国先进人物组建马克思主义政党的吗？如果是这样，他们利用《生活报》记者做幌子，打着筹建俄华通讯社的旗号，跟中国先进分子交往，倒的确可以掩人耳目。李大钊暗想道。

"我不仅见到了杨明斋先生，也跟维经斯基先生见过面。我向他们详细地介绍了我在中国亲眼看到过和了解到的一些情况，告诉了他们北大学生在新文化运动的推动下，发起了一场浩浩荡荡的反帝爱国运动，最后取得了胜利；也告诉了他们你和陈独秀先生正在利用《新青年》杂志宣传马克思主义。他们对你非常感兴趣，希望能够跟你见面，采访你。"鲍立维依旧兴致勃勃。

李大钊高兴万状，马上把张申府找过来，一起研究怎么接待维经斯基一行，既能避免密探们的耳目，又能把他们想知道的事情弄清楚。

自从去旧俄界向俄共（布）党员请教的事情被密探发觉并张扬出去之后，李大钊一直受到密探的严密监视。他们这么做，既是为了维护北洋政府的统治地位，也是英美等列强干预的结果。在第一次世界大战期间，俄国竟然发生了十月革命，树起了社会主义的旗帜，令资本主义世界十分震惊。他们决不允许赤色的旗帜在世界飘扬起来，无所不用其极，试图扼杀新生的俄国苏维埃政权,但并没有达到预期的目的。这时候,中国竟然发生了五四运动,中国的知识分子竟然宣传起马克思主义来了,资本主义世界当然坐不安稳,时刻提防中国会爆发俄国式的革命,最终像苏俄一样,建立起苏维埃政权。为此,资本主义世界那些卑鄙下作的强盗,无不用警惕的目光紧紧盯住中国这块被它们蹂躏得千疮百孔的土地,生怕真的会冒出类似于俄国革命的苗芽。它们把马克思主义视为过激主义,一再向北洋政府宣扬过激主义的危害。主子发话,北洋政府岂能不俯首帖耳,立马照办?1920年4月,根据美国芝加哥宪报访员《关于防止过激主义说帖》,北洋政府致电各省区督军、省长、都统,饬令他们对所谓"过激主义"进行严密防范。正值北洋政府对共产主义运动防范得极为严密之际,维经斯基一行不管是不是继荷荷诺夫金之后,俄共(布)或共产国际派来的使者,仅凭他们来自苏俄,不言而喻,北洋政府都会对他们严加防范。所以,李大钊不能不万分慎重。

这一天,维经斯基一行在鲍立维的带领下,进入北大,来到了图书馆。

维经斯基中等身材,从一双炯炯有神的眼睛里,透射出威严的光,给人一种不言而威的气势。在他带领的队伍里,除了一个地地道道的中国人之外,还有几个金发碧眼、白皮肤的俄罗斯人,两个女的,一个男的。

鲍立维为李大钊和维经斯基做了介绍。两个初次见面且彼此不通对方语言的人首先来了一个充满礼仪的拥抱,随即伸出双手,紧紧地握在一起,摇了又摇。

紧接着,鲍立维把维经斯基的随行人员一一介绍给了李大钊和张申府。原来,一个女人是维经斯基的夫人,名叫库兹涅佐娃,协助丈夫筹建俄华通讯社的;那个男的名叫马迈耶夫,也是一个新闻记者,是维经斯基的助手,另外一个女人是他夫人马迈耶娃。那个地地道道的中国人是翻译,名叫杨明斋,来自中国山东。

进入图书馆主任的接待室,宾主一一坐定,简单的开场白过后,维经斯基不再说俄语,改用流利的英语,沉稳地说道:"李先生,本人这次来到中国,主要目的,想必你已经知道了,我衷心希望此行能够有所收获。"

李大钊说道:"我亦曾办过报纸杂志,着实有一些经验和体会。我认为,每一个办报人,都必须将青年人作为关注重点。因为青年人思维活跃,目光锐利,具有钻研精神,只有迎合了青年人的口味,让青年人跟报纸杂志产生了共鸣，报纸才能得以广泛传播开来。所以，我打算请维经斯基先生和诸位先生女士首先跟一些青年人举行几场讨论会，倾听一下青年人的想法和意见。"

张申府补充道："李先生觉得，筹建俄华通讯社是一件非常重大的事情，不仅需要广泛地倾听各方面的声音，而且需要到更多的地方去走一走，看一看。如果维经斯基先生有这方面的要求，李先生愿意为你引荐。"

维经斯基露出了笑容："李先生考虑问题很周到，俄华通讯社不是一下子能筹建得起来的。今后，一切都要仰仗李先生了。"

第一次会谈，他们仅以俄华通讯的筹建工作为主要内容，来展开讨论，丝毫没有涉及中国的各种社会思潮，更没有涉及组建马克思主义政党的问题。但是，彼此都非常清楚，他们已经在谈话当中捕捉到了对方想要传达的意思。

打从第一眼看到维经斯基的时候起，李大钊和张申府已经被他沉稳的性格和不苟言笑的姿态折服了。他们非常希望尽快把维经斯基这部书读懂读透，可是，密探横行，他们一刻都不能放松警惕，只能一步一步地去了解维经斯基，也让维经斯基了解当今中国的现实，然后再来谈组建马克思主义政党的事情。

送走维经斯基一行人之后，李大钊和张申府开始具体设计展开步骤。

首先，李大钊和张申府找来了邓中夏和罗章龙，告诉他们从俄国来了几个新闻记者，想要筹建俄华通讯社；这些俄国人非常希望了解中国青年人的思想动态，要求邓中夏、罗章龙负责组织一些青年学生，参加为俄国新闻记者举行的座谈会。

紧接着，李大钊和张申府在图书馆主任办公室里拟定怎么适时控制学生们跟维经斯基的谈话内容，不要让学生因为急切和激动把谈话搞砸。

突然，传来了一阵敲门声。李大钊连忙停止跟张申府的谈话，说一声请进。应声走进了一个人来。竟然是维经斯基的翻译杨明斋！李大钊和张申府高兴地站起身，热情地跟杨明斋握了握手，请他坐下。三个人随即兴奋地交谈起来。

杨明斋是奉了维经斯基的命令，以确定明天参加讨论会的内容和形式的名义，私下来跟李大钊接洽，初步摸一摸李大钊对马克思主义的了解和信仰程度。

三个人谈得很融洽。杨明斋从李大钊和张申府的谈话里，了解到他们果真像鲍立维和伊文所说的一样，掌握了一定的马克思主义知识，也愿意走马克思主义道路，便在他们的要求下，谈起了维经斯基及其担负的使命。

维经斯基，全名格列高里·纳乌莫维奇·维经斯基，1893年生于俄国维切布斯克州涅韦尔市。1913年移居美国，1915年加入美国社会党。俄国十月革命的消息传到美国以后，维经斯基欣喜若狂，再也不愿意在美国住下去了，于1918年初回到苏维埃俄国。一到海参崴，他立即加入了俄共（布），并被派往克拉斯诺亚尔斯克的工人苏维埃当中去工作。1918年11月，原沙俄海军上将、黑海舰队司令高尔察克发动叛乱，占领西伯利亚、乌拉尔和伏尔加河一带，并在鄂木斯克建立了军事独裁政权，在帝国主义武装干涉者的支持下，向以列宁为首的苏俄发动了猖狂攻击。维经斯基奉命参加反对高尔察克的地下工作。1919年5月，他被高尔察克白匪逮捕，判处无期徒刑并被流放到库页岛服苦役。1920年1月，高尔察克白匪被击败，维经斯基与库页岛上的政治犯举行暴动，最终获得自由。返回海参崴之后，他参加了俄共（布）远东局海参崴分局外国处的工作。

说起俄共（布）远东局海参崴分局，其实是在1920年3月才成立起来的。这个机构的成立，固然得益于苏俄消灭了高尔察克白匪，重新打通了苏俄跟中国联系的大门，事实上，亦是当时苏俄以及中国的整体环境决定了的：在帝国主义国家的封锁与国内沙俄时代遗留的军队和贵族的疯狂反扑下，苏俄面临着能否巩固新生的社会主义政权的巨大压力；受苏俄成功建立起社会主义制度的影响，中国有一大批思想进步的知识分子把俄国十月革命看作仿效的榜样。为此，与中国建立友好关系以及在中国寻找政治盟友，加紧同中国政府和各方政治力量的联络，进一步推动世界革命，打破帝国主义包围，成为俄共（布）、苏俄政府外交部、共产国际执委会及其所属远东局或东方部的紧要任务。

不断接到了事先从俄罗斯进入中国的俄共（布）党员伯特曼向俄共（布）中央发去的情报——他已经在中国找到了推崇十月革命的同路人：李大钊。

仔细研究了伯特曼提供回来的各种情报信息，俄共（布）中央经过认真考虑，于1920年3月批准建立了俄共（布）远东局，负责同远东地区各国革命者联系。为了方便跟中国联系，不久又在海参崴成立了俄共（布）远东局海参崴分局。该局成立不久，俄共（布）中央与共产国际磋商，并且获得了共产国际的批准，给俄共（布）中央远东局海参崴分局发去电报：派遣一个代表团前往中国。

这个代表团的任务是了解中国社会政治情况，与中国进步组织取得联系，以及考察在上海建立共产国际东亚书记处的可能性。因为维经斯基一行促成了中国共产党早期组织的诞生，以及通过创办外国语学社输送了一些社会主义青年团员去苏俄留学，日本学者波多野乾一给出的说法是列宁亲自给来华的维经斯基下达了三大任务，尽管他没有拿出任何实证，这一说法仍然被无数中国专家学者视为金科玉律，引用频率高得难以想象：一、同中国社会主义团体联系，组织正式的中国共产党及青年团；二、指导中国工人运动，成立各种工会；三、物色一些中国的进步青年到莫斯科东方大学学习，并选择一些进步分子到俄国游历。

接到俄共（布）中央发来的电报之后，远东局海参崴分局负责人库什纳列夫和萨赫扬诺娃立即物色去中国履行使命的人选。鉴于维经斯基具有丰富的地下斗争经验，经历过严峻的生死考验，并且通晓英语，决定派他带队进入中国。

维经斯基在北京落下脚之后，不仅找鲍立维了解过一些中国先进知识分子的情况，而且与北大另一位俄籍讲师伊文取得了联系，从伊文那里，得到了几乎同样的内容。维经斯基知道陈独秀已经离开北京，因此首先前来拜会李大钊。

伊文1907—1917年在法国学习，师从法国著名汉学家沙畹，1917年后任《真理报》记者。他大约与鲍立维同一时间来到中国，受聘为北大本科法国文学系外籍讲师兼本科俄国文学系外籍讲师。

知道了维经斯基的真正身份及其参加革命的活动情况，李大钊和张申府对他越发充满敬佩之情；同时，维经斯基做事慎重、认真的态度，令他们感慨不已。

张申府说道："杨先生，为了让你们能详细了解中国的现状，我和李先生已经商量好了，准备组织几次进步学生讨论会，也可以给你们介绍整个中国目前马克思主义的传播情况。你对这样的安排是否感到满意？"

这正是维经斯基派遣杨明斋前来跟李大钊沟通的目的。杨明斋当然非常满意。他们的谈话越来越愉快，气氛越来越融洽了。他们不仅谈到了俄国十月革命的具体情况，还谈到了杨明斋的身世。

杨明斋，名好德，字明斋，山东平度县马戈庄村人，时年三十八岁。他七岁入私塾，十五岁时因家贫辍学务农。十九岁时离家下关东，到达了海参崴，先在一家小工厂当工人兼做记账员。杨明斋搜集到一些俄国共产党人的报纸杂志，了解俄国社会的现状及无产阶级革命的情况。为了更深入地认识俄国无产阶级革命的性质、任务和目的，在俄国朋友的帮助下，他开始学习俄语，并且学会了英语、日语和法语。1908年，杨明斋北上西伯利亚一带，半工半读期间，积极参加布尔什维克党领导的工人运动。第一次世界大战爆发后，杨明斋参加了布尔什维克党领导的一些活动，被选为华侨工人代表。不久，他加入布尔什维克党，因为通晓几国语言和文字，又是一位华侨，被布尔什维克党组织安排到沙皇俄国的外交机关当职员，通过各种渠道，为布尔什维克党获取了大量有价值的情报。十月革命时期，他积极动员华工，参加了武装保卫苏维埃的斗争。其后，他被派回日本干涉军占领之下的海参崴，担任华侨联合会负责人，把海参崴的华侨组织起来，为布尔什维克做秘密工作。苏俄红军进入海参崴之后，杨明斋参加了设在海参崴的俄共（布）远东地区委员会的工作。俄共（布）远东局海参崴分局决定着手组建一个代表团前往中国的时候，考虑到杨明斋的经历及其本身是中国人，特意挑选他作为维经斯基的翻译，和维经斯基一起回到中国。

听了杨明斋生动地讲起他徒步西行经黑河、赤干塔至莫斯科参加革命斗争的情况，李大钊大加赞赏，发自肺腑地称赞他是"万里投荒，一身是胆"。

紧接着，李大钊和张申府详细向杨明斋谈起了中国先进知识分子目前研究马克思主义、传播马克思主义的基本情况。

听说上海那边研究和传播马克思主义的氛围确实比北京还要浓厚，不仅陈独秀返回上海以后，一直在研究和传播马克思主义，连戴季陶、邵力子、张东荪这些人，都在不同程度地接近马克思主义学说，宣传马克思主义学说。杨明斋眼前闪现出到上海去结识陈独秀的情景，禁不住由衷地笑了。

第二天，按照计划，维经斯基在杨明斋的陪同下，带着马马耶夫夫妇和库兹涅佐娃，再一次来到了北大图书馆。

杨明斋在跟李大钊和张申府敞开胸怀谈完话过后，立即回到维经斯基下榻的地方，向他做了详细汇报。李大钊处事谨慎，为人沉稳，而且又善于团结大多数人。维经斯基为此感到欣慰。

一抵达北京，维经斯基分别找过鲍立维、伊文，从他们那儿听说过李大钊和陈独秀的名字及其一些事迹，现在，不仅亲眼见到了李大钊，而且从李大钊这里更加确实地得到了有关陈独秀的一切情况,更加清楚地了解到五四运动跟陈独秀和李大钊等人的关系。他们都是极具号召力的人,现在都在研究马克思主义,传播马克思主义。现在,维经斯基尽管不太了解中国的现实情况,但李大钊和张申府对杨明斋说的话无疑给了他信心。他隐隐约约感觉到,陈独秀、李大钊、张申府这些人尽管没有形成组织,但都是信仰马克思主义的进步知识分子,一旦跟他们做深入的交谈、了解,或许是可以把他们组织起来,成立马克思主义政党的。尽管临行时,俄共(布)远东局海参崴分局并没有赋予他这项使命,但是,把真正进步的知识分子组织起来,按照马克思主义基本原理,成立一个无产阶级政党,对在上海建立共产国际东亚书记处的意义不言而喻。革命者如果仅仅拘泥于已经接受的任务,不能根据实际情况,大胆做出决策,推进工作,必然会贻误时机。在有限的革命生涯中,维经斯基从来不会循规蹈矩,而是有担当,敢负责。他相信,只要自己帮助中国先进知识分子成立了马克思主义政党,一定会得到认可。

陈独秀确确实实在上海。上海还有戴季陶、邵力子、张东荪,他们都在研究马克思主义,宣传马克思主义。维经斯基眼前宛如打开了一座丰富的宝库。他不仅要跟李大钊、张申府建立联系,而且要尽快去上海会一会陈独秀、戴季陶、邵力子、张东荪。如果这些人并不完全信仰马克思主义,或者说不会成为真正的马克思主义者,不要紧,只要他们在宣传马克思主义、社会主义,便是社会主义者,可以首先建立一个社会主义者同盟。它可以把信仰不尽相同的社会主义者汇集起来,共同从事社会革命,并在革命过程中,促使其中一部分人信仰布尔什维主义,然后让这些人成立马克思主义政党早期组织,最终逐渐扩展成为全国性的马克思主义政党。听完杨明斋的汇报,维经斯基权衡再三,在心里勾勒出这样的计划。

不要以为维经斯基这样做偏离了马克思主义政党的方向,不会被派遣他的机构承认,更不会得到俄共(布)中央、共产国际的认可。事实上,他正是按照共产国际制定的既定政策规划出这样一幅图景的。1919年9月,共产国际执委会在一份关于议会与苏维埃的通告中明确表示:"在法国、美国、英国、德国,由于阶级斗争日益尖锐,所有革命分子都正在苏维埃政权的口号下进行活动,从而与共产主义运动相结合或合作。无政府工团主义的团体和那些自称为无政府主义的团体都正在加入这一总潮流,共产国际执委会非常热诚地欢迎他们。"

李大钊举行的座谈会,给了维经斯基一个很好地了解中国现状和传播马克思主义的机会。他必须亲自跟参加座谈会的进步学生谈一谈马克思主义,谈一谈俄国十月革命,谈一谈在中国扩大马克思主义传播的途径。

维经斯基一行再次走进图书馆主任接待室的时候,李大钊和张申府早已将参与讨论的人员召集起来了。其中绝大部分是马克思学说研究会的成员,另外一些纯粹是喜好新闻专业的学生。张申府有课要上,只能遗憾地缺席了这次座谈会。鲍立维为维经斯基和李大钊搭好了桥梁之后,使命已经结束,亦没有再度出现在他们面前,该上课上课,该回天津回天津。

李大钊首先发表热情洋溢的讲话,对维经斯基一行人的到来,表示热烈欢迎。

维经斯基答谢了李大钊的欢迎,随即用俄语直截了当地说道:"我这次带领诸位同事一道来到中国,目的在于筹建俄华通讯社。我听说,北大的学生很活跃,也很有见识,很想先倾听一下你们的看法,我这个通讯社到底应该怎么搞,才能在中国站稳脚跟。"

邓中夏是一个很活跃的人,没等维经斯基的话音落地,迫不及待地想要说话。可是,一个学生受了密探的指使,试图看穿维经斯基和李大钊葫芦里到底是不是在卖马克思主义的药,说道:"维经斯基先生,俄国早在1917年就发生了社会革命,我想知道俄国的马克思主义传播情况,可以吗?"

维经斯基说道:"俄国的确在1917年发生了一场彻底的社会革命,成立了世界上第一个社会主义国家。俄国的报纸,自然是一定要宣传和传播马克思主义的。但是,这里是中国,我不知道,在中国的马克思主义传播是怎样的情况,也不知道在中国是不是可以公开地广泛地传播马克思主义。所以,对于这个问题,还是引用一句你们中国人的话:我入乡随俗。你们如果不能谈论马克思主义,我是一个记者,想筹备建立俄华通讯社,不愿意成为不受欢迎的人,被你们的国家驱逐出去。那样,我必定会无法完成我的使命。"

"我听说,维经斯基先生昨天其实来过我们北大图书馆,应该看得到,在图书馆里,尽管马克思主义学说的书籍并不多,但不是没有。"那个学生赶紧说道,"这说明,在中国是可以宣传马克思主义的。"

不仅维经斯基,其随行人员同样非常清楚,在北大图书馆里,的确有很多有关马克思主义的书籍，而且，其中的一些书籍还是俄国革命者从苏俄带到中国，听说了北大的情形之后，通过鲍立维转交给北大图书馆的。他们自己，也不是空手而来，带来了一大批英文版、俄文版、德文版马克思主义书籍，准备适时送给中国的马克思主义传播者。但是，他们清楚中国现实社会的黑暗，这是第一场座谈会，可不能出任何问题，得尽量绕开有关马克思主义以及社会革命的话题。

维经斯基笑道："北大图书馆里有没有马克思主义书籍，可不可以公开宣传马克思主义，我目前确实不太清楚。但我听说，中国政府一向把我们苏俄所说的马克思主义当作过激主义，很是防范。作为一个新闻记者，我只想跟你们说一说有关职业上的问题，以避免不必要的麻烦。当然，如果你一定要谈社会问题，我也是可以谈的。比如你们中国的义和团运动，孙中山先生创立的同盟会。"

由此，维经斯基谈了一个上午。被密探收买的学生自以为维经斯基是识时务的老毛子，不可能因为跟大家谈论马克思主义而惹上麻烦，又实在对这些问题不感兴趣，向密探汇报以后，再也不愿意参加座谈会。下午，参与座谈的全部是马克思学说研究会的成员。他们迫切地希望了解俄国十月革命的具体情况。可是，维经斯基依旧担心自己公开地谈论这些问题会引来麻烦。

李大钊知道，维经斯基怀疑他们当中仍有被密探收买的学生，一方面对他的高度警惕产生了深深的敬意，另一方面，想到中国的现实，不由得发出一丝苦笑。

中国什么时候不再四分五裂，中国人什么时候不再受人怀疑，并且不再像北洋政府一样将洋人当成主子、百般巴结，对国人却嫉恨万分、予取予夺，中国才是真正独立且受人尊重的国家。李大钊知道，维经斯基来到中国之前做了一些功课，了解过中国政局以及社会各方面的情况，但那肯定是不全面的，甚至有些地方可能不真实，他准备把中国的现状以及为什么马克思主义能够传播开来的原因告诉给维经斯基，让维经斯基更加清楚地了解中国的现实。

中国尽管在表面上有一个统一的北京政府，但南方军阀也在广州成立了一个军政府。南北双方互不承认，为此经常大打出手。孙中山担任南方军政府陆海空三军大元帅的时候，还能举起护法旗帜，领导南方军队同北洋军阀宣战。可是，一旦受英美等帝国主义国家支持的桂系军阀和滇系军阀跟同样受英美帝国主义国家支持的直系军阀暗中勾结在一块儿，孙中山马上被桂系军阀和滇系军阀排挤出南方政府，不得不跑到上海当起了寓公。而在北洋军阀内部，因为各路军阀依靠不同的帝国主义国家做靠山，一样分成了好几个派系，派系之间争权夺利相当厉害，动不动这家联合那家，那家联合这家，相互大打出手。关外的张作霖，更是在日本人的扶持下，蠢蠢欲动，试图联合关内的倒段派，把段祺瑞赶下台。

在军阀混战的局势下，军阀们自然会把关注的重心放在打赢战争上，无暇顾及其他的事情，无政府主义率先弥漫中国，其他各种学说亦趁势纷纷流行。五四运动以后，情势更是如此。在《新青年》的倡导和影响下，科学与民主的精神，已经成为进步学生和青年的主张，因此，谋求国家强盛的有识之士，不断地寻求新的思想新的主张。一时间，各种各样的社会思潮，像洪水一样，在社会上蔓延开来。尽管马克思学说涌进了中国，可是，偏爱非暴力手段的国人，往往将其抛弃在一边，鼓吹着其他的社会思潮。只是在俄国革命胜利的消息传入中国之后，李大钊首先将关注的目光投向马克思主义，试图从马克思主义学说当中找解救中国的良方，从此打开了研究马克思学说的大门。但是，也仅仅只是书本上的研究。

真真切切了解了中国的现状，维经斯基毫不犹豫地把十月革命的动态，列宁以及以列宁为首的布尔什维克人是怎样在帝国主义混战的时候，利用了它们之间的矛盾，鼓舞人们的斗志，变国际战争为国内战争，鼓励普通士兵，掉转枪口，向白匪宣战；革命又经过了怎样惊心动魄的牺牲，才换来了最后的胜利，一五一十地告诉了他们。

李大钊宛如置身那个革命的浪潮之中。几十年来，他目睹了政府的腐败、民众的苦难、列强对中国的肆意凌辱，一直怀揣着救国救民的理想，去抗争去奋斗，结果得到的是一次又一次失败。他终于找到了马克思主义，走上了研究马克思主义的道路。无论这个道路走起来多么曲折，多么艰辛，他一定会走下去。

维经斯基的谈话，通过杨明斋的翻译，传到了接待室里的每一个角落。每一个人都被他的话深深地吸引住了，每一个人的心里都点燃了希望的火种。革命，走俄国的道路，已经从书本上的空幻境界，变成了现实，尽管它是血淋淋的，是残酷的，但是，俄国已经做出了榜样，他们不可能因为流血因为残酷而放弃了马克思主义的研究，要以俄国为榜样，不再停留在书本上，而是用实际行动，赢得本民族本国家实际的解放。好像点燃了一团熊熊燃烧的烈火，整个接待室洋溢了炽烈的热情。参加会议的每一个青年人，都不停地就组建马克思主义政党的事情，以及如何在马克思主义政党的领导下，夺取政权的事情，猛烈地轰炸着维经斯基。

维经斯基感受到了这份热情，心里一样升腾而起一团烈火。如果说在第一次跟李大钊的接触当中，他已经意识到，李大钊身上蕴藏了把马克思主义的火种播撒在中国燃烧在中国的能量，那么，现在，他更加感受到了这种能量具有摧毁一切并且重新建立一切的威势。

这是一个很好的开端。维经斯基觉得自己有责任把这团火拨得更旺，让它发出更加灿烂夺目的光彩。他不仅需要把俄罗斯的政策法令全部告诉他们，让他们坚定走马克思主义道路的决心，而且还需要接触更多的进步学生，需要接触更多其他的人。李大钊不是说过，在中国，还存在了许许多多社会主义流派吗？只要是能够摧毁与人民利益相背离的黑暗统治，一切社会主义流派都可以团结在马克思主义的旗帜下，在马克思主义的指引下，去努力奋斗，尽快实现民族的解放。

李大钊吃过晚饭，刚回到办公室，张申府便迫不及待地跑来探问座谈会的情况。李大钊向他转述了维经斯基亲口讲述的十月革命经过。张申府为没能亲耳听到维经斯基的讲述深感遗憾，眼前同样飘荡着光明前景。

维经斯基一连几天都到北大图书馆去，根据李大钊的安排，接触了几乎所有流派的社会主义者，也接触了许许多多其他方面的人物。他镇定自若地跟李大钊先生安排的各路人马接触，询问五四运动以来北大学生运动的情况，从《新青年》杂志起旁及北大教员、学生的思想情况。他越来越多地了解中国的现状以及各路人马的思想，越发对在中国组建马克思主义政党有了很大的信心。

在这几天里，维经斯基不仅继续出席了李大钊为他安排的座谈会，而且单独找一些学生谈过话，以此了解座谈会上不易得到的情况。

他滔滔不绝地讲述十月革命之后俄罗斯出现的一系列新变化，详细地向他们介绍苏俄的各项政策、法令，如土地法令，工业、矿山、银行等收归国有的政策，工厂实行工人监督与管理，苏俄国民经济最高委员会管理全国经济工作的制度，列宁提出的电气化的宏伟规划，等等。

"看起来，苏维埃俄国实现了人人平等，无产者当家做主，彻底改变国家的面貌，为我们树立了一个很好的样板。我们应该向苏俄学习，成立马克思主义政党，领导无产阶级实现社会革命，以此实现中国民族的彻底解放。"每一个人的心里树立起了这样的信念。他们越发急切地希望更多地了解苏俄，纷纷扬扬向维经斯基提出了许许多多问题。

维经斯基深切地感受到了中国先进知识分子内心搏动着的欲望，心里暗暗高兴。中国的先进知识分子如此希望全面地了解十月革命，了解十月革命以后的俄国，以为中国人提供一个可资效法的榜样，他有什么可以保留的呢？便不遗余力地从政治、经济、军事到文化等各个角度全方位地向与会人员描绘出了苏维埃制度的全貌，把一个新型的社会主义社会的轮廓栩栩如生地展现在他们的面前。

与会人员更加感到耳目一新，大家愈发感兴趣了，迫不及待地抛出一个又一个问题，仿佛密集的炸弹一样，投向维经斯基。

维经斯基是一个有知识有工作经验的人，对大家提出的问题，回答得恰如其分，并总能适时转移话题，鼓动学生们的情绪，让学生们永远围绕着他的思路转。知道大多数与会人员会英语和德语之后，维经斯基不再用俄语说话了，交替使用英语和德语，直接与大家进行对话。

已经激发出了中国先进知识分子对苏维埃俄国的巨大热情，还应该让他们知道，苏维埃俄国不仅经受过国内白匪的疯狂攻击，而且还经受了各帝国主义国家的围攻封锁威胁，国内依旧存在着巨大的困难，这样，他们才算全面地了解到了苏俄，也可以树立起在极端困难的情况下，依旧坚守马克思主义信念的信心。维经斯基话锋一转，讲起了苏俄在十月革命胜利以后，面临的种种困难。

"有困难算什么？只要能够实现社会革命的目标，无论再大的困难，也要闯过去。即使牺牲生命，也在所不惜！"众人一下子从天堂回到了人间，脑子清醒了许多，决绝地说道。

是啊，有困难怕什么？苏维埃俄国的确遇到了许多困难，为了解决困难，不得不临时实行军事共产主义、余粮征集制等等。这些措施，正在起到实际的效果。维经斯基在心里说道。他被这些青年人的勇气和豪情所激励，再次转换话题，用诗一样的语言描绘出苏维埃俄国经受一系列的挫折之后，即将达到的美好前景。

由此，参加会议的人员对十月革命，对苏维埃制度，对世界革命都有信心了。

维经斯基身负使命，不仅需要把苏维埃俄国的一切情况准确地传达给每一个与会人员，加深他们对社会主义的认识，而且还需要更加详细地了解中国的现实，以为自己履行使命以及扩大使命打下基础。

通过鲍立维、伊文、杨明斋、李大钊，维经斯基已经对中国历史及其现实问题颇有一些了解，现在，他需要通过自己接触的人员，更深入地了解这一切。他尤其关心五四运动，一遍又一遍地询问整个运动期间表现出来的每一个细节；对帝国主义和中国军阀相互勾结的情况，他一样问得十分详细；甚至对五四运动以及辛亥革命以前的中国历史，也做了一番彻底的了解。

几天之后，维经斯基不仅已经全面了解清楚了中国的历史和现实，而且了解清楚了北京学生的思潮以及谁是中国先进分子心目中的翘楚人物，心里勾勒出来的那个计划更加坚实，即依托李大钊和陈独秀把所有激进的社会主义者和无政府主义者全部组织起来，组建一个社会主义者同盟，或者马克思主义政党。

在最后一次座谈会上，维经斯基带来了一些英文版、德文版、俄文版书刊，其中包括《国际》《国际通讯》和美国记者约翰·里德的长篇报告文学《震撼世界的十天》，送给李大钊，以便中国先进知识分子研究马克思主义之用。

然后，他对全体参加座谈会的人员说："在座的诸位同学都参加了五四运动，又在研究马克思学说，你们都是当前中国革命需要的人才。我希望你们要好好学习，更加深入地了解俄国的十月革命，针对中国的实际问题，提出解决的办法。"

这岂不是暗示着中国应该走苏维埃俄国的道路吗？参加座谈会的人员不约而同地想。他们已经被维经斯基描绘出来的美好前景所吸引，对十月革命、对苏维埃制度、对世界革命都有了很大的信心，觉得他的暗示很符合心愿，一个个巴不得马上组织一个像俄共（布）那样的政党，领导无产阶级进行社会革命。

维经斯基当然清楚,没有一个颇具威望的人出面领导群伦,组建社会主义者同盟也好,组建中国马克思主义政党也罢,永远只能是空中楼阁。同李大钊先生谈得很融洽,在北大图书馆里举行的座谈会以及跟北大学生进行的单独谈话,都有赖于李大钊提供的帮助,而且,各位参加座谈会的学生一致称赞李大钊,他觉得,李大钊应该能够承担起这项使命。为此,他要跟李大钊最后摊牌。

两人接连进行了几次秘密谈话。李大钊完整地掌握了维经斯基的构想,觉得跟自己的设想不谋而合,当然异常欢迎。

李大钊说道:"有了维经斯基先生的指导,确实让我茅塞顿开。我同意按照维经斯基先生的意见来组建社会主义者同盟和马克思主义政党。不过,维经斯基先生,你应该已经感觉出来,北京的气氛太肃杀,这里似乎不适合作组建革命同盟及政党的发起地,因为我们时刻都处在密探的监视之下。"

"我当然非常清楚这一点。"维经斯基说道,"不过,只要是组建革命同盟或者政党,无论在哪里都是一样,都会遭到旧势力的迫害。所以,我们都是在非法的秘密的状态当中组建革命同盟以及革命政党的。"

李大钊说道:"但是,环境宽松一些的地方,无疑会更有利于我们组建革命政党。上海是一个更适合的地方。而且,陈独秀先生比我更有威望,他住在上海。"

打从第一次听到陈独秀的传说起,维经斯基一直想去拜访陈独秀,而且,此行的主要任务之一便是考察有没有可能在上海建立共产国际东亚书记处,即使没有李大钊的提议,他一样会去上海,一样会拜见陈独秀。维经斯基郑重答应下来。

李大钊赶紧拿出信纸和毛笔,匆匆写了一封介绍信,郑重其事地交给维经斯基,说道:"希望维经斯基先生到达上海之后,很快可以帮助我们组建革命同门或者革命政党。到时候,中国的革命一定会有一个翻天覆地的变化。"

维经斯基动身去上海之际,把马迈耶夫夫妇留下,要他们帮助李大钊在北京筹备组建社会主义者同盟以及马克思主义政党的工作。

3. 陈独秀的朋友圈

陈独秀的朋友圈非常庞大，既有学富五车的知识精英，又有风华正茂的青年才俊，而且，跟任何一个人的朋友圈一样，随着时间的推移、经历的洗刷，不断地发生改变。因此，要想把他的朋友圈完全说清楚，恐怕时下最知名的专门从事陈独秀研究的专家学者也未必做得到，那非得重新开设一个课题，由众多研究专家联手穷经皓首或者一代一代深入研究下去不可。这里所说的陈独秀的朋友圈，特指他从北京返回上海以后，在这座满是租界的城市里，联系到的研究马克思主义、传播马克思主义的先进知识分子，他们一块儿建立了上海早期共产党组织。

抵达上海之后，陈独秀住进一家叫惠中旅舍的小旅社，首先给京师警察总监兼安徽同乡吴炳湘写了一封信：

> 夏间备承优遇，至为感佩。日前接此间友人电促，前来面商西南大学事宜，匆匆启行，未及报厅，颇觉歉仄，特此专函补陈，希为原宥。事了即行回京，再为面谢。敬请勋安。

事实上，陈独秀这次离开北京，便没有再回去自投罗网的打算，准备在惠中旅舍暂住几天，歇歇脚，再前往广州与章士钊、汪精卫等人一道筹建西南大学。

闲来无事，陈独秀前往亚东图书馆拜访老朋友汪孟邹。

汪孟邹跟陈独秀是同乡。早在1897年，汪孟邹到南京江南陆师学堂求学以前，即跟陈独秀过从甚密。辛亥革命时期，陈独秀当上了安徽省政府秘书长，汪孟邹在一些人的怂恿下，去安庆寻找陈独秀，试图从他那儿谋一个好差事。陈独秀目光如炬，早已看透了形势，深知自己也不可能在现有的位置上待下去，板起脸孔，对汪孟邹说道："当什么官？现实如此龌龊，你还是去上海开一家图书馆的好。那样，可以保证得到一份安定的生活。"

毕竟是至交，汪孟邹没有因此记恨陈独秀，而是听从他的劝告，来到上海滩，开办了亚东图书馆。后来，陈独秀果然在省政府待不下去了，甚至遭到袁世凯爪牙的通缉,全靠汪孟邹帮忙,他和他的家人得以勉强维持生活。陈独秀去日本投靠章士钊,夫人高君曼和两个孩子都是拜托汪孟邹照顾的。从日本回国,陈独秀要创办《青年杂志》,首先找到了汪孟邹;亚东图书馆已经担负了几家杂志的发行任务,难以承受新的任务,于是向陈独秀推荐了陈子沛、陈子寿兄弟的群益书社。

听陈独秀说出了为什么逃离北京以及逃离北京的经过,汪孟邹说道:"这样也好,你回到了上海,可以一心一意做好《新青年》。"

"不,章行严和汪季新邀请我去广州筹建西南大学。我先在上海小住数日,一旦接到他们的电报,立即起程前往广东,为改造社会做出一些实际的事情。"

"仲甫思想依然如此激进。"汪孟邹说道,"只是,广东真的适合你吗?"

"广东人民性质活泼勇健,其受腐败空气熏陶,或不如北京之盛。以吾人现在之想,改造广州社会,或轻易于北京,故吾人此行,殊抱无穷希望也。"陈独秀信心满满地说道。

在惠中旅舍住了几天,陈独秀接受汪孟邹的邀请,搬进了亚东图书馆。陈独秀跟汪孟邹都住在四楼,当汪孟邹不忙的时候,两人时常聊天;汪孟邹忙着处理事情了,陈独秀一个人看看书,日子过得倒也很悠闲。不过,陈独秀心里很有些着急上火,他巴不得一天都不耽搁,立刻登程去广东施展自己的抱负。然而,广东方面一直没有消息,他不得不按捺着内心的焦灼,继续在亚东图书馆打发时间。

这一天,张国焘得知陈独秀来到了上海,特意过来看望他。

在陈独秀的印象里,张国焘太能宣传鼓动了。一个同顿唔顿(张国焘江西萍乡口音很重,每当说群众运动,别人都听成同顿唔顿),在学生心目中树立起了崇高的威望,成了风云一时的学生领袖。其后,其他学生领袖纷纷出洋,张国焘还有两年才能毕业,只能留在国内,为了躲避北洋政府的迫害,不得不逃到上海。

略一寒暄,陈独秀问起张国焘这一段时间在上海做了一些什么。

张国焘原原本本地说了一遍,最后强调道:"我几乎跟孙中山先生的所有得力干部都有过交往。不过,交往最多的人还是戴季陶先生。"

在成立全国学联时期,张国焘来过上海,曾经碰到过戴季陶。那个时候，戴季陶和沈玄庐等人一道创办了《星期评论》，公开拉起宣传新文化运动以及鼓动群众运动的大旗。随后，中国政坛以及世界局势出现一系列变化，李大钊在北方热情地传播马克思主义，戴季陶深受触动，狠下功夫去研究马克思主义学说，写出了《伦理的崩坏与新生》等一系列文章，表达了拥护马克思主义的某些观点。

戴季陶对张国焘记忆犹新。一看到张国焘，戴季陶马上认出了他，浑然不觉自己在年龄与资历方面甩他一大截，很快跟他成为无话不谈的朋友。戴季陶甚至把他介绍给国民党要人。一时间，张国焘几乎成为了所有孙中山先生的门徒的座上客。他们都愿意跟他谈论马克思主义，跟他谈论社会的进步和变革。

张国焘真的很有些奇怪：为什么孙中山先生的得力干部大都转入研究马克思主义了。他曾经和许德珩、刘清扬、罗家伦等人一块儿去拜访过孙中山先生。他们跟孙中山先生进行过交谈，谈到了社会主义，谈到了马克思主义。

孙中山先生指着一屋子的书对他们说道："你们要研究马克思主义，很好，我支持你们研究。我曾经研究过社会主义，研究过马克思学说。正是从他们的学说里，我根据中国的实际需要，才提出了三民主义。可是说，只有三民主义才能够救中国。你们现在愿意研究马克思主义，可以把屋子里的书都拿走。我想，在你们经过了仔细的研究之后，一定会回到我的三民主义道路上来。"

张国焘他们并没有拿走孙中山先生屋子里有关马克思主义和社会主义的书籍。但是，正是通过跟孙中山的接触和谈话，张国焘可以理解为什么戴季陶这位孙中山先生的机要秘书能够研究，并且在某种程度上已经接受了马克思主义。

事实上，张国焘并不了解多少马克思主义，充其量只是记住了一些有关马克思主义的名词。他没有想好自己到底要干什么。通过不断跟戴季陶、邵力子、朱执信、叶楚伧等国民党人接触，张国焘的马克思主义知识渐渐丰富起来了。

那时候，正好成立了中华全国工业联合协会。经过黄介民的推荐，张国焘当上了该协会的总干事长。张国焘决计在这里好好干出一番事业。可是，一干下去，他赫然发现，协会的名称虽说叫起来响亮得很，事实上，工业界的人异常散乱，根本无法组织起一个有意义的活动。他心灰意冷，从此渐渐不再去那个地方。

不过，张国焘仍然愿意跟戴季陶等人交往。在跟他们的谈话中，张国焘耳朵里装进了许许多多研究马克思主义人员的名字。现在，一见陈独秀提起这些事，张国焘自然滔滔不绝地把自己所知道的事情倾诉出来了。

陈独秀频频点头，说道："你能够全方位地参与他们的活动，很好嘛。不过，你不仅应该从他们那儿了解马克思主义，更应该自己用心研究马克思主义。"

通过这次谈话，陈独秀对张国焘的印象更加深刻起来。陈独秀鼓励张国焘用心去研究马克思主义之后，开始寻思自己是不是应该去接触戴季陶他们。他相信，他们尽管至今没有谋面，但神交已久，彼此惺惺相惜，即使不需要人引荐，自己亲自找上门去，也能够跟他们迅速成为挚友。可是，一想到去广东的日子越发临近了，陈独秀不得不打消了去见他们的念头。

一晃过去了二十多天，广东方面依旧没有消息，陈独秀不能继续等待下去了，委托汪孟邹帮忙购买赴穗船票。3月5日，章士钊忽然从广州打来电报，说是因广州政潮突起，不宜办校，校址还是设在上海为宜，他和汪精卫不日来沪面商。

汪孟邹说道："仲甫，看起来，你只能留在上海了。"

陈独秀心里纵使感到再遗憾，也不能不接受这个现实。幸而，他在上海已经有了可以结交的人选，去不了广东，在上海一样可以实现自己的抱负嘛！现在，摆在面前的第一件事情，是找一个安静的住所，接来家眷同住，并且把《新青年》编辑部从北京迁回上海；毕竟，亚东图书馆人来人往，并非长住之地。

汪孟邹知道了陈独秀的心意，说道："柏文蔚被委任为鄂西靖国军总司令、长江上游招讨使，携带家眷上任去了。他在上海的公馆正空着呢。你跟他关系匪浅，只要你跟他说一声，他没有不答应的道理。"

果然，陈独秀一跟柏文蔚去联系，提出了要求，柏文蔚就一口答应下来。

柏公馆位于环龙路老渔阳里二号。一住进柏文蔚的公馆，陈独秀心里感到温暖，眼帘涌现出过去的往事。想到自己这一生，从来没有参加过任何一个政党，现在竟然要在柏文蔚的公馆里由自己出面组建一个政党，陈独秀心里有一股说不出的滋味。更巧的是，戴季陶竟然住在霞飞路新渔阳里六号，跟老渔阳里二号是近邻；邵力子、沈玄庐，以及《星期评论》的另一位健将李汉俊等人则住在三益路，距离此地不太远。陈独秀搬到柏公馆之后，很快跟他们见面了。

　　第一个到渔阳里二号跟陈独秀相见的人是邵力子。邵力子是《民国日报》经理兼总编、副刊《觉悟》主编，复旦大学兼职教授，著名的国民党人。因为跟陈独秀是文友，一听说陈独秀落脚上海滩，邵力子二话不说，坐着自己的黄包专车前来拜会陈独秀。从此以后，只要有时间，他都会到陈独秀那里坐上片刻，聊一些彼此的见闻。不过，他除了要干已有头衔分内的事情，还要常常到各校发表演说，甚至担任上海河南路商界联合会会长之职，要参加上海市马路商界联合会总会的工作，所以，他要做的事实在太多，每次到陈独秀这儿来，总是来去匆匆。

　　邵力子，字仲辉，浙江绍兴人，1906 年 10 月留学日本，并在日本加入同盟会。1907 年春回国，先后创办《神州日报》《民呼日报》《民吁日报》，从事反对清朝统治的宣传活动，虽迭遭查封，而终不改其志向。1910 年夏末，他与于右任等人一起创办了《民立报》，使之成为当时同盟会的重要指挥所和革命党人进行光复活动的联络机关。1914 年 7 月，他加入中华革命党。1916 年 1 月，在上海创办《民国日报》。1917 年俄国十月革命爆发，邵力子即在《民国日报》头版头条的突出位置报道这一消息。五四运动爆发以后，上海学生几乎可以说是在他的影响下起而响应的。1919 年 6 月 16 日，他在《民国日报》上创办了《觉悟》副刊，从 18 日起，在上面发表《古训怀疑录》的长文，作为发刊词，宣告其"有破有立"的宗旨：……我们的学问不能进步，就因为一般人对着古训不敢怀疑的缘故。……到近来，我国和欧美通商，外国的新潮流，跟着我们的失败，一点一点的输进来，我们也就一点一点的觉悟起来……"《觉悟》真是苦痛之门。进的门去，下一番奋斗功夫，把门内的一般（班）睡汉一齐唤醒，共同破坏，才可共同建设。"

　　中华革命党改组为中国国民党后，邵力子成为中国国民党党员。

　　虽是国民党党员，但邵力子思想激进，愿意研究马克思主义，传播马克思主义，在他主编的《民国日报》副刊《觉悟》上发表了大量传播马克思主义的文章，而且，他自己也撰写了《主义与时代》一文，公开表明对社会主义的憧憬：现在的思潮界，社会主义已有弥漫一时的现象，这绝非单为好奇的心理所促成，实在是时代潮流中已有需要这个主义的征兆。

第二个来到渔阳里二号的是李汉俊。李汉俊自1918年底从日本回国以后，先住在新渔阳里六号，后来跟哥哥李书城以及母亲一块儿搬去了三益里。他原先居住的房子——新渔阳里六号，主人换作戴季陶。

李汉俊回国后，本来一直在家里潜心研究马克思主义，戴季陶、沈玄庐等人创办了《星期评论》之后，他加入其中，成为一名编辑。

回到上海，李汉俊经常喜欢看《新青年》，打心眼里觉得《新青年》的两位主将陈独秀和李大钊跟自己志趣相投，每每想跟他们结识，向他们提出组建马克思主义政党的主张，并且跟他们一道组建马克思主义政党。听到陈独秀已经返回上海的消息，他迅速跑来老渔阳里二号跟陈独秀相见，一番交谈下来，两人成了很好的朋友。自此以后，只要有时间，他常常到渔阳里二号来跟陈独秀见面，不断地交换各自对马克思主义的看法，彼此增长了不少的知识，也更增添了友谊。

陈独秀和李汉俊在一块儿谈到了为什么要组织马克思主义政党。在他们看来：社会革命的内涵是中国无产阶级和广大穷苦人民的自求解放，以中国半殖民地和内部政治的黑暗而论，非走马克思主义所说的阶级斗争、无产阶级夺取政权的道路不可。证之俄国革命的经历也是如此。这是其一。其二，孙中山先生的三民主义和他所领导的革命运动不够彻底，无政府主义又过于空想，没有实行的办法，其他各派社会主义的议会政策，又不能实现于中国，因中国在可见到的将来不会有良好的议会制度。其三，未来的中国马克思主义政党仍从事新文化运动、反军阀运动、反日爱国运动。只要站在马克思主义的立场上去适应地进行，就没有说不通的道理。其四，不应考虑共产主义的曲高和寡，站在革命立场上，应有一个各尽所能、各取所需的最终目标，长期努力来促其实现。要讲革命，都会被视为洪水猛兽，遭到残酷镇压，进而组织马克思主义政党，在旧势力的心目中也不过是在十大罪状中加上了一条"共产公妻"的罪状罢了。其五，中国工业不发达，工人数量甚少，文化落后。因此，一般工人还谈不上阶级觉悟，还不能成为共产运动的骨干。但是，五四运动以来，信仰马克思主义的知识青年日有增加，如果集合起来，就是推动这一运动的先驱。未来的中国马克思主义政党虽一时无夺取政权的希望,但现在就必须认真发动起来。

如何发动呢?陈独秀和李汉俊一样做过认真的思考,并且达成了一致:应在各重要地区组成若干中国马克思主义政党的小组,并立即开始宣传、组织工作;马克思主义政党是工人阶级的政党,不能没有工人。工会是马克思主义政党的基本组织,也不能没有;不仅需要青年中少数激进人物参加,而且需要用各种形式来组织更广泛的青年,使他们参加多方面的工作。

要组建马克思主义政党,仅仅只有李汉俊、陈独秀、李大钊,是远远不够的,《星期评论》编辑部里还有一些研究马克思主义并且同情马克思主义的人。李汉俊决计把他们带到老渔阳里二号跟陈独秀相见,慢慢沟通,共同把这个事情办好。

李汉俊把戴季陶和沈玄庐带去渔阳里二号跟陈独秀见了面以后,在陈独秀的朋友圈里,便多了两个中国国民党人。

戴季陶,笔名天仇,十五岁漂洋过海,进入日本大学法律系学习。他不仅学业优秀,而且富有社会活动能力,发起组织了留日同学会,并被推选为会长。回国以后,他考入《天铎》报社担任记者,由于文章出色,迅即升为主笔。1911年加入同盟会,辛亥革命后在上海创办《民权报》。1911年12月25日,他在上海码头,欢迎采访从海外归来的孙中山。第一次见到孙中山,戴季陶即得到孙中山的器重,受孙中山邀请,去南京参加了中华民国成立大典和临时大总统就职仪式。1912年9月,戴季陶被孙中山任命为自己的随从秘书。1917年广东护法军政府成立,戴季陶又被任命为法制委员会委员长兼大元帅府秘书长。1918年5月,孙中山被南方护法军政府的军阀们架空之后,愤然辞去大元帅职务,来到上海。戴季陶追随孙中山,亦到达上海。因为是孙中山最为亲近和信任的人,戴季陶十分熟悉孙中山的思想脉络,知道孙中山正在反思自从辛亥革命以来同盟会所走过的道路,萌生了彻底改革中华革命党的想法,便顺应孙中山的思想和五四运动的洪流,开始了对社会主义及马克思主义的探索,并在1919年6月8日,跟沈玄庐等人一道创办了《星期评论》,在上面大量刊发传播马克思主义的文章。

得知《每周评论》被封杀的消息,戴季陶在1919年9月7日出版的《星期评论》上发表《可怜的"他"》,为之鸣不平:"《每周评论》为什么事被封?⋯⋯你们不见报上说他们要禁止传布'马尔格时主义'么?他们要禁止

'马尔格时主义',却不禁止'马克思主义',也不禁止'马克司主义',为什么呢？因为命令上的文字是'马尔格时'四个字,并不是三个字。……翻译马克司的著作和研究马克司批评马克司的著作。岂是可以禁止的吗？又岂是能够禁止的吗？"

尽管如此,在很长一段时间里,戴季陶本人对马克思主义充满矛盾心理。1919年11月30日,他在《星期评论》上发表题为《俄国之近况与联合国的对俄政策》的文章,开始以比较冷静的态度对待马克思主义以及俄国十月革命:"中国人一般都是胡（糊）里胡（糊）涂,一点也不去研究俄国的劳农政治究竟是怎样一个东西,只是瞎排斥,瞎害怕。""但是真实的情形是否是如此呢？这还是个疑问。……我们对于这些疑问虽然不愿意加以轻率的武断,但是终不能不当作是重要的注意点。"

1920年2月29日,戴季陶在《为布里特〈劳农政府治下的俄国〉所作按语和注释》(布里特曾任美国陆军情报局长,文章系此人在美国上院外交委员会所作的报告)一文中,显现出对于苏俄的正确认识与比较深刻的了解。"关于俄国的事情,外间所传布的十九都是浮说","但是,现在也还有许多无识的蠢才,并不去考察实际的真相如何,以为俄国行的无政府主义,以为俄国是充满了残杀、掳掠、奸淫的罪恶,真是奇怪极了。"基于此种对于感性材料、理性材料掌握的增加,戴季陶此时对于苏俄政府的态度也发生了变化,字里行间予以赞扬,"我们看俄国劳农政府里面充实的社会民主的精神的确是真实的,不是空口说白话。……他们政府的领袖能够实实在在的和兵士工人受平等的物质分配,已经可以说在世界历史上要算是空前的","这一个最初的社会主义国家,建设的成绩,……一定蒸蒸日上。"除了描述苏俄政府的平等政策,戴季陶在文中还介绍了以下几个方面的内容：一、苏俄的经济形势,强调帝国主义对于苏俄的经济封锁是无效的,并且对于苏俄的经济恢复充满了热切的期待。二、区分了布尔什维主义与无政府主义的区别,并强调"俄国布尔塞维克的主张和无政府主意的主张相去不可以道里计。因为俄国的布尔塞维克是纯正的马克斯（思）主义。马克斯（思）的社会主义自来就是与无政府主义立于两不立的地位"。

受十月革命的影响,先进知识分子热情地宣传阶级斗争的言论,引起一些改良分子的恐慌,他们起而攻击马克思的"阶级斗争说"。胡适是其中的代表人物。他说什么:"因为有阶级斗争说发现,于是本来可以互助的两个大阶级,都成了生死冤家。许多调和的方法,都归于无用。"对此,戴季陶在《星期评论》第三十二号上发表《新年告商界诸君》一文予以驳斥,"互助的基础,是要站在'平等'上面的,两个绝对不平等的阶级,要他们讲互助,这是一个笑话。而且阶级斗争的事实,并不是由马克思的阶级斗争说而起",而是私有制产生、阶级分化的产物,是人类社会必然经历的发展阶段。"不过这历史上的一个重大事实,被马克思的灵心炯眼认识了,从一切历史的社会关系里面,抽象了出来。这更不能倒因为果,说是因为马克思主张了'阶级斗争说',于是资本劳动两阶级,便受这个学说的影响,冲突起来。"这在一定程度上阐释了阶级斗争的必然性,传播了马克思主义以革命改造社会的思想。

随着对阶级斗争理解的深入,在《星期评论》第四十二号上,戴季陶又发表了文章《必然的恶》,更加明确地指出:"阶级斗争,是阶级的社会组织下面不可免的运命。……要想免去阶级竞争,只有废除阶级的压迫,只有废除阶级。阶级存在一天,阶级的压迫继续一天,阶级斗争,就要支持一天。"

马克思主义的政治经济学是戴季陶的宣传重点。他翻译了考茨基的《马克斯资本论解说》一书,并在《建设》第一卷四、五、六号,第二卷二、三、五号上连载,对当时人们了解和学习马克思主义经济学说起到至关重要的作用。他推崇道:"今天关于推动经济进化的原因,说明各时代一切社会现象的因果,分析进化过程的内容,指示社会改革的途径,最精微的还是要算卡尔·马克斯(Karl Marx)。他关于商品、货币、价值、剩余价值几个问题的学说,实在是近代经济学上的巨大功绩。"此外,戴季陶还翻译了考茨基的《商品生产的性质》等论著。

进而,戴季陶发表了《劳动运动的发生及其归趣》《从经济上观察中国社会的乱源》等文章,尝试着用马克思主义的经济济学来解释中国的经济政治问题,并得出结论:"欧美所发生社会问题,根源是在他本国资本家组织的机器生产,中国所发生的社会问题,根源是在外国输入的资本家组织的机器生产。"中国"历史上许多次大小革命的事实,都是一种阶级的生活争斗","是社会上种种经济的反常状态的证明,是阶级的生活压迫的结果"。

对待马克思主义唯物史观,戴季陶不仅注重宣传其中的一些观点,而且试图用这些观点去解释社会问题。在《到湖州后的感想》一文中，他根据唯物史观关于社会存在决定社会意识的观点来分析湖州的社会生活的基础，即生产力和生产关系的状况。通过分析，他认为，湖州正在脱离家族的协作共享社会，向着个人主义的自由竞争路上，旧的家族主义将随着资本主义的发展而逐渐衰亡。

沈玄庐是浙江萧山人，十九岁中秀才，1903年担任云南楚雄府广通县知事。因对腐朽统治当局感到不满，得知中国同盟会即将发动河口起义的消息，他毅然提供帮助。不料，此事被人告发，沈玄庐无法在国内立足，只得流亡日本。在日本期间，沈玄庐研读过许多有关社会主义的理论书籍，脑海里萌发了可以在中国实行社会主义的思想。1916年，他从日本回国，出任浙江省议会议长，并积极为陈独秀创办的《新青年》撰稿。五四运动爆发之际，沈玄庐积极参与组织上海各界的声援活动，并与戴季陶、孙棣三一道创办了《星期评论》，传播新文化新思想，并刊发了许多宣传马克思主义的文章，促进了马克思主义的传播。

在这一过程中，沈玄庐也撰写了不少具有马克思主义观点的文章，比如在《幸呢？不幸呢？》一文中，不但宣传了马克思主义的唯物史观，而且阐明了劳动者既是文明的创造者，也是解放自己的决定力量。这对提高劳动者的觉悟，使其投身于自身的解放运动，无疑起到了一些积极的作用。此外，沈玄庐还撰写了宣传马克思主义劳动价值论、剩余价值论、无产阶级专政的国家学说等基本观点的一系列文章，在一定程度上传播了马克思主义。

不久，刘大白、夏丏尊、施存统、俞秀松、沈仲九、林云陔、徐苏中、陈公培、陈望道等人相继加入《星期评论》阵容，亦成为陈独秀家的常客。这些人当中，刘大白、沈仲九是无政府主义者，其他大多数人亦不同程度受到无政府主义的影响，在思想上具有无政府主义的某些东西，在行动上亦践行过无政府主义主张。

添加在陈独秀朋友榜单上的还有一个在当时鼎鼎有名的大人物：张东荪。

张东荪，原名万田，字圣心，浙江余杭县人。他早年毕业于日本东京帝国大学，因为不满大清王朝的统治，追随孙中山干起了革命党。1911年，张东荪与梁启超一块儿在上海创办了《时事新报》。1912年初，孙中山在北京就任中华民国临时大总统以后，任命张东荪为大总统府秘书。袁世凯窃取了辛亥革命成果,张东荪即离开南京,去北京大学、燕京大学等大学担任教授。

自 1917 年起,张东荪担任《时事新报》主编。1918 年 3 月,他创办了《时事新报》副刊《学灯》。他用文言文写的《学灯宣言》,表明了抛开门户之见,容忍不同于自己的意见在刊物上发表的态度:

> 予尝于无聊时,与三五友人,纵论当代人物,评价高下。甲与乙,其行事相同,而甲优于乙。丙与丁,其性格相似,而丙优于丁。总有数事,为一例,即以读书之无有与多寡为衡耳。始信学之为力大亦。方今社会为嫖赌之风所掩,政治为私欲之毒所中,吾侪几无一席之地可以容身。与其与人角逐,毋宁自辟天地,此学灯一栏之由立也。其旨有三:一曰借以促进教育,灌输文化;二曰屏门户之见,广商榷之资;三曰非为本报同人撰论之用,乃为社会学子立说之地。发端之始,用志一言。

五四运动之后,《学灯》副刊上转载了马克思的著作《雇佣劳动与资本》,刊登了日本著名马克思主义学者河上肇的文章《马克思的唯物史观》《社会主义之进化》《马克思社会主义之理论的体系》和《河上肇博士关于马克思之唯物史观的一考察》,比较客观地介绍了马克思主义的一些观点。此外,还刊登了国内一些学者研究社会主义的文章,诸如《各国社会党之情形及社会主义之概论》《俄国问题》《社会党泰斗马格斯之学说》《社会主义两大派之研究》《社会改良与社会主义》等,对于推动马克思主义在中国的传播起到一定作用。

1919 年 9 月 1 日,张东荪在上海创办了《解放与改造》半月刊,明确提出该刊的宗旨:"主张解放精神物质两方面一切不自然不合理之状态,同时介绍世界新潮以为改造地步。"在创刊号上,张东荪发表的创刊宣言对此作出了阐释,"首先从事于解放","但解放不是单纯的脱除,乃是'替补(eomplemeht)'。替补就是改造,所以一方面是不断的解放,他方面是不断的改造。综合两方面看来,就是不断的革新"。《解放与改造》上发表了一系列介绍苏俄建设情况的文章,其中包括列宁的《俄国的政党和无产阶级的任务》和《苏维埃政权的当前任务》,还登载了许多介绍各种社会主义思想和研究劳工问题的文章,使之成为另一个宣传介绍研究社会主义、马克思主义的重要阵地。

1919年12月1日,张东荪在《解放与改造》杂志上刊发文章《我们为什么要讲社会主义》,针对那些恶意攻击社会主义的言论,他辩护道:

> 须知现在中国有一个现象,大家非大注意不可的。这就是普遍的生活困难。在乡村因为生活困难,遂跑到都市,在都市依然是生活困难。所以在这个普遍的生活困难状态下,无论甚么主义必定都变了抢饭吃的手段,不单是社会主义有这种危险的。

由此,张东荪被当时的舆论界看成是上海著名社会主义者。

事实上,张东荪是宪法研究会主力,一生善变。他固然在其主持的《时事新报》《解放与劳动》上宣传马克思主义,宣传社会主义,随后又提出了要"从唯物主义转到精神主义","去马克思而返于康德",反对马克思主义的社会革命论,反对科学社会主义,反对俄国十月革命,强调中国的当务之急是发展资本主义,企图把革命高潮拉到改良主义道路上去,引起了关于社会主义问题的论战。

邵力子恐怕是最先看出张东荪是善变、不可交往的人,因此,哪怕《觉悟》副刊在《学灯》隔壁,他跟张东荪见面,也从来没有打过招呼。《觉悟》副刊编辑高铁郎为赚稿费给《学灯》写稿,邵力子下令予以处分。

在跟众位新朋旧友畅谈马克思主义的时候,陈独秀没有忘记留在北京的夫人高君曼。已经安定下来了,他马上给北京发去一封电报,嘱咐夫人高君曼择日带领两个孩子回到上海。同时,他又准备把《新青年》迁回上海。

陈独秀在上海待了不到两个月,几个俄国人在一个中国翻译的带领下,到达了上海,准备跟陈独秀接洽。他们正是维经斯基夫妇一行人。翻译杨明斋把维经斯基夫妇以及其他几位共产党人安排在大东旅社住下之后,拦了一辆黄包车,径直来到老渔阳里二号,敲开了陈独秀的家门。他简略地介绍了一下自己,从口袋里掏出李大钊写的那张介绍信,递给了陈独秀。

只看一眼信封,陈独秀就认出了李大钊的字迹,赶紧拆开信件,迫不及待地看完了。李大钊大意是说,来人名叫维经斯基,是俄罗斯《生活报》的记者,准备到中国来筹办俄华通讯社,已经跟他进行过沟通,双方谈得很愉快,现在,李大钊推荐维经斯基来到上海,专门希望拜访仲甫,请仲甫不要拒绝。

陈独秀似乎读懂了里面的一些暗示，跟杨明斋约定好时间，请维经斯基来到渔阳里二号做客。

第一次见面，维经斯基向陈独秀介绍了俄国的十月革命及其后苏维埃俄国发生的巨大变化，陈独秀则向维经斯基介绍了五四运动之后中国的情势。

以后，维经斯基又在杨明斋的陪同下，到渔阳里二号跟陈独秀接连谈了好几次。底数已经摸清，维经斯基觉得陈独秀确实是自己要找的对象，觉得可以向陈独秀敞开胸怀了，亲口把自己来到中国的使命告诉给陈独秀。

随即，维经斯基说道："陈先生，我听李大钊先生说过，上海方面，研究社会主义和马克思主义的气氛比北京还要活跃，也比北京更适合于组建马克思主义政党。我希望，陈先生能为我引荐上海各位研究马克思主义的人物，以便我亲自了解中国的革命者到底有什么样的想法，可以吗？"

"维经斯基先生，我很愿意替你引荐所有具有革命精神的同志。"陈独秀说道，"只是，不知道维经斯基先生有没有时间方面的具体要求呢？"

"一切请陈先生安排。"维经斯基说道。

维经斯基是一个爽快人。陈独秀打定主意，尽快安排维经斯基跟戴季陶、邵力子、李汉俊，甚至无政府主义者以及研究系人马见面，以维经斯基在俄国参加共产党的经历，必定会激励中国的革命者早一点组建马克思主义政党。

这些日子，陈独秀一直在潜心研究马克思主义，可是，毕竟只是停留在书本上，没有实践经验，现在，打从俄国来的《生活报》记者已经亮出了真实身份，陈独秀一定不能放过请教的机会。因此，他迫不及待地询问了维经斯基很多问题。

维经斯基虽说很沉稳，但同时也很健谈。他不仅谈到了马克思主义学说在俄国的传播以及在十月革命之前，俄国共产党（布）人所走过的道路，而且谈到了十月革命之后，苏维埃俄国面临帝国主义国家和白匪的猖狂攻击，列宁是怎样领导和激励民众，跟敌人进行英勇战斗的。

维经斯基娓娓道来，陈独秀听得如醉如痴。他的思想有了进一步深化。阶级斗争以及用暴力手段去推翻剥削阶级的政权，建立无产阶级政权的观念，这一刻在他心里打上了深深的烙印。俄国就是这样走过来的，中国同样应该如此，可以在组建了马克思主义政党之后，放手发动民众，去跟剥削阶级进行残酷无情的斗争，无论面前横亘着多少凶恶的敌人，无论付出了怎样的流血牺牲,不彻底推翻剥削阶级的统治,决不罢休。

已经公开向陈独秀亮出了自己的真实身份,而且又要在陈独秀的帮助下去直接接触中国的革命者,维经斯基现在需要考虑在哪里扎下营盘。毕竟,大东旅社距离环龙路渔阳里二号稍远了一些,且人来人往,长期住在那里,既不容易跟陈独秀联系,也不便于开展工作。经过几天的运作,维经斯基和他的代表团搬出了大东旅社,迁往法租界霞飞路七一六号,并在英租界爱华德路挂出了苏俄《生活报》记者站的牌子,准备在陈独秀的引荐下,正式接触中国各路先进分子。

7月底8月初,又有一个人加入陈独秀的朋友圈——李达。他是怀着"寻找同志干社会革命"的目的,放弃学业,从日本回到中国的。

得到国内爆发五四运动的消息,李达接连从日本给《民国日报》副刊《觉悟》投稿,发表了《什么是社会主义》《社会主义的目的》等文章,进行社会主义宣传,对中国先进知识分子分清真假社会主义起到了启蒙作用。陈独秀被捕之后,李达赶写了《陈独秀与新思潮》,称:"陈先生是一个极端反对顽固守旧思想的急先锋,……他的文字很有价值,很能够把一般青年由朦胧里提醒觉悟起来。""陈先生捕了去,我们对他应该要表两种敬意。一、敬他是一个拼命'鼓吹新思想'的人。二、敬他是一个很'为了主义肯吃苦'的人。""捕去的陈先生,是一个'肉体的'陈先生,并不是'精神的'陈先生,'肉体的'陈先生可以捕得的,'精神的'陈先生是不可捕得的。""顽固守旧思想的政府能捕得有新思想、鼓吹新思想的陈先生一人,不能捕得许多有新思想、鼓吹新思想的人。纵使许多人都给政府捕去,那许多人的精神还是无恙的。今日的世界里面的国家,若是没有把新思潮来建设改造了新国家,恐怕不能立足在二十世纪。"不仅肯定了陈独秀的功绩,谴责了反动政府的暴行,而且热情地歌颂了新思潮,坚信新思潮是不可战胜的。从1919年秋到1920年夏,为了系统地向国内传播马克思主义,他以艰苦的劳动翻译了《唯物史观解说》《马克思经济学》《社会问题总览》三本著作,寄回国内出版。

陈独秀每每读到他的文章,总有一股荡气回肠的感觉,早把他当成志同道合的朋友。因而,一跟李达见面,陈独秀马上邀请他住进自己家里。

4. 平地一声惊雷

通过《星期评论》以及《时事新报》的主要编辑介绍，陈独秀的朋友圈子越来越大。赵世炎、沈雁冰、周佛海等人相继进入渔阳里二号，拜会陈独秀，成为陈独秀研究和传播马克思主义圈子的成员。另外，陈独秀自己结识了一些青年才俊，例如从北京来到上海的毛泽东，在上海停留期间，曾经单独或者带着彭璜等人，向陈独秀请教一些问题，得到他的指导，树立起马克思主义信仰；李季、袁振英、谭平山、谭植棠、陈公博等人亦经常拜访他。

在陈独秀的朋友圈里，赵世炎应该是最先离开上海的一个。他于1915年考入北京高等师范学校附中。1919年经李大钊介绍加入少年中国学会，积极参加五四爱国运动，参与主编《平民周刊》《少年》半月刊和《工读》半月刊等进步刊物。他之所以能够成为陈独秀的座上客，是因为要去法国留学，在上海停留过一段时间。5月份，陈独秀发起马克思主义研究会不久，赵世炎登上远洋客轮，踏上了出国求学之路，没能成为上海共产党早期组织成员。

第二个离开的应该是陈公培。他的目的地跟赵世炎一样，也是法国，同样是到法国勤工俭学。不过，他是7月份离开的。几个月以后，还有一个著名的人物——和李大钊一块儿发起北京共产党早期组织的张申府，亦去了法国。

据张申府回忆，陈独秀曾明确告诉过他，到了法国，应相机发起共产党组织；陈公培又从上海发起组抄走了第一份党纲，由此，很多权威党史专家学者都认为，是张申府、陈公培、赵世炎等人一同在留法学生中发起成立了共产党早期组织。

陈公培系湖南长沙人，金陵大学肄业。1919年到北京参加了颇有无政府主义色彩的青年工读互助团。1920年夏，他准备赴法国勤工俭学，途经上海，适逢陈独秀等人正在发起马克思主义研究会，怀揣改造社会的理想，逗留上海，参加了这个研究会的大部分活动。在马克思主义研究会的几个主要成员酝酿正式成立社会共产党时，他是其中之一。1920年7月，他登上了开往法国的远洋客轮。

沈雁冰以茅盾之名闻名天下，更因1981年以他的笔名设立的茅盾文学奖而成为中国文学界最受敬重的人物。在文学界，他虽不如鲁迅、郭沫若有名，但是朝鲁迅和郭沫若身上喷粪的人比比皆是，茅盾跟他们比较起来，则要幸运得多。他是浙江嘉兴桐乡人，从小读过家塾和私塾，八岁进入乌镇立志小学读书，后转入植材高级小学，1909年考入浙江湖州第三中学堂，1911年秋季转入嘉兴中学堂。辛亥革命爆发后，他不仅做起了义务宣传员，而且发动几个同学，抨击了一个不得众望的学监，引起了学生们的倾慕，却惹恼了学校，被学校除名，不得不转入杭州安定中学校学习，直到在那里完成中学的学业。1913年，沈雁冰考入北京大学预科第一类。1916年8月，在熟人的推荐下，沈雁冰进入上海商务印书馆编译所工作。五四运动爆发之际，他一直关注这场爱国运动的发展，并对新文化运动产生了极大的兴趣。1919年8月，他与一批桐乡知识分子组织了桐乡青年社，出版《新乡人》刊物，宣传新文化新思想，提出为"谋人类的共同幸福"而读书。1920年初，沈雁冰开始主持大型文学刊物《小说月报》"小说新潮"栏目的编务工作，开始翻译高尔基的作品，关注妇女解放等社会问题。他经常给《时事新报》以及《妇女杂志》投稿，由此与《时事新报》主持人张东荪联系颇为密切。在思想上，他最初信仰无政府主义，觉得这个主义主张取消一切，很痛快；慢慢地，他读了一些英文版的马克思主义书籍，转向了马克思主义。

维经斯基来到上海后，送给了陈独秀一些英文版的《国际通讯》(《国际通讯》是共产国际的刊物，每周三期，用英、法、德、俄四种文字出版)。陈独秀很想找人把里面有关苏俄的介绍翻译出来，供《新青年》刊登之用，但找不到人翻译。听张东荪说起沈雁冰能译英文稿，他马上通过张东荪约见沈雁冰。

一听沈雁冰说曾在北大读过书，思想上正在向马克思主义靠拢，陈独秀跟他一见如故，拿出一叠《国际通讯》，对他说道："要研究马克思主义，就不能不研究苏俄。你尽快把里面关于苏俄的介绍翻译出来，刊登在《新青年》杂志上。"

从此以后，沈雁冰经常跟陈独秀见面，成了老渔阳里二号的常客。当陈独秀、维经斯基召开座谈会的时候，他经常参加，并成为一名中坚分子。

张东荪还给陈独秀带来了一个叫周佛海的新朋友。

周佛海是湖南人，在日本鹿儿岛留学，学校放假期间，回国探望母亲，不料因为湖南正在大搞驱张运动，引发全省交通困难，回不去老家，想起曾经多次向《时事新报》投稿，得到过张东荪的赏识，在上海再也找不到其他熟人，斗胆前去找张东荪。那时候，陈独秀已经与李汉俊、邵力子、戴季陶、沈玄庐等人一道发起了马克思主义研究会，张东荪跟周佛海谈起这个事情。周佛海在日本的时候读到过一些有关马克思主义的著作，对此很感兴趣，央求张东荪带他参加研究会。

陈独秀与李季、袁振英是经历过一次不愉快的事件之后，得以彼此相互理解的。那是陈独秀受聘担任北大文科学长不久的事，他聘用了一名刚从日本高等师范毕业的英文老师，来教北京大学英国文学系的毕业班。这个班级的班长正好是袁振英，副班长则是李季。在他们两个看来，中国国立北京大学与日本帝国大学同级；中国国立高等师范也与日本高等师范同级。中国高等师范毕业生进入北京大学，必须要从第一年级读起；日本高级师范毕业生如果要进入北京大学，同样应该从第一年级读起，陈独秀竟然任用一个日本高师毕业生来教北京大学英国文学系毕业班的英文，这对国家简直是一种耻辱，直接找到陈独秀申诉，并声称："假如他不赶走那一个教员，我们只有不上课。"陈独秀感到难堪而无奈，最后只得顺从了学生们的要求。从此，陈独秀对袁振英和李季留下了深刻的印象。

李季，湖南平江人。1918年毕业于北京大学英文学系，留校担任补习班的英语教员。五四运动之后，李季一度是俄国著名作家托尔斯泰的信徒。社会主义思潮席卷中国之际，为了"从历史下手"，弄清楚风行国际的社会主义思潮的来龙去脉，他开始着手翻译柯卡普的《社会主义史》。其中，蔡元培代译了好些德法文书报名，胡适给他指示了疑难之处，张申府帮他改正了各专有名词的译音。该书系统地论述了阶级斗争理论，在先进的中国知识分子中影响很大。他是听说陈独秀正在上海发起成立马克思主义研究会、共产党早期组织，辞职来到上海的。

袁振英是广东东莞人。他十一岁时跟着父亲去了香港，先后在英皇书院与皇仁书院读书，接受了西式教育。1915年，他返回内地，考入北大英文学系。1918年6月15日出版的《新青年》第四卷第六期上，发表了他的作品《易卜生传》，使他名声大振。北大毕业后，他去了海外。1920年7月，他从海外游历归来，路经上海，拜会陈独秀。他本是一个无政府主义者，接受陈独秀邀请，参加了上海马克思主义研究会，担当《新青年》一个新办栏目"俄罗斯研究"的主要编译者，并且成为上海共产党早期组织成员，在组建社会主义青年团以及筹建外国语学社方面，都出过不少力。最终，他改变不了无政府主义倾向，自动脱党。

谭平山、谭植棠、陈公博则是从北大毕业前夕，在上海创办《政衡》杂志，与陈独秀来往颇多；从北大毕业，他们在返回广州的时候，途经上海，又与陈独秀取得联系，商谈了有关宣传马克思主义等问题。

对推动陈独秀发起成立马克思主义研究会、共产党早期组织有重大作用的维经斯基来到上海不久，便是1920年5月1日国际劳动节了。

这一天，《新青年》推出《劳动节纪念号》，不仅刊出了李大钊的《五一运动史》，而且以不寻常的姿态，刊出了署名为苏俄副外交人民委员加拉罕的苏俄第一次对华宣言《俄罗斯苏维埃联邦社会主义共和国对中国人民和中国南北政府的宣言》全文，同时刊出了十五个团体、八家报刊热烈赞颂这一宣言的文章。

其实，《俄罗斯苏维埃联邦社会主义共和国对中国人民和中国南北政府的宣言》并不是最近才发布出来的，早在1919年7月25日便已发布。在这个宣言里，苏维埃政府郑重宣布：废弃一切特权，废弃俄国商人在中国的一切商站，任何一个俄国官员、牧师、传教士不得干预中国事务，如有不法行为应依法受当地法院审判，在中国，除中国人民的政权和法院，不应当有其他的政权和法院。除这些要点之外，苏俄政府准备与中国人民的全权代表就一切其他问题达成协议，并永远结束前俄国政府与日本及协约国共同对中国采取的一切暴行和不义行为。

中国军阀政府受帝国主义列强摆布，阻挠这一宣言在中国报刊发表。

正是这一宣言的公开发布以及《新青年》的推动，中国先进知识分子越来越倾向马克思主义，倾向于走俄国人的道路了。

志趣相投的朋友圈越来越大，陈独秀把每一个国内朋友都引荐给维经斯基以后，开始考虑把这些朋友全部组织起来，像李大钊在北京所做的一样，哦，不，这个说法不完全正确，北京大学马克思学说研究会是十几个北大学生发起成立的，李大钊只是他们的引路人和指导者，自己则是要把研究、传播马克思主义的朋友们全部组织起来，筹备成立马克思主义研究会。

李大钊没有亲自发起成立马克思主义研究会之类的组织吗？事实上，与陈独秀、李大钊关系不错，并一同发起创办《每周评论》的高一涵有过这样的回忆：五四运动前不到半年，守常在北京大学组织了一个马克思主义的学会。我们不是用马克思，而是用马尔萨斯这个名字，为的是欺骗警察。他们回去报告，上司一听研究马尔萨斯，认为这是研究人口论的，也就不来干涉了。这个学会，先是公开的后来就秘密起来。它的对内活动是研究马克思学说，对外则是举办一些讲演会。……1918年底，办一个《每周评论》，经常是我们几个人写稿。

北大马克思学说研究会发起人之一朱务善亦曾在《回忆北大马克斯学说研究会》一文中写道：

记得还在1918年，李大钊同志为要宣传和研究马克思主义，曾与当时北大教授高一涵等发起组织了一个研究马克思主义的团体。为避免当局的注意，这个团体并不叫马克斯主义研究会。因为当时"马克斯"有译为"马尔格时"的，与"马尔萨士"之音相近似，所以他们把这个团体好像是定名为"马尔格士学说研究会"，以便在必要时对警厅机构说这个团体是研究人口论的而非研究共产主义的。开始这个团体并没有展开它的工作，没有吸收广大的革命青年参加。

因为这个学会没有留下任何文字记录，也没有其他人有过类似的回忆，研究党史问题的专家学者不敢轻易下结论。但既然有这么一个说法，肯定会有一些热衷于研究党史的人绞尽脑汁，去寻找线索，来证明这个事情是客观存在的。他们从故纸堆里找到了戴季陶的一篇文章，认为这样可以把历史的碎片黏合起来。

戴季陶的这篇文章正是前面一节曾经介绍过的《可怜的"他"》，发表在9月7日出版的《星期评论》上，是对1919年8月24日被封的《每周评论》所做的评论。笔者行文至此，免得读者再去翻看前面的文章，再把这段话引用一下："《每周评论》为什么事被封？……你们不见报上说他们要禁止传布'马尔格时主义'么？他们要禁止'马尔格时主义'，却不禁止'马克思主义'，也不禁止'马克司主义'，为什么呢？因为命令上的文字是'马尔格时'四个字，并不是三个字。"

据此，这些热衷于研究党史的人把它与高一涵、朱务善的回忆拼接在一起，认定：北京政府以传布"马尔格时主义"的罪名封禁《每周评论》，并非仅仅因为其刊载了宣传马克思主义的文字，应该是同该刊若干编者研究、传布"马尔格时主义"的有组织的行动有关。换句话说，1918冬至1919年夏间，参加《每周评论》编辑工作的一批北京大学教员应该确实曾经组织过一个研究马克思主义的学会，其名称大约就是"马尔格时（士）学说研究会"。

事实上，这个推断忽视了一个非常重要的前提，《每周评论》被查封的时候，陈独秀坐牢，李大钊因为受到北洋政府监视而不得不离开了北京，《每周评论》由胡适编辑。胡适在《每周评论》上公开挑起问题与主义之争，打从骨子里反对一切社会主义思潮，尤其反对马克思主义，主张多研究问题，少谈些主义，他怎么可能是马尔格时（士）学说研究会成员？怎么可能传播马克思主义？不过，李大钊发起成立过马尔格时（士）学说研究会，或者说，马尔格时（士）学说研究会在历史上存在过，这个可能性还是有的，留待研究吧！

在所有新老朋友当中，陈独秀最欣赏李汉俊。一旦决定着手筹备成立上海马克思主义研究会，他立刻把李汉俊找过来，商谈各种具体事项。

对陈独秀介绍维经斯基跟张东荪见面一事，李汉俊心里一直很不满。因为张东荪这位《时事新报》主编的确在鼓吹社会主义，但是，按照张东荪的说法，他所主张的社会主义既不像工行的社会主义建立一个全国工行，又不像多数的社会主义组织一个无产阶级专政制度，更不像无治的社会主义废除一切机关，复不像国家的社会主义把所有生产收归国有，乃是浑朴的趋向。一听到张东荪的论调，李汉俊马上加以驳斥，指出张东荪的社会主义是走投无路的社会主义。所以，陈独秀一向李汉俊说出自己的想法，李汉俊首先郑重其事地向陈独秀提出了忠告。

但陈独秀认为，维经斯基希望接见更多的社会主义者，跟各种流派的社会主义者打交道，让他们认识一下，并没有什么不好。而且，既然要成立政党，需要把更多的人吸收进来。不管他们以前是干什么的，只要身世清白，现在又赞成马克思主义，愿意为宣传马克思主义做实际工作，都是可以接纳的。

李汉俊说道："我固然希望把马克思主义政党的声势造得越大越好，但绝不指望张东荪。比喻（如）我认识的董必武和张国恩，他们是可以依靠的同志。"

"随便把人推向门外，也不妥当。"陈独秀沉思着说道，"现在，我们只是初步有了组建马克思主义政党的打算，必须从多方面思考一些问题。维经斯基来了，我们可以多向他请教。至于你说的董必武，我尽管不认识，你介绍的人总没有错。等我们真正发起马克思主义政党的时候，可以广泛邀集一些志同道合的同志，在各重要地区发展我们的组织，形成星火燎原之势。只有我们的政党发展壮大了，谈论革命谈论用暴力手段去推翻统治阶级的政权，才有了现实的基础。"

维经斯基初步接触了戴季陶、沈玄庐、邵力子、陈望道、施存统、俞秀松、刘大白、沈仲九、张东荪等人以后，深切感受到中国的先进知识分子思想并不统一，这样势必会妨碍在中国组建马克思主义政党（维经斯基还与五四运动时期上海学生联合会评议部部长、全国学生联合会理事长狄侃，以及复旦大学学生领袖之一程天放、东吴大学学生代表何世祯等人进行过座谈，由于观点相距太大，这些人没有进入马克思主义研究会，也没有进入陈独秀的朋友圈），因此，一样主张先成立马克思主义研究会，吸收所有的先进分子参加讨论。

要成立马克思主义研究会，必须有一个固定的地方，以便大家能经常聚会。维经斯基盘算了一番，觉得戴季陶这个中国国民党员家里，比陈独秀家更适合召集会议。毕竟，中国国民党是一个公开的组织，已经在中国有了一定的影响，安全方面不成问题；有些问题需要秘密商谈，才在陈独秀家里个别交谈。

1920年5月，维经斯基来到上海不久，马克思主义研究会正式成立起来了。

几乎每一天晚上，马克思主义研究会的成员们都会在渔阳里六号举行一些研讨会。不过，刚开始一段时间，参加讨论会的人员并非固定不变，视个人的情况，每天晚上到会的人员都会有一些不同。陆续地，人员相对固定下来了，作为其中的骨干分子，有十余人，包括陈独秀、李汉俊、戴季陶、邵力子、沈玄庐、张东荪、陈公培、俞秀松、施存统、陈望道、沈雁冰、沈仲九、刘大白等人。

经过反复讨论，反复沟通，大家不仅提高了马克思主义理论水平，而且，很多人已经像李汉俊一样，明确表明了应该尽快组建马克思主义政党的愿望，陈独秀觉得，是筹备成立中国马克思主义政党的时候了。于是，在维经斯基再一次来到渔阳里二号，跟他秘密协商问题的时候，陈独秀郑重其事地提出了这个问题。

维经斯基通过跟中国各派先进知识分子的个别谈话以及参加马克思主义研究会聆听了他们之间的争论，觉得中国的先进知识分子思想非常复杂，既有基尔特社会主义、工团社会主义、无政府主义，也有马克思主义，只有通过组建社会主义者同盟，或者革命局，才能统一大家的思想，进而过渡到马克思主义政党，或者把其中赞同马克思主义的分子吸收到马克思主义政党里面来，以此发展壮大马克思主义政党，推动共产主义运动在中国的发展。到了这个时候，他便可以履行来到中国的另一个使命：成立东亚书记处，以上海马克思主义政党为样板，跟北京、武昌、长沙、广州、济南各地的社会主义者建立联系，帮助他们组建中国式马克思主义政党，让中国革命的熊熊烈火燃烧起来。因而，他毫不迟疑地同意了陈独秀的意见，拿出随身携带的党纲党章等有关文件，交给了陈独秀，说道："通过我的了解，以及成立马克思学说研究会之后你们的活动情况，我觉得，可以把《新青年》《星期评论》《时事新报》结合起来，建立一个革命联盟，并由你们几个主持人联合起来，发起成立中国共产党或中国社会党。"

由此可见，维经斯基最初希望帮助中国先进分子成立的马克思主义政党，实质应该是社会主义者同盟。因为无政府主义比马克思主义传播得早，影响更大，在这个以概念为王的时代，一些学者与党史研究人员开动脑筋，四处探查，搞出了AB合作、安布携手，或者安马合流这些名目，来形容无政府主义者出现在一些共产党早期组织里面的现象。其中，AB分别是英文单词Anarchists、Bolsheviks的首字母，前者意为无政府主义者，后者是布尔什维克。AB合作的意思是无政府主义者与布尔什维克合作。又因为无政府主义按照音译是安那其，便有了安布携手的说法。安马合流之意，自然是无政府主义者与马克思主义者融为一体。

事实上，无论上海发起组、北京共产党早期组织，抑或广州共产党早期组织，无政府主义者要么在共产党早期组织正式成立之前，已经退出，要么在共产党早期组织成立不久，因为在各种具体事项上的分歧，亦退出了共产党早期组织，要么是无政府主义者在俄国人帮助下成立了一个共产党早期组织，马克思主义者不愿意加入，抛弃它们，另外组建了共产党早期组织，因此，两者合作也好，携手也罢，合流也行，要么短暂得可以忽略不计，要么根本不存在。

不过，如果将AB合作、安布携手，或者安马合流用到其他诸如"支那

第三部分 早期党组织 组建

共产党"之类的非陈独秀等人创建的马克思主义政党身上，倒也是事实。

6月初的一天夜里，戴季陶、陈望道、俞秀松、李汉俊、邵力子、沈雁冰、张东荪、施存统、陈公培等人齐聚在《新青年》编辑部里，召开正式筹备组建中国马克思主义政党的第一次会议，即预备酝酿会议。

这天，张东荪还带来了一个新人：周佛海。他由此成为这次会议的见证人。

维经斯基从俄国十月革命，谈到各国共产主义运动的前景，最后话锋一转，说道："中国关于新思想的潮流，虽然澎湃，但是，第一太复杂，有无政府主义，有工团主义，有社会民主主义，有基尔特社会主义，五花八门，没有一个主流，使思想界成为混乱局势。第二没有组织。做文章、说空话的人多，实际行动，一点都没有。这样绝不能推动中国革命。因此，必须筹备成立马克思主义政党。"

在张东荪看来，社会主义可以作为学术研究，但若要组织政党介入政治，则非他所愿。犹如平地滚过一声惊雷，他很是惊慌，问道："我们不是马克思主义研究学会吗？是一个研究机构嘛，为什么要成立政党呢？"

李汉俊说道："如果不成立马克思主义政党，要马克思主义研究会干什么？"

张东荪心里一惊，马上跳起脚来，说道："我以为只是纯粹的研究，如果真的要成立马克思主义政党，抱歉，兄弟我不能参加。"

不等话音落地，人已经跑得无影无踪。临走之时，张东荪拉了周佛海一把，试图把周佛海带走。可是，周佛海听到维经斯基描绘的前景，心里引起了共鸣，暗自想道：这是一个纷乱的世界，如果能够建立马克思主义政党，去开创一番宏伟的事业，方为男子汉大丈夫，屁股上像焊接在凳子上一样，一动不动。

李汉俊默不作声。维经斯基一脸难堪，愣是不知道该怎么办才好。

陈独秀说道："不要紧，走了张东荪，对我们来说，毫发无伤。他尽管为宣传社会主义、马克思主义做了一些事情，但不是一个真正的马克思主义者。"

此言一扫现场上沉闷和难堪的气氛。于是，众人热烈地议论起成立马克思主义政党的事情了。党纲呀，怎么组织呀，应该有什么样的人参加呀，等等问题先放置在一边，首先得为组建的政党取一个名字。既然是马克思主义政党，应该符合马克思主义的原则，是叫社会党好呢，还是叫共产党好，抑或干脆叫社会共产党呢？众人议论纷纷，谁也拿不出一个准主意。最后的决定权交到了维经斯基手里。

维经斯基耸了耸肩，慢条斯理地说道："其实，不管叫社会党、共产党，还是社会共产党，是各个国家内部的事情，只要是马克思主义政党，无论叫什么名称，都是合适的。"

这话等于没说。大家依旧各执己见，争吵得不亦乐乎。

与其大家在这里争吵不休，不如征求一下李大钊的意见，陈独秀说道："大家为了我们的政党叫什么名字争论得非常激烈，很有民主的氛围，这固然很好，可是，一直争论不下，必然会影响到下一步工作。我们不如暂时把我们的政党定名为社会共产党，等待征求了李大钊先生的意见之后，再做最后的决定，如何？"

在场的人即使没有见过李大钊，也非常熟悉这个名字；李大钊对于宣传马克思主义做出的贡献，谁都觉得无法跟他相比。众人一致同意由李大钊最后决定政党的名称。随即，会议进行到下一个议程：讨论党纲以及党章。

维经斯基离开俄国之前，从俄共（布）中央远东局海参崴分局拿了一份现成的党纲党章，已经由杨明斋把它们翻译成了中文。一听到陈独秀宣布讨论党纲党章，杨明斋立即把油印好了的党纲和党章拿出来，分发到了每一个人的手里。

李汉俊最先看完，说道："对于党纲里面规定的内容，像没收一切资本，没收银行矿山，废除个人压迫，经济上社会共有，消灭一切阶级，我完全同意。我们的政党应该领导工人阶级获得政权，打倒统治阶级，过渡到消灭政权，也提得很好。只是，我们中国的实际情况是，工人数量很少，人员分散，文化知识落后，我们怎么去领导工人呀？这应该是摆在我们眼前的一个头等重要的问题。"

"是呀，这是一个很现实的问题。要解决这个问题，必须要有一个样板。"戴季陶说道，"比如，粤军总司令陈竞存的队伍驻扎在漳州长汀一带。我和仲甫经常跟陈竞存先生通信。他一样支持社会主义，支持马克思主义。我们与其在这里坐而论道，不如到陈竞存先生的驻地去，办一个试验田，全面实行社会主义。"

"好是好，天仇，在这里说这些话恐怕有些不合时宜。我们讨论的是党纲党章，不是现实的行动。"邵力子朝众人扫了一眼，郑重地说道，"我建议，等待下一次集会的时候，把这个问题单独拿出来讨论。"

"这是筹备会议，什么都可以拿出来讨论嘛。"戴季陶的倔强劲上来了。

陈独秀说道："的确，在筹备会议上，什么都可以拿出来讨论。不过，每一次的讨论，应该集中火力，注重一些主要问题。至于到陈竞存先生那儿去搞社会主义试验田，等我们的政党筹备得差不多了，可以就这个问题进行议论。"

他的话音刚一落地，赢得了众人的热烈响应。插曲立马告一段落。

接下来，众人一起讨论党纲的主要内容。像共产党的目的是要进行阶级斗争，团结工人由经济斗争发展到政治斗争夺取政权呀，取得政权之后，发展阶级斗争呀，建设共产主义社会，以大规模生产为基础呀，谁都有不同的解读，谁都希望自己的解读最符合中国的现实。大家众说纷纭，争论得尤为热烈。至于中国马克思主义政党跟共产国际的关系，也是大家讨论的重点。

说到了组织。马克思主义政党已经初次揭开了神秘的面纱，应该有一个主持人来主导今后的讨论。至于党的领导是采取党魁制，还是采取其他制度，也因为众人的意见不能一致，准备留待着以后去讨论。可是陈独秀已经对党的领导制度进行了一番深入的思考，觉得与其留待以后去做，不如现在把它拟定出来。

陈独秀说道："既然我们的政党是为了推翻专制制度，实现所有人的平等。我认为，我们的党应该采取一种民主体制。而且，我已经有了初步设计，公推几位负责人，在负责人里面推出一个人做书记，其他的人负责宣传组织之类的事情，似乎更符合我们的章程和组成马克思主义政党的原则。"

众人不约而同地表示赞同，而且说做就做，既然马克思主义政党还没有组建起来，用不上书记，大家一致推举陈独秀为主要召集人，主持以后的讨论会。

一直讨论到天快要亮了，包括党章、党纲以及党的纪律等等所有问题都没有形成统一的意见。鉴于组党工作只是刚刚起步，许许多多问题需要在以后的讨论中进一步沟通进一步明确，为了加快进展，众人共同推举戴季陶集中众人的意见，初步拟定出中国马克思主义政党的党纲。

自从跟李大钊相约建党以来，中国马克思主义政党终于在母体里出现了第一次胎动，尽管她只是处在孕育期，但不可避免地会脱离母体，喧嚣着来到世界，这注定了要掀起一场轰轰烈烈的共产主义革命。陈独秀憧憬着这个前景，不由得为之兴奋，为之欢欣鼓舞，在众人离去之后，他丝毫不觉得困乏，要赶紧在第一时间里，把这个消息告诉给李大钊，提请李大钊为这个政党进行最后的命名。

组建马克思主义政党的准备工作依旧在不停地向前推进。几乎每一天晚上，各位参加马克思主义研究会的人员，只要没有特殊原因，都会来到渔阳里二号，讨论有关细节。因为大家各自都有自己的工作要做，有自己的事情要处理，人员常常不能完全集中，但是，这丝毫没有影响他们的情绪，也没有影响他们的进度。维经斯基和杨明斋常常出席会议，提出一些建设性意见。

按照进度和预定程序，大约在6月中旬的一天夜里，应该是戴季陶拿出初步拟定好的党纲，大家一起讨论过后，正式宣布成立马克思主义政党的日子。

陈独秀已经接到了张申府代替李大钊写来的回信，说是俄罗斯共产党（布）以前叫社会民主工党，后来改为共产党，中国马克思主义政党不必走弯路，应该一开始便定名为共产党。李大钊拍板定案，中国共产党的名称由此得到确认。

这天夜里，维经斯基和杨明斋早早来到了陈独秀的家，也就是《新青年》编辑部，李汉俊、俞秀松、施存统、陈公培也陆续过来了，其他的人都很忙，事先已经向陈独秀告过假，不能参加。来到渔阳里二号的六个人和陈独秀一样，心情非常激动，一面等待着戴季陶的光临，一面兴奋地畅谈成立共产党的宏伟前景。

时间慢慢向前流逝，不知不觉间，差不多快到午夜了。戴季陶依旧不见踪影。众人的兴奋劲儿早已在等待之中消磨殆尽，一个个甚至露出焦急的神态。李汉俊和陈独秀心里更是拧成了一团麻，隐隐有了一些不好的预感。在确立党纲的时候，里面有一条：共产党员不做资产阶级政府的官吏，不加入资产阶级的政治团体。戴季陶却是孙中山先生的机要秘书。邵力子也是国民党党员。邵力子今天没有与会，那是他确确实实忙于其他事情去了，在此之前已经明确表示过要加入共产党，可戴季陶没有这样表态过，难道他会在关键时刻萌发退意吗？召开建党的第一次筹备会议，犹如平地一声惊雷，吓得张东荪起身逃跑；今天准备正式成立中国共产党早期组织了，难道又是平地一声惊雷，令戴季陶退缩吗？

大家焦急不安的当口，戴季陶终于露面了。他一脸的沮丧，颇有些心神不定。

陈独秀朝戴季陶点了一下头，拿出一面红色的被单，缓缓地把它悬挂起来。悬挂好了之后，陈独秀面色肃穆地打量了它一眼，转身，准备说话，忽然听见了一声哭泣，连忙闭上嘴巴，放眼望去，只见戴季陶在不住地发抖，不住地哭泣。

李汉俊微微闭了一下眼睛，问道："天仇，你这是怎么啦？"

戴季陶没有回答，依旧一个劲儿地哭泣，而且声音越发大了。

陈独秀心里滚过一阵伤感：最后时刻，确实又如同平地一声惊雷，令不坚定分子动摇，戴季陶要走张东荪的老路了。那么，戴季陶是不是已经起草出了党纲呢？但是，陈独秀不作声，只拿一双炯炯有神的眼睛盯住戴季陶。

其他的人也意识到了这是为什么。戴季陶一向积极参加组党活动，承担了起草党纲的任务；更重要的是，戴季陶早在辛亥革命以前，曾经接触并研究过马克思主义学说。难道他是因为孙中山先生的缘故，放弃自己奋斗了很长时间、即将成立的共产党组织了吗？众人心下狐疑，又不便询问，一齐默默望着他。

戴季陶哭了好一会儿，终于感觉到屋子里的气氛有一些不妥，赶紧停止哭泣，转动着被泪水迷蒙着的眼睛，朝大家一一扫视过去，哽咽着说道："对不起，我本来已经起草了党纲，也非常愿意参加共产党组织，可是，我不能……"

谜底早在众人的意料之中。大家神情严肃，相互使了一个眼色，然后一块儿把目光盯在戴季陶的脸上，依然谁都不说话。

戴季陶没有理睬众人的表情，脑海里想起昨天夜里的一幕。他要成为上海共产党早期组织的发起人，要加入上海共产党早期组织，这么重大的事情，总得告诉孙中山先生。毕竟，自从追随孙中山先生以来，戴季陶得到过孙先生极大的帮助和关爱。瞒着孙中山先生筹备组建共产党组织，已经意味着背叛孙中山先生了；要正式成立这个组织了，在此之前，无论如何，他得先跟孙中山先生说一声。

孙中山听完戴季陶的话，不由得勃然大怒："凡是加入中国国民党的党员，都不能再加入到其他党派，更不能自己组织党派。你竟然瞒着我去组建共产党。你说，你怎么对得起我！"

跟随孙中山先生这么久，他从来没有对戴季陶如此大动肝火。戴季陶傻眼了，蒙圈了，木头一样戳在那儿，一动不动，任凭孙中山把他骂了一个狗血喷头。

戴季陶想起了自己跟孙中山的交往，想起了孙中山对自己的恩情。他的确舍不得离开自己曾经付出了许多心血将要创立起来的共产党组织，但在孙中山面前，又不能不有所交代。戴季陶进退两难。最后，对孙中山的感情占了上风。可是，他不能不来参加最后一次会议。因为他已经起草了共产党组织的党纲，他要亲眼见证共产党组织的成立，也要以这种方式，跟这个他曾经付出了心血的崭新的政党告别。没料到，戴季陶还是控制不住自己，临了，竟然失声痛哭起来。

众人都理解了他的处境，也理解了他的选择。一个个深表遗憾地叹了一口气。

陈独秀说道："天仇，谢谢你为我们成立共产党组织付出的一切努力，上海共产党组织会永远记住你的。"

"可是，我没有为上海共产党组织作任何有益的事情。"戴季陶拿出了党纲，递给陈独秀，说道，"仲甫，我虽说不能参加共产党组织，但是，我会永远关注这个组织。你们不是要成立社会主义青年团吗？不是还要办外国语学社吗？我从新渔阳里六号搬走，这样，你们可以在那儿做你们想做的任何事情了。"

戴季陶很快从新渔阳里六号搬走了，是追随孙中山先生去了广州，从此不再跟马克思主义研究会以及上海发起组发生实际性联系。新渔阳里六号一旦清空，杨明斋立即以个人名义把它租赁下来，使之成为维经斯基召集各种座谈会的场所。后来，还在那儿办起了外国语学社，用以培养留俄人才，也把它办成了社会主义青年团的活动场所。而戴季陶倒也没有完全忘记他会继续关注共产党组织的诺言，不过，跟他在参与组建共产党组织时期的做法截然不同：他蜕变成国民党右派最著名的反共理论专家，从此以后，专门与共产党为敌，直至自杀身亡。

5. 沪上率先发起

　　戴季陶临阵退缩，尽管拿出了党纲草案（党纲草案共十条，包括运用劳工专政、生产合作等手段达到社会革命的目的），在陈独秀的主导下，众人进行过讨论，可是，因为出现了新情况，党纲的内容需要进一步充实。这样一来，成立共产党组织的仪式不得不改期。但在维经斯基看来，6月份的这一天，已经代表着上海共产党早期组织正式成立了，因而，他在写给共产国际的报告里，把6月份当成上海共产党早期组织成立的日期，并把参加此次会议的陈独秀、李汉俊、俞秀松、陈公培、施存统五个人看作其最初成员，而且称他们推陈独秀为负责人。

　　陈独秀却不这么认为。在他看来，如果不把党纲重新修订一遍，并把一切手续做得妥妥当当，决不能正式亮出共产党组织的旗帜。因为李汉俊具有深厚的马克思主义功底，帮助过戴季陶起草党纲，重新修订党纲的任务落到了他头上。

　　邵力子、沈玄庐、陈望道、沈雁冰等人听说戴季陶退出共产党组织以后，都觉得很遗憾。邵力子、沈玄庐尽管是国民党党员，没有打退堂鼓，仍然决心沿着马克思主义道路走下去。陈望道已经接受陈独秀的邀请，担任《新青年》编辑，同样不会放弃已经确定的理想。沈雁冰虽说不像陈独秀、李汉俊、邵力子等人一样掌握了很多马克思主义知识，但运用马克思主义的某些观点，撰写和发表了很多有关妇女以及妇女解放的文章，开弓没有回头箭，也决定坚持下去。

　　这期间，施存统要去日本留学（施存统去日本留学，是戴季陶一手促成的。施存统在《星期评论》工作期间，思想上几乎完全受戴季陶的影响，戴季陶极为欣赏他，向他高度评价堺利彦、山川均等人的马克思主义研究成果及其修养，也向他说到自己非常喜欢高知、青森、京都等地的自然环境，认为那是留学和疗养的好去处，劝说施存统去日本留学。孙中山的盟友宫崎滔天的长子宫崎龙介来华访问之际，戴季陶托付他操办施存统去日本留学之事），陈公培要赴法国勤工俭学，不得不离开上海，参加座谈的一下子少掉了两个活跃分子。鉴于施存统、陈公培当时具有坚定的马克思主义信仰以及在马克思主义研究会里的积极表现，上海共产党早期组织正式成立的时候，仍然把他们两个都记入了革命组织的行列。

大浪淘沙，有的人退出了马克思主义研究会，退出了讨论筹建中国共产党早期组织的会议，有的人却自动投入进来，拥抱马克思主义，信仰马克思主义，愿意为在中国建立马克思主义政党以唤起民众，与反动势力进行坚决斗争打拼。

看到中国共产主义运动正在一步一步地开展起来，维经斯基觉得时机已经成熟，正式提出了成立东亚书记处的计划，并在陈独秀的帮助下，于1920年7月19日召开了中国先进分子大会，正式成立了中国革命局。这其实是一种社会主义者同盟，属于统一战线性质，当时举凡进行社会主义宣传的人，不分什么派别都可以自愿加入。至此，维经斯基实现了心中早已定好的计划，即把建立上海共产党早期组织与整个中国的共产主义运动联系在一起，以此指导中国的革命；换言之，通过中国革命局的形式，不断发展壮大上海共产党早期组织。

中国革命局下设三个部，即出版部、宣传报道部和组织部。

组织部负责在学生中间做宣传工作，并派遣人员去同工人和士兵建立联系。

出版部有自己的印刷厂，即前面提到过的又新印刷所。因而，从严格意义上说，又新印刷所不是上海共产党早期组织开办的，而是社会主义者同盟或者上海中国革命局的产儿；而且，又新印刷所利用的是无政府主义者已有的印刷机器，为此，其负责人是无政府主义者郑佩刚。又新印刷所印刷了一些小册子。几乎所有从海参崴寄来的材料（书籍除外）都被翻译出来，刊载在报刊上，以及被又新印刷所印刷出来，包括陈望道翻译的《共产党宣言》，米宁的《共产党员是些什么人》《论俄国共产主义青年运动》《兵士须知》等在内近二十种。另外，出版部还出版中文报纸《工人的话》，该报于8月22日出版了创刊号。

其中，《兵士须知》作者署名李得胜。借作者从哈尔滨来的乡亲之口，讲述了布尔什维克革命，称："俄国的过激党是庄稼人、工人和兵伴们结成了一个团体，革那作官的命、当财主的命，是平民的革命。"比较俄法革命的区别时，说法国式革命重的是财产、势力、等级，俄国式革命重的是土地、劳动、平等；然后号召掌握"天下人的性命和兵器"的士兵兄弟学习共产主义和无政府主义，奋起进行平民革命。这个小册子的内容无疑是鼓吹无政府共产主义的，但同时也非常明显地为布尔什维克做宣传，鼓动士兵仿效俄国革命的榜样起来造反。

宣传报道部成立了中俄通讯社，社址设在上海霞飞路渔阳里六号，负责人是杨明斋，主要工作有两项：一、翻译和报道有关苏俄、共产国际方面的资料；二、把中国报刊上的重要消息译成俄文发往莫斯科。

中俄通讯社（1921年1月改称华俄通讯社）自成立以来，在《新青年》《民国日报》等中国三十一家报刊杂志上发表了许多有影响的报道，如《新俄国组织汇记》《布尔什维克沿革史》《列宁小史》《列宁关于劳动的演辞》《列宁答英记者底质问》等。材料来源主要是从俄国远东报纸以及《每日先驱报》《曼彻斯特卫报》《民族》周刊、《新共和》周刊、《纽约呼声报》《苏俄通讯》等的文章中翻译过来的，另外还有一些是从苏俄日历上找出的，如《十月革命带来了什么？》即来源于此，被全文刊用。为了便于沟通与北方革命者的联系，中俄通讯社在北京成立了分社。为了及时把苏俄的各种信息传达给中国革命者，维经斯基不满足于已经得到的资料，要求上级寄来苏俄报刊，并且希望收到共产国际一大和二大的材料以及关于苏俄经济、文化建设情况的专门书籍。

天气越来越炎热。陈独秀一边忙于中国革命局的工作，一边倾注极大的心血，投入到组建上海共产党早期组织的准备工作当中去。他吸取了戴季陶退出共产党组织的教训，对于任何一项工作，都要亲力亲为，做到万无一失。

这当口，李达从日本回到中国，到达上海之后，拜会了陈独秀。陈独秀顿感组建共产党增添了新力量，赶紧邀请李达住在自己家里，好方便与他沟通。

李达已经跟王会悟确定了情侣关系。王会悟跟着他住进了陈独秀的家里。

将李达安顿好以后，陈独秀跟他谈起了自己正在与李汉俊、邵力子、沈玄庐等人一道筹备组建中国共产党的事，李达欣然答应加入筹备工作。

陈独秀说道："我们现在遇到了很多麻烦，比喻（如）说党纲党章，虽说由维经斯基先生给我们提供了一个蓝本。可是，因为张东荪和戴季陶等人在中途离去以后，众人都显得非常谨慎，在讨论的时候，各有各的观点，各有各的看法，往往相持不下，一直无法达成统一意见。鹤鸣觉得，应该怎么解决这些问题才好呢？"

李达似乎很有些不解，问道："只要树立了马克思主义信仰，按照马克思主义学说初步制定我们的党纲党章，不是很容易达成一致吗？"

陈独秀说道："可是，无政府主义者不会这么想。"

李达说道："无政府主义者跟马克思主义者尽管在消灭私有财产制度、公共占有生产资料、恢复人的个性与自由这一终极目标，以及各尽所能、各取所需的分配制度方面是一致的，但在革命手段，以及革命成功后是不是要建立无产阶级专政的政权方面，两者的观念是格格不入的。马克思主义者肯定不能跟无政府主义者达成一致，永远也不能。马克思主义政党应该由最纯真最先进的阶级组成。"

维经斯基并不是要在中国建立一个纯粹的中国共产党，而是致力于将各革命团体联合起来组成一个中心组织。陈独秀受他的影响，岂能例外？

"我们的党需要联合一切先进力量，才能迅速成长起来嘛。"陈独秀说道，"再说，无政府主义者积极支持新文化运动，目前也赞成马克思主义，我们为什么要把他们排除在外呢？"

"但是，无政府主义者否认任何形式的组织和专政，这一点，恰恰是马克思主义的精华。我们不能因为无政府主义者目前支持新文化运动，也在宣传马克思主义，为了迁就无政府主义者，而丢掉马克思主义的精华。列宁曾经对衡量一个人是不是马克思主义者给出了一个标准：只有承认阶级斗争，同时也承认无产阶级专政的人，才是马克思主义者。无政府主义者显然不可能成为马克思主义者。所以，在今后的讨论中，我们在这个问题上毫不让步；如果无政府主义者因此退出筹备小组，让他们退出好了。我们的党必须按照马克思主义原则来组建。"

陈独秀对于无政府主义者的态度一直很是矛盾，既希望把他们拉进中国共产党的阵营，以此增加党组织的声威，同时又对无政府主义者否认无产阶级专政伤透了脑筋，暗地里只好拿中国共产党还没有成立起来，离无产阶级专政还远得很来安慰自己，希望跟无政府主义者达成一个共同的目标，但一直无法实现。李达一席话使他如梦初醒：是的，不能因为无政府主义者不愿意，大家就一直反复讨论那些马克思主义政党必须具备的条文；无政府主义者可以退出，条文决不能含糊。

然而，无政府主义者退出了之后，余下的事情真的会好办一些吗？不，还有党的目标，无论是最低限度的目标，还是最高目标，无一不需要审慎讨论。

李达对此也提不出更好的看法。他尽管在理论研究方面有一套，但组建政党毕竟不可能完全照搬照抄书本知识，必须根据中国的实际情况和组建中国共产党的成员达成了什么样的谅解，才能实现。饶是如此，陈独秀对李达越来越看重了。

按照计划，所有愿意参与筹建共产党组织的人员晚上都要到《新青年》编辑部去，商讨党纲的内容及其修改意见。

在陈独秀的邀请下，李达正式参加了会议。讨论的气氛果然十分热烈，甚至充满了火药味。李达初来乍到，一开始只是静静地倾听着，在心里打量每一个人的态度。尽管大家对具体条文有着不同的见解，可是，明显分为两大派：一派完全不赞成建立无产阶级专政；另一派只是对无产阶级专政的说法提出一些修正的意见。他清楚了，刘大白、沈仲九这些再三强调不需要建立无产阶级专政的人是无政府主义者。因为他们态度强硬，导致大家对每一个条款都无法展开有效的讨论，陷入一场表面上异常热闹却是毫无意义的争论。

他朝维经斯基望了一眼，只见这位俄国共产党人一本正经地坐在那儿，一言不发，又朝李汉俊望一下，只见李汉俊跟刘大白、沈仲九争论得脸红脖子粗。他甚至注意到，陈独秀在向自己使眼色。

说话的时候到了！李达说道："大家一直争论不休，表面上看起来似乎很活跃，实际上却未免有些不得要领。大家来到《新青年》编辑部，是为了组建中国共产党的，对不对？按照什么标准来组建中国共产党呢？当然是按照马克思主义的原理和原则！这一点，大家似乎并没有异议。既然如此，在马克思主义的核心问题上，我们决不能含糊。马克思主义的核心问题是什么？一定要运用暴力手段，去推翻统治阶级，建立无产阶级专政。不讲这两点，我们的政党即使成立起来了，也肯定不能称其为真正的马克思主义政党。不能称其为真正的马克思主义政党，我们还有必要组建中国共产党吗？"

他的声音虽然不大，但每一个字都犹如一记响亮的重锤，连续不断地敲打在众人的心房上。众人都不作声，一个个瞪大眼睛，注视着他。

刘大白、沈仲九蒙了好一会儿，回过神来，颇有些坐立不安，恼怒地瞪视着李达，也顺便朝大家脸上扫视去，希望有人出面帮助他们说话，驳斥这个胆大妄为的家伙，但没有一个人愿意开口，有的人似乎还朝李达投去了赞成的神色。两人相互使了一个眼色，腾身而起，一齐说道："既然我们的主张不能得到认同，继续留在这里，没有任何用处，告辞了。"

很快，二人消失无踪。李达嘘了一口气，说道："俗话说，道不同不相为谋，无政府主义者尽管现在赞成马克思主义，那是因为他们在某些方面的观念跟马克思主义一致，但在核心问题上，跟马克思主义相去甚远，根本找不到弥合办法，所以，他们打骨子里是不可能完全走到马克思主义道路上来的。与其跟他们争论不休，不如现在跟他们分手。这样，我们可以顺利进行建党的筹备工作了。"

邵力子、李汉俊、陈望道、沈玄庐、沈雁冰等人都朝李达投去赞赏的目光。

众人立即进入讨论。这一次，大家并不存在原则上的分歧，只是在一些具体的提法上有过争议，不过，几个回合，均能达成谅解，确实显得有效得多了。

随着无政府主义者和一些对党纲党章的条文有歧义的人纷纷离去，上海共产党早期组织的发起人继续按照原来的约定，逐条逐条地落实党纲党章的内容，并且开始逐步展开了发动工人运动以及组建社会主义青年团的工作。

鉴于党纲党章的基本内容已经确定，其他各项活动也绝大多数已经全面展开，是正式成立上海共产党早期组织的时候了。

时隔不久，上海发起组各位成员初步确立了正式打出共产党早期组织旗帜的具体日期。具体怎么成立共产党早期组织，他们曾经咨询过维经斯基，知道成立共产党组织的时候，大家都要面对党旗宣誓。这需要有一面党旗。共产党组织还没有成立，没人会设计党旗，大家按照维经斯基的意见，以共产国际的党旗，作为自己的党旗。可是，匆忙之间，连这样一面党旗也来不及制作。多亏陈独秀见多识广，反应得快，把家里的一面红色绸布被子拿出来，权充党旗了。

1920年8月的这一天，上海发起组成员陆续赶往渔阳里二号。不一会儿，陈独秀、李达、李汉俊、邵力子、陈望道、俞秀松、沈玄庐齐聚《新青年》

编辑部，热烈地交换着各自的看法。

他们经历过几个月的努力，现在，终于要用他们的双手，将一个伟大的婴儿——中国共产党，接引到这个充满龌龊和肮脏的世界。回想起这段日子以来，他们经历过多少次磋商，经历过多少次争吵，还经历过多少人的离去，大浪淘沙，仅仅剩下他们这几个人，一直在为中国共产党早期组织的诞生不懈地努力奋斗。他们感慨万分。尽管他们谁都不知道前面的道路上会遇到什么，道路会有多么曲折艰难，更不知道他们是不是能够永远沿着这条道路奋勇前进，不死不休，但是，目前，他们的心中只有马克思主义，只有即将诞生的共产党早期组织。这个组织虽说刚刚出生的时候，注定了十分弱小，注定了要遭受许许多多的挫折，但是，他们相信，星星之火，可以燎原，她必将以其雄健的魄力和号召力，唤醒民众，让民众成为她的追随者，在她的率领下，开创出一个新纪元。

很快，仪式开始了。在维经斯基的指导下，陈独秀、李达、李汉俊、邵力子、陈望道、俞秀松、沈玄庐面对着党旗，庄严宣誓，中国共产党的第一个早期组织从此宣告成立了。大家一致推陈独秀为负责人，称作书记。

上海共产党早期组织成立以后，俄共（布）党员杨明斋马上把组织关系转过来，陈公培、施存统、周佛海等曾经参加过上海共产党早期组织筹备组建工作，后因为赴国外留学不得不离开上海的人员，也纳入了该组织的名单。

紧接着，沈雁冰、袁振英、李季等人被相继吸收进了上海共产党早期组织。

沈雁冰是10月份由李达和李汉俊介绍加入上海共产党早期组织的。他一加入这个组织，即立刻投入党的建设工作，为党的刊物撰写文章，翻译介绍其他国家的建党经验以及党的组织结构。如《美国共产党宣言》《美国共产党党纲》都是他的翻译作品。1922年之后，他曾以《小说月报》编务为掩护，沟通党中央跟各地区党组织之间的联络，各地区党组织寄给党中央的信件，都是由他代转；外地党组织来人，也常找他接头，再由他介绍到中央机关里去。在党组织举办了平民女校及上海大学之后，他先后到这两所学校任过教，为革命事业培养了大量干部。1925年五卅运动爆发，沈雁冰直接投身于群众革命运动。6月，他和郑振铎等创办了《公理日报》，不久被迫停刊。8月，作为职工代表，参加了商务印书馆的罢工斗争。国民党召开西山会议后，他和恽代英奉中共中央之命，在上海组织了国民党左派的上海市党部。

1925年底,他和恽代英等人被选为左派国民党上海市党部代表,赴广州出席国民党第二次全国代表大会。会后,沈雁冰留在广州工作,在毛泽东任代理部长的国民党中央宣传部当秘书。1926年3月,蒋介石炮制出中山舰事件以后,沈雁冰奉命返回上海。1927年初,北伐大军夺取了长江以南的半壁江山,锋芒所向,直指长江以北的反动军阀。正当北伐大军预备继续向北推进之际,蒋介石在上海发动了"四一二"反革命政变,沈雁冰受到通缉,不得不转入地下,以写作谋生,写出了脍炙人口的《幻灭》《动摇》《追求》三部曲,以茅盾为笔名交由《小说月报》发表。于是,他以茅盾之名享誉文坛。1928年7月,茅盾亡命日本,从此与中国共产党党组织失去了联系。

1930年4月5日,沈雁冰从日本回到上海,加入了左翼作家联盟。随即,他向中国共产党地下组织提出要求,希望恢复组织生活,但一直没有得到答复。即使如此,他不改初衷,和鲁迅站在一起,为左翼作家联盟做了许多工作。同时,他笔耕不辍,写出了长篇力作《子夜》,引起了轰动。

1940年,茅盾受新疆军阀盛世才迫害,带着一家人从乌鲁木齐逃往西安,在西安遇到八路军总司令朱德,遂与朱德一起来到延安,见到革命领袖毛泽东,郑重向这位老领导老上级提出,希望恢复党组织生活。根据工作需要,中共中央认为,茅盾作为一位著名作家,留在党外对革命事业更加有利。这样一来,茅盾一直以一位非中国共产党人士的面目,在中国文坛上活动着。直到他去世之后,中共中央才追认他为中国共产党党员,党龄从1921年算起。

根据维经斯基1920年8月17日给俄共(布)中央西伯利亚局东方民族处的报告:我们(即中国革命局)现在的任务是,将中国各工业城市建立与上海革命局相类似的局,然后借助于局代表会议把工作集中起来。目前还只建了一个北京局,该局在按照我的指示与米洛尔同志和伯烈伟教授合作。现在我把米洛尔同志从天津派往广州,他要在那里组建一个革命局。

在这份报告中,维经斯基明确提出,按照上海革命局的样板,在中国各工业城市建立类似的革命局;而且说到只建了一个北京局,北京共产党早期组织却是10月份成立的。可是,有的学者及党史研究人员把革命局与共产党早期组织等同看待,认为那是要在各地建立共产党早期组织。进而,他们认为:维经斯基的报告既明确反映了他来到中国之后所做的事情及今后打算，同时，无疑点明了上海发起组承担着指导各地先进知识分子建立早期共产党组织的使命。再进一步，他们从中推定，上海共产党早期组织最迟是在8月17日以前成立起来的。

上海共产党早期组织成立以后，随之而来的任务便是建立社会主义青年团，以作为共产党的后备力量。本来，帮助中国马克思主义者组建社会主义青年团应该是青年共产国际的活，但青年共产国际当时并没有派遣代表前往中国，所以，这一任务仍然落到了维经斯基头上。维经斯基在8月17日给俄共（布）中央西伯利亚局东方民族处的报告中，同样谈到了他的这项计划："希望在这个月内把各种革命学生团体组织起来，建立一个总的社会主义青年团。"在社会主义青年团成立之后，"要派代表参加我们的（上海、北京和天津）革命局"，以此对学生运动施加积极影响，"并引导他们到工人和士兵中间去做有效革命工作"。

在这里，维经斯基把天津革命局与上海革命局、北京革命局并列，是因为在维经斯基来到中国之前，鲍立维已经在天津联络一些无政府主义者，以及其他各社会主义派别的人，准备组织社会主义者同盟。且众所周知，中国共产党第一次全国代表大会召开之前，天津不存在共产党早期组织。因此，更加证明，革命局是社会主义者同盟，而非共产党早期组织。

1920年8月22日晚，是上海社会主义青年团正式成立的日子。俞秀松、李汉俊、陈望道、沈玄庐、袁振英、金家凤、叶天底等人早早地来到霞飞路渔阳里六号。随即，上海共产党早期组织书记陈独秀、共产国际代表维经斯基相继露面。

会议由俞秀松主持。在维经斯基的帮助下，首先拿出了社会主义青年团的初步草案，提出了社会主义青年团的任务以及工作方式，确立其名称叫作上海社会主义青年团，并且决定所有与会人员都正式成为社会主义青年团团员。

陈独秀、李汉俊、陈望道、沈玄庐、俞秀松已经是共产党早期组织成员，兼有党员和团员双重身份。袁振英后来亦被吸收为上海共产党早期组织成员，一样兼有党员和团员双重身份。还有一个施存统，在酝酿成立社会主义青年团的时候，他一样出过力，但在6月20日去了日本东京；不过，大会依旧把他列入了青年团员名册，一样成为兼有党员和团员双重身份的人。

社会主义青年团正式成立起来了，需要有一人全面负责青年团的工作。俞秀松只有二十一岁，年纪最轻，考虑到他具有团结年轻人并与年轻人沟通的优势，陈独秀提议由他担任上海社会主义青年团负责人。为了跟党组织负责人的称谓相一致，团组织负责人也称书记。俞秀松成为上海社会主义青年团的第一任书记。

为了帮助革命青年去苏俄学习，紧接着，在维经斯基和夫人库兹涅佐娃的帮助下，由杨明斋出面创办了外国语学社。杨明斋担任校长，俞秀松任秘书，维经斯基夫妇教俄语，李达教日语，李汉俊教法语，袁振英教英语。

1920年9月30日，他们在《民国日报》刊登了外国语学社的招生广告："本学社拟分设英法德俄日本语各班，现已成立英俄日本语三班，除星期日外每班每日授课一小时，文法读本由华人教授，读音会话由外国人教授；除英文外各班皆从初步教起。每人选习一班者纳学费银二元。日内即开课，名额无多，有志学习外国语者请速向法界霞飞路渔阳里六号本社报名。此白。"

校长杨明斋除了教授俄文，同时负责将学生中的优秀团员训练成留俄预备生。经杨明斋安排，通过外国语学社先后安排到苏联留学的青年团员有刘少奇、萧劲光、许之桢、柯庆施、罗亦农、韩平、蒋热血、任弼时、任作民、谢文锦等。

上海早期共产党组织成立后，鉴于大多数人缺乏工作经验，理论水平也有待提高，维经斯基组织成员们进行座谈，召开会议，对工作的内容和方向进行讨论，给年轻的中国共产主义者以适当的指导。李达有过这样的回忆："1920年夏季，CCP（即共产党）在上海发起以后，经常地在老渔阳里二号《新青年》社内开会，到会的人数包括威丁斯基（即维经斯基）在内，约七八人，讨论的项目是党的工作和工人运动问题。"沈雁冰则在回忆中觉得维经斯基好像是顾问。

在维经斯基的帮助下，上海共产党早期组织在1920年8月15日创办了工人刊物《劳动界》；为了加强对马克思主义的宣传，从1920年9月起，陈独秀等人将《新青年》杂志改组为上海共产党早期组织的公开机关刊物；11月开始出版党内机关刊物——《共产党》月刊作为共产主义小组的秘密刊物，大量刊载有关共产国际和国际共产主义运动的资料，宣传共产主义和共产党知识，介绍列宁的建党思想和俄共（布）的经验；除此之外，他们利用邵力子任主编的《民国日报》副刊《觉悟》作为外围刊物宣传马克思主义。

1920年8月22日，陈独秀在《劳动界》上发表《真的工人团体》，号召"觉悟的工人呵！赶快另外自己联合起来，组织真的工人团体呵！"

随即，几乎所有上海共产党早期组织成员及社会主义青年团团员，都以不同的形式，跟工人相结合，在工人当中宣传马克思主义，筹备真的工人团体。

上海是全国工商业中心，拥有众多店员，为筹办面向店员的刊物，陈独秀、李汉俊、俞秀松与工商友谊会面商创办《店员周刊》事宜，最终于10月10日创办了《上海伙友》杂志。陈独秀写了发刊词，该杂志由新青年社代为发行了第一和第二册，向劳工宣传马克思主义，介绍社会主义运动。不久，工商友谊会的组织者撕去了"工人解放"的伪装，暗中与资本家勾结，贩卖改良主义思想，妄图瓦解店员工人的革命意志，上海共产党早期组织停止了对他们的帮助和支持。

社会主义青年团团员李中接受陈独秀的派遣，在江南造船厂打铁，深入工人当中了解他们的疾苦，启迪他们的觉悟，具体筹备机器工会。

1920年10月3日下午，在法租界霞飞路渔阳里六号召开上海机器工会筹备会，上海造船厂、电灯厂、厚生纱厂、东洋纱厂和恒生纱厂等七八十人到会。陈独秀、杨明斋、李汉俊、俞秀松、李启汉等人以来宾身份出席会议。会议通过了由李中与陈独秀共同起草的《上海机器工会章程》，并拟定了上海机器工会的宗旨，"谋本会会员底利益，除本会会员底痛苦"；明确提出上海机器工会不同于以往的行业工会，在努力达到本会宗旨的同时，工会要做到："第一，不要变为资本家利用的工会；第二，不要变为同乡观念的工会；第三，不要变为政客和流氓把弄的工会；第四，不要变为不纯粹的工会；第五，不要变为只挂招牌的工会。"

李中，湖南双峰人，从小忧国忧民，追求进步，颇有正义感。曾在湖南省立第一师范学校读书，结识了毛泽东、蔡和森。1918年来到上海一家古董古玩店帮工糊口。因阅读了《新青年》杂志，李中非常敬慕陈独秀，几经周折，终于打听到了陈独秀的居处，便常去拜访请教。在陈独秀的引导下，李中逐步接受了革命思想，并热心从事工人运动，遂辞去古董店的职务，进入上海江南造船厂做工。在厂内，通过同乡和知心工友，广泛联络工人群众，积极协助陈独秀筹建上海机器工会。1921年五一后入党，是上海第一个工人党员。

11月21日，机器工会正式成立。这是上海共产党早期组织领导建立的第一个工会组织。机器工会会员、其他工人团体代表和来宾近一千人参加了成立大会。大会由李中主持，孙中山、陈独秀等各界代表到会祝贺并发表讲话。孙中山强调贯彻民生主义，非在官僚手中夺回民权不可。陈独秀告诫大家：工人团体须完全由工人组织，万勿容资本家厕身其间，不然仅一资本家式的假工会而已。

大会决定出版《机器工人》刊物，并同北京、天津等地的机器工人建立联系。

《机器工人》创刊以后，李中等人随即着手各式各样的理论宣传活动，以通俗的形式向工人宣传马克思列宁主义，灌输社会主义思想，启发和提高他们的觉悟。他们创办了英文义务夜校，机器工人中的会员、非会员均可参加，每晚教课两小时，不收学费。因此，机器工会深受工人们的欢迎和拥护。

上海机器工会的建立，标志着中共上海发起组在领导工人运动方面，由宣传教育阶段进入有计划地组织工人的阶段，为中国共产党的诞生奠定了阶级基础。

其他发起组成员同样深入到工人之中，做发动工作。俞秀松改名换服，到厚生铁工厂做工，并且给工人讲课；李启汉等人在沪西开办劳动补习学校，借以接近群众，组织工会。12月，上海印刷工会成立，会员有一千三百多人。该工会创办了《友世画报》对工人进行宣传。

李启汉，湖南江华人。五四运动期间，参加了毛泽东发起的驱逐湖南督军张敬尧运动。1919年10月，随毛泽东北上赴京请愿。在北大当旁听生时，结识了李大钊。1920年8月，上海社会主义青年团成立以后，李启汉成为最早的一批团员。不久，他参加了上海共产党早期组织，并到外国语学社学习。1920年秋，在沪创办劳动补习学校，筹组纺织工会。1921年1月，上海共产党早期组织成立职工运动委员会，由他担任负责人。1921年7月，他参与领导上海英美烟厂工人大罢工，罢工取得胜利，成立上海烟草工会。8月，他参加创办上海第一工人补习学校，培养工人运动骨干，是建党时期工人运动最早开拓者之一。

为了进一步宣传马克思主义，指导各地传播马克思主义的先进知识分子筹建共产党早期组织，上海发起组还正式出版了《共产党》月刊，作为其机关刊物，并且拟定了《中国共产党宣言》。

在绝大多数上海发起组成员把注意力放在发动工人的时候，沈玄庐把关注的目光投向农民。他在《共产党》月刊上发表《告中国的农民》一文，提出："中国农民占全人口底大多数，无论在革命的预备时期，和革命的行动时期，他们都是占重要位置的。设若他们有了阶级的觉悟，可以起来进行阶级斗争，我们底社会革命，共产主义，就有了十分的可能了。"并且特别强调："中国机器工人不多，农民在国民中占最大多数，中国的社会革命，应当特别注意农民运动。"如何开展农民运动呢？革命者应面向农民，"要设法向田间去，促进他们的觉悟"；号召农民"集合起来"，"抢回你们被抢的东西"，抢回你们被抢的田地。"你们一起来，自然有共产主义来帮你们的忙的"，"共产主义就能使你们脱出一切的痛苦"。

1921年夏天，沈玄庐回到老家，亲自指导农民运动，成立了衙前农民协会，书写了党史上的四个第一：发动了第一次农民革命运动，成立了第一个农民协会，发布了第一个农民革命行动纲领，创办了第一所教育农民子女的农村小学校。

至中国共产党第一次全国代表大会召开之前，上海共产党早期组织还先后吸收了林伯渠、沈泽民、董亦湘等人。

林伯渠，原名林祖涵，字邃园，1902年考入湖南公立西路师范学堂，1903年考取公费生，赴日本留学。1905年8月经黄兴、宋教仁介绍，加入中国同盟会。1906年，林伯渠奉命前往长沙办理振楚学堂，借以培植革命势力。1907年，他又以新任吉林省巡抚朱家宝随员身份前往东北，预谋联络当地马匪反清，失败后留在东北管理学政。1911年秋，林伯渠前往湖南西部争取当地驻防官兵的支持，响应武汉首义。1913年，他在湖南参加二次革命，任岳州要塞司令部参谋，失败后逃往日本，加入中华革命党，并结识了李大钊和容伯挺。三人均是留日反袁组织神州学会骨干成员。1916年初，他们先后回国反袁，相互之间始终保持密切联系。1917年9月，林伯渠参与了护法战争。1919年底，林伯渠来到上海，参与协助孙中山将中华革命党改组为中国国民党的工作。1920年，陈炯明率领粤军攻入广州，孙中山重回广州大元帅府。林伯渠出任孙中山大元帅府参议。

追随孙中山革命十多年,迭遭失败,林伯渠开始了深刻的反思:孙中山先生领导的革命真的能够拯救中国,取得成功吗?他得不到答案。林伯渠经常留意社会上的各种思潮,知道跟他关系很好的李大钊和容伯挺都在宣传马克思主义。还在广州的时候,他跟容伯挺有过很多接触,不过,他非常清楚,李大钊对马克思主义的研究最为深刻,决计趁着去北京的机会,拜访李大钊。

1920年12月初,林伯渠见到了李大钊,不仅从李大钊那儿懂得了马克思主义的真谛,而且得到了北京和上海都已经按照马克思主义基本原理,组建起共产党早期组织的消息,不由得怦然心动,强烈地产生了进入这个组织的愿望。

在林伯渠离开北京去上海时,李大钊给陈独秀写了一封信,说明了林伯渠有加入共产党组织的愿望,希望自己和陈独秀先生一起介绍他加入共产党组织。

有一个国民党重量级人物申请加入共产党,陈独秀心里十分高兴。但是,他不能草率地把林伯渠吸纳进入党组织,必须按照《中国共产党宣言》确定的原则和上海共产党早期组织吸纳党员的方式来办,便要求林伯渠参加上海共产党早期组织的座谈会,谈一谈他对马克思主义和参加共产党的认识。

林伯渠接连参加几次座谈会,对马克思主义和共产党组织的认识更加深刻,心里为真正找到了拯救中国的道路而感到自豪。

"祖涵,你对马克思主义已经有了一定的认识,我愿意和守常一道,作为你的入党介绍人。"陈独秀终于对林伯渠说道,"不过,鉴于戴季陶事件的影响,你应该作为我党的秘密党员,这样便于你今后继续留在国民党里开展工作。"

由此,林伯渠成为上海共产党早期组织第一个秘密党员。

沈泽民和董亦湘则是由沈雁冰介绍,于1921年5月份加入上海共产党早期组织的。

沈泽民是沈雁冰的弟弟,在南京河海工程专门学校读书期间,受俄国十月革命和五四运动的影响,对政治和文学产生了浓厚的兴趣,立志要为落后的中国找一条出路。1919年,他与同学成立了少年中国学会南京分会,在上海《民国日报》副刊《觉悟》、《妇女评论》等报刊上发表了许多揭露社会黑暗、抨击军阀统治、鼓吹妇女解放的文章。1920年7月,沈泽民和张闻天一起东渡日本。从日本回国以后,沈泽民住在哥哥沈雁冰家里。因为在日本期间,沈泽民更多地接触了马克思学说,已经初步树立起马克思主义信仰,在沈雁冰的带动下,思想上更趋进步,知道上海已经成立了共产党早期组织的消息,强烈要求参加这个组织。

董亦湘是江苏武进人,1918年秋进入上海商务印书馆编译所词典部当助理编辑,与沈雁冰一起住在商务印书馆附近的同一幢石库门老房子内。通过长期接触和了解,沈雁冰知道,自从五四运动时期起,董亦湘已经开始接受新思想。为了寻求马列主义真理,董亦湘自学英文、俄文,阅读马列著作,研究社会主义学说,并且常与陈独秀、邓中夏、俞秀松、沈雁冰等共产党早期组织成员往来。在他们的影响下,董亦湘更加认识到,只有参加共产党组织,才能为拯救中国贡献自己的力量。经沈雁冰介绍,董亦湘被吸收为上海共产党早期组织成员。

6. 京城积极响应

　　1920年7月份，直系军阀跟皖系军阀的战争一触即发，因为担心北洋政府会趁机迫害五四运动时期的学生领袖，张国焘又一次逃往上海。

　　其时，李大钊已经知道陈独秀正在上海发起成立马克思主义政党，特意叮嘱张国焘到达上海以后，要跟陈独秀好好商谈这个问题，以便他在北京借鉴这种模式进行组党。可是，张国焘尽管住在陈独秀家里，一天到晚往外面跑，跟早先认识的各方面人物周旋，连跟陈独秀见面的时间都没有。高君曼看不下去，一天夜里，专门在客厅里等着张国焘，问道："你经常出去，是不是在外面扎女朋友了？"

　　这一刀子可捅到了张国焘的伤心处，他感到很难堪。在上次来上海避难的时候，他跟天津学生运动领袖刘清扬在一起待的时间一长，渐渐喜欢上了她，开始追求她。他原以为凭着自己曾经是五四运动的发动者之一，后来又是北京学联的主席，在学生当中拥有很高的威望，只要向刘清扬稍微露出一点意思，刘清扬必定会芳心大动，立刻投入他的怀抱。没料到，刘清扬不知道是怎么回事，硬是不理他的茬。一开始，对他旁敲侧击的话，她要么装聋作哑，要么把话题朝一边扯，后来，干脆不愿意理睬他，连他的面都不愿意见。要是许德珩、罗家伦等人在场，她还可以出现在他的面前，一旦只是他一个人，她不是溜得比兔子还快，就是根本连面都不露一下。张国焘感到很沮丧，心里又确实喜欢她，只有更加疯狂地追求她，试图博取她的欢心。依旧没用，刘清扬压根儿不愿意单独跟他说话。

　　听了高君曼的话，张国焘意识到不能再随心所欲，得认真跟陈独秀谈话了。

　　陈独秀告诉张国焘，经过多次商讨和修订，关于党纲内容，筹备小组成员逐渐趋于一致，已转入商讨怎么成立工会，怎么发动工人，怎么在工人当中培植共产党员，以便真正让共产党成为工人阶级领导的政党。为此，他们准备适时出版一个面向工人发行的刊物《劳动界》。为了广泛地宣传马克思主义，宣传共产党的主张，一定要搞一个《共产党》月刊，负责编辑出版《共产党》月刊的人选已经找好了，是北大的李季，刊物正在加紧筹划之中。为了让中国共产党从一开始就是马克思主义政党，正在着手编辑出版陈望道翻译的《共产党宣言》。《共产党宣言》原来准备刊登在《星期评论》上,《星期评论》停刊,维经斯基拿出一笔钱来,开办一个又新印刷厂,不仅《共产党宣言》很快可以出版发行,而且可以印刷其他东西。只可惜,至今连马克思的《资本论》都没有中译本。所以,得加强跟共产国际的合作。外国语学社的筹建工作,正在紧锣密鼓地进行之中。社会主义青年团作为共产党的后备军,应该具有一定的马克思主义修养,为此,会从进入外语学校的社会主义青年团团员中间挑选最有希望最有培养前程的人去俄国留学,学习俄国的经验,为以后跟反动统治做军事斗争以及其他斗争作准备。

最后,陈独秀说道:"当然,要组建中国共产党,工作千头万绪,不是一下子可以全部做好的。我们可以边干边学。上海共产党组织要指导南方的马克思主义者组建共产党组织;守常先生应该从速在北方发动,先把北京共产党组织搞起来,然后跟山东、山西、陕西、河北、河南,进而朝东北、蒙古方向发展。"

直系军阀和皖系军阀之间的战争,仅仅四天便见分晓。皖系军阀在直系军阀和奉系军阀的联合攻击下,很快败下阵来。在陈独秀家里住了将近一个月以后,张国焘回到北京,立即以兴奋的心情将他和陈独秀先生谈话告诉了李大钊。

李大钊略经考虑,即无保留地表示赞成。他向张国焘指出:目前的问题主要在于组织中国共产党的时机是否已经成熟,但陈独秀先生对南方的情况比我们知道得更清楚,判断自也较为正确,现在他既已实际展开活动,那么我们就应该一致进行。我们现在起来组织中国共产党,无论在理论上和实际上的条件都较为具备,绝不会再蹈辛亥革命时江亢虎等组织中国社会党那样虎头蛇尾的覆辙。

自从跟陈独秀相约建党以来,李大钊一直在做建党的准备工作。在天津旧俄界会见俄共(布)党人,跟荷荷诺夫金会面,与维经斯基交流,并推荐维经斯基去上海面见陈独秀,都是李大钊做建党准备工作的具体体现。维经斯基去了上海以后,5月1日,李大钊在北京大学召开的有五百多名工友和学生参加的纪念国际劳动节会上,公开称赞俄国苏维埃政府取得的成就,宣传八小时工作制,并主张把纪念五一节当作引路的一盏明灯,随即,组织学生散发《五月一日北京劳工宣言》等小册子和传单,鼓励进步学生去北京郊区长辛店，在工人中进行宣传和联系工作。同时，李大钊等人还积极联络北京、天津等地的先进分子，努力促成进步团体的联合。1920年8月16日，少年中国学会、人道社、《曙光》杂志社、青年互助团及天津觉悟社的二十余位代表，在北京陶然亭举行茶话会。在李大钊的指导下，会议决定五个团体组合成改造联盟，通过了李大钊、张申府等人起草的《改造联合宣言》和《改造联合约章》，促进各进步团体的协调和统一，对即将成立的北京共产党早期组织，作了思想上和组织上的准备。

这时候，因为张申府向财政部长梁启超鼓吹罗素的哲学，从他那儿筹了一笔钱，把罗素请来讲学，张申府要去上海迎接这位来自英国的世界名人。李大钊叫张申府趁此机会前去拜会陈独秀，进一步详谈上海共产党早期组织的发动情况。

这几年，李大钊跟张申府的关系越来越密切。张申府虽是研究罗素哲学的，但对马克思主义也有一定的研究。与陈独秀相约建党之后，李大钊为了更多地寻找真同志，曾经对张申府说过准备组建马克思主义政党；张申府显得很高兴，不仅愿意充当李大钊和陈独秀之间的联络人，而且欣然帮助李大钊从事建党的各项准备工作。一听李大钊要他去拜会陈独秀，张申府一口答应下来。

9月初，张申府去了上海，住在陈独秀家里，向陈独秀详细介绍了李大钊在北京准备建党的情况，也从陈独秀那儿得到了上海共产党组织组建起来的详情。

张申府一回到北京，马不停蹄地赶往图书馆，原原本本向李大钊做了汇报。

李大钊决定迅速践行与陈独秀相约建党的承诺。至于组建北京共产党早期组织的人选，可以从亢慕义斋物色。他手头上的事情很多，无法分身亲自去做，交代张申府："你尽快拟定一个名单，然后，我们再商量具体成立共产党组织的事情。从现在开始，我们正式进入筹备北京共产党早期组织阶段。目前，只有你我是这个组织的成员。虽说我很希望尽快扩大这个组织，把组织工作轰轰烈烈地开展起来。可是，也不要因为这个愿望，把任何人都招进来。毕竟，我们是马克思主义政党，最主要的是要信仰马克思主义，要有马克思主义的理论基础。"

张申府明白，李大钊尽管依赖亢慕义斋，但也不完全拘泥于亢慕义斋。

他按照这个要求，加紧物色第一批加入北京共产党早期组织的人选。

他头一个想到的是刘清扬。这个来自天津觉醒社的女学生，是天津最著名的学生领袖。在陶然亭茶话会上，张申府对刘清扬留下了深刻的印象。那次会议，刘清扬担任会议主席，颇有领导才能。继而，张申府想到了张国焘。张国焘在五四运动中的表现，以及张国焘的才干，赢得了李大钊和陈独秀两位先生的欣赏，让张国焘参与共产党早期组织，无疑会促进北京共产党组织的工作。

在心里初步排出了名单后，张申府决定先跟刘清扬谈话。

刘清扬此前因为接受了全国学联的委托，去南洋筹款，不久前回到中国，眼下正在北京。一听说李大钊正在组建共产党早期组织，她想都不想，一口答应参与其中。可是，一看到张国焘也要参加，她马上变了脸色，再也不愿意加入。

张申府询问原由，原来是张国焘正在追求她；她不愿意接受，不想跟张国焘经常见面。这是什么理由呀！张申府差一点笑了。张国焘是北京学生领袖，刘清扬是天津学生领袖，他们在上海待了很长一段时间，彼此应该相互了解嘛，如果能够结合在一块儿，岂不是对革命很有好处吗？即使刘清扬不想接受张国焘的追求，直接对张国焘说出来，把个人感情放在一边，先把组织上的事情处理好再说，不是一样的吗？张申府竭尽全力地想说服刘清扬，但是没有效果。

跟张国焘的谈话很顺利。只是张国焘心里不免泛出一些酸酸的感觉：为什么不是李大钊先生亲自跟自己谈话，而是张申府呢？不过，他很快振作起来了。毕竟，张申府是北大的老师，自己却是一个学生，总不能说由自己去发动老师吧。况且，在陈独秀先生对中国马克思主义政党到底应该叫什么名称拿不定主意的时候，写信询问李大钊，还是李大钊和张申府共同商量过后，才确定共产党这个名称的。由此看来，在李大钊和陈独秀的心目中，张申府无疑比自己更值得信任。让他们现在信任张申府去吧。这段日子不可能很长。因为自从皖系军阀跟直系军阀的战争结束之后，直系军阀上台了，对北大的压迫日甚一日，一心要把蔡元培驱赶出北大。为此，蔡校长已经递交了辞呈，不久便会出国。听说张申府已经接受李石曾、吴稚晖等人的邀请，要去法国里昂中法大学任教，不久也是要出国的。张申府一出国，李大钊和陈独秀两位先生最信任的人不是只有自己一个人了吗？

1920年10月初，李大钊、张申府和张国焘在北大红楼图书馆主任办公室开会，宣告北京共产党早期组织诞生。

工作千头万绪。遵循上海共产党早期组织的例子，首先必须大力加强马克思主义的宣传力度，其次是开展工人运动。仅仅这两件事情，三个人便有些铺展不开，何况还有更多的工作等着他们去做。得进一步从亢慕义斋发展一些最为积极的分子。张国焘马上提出了刘仁静和罗章龙。李大钊和张申府都知道，这两个人是亢慕义斋的核心成员，信仰马克思主义，对马克思学说的掌握，比任何人都多，点头同意了。可是，人员依旧不够，因为得有人承担社会主义青年团的工作。

李大钊沉思片刻，提出了一些人选，黄凌霜、陈德荣、张伯根等人。在李大钊看来，尽管他们是无政府主义者，但他们目前都在宣传马克思主义。他们跟马克思主义者的区别，一是他们不要任何形式的组织，二是他们不希望任何形式的专政。他们却是赞成无产阶级革命的。现阶段，离无产阶级专政远得很。他们又流露出了可以跟马克思主义者合作，共同成立中国共产党的意愿。所以，在这方面，大家是可以合作的。所谓的社会主义者都可以实现大联合嘛。

不过，无政府主义者不愿意有任何形式的职务呀等等方面的内容，而且主张自由组合，要跟他们联合，必须把这些想到前面，要不然，第一次会议即有可能会开不下去，社会主义者大联合岂不是变成了一句空话吗？

其他方面，上海发起组已经出版了《劳动界》，并且正在筹备出版《共产党》月刊，北京方面准备做什么呀？

三个人议论了好一会儿，觉得当前最主要的任务是宣传马克思主义，发动工人，组建社会主义青年团，并就这三个方面的内容进行了讨论。

张申府从上海带回了《劳动界》周刊，以及新近出版的陈望道翻译的《共产党宣言》。他们把这些资料准备齐全了，然后把北京共产党早期组织下一步的工作计划一一列举出来，供大家自由组合。

李大钊雷厉风行，很快把黄凌霜、陈德容、张伯根等人请到自己的办公室，跟他们谈起了马克思主义，以及成立共产党组织的可能性。

黄凌霜等人果然对成立共产党组织很有兴趣。不过，他们提出，在成立共产党组织的时候,既不应该设大会主席,也不应该有任何记录,更不应该有任何命令之类的事情出现,一切都应该由个人的意愿,去自由组合。

他们再也没有提出更多的要求。李大钊觉得共产党组织现在处于刚刚组建阶段,一切问题有待于在实施过程中去完善,黄凌霜等人的要求是可以接受的,一口答应下来,跟他们约定了成立北京共产党早期组织的具体时间和安排。

1920年10月的一天晚上,张申府、张国焘、刘仁静、罗章龙、黄凌霜、陈德荣、张伯根、袁明、熊华林、王竟林等十余人齐聚在李大钊的办公室里,召开北京共产党早期组织扩大以来的第一次会议。

黄凌霜等人似乎对李大钊的承诺有些不放心,一上来,一本正经地复述他们的要求:会议不设定主席,不需要任何形式的记录,更不需要明确的职务。

张国焘问道:"如果这也不设,那也不设,我们怎么分配工作呢?"

黄凌霜说道:"可以把下一阶段的工作计划一一列举出来,大家自由组合嘛。"

这成什么体统?刘仁静忍不住了,张嘴想要驳斥黄凌霜的说法。

张申府一见事情要糟,连忙说道:"我们是组建共产党,首先必须承认马克思主义并愿意为宣传马克思主义做实际工作,其他具体问题,可以慢慢商量。"

刘仁静看到李大钊朝自己投来制止的目光,心头一凛,硬生生闭上了嘴巴。

李大钊先把陈独秀等人在上海成立共产党早期组织的经过详细地说了一遍。紧接着,张申府拿出党纲,发给大家人手一份。大家立刻学习起来。

看完手里的资料,刘仁静首先说道:"党纲规定,共产党应该实现劳农结合的无产阶级专政。这一点,我是坚决拥护的。"

刘仁静,字养初,湖北省应城人。他于1914年春考入武昌博文书院,两年后升入武昌中华大学附中。在那儿,他结识了后来在中共党史上非常有名的人物:恽代英。在恽代英的影响下,刘仁静不仅知道了陈独秀的大名,而且成为《新青年》刊物最忠实的读者,并积极参与互助社发起的各种活动,成为互助社的重要成员。他1918年考入北京大学物理系。在五四运动时期的6月3日大逮捕之中,刘仁静被抓进监狱,判刑一个月。在监狱里,他朦胧地意识到,这个社会太黑暗了,仅仅用科学知识无法解救中国,只能从各种社会主义思潮当中去捕捉能够解救中国的良方。因而,出狱之后,他一回到学校,马上转入哲学系。他把大部分时间花在图书馆里,广泛地猎取各种有关社会主义思潮的知识,寻找真正能够解决中国问题的方法。他得到了李大钊、张申府的指点,思想上一步一步成熟起来,逐渐抛弃了工团社会主义、无政府主义、基尔特社会主义等等社会主义思潮,初步确立了马克思主义信仰。他博览群书,从《共产党宣言》《哥达纲领批判》等马克思主义文献上,明白了马克思主义的精义在于组织一个马克思主义政党,领导工人进行武装斗争,以最后建立无产阶级专政。在跟其他人交流思想的时候,刘仁静一再宣扬这种思想,试图征服别人,博得了"小马克思"的雅号。

黄凌霜一见刘仁静把刀子捅向了自己的心窝,马上反驳道:"我们拥护马克思主义,是因为马克思主义讲究革命,讲究推翻腐朽的没落的统治阶级及其集团。这跟我们的原则是一致的。但是,我们在任何时候,都不可能支持建立无产阶级专政,不仅不支持无产阶级专政,任何形式的专政,都为我们所反对。"

这是马克思主义者的态度吗?这样组建的共产党,能叫马克思主义政党吗?刘仁静气得脸色绯红,张嘴准备反驳。

可是,李大钊说话了:"无产阶级专政还早着呢。我们现在因为有了无产阶级的革命,才能走到一起,坐到一起,理当把那些不同的意见搁置起来,首先轰轰烈烈地搞起无产阶级革命再说。"

纷争告一段落,在李大钊的主持下,众人绕开党纲中规定的无产阶级专政这项内容,进入了一个流畅而又快速的发展轨道。

张申府说明了成立北京共产党早期组织的意义以后,按照跟李大钊商议的程序,鼓励众人就接下来本组织需要做一些什么事情提出个人的想法,并展开讨论。众人议论纷纷,热情高涨,你一言我一语,不仅把北京共产党早期组织应该做的主要事情都提出来了,而且按照轻重缓急排列了一遍。

连无政府主义者都在深入思考问题,提出来的要点正是现阶段共产党早期组织无法回避的事情。李大钊心里感到舒服极了。

张申府、刘仁静、张国焘、罗章龙亦慢慢地欣赏起黄凌霜他们来了。

1915年,毛泽东以"二十八画生"名义发出征友启事,希望结交能刻苦耐劳、意志坚定、随时准备为国捐躯的青年做朋友，罗章龙是最早的响应者，从此与毛泽东、蔡和森等人过从甚密。他是湖南浏阳人，1917年毕业于长沙一中。1918年4月，与毛泽东等人一起发起新民学会。1918年夏，罗章龙准备去日本留学，到达上海，购买了前往日本神户的船票，得知东京留日学生为了抗议北洋政府与日本签订《中日友好防敌协定》遭到日本军警的殴打，马上打消了赴日的念头，退掉船票，购买了好几册《新青年》杂志，返回长沙，见到了毛泽东，向毛泽东说起了自己没有赴日的原因。随后，他们在《新青年》上见到华法教育会刊登的鼓励青年们到法国勤工俭学的文告，罗章龙萌发了去法国勤工俭学的念头。

恰在此时，调到北大任教的杨昌济教授给毛泽东等人写来一封信，鼓励湖南青年赴法勤工俭学。这一下，连去法国勤工俭学的路径都有了。罗章龙喜出望外，在毛泽东的率领下，和二十来位湖南青年前往北京，准备赴法勤工俭学。

到了北京以后，罗章龙改变主意，考入北京大学，成为预科德文班学生，并结识了李大钊，结识了陈独秀，深受他们的影响，不仅成了五四运动的积极分子，而且成了北京大学马克思学说研究会的重要会员。

五四运动期间，罗章龙已经跟张国焘建立了很好的交情。所以，在吸纳新成员进入北京共产党早期组织的时候，张国焘第一个想到了他。

问题一一摆在众人面前，应该如何分工，去解决这些问题？

黄凌霜当仁不让地说道："我和陈德荣、张伯根曾经创办过《民生周报》，有办报经验，创办《劳动音》周刊的事情，由我们全面负责。"

张国焘跟长辛店的工人有过接触，发动工人的工作便由他去做。

刘仁静、罗章龙负责发动进步分子组织社会主义青年团。这是一个复杂的工程，需要解决许许多多问题，没有一个熟悉组建共产党组织或者组织社会主义青年团的人物，不可能迅速组织得起来。为此，张国焘自愿协助他们。

所有这些工作，都需要经费。李大钊决定每个月拿出八十元钱来，作为活动经费。这只是开始，北京共产党早期组织成立之后，需要的经费更多，李大钊从工资里拿出的钱越来越多，弄得家里揭不开锅，消息传到蔡元培耳中，他要会计科的人扣下李大钊一部分薪水，专门送到李大钊家里，交给他的夫人赵纫兰。

各种事项都有了结果，北京共产党早期组织在一片散漫的气氛当中得到扩充，与会人员全部自动加入共产党。会议结束之时，张申府将事先准备好的《劳动界》周刊拿出来分发给每一名成员。在李大钊的嘱咐下，众人分头行动去了。

黄凌霜这些无政府主义者与马克思主义者之间的纷争，总是会以一种或另一种形式出现。哪怕他们各负其责，很少有交集的地方，但他们需要在一块儿讨论问题，需要就工作上出现的问题交换看法。每当这时候，他们不可避免地会发生争论，而且往往吵得不可开交。为此，李大钊不得不随时充当灭火队员，在战火有可能越烧越旺、越来越偏离应有的轨道之际，想尽办法，扑灭战火，把大家的争论引导到统一的轨道上来。可是，一场战火扑灭了，一个问题解决了，不知道何时何处会燃起另一场战火，出现另一种问题。为此，李大钊伤透了脑筋。

李大钊深深地意识到，无政府主义者迟早会离开共产党组织。他得先做好准备，考虑并且培养能够接替《劳动音》编辑工作的人选。《劳动音》在黄凌霜、陈德荣、张伯根他们手里，办得很顺利，也很成功。据张国焘反馈回来的消息，自从11月7日创刊以来，每期《劳动音》一到长辛店，很快被抢购一空。李大钊对他们的工作是满意的，但这丝毫掩饰不了他们跟马克思主义者之间的矛盾和冲突。怎么办呢？尽管自己的确很希望把黄凌霜他们这一拨人马留在共产党组织里，可是，刘仁静、罗章龙一旦跟他们爆发冲突，他们总是威胁要退出共产党组织。为了挽留黄凌霜无政府主义者，李大钊确实操碎了心。实在过不到一块儿去，强扭的瓜不甜，黄凌霜他们要求退出，让他们退出好了。

1920年11月，社会主义青年团成立，选举高君宇担任青年团书记。李大钊亲临成立大会发表演讲，提出了社会主义青年团的任务，指明其发展方向。青年团负责人高君宇在刘仁静、罗章龙、张国焘的帮助下，遵照李大钊的指示，立即安排人手，前去天津、济南、唐山等地进行社会主义青年团的发动工作。

需要指出的是，《曙光》杂志社的宋介、郑振铎、祁大鹏等人先后加入了社会主义青年团，参加了团组织的各种活动。其中，宋介在《曙光》杂志上发表了许多宣传马克思主义的文章和译文，表明他已经接受了马克思主义。

与此同时，张国焘、邓中夏、张太雷等人一道在长辛店筹划开办一所平民学校。开办学校需要经费，张国焘将家里邮寄给他的一年生活费三百块钱捐出来。其他的人都尽力捐款。这项制度逐渐沿袭下来，最终成为中共党费的来源。

北京共产党早期组织成员再一次聚集在李大钊的办公室，商讨下一步工作安排。在黄凌霜、陈德荣、张伯根等人的坚持下，一样没有人主持大会，一样没有人记录，一样只是自由组合各种各样的任务。可是，无论怎么组合，都不可能令人满意。不可避免地，再度引起了纷争。因为李大钊不再做和事佬，黄凌霜、张伯根等人退出了北京共产党早期组织，只有陈德荣留了下来。

陈德荣是海南文昌人，参加过五四运动。加入北大马克思学说研究会以后，受李大钊派遣，到徐州与进步青年陈亚峰等人联系，在徐州第七师范学校建立了马克思学说研究会。他曾担任中国社会主义青年团第一个刊物《先驱》杂志编辑。后来，他终究不能完全克服无政府主义思想，脱离了共产党组织。

黄凌霜等人退出之后，罗章龙接替他们主办《劳动音》周刊。

11月中旬，张申府亦离开了北京共产党早期组织。他是受李石曾等人的邀请，准备去华法教育会在法国开设的里昂中法大学任教。刘清扬则准备去法国勤工俭学，因为跟李大钊认识，跟张申府一起前来向李大钊告别。

张申府颇有些伤感地说道："李先生，黄凌霜他们刚刚退出共产党组织，按理说，我不应该离开，可是……"

李大钊微笑道："你是北京共产党组织的一员，到了法国，可以把共产党的火种传播过去，在那儿发展我们的组织。"

张申府是从上海乘坐远洋客轮去法国的。在上海向陈独秀辞行时，陈独秀亦希望他能够在法国留学生中建立共产党早期组织。他没有辜负李大钊、陈独秀的期望，使得中国共产党早期组织在西欧的土地上开出了灿烂的花朵。

黄凌霜等人离开了，张申府也离开了，北京共产党早期组织必须吸纳新鲜血液。陆续地，邓中夏、高君宇、黄日葵、何孟雄、缪伯英、范鸿劼、朱务善、李骏、张太雷、李梅羹、宋介等人相继进入北京共产党早期组织。

在他们当中，最先吸收到北京早期党组织的是邓中夏、高君宇、张太雷。

邓中夏和高君宇是发起马克思学说研究会的重要成员。他们如饥似渴地学习马克思主义,并注意同中国革命的实际相结合,世界观发生了根本变化,确立了马克思主义信仰。北京社会主义青年团成立时,高君宇当选为青年团书记,邓中夏是骨干成员。无政府主义者退出后,二人最先被吸纳到北京共产党早期组织。

邓中夏,字仲澥,又名邓康,湖南宜章人。1917年考入北京大学文学系。1919年3月,发起组织了旨在"增进平民知识,唤起平民之自觉心"的北京大学平民教育演讲团,为五四运动时期各校学生走向街头展开大规模的宣传活动,起了很好的示范作用。5月6日,北京中等以上学校学生联合会成立,邓中夏被推为联合会总务干事,成为学生运动中的积极分子和著名人物。北京共产党早期组织创办《劳动音》的时候,他参与其中,写下《我们为什么出版这个劳动音呢?》,作为创刊词,阐述创刊的宗旨:来阐明真理增进一般劳动同胞的智识,研究些方法,以指导一般劳动同胞的进行,使解决这不公平的事情,改良社会的组织。他指出,出版《劳动音》,是"纪述世界劳动者的运动状况,以促进国内劳动同胞的团结,及与世界劳动者携手,共同去干社会改造的事情"。

1921年8月,邓中夏担任中国劳动组合书记部北方分部主任,负责领导北方工人运动。同年12月,邓中夏当选为社会主义青年团北京地方执行委员会书记。1922年5月,中国劳动组合书记部总部由上海迁往北京,邓中夏担任了劳动组合书记部主任。1923年8月当选为第二届社会主义青年团中央执行委员会委员,任临时中央局委员长、中央局委员、组织部主任等职。后来从事工人运动。1927年参加中共中央八七会议,被选为临时中央政治局候补委员。1933年5月,被国民党当局逮捕。9月21日,在南京雨花台被杀害,时年三十九岁。

高君宇,原名高尚德,山西静乐人。1916年考入北京大学。是五四运动时期北京大学学生会负责人之一。1919年10月,高君宇加入邓中夏主持的平民教育讲演团,并很快成为该团的主要骨干和领导成员。1920年3月,在李大钊的指导下,高君宇和邓中夏等北大十九名学生秘密组织了马克思学说研究会。他被吸纳为北京共产党早期组织成员不久,被派到山西,于1921年5月1日成立了太原社会主义青年团。1922年当选为中国社会主义青年团第一届中央执行委员，并先后当选为中国共产党第二、三届中央委员。1925年，高君宇在北京病逝。

张太雷是江苏常州人，1915年秋考入北京大学法科预科，因为学制长，家里经济条件难以支持，只能转往天津北洋大学法政科临时预备班，1916年秋升入天津北洋大学法科法律学门学习。迫于生计，在校期间，他在一位美国教授创办的《华北明星报》担任英文翻译。1918年11月，看到李大钊在《新青年》杂志上发表的《庶民的胜利》和《布尔什维主义的胜利》以后，张太雷深有感触，秘密翻译了一些介绍俄国十月革命和革命后苏俄新貌的文章。1919年，他参加了五四运动，并且成为天津地区爱国运动的骨干之一，作为天津学联的代表赴北京结识了李大钊等人。1920年4月，维经斯基来华与李大钊、陈独秀商议建立共产党的事宜时，张太雷曾经参与过他们召集的一些座谈会，并担任英文翻译。6月，他从北洋大学毕业后，前往上海，参加了上海共产党早期组织的一些活动。8月，上海方面发起成立社会主义青年团，他是参与者之一。随即，张太雷回到天津，联络于方舟等人，分别在天津北洋大学和省立中学成立了马克思主义研究会。得到李大钊在北京发起共产党早期组织的消息，张太雷来到北京，帮助张国焘、罗章龙、刘仁静等人组建社会主义青年团，旋即加入了北京共产党早期组织。不久，张太雷受李大钊委托，去天津筹建了社会主义青年团。随后，他与邓中夏等人在长辛店筹建了劳动补习学校，在工人当中宣传马克思主义。

1921年初，张太雷被派赴苏俄，担任国际远东局中国科书记，成为第一个在共产国际工作的中国共产党人。1921年6月，他出席在莫斯科召开的共产国际第三次代表大会，成为中国共产党在共产国际会议发表讲话的第一位使者。

1921年8月，张太雷回国，为共产国际代表马林当翻译。1922年5月，张太雷在广州主持召开中国社会主义青年团第一次全国代表大会，会议一致通过了中国社会主义青年团的第一个团纲和团章。1925年1月，他在上海主持召开社会主义青年团第三次全国代表大会，大会决定中国社会主义青年团改为中国共产主义青年团，选举张太雷为团中央书记。

1927年12月11日，张太雷参与领导广州起义，建立广州苏维埃政府，任政府代理主席、人民海陆军委员，次日遭受敌对分子偷袭，壮烈牺牲。

邓中夏、高君宇、张太雷加入北京共产党组织以后，该组织没有停止吸纳新鲜血液的步伐，先后又吸纳了一批又一批新成员，包括黄日葵、何孟雄、缪伯英、范鸿劼、朱务善、李骏、李梅羹、宋介等人。

黄日葵是广西桂平人，1916年秋中学毕业后赴日本留学，1918年5月因反对中日签订《防敌军事协定》，愤而罢课回国，和李达等人一道联络北京和天津的学生，发起示威请愿活动。请愿活动失败以后，他不愿意继续去日本求学，考入北京大学，参与组织国民杂志社，任特别编辑。他亦是少年中国学会会员，并任评议员及《少年中国》杂志编辑副主任。1919年3月，黄日葵参与组织北京大学平民讲演团。五四运动爆发之际，他积极投身于这场史无前例的反帝爱国运动当中去，曾经担任过《全国学生联合会日刊》编辑委员。1920年3月，他与邓中夏等人发起组织北京大学马克思学说研究会。当无政府主义者退出北京共产党早期组织以后，他不久即被吸纳成该组织的成员，是广西最早的共产党员。他参加过南昌起义，并被任命为革命委员会的宣传委员会委员。起义失败后，转经香港到上海，从事地下工作。1928年春被国民党广西当局逮捕，经党组织营救获释。1928年秋到日本隐蔽。1929年11月被日本当局逮捕入狱，遭受酷刑。1930年3月被勒令出境。回到上海，他抱病从事翻译和著作，同年12月病逝。

范鸿劼，湖北鄂州人，1918年考入北京大学，五四运动时期的中坚分子。1920年3月，他参与发起成立北京大学马克思学说研究会。1920年11月加入北京共产党早期组织。1922年7月至1923年6月，任中共北京地方委员会委员长。1923年7月至1927年先后任中共北京区执行委员会兼北京地委委员、委员长、组织部长，中共北方区委宣传部长，主编过北方区委机关刊物《政治生活》。1927年4月6日，范鸿劼和李大钊一起被奉系军阀逮捕，4月28日英勇就义。

何孟雄，湖南省酃县人，1913年考入长沙岳云中学，后就读商业专科学校、工业专科学校，与毛泽东、蔡和森、邓中夏等人过从甚密。1919年进入北京大学当旁听生，参加了五四运动。1920年，他参加北京工读互助团，并在那儿结识了北京女子高等师范学校的学生缪伯英。11月，加入北京社会主义青年团，同年底成功地领导了北大印刷厂工人的索薪斗争。1921年初，他加入北京共产党早期组织。同年秋与缪伯英结婚，将住处充当中共北京党组织的联络点。

缪伯英，湖南长沙人。1919年7月考入北京女子高等师范学校学习。1920年初参加了北京大学发起的马克思学说研究会。同年11月加入北京共产党早期组织，成为中国共产党第一个女党员。1929年10月病逝于上海。

朱务善，湖南省津市人。1919年4月，在亲友的资助下，他赴京投考北京大学。五四运动期间，朱务善当选为北大学生会主席，后又被选为北京学生联合会主席。在李大钊指导下，他与邓中夏、罗章龙、刘仁静等人一起，组织进步团体，创办进步刊物，宣传马克思主义和十月革命。1920年加入北京社会主义青年团；1921年上半年由李大钊和邓中夏介绍，加入北京共产党早期组织。

李骏和李梅羹是北大学生；宋介是北京中国大学学生，《曙光》杂志主要创办人，主编。他们先后参加马克思主义学说研究会和社会主义青年团，表现突出，先后被吸纳为北京共产党早期组织成员。其中，李梅羹是湖南浏阳人，于1918年考入北京医专，后转入北京大学德文系学习，跟罗章龙、刘仁静等人一道翻译了《共产党宣言》。宋介是山东人，后来脱党，跟陈公博、周佛海一样成为汉奸。

另外，吴雨铭和江浩也可能在一大召开前已经加入北京共产党早期组织。

随着进入共产党组织的成员逐渐增多，组织名称以及组织内部的工作分配需要重新调整。1921年1月，北京共产党早期组织全部成员开会讨论，决定将该组织改名为北京共产党支部。随即，经支部成员的一致推荐，李大钊担任支部书记，负责日常工作；张国焘担任组织委员，负责指导和组织工人运动；罗章龙担任宣传委员，负责《劳动音》的编辑以及马克思主义的宣传工作。

几乎在跟北京支部正式成立的同时，经过很长一段时间的努力，由张国焘、邓中夏、张太雷、高君宇等人在长辛店开展的工作正在结出果实。他们创办的平民教育，不仅教会了工人一些文化知识，而且帮助工人提高了阶级觉悟，吸引了许许多多工人以及他们的孩子。在这种情形下，原来开办的学校不够用了。张国焘、邓中夏等人准备扩大规模，分别开设夜校和日校，以便让更多的工人及其子弟接受教育。有了把更多的工人聚集在一块儿的机会，标志着长辛店很快可以成立工会组织。这是李大钊梦寐以求的事情。他正在酝酿，准备将这种工会组织取名为工人俱乐部，以此跟原有的工会区别开来。

7. 武昌相继跟进

在武昌，除了恽代英开办利群书社，利用出售有关马克思主义的图书以及报刊，在做马克思主义的宣传工作之外，董必武、张国恩等人创办武汉中学，直接向学生传播新文化新思想，传播马克思主义，更是宣传马克思主义的一块重要阵地，而且，正是董必武和他的同路人一道成立了武昌共产党早期组织。

董必武，原名董贤琮，又名董用威，湖北黄安人。1903年考取秀才。1905年考入湖北文普通学堂，接受新式教育。1910年毕业，应黄州府中学堂校长陈逵九的邀请，到该校担任英文教员。武昌首义的枪炮声传到黄州，董必武毅然辞去教员职位，重返武昌，在汉口军政分府管理粮台，直接参加推翻清朝统治的革命行动，并于同年加入中国同盟会。孙中山、黄兴发起二次革命，他与詹大悲、张国恩等人亦在武昌进行响应，策动反对袁世凯的军事斗争。随后，他又参加过护法战争，并且担任鄂西救国军总司令蔡济民的秘书。1919年初，蔡济民被人暗害，董必武到上海请求孙中山能派人调查清楚，替逝者讨还公道，可孙中山无能为力。他苦闷，他彷徨，他感到孙中山先生的道路已经走不通了。正当他不知道接下来的道路应该如何走下去之际，五四运动爆发，他感受到了一种新的力量在崛起。恰在此时，詹大悲把李汉俊介绍给他。李汉俊不仅送给他一些有关马克思主义的书刊，而且经常向他谈论马克思主义，使他开始向往马克思主义。

董必武、詹大悲、李汉俊、张国恩等人在谈论中，清醒地认识到，在五四运动的推动下，估计中国还是要革命，要打倒列强，要除军阀，要建立民主制度，要唤醒民众。国民党那一套旧的搞军事政变的革命方法，行不通了，应改为一种能唤醒群众、接近群众的方法。他们一致认为目前能够做的是办报纸和办学校两件事。李汉俊要留在上海编辑《星期评论》，不能回去；董必武和詹大悲、张国恩可以回湖北办一份不为军阀所左右的《江汉日报》，用以宣传马克思学说；同时办一所学校，作为宣传马克思主义思想、培养马克思主义人才的阵地。

1919年8月，董必武和张国恩一道，从上海启程回到了武昌，准备找出资人办报纸，詹大悲奔赴闽粤边革命军中募报纸基金。

张国恩，亦名眉宣，跟董必武是同乡。1906年考入两湖书院。辛亥革命时期加入同盟会，历任湖北军政府理财部秘书，宜昌税务局局长等职。二次革命失败以后，不得不和董必武一道逃亡上海，转而逃往日本，考入日本大学法律科，参加了中华革命党。1915年，与董必武一道从日本回国，继续参加反袁军事活动，与董必武一道被捕，经营救获释。1917年春，与董必武在武昌合办律师事务所，从事革命活动。后来，董必武去利川给蔡济民担任秘书，张国恩则去了上海。南北和谈时期，他跟董必武一道被推举为湖北善后公会负责人，并一同认识了李汉俊，受其影响，亦开始接受马克思主义。

因为经费无着，创办《江汉日报》的计划夭折。第一条路没有走通，董必武、张国恩把一切精力用来办学校。在中国办事，没有关系不好使，好在董必武跟湖北教育界有联系，他知道，清朝时期举办过的支郡师范甲丙堂的旧址还在，归湖北教育会管理，一直荒废着。他们找到了教育会。既然是办学，支郡师范甲丙堂又是空着的，教育会答应不收租金，免费交给他们使用。他们又找了教育厅，办理了开办学校的执照。然后，他们发动了几个同乡和同学，准备各自出一部分钱，将支郡师范甲丙堂留下的桌子和凳子修好，也把所有的屋子修葺一新。可几乎每一个人都身无分文。怎么办呢？董必武脱下身上的皮袍，去当铺换得二十个大洋，当成个人的入股资金。在他的感召下，大家人人出力，个个出谋划策，很快把资金筹集起来，把学校整理得像模像样了。这便是武汉中学，以朴诚勇毅为校训。

开办学校，得有老师。董必武、张国恩不约而同地首先想到了陈潭秋。

陈潭秋，字云光，湖北黄冈人。十六岁考入武昌省立一中。因五哥陈磊参加过辛亥革命，他从小受其影响，思想上倾向激进。1914年，他进入武昌中华大学补习；1916年，又考入高等师范学院英语部。陈潭秋酷爱文学，精通英语，同时以校内的足球健将和长跑能手而著称。五四运动期间，他是游行的带头人。湖北学生运动遭到军警的镇压以后，陈潭秋回到乡下，发起十人团，宣传抵制日货，提倡国货。其后，他被推举为学生代表，前往上海参观学生运动的盛况。

董必武和张国恩正是在上海跟陈潭秋相识的。那个时候，董必武和张国恩已经在李汉俊的引导下，思想上逐渐在向马克思主义靠拢。陈潭秋身上流淌出来的不畏强权的气质，令董必武很欣赏。董必武决心帮助陈潭秋进一步把思想转变到马克思主义上来，因此，跟陈潭秋谈论马克思学说，也把李汉俊提供给他的一些有关马克思主义的书刊转给陈潭秋。

陈潭秋从高师毕业以后，在湖北通讯社当记者，一头扑到社会最底层的民众当中去，调查他们的生存状况，启迪他们的思想觉悟，写出了许多揭露社会黑暗的文章。得到董必武和张国恩回到武昌，正在落实办报的消息时，他喜出望外，马上想跟他们一块儿打拼。然而，董必武、张国恩的报纸却办不成了。

于是，董必武亲自出面去请陈潭秋。陈潭秋马上答应前来武汉中学任教。

武汉中学的招生广告打出去以后，加上董必武、张国恩等派人回到老家动员乡亲们把孩子送到武昌读书，在1920年春季召集了一百多个学生，分为两个班，正式开学了。在黄安来的学生里面，有王鉴、戴克敏，他们跟董必武的外甥张培鑫是好朋友。从张培鑫那儿得到了董必武和张国恩等人在创办私立武汉中学的消息，王鉴、戴克敏邀约了一些同学，一块儿报名，考入私立武汉中学。张培鑫自己，则一面在学校里充当传达兼摇铃，一面在舅舅和陈潭秋等人辅导下，自学知识。后来，他们都成为坚定的革命者。戴克敏是黄麻起义的一位重要领导人。

要把武汉中学办成一个宣传新文化新思想、宣传马克思主义的重镇，必须把马克思主义学说以及一切新的思潮，毫无保留地灌输到学生的脑海里。在此之前，董必武、张国恩等人不仅得了解学生的爱好、品行，了解学生的一切，为下一步展开教育打下基础，而且得广泛搜集新文化新思想以及马克思主义书籍。

董必武、张国恩回到武昌之际，带回了李汉俊送给他们的一些有关马克思学说的书刊；回到武昌之后，李汉俊每个月都在不间断地为他们邮寄《星期评论》、《觉悟》副刊、《新青年》等等刊物。这些刊物刊载的基本上都是有关新文化新思想方面的文章，而且有不少宣传马克思主义的内容。可是，他们觉得这些刊物数量有限，知道恽代英、林育南等人创办了利群书社，出售的同样是介绍新文化新思想的报纸杂志和图书，也有一些介绍马克思主义的文章及书籍。董必武和张国恩计划跟利群书社取得联系，把他们的书刊都吸收过来，列为学生课外的读物。

早在中华大学补习的时候，陈潭秋已经认识了恽代英和林育南。他们一块儿经历过五四运动，因为有了共同的理想和志向，关系更加密切。为此，跟利群书社接洽的事情，自然落到陈潭秋头上。

在董必武、张国恩、陈潭秋的引导下，学生除正常上课学习之外，经常在一起学习讨论课外书籍。他们研究新文化新思想，研究马克思主义，并交换各自的认识，知识一天天丰富起来，眼界一天天开阔起来，思想一天天进步起来。

学生一进步，教育会坐不住了，马上勾结警察，前来封闭武汉中学。

私立武汉中学既有省教育厅的合法批文，又没有干任何违法的事情，警察凭什么要封闭学校的大门？董必武质问警察其中的缘由。

警察的理由："武汉中学煽动学生宣扬过激主义言论，传播过激书刊。"

"什么宣扬过激言论，什么传播过激书刊？这完全是莫须有的罪名！"董必武据理力争道，"学校应该培养学生广泛的兴趣。学生要认识社会，学校就有理由引导他们。不错，我的学校里是有一些有关社会主义以及马克思主义的书刊，但是，那只是作为学生的课外读物，让学生自己去看自己去研究的。难道有什么不对吗？如果这样做也要遭到封杀，岂不是几乎所有的学校都要封杀吗？"

的确，几乎每一所学校，或多或少都进了一些有关新文化新思想的书籍，其中都有介绍各种社会主义流派以及马克思主义的内容。如果封杀的话，学校早该全部关门大吉。警察说出实情："这是教育会的决定。警署只是帮助他们履行公事。既然你说得有理，你可以跟谢石钦会长说清楚。"

董必武立即怒火满腔：一定要把谢石钦从教育会长的交椅上拉下来，澄清湖北的教育空气。经过一段时间的奔波与宣传，董必武发动全市教师召开教职工会议，重新组织了教职工代表大会，取代了教育会。

经过这场风波，董必武和私立武汉中学的名声越来越大了。

张国恩喜欢研究法律，对教学一向不感兴趣，一直想重开律师事务所，趁此机会，向董必武、陈潭秋等人提出以他的名义开设一家律师事务所，作为私立武汉中学跟外面联络的窗口，也能以法律武器更好地保护武汉中学。

的确是一个好主意。开设武汉中学，是为革命培养人才，少不了还有谢石钦一样的家伙前来捣乱。有了律师事务所，必然方便得多。董必武马上点头赞同。

很快,暑期来临。送走了所有的学生,把整个学期的工作做了一个彻底的总结,并且对下一学期的工作进行了一番规划之后,董必武、张国恩正式投入到开设律师事务所的准备工作当中去了。原以为曾经开设过律师事务所,只要一出马,很快可以打出张国恩律师事务所的招牌,不料,因为他们过去的名声太响,引起了一些黑心律师的妒忌,这些家伙暗地里给他们使绊子,竟然处处受阻,以至于直到快要开学,开设律师事务所的事情仅仅搞出一点头绪。为了不影响学校的工作,董必武不得不回到学校,开设律师事务所的事情由张国恩独自一人张罗。

这一天,张国恩来到武汉中学,正跟董必武谈得起劲,张培鑫进来了。他手里拿着一封信,交给了董必武。是李汉俊来的信。他说,上海已经成立共产党早期组织,希望董必武、张国恩在武昌行动起来,成立同样的组织(有一种说法,李汉俊是亲自来到武昌,跟董必武谈建立共产党早期组织的事情)。

董必武、张国恩被这个突如其来的消息打得头晕眼花。他们觉得自己对马克思主义研究得不够,还没有完全掌握马克思主义的精义,无力承担起组建共产党的任务。但是,既然上海发起组已经高扬起了共产党的旗帜,他们不能等待,应该立刻采取行动,像李汉俊希望的那样:尽快把武昌共产党早期组织成立起来。

眼下,有两个问题亟待解决。一是参与组建共产党早期组织的人员。除董必武、张国恩之外,还有陈潭秋。三个人会不会太少了点?陈潭秋不是跟恽代英、林育南他们关系不错吗?让陈潭秋接触他们,引导他们,说不定,也能让他们走上马克思主义道路。二是组建共产党组织的地点。武汉中学已经引起了军警的注意,肯定不能在学校里面成立共产党组织;要不然,很难逃过军警的耳目。在律师事务所里成立共产党早期组织,比其他任何地方都要安全。

主意一定,董必武赶紧叫张培鑫火速把陈潭秋找过来,有要事相商。

陈潭秋一口气跑到董必武的办公室,看到李汉俊写来的信函,心里一样非常激动。三个人当即决定发起成立共产党早期组织,并且商量具体步骤。

把一切都商量妥当之后,三个人分头行动。陈潭秋去了利群书社。张国恩和董必武加快了去各部门就开办律师事务所进行周旋的步伐。在差不多跑出眉目以后，他们又马不停蹄地寻找开办律师事务所的地址。很快，他们在抚院街三号找到了房子。这里背靠警察厅，面对基督教会，是一个掩人耳目的好地方。

董必武豪情满怀地对张国恩说道："最危险的地方，往往最安全。他们做梦都想不到，我们的共产党组织将会在这里诞生。"

"是呀，谁也想不到，在警察厅的背后，正是推翻警察厅所维护的腐朽政权的共产党组织发动地；更不会想到，在地狱与天堂之间，竟然存在着一个专门以拆毁地狱为己任又不信仰上帝的共产党组织联络点。"张国恩哈哈大笑起来。

陈潭秋的工作似乎没有取得什么进展。林育南已经离开武昌，去北京医学专科学校上学了；恽代英、黄负生、刘子通思想上具有马克思主义的某些东西，但脑子里的这块阵地主要被无政府主义、改良主义以及新村运动占领了，仍然坚持避免采用革命手段，希望通过"共同生活"的扩张和发展教育、实业，建设为社会服务的大资本，从而从经济方面压服资产阶级，使全世界变为社会主义天国。

听了陈潭秋的报告，董必武沉思道："他们能够信仰社会主义，跟我们有了共同之处。当改良主义道路走不通了，他们一定会回到马克思主义道路上来。云光，你要施展一下自己的影响力，下决心促使他们走上马克思主义道路。"

经过紧张的运作，张国恩律师事务所终于要开业了。董必武心里异常高兴。接受张国恩的邀请，董必武把自己的寓所也安在了这里。

10月份的一天，董必武正在为学生上课，外甥张培鑫走到窗外，轻轻敲了一下。董必武赶紧出来了，询问发生了什么事情。知道是上海来人了，他赶紧嘱咐张培鑫按照自己部署的内容，代为教导学生朗诵课文，急急忙忙回去了办公室。

来人是刘伯垂。他另有一个单名芬，湖北鄂州人。清朝末年，他赴日留学，结识了资产阶级革命家孙中山，受其影响，接受民主革命思想，加入同盟会。此时，李汉俊亦在日本，他与李汉俊过从甚密。陈独秀在日本期间，他曾向陈独秀学习文字学，两人算得上有师生之谊。辛亥革命后，他回到国内，历任民国大元帅府秘书官、南京临时政府法制院参事。袁世凯宣布称帝之际，刘伯垂愤然辞职，后来南下广州，出任广东军政府高等审判厅厅长。因对广州军政府的军阀习气非常不满，刘伯垂辞去职务，与旅粤同志筹建了《惟民周刊》，担任编辑。1920年春夏之交，不甘屈服于把持军政府的桂系军阀要求办报人俯首听命的决定，他断然离开广州，准备回湖北，途经上海时，拜会老朋友陈独秀和李汉俊，在陈独秀的邀请下，加入上海共产党早期组织。随后，受陈独秀委派，并带着李汉俊的希望，他回到武昌，准备与董必武等人一道筹建共产党早期组织。

本来已经在与张国恩、陈潭秋筹划建立党组织了，刘伯垂来到武昌同样是这个目的，董必武喜出望外，准备立即派人把陈潭秋请过来，一道去张国恩律师事务所，正式商谈如何成立共产党组织。

可是，刘伯垂还要通知两个人。这两个人都是刘伯垂在离开上海以前，陈独秀特意向他推荐的。一个名叫包惠僧。年初陈独秀到武汉来演讲的时候，包惠僧是一个记者，采访过陈独秀，给陈独秀留下了很深的印象。随后，他们建立了通信联络。在陈独秀的帮助下，包惠僧初步确立了马克思主义信仰。另一个名叫郑凯卿，湖北江夏人，生于武昌，少年时在武昌大户人家当书童，后在文华大学当校工。陈独秀来汉讲学时，为了方便陈独秀的生活，文华大学特安排郑凯卿负责照顾他的起居。因为要随时照顾陈独秀，郑凯卿断断续续听了他的演讲，尽管不能完全明了其中的大道理，但也有较深感触。几天朝夕相处，陈独秀很喜欢这位憨厚的年轻人。离开之前，陈独秀要郑凯卿调查湖北工人状况，并且一边跟他讲解具体的调查内容和方法，一边给他画了一张调查表格。根据陈独秀的要求，郑凯卿组织文华大学的学生，对武昌织布局、纺纱局、铜币局、银币局、麻布局的工人状况进行了调查，写出《武昌五局工人状况》调查报告寄给陈独秀。陈独秀将调查报告发表于《新青年》1920年9月1日第八卷第一号上。陈独秀派刘伯垂到武昌帮助建立党组织的时候，特别委托他把郑凯卿作为一个重要人选。

董必武曾经听说过包惠僧的名声，但对郑凯卿却一无所知，不过，既然他们都是陈独秀先生推荐的人，肯定错不了。

刘伯垂要去邀集包惠僧和郑凯卿，并且分别跟他们谈话；董必武得去找陈潭秋、张国恩。他们只好另外约定接头的时间和地点。

跟各路人马反复洽谈，刘伯垂敲定了正式建立武昌共产党早期组织的日期。

1920年10月的一个晚上，董必武、张国恩、陈潭秋、刘伯垂、包惠僧、郑凯卿等人齐聚在抚院街三号。一盏电灯把整个屋子照得犹如白昼，同时照亮了放在桌面上的几本书以及平平展展摊在书籍上的几张纸。它们是刘伯垂从上海带回的一份手抄中国共产党党纲和一些新青年社出版的丛书。

董必武率先说道："今天，我们要成立共产党组织，这是一个永远值得铭记的日子，一旦这个组织成立起来，预示着我们必须为共产主义事业奋斗终身。但是，对于怎么组建共产党组织，我们都没有经验。刘芬先生是上海发起组成员。我提议，请刘芬先生担任大会主持人，详细地为我们讲述一下成立共产党组织的程序、注意事项，以及我们要做哪些工作，怎么去做工作，带领我们成立共产党组织，真正走上马克思主义道路。"

刘伯垂尽管是在上海共产党早期组织已经成立起来之后，才去上海，并在陈独秀和李汉俊的介绍下加入共产党组织的，并没有参与组织的筹备和组建工作，但是，曾经听陈独秀介绍过发起共产党组织的具体程序，也联想起自己在上海参加党的工作时遇到的问题，慎重地把这些情况都说了一遍。

原来，在成立共产党组织的同时，还应该成立中国社会主义青年团以及马克思主义研究会。马克思主义研究会是一个公开组织，吸收所有愿意研究马克思学说的人参加进来；社会主义青年团则是一个半公开组织，是共产党组织的后备力量，参加人员不仅应该愿意研究马克思主义，而且应该初步信仰马克思主义，并为宣传马克思主义做一些实际工作。

董必武说道："既然如此，今天成立了共产党组织之后，我们必须立即着手分别成立马克思主义研究会和社会主义青年团。"

刘伯垂点头同意了董必武的说法，便拿起那份由他亲手抄写的《中国共产党党纲》，一条一条地念给大家听，一条一条地解释给大家听。

由于事先都跟刘伯垂谈过话，众人没有异议，一致表示愿意接受党纲。

董必武提议道："虽说我们马上要正式成立共产党组织了，可是，老实说，我们至今都没有很好地了解和掌握马克思主义，为了显示我们对马克思主义孜孜不倦的追求，是不是把共产党组织改成共产主义研究小组更合适一些呀？"

众人寻思片刻，无不深以为然，纷纷点头同意。

刘伯垂在加入上海共产党早期组织的时候，面对绣了一把斧头、一把镰刀、一颗星星的红旗，在陈独秀的带领下，举拳宣过誓。武汉共产主义研究小组没有准备红旗，便以《中国共产党党纲》作旗帜，六个人一字排开，站在桌前，庄严地举起了右手，紧握拳头，在刘伯垂的引领下，宣誓成为共产党早期组织成员。其中，郑凯卿是整个共产党早期组织里的第一个工人党员。

武昌共产主义研究小组正式成立了，工作千头万绪，需要选举出小组负责人和能胜任宣传、组织、财务工作的人选，来领导小组的工作。由刘伯垂提名，其他人一致同意，选举包惠僧为小组负责人，遵循上海共产党组织的例子，称支部书记；陈潭秋负责组织和宣传工作；张国恩负责财务工作。因为陈潭秋跟各方面的进步青年都建立了密切联系，组建社会主义青年团的工作也落到了他的肩头。

包惠僧是湖北黄冈人，1917年毕业于湖北省立第一师范学校，随即先后在两所小学当过近一年的教师，但都因故被迫离职。由于工作没有着落，他陷入了极度苦闷彷徨之中。听从一个友人的劝告，包惠僧以自己的亲眼所见和亲身体为素材，接连写出了好几篇文章，分别向几家报馆投稿，结果居然一炮而红。半个月后，他获得了《汉口新闻报》《大汉报》《公论日报》《中西日报》等几家报馆的特约外勤记者证。从此，他一发而不可收，又兼写起外埠各报的通讯稿。由于经常到处采访，包惠僧对军阀的腐败、社会的黑暗和不公有了深刻的认识，从而引发了改造社会的想法，便把手里的笔当作武器，无所畏惧地揭露社会的黑暗，提出改造社会的设想。因为他不断地披露社会上的一些黑幕，不久遇到了麻烦，无缘无故被取消了稿件。人在屋檐下，不得不低头，他只得变换笔名继续投稿。五四运动过后，政府和报馆相互勾结，披露社会阴暗面的稿件越来越难以刊发，靠稿费生活的包惠僧日感拮据，又不愿意昧着良心为政府歌功颂德，不得不暂时返回黄冈老家。1920年2月初，郁郁不得志的包惠僧返回武汉，重操旧业，应邀当上了江汉通讯社的编辑。刚刚走马上任，得知陈独秀前来武昌讲学，他特地跑去拜访，诉说仰慕之情，在陈独秀引导下，走上了研究马克思主义的道路。

武昌共产主义研究小组成立之后，不可避免地要开展各种工作。为了对小组多加一重保护，也为了让刘伯垂发挥特长，全体成员研究决定成立刘芬律师事务所，作为共产主义研究小组的机关。经过一段时间的筹备，他们在多公祠五号找到了房子。一切准备就绪之后，刘芬律师事务所正式挂牌开业。

作为支部书记，包惠僧经常在刘芬律师事务所召集共产主义研究小组的各位成员学习讨论《共产党宣言》以及其他马克思主义著作。

组建社会主义青年团的工作，更是在陈潭秋的领导下，紧锣密鼓地进行着。在私立武汉中学，像张培鑫、王鉴、戴克敏等一大批思想激进的青年学生，都在秘密帮助陈潭秋组建社会主义青年团。为了壮大组织力量，陈潭秋跟中华大学以及其他各个学校都建立了联系，发现了一些具有马克思主义倾向的青年人。

几乎在跟陈潭秋着手组建社会主义青年团的同一时间，董必武、刘伯垂、包惠僧、郑凯卿等人一直忙于筹建马克思主义研究会，他们不仅在寻找会址，也在马不停蹄地从利群书社以及其他各种途径寻找有关马克思主义书籍。

大约一个月以后，共产主义研究小组吸纳了两个新成员：赵子健和赵子俊。

赵子健跟董必武同乡，1920年毕业于湖北省立第一师范学校，受邀进入私立武汉中学任教。在董必武、陈潭秋等人的教育和影响下，思想上日益倾向于马克思主义，并在教学过程中，向学生灌输马克思主义知识。根据他的实际行动，董必武亲自介绍他加入了武昌共产党早期组织（亦有一种说法：武昌共产党早期组织成立之际，他便是其中的成员）。1921年冬，受党组织委派，赵子健前往郑州铁路扶轮学校任教，从事工人运动。1923年初，他参加了京汉铁路总工会成立大会的筹备工作。"二七惨案"后，他进入武昌师范大学社会学系学习，并于1925年毕业。此后，赵子健先后去河南信阳第三师范、天津扶轮学校任教，1927年春转回汉口中学，并在武昌中央农民运动讲习所任课。大革命失败后，赵子健脱离了共产党组织，一直以教学为生。

赵子俊则是武昌平湖门外纱局工人，此时已失业，由郑凯卿介绍加入共产主义研究小组，从事工人运动。其后，他考入黄埔军校第一期第二队学习，1926年9月24日在南昌牛行车站战斗中阵亡。

武昌共产主义研究小组一直在不停地展开活动，包惠僧、董必武、陈潭秋等人感到这样还不够，应该派遣青年人去俄国留学，于是写信把这一想法告诉了李汉俊。

李汉俊回信了，非常赞同他们的想法，征得维经斯基的同意，把马迈耶夫夫妇派到武汉，准备筹建外国语学校，以此做掩护，培养预备留学俄国的人才。

维经斯基在去上海之际，本来把马迈耶夫夫妇留在北京，要他们帮助李大钊做筹建共产党组织的准备工作。可是，一方面，他们经常受到北洋政府监视，另一方面，又没有合适的掩护，不得不离开北京，回到维经斯基身边。这一次，以为武昌地处南方，一定可以大展拳脚，一到武昌就住在张国恩律师事务所里，跟董必武、陈潭秋、包惠僧、刘伯垂、张国恩等人商量开办外语学校的事情，也在私下里帮助他们筹建社会主义青年团和马克思学说研究会。湖北军阀一样把一切过激言论都视为洪水猛兽，特别对从俄国过来的人实施密切的监视。因而，马迈耶夫夫妇来到武昌后，一切行动都不太自由。董必武热切地帮助马迈耶夫夫妇筹建外国语学校，可在密探和军阀的监视之下，即使有一些希望学习俄语的人，也不得不放弃这个念头。马迈耶夫夫妇再一次陷入无法行动的困境，不得不又返回上海。分别的时候，马迈耶夫说他不久将回莫斯科进入陆军大学学习，鼓励包惠僧、陈潭秋到莫斯科去留学。包惠僧觉得自己对共产主义理论的修养和对共产党组织能力的锻炼差得太远，一切都在暗中摸索，对共产党的基本任务及其前途并没有明确的认识，真的萌发了离职去俄罗斯学习的念头。

1920年11月，社会主义青年团和马克思主义研究会相继成立。

社会主义青年团于11月7日召开成立大会。最初只有十名最进步的学生，后来伸展到各个大中学校里去。他们学习了《资本论入门》《共产主义ABC》等马克思主义知识，热情地向民众宣传刚刚学来的真理，革命情绪愈发昂扬起来。

社会主义青年团成立大会是在九龙庙举行的，共产主义研究小组成员全部到场进行总动员。此后，每隔一段时间，陈潭秋便会请共产主义研究小组成员轮流去作演讲，并且规定，共产主义研究小组成员只要有时间，都要出席，以示郑重。

马克思主义研究会成立之初，吸收了二十多个成员。以后，成员逐渐增多，不仅黄负生、刘子通参加进去了，一个著名的律师，此后成为著名共产党人，因为参加"二七"大罢工而被杀害的施洋，同样成为马克思主义研究会成员。

这年秋天，李汉俊的夫人去世了。在此之前，他的父亲和嫂子也相继去世，母亲生怕自己也会客死异乡，萌发了回老家的念头。李书城、李汉俊兄弟经过商议，决定由李汉俊把母亲送回潜江，同时把三个亲人的灵柩送到老家安葬。

安葬完逝去的亲人，也安顿好了母亲，李汉俊在秋冬交替之际准备返回上海。路过武昌，李汉俊特意前来看望共产主义研究小组成员。对小组开展的各种活动，李汉俊基本上是满意的。为了提高武昌共产主义研究小组全体成员的马克思主义修养，他向大家讲解过唯物史观，讲解过社会主义学说。其间，他出席过社会主义青年团举办的一些活动，在马克思主义研究会的座谈会上，也做过精彩的辅导。

因为李汉俊亲临指导，武昌共产主义研究小组成员愈加明确了今后努力的方向，他们不仅要抓好共产党早期组织、社会主义青年团组织、马克思主义研究会的工作，而且准备创办一个刊物，作为共产主义研究小组的机关刊物，来推行共产党组织的主张，并且宣传马克思主义。

因为缺少资金，董必武、张国恩没能办成《江汉日报》；眼下，资金问题同样困扰着每一个共产主义研究小组的成员。既然一定要办一份共产主义研究小组的机关刊物，再大的困难，大家齐心协力，也要把它开办起来。

关键时刻，张国恩竟然想退出共产党早期组织。董必武十分恼火，询问原委。

张国恩说道："用威，你我一起研究马克思主义，一起为成立共产主义研究小组做了大量的准备工作。这些，我都是自愿的，但真正成为小组成员，是我没有了解清楚马克思主义，做出了一个草率的决定。"

这是草率的决定？董必武觉得很不入耳，脸孔一板，愈发生气。

张国恩解释道："用威，这段时间，我仔细研究了《中国共产党党纲》。中国共产党是要走一条把整个中国都翻过来的道路。先不说能否成功，单是要走这条道路，必须要有无比坚强的性格和超凡的意志。你知道，我不是这种人，不可能按照党纲的要求去做。与其将来中途变卦，不如先行退出。"

董必武说道："事情不是一成不变的，意志和性格都可以在实践中培养。"

张国恩摇头道："我培养不了。用威，你不要再劝我了。我退出了共产主义研究小组，可并不反对共产主义。张国恩律师事务所本来是为了掩护成立共产党组织开设的,尽管你们又开设了刘芬律师事务所,但是,只要你们有需要,我随时可以为你们提供帮助,也可以把地方让出来,为你们研究共产主义提供方便。"

董必武无话可说。他尽管不愿意从小一块儿打拼的朋友退出共产主义研究小组,但不能不接受这个严酷的现实。他有许多工作要做。经过无数次失败,经历了无数次摸索,他终于找到了马克思主义,并且已经成为共产主义研究小组的一员,他必须义无反顾地为这个刚刚成立的组织奋斗下去。不管前面的道路多么曲折,不管还有多少人会退出,他都将坚定不移地走下去。因为他清楚,共产主义研究小组是一粒火种,在这个浑浊的世界里,到处堆满了足以引发冲天烈火的干柴,时机一到,火种一点燃,必将形成燎原之势,把浑浊的世界烧一个精光,从而烧出一个全新的世界,一个人人平等没有阶级压迫和剥削的社会主义天堂。

正当共产主义研究小组准备开办一份机关刊物之际,1921年1月2日,黄负生、刘子通等人以利群书社为依托,征求了远在安徽宣城教书的恽代英的意见之后,创办了以改进湖北教育与社会为宗旨的《武汉星期评论》。

因为《武汉星期评论》反对尊孔读经,倡导民主和科学,宣传妇女解放,鼓吹劳工运动,在黄负生、刘子通前来邀请陈潭秋加盟该刊物当编辑的时候,陈潭秋爽快地答应下来,并极力为办好该刊物出谋划策。

陈潭秋不仅早已跟黄负生、刘子通有过接触,而且关系还不错,三人曾一同深入到工人当中进行调查,从他们的姓名中各取一个字,用刘云生为笔名,合写了一篇《汉口的苦力状况》,发表在1920年9月1日出版的《新青年》第八卷第一号上。《武汉星期评论》把他们紧密地连接在一起之后,陈潭秋反复跟他们沟通,使他们在思想上又有了很大变化。在陈潭秋的邀请下,他们加入了马克思主义研究会。通过经常跟马克思主义研究会的成员探讨马克思主义,并且在共产主义研究小组成员帮助下,黄负生、刘子通逐渐抛弃了改良主义,真正树立了马克思主义信念。1921年春,他们加入武昌共产主义研究小组。随即,《武汉星期评论》成为共产主义研究小组的机关刊物,刊载了很多指导进步青年如何学习和研究马克思主义的文章,帮助进步知识青年正确理解马克思主义的精神实质,推动了马克思主义在湖北的传播;其宣传革命思想,抨击旧制度,改革教育,鼓吹改造社会,对指导知识青年投身革命斗争极具影响力。时人评价《武汉星期评论》是"旭日东升，生气勃勃"的"巍然独存于中国之中、大江之旁"的一面旗帜。

黄负生，原名凤清，湖北黄冈人。武昌县华林工业传习所肄业。从1913年起担任武昌中华大学教员。1917年与恽代英等人一道发起组织了互助社。五四运动时期，他参加领导湖北爱国学生运动。他参与创办的利群书社，是湖北地区宣传马克思主义以及新文化新思想的重要阵地。中国共产党成立以后，他租住的房子武昌黄土坡下街二十七号，成为党的联络机关。中华人民共和国的缔造者毛泽东曾因工作需要在那儿住了近半个月，黄负生的工作能力及其卓越的才华，在毛泽东脑子里留了非常深刻的印象。后来，毛泽东提起他对革命的贡献时，把他跟蔡和森相提并论，做出这样的评价：湖南有个蔡和森，湖北有个黄负生。

因在《武汉星期评论》上大力宣传马克思主义，揭露社会的黑暗，黄负生受到黑暗势力极端仇恨，遭到毒打，引发身体疾病，于1922年11月下旬不幸去世。

刘子通亦是湖北黄冈人，1905年留学日本，首批加入孙中山创立的同盟会。1908年回国后，在四川成都铁道堂任教习，组织领导了成都学生运动。此时，郭沫若在该校读书，尊称刘子通为他的"政治启蒙教师"。1910年11月初，刘子通因组织学生请愿，遭四川总督通缉，不得不化装回到湖北。武昌首义成功，刘子通出任湖北军政府参议，受军政府派遣，与其他七个人一道回到黄冈，组织革命人士内应外合，驱逐黄州知府璋琦、知县潘涌捷，组建起鄂东军政支部，出任政务科长兼交际。1912年袁世凯篡位后，刘子通愤然离开政界，来到武昌，先后在湖北省立第一师范、中华大学、私立武汉中学任教，结识了董必武、陈潭秋、恽代英等人，思想上逐渐趋向马克思主义。

中国共产党正式成立以后，刘子通以教师职业为掩护，与陈潭秋、黄负生等人在湖北省立女子师范学校进行党的秘密活动。1922年2月，女子师范学校校长王式玉以宣传赤化、煽动学潮的罪名，将其解聘。此事引起了学生长达五个月之久的罢课活动。王式玉勾结省教育厅，上书湖北督军萧耀南，悬榜通缉刘子通。刘子通不得不离开武昌，去了北京，经李大钊介绍在北京教育部谋事栖身。1923年，因积劳成疾，他由教育部送回黄冈老家医治，于1924年3月病逝。

8. 长沙秘密组建

在筹建文化书社的同时，毛泽东即准备发起成立俄罗斯研究会。因为当时只有以列宁为首的俄罗斯革命领袖，按照马克思主义基本原理，发动民众，通过艰苦卓绝的阶级斗争，建立了世界上第一个无产阶级专政国家，因而，研究俄罗斯实质是研究俄罗斯化的马克思主义，俄罗斯研究会便等同于马克思主义研究会或马克思学说研究会。他一提出这个建议，立刻得到新民学会会员的一致赞同。新民学会会员不仅全部愿意参与其中，而且在教育界、新闻界发动了很多人士参加。

发起俄罗斯研究会的目的及由来，彭璜在《对于发起俄罗斯研究会的感言》中说得非常明白：

我记得前次上海会见一位吴先生（即维经斯基，他的中文名字为吴廷康），他是很提倡国际主义的。他是很希望用十分和平十分圆满的手段来达到国际主义的目的，所以他说俄国的革命，不幸在这过渡时代，近于多数专制——就是劳农专制。但人民的知识与道德，不能站在一水平线上的时候，社会的改造，只有比较的圆满与和平的方法。"无为之治"恐怕是不可能的。所以和平的世界，是俄人革命的目的。劳农的政府是俄人革命不能避免的手段，也恐怕是全世界革命必经过的阶段。

彭璜是与毛泽东一块儿去见维经斯基的。那时候，上海发起组不仅成立了马克思主义研究会，而且正在筹备成立共产党早期组织。毛泽东5月初到达上海，带着彭璜、李思安、张文亮等人拜访陈独秀，尽管没有明确的记载表明他们都参加过上海发起组的建党座谈会，但他们分别拜访过陈独秀、维经斯基，跟这两位正在发动成立上海共产党早期组织的关键人物谈过话，毛泽东、彭璜对马克思主义有了更多的了解，对俄罗斯的兴趣更加浓厚，赴俄勤工俭学的想法更加坚定。

1920年2月，毛泽东在北京给新民学会会员陶毅写信，透露了赴俄勤工俭学想法，并且说得到了李大钊的支持：

彭璜君和我，都不想往法，安顿往俄。……我一己的计划，一星期外将赴上海。湘事平了，回长沙，想和同志成一自由研究社，预计一年或二年，必将古今中外学术的大纲，弄个清楚，好作出洋考察的工具。然后组一留俄队，赴俄勤工俭学。……这桩事，我正和李大钊君等商量……我为这件事，脑子里装满了愉快和希望，所以我特地告诉你。

陈独秀对毛泽东、彭璜等人的计划十分赞赏，明确地告诉他们：已与维经斯基商议，拟成立一个中俄通讯社，担负沟通中俄情报、提供学习书刊的责任；你们可以先成立俄罗斯研究会，由中俄通讯社提供学习、宣传资料。

毛泽东、彭璜心中大喜，毫不迟疑地接受了陈独秀的建议。不过，因为近十年来南北军阀在湖南混战，北洋军阀是三进三出，弄得湖南破烂不堪，民不聊生，他们正在联合湖南籍知名人士，打算发起湖南人民自治运动，建立湖南共和国。因而，6月底，毛泽东、彭璜准备回去湖南，向陈独秀告别时，不仅谈到了先办文化书社，传播新文化，建立俄罗斯研究会，准备赴俄勤工俭学，而且谈到了要团结社会各界人士，发动湖南人民自治运动，以改造湖南环境。

陈独秀很欣赏他们的计划，同时向他们透露上海正在成立共产党组织，用意非常清楚，希望毛泽东等人回去湖南以后，能相应地成立共产党早期组织。临别之际，陈独秀再次肯定："你们的计划如能实现，也是最好的准备。"

参与发起俄罗斯研究会的有好几个在当时称得上大名鼎鼎的人物。贺民范是其中之一。他同时也是文化书社的发起人。

贺民范时年五十四岁，湖南宝庆人。二十五岁时考取秀才。1907年东渡日本，在富士见法政大学读书，不久加入同盟会，并且结识了陈独秀。回国后，他担任宝庆劝学所总董、邵阳驻省中学堂监督，秘密参加反对清政府的革命活动。辛亥革命爆发后，贺民范率领学生支持焦达峰、陈作新领导的湖南新军起义。清朝政权垮台，中华民国成立，他因为支持新军起义的行动，当选为湖南省临时议会议员兼秘书长，旋即出任安化县知事。一上任，他就大刀阔斧地收缴鸦片，焚烧于该县桥头河镇，赢得了民众的颂扬。其后，他接连出任过岳阳县知事、福建同安县和宁德县知事。1918年，目睹军阀横行政治腐败，贺民范愤然弃去官职，担任湖南船山学社社长、船山中学校长，经常向学生推荐《新青年》，引用唐诗"子规夜半犹啼血，不信春风唤不回"等诗句勉励学生。五四运动时期，他不仅公开支持学生运动，而且亲自投入到这一爱国反帝的洪流之中去。在驱逐军阀张敬尧以及开展湖南自治运动当中，他一样积极呐喊与奔走。五四运动后期，随着马克思主义逐渐在中国先进的知识分子当中传播开来，他开始钻研马克思主义学说，逐步认识到中国只有走苏俄革命的道路，才能推翻旧的制度，救民于水火。

他常自称"年老心不老，是一个老少年"，陈独秀称他为"怪物"。听到毛泽东正在筹备成立文化书社以及俄罗斯研究会的消息时，这个老少年觉得这是做了一件大好事，欣然参与其事。

8月21日，毛泽东、何叔衡、彭璜、贺民范、姜济寰、易培基、方维夏、包道平等人在长沙县知事公署（姜济寰时任长沙县知事，曾在湖南省立第一师范任校长并讲授国文和历史课程，亦是毛泽东的老师。毛泽东跟杨开慧结婚之后，本来一直蜗居一师范教师宿舍，1921年10月，姜济寰邀请毛泽东一家住进了他家后院，即清水塘，这里遂成为中共湘区委员会的秘密办公驻地）召开了俄罗斯研究会筹备会议。与会人员一致认为，苏俄的劳农政府既然有这样前无古人的大变，我们怎能不研究它的内情。会议通过了俄罗斯研究会简章，确定研究会的宗旨是研究俄罗斯的一切事情，以研究俄罗斯"平等的哲学思想"——布尔什维主义，同时注重"国交上面"，即以苏俄劳农政府对华宣言为基础，研究苏俄的对外政策，促进中俄建交。规定其会务是：一、从事关于俄国一切事情之研究，以研究所得发行俄罗斯丛刊；二、派人赴俄从事实地调查；三、提倡留俄勤工俭学。

筹备会选举何叔衡、毛泽东、彭璜、包道平四人为筹备员，从事筹备工作。

1920年9月的一天，他们接到消息，说是经过省教育委员会的委派，何叔衡即将离开楚怡中学，担任省通俗教育馆馆长。何叔衡考虑到俄罗斯研究会还没有固定的地址，准备把它设在楚怡中学，不想接受这项任命。

毛泽东考虑到省通俗教育馆有一个《湖南教育通俗报》，希望何叔衡去后，废弃它原先陈腐的风格，办成一份新的刊物，宣传马克思主义，鼓励他前去就职。

何叔衡走马上任之后，决定将《湖南教育通俗报》易名为《湖南通俗报》，邀请谢觉哉担任主编。毛泽东应邀参加了第一次编辑会议，提出："报纸赞成什么，反对什么，态度要明朗，不可含糊；通俗报是向一般群众进行教育的武器，文字必须浅显，生动，短小精悍。尤其要根据事实说话，不可长谈空洞的大道理。"

根据毛泽东的意见，何叔衡、谢觉哉把报纸办得通俗易懂，生动活泼，发表了很多有关劳工神圣、妇女解放、文学革命、反对贪官污吏、反对军阀等方面的文章，深受工人、市民以及青年学生的欢迎，有些中小学还把它作为课外读物，发行量由原来的几百份增加到六七千份。

俄罗斯研究会筹备期间，湖南教育会长兼省立第一师范学校校长易培基向毛泽东发出邀请，到一师附属小学担任主事。

这可是一件天上掉下来的大好事！毛泽东毕业于湖南省立第一师范学校，非常清楚那儿的环境，学友会有很宽阔的屋子，如果自己到一师附属小学去当主事，岂不是正好可以使用它们吗？这一下，不仅自己的生活问题能够得到彻底解决，而且俄罗斯研究会也有了活动场地，毛泽东喜出望外，面见易培基之时，向他提出了条件：需要借用校友会的位置，把学生引导到新文化新思想运动当中去。

易培基非常欣赏毛泽东，又是俄罗斯研究会发起人之一，不假思索予以答应。

一到任，毛泽东立即着手对学校的教育课程进行了改革，大力提倡实践活动。与此同时，将省立第一师范学校的学友会收拾一新，从文化书社弄来有关马克思主义的著作以及所有关于俄罗斯问题的书刊，把它开成一个青年图书馆，供给所有具有激进思想和愿意研究俄罗斯的人使用。

经过一段时间的筹备，俄罗斯研究会发起人于9月16日开会，推举姜济寰任总干事，毛泽东任书记干事，彭璜任会计干事，并驻会主管日常工作。郭开弟在船山学社开办俄文班，为发动青年学生赴俄勤工俭学做准备。

毛泽东、彭璜等人发起留俄勤工俭学团的消息传出以后，湖南《大公报》记者询问彭璜赴俄的好处及准备情形。彭璜回答：据北京来信，留俄勤工俭学有数端好处，赴俄经费便宜，每人只需三百元旅费，其中二百元路费，衣服费、伙食费各五十元。到达俄罗斯后，所需费用全由俄罗斯供给。通晓俄语者可以直接进入俄罗斯的大学，不通俄语者，先习俄语，后入大学。审批手续，比较赴法勤工俭学简易得多。俄国气候寒冷，足以锻炼身体。俄人之深沉的文学素养和平等的哲学,为欧洲各国所不及。现在各国的新闻记者、学子、商人纷纷入俄,作考察调查工作。……彭璜还向记者透露:拟在9月间,愿得同志十人以上,作为湖南留俄运动的先锋。为留俄勤工俭学做了一次很好的广告。

到俄罗斯勤工俭学基本上是通过上海共产党早期组织创办的外国语学社输送的。湖南这边,第一批彭述之、张学琅等人约在10月初出发,到达上海,在外国语学社学习了一段时间以后,启程奔赴俄罗斯;第二批有任弼时、肖劲光、任岳、胡士廉、周昭秋、陈启沃等六人(其中,肖劲光、任岳、胡士廉、周昭秋是第一批学习军事的。只是,陈独秀到苏俄听说他们学习军事,认为中国当时不存在直接革命的形势,强令他们放弃学习军事,因而没有完成学业);第三批有刘少奇、刘汉之、吴先瑞、董漱清、谭明德、周庠等七人。

参加俄罗斯研究会的是新民学会会员、学生联合会的骨干以及个别进步教员,会员有数十人。一师附小和校友会会址是经常开会的地方,一间房子挤得满满的。会议多半由毛泽东主持。

毛泽东对大家说:"我们要联系中国和湖南的实际情况,学习马克思主义的一般原则。我们要反对读死书,赞成读活书,反对把书本当作教条。"

《共产党宣言》《社会主义从空想到科学的发展》《阶级斗争》《社会主义史》等小册子,都是研究会成员的必读书籍。此外,《新青年》《晨报》等也是大家经常的读物。上海马克思主义研究会主编的《共产党》月刊秘密出版后,毛泽东收到该刊,立即分送给大家阅读。

俄罗斯研究会的活动,为湖南创建共产党组织准备了条件。

通过创办文化书社,以及在一师附小做出的改革,毛泽东已经看出马克思主义具有巨大的吸引力,他所参与发起的湖南自治运动,要求人民制宪人民自治,便是力图以他学到的马克思主义观点作指导的。针对工人、农民和一些缺少文化知识的市民有不敢参与政治活动的自卑感,他发表《释疑》一文,指出:

俄国的政治全是俄国的工人、农民在那里办理,俄国的工人、农民是学过政治法律的吗?世界大战而后,政治易位,法律改观,从前的政治法律,现在一点都不中用。以后的政治法律，不装在穿长衣的先生们的脑子里，而装在工人们农民们的脑子里。他们对于政治要怎么办就怎么办，他们对于法律要怎么定就怎么定。同样的道理，湖南的工人、农民也应该可以出来议政治，也有能力来议政治。

10月8日，各界建议人集合在省教育会坪，毛泽东被推举为大会主席。彭璜宣读了《由"湖南革命政府"召集"湖南人民宪法会议"制定"湖南宪法"以建设"新湖南"之建议》，获得到会代表的签名通过。毛泽东宣讲《湖南人民宪法会议选举法和组织法要点》，强调人民宪法会议代表，要用直接的、平等的、普遍的选举法产生，强调制宪的指导思想"宜采取民治主义及社会主义"。

尽管谭延闿曾经对毛泽东很有好感，而且，毛泽东等人把谭延闿执政的湖南省政府看作"湖南革命政府"，但是，谭延闿是不会给予人民自治权力的。

1920年10月10日，在毛泽东等人的发动下，长沙工人、市民万余人从省教育会坪出发，高呼"打倒旧势力""解散省议会""反对省议会包办制宪""湖南人民自治"和"建设新湖南"等口号，要求实现真正的湖南人民自治。游行队伍声势浩大，准备向省政府、省议会呈送《湖南人民自治请愿书》等文件。一名议员指挥站岗的警卫阻挡游行队伍进入省议会大院，激怒了游行者，引起争吵。有位年轻人怒发冲冠，把省议会悬挂的旗帜降了下来。谭延闿怒火万丈，一把撕破革命政府的外衣，凶相毕露，下令追查，并诬陷是毛泽东所为。

恰在这时，毛泽东收到蔡和森于1920年8月13日从法国写给他的信件。

蔡和森在信中说：

我以为先要组织党——共产党。因为他是革命运动的发动者，宣传者，先锋队，作战部，以中国现在的情形看来，须先组织他，然后工团，合作社，才能发生有力的组织，革命运动、劳动运动，才有神经中枢。

我愿你准备做俄国的十月革命。这种预言，我自信有九分对。因此你在国内不可不早有所准备，物色如殷柏者百人分布在全国各处。……我在这里业已酝酿组织，……我将拟一种明确的提议，注重无产阶级专政与国际色彩两点。……拟在此方旗帜鲜明地成立一个共产党。

木斯哥万国共产党是去年三月成立的,今年七月十五开第二次大会,到会代表三十多国。中国、高丽亦各到代表二人,土耳其、印度各有代表五人。据昨日报土耳其共产党业已成立。英国于本月初一亦成立一大共产党。法社会党拟改名共产党。现在第二国际党已解体,脱离出来者都加入新国际党,就是木斯哥万国共产党。我意中国于二年内须成立一主义明确、方法的(得)当和俄一致的党,这事关系不小,望你注意。

现在内地组织此事须秘密。乌合之众不行,离开工业界不行。中产阶级文化运动者不行(除非他变)。

大约同一时间,毛泽东收到了陈独秀的来信。陈独秀告诉他上海已经正式成立了共产党早期组织,嘱咐他在湖南发动成立共产党组织。陈独秀给他寄来了党纲,还寄来了发动共产党组织和社会主义青年团的方法。立即,毛泽东把蔡和森的信转给新民学会会员传阅,并在核心成员中讨论。他先后找了何叔衡、彭璜、陈子博、周世钊、易礼容、陶毅、陈启民等人商讨、交换意见。

毛泽东、彭璜等人在上海的时候,一个名叫黄爱的青年人在《新青年》编辑部担任缮写。他亦时常与毛泽东、彭璜等人讨论湖南改造问题,相约回到湖南以后,从事工人运动。黄爱回到湖南后,与同学庞人铨以甲种工业学校校友会为基础,组织湖南劳工会,接受毛泽东的推荐,聘请何叔衡担任湖南劳工会顾问。1920年10月18日、24日,湖南劳工会先后两次在湖南通俗教育馆召开筹备会议,何叔衡出席指导。筹委会定了湖南劳工会简章。为展开工人运动奠定了基础。

11月7日,庆祝俄国十月革命三周年,毛泽东、彭璜、何叔衡、陈子博组织长沙工人、学生游行示威,散发传单,揭露谭延闿、赵恒惕湘人治湘的真面目。省城各校学生为先锋,举行湖南第一纱厂、湖南黑铅炼厂、长沙泥木工人、码头工人、人力车工人为主体的大游行。游行遭到军警弹压,湖南自治运动宣告失败。

由此,毛泽东意识到在军阀统治时期,不可能通过人民制宪达到人民自治,只有走马克思主义道路,组成一个阶级,去同压迫的阶级进行激烈斗争,才能达到彻底改造湖南改造中国的目的。于是，他彻底抛弃改良主义道路。

在发动工人参加游行上，陈子博做出了巨大努力，从此更受毛泽东的信任。

陈子博，湖南湘乡人，与彭璜家庭相距很近，两人从小认识，成为密友。民国初年，他考入长郡中学，五四运动期间，热情为毛泽东主办的《湘江评论》撰稿，颇受毛泽东的信任。1919 年底，陈子博加入了新民学会，随即参加并领导了新民学会发起的一切活动。通过俄罗斯研究会，他接触到马克思主义，了解了俄国的十月革命，打心眼里接受了马克思主义，积极参与湖南共产主义小组的筹备与发起工作，是该小组的发起人之一。在湖南第一次工人运动高潮时期，他深入到工人当中去，创办工人夜校、组织工会，积极为党工作。当赵恒惕日益暴露出反动军阀的本性时，陈子博嫉恶如仇，决心为民除害。1923 年冬，他只身携带两枚炸弹，埋伏在坡子街茶楼，当赵恒惕乘坐包车上班经过时，将炸弹猛然扔向包车，却因过分紧张，没有击中目标。赵恒惕虽然无恙，却也受惊不小，不由勃然大怒，立即命令全城戒严，四处搜捕。陈子博急忙藏身于民家粪池内，机智地躲过了搜查。不幸的是因为大粪中毒，他遍身发烂，又不能留在长沙治疗，只得回乡调养，1924 年 1 月 24 日病逝，年仅三十二岁。

为了躲避谭延闿、赵恒惕的迫害，毛泽东、彭璜不得不转移到乡村。正是在这样的情况下，毛泽东赴醴陵、萍乡进行社会调查。

11 月 25 日，毛泽东在萍乡分别给新民学会会员向警予、李思安、张国基、欧阳泽、罗章龙写信，告知他们：湖南"政治界暮气已深，腐败已甚，政治改良一途，可谓绝无希望。吾人惟有不理一切，另辟道路，另造环境一法"。"中国坏空气太深太厚，吾们诚哉要造成一种有势力的新空气，才可以将他斗转过来。我想这种新空气，固然要有一班刻苦励志的人，尤其要有一种为大家共同信守的主义。没有主义，是造不成空气的。""主义如一面旗子，旗子立起了，大家才有所指望，才知所趋赴。""弟意凡事不可不注重基础，弟见好些团体，像没有经验的商店，货还没有办好，招牌早已高挂了，广告早已出了，结果离不开失败，离不开一个倒。""只要我们有精密的计划，长期的预备，实力养成了，效果自然会见。"

字里行间，毛泽东透露了他正在秘密筹划组建长沙共产党早期组织的计划。

返回长沙后，毛泽东继续跟文化书社、新民学会、俄罗斯研究会里的人员谈话，找到了几个真同志，他们是何叔衡、彭璜、萧铮、陈子博、贺民范。11月底，毛泽东把这五个志同道合者召集起来，把陈独秀寄来的信件拿出来，给大家传看，跟他们一道讨论中国共产党党纲。他们越发觉得，只有组建马克思主义政党，才能领导民众，进行阶级斗争，去推翻反动军阀的统治。

于是，毛泽东、何叔衡、彭璜、萧铮、陈子博、贺民范在党纲上签下各自名字，成为湖南共产党早期组织的发起人，成为湖南第一批共产党早期党员。随后，长沙共产党早期组织的队伍持续扩大，到中国共产党第一次全国代表大会召开之前，发展到十人左右，包括夏曦、彭平之等，或许还有易礼容。不过，迄今为止能够得到确认的湖南第一批党员只有三个人，即毛泽东、何叔衡、彭璜。

12月1日，毛泽东给蔡和森以及留法新民学会诸友写信，回顾了自己完全转变成一名马克思主义者的过程，明确表示赞同蔡和森的主张，并且正在付诸行动：

我对子升、和笙两人的意见（用平和的手段谋全体的幸福）在真理上是赞成的，但在事实上认为做不到。罗素在长沙演说，意与子升及和笙同，主张共产主义，但反对劳农专政，谓宜用教育的方法，使有产阶级觉悟，可不至要妨碍自由，兴起战争，革命流血。但我于罗素讲演后，曾和荫柏、礼容等有极详之辩论。我对于罗素的主张，有两句评语，就是"理论上说得通，事实上做不到"。……我看俄国式的革命，是无可如何的山穷水尽诸路皆走不通了的一个变计，并不是有更好的方法弃而不采，单要采这个恐怖的方法。……历史上凡是专制主义者，或帝国主义者，或军阀主义者，非等到人家来推倒，决没有自己肯收场的。……我对于绝对的自由主义，无政府的主义，以及德谟克拉西主义，依我现在的看法，都只认为理论上说得好听，事实上是做不到的。……无产者既已觉悟到自己应该有产，而现在受无产的痛苦是不应该；因无产的不安，而发生共产的要求，已经成了一种事实。事实是当前的，是不能消灭的，是知了就要行的。……因此我于子升和笙二兄的主张，不表同意。而于和森的主张，表示深切的赞成。

长沙共产党早期组织一成立起来，就展开了一系列活动。除下面即将谈到的组建社会主义青年团之外，在毛泽东领导下，共产党早期组织成员重办了湖南第一师范工人夜校，向工人进行马克思主义基本知识的教育，并在一师附小创办了一所补习学校，招收失学工人子弟入学。长沙共产主义小组成员还深入到工人中去，先后在纺织、铁路、造币、印刷、泥木、搬运等行业了解工人劳动及生活的情况，向工人宣传马克思主义，促进马克思主义与工人运动的结合。1921年五一国际劳动节，他们组织领导了长沙织造、铁业、泥土等行业工人和学生数万人的游行示威大会。通过宣传教育，长沙的产业工人和手工业工人逐渐组织起来。

1921年3月14日，毛泽东、何叔衡、贺民范等二十八人在船山学社发起组织了中韩互助社，支持朝鲜人民争取民族独立的斗争。毛、何、贺分任该社通讯、宣传、经济部的中方主任，朝鲜黄永熙、李基彰、李愚珉分任朝方各部主任。

同年7月，中国共产党正式成立以后，贺民范停办船山中学，极力支持毛泽东、何叔衡等人筹办自修大学，并出任校长，造就了一批工农革命运动的领导骨干。1922年，贺民范担任湖南省财政厅秘书，1923年秋回到宝庆任劝学所所长。国共合作时期，他在宝庆城里组织进步师生成立宝庆三民主义研究会，研究孙中山学说和马列主义，探究俄国十月革命经验。一年后，他再入官场，出任新宁县知事，后任邵阳县议会教育专门委员会主任。1926年4月12日，他担任大会主席，主持了宝庆学生联合会举行的声援北京"三一八"惨案的群众大会。北伐时期，贺民范积极组织农民协会，并遵照中共中央指令，在宝庆城乡发展国民党员，筹建国民党县党部，任国民党宝庆县党部监察委员。马日事变后，他遭到通缉，不得不潜往长沙，因在长沙无法立足，北上武昌，进入佛学院拜华严精舍荣妙老和尚为师，研读佛经。1928年3月，贺民范来到南京，由于有人向国民党当局告密而被捕，判刑两年零四个月。出狱后，应族人之邀返回故里，纂修族谱，组织乡民整修道路、塘坝，兴办教育。1950年8月，在故里逝世，终年八十四岁。

何叔衡则在大革命失败后去苏联莫斯科东方大学进修，归国后不久即进入苏区，担任苏维埃政府人民检查委员，最高法院院长。中央红军主力长征时，因为与毛泽东关系极其亲密，他被留了下来，1935年2月在福建长汀突围时牺牲。

　　长沙共产党早期组织终于成立了。这是一个秘密组织，共产党早期组织的任务不仅是为了宣传马克思主义，更是为了扩大研究马克思主义信仰马克思主义的阵容。他们确定了当前的工作任务，立即投入到实际行动。

　　筹建社会主义青年团是他们的一项重要工作。他们决定按照陈独秀以及北京方面寄来的社会主义青年团团章及其活动方法组建这一组织，翻印出团的章程后，从俄罗斯研究会以及其他进步学生当中物色有可能接受社会主义青年团章程的人，一个个地跟他们单独谈话，按照团章的规定，指导他们认识社会主义青年团的性质，引导他们参加社会主义青年团。他们很想率先把新民学会会员都发展到社会主义青年团里面来，可是，许许多多新民学会会员仍然沉醉在改良主义的方式上，研究马克思主义只是浅尝辄止，无法真正地认同马克思主义阶级斗争和用暴力的手段推翻统治阶级的思想。毛泽东、何叔衡、彭璜、陈子博等人对新民学会会员做了大量工作，依旧无法让他们放弃那种不切实际的幻想。

　　与此同时，赴法留学的新民学会会员因为对马克思主义和改良主义态度的不同，分化成两大阵营，一直争吵不休，无法形成统一的立场。以蔡和森为首的一部分新民学会会员主张走马克思主义道路，但以萧瑜为首的另一部分新民学会会员坚决主张改良主义。他们无法达成一致，遂分别给国内的毛泽东、何叔衡、彭璜等人写信，各自阐明了自己的观念，希望获得毛泽东等人的支持。

　　蔡和森，湖南湘乡人，出生于上海。自幼家中贫寒，童年时代给人当学徒，直到十六岁才得以进入小学读书。他聪明而又勤奋，两年后考入湖南省立第一师范学校，跟毛泽东结为挚友。1918年4月14日，和毛泽东、萧瑜等人一起发起了新民学会。1919年12月，蔡和森和他的母亲葛兰英、妹妹蔡畅以及蔡畅的同事向警予一道从上海坐船奔赴法国。在船上，蔡和森与向警予朝夕相处，产生了爱慕之情。初到法国，蔡和森便被马克思主义吸引了，既不做工，也不求学，只是一个劲地猛看猛译法文马克思主义著作，心里萌发了组织共产党的想法。1920年7月，留法新民学会十三名会员在蒙达尔尼开会。他明确提出："组织共产党，使用无产阶级专政，其主旨与方法多倾向于现在之俄。"

萧瑜却不一样，竭力鼓吹温和的改良主义，觉得马克思主义的本质必然导致流血的冲突，认为改造中国与世界，不可以一部分的牺牲，换多数人的幸福，主张温和的革命，以教育为工具的革命。在写给毛泽东等人的信件里，他一样极力阐明了自己的观点。为了影响毛泽东，他甚至在1920年底回到中国，专门做毛泽东的工作。不过，他带回了蔡和森于9月16日写给毛泽东的另外一封信。

在这封信里，蔡和森详细阐明组织共产党的重要性，详尽介绍列宁的建党原则、步骤、方法、入党条件，再次强调"我以为非组织与俄一致的（原理方法都一致）共产党，则民众运动，改造运动皆不会有力，不会彻底"。希望毛泽东在国内立即进行组党的工作，并首次提出中国共产党的全称：

> 我认（为）党的组织是很重要的。组织的步骤：（1）结合极有此种了解及主张的人组织一个研究宣传的团体及出版物。（2）普遍联络各处做一个要求集会、结社、出版、自由的运动，取消治安警察法及报纸条例。（3）严格的物色确实党员，分布各职业机关，工厂，农场，议会等处。（4）显然公布一种有力的出版物，然后明目张胆正式成立一个中国共产党。
>
> 我以（为）世界革命运动自俄革命成功以来已经转了一个大方向，这方向就是无产阶级获得政权来改造社会。不懂的人以为无产阶级专政是以暴易暴，不知列宁及万国共产党已再三宣言，专政是由资本主义变得共产主义过渡时代一个必不可少的办法。等到共产主义的社会组织世界组成完成了，阶级没有了，于是政权与国家一律取消。故现在的各国无政府党与工团的见到了的分子，也已改了倾向。我不信这种倾向会错的。无政府党最后的理想我以为列宁与他无二致。不过要做到无政府的地步，我以为一定要经俄国现在所用的方法。

萧瑜回国见到了毛泽东，并没有达到说服毛泽东的目的；蔡和森的这封信一交到毛泽东手里，立即跟毛泽东在心里引起了共鸣。于是，1921年1月1日到3日，在新民学会的年度会议上，毛泽东、何叔衡等人坚决支持蔡和森的观点。

1921年1月21日，毛泽东复函蔡和森道：

你这一封信见地极当,我没有一个字不赞成。党一层陈仲甫先生等已在进行组织。出版物一层上海出的《共产党》,你处谅可得到,颇不愧为"旗帜鲜明"四字。

顺便交代一下,尽管蔡和森早在上海正式成立共产党早期组织以前,已在法国提出了组建共产党的想法,但因为赴法留学人员在1921年接连发起"二二八"运动、拒款运动、进占里昂中法大学运动,他既不知道张申府已经来到法国,正在旅法学生中物色人员组建共产党早期组织,又没有时间将自己的设想付诸实施。进占里昂中法大学运动失败,他和陈公培等一百零四个留法学生被遣送回国。回到上海之后,陈公培将他带去见到了陈独秀,蔡和森这才加入中国共产党。

经过毛泽东、何叔衡等长沙共产党早期组织成员单个谈话,寄发团章,已经有二十多个进步青年有了加入社会主义青年团的意愿。

共产党早期组织是秘密的,不能公开,社会主义青年团却是半公开组织,在成立社会主义青年团的那一天,应该把仪式搞得更隆重一些。毛泽东想到10月初的时候,湖南省教育会邀请杜威、罗素、张东荪来湘讲学,听从何叔衡的建议,亦邀请了陈独秀,陈独秀应毛泽东之约,早有到访湖南的计划,于是欣然答应10月18日赴湘,结果知道杜威、罗素也要去,不愿意与他们照面,便没有成行,准备请陈独秀出席青年团成立大会,发表演讲。毛泽东提笔给陈独秀写了一封信,把湖南成立了共产党早期组织以及开展各种活动的情况,一五一十地告诉了他,然后话锋一转,说道:如果陈先生能够抽出时间,敬请陈先生来到长沙,亲自参加青年团的成立大会,并发表讲话,激励团员们的热情和斗志。

很快,陈独秀回信了,对湖南共产党早期组织的工作表示了肯定和赞赏,愉快地答应在12月中下旬,前来长沙和同志们见面。

湖南共产党早期组织成员欣喜万分,焦急地等待着陈独秀的到来。殊不料又出了变故,陈炯明率领粤军赶走了盘踞在广东的桂系军阀以后,邀请陈独秀前去广州主持教育委员会的工作。陈独秀无法来长沙了。

毛泽东接到陈独秀的信件,不由得喟然一声叹息。

时间过得飞快,新的一年马上将要来临了。萧瑜回到长沙以及带回来的蔡和森写给毛泽东和几位新民学会主要骨干的信件，将埋藏在国内新民学会会员心里的不同想法再一次揭示开来，并且再一次引起了众人的激烈争论。

"分裂的时候终于到了。"毛泽东缓缓地说道。

"10月份，杜威和罗素来湘讲学，鼓吹资产阶级改良主义，攻击马克思主义和俄国革命。新民学会会员很多人都受到了他们的影响，在这个时候，有多少人会走到马克思主义道路上来呢？"杨开慧很关心毛泽东的事业，问道。

"不管有多少人愿意走到马克思主义道路上来，我们都要沿着这条道路走下去。"毛泽东坚定地说道。

1921年1月1日至3日，新民学会新一年度的年会在文化书社召开。主席为何叔衡，由毛泽东宣读蔡和森的长信。紧接着，围绕着蔡和森以及萧瑜的观点，他们整理出了几条主要线索，准备从新民学会应以什么作共同目的、达到目的必须采取什么方法、方法行进即刻如何着手等几个问题入手，展开讨论。

何叔衡神色激动地说道："我坚决主张过激主义。一次的扰乱，抵得上二十年的教育！我深信这些话。"

紧接着，毛泽东发言予以支持："我的意见与何君大体相同。社会政策，是补苴罅漏的政策，不成办法。社会民主主义，借议会为改造工具，但事实上议会的立法总是保护有产阶级的。无政府主义否认权力，这种主义，恐怕永世都做不到。温和方法的共产主义，如罗素所主张极端的自由，放任资本家，亦是永世做不到的。激烈方法的共产主义，即所谓劳农主义，用阶级专政的方法，是可以预计效果的。故最宜采用。"

彭璜积极响应，认为改造中国，应当"采革命的手段。吾人有讲主义之必要，讲主义不是说空话。……中国国情，如社会组织、工业状况、人民性质，皆与俄国相似，故俄之过激主义可以行于中国。亦不必抄袭过激主义，惟须有同类的精神，即使用革命的社会主义也"。

陈子博明确提出了第一步激烈革命、第二步劳农专政的主张，主张到劳动界去多发小册子，语言无妨激烈一点，他自己打算到工人、士兵中去，对兵与工宣传我们的主义。

与会的新民学会会员共有十八人。在他们的影响下，其中十二人赞成波尔失委克主义，赞成德谟克拉西者二人，赞成温和方法的共产主义者一人，未决定者三人。事实上,这意味着新民学会已经走向了分裂。尽管这是毛泽东、何叔衡和赞成马克思主义的会员事先都预料到了的,但是,他们仍然感到有些惋惜。

新民学会分裂以后,毛泽东将领导新民学会中拥护马克思主义的会员们进入一个崭新的时期。在这一时期,他们并没有彻底放弃新民学会,而是把新民学会的宗旨由民主主义转向了马克思主义。在这次新民学会年会的最后一天里,那些赞成马克思主义的会员就如何着手改造社会与世界,展开了激烈的讨论,决定立即组织社会主义青年团。

1921年1月13日,彭平之、易礼容、杨开慧、郭亮、夏曦、张文亮等十六名优秀青年接到通知,前来参加社会主义青年团成立大会。毛泽东、何叔衡、彭璜、贺民范、萧铮、陈子博等共产党早期组织成员悉数到场。在社会主义青年团成立大会上,毛泽东当选为书记。不久,毛泽东和杨开慧结了婚。

9. 济南树立旗帜

跟其他各地共产党早期组织的发起者或者主要创建人相比，王尽美、邓恩铭确实太年轻了，资历太浅了，在毛泽东时代，似乎没有人对他们是济南共产党早期组织的创建者提出异议，可是，自从国家逐渐走上有中国特色的社会主义道路以来，国门大开，苍蝇蚊子漫天飞舞，许许多多入流的不入流的、抱着这样那样目的的所谓专家学者，不论他们在哪一个领域有所专长，总爱利用他们已经取得的地位或名望，或者是为了取得自己想要的地位或名望，打着从事研究、探求真相的旗号，实际上是歪曲真相（真正为了探求真相的学者值得尊敬），对毛泽东时代以及革命年代提倡和存在过的崇高纯真的东西，都持怀疑乃至于否定态度，连各地共产党早期组织的创建者也不能幸免。很多人首先把矛头直接对准伟大领袖毛泽东，认为长沙共产党早期组织根本不存在，毛泽东建立的不过是社会主义青年团。继而，有人试图把王尽美、邓恩铭从济南共产党早期组织创建者的名单上抹掉，另行换上王乐平。尽管这并没有动摇《中国共产党历史》对毛泽东、王尽美、邓恩铭做出的权威定论，但这种杂音的存在，多多少少会对党造成伤害。

认为毛泽东在中国共产党第一次全国代表大会之前没有在长沙创建共产党早期组织，王尽美、邓恩铭不是济南共产党早期组织的人，都提出了一些似是而非的论据或者假设，来支撑他们的说法。

否认毛泽东在长沙建立了共产党早期组织的那些人，大约提出了这么四点理由：一、没有文献依据；二、当事人回忆没有党小组，只有团组织；三、1920年7、8月间，陈独秀不可能委托毛泽东回湖南建党；四、没有发现长沙共产党早期组织展开过任何活动。

针对第一点，不知道他们所说的文献依据是什么。如果是指明确记载毛泽东和他的真同志什么时候在长沙组建了共产党早期组织，有多少人参加了这个组织，这个组织展开了哪些活动，确实没有这种文献资料。而且，不光长沙共产党早期组织没有明确的记载，打着灯笼，想从已有的文献资料宝库中找出北京、武昌、济南、广州、日本等地的共产党早期组织的这些确凿信息，同样难以办到，甚至作为发起组的上海，也在成立共产党早期组织方面没有明确的具体日期，所以既有1920年6月之说，也有8月之说，倒是成立社会主义青年团的日期非常明确。按照他们的说法，是不是所有的共产党早期组织都不存在？上海方面也仅仅只是成立了社会主义青年团？他们只图颠覆对中国共产党成立史的认知，或者哗众取宠，丝毫不考虑北洋政府以及地方反动统治势力把马克思主义视为过激主义，对研究者、传播者实施了多么严厉的监视。在国内六个共产党早期组织当中，上海发起组从进行第一次座谈开始，一直没有出过法租界，那儿环境相对宽松一些，很多活动尚且不能公开。上一节已经谈到，毛泽东在组建长沙共产党早期组织的时候，因为发起湖南自治运动，相继受到谭延闿、赵恒惕的迫害，不得不转移到乡村，在这样的情况下，留下任何文字记录，一旦被查获，意味着什么，难道不是明摆着的吗？

长沙共产党早期组织自身固然没有留下明确的记录作为文献资料，可是，不等于没有旁证。中国共产党第一次全国代表大会之后，中共中央局给共产国际的报告明确记录，参加大会的有六个小组、十二个代表，来自七个地方，其中外来的是"北京、汉口、广州、长沙、济南和日本的各地代表"。参加过一大的广州代表陈公博于1924年撰写的《共产主义运动在中国》说：大会代表十二人，代表七个地区："广州、北京、湖南、上海、山东、天津、汉口以及在日本的代表。"

至于当事人回忆没有党小组、只有团组织的说法，不知道他们查找的是哪些当事人的回忆。须知，长沙共产党早期组织创建之初，大约只有毛泽东、何叔衡、彭璜、萧铮、贺民范、陈子博六个人。在这六位长沙最早的共产党早期组织成员之中，公开回忆，或者有回忆文章，提及这一组织的，只有毛泽东。

说长沙共产党早期组织是包括萧铮在内的六个人发起的，是毛泽东在1936年跟美国记者埃德加·斯诺谈话时说的。原话为：萧铮，党的一个著名领导人，是在最早发起建党的文件上签名的六人之一，不久以前病逝。

因为在党的著名领导人中找不到萧铮这个人，有的学者根据毛泽东在与埃德加·斯诺谈到萧铮之前，谈的是新民学会其他成员，认为这是美国记者听混了，毛泽东说的是箫子升，他当成了萧铮。而且毛泽东指的不是建党，而是成立新民学会。果真如此的话，箫子升在新民学会中至少跟毛泽东、蔡和森并列，毛泽东怎么会把他放在易礼容等人之后呢？而且，最早发起新民学会的也不是六个人呀。再说，萧子升1936年并没有离世，一直活到新中国成立，尽管他住在国外。

不过，倒是可以引用萧子升回忆1921年7月跟毛泽东一同乘船去上海的谈话作为旁证，证明长沙共产党早期组织存在："那是最后一个夜晚，我们同床而睡，一直谈到黎明，毛泽东一直劝说我加入共产党，他说，如果我们全力以赴，不要一千年，只要三十年至四十年的时间，共产党就能够改变中国。"

萧子升是1920年底从法国回到长沙，希望劝说毛泽东支持他的改良主义路线，最终未能成功。他还有过这样的回忆："1920年，新民学会出现了分裂，在毛泽东领导下，那些热衷共产主义的人，形成了一个单独的秘密组织。"

1945年，在筹备中共第七次全国代表大会时，毛泽东有过这样的谈话：当时对马克思主义有多少，世界上的事如何办，也还不甚了了。所谓代表，哪有同志们现在这样高明，懂得这样，懂得那样。什么经济、文化、党务、整风等等，一样也不晓得。当时我就是这样，其他人也差不多。当时陈独秀没有到会，他在广东当教育厅长。……《联共党史》开卷第一页第一行说，苏联共产党是由马克思主义的小组发展成为领导苏维埃联邦的党。我们也是由小组到建立党，经过根据地发展到全国，现在还是在根据地，还没有到全国。我们开始的时候，也是很小的小组。这次大会发给我一张表，其中一项要填何人介绍入党。我说我没有介绍人。我们那时候就是自己搞的，知道的事也并不多，可谓年幼无知，不知世事。

1956年9月，在北京召开的中共八大上，毛泽东作为党的主席，在代表证上入党时间一栏中，填写的时间是1920年。

1960年6月21日，毛泽东接见日本文学代表团，谈到自己的经历时说：后来是环境逼得我同周围的人组织共产主义小组，研究马列主义。

1969年4月1日，毛泽东在中国共产党第九次代表大会开幕式上，又谈到他和何叔衡是一大代表，等于说他和何叔衡等人已经成立了共产党早期组织。

作为长沙共产党早期组织的主要发起人，毛泽东的回忆无疑应该是最具有可靠性、权威性。即使把毛泽东的回忆看作孤证，不予采信，那么，再看一看其他的旁证。负责向各地共产党早期组织发出开会通知的李达，在共产党早期组织构成方面，有过五次回忆（包括自传），有四次提到长沙共产党早期组织，仅有一次（1957年6月）提到"长沙那时可能还是社会主义青年团"。于是，他们死抠这一点不放，无视李达四次说有长沙共产党早期组织存在的事实，硬说长沙只有社会主义青年团。即使不以对同一件事情描述次数的多寡决定对错，那么，看一看参与一大筹备工作的张国焘的回忆吧。张国焘在北大读书时即看不起毛泽东，后来从事革命活动，又发生过另立中央的事情，他的回忆绝不会对毛泽东有任何偏袒。张国焘在《我的回忆》里明确写道：湖南长沙的共产党小组是由毛泽东发动于一九二○年十一月间成立的。

一大代表董必武、陈潭秋、刘仁静、包惠僧、周佛海在回忆中，同样说到了长沙共产党早期组织的存在。

还需要举出更多的例子吗？长沙共产党早期组织成员彭述之1983年发表在香港《争鸣》杂志第6期上的文章说："一九二○年九月我抵长沙时，湖南共产主义小组是个什么模样呢？我在长沙逗留时间太短促，未能亲自了解它。根据贺民范的叙述，湖南的共产主义小组同上海的大不相同，它当时在组织上还没有正式形成，而上海的共产主义小组已经成了中国拥护苏俄式革命分子的核心，并且是他们的先驱组织。然而湖南共产主义小组的存在是不可置疑的。它已拥有五位成员，他们都是精力充沛、相当活跃的教育界人士，在青年学生中有一定影响。"

彭述之固然不是长沙共产党早期组织的最初成员，但贺民范是，他是听贺民范讲述的，最起码，比任何人的来源要可靠得多。

针对陈独秀不可能在1920年7、8月间委托毛泽东回湖南建党的说法，只要看一看这样几个事实，便知端倪：陈独秀在上海发起共产党早期组织期间，张国焘亦在上海，陈独秀向张国焘谈起了建党的事，并且要张国焘回北京以后，与李大钊一块儿成立北京共产党早期组织；刘伯垂路过上海，陈独秀委托刘伯垂回到武昌，联络董必武、张国恩、包惠僧、郑凯卿等人建立武昌共产党早期组织。1920年5月初至6月底，恰逢陈独秀在上海建党的初创阶段，毛泽东多次拜访陈独秀，在陈独秀指引下，已经确立马克思主义信仰，而且，在毛泽东的周围，以新民学会为基础，有一大批思想进步的青年，陈独秀会不委托他建党吗？

因此，退一万步，即使陈独秀没有当面委托毛泽东在长沙建党，他与毛泽东又有很频繁的书信来往，连张文亮都跟陈独秀通过信，陈独秀在书信中不能委托吗？能委托毛泽东建立社会主义青年团，不能委托毛泽东建党吗？

没有发现小组活动这个理由更加胡扯。须知，张国焘对长沙共产党早期组织的评价是：这个小组的活动一直是很积极的。

如何积极？只要看一看在毛泽东、何叔衡、彭璜、贺民范、陈子博等人的影响下，黄爱、庞人铨发起的湖南劳工会发动第一纱厂收归公有运动，逐渐向马克思主义靠拢，即可以明白。更何况，他们将进步分子送往上海外国语学社、组织长沙中韩互助，筹备湖南自修大学，批判省长赵恒惕炮制的省宪法草案，哪一件没有在发展壮大共产党早期组织以及展示坚定信仰方面产生重大影响？

对济南共产党早期组织的怀疑，分为两种情况，一种认为该组织是王乐平发起的，另一种认为王乐平没有做发起人，济南共产党早期组织事实上根本不存在。无论哪一种情况，归根到底，他们认为王尽美、邓恩铭没有资格做发起人。

认为王乐平是济南共产党早期组织发起人的所谓党史研究专家学者或者发烧友，是下了一番功夫，做过一些考证或者自认为是符合逻辑的推定的。

他们提出的论据是：《中共党史资料》第39期，刊发了俄罗斯国家档案馆移交给中共中央档案馆的，1922年1月出席莫斯科远东各国共产党及民族革命团体第一次代表大会代表填写的《调查表》。出席这次大会的中国代表团由四十四人组成，其中有表决权的三十九人，有发言权的五人；在有表决权的代表中共产党员有十四名（张国焘也出席了这次会议，并且是关于中国形势问题的主要报告人），国民党员一人，无党派人士十三名，社会主义青年团员十一名。已发现中国代表团成员填写的《调查表》共三十五份。表的题目都是中华共产党部，但在属何党派或团体栏目中填写很不规范，有的填写为中华共产党（如夏曦），有的填写为属共产党或共产党（如王寒烬等），非共产党员则填写为××社会主义青年团、中国劳动组合书记部职员、工会，林育南则填写共存社等等。山东参会的有六人，分别是王筱锦（王象午）、邓又铭（邓恩铭）、王居一（王乐平）、王福源（王复元）、王尽美、王志坚。在《调查表》属何党派或团体栏目中,王尽美填的是中国共产党山东部,而王乐平、邓恩铭、王复元、王象午四人填的都是中华共产党山东部,在已找到的三十五份《调查表》里,没有发现王志坚的。由此,他们认定,王乐平不是共产党的说法是错误的,以王乐平不是共产党为由推断他没有参加济南共产党早期组织的结论也应该提出质疑。

观点摆出来了,他们随即着手为王乐平是济南共产党早期组织的真正发起人寻找依据,没有真凭实据,全部是根据王乐平的所作所为进行的推导。

首先,他们认为,五四运动时期,王乐平作为山东省议会驻沪代表,在上海组织山东旅沪商人举行谈话会,为收回山东主权而奔波于上海、济南、北京之间,积极联络上海各界声援山东人民收回主权的斗争,组织旅沪山东人士举行了多次集会,发表通电参加三罢斗争,揭露北洋军阀政府卖国行径;从上海返回济南后,他会同省议会部分成员,召开教育会、商会、农会、报界联合会以及学生代表会议,成立各界联合会,作为山东各界赴京请愿团的主要领导成员之一,率领请愿团与总统徐世昌进行过面对面的说理斗争,是山东反帝爱国运动的风云人物。

其次,王乐平创办齐鲁书社,促进了马克思主义在山东的广泛传播。由此,他受到陈独秀赏识,两人关系加深,建立了密切的联系。1920年夏,在王乐平的支持和帮助下,王尽美、邓恩铭、王志坚等以齐鲁书社为基地,秘密建立了康米尼斯特学会。11月,王尽美等人又发起建立了以青年学生为主体的进步学术团体——励新学会,会址设在齐鲁书社。这是建立济南共产党早期组织的基础。

再次,1919年11月,王乐平作为山东代表出席了在上海召开的全国各界联合会成立大会,并与刘清扬、张国焘等人一起在各界联合会共同工作过。这一时期,他与参与上海共产党早期组织筹建活动的国民党员戴季陶、沈玄庐、邵力子等人来往密切。这三个人都是很有影响的老国民党员,他们的思想和行动,在王乐平由激进民主主义者向社会主义觉悟转变的过程中起了促进的作用。

最后,在他们看来,王乐平有行动基础,有人员基础,有思想基础,上海共产党早期组织成立后,陈独秀写信请他在济南组织共产党,他怎么可能把这份有思想界明星之称的陈独秀推荐的美差让给别人呢?何况,王尽美是刚进入济南城两年多的乡下人，正在省立第一师范学校读书，邓恩铭更仅仅只是山东省立第一中学的中学生，王乐平怎么可能把这一重大任务交给他们呢？即使交给了他们，他们是两个来自乡下的学生，在济南毫无影响力，又怎么能完成这一任务呢？

把陈独秀请王乐平在济南筹建共产党早期组织看成是美差，显然是根据今人的眼光来看待这件事的，并没有从当时的现实情况出发做理性分析，更没有做深入研究，反映的是时下许许多多所谓专家学者或发烧友热衷于短期效应、不追求事实真相的现实。要知道，五四运动时期，山东是受到北洋政府以及当地地方军阀势力迫害最残酷的地区，没有之一，王乐平开设的齐鲁书社尽管营销了很多有关马克思主义的书籍，但他自己可有任何宣传马克思主义的文章传世？他固然对王尽美、邓恩铭等人发起成立康美斯特学会、励新学会提供了帮助，他自己可曾亲自参加这两个学会？而且，如果在反动统治下建党真是美差的话，召开中国共产党第一次全国代表大会的时候，陈独秀会因为搞一笔款子滞留在广州而不回到上海主持大会？李大钊会因为讨薪以及其他工作也不去参加会议吗？到一大召开时，国内六个地区成立了共产党早期组织，党员人数全部加起来只有五十多个，可不是如今高达九千万党员的数字！作为中国国民党党员的王乐平，自从加入同盟会以来，经历过多少风风雨雨，他岂能不知道建党与革命的艰辛？

那么，王乐平究竟是不是共产党员，是不是济南共产党早期组织发起人呢？在他们列举的三点理由里，没有一个能证明他是共产党员，更没有一个能证明是他发起了济南共产党早期组织。五四运动的风云人物多得不可胜数，恽代英是湖北五四运动的实际领袖，其地位可比王乐平在山东五四运动中的地位高得多；恽代英开办的利群书社，促进了湖北地区的马克思主义的传播，恽代英接受陈独秀的委托，翻译了《阶级争斗》，可是，他既没有出面发起湖北共产党早期组织，也没有接受包惠僧、袁振英的劝说，加入已经成立起来的武昌共产党早期组织，仍然沉醉在搞新村运动的实践之中。不过，恽代英倒是在中国共产党第一次全国代表大会期间，自己另外组建了具有共产主义性质的组织——共存社。

这样说，并非就事论事，确实有点狡辩的意思。那么，一条条回驳他们的三点理由吧。五四运动的风云人物不一定会是中共党员，更不会都是共产党早期组织发起人，这个道理显而易见，不用多说。王乐平创办齐鲁书社，并且支持和帮助王尽美、邓恩铭等人成立康美尼斯特学会、励新学会，打下了建立济南共产党早期组织的基础，与王乐平本人是不是发起者没有丝毫关系，因为在这个基础中唱主角的是王尽美、邓恩铭、王志坚等参与爱国运动的进步学生，他们以齐鲁书社为依托，把一批信仰马克思主义的青年学生团结在自己身边，已经拥有了足够的影响力，可不是刚刚进城的乡下人！所谓王乐平与戴季陶、沈玄庐、邵力子过从甚密，是在这三个老国民党员的影响下，信仰马克思主义的，并且把它作为证据，看作是王乐平发起了济南共产党早期组织，更有些想当然了。须知，在陈独秀发起上海共产党早期组织的时候，戴季陶、沈玄庐、邵力子确实参与了一些活动，可是，在上海共产党早期组织准备正式成立那一天，戴季陶突然宣布退出，王乐平真要受戴季陶影响，得知戴季陶有此举动，恐怕同样不会参加吧。

  这些都是推导，同样有些想当然的意思。王乐平不是在上海与张国焘一块儿工作过吗？且看张国焘是怎么说的：北京小组是活动得最积极的一个小组，尤以工人运动做得最有声色。它除了在北京市区及四郊展开上述那些工作外，还在济南成立了另一个共产党小组和社会主义青年团。最先参加小组的有王尽美、邓恩铭等八人，参加青年团的人数还要多些。

  熟悉王乐平的张国焘可没有提到过此人，难道是张国焘健忘了吗？如果他真的健忘了，那么，在他的心中，王乐平的影响力岂不是比不过王尽美、邓恩铭？要知道，在认识王乐平之前，张国焘压根没有跟王尽美、邓恩铭见过面。

  认为王乐平没有做发起人、济南共产党早期组织不存在的人，同样给出了在他们看来是站得住脚的理由：在王乐平方面，其人固然在五四运动时间是山东的风云人物，且跟陈独秀建立了密切联系，但他与陈独秀民族观一致，阶级观却不一致，他是山东省议会秘书长，属于政府官员，受政府信任，底气正盛，决定他必然会站在代表民族资产阶级利益的中华革命党（中国国民党）一边，反对无产阶级革命及无产阶级专政道路，而五四运动使陈独秀从民主主义者转变为共产主义者，他们的路线不一样了，王乐平怎么能支持陈独秀建立共产党？又怎么能把建党任务交给侄子王尽美？为了证明他们所言有理，他们堂而皇之地宣称，离开民族观和阶级观分析历史人物，是写不出中共信史的。在王尽美、邓恩铭方面，他们认为，这二人不仅不能与张国焘、李达、李汉俊、董必武、陈潭秋等人相比，更不能与陈独秀、李大钊相比，虽有热情但无建党准备，满足于参加运动和学会讨论，对建党总有依赖思想。面对马良的残酷镇压，以及马克思学说研究会的分化，王、邓即使能区分开派别，也可能产生求稳不急策略，以研究会代党。一言以蔽之，这二人既没有足够的资历，也没有足够的勇气建立共产党早期组织。

看！他们主观臆断得连王乐平与王尽美之间到底是什么关系都没有搞清楚，竟然敢大言不惭。王尽美跟王乐平没有任何亲属关系，如果说他们是同族，那么，两人老家相距数百里，亦决定了他们的血缘关系非常淡薄，而且王尽美跟王翔千同辈，王翔千比王乐平长一辈，则王尽美算得上是王乐平的长辈，而不是相反。

如果真像他们所说的那样，王乐平因为跟陈独秀路线不一样，既不会支持陈独秀建党，也不会把建党任务交给王尽美，王尽美、邓恩铭没有资历和勇气建党，那么很难解释王乐平在《调查表》上为什么会把自己填写成中华共产党，更解释不了王尽美、邓恩铭为什么会出席中国共产党第一次全国代表大会。

那么，济南共产党早期组织到底存不存在？如果所有当事人的回忆都不可采信的话，还有1922年7月11日马林给国际执委会的报告为证：当威金斯基（维经斯基）同志在上海工作时，中国共产主义者已在陈独秀同志——他主编《新青年》杂志多年——的领导下形成一个团体。这个团体在七八个城市有小组，但全国成员不超过五十到八十人……1921年1月，各地小组的代表在上海举行会议，决定成立中国共产党，并加入共产国际。

如果济南共产党早期组织不存在，从哪里去找到七八个共产党小组？南京？徐州？倒是有过这样的说法：南京、徐州都曾派出代表到上海参加会议，不过，在正式会议举行之前，他们在党的纪律问题上不赞同其他代表的意见，因而早早地打道回府。如果此说是真，只能证明南京、徐州方面即使有过党组织，也绝不是真正的马克思主义政党，不可能出现在马林的报告中。

王乐平到底是不是共产党员呢？要弄清这个问题，恐怕很不容易，先拿林育南作一个例子吧。赴莫斯科参加远东各国共产党及民族革命团体第一次代表大会时，林育南填写的是共存社，因为他确实是共存社成员。会议结束以后，他回到湖北，提议共存社解散，大部成员加入了共产党。山东赴会的五个代表当中，王尽美、邓恩铭、王象午、王复元填写的党派同样是真实的，为此，王乐平应该一样是共产党员。至于他什么时候加入的共产党，熟悉他的张国焘在一大前提到的济南共产党早期组织成员里面没有他，则他很可能像恽代英一样，在一大以后加入共产党。至于真相如何，有待真正研究党史的专家学者探求。

所有怀疑王尽美、邓恩铭没有资格、没有勇气发起建立济南共产党早期组织的人，都忽视了一个重要的事实：北京共产党早期组织担负在北方发展组织的重任，王尽美、邓恩铭等人不仅跟李大钊、罗章龙等北京共产党早期组织成员有密切联系，受到过他们的指导，而且，杨明斋路过济南，亦曾经指导过他们。

杨明斋大约在1920年秋天回老家平度探亲时，受上海发起组委托，在济南停留下来，跟他们见面，了解他们的活动情况，并指导他们建立共产党早期组织。

王尽美、邓恩铭、王翔千轮流向他汇报了一遍。原来他们已经成立了秘密的康米尼斯特学会、公开的励新学会，这是一个很好的开端，正是组建共产党早期组织的第一步。杨明斋出席了一次集会，觉得有可能在济南成立共产党组织。因此，他把王尽美、邓恩铭、王翔千召集起来，说道："陈独秀先生已经在上海发起了共产党组织。他曾经给王乐平先生写过信，希望王先生在济南发起共产党组织。可是，一直没有接到王先生回信。李大钊先生也在北京组织了共产党支部。我受上海发起组委托，利用探亲机会跟你们相见，是希望你们组建共产党组织。"

研究马克思学说，是要解决中国的实际问题，最终必须成立共产党，发动民众，跟反动统治阶级进行斗争。既然上海和北京都成立了共产党组织，杨明斋亲自参加过上海共产党组织的发起工作，一定非常熟悉如何组建共产党组织了。王尽美、邓恩铭、王翔千得仔细询问这位老共产党员，从他那儿得到帮助。

他们知道了成立共产党组织需要走的步骤，也知道了自己的使命。他们要像杨明斋说的那样，在康米尼斯特学会发现和培养信仰马克思主义的青年人，成为一个新的核心，依靠这些人，来组建济南的共产党组织。从此，他们的思想完完全全地转变到马克思主义上来，他们在为组建共产党组织做着必要的准备。

不久，他们收到了李大钊的来信。李大钊说，他在北京刚刚成立了共产党支部，很希望济南也能成立共产党支部。因为罗章龙跟他们很熟，他很想派遣罗章龙去济南，帮助他们开启组织共产党支部的大门，可是，自从黄凌霜这些无政府主义者退出之后，罗章龙肩上的担子更重，根本无法离开。他只好写了一封长信，详细地向他们介绍了成立共产党早期组织的办法。

成立共产党早期组织，首先必须具有坚定的马克思主义信仰，其次，得按照共产党组织的章程办事。为了尽可能多地将励新学会会员引导到马克思主义道路上来，以壮大共产党组织的声势，他们决定先在励新学会展开讨论。

这一天，他们和五十多个学会一块儿齐聚在励新学会。正当大家热火朝天地展开讨论的时候，有一个人进来了，是齐鲁书社的王乐平。

王乐平突然到来，众人分外欢喜，赶紧要拉他一块儿讨论。然而，王乐平不是来参加讨论的。他接到了陈独秀写给他的一封信。在信里，陈独秀告诉他，上海已经发起了共产党组织，希望他能够在济南积极响应，相应发起共产党组织。

他痛恨腐败污浊的北洋政府，思想激进，在宣传新文化新思想方面，颇为积极。但是，作为革命党或者国民党人，他存了一个为这个资产阶级政党招徕人才的目的。因而，在王尽美等人成立康米尼斯特学会、励新学会时，他都给予过不少帮助，并且希望从中导引一些人才到国民党的队伍里面去。

看到陈独秀写给他的成立共产党组织的要点以及共产党的党纲，王乐平思考了很长一段时间，觉得共产党跟国民党各有不同的主义，自己身为国民党人，要是亲自出面发起共产党组织，怎么对得起孙中山先生呢？他又觉得陈独秀发起的共产党组织似乎更适合于拯救中国，不忍心一口拒绝，想起了康米尼斯特学会、励新学会，更想到了它们的发起人王尽美、邓恩铭、王翔千。

他本想去康米尼斯特学会去跟他们商谈，转而一想，励新学会更掩人耳目，这才趁励新学会集会的时候，来到这里，打算待励新学会的争论结束之后，正式把陈独秀的信件转交给王尽美、邓恩铭、王翔千，请他们组建共产党组织。

有了王乐平的参加，励新学会的这一次讨论更加火力威猛，一直到了天色微明的时候，议题终于结束。大家陆续离开了会所。

王尽美、邓恩铭、王翔千不仅从杨明斋那儿得到陈独秀等人已经在上海成立了共产党早期组织的消息，而且受到了李大钊的指导，正在为组建济南共产党早期组织做积极的准备，一见王乐平到来，马上想起杨明斋告诉过他们的话，断定王乐平是来跟他们商谈建立共产党早期组织的事情。但是，当着如此众多的励新学会会员的面，他们不能声张，只有不动声色地继续讨论。

众人都散去之后，王乐平从口袋里掏出了一封信，递给了王尽美。

王尽美接过信件，打开信封。邓恩铭和王翔千一块儿把头凑过去。果然是陈独秀写给王乐平的信！果然是陈独秀邀请王乐平在济南发起共产党组织！

他们早已景仰陈独秀，现在，竟然看到了陈独秀的亲笔信，心情非常激动。

看完了信件，王尽美、邓恩铭、王翔千欢叫道："王先生，实不相瞒，不仅杨明斋先生跟我们谈起过应该建立共产党组织，李大钊先生也写信谈起过这件事。我们正在做准备。既然陈独秀先生信任王先生，请王先生在济南组建共产党组织。我们愿意听从王先生的吩咐，为组建共产党组织使出全身的力量。"

"这样一来，我总算不负陈独秀先生所托了。"王乐平长长地吁了一口气，说道，"我不如你们有闯劲，做不了带头人。你们已经得到了李大钊先生的指点，现在，又有了陈独秀先生的指示，一定不会让陈先生和李先生失望的。"

陈独秀在信件中，不仅详细地介绍了成立共产党组织的方法，而且随信寄来了《中国共产党宣言》，作为吸纳党员的条件。

王尽美、邓恩铭、王翔千对康米尼斯特学会成员了如指掌。他们都具有了一定的马克思主义信仰，可是，按照《中国共产党宣言》的条件，似乎又不够吸纳进入共产党早期组织的标准。王尽美、邓恩铭、王翔千决定由他们三个人先将共产党组织成立起来，依托康米尼斯特学会展开活动，进一步引导学会成员坚定马克思主义信仰，然后一步一步地吸纳新的成员进入共产党组织。

1921年初，济南共产党早期组织秘密地诞生了。

共产党早期组织成立起来以后，王尽美、邓恩铭、王翔千更加注重康米尼斯特学会这个外围组织的发展。励新学会里有许多会员，在他们的引导下，陆续进入了康米尼斯特学会，并一步步地接受了马克思主义。

3月份的一天，照例是康米尼斯特学会集中讨论的日子。学会的成员们陆续来到了会所，正要就马克思阶级斗争的观点展开讨论。突然，一大群军警冲了进来。他们是奉命前来取缔康米尼斯特学会的。

王尽美大声质问道："我们只不过是进行学术研究，既没有妨碍社会秩序，又没有违反任何法令。为什么要取缔？"

军警头目冷笑道："你们是借学术研究的名义，在传播过激思想。"

邓恩铭义正词严地说道："那不叫传播过激思想，我们只是按照马克思学说的本来面目进行研究。"

"马克思学说的本来面目，就是过激；过激的思想，必须取缔。"那家伙指挥着军警，将所有的书刊全部没收，威胁王尽美他们道，"这一次，只是没收你们的书刊，取缔你们的研究会。如果你们胆敢继续在暗中鼓吹过激思想，传播马克思学说，必定不会轻饶，把你们全部抓起来，送进监狱。"

然而，王尽美、邓恩铭、王翔千他们并没有被军警们的猖狂气焰所吓倒。康米尼斯特学会不复存在，但是，马克思学说的思想和精髓已经深入到了他们的骨髓，他们一定得沿着这条道路走下去。取缔和封杀不仅没有让他们屈服，反而让他们越来越强烈地感觉到需要不断地发展共产党组织，不断地展开各种活动。为了安全，他们把党组织设在育英中学，从事地下活动，行动颇为秘密。

1921年5月，济南共产党早期组织主要成员王尽美、邓恩铭、王翔千等人联络《大东日报》主笔王静一成立了劳动周刊社，在《大东日报》副刊上出版了《济南劳动周刊》，报头用斧头和锄头交叉，以介绍马克思主义和苏联的状况，王翔千担任主编，王复元担任印刷间工长。

王尽美起草了劳动周刊出版宣言：

我们为什么出这周刊呢？答案就是：我们出这周刊，为的是促一般劳动者的觉悟，好向光明的路上去寻人的生活。

说到这里，又不免生出三个问题来：（一）劳动者怎样才能觉悟呢？（二）光明的路在哪里呢？（三）怎样才算得人的生活呢？

因为有这三种疑问，所以我们不能不把我们进行的方针简单的说明一下。

（一）增进劳动者的智识。原来中国劳动者的智识实在也不免太薄弱了，要想叫他增进，非努力教育不可。要想增进教育，非设法劝导他们，启发他们，使他们都知道教育的重要不可。所以平民教育不普及以前，我们这周刊要作一个前驱。平民的教育施行以后，我们这周刊也可以作一个补助。

（二）提高劳动者的地位。劳工神圣原是已经确定的名词，不过中国沿数千年来的习惯，贵劳心者贱劳力者。显然分出个阶级来，才叫些强权者利用到今日。我们这周刊可以介绍各家的学说，引他们向光明的路上去。他们自己觉悟过来，那地位自然可以提高了。

（三）改造劳动者的生活。中国现在社会的情形，说到"人的生活"四个字，实在是有点担当不起。所以若要根本改造，非先从劳动（者）入手不可。若是大多数劳动者都得到人的生活，其余的那些寄生虫类，当然也可以容易屈服了。

与此同时，济南共产党早期组织成员积极组织励新学会会员和进步青年，深入到济南产业工人相对集中的大槐树机车厂、新城兵工厂、鲁丰纱厂、电灯公司等企业的工人中活动，进行调查研究，传播革命思想，还吸收了少数工人参加励新学会。1921年6月上旬，在济南共产党早期组织的指导帮助下，津浦铁路大槐树机车厂工人俱乐部成立，这是山东第一个具有工会性质的组织。随后，在北大槐树和中大槐树，他们倡导办起了四处工人夜校，吸收了三百多名进步工友参加。

在王尽美、邓恩铭、王翔千的努力下，山东共产党早期组织吸收了好几个成员，组织得到发展壮大。至1921年7月23日，中国共产党正式成立之前，据张国焘的回忆，山东共产主义小组的成员一共有八个人。除了王尽美、邓恩铭、王翔千之外，可能还包括王复元、王象午、王用章、贾乃甫、郝永泰等人。

王复元又名王全、山东历城人，早年读过私塾，当过修表工。1919年在邓恩铭就读的省立第一中学当电工兼传达员时，接触进步青年，阅读进步书刊。1921年在济南《大东日报》任校对，参与创办《山东劳动周刊》。1929年贪污叛变，并将其胞兄王用章拉下水，出卖了邓恩铭以及山东省委其他负责人，致使邓恩铭等人惨遭杀害。同年8月16日，被中央特科派人处决。

王用章又名王昊，1917年作为招募华工远赴欧洲，1920年经苏联回国，1921年与王翔千、王尽美等人创办《济南劳动周刊》，并参加济南共产党早期组织和济南马克思学说研究会。叛变革命后，他逃过锄奸，改名王天生，继续为国民党卖命。新中国成立后，被人民政府依法逮捕，1957年死于济南狱中。

王象午是王翔千的弟弟，1920年在济南工专读书时，参与发起成立了励新学会，创办《励新》半月刊。1925年7月，青岛党组织遭到破坏，在关键时刻表现动摇。1926年春被开除出党。

贾乃甫又名贾乃庸，字石亭，山东德州人，济南省立商业专门学校学生，1920年11月参加进步学术团体励新学会。1927年5月被军阀张宗昌逮捕后脱党。

现在，有人考证说王象午、王复元不是济南共产党早期组织成员，果真如此的话，王象午、王复元为什么会在去莫斯科参加会议的《调查表》上填写他们是共产党员，便没有人能说得清楚，进而，王乐平是共产党员一事同样不能以《调查表》作为依据。

10. 广州另起炉灶

1920年10月，陈炯明接到情报，说是盘踞在广州并掌控着南方军政府的桂系军阀莫荣新等人准备起兵攻击他。在孙中山的催促下，陈炯明决定先下手为强，趁莫荣新还没有正式起兵之际，率领粤军从漳州、长汀一带出发，一举攻破桂军防线，乘势穷追猛打，一举将莫荣新赶出了广东。孙中山闻信率领国民党中央迁去广州，任命陈炯明为广东省省长。陈炯明崇尚社会主义思潮，跟陈独秀早有通信联络，甫一上任，随即发函邀请陈独秀前往广州，担任教育委员会委员长。

尽管按照党纲规定，共产党员不准到资产阶级的政府里去做官，但是，上海发起组成员几经商量，并写信征求了李大钊的意见，大多数人认为，陈独秀去广州当教育委员长不是做官，可以推行教育改革，广泛宣扬马克思主义，在那儿发展共产党组织。由此，陈独秀给陈炯明写信，提出他出任广东教育委员长的三个条件："教育独立，不受行政干涉；以广东全省收入十分之一拨作教育经费，以及行政措施与教育所提倡的学说作统一趋势。"

要求得到满足，陈独秀决定接受陈炯明的邀请，离开之前，安排李汉俊代理上海发起组支部书记，负责联络各地共产党早期组织以及处理上海发起组内部的一切事务，李达负责组织和宣传工作，陈望道编辑《新青年》，俞秀松全权负责社会主义青年团的工作，沈雁冰帮助李达和陈望道办好《共产党》月刊和《新青年》；把沈玄庐、袁振英、李季带去广州，袁振英是广东人，可以权充翻译，李季有很深的马克思主义理论知识，在宣传马克思主义方面，能起很大的作用，沈玄庐创办过《星期评论》，到了广州，可以创办一份宣传马克思主义的报纸。

听说陈独秀到达了广州，谭平山、谭植棠、陈公博赶紧前去拜访他。

三人从北大毕业回广州，途经上海，拜会了当年的北大文科学长陈独秀。陈独秀正在发起成立共产党早期组织，见到他们，愉快地把这件事告诉了他们，希望他们回到广州以后，能够在那块具有革命传统的地方发展共产党早期组织。他们不负所托，回去之后，找到阮啸仙、周其鉴、刘尔崧等人，从8月份开始筹备成立社会主义青年团，并且创办了《广东群报》，用以宣传新文化新思想。

其时，维经斯基派了两个俄国共产党（布）人，即米诺尔（斯托扬诺维奇）和别斯林，在黄凌霜的引荐下，跟无政府主义者区声白、梁冰弦、刘石心、谭祖荫、黄尊生、梁一余、梁雨川等人建立联系。这些无政府主义者正在工人中大力宣传无政府共产主义，抨击资本家剥削和压榨工人，建立了工人俱乐部、工会等组织，反对桂系军阀的统治。米诺尔和别斯林先在东山恤孤院路号居住，后又出资租赁光光眼镜公司二楼作为活动地点。他们了解到区声白等人正在开展工人运动，揭露资本主义的罪恶，便认为他们是马克思主义者，遂以光光眼镜公司为活动中心，每个星期都与他们在二楼召开一两次会议，定出一周的宣传提纲，交给他们到工人当中开展宣传工作，并且由米诺尔出资，帮他们出版印刷《劳动者》周刊。随后，他们按照维经斯基的指令，准备正式成立像上海那样的革命局，即社会主义者同盟。那两个俄国人非常希望《广东群报》能够成为共产党的喉舌，通过区声白，跟谭平山、谭植棠、陈公博取得联系，试图利用他们都是北大学生的关系把这三个人拉入到这一组织。

谭平山、谭植棠、陈公博已经在广州活动了半年多的时间，十分熟悉广州社会一般情形，他们尽管打心眼里拥护马克思主义，很希望成为共产党组织的一分子，可是，他们不会加入那个由无政府主义者组织起来的社会主义者同盟。

大概是因为米诺尔和别斯林把他们帮助无政府主义者建立的社会主义者同盟理解为共产党早期组织，影响了谭平山、谭植棠、陈公博等人的判断，这些受到过陈独秀的指导，希望成为真正马克思主义者的青年人把这个组织看作是无政府主义的共产党。但是，无政府主义者根本否认他们成立过共产党组织。谭祖荫在回忆材料中说，米诺尔和别斯林当时没有跟他们谈成立共产党的事，有关那两个俄国人与七个无政府主义者组织了广东共产党的说法，是误会了。刘石心则说得更加明白："我当时只知道俄国人在北京、上海、杭州（沈仲九、沈玄庐）、天津等地组织社会主义者联盟，但不是共产党。他们也没有找我们谈过组织共产党的问题，可能他们心目中认为这个社会主义者联盟就是广东共产党组织。"

经过一个时期的筹备，谭平山、谭植棠、陈公博把阮啸仙、周其鉴、刘尔崧等人团结起来，于11月在广东高等师范学校，召开了社会主义青年团成立大会。

广州社会主义青年团在永汉北路19号二楼设通讯处，成立干事局，设立图书馆，组织团员从事理论研究和改造社会的实践活动，很受进步青年的欢迎。眼见得社会主义青年团很红火，无政府主义者组织的互助团有数十人，亦要求与广州社会主义青年团合并，使得青年团员人数大增。

正当他们积极开展青年团工作之际，得到陈炯明准备邀请陈独秀来广州的消息，谭平山、谭植棠、陈公博急切地希望跟陈独秀见面，以便从他那儿得到指点。

听他们讲完回到广州之后展开的活动，陈独秀喜出望外。这三个青年人果真已经树起了一面旗帜，不仅在大张旗鼓地宣传马克思主义，而且已经成立了社会主义青年团，尽管他们的社会主义青年团是马克思主义者与无政府主义者的混合体，跟真正马克思主义者要求的社会主义青年团存在一定的距离，但难能可贵的是，他们已经行动起来了，还有什么比这个更令人高兴的呢？

至于无政府主义者已经发起成立的共产党组织，要么对他们进行改造，要么彻底抛弃，另起炉灶重开张，依托谭平山、谭植棠、陈公博等人的社会主义青年团，成立真正的共产党组织。陈独秀问道："你们有没有加入共产党的想法？我不是指梁冰弦、区声白他们的共产党，而是真正以马克思主义为指针的共产党。"

他们成立社会主义青年团，正是为了这个目的，给予肯定回答。

陈独秀微笑着对他们说道："为使广东民众运动获得更大的发展，必须建立一个领导组织。8月份，上海发起成立了共产党组织，迄今为止已经吸纳了十几个成员，李大钊先生10月份在北京也成立了共产党组织，同样吸纳了十几个人，而且武昌、长沙、济南等地，有的已经成立了共产党组织，有的正在酝酿筹备之中。我这次来广州，希望能够在这里组建起共产党组织，去担负起领导民众运动的任务。具体办法，无政府主义者已经组建了共产党组织，我们要么改造它，让它成为马克思主义政党；要么抛弃它，重新建立一个真正的马克思主义政党。"

谭平山、谭植棠、陈公博的情绪一下子被调动起来了。他们尽管早在酝酿组建共产党组织，心里也一直想着组建共产党，可是，因为担心跟无政府主义者组成的共产党混为一谈，一直没有正式亮出共产党的旗帜。现在，跟陈独秀见面了，他们更加懂得了共产党的真谛，也知道了怎么面对无政府主义者建立起来的共产党组织，便热切地期盼着早日按照马克思主义原理组建起共产党。

面对青年人渴望的眼睛，陈独秀马上热情地为他们讲解组建共产党组织的步骤。这一次，因为上海共产党早期组织已经成立起来了，有了现成模式，陈独秀有了可资借鉴的样本，向他们灌输的道理更加完备，指出的方向更加明确。

陈独秀说道："组建共产党组织，应该有一个共同遵守的准则。为此，上海发起组已经起草了《中国共产党宣言》，作为组建共产党组织、吸纳党员的依据。我带来了一份宣言，你们一定要认真学习，认真领会。为了党的发展，还应该先搞好两个外围组织。一个是要成立马克思主义研究会。你们已经在大张旗鼓地宣传马克思主义，具有成立马克思学说研究会的条件。希望你们尽快按照研究会的形式和内容，把这个研究会成立起来，以便让更多的人参与研究马克思主义。二是成立社会主义青年团。你们已经成立了这个组织，可是，你们的青年团跟无政府主义的互助团搅在一起，不符合马克思主义的要求，需要慢慢加以改造。如何改造呢？我同样带来了社会主义青年团的章程，你们可以仔细研究，按照上面的内容，去具体实施。当然，我可以给予你们一定的帮助。我带来了几个人，沈玄庐、袁振英和李季，他们都是上海发起组成员，我可以介绍给你们认识。你们今后好好在一块儿合作，该成立的成立，该改造的改造，一定要把这两个外围组织搞好。一旦时机成熟，或者我可以静下心来，可以择机正式打出共产党的旗号。"

说到这里，陈独秀稍微停顿了一下，接着说下去："这只是我的初步设想。我初来乍到，一切都不太熟悉，所以，需要借重你们提前为成立共产党组织做一些准备。要你们联合梁冰弦、区声白他们这些人，并对他们施加一定的影响，也是这项工作的一部分。毕竟，他们的共产党组织已经存在，我们要么把它加以改造，要么把它抛弃掉，总得事先跟他们进行接触。"

陈独秀一到广州，不仅马上熟悉了当地情况，而且找到了真同志，能够推行马克思学说的研究和社会主义青年团，他感到十分欣慰。他觉得自己这一趟真是来对了。他开始谋划着怎么才能在最短的时间里，打出共产党的旗号。可是，越来越多的校长前来邀请他去讲学，还有陈炯明邀请他到广州的主要目的，他也不能忘却，一时间，陈独秀无法抽出时间来仔细思考成立共产党组织的时机。

即使如此，陈独秀也要为尽快成立广州共产党早期组织扫除障碍，利用一切时机，宣传马克思主义，批判无政府主义，使社会主义者在思想上划清马克思主义和无政府主义的界限。1921年1月15日，陈独秀在广东省公立政法学校作题为《社会主义批评》的演讲，剖析了各种社会主义的理论观点，并着重批评了无政府主义，指出"无政府主义在政治经济两方面，都是行不通的路"。由此，掀起了与无政府主义者的论战。在这场辩论中，陈独秀从理论上对马克思科学社会主义与无政府主义的界限进行了区分，同时对马克思主义基本原则、基本原理进行了一次普遍的宣传教育，使广州马克思主义者进一步明确了建党的指导思想。

陈独秀不断地得到报告，随时都清楚谭平山、谭植棠、陈公博他们执行命令的进展，并在他们犹豫不决的当口，不断地指点他们的活动。

通过不断地接触，不断地了解，陈独秀已经把谭平山、谭植棠、陈公博的性格特性摸得一清二楚。谭平山的沉稳、执着和胆略，让他看出了一个共产党应该具有的气魄。因而，他更多地倚重谭平山。打这个时候起，他为成立广州共产党早期组织找到了领头人。他一样不会忽视陈公博和谭植棠。在他眼里，谭平山、谭植棠、陈公博俨然三驾马车，可以在他的指导下，沿着马克思主义道路飞奔。

谭平山是广东高明人，1909年加入同盟会。1910年在雷州中学担任数学教员。中华民国成立以后，谭平山被推选为广东省临时议会代议士（议员），参加广东省临时议会的活动，不久即担任雷州中学校长。1917年，谭平山考入北京大学文科哲学系，成为其此后转变成共产主义者的转折点。五四运动时期，他参与火烧赵家楼、痛打卖国贼的壮举，曾遭北京政府反动军警逮捕关押。其后，他狂热地研究各种社会思潮，与他参加同盟会与国民党的经历进行对比，赫然发觉只有沿着马克思主义道路走下去，才能够拯救中国，初步树立起马克思主义信仰。他尽管不是北大马克思学说研究会发起人，但不久即被吸收为该研究会成员。

陈独秀来到广州之后，进一步廓清了谭平山脑子里的一些模糊认识，他更加积极投入改造社会主义青年团和成立马克思主义研究会的活动当中去。

谭植棠跟谭平山是同乡，两人一同考入北京大学。五四运动时期，他不仅积极参加了游行示威活动，而且和谭平山一道，把不太积极的陈公博拉进学生运动行列。北京中等以上学校学生联合会成立以后，他参加了学生联合会的宣传工作。1920年3月，与谭平山、陈公博创办了《政衡》月刊，公开评论时政，针砭时弊，并慢慢地接受了马克思主义。

陈公博出生于广州，1914年考入广州法政专科学校，兼任香港一家报社通讯员。1917年夏天，陈公博考入北大哲学系。五四运动爆发之际，他本来不想参加，被谭平山、谭植棠强拉着，又想到自己是香港一家报社的通讯员，正好可以为报社写点文章，勉强参加了游行队伍。后来，在谭平山、谭植棠的带动下，陈公博开始认真研究各种各样的社会思潮，初步接触了马克思主义。

在陈独秀的指导和沈玄庐、袁振英、李季等人的直接帮助下，三驾马车的思想有了飞跃，以《广东群报》为基础，不仅成立了马克思主义研究会，而且最终彻底改造了社会主义青年团。

对社会主义青年团的彻底改造，是以无政府主义者全部退出，具有马克思主义信仰的主要分子成立了广州共产党早期组织为标志的。在区声白、赵司农于1921年3月给北京工读互助团的一封信中，抛出了一个很有意思的说法：

本（省）各地多数同志第一着之意见，应与社会主义青年团联络一气，本互助之精神，以期合力推翻现政府及一切恶制度。乃吾人在粤曾为一度与之联席会议，并数次直接或间接与青年团首领陈独秀磋商。不料陈独秀野心专横，谓吾辈联合须听其指挥，悉依青年团之集权主义进行。如吾党被其降伏立约之加入者，然同人闻之不胜愤懑，议遂中止。

为了对工人阶级和广大妇女进行马克思主义启蒙教育，在陈独秀的统筹安排下，沈玄庐与谭平山等人创办了《劳动与妇女》杂志，由沈玄庐担任主编。

陈独秀闲不下来，得继续马不停蹄地去各校发表演讲。他毫无顾忌地宣传马克思主义，宣传教育改革，猛烈抨击顽固势力，提倡男女合校，建立了男女合校制的省立一中，任命袁振英为校长。面对女学生和妇女问题，陈独秀觉得：妇女遵从旧的道德，先是嫁夫从夫，然后屈从于婆婆的压迫，屈从于家姑的压迫，是受到压迫最为厉害的人群；妇女应该站起来，为赢得自己的地位，去奋力争斗。

这一下，激起轩然大波，各种报纸大肆捏造事实，编织谎言，恶毒攻击陈独秀的个人品德，纷纷要求陈炯明解除陈独秀的职务，将陈独秀赶出广州。

"没想到，广州的社会空气也是如此恶浊。"陈独秀痛恨地骂道。

谭平山对广州的情形了解得比较透彻，说道："这是省议会、教育界的一部分人物，一班政客、资本家、孔教徒、基督教徒、一般守旧派、少数自号无政府党者发动起来的。他们的眼里容不得新思想。"

编织陈独秀的谣言继续在发酵。各种传闻不胫而走，在整个广州城到处流传。陈独秀置之不理，依然故我，进行马克思主义与新文化的宣传。

有一天，陈炯明邀请陈独秀到家里去做客。陈炯明问道："外界传言，说是先生正在组织讨父团，这是怎么回事？"

陈独秀笑道："我幼年丧父，组织不了讨父团。我的儿子才有资格。"

陈炯明一听，哈哈大笑道："虽说外界一致希望我解除陈先生教育委员会委员长的职务，但是，我决不会为他们所左右。陈先生尽管做好你的事情。其他一切都由我替你遮挡。"

这一天，陈独秀收到了一封信。信是从上海发来的。自从上一次李汉俊写信告诉他，说是上海共产党早期组织的活动经费不敷使用，希望从《新青年》编辑部每月提出二百元钱周转用度，被他拒绝之后，陈独秀已经有好一段时间没有收到上海那边的来信了。上海那边又有什么事情呢？陈独秀迫不及待地打开信件，是陈望道写来的。原来，上海租界当局已经派出巡捕，以煽动过激思想的名义，不仅取缔了《新青年》杂志，而且还要罚款五千个大洋。他不由得大为恼火。

"《新青年》是取缔不了，也封杀不了的！"陈独秀很快控制了自己的情绪。因为要跟恶浊势力争斗，要忙于到处演讲，到处传播新文化，到处宣传马克思主义，要忙于教育的改革，他已经推迟了成立广州共产党早期组织的计划，现在，必须挤出时间，正式跟谭平山、谭植棠、陈公博进行磋商。

在陈独秀来到广州之后不久,维经斯基亦急如星火地赶了过来。

维经斯基是和鲍立维一块儿来到广州的。他有两重目的:其一在于协调陈独秀跟已经在广州组建起来的革命局或社会主义者同盟的关系;其二是拜会孙中山,继续在上海期间跟孙中山先生没有谈完的话题。

因为维经斯基已经接到国内的电报,要他回俄国接受新的任务,所以,这两件事情都很紧急。不过,相比之下,眼下最为急迫的事情还是第一重目的。

上海共产党早期组织成立后,维经斯基试图让陈独秀出面联系广州的人员,按照上海的样板,在那儿首先将各种社会主义者组织起来,成立一个革命局,然后由马克思主义者成立共产党早期组织,陈独秀已经有了安排,劝他耐心等待。为了尽快在广州建立共产党组织,他派遣米诺尔前去广州操办此事。

米诺尔接到命令之后,觉得自己对广州的情况两眼一抹黑,即使到了那儿,也无法开展工作,便到北京寻找鲍立维和别斯林,让他们先介绍一下那里的情况。

鲍立维不仅了解北大学生运动以及中国先进知识分子追捧的各种新思潮,而且对拥护各种思潮的代表人物了如指掌。把黄凌霜介绍给了米诺尔。

黄凌霜退出北京共产党支部之后,一直耿耿于怀。知道了米诺尔的目的,他果然十分兴奋,忙不迭地给已经回到广州的区声白写了一封信,嘱咐他一定要在米诺尔的引导下,把社会主义者同盟组建起来,展开卓有成效的工作。

米诺尔和别斯林兴致勃勃地到达广州,先在那里办起了俄华通讯社,以此作掩护,然后去找他们希望结交的对象区声白。

双方一对上话,米诺尔心里认定,组建社会主义者同盟有戏了,马上请区声白多介绍一些跟他具有同样思想的人物。很快,区声白相继向米诺尔和别斯林引荐了广州女子师范学校的英语教师黄尊生、谭祖荫,国文教师刘石心,当过漳州教育局局长的梁冰弦,在报馆当校对的梁一余以及梁一余的弟弟梁雨川等人。

见面以后,他们经常就有关改造社会的问题进行探讨,并且举办过很多活动。

据谭祖荫在 1981 年回忆：两个俄国人同我们每周开一次会，多数在光光二楼开，有一次在黄尊生家开。我们开会是汇报本星期宣传的经过，下一步应如何做。会上使用英语，一般由区声白当记录，区当时在岭南大学教书，有时他来不了，就由我当记录。黄尊生的英语好，由他当翻译，梁冰弦和我也会听、讲英语。当时两个俄国人知道我们是无政府主义者，和我们讲的是关于开展工人运动的事情，并由波金用英文起草向工人宣传的提纲，内容主要是揭露工人如何受资本家的剥削和压迫，不合理、不平等，要起来斗争，也讲到关于社会主义的道理，然后由区声白、黄尊生翻译成中文，由黄尊生、刘石心去协同和机器厂工人俱乐部作宣传。这个俱乐部不大，可坐三四十人，我去过一两次，只是旁听，没讲什么。梁冰弦不常去，区声白没去过。记得有一次是讲工人受资本家压迫、剥削，听众有三四十个工人。工人没有发言，因为听完时间已经很晚，就散会了，也没有组织工会。此宣传活动是半公开的，没有准备组织工人罢工。后来才有机器工会，但我没有参与。我后来只当教师，不问政治。

探讨的时间一长，米诺尔和别斯林觉得时机成熟了，正式决定成立社会主义者同盟。区声白在北大读书的时候，跟谭平山、谭植棠、陈公博等人很熟，不仅了解他们的为人，也知道他们的信仰，把他们的情况告诉了两个俄国人。米诺尔和别斯林马上作出决定，要把他们一块儿拉进组建广东社会主义者同盟的阵营。

按照无政府主义者的说法，区声白果真向谭平山、谭植棠、陈公博等人说出了成立社会主义者同盟的事，邀请他们一同参加。他们三个人一眼看穿问题的实质，都认为这是在组建共产党。这是由一伙无政府主义者组建的共产党，没有加入的必要，无论区声白怎么劝说，他们都不愿意。

米诺尔和别斯林即使心有不甘，也不得不撇开了谭平山等人，拉着区声白、梁冰弦、刘石心等无政府主义者成立了广东社会主义者同盟，即谭平山、谭植棠、陈公博等人眼里的共产党。确实不像真正的共产党组织，连组织机构都很特别，包括米诺尔和别斯林在内，九个人组成一个党执行委员会，人人都担任委员。10 月 10 日，他们在其创办的《劳动者》第二期上报道了以广东共产党名义散发的《苦的是平民！怎样才是快乐呢？》传单引起了反应：有三五劳动者手持传单分途向各马路及窄街散派，一时居民纷纷争讨，以为是督军已去的好消息，岂知乃系广东共产党警告粤人的一种传单。传单主旨：只有平民振起，由农夫劳动者的组合，把一切政治机关推翻，把一切金钱组织推倒，实行共产主义去！

从这个报道上可以看出，谭祖荫、刘石心说他们没有成立共产党组织，恐怕说轻一点是不实之词，说得贴合实际一些，则是在故意隐瞒事实，掩盖真相。哪怕他们的本质是社会主义者同盟，最起码，他们打出了共产党旗号。

组织一经成立，米诺尔立即把成立经过原原本本地写信告诉了维经斯基。

广东社会主义者同盟得以呱呱坠地，而且打出了共产党的旗帜，维经斯基显得格外兴奋。但从米诺尔和别斯林的字里行间，他隐隐约约觉得，参加社会主义者同盟的人恐怕全都信仰无政府主义。他马上想起了上海发起组在准备正式成立共产党早期组织时，研究系人马、无政府主义者、戴季陶等人纷纷退出的情景，心不由得揪了起来。陈独秀要去广州当广东省教育委员会委员长，维经斯基必须去广州协调，要不然，已经成立的共产党组织随时都有可能土崩瓦解。

一到广州，维经斯基立即把米诺尔和别斯林召集起来，详细了解广东社会主义者同盟及共产党组织的情况，并亲自跟已经参加这个组织的人员谈话。

果然都是无政府主义者！维经斯基眼前马上浮现出陈独秀在《新青年》上发表的《谈政治》一文。在这篇文章里，陈独秀从马克思主义的国家学说出发，批驳了无政府主义者反对一切国家的观点，称其实质是反对马克思主义的阶级斗争和无产阶级专政学说，宣称：我承认用革命的手段建设劳动阶级（即生产阶级）的国家，创造那禁止对内对外一切掠夺的争执法律，为现代社会第一需要。

维经斯基深深地感到，陈独秀眼里再也容不得无政府主义者了。他得赶紧告诉陈独秀广州已经组建起了社会主义者同盟，打出了共产党组织的旗号，跟陈独秀商量改造办法。可是，陈独秀一直忙得头昏脑涨，哪有时间顾得上这个？

陈独秀在大东酒店住了一段时间后，迁入泰康路附近的回龙里九曲巷十一号二楼。当他终于有一些空闲时间时，维经斯基火急火燎赶过去，告诉他广州已经组建了社会主义者同盟，打出了共产党旗帜，跟他商量如何把这一组织搞好。

综合上海发起组和北京共产党早期组织的教训，陈独秀心里非常清楚，跟无政府主义者迟早是要分离的。可是，既然在米诺尔和别斯林鼓动下，广东已经打出共产党的旗号，首先要做的事情是怎么把它改造好，让它成为一个真正的共产党组织；改造不了，重新成立共产党组织，才是势所必然。在谭平山、谭植棠、陈公博等人告诉他广州已经有了无政府主义共产党组织的时候，他是这么想的；维经斯基前来跟他商谈，陈独秀一样不会隐瞒自己的观点。

维经斯基放心了，跟陈独秀研究决定，尽快找一个时间，把大家都集合起来，研究如何改造广东共产党组织的事情。

1921年2月的一天下午，按照陈独秀和维经斯基的安排，米诺尔、别斯林、广州共产党组织的七个无政府主义者、维经斯基、陈独秀、沈玄庐、袁振英、李季、谭平山、谭植棠、陈公博、刘尔崧等人齐聚在陈独秀的住宅里，开始了自从陈独秀和维经斯基来到广州之后的第一次先进分子会议，商讨改造广东社会主义者同盟或共产党组织以使其真正成为马克思主义政党的办法。

刘尔崧是广东紫金人，1918年考入广东省立甲种工业学校机械科。1919年积极投身五四运动，被推选为广东省中等以上学校学生联合会执行委员。1920年秋与谭平山、谭植棠、陈公博、阮啸仙等人一道发起组织广东地区社会主义青年团，是广东社会主义青年团创始人之一。

他能够参加这次会议，不仅是因为他跟谭平山、谭植棠、陈公博一道创立了社会主义青年团，而且是因为他在改造这个团体使之更加符合马克思主义的原则的时候，充分表现了一个马克思主义者应有的思想水平和行动能力。

首先，陈独秀对米诺尔和别斯林率先在广州组织社会主义者同盟，打出共产党旗帜给予高度赞赏和表扬，然后话锋一转，提出要对这个组织进行改造。

"看一个共产党组织是不是马克思主义政党，有一个东西可以用来作为参照物，那就是党纲。我在发起上海共产党组织的时候，集合众人的思想，根据马克思主义原则，制定了一份党纲；也曾经拟出了《中国共产党宣言》，当然也可以当作标准。现在，发给大家认真看一看。我希望，广州共产党一定要严格按照党纲和《中国共产党宣言》的有关内容来组织和运作。"

陈独秀的话音刚一落地，袁振英和李季开始向各位与会人员分发早已预备好了的党纲和《中国共产党宣言》。大家立即聚精会神地看了起来。很快，他们的表情大不一样：有的人十分专注，有的人却焦躁不安。

梁冰弦说道："这似乎跟我们的主张有一些距离。按照我们的主张，个人加入和退出组织，应该有绝对的自由，不能让任何条件捆住手脚。"

陈独秀尽量克制着自己的情绪，说道："团体和社会组织、生产事业一样，必须有持续联合的方法，才能确保团体具有很强的能力。要是任何人都不服从团体的意志，随时都可以离开和加入，这个团体还有什么战斗力呢？"

"捆绑在一块儿的团体，更加不可能具有战斗力。"区声白说道。

这一下，终于打开了争论的大门。沈玄庐、袁振英、李季马上展开反击。紧接着，谭平山、谭植棠、陈公博加入战斗。不一会儿，区声白、梁冰弦等人被驳斥得理屈词穷，但还是负隅顽抗，坚持着他们的观点。

在这个问题上，已经耗费了太多的时间。维经斯基不得不说道："尽管我们的主张是让大家在争论当中明白马克思主义的实质内容，但是，如果继续在这些细小问题上纠缠不清，只能消耗时间，根本不可能达成任何共识。既然大家都能赞成无产阶级革命的观点，为什么不能在这个主要问题上达成一致，对于其他细节，采取求大同存小异的精神，暂时把它们搁置起来呢？"

众人不再继续纠缠下去，在陈独秀的引导下，进入下一个步骤。

谈到了宣传马克思主义的问题。区声白等人主张用公意代替法律，主张善良教育。经历了第一次的战斗之后，用不着沈玄庐、袁振英、李季这些共产党人直接出手，谭平山、谭植棠、陈公博、刘尔崧再一次跟他展开了唇枪舌剑的战斗。谁也说服不了谁。最好的办法又是冷处理。

第一天的会议终于在艰难中结束了，可是，争论并没有结束。接下来，每一次的会议都是这样，全部无法达成共识。一遍又一遍的争吵过后，是一遍又一遍的冷处理。每一个与会人员心里都堆积起越来越多的疑虑和不安。谁的心里都明白：不可能对无政府主义者组建起来的共产党组织进行彻底改造，他们的合作很快将会走到尽头。但是，还没有走到最后一步，他们都在等待。

1921年3月初，一个绕不过去的问题摆在了桌面上：成立共产党的目的。

陈独秀本来很希望继续采用温和的方式，把这些无政府主义者团结在共产党的旗帜下，去跟统治阶级进行斗争，可看到他们一再在一些几乎不称其为问题的问题上纠缠不休，渐渐失去了耐心，心里想，干脆一次性把所有的问题都摊开在桌面上，大家如果不能捆绑在一块儿，趁早散伙，以便各走各的道路。

心思一定，陈独秀说道："共产党要领导民众推翻专制统治，建立无产阶级专政，这一点，在任何情况下，都是毫不动摇的。"

这是压垮骆驼的最后一根稻草。无政府主义者在其他方面，也许还可以跟马克思主义者进行一定程度的妥协，但在这一点上，他们咬定青山不放松。他们知道，继续跟谭平山、谭植棠、陈公博等人争论下去，丝毫不可能改变各自的信仰和观点；与其争吵不休，也解决不了任何问题，不如立即退出共产党组织。由此，会议尚未结束，他们自动退出了广东共产党组织，一个个扬长而去了。

维经斯基、陈独秀、沈玄庐、袁振英、李季等人都曾经亲眼看到过无政府主义者跟马克思主义者决裂的情景，只是静静地坐在那儿看着他们离开。

米诺尔和别斯林感到很难堪。他们辛辛苦苦了几个月，好不容易组建起来的社会主义者同盟，转瞬间灰飞烟灭，打出的共产党旗号，也注定会成为一个笑话，心里难过极了，又深感有负维经斯基的重托，同时低下了头，一句话也说不出来。

这一幕早在谭平山、谭植棠、陈公博等人的预料之中，他们脸上丝毫没有惊讶的神色，似乎无政府主义者离去不过是从眼前吹过了一阵微风。

社会主义者同盟也罢，革命局也好，总体目的在于跟包括无政府主义者在内的一切社会主义者联合，迅速壮大革命力量，以便进行革命斗争。可是，上海、北京、广州，这三个地方，在发起成立共产党早期组织的时候，都跟无政府主义者联合过，结果无一例外地失了败；试图把戴季陶等人联合进共产党组织，同样在最后关头愿望成空，使陈独秀深深地感到，他必须彻底抛弃跟其他社会主义流派实现大联合的想法，把革命局或者社会主义者同盟送进坟墓，不会再跟任何一种非马克思主义者组织谈论联合；只有马克思主义政党，能够担负实现推翻压迫阶级的政权，建立无产阶级专政的使命。

他要让共产党组织迅速地发展壮大起来，放手发动民众，率领全国的无产阶级，去实现一场彻底的革命，彻底地打倒压迫阶级，建立无产阶级专政。这个目标深深地刻在他的内心，他一刻都不会忘记。

陈独秀说道："他们不愿意按照党纲和《中国共产党宣言》的要求参加共产党组织，退出去，对我们没有任何损失，反而纯洁了我们的队伍。今天，我们以真正信仰马克思主义的革命同志为班底，重新成立广州共产党组织吧。"

维经斯基心里非常清楚，这一次，随着无政府主义者的离去，革命局或者社会主义者同盟势必会寿终正寝。在这个方面，他的实践活动确实失败了，但他完成了此行的三项使命，而且推动了共产党早期组织的诞生，回苏俄后，他能够交出一份很好的答卷【事实上，1921年3月8日，俄共（布）召开了第十次代表大会，以列宁为首的俄共（布）领导人已经做出反对党内工团主义和无政府主义的思想倾向并彻底取消一切党内派别活动的决议，意味着社会主义者同盟到了解散的时候】。他有什么好伤感的呢？他必须迅速回到当下，处理好眼下的事情。具有马克思主义思想的骨干分子已经齐聚一堂，他们已经在同无政府主义者的争论当中，充分体现了一个马克思主义者应有的素养，此时不趁热打铁，成立共产党组织，还等待什么呢？维经斯基热烈拥护陈独秀的提议。

真正的共产党组织终于要诞生了，谭平山、谭植棠、陈公博精神大振。

米诺尔和别斯林也格外振奋。他们创立的广东共产党组织随着区声白等人悉数退出，已经成为历史，但是，一个新的共产党组织，一个更加充满了马克思主义思想，完全按照马克思学说组建起来的共产党组织，将比他们自己组建的共产党要强得多。他们能够再一次亲历这个伟大的时刻，足以弥补他们原先的失误。

跟无政府主义者决裂之后，广州共产党早期组织成立，以陈独秀为书记，谭平山为副书记，陈公博负责组织工作，谭植棠负责宣传工作，以《广东群报》为机关报，开始了一段艰难而又曲折的历程。广州社会主义青年团骨干成员兼发起人谭平山、谭植棠、陈公博都成为共产党员，青年团自行解散。

陈独秀深知，要想让广州共产党早期组织迅速发展壮大，必须培养信仰马克思主义的人才，遂以政府名义设立了以"宣传和普及马克思主义，造就将来开展工作的干部"为宗旨的广州宣传员养成所,任命陈公博为所长,谭平山、谭植棠、谭天度、杨章甫、邓端仁、陈伯衡等人均为教员。养成所1921年8月正式开学。

无政府主义者对他们不能跟真正的马克思主义者合作,有他们自己的说法。据谭祖荫回忆,在第二次开会谈今后合作问题时发生争论,陈独秀说:"我们搞共产主义,你们搞无政府主义,目的是不同的,不能合作。"梁冰弦希望继续合作,他说:"大家都是从事推翻资本家的革命,我们现在就可以合作去做此项工作,待成功后再各走各的路。"但陈独秀坚持说:"既然目的不同,手段不同,就无法走同一条路。"刘石心的回忆是:"陈独秀来组织广东共产党时,仍主张无产阶级专政,我们不能同意这个观点,因此,我们没有加入共产党,各走各的路。"

第四部分　一大会议

底　定

1. 维经斯基离开中国

在神州大地上，已经成立了六个共产党早期组织，而且，很多初步形成马克思主义信仰的人，在许许多多地区组织了社会主义青年团，预示着共产党的队伍将会越来越扩大，维经斯基由衷感到高兴。他尽管并不完全是中国共产党早期组织降临人世的接引者，但正是因为他的到来，将一批初步具有马克思主义信仰的知识分子凝聚在一块儿，点燃了组建共产党早期组织的火焰；尽管这种火焰目前是分散的，只是以上海发起组作为指导或协调机关，并没有组织起一个强有力的统一的政党，来统一领导各个地区的共产党早期组织，以便开展轰轰烈烈的共产主义运动，可是，他已经看到了希望。维经斯基盼望自己能够亲自指导并且见证中国各地的共产党早期组织成员把这些分散的火焰集中起来，形成一个大的火炬，发出强烈的光和热，将黑暗的中国烧出一个大窟窿，最终烧出辉煌的社会主义前途；换言之，他觉得，各地共产党早期组织应该行动起来，各派出一些代表，召开一次全国性的共产党代表大会，正式宣告中国共产党成立，以发动民众进行社会革命。他非常希望自己能够把这件事情做好，使得首次中国之行不会落下遗憾；但是，他接到了命令，要回去汇报此行的收获，接受新任务，履行新职务。

为了让自己的中国之行画上一个圆满的句号，在离开之前，维经斯基准备跟陈独秀好好地谈一谈，劝说陈独秀尽快通知分散在各个地区的共产党早期组织派出代表，前往上海或者广州，召开成立中国共产党的大会。

陈独秀早想这样做，在跟李大钊、李汉俊、李达等人的通信中，大家都流露过同样的想法。但他们都有太多的工作要做，没有时间思考怎么召开全国代表大会的事情。一听维经斯基的话，陈独秀马上请他谈一谈应该如何筹备这件事。

维经斯基没有参加过俄共（布）全国代表大会，但有一定的工作经验，知道一些相关事情，大略说了一遍之后，补充道："我希望你们尽快召开全国代表大会，正式打出中国共产党的旗号。这样一来，你们不仅可以跟共产国际直接发生联系，成为共产国际的一个支部，而且可以得到共产国际的资助。"

刹那间，陈独秀眼前闪现出不久以前发生的一幕。

区声白、梁冰弦这些无政府主义者大肆炮制谣言，不仅恶毒攻击各地共产党早期组织，而且恶毒攻击陈独秀个人，责骂陈独秀崇拜卢布，是卢布主义，妄称共产党是卢布主义党，接受了俄国人的卢布，一切听从俄国人的摆布，是俄国人的傀儡，不可能提出独立的主张，更不可能真正具有无产阶级革命精神。

在发起成立上海共产党早期组织的时候，陈独秀曾经和李汉俊等人一道按照马克思主义基本原理，确立了各小组成员必须无偿为共产党组织服务、绝不能拿一分钱的原则。维经斯基来到上海的时间里，固然给他们提供了一些资金帮助，但那都用来出版发行宣传马克思主义以及其他各种社会主义思潮的书刊，而没有用在其他任何方面。况且，基本上是以革命局或社会主义者同盟的名义使用的，开办的又新印刷所，负责人是无政府主义者郑佩刚。他们成立共产党早期组织，固然得到了维经斯基的指点，但他们并不是一切唯维经斯基马首是瞻，所有的活动，都是他们自己开展的。区声白的谎言，令陈独秀感到很恼火。他立即在《广东群报》上发表文章，批驳了区声白的无耻谎言。可区声白、梁冰弦等人不仅没有收敛，反而更加恶毒地制造了许许多多谎言，向共产党早期组织和陈独秀发动了猛烈的攻击。一时间，黑云压城，让陈独秀和广州共产党支部不得不腾出很多的精力，来反击无政府主义者的猖狂进攻。

从那一刻起，陈独秀愈发觉得革命是中国人自己的事情，有人帮助固然好，没有人帮助中国的革命者还是要干下去，靠别人拿钱来革命是要不得的，更加坚定了不愿意跟共产国际产生关系的决心。如今，维经斯基竟然公开说一旦正式宣告成立了中国共产党，可以得到共产国际的资助，岂不是给区声白等人以口实，让他们再一次掀起狂风恶浪，更加猖狂地指责中国共产党人吗？

陈独秀很想当场拒绝，但为了给维经斯基保留一些面子，尽量保持一种淡淡的语调说道："中国共产党还没有正式成立起来，即使成立起来了，要不要和共产国际发生联系，怎样和共产国际发生联系，我们现在还没有时间去考虑。"

维经斯基感到非常吃惊。这有什么可奇怪的吗？所有国家的共产党都要加入共产国际，成为共产国际的一个支部，不仅接受共产国际的指导，也接受共产国际的资助，连俄国共产党（布）都是这样，难道中国共产党能够例外吗？更何况，中国各地的共产党早期组织刚刚建立起来，几乎所有的共产党早期组织成员都不具备很高的马克思主义素养，怎么能不跟共产国际发生联系，不在共产国际指导下，使得这个组织健康发展下去呢？

来到中国近一年了，维经斯基亲眼看到、亲身经历过很多事情：先是张东荪不愿意参加筹备发起共产党早期组织的活动，紧接着，一向热心成立共产党早期组织的戴季陶宣布退出，再后来，连无政府主义者也都退出了；现在，陈独秀竟然不愿意参加共产国际！维经斯基深深地感到中国人的心思太不可琢磨了。他得重新审视自己，摆正自己的位置：帮助中国人建立了共产党早期组织，已是巨大惊喜，一切应由中国人自己去处理；要不然，操之过急，必定会适得其反。

何况，维经斯基已经先后会见了孙中山、陈炯明，以及吴佩孚的代表白坚武，完成了跟中国革命者取得联系的任务。

跟孙中山和陈炯明的会面，维经斯基后来在回忆文章中，是这样写的：

那是1920年的秋天，在上海。中国的q（即陈独秀）同志建议我结识孙中山。当时孙在法租界住一个独院，房子是国民党内的一些华侨党员为他建造的。

我高兴地接受了陈同志的建议，因为我也一直很想认识孙中山博士。此外，我知道，他近日要动身去南方，到其追随者、国民党员陈炯明将军的军队掌握的广州去。

孙中山在自己的书房里接见了我们。房子很大，立有许多装满书的柜子。他看上去像是45岁到47岁（实际上他已经54岁了）。他身材挺秀，举止谦和，手势果断。我的注意力不知不觉间已被他俭朴而整洁的衣着所吸引，他身穿草绿色制服，裤腿没有装在靴筒里。上衣扣得紧紧的，矮矮的衣领，中国大学生和中国青年学生一般都穿这种上衣。

孙中山一反通常的中国客套，马上让我们坐在桌旁，就开始询问我国的革命情况。不一会儿，我们的话题转到了中国的辛亥革命。孙中山异常兴奋起来，在后来的谈话中，即在两个多小时的时间里，孙中山对我讲述了军阀袁世凯如何背叛革命，如何企图借助日本帝国主义来复辟帝制，而孙中山本人又怎样在东京经过朋友们的斡旋对当时任外相的加藤施加影响，以使日本帝国主义政府与袁世凯断绝联系。有趣的是，孙中山几乎很有把握地说，日本政府和袁世凯之间那个有名的条约即"二十一条"，并不是由于日本方面的压力才签订的。孙中山认为，这简直就是袁世凯本人向日本驻华公使提出或向其暗示的，即只要日本方面协助复辟帝制，他就签约，后来果然签约了。

我们临走前，谈话快结束时，孙中山又回到苏维埃俄国的话题上来。显然，他对这样一个问题深感兴趣：怎样才能把刚刚从广州反革命桂系军阀手中解放出来的中国南方的斗争与远方俄国的斗争结合起来。孙中山抱怨说，"广州的地理位置使我们没有可能与俄国建立联系"。他详细地询问是否有可能在海参崴或满洲里建立大功率的无线电台，从那里我们就能够和广州取得联系。

不久，孙中山到广州去了，他和总司令陈炯明之间的摩擦开始了。孙中山想要继续军事行动，以便利用在南方的胜利，把革命运动发展到华中和华北。陈炯明坚持主张停止所谓的北伐，他建议把广东这个南方省份作为模式推广到全国，按照他的观点，这个范例能促使人民在全国建立南方式的制度。

孙中山离上海到广州以后不久，我也得到一个偶然的机会来到广州，并且和陈同志一起拜访了陈炯明将军。陈炯明是辛亥革命时期的一位将领，他早年是新闻记者，是秘密组织成员和国民党员。陈炯明给人的印象是意志坚强，很能自我控制。就其谈吐和举止看，他是一个清教徒。他敬重孙中山，但是认为孙是理想家和脱离实际的人。

在1920年10月会见白坚武的时候，维经斯基跟他讨论了中国的政治形势，并向他介绍了苏俄情况。显然，维经斯基对实力派人物吴佩孚更有好感。

对维经斯基给自己以及共产党早期组织提供的帮助，陈独秀打心眼里十分感谢。在维经斯基离开广州正式启程回国之前，陈独秀特意召集广州共产党早期组织全部成员，为他举行了饯行酒会。

尽管陈独秀和李大钊在去天津的路上，曾经相约建党。可那时候，他们并没有多少实际的行动，充其量只是在为成立共产党早期组织做理论上的准备。是维经斯基的到来，促使他们直接行动。1920年5月，上海率先发起筹建共产党早期组织的一系列活动,并且于8月份建立了中国第一个共产党早期组织。随后,北京、武昌、长沙、济南、广州也相继建立起了共产党早期组织。如果没有维经斯基的帮助,陈独秀真的难以想象,像目前这种规模的共产党早期组织什么时候才能够建立得起来。但是,他又是一个民族主义者。自从鸦片战争以来,中国饱受外国势力的侵略,诚然是由外国势力的觊觎和掠夺造成的,可中国的朝廷以及各种军阀不敢抵御外国侵略势力,一味对内实行残酷压榨,对外奴颜婢膝,与外国侵略势力相勾结,不也是加速中国殖民化和衰弱的一个重要因素吗?因而,陈独秀要组织的共产党,虽说可以联合任何一个支持中国共产党的国家和组织,但决不会听凭人家的命令。哪怕这个国家和组织给予了他们再多的帮助也不行!

何况,在跟共产国际的关系背后,隐藏着一个无法回避的问题。在研究马克思主义的时候,陈独秀知道马克思有一个非常重要的观点:工人无祖国。老实说,他至今也不能完全接受这一点。在陈独秀眼里,任何人,都有自己的祖国,如果连自己祖国的命运都不关心,决不可能成为真正的革命者。一旦中国共产党成为共产国际的一个支部,工人无祖国,中国共产党是中国的共产党吗?

可是,要成立马克思主义政党,又不完全按照马克思基本原理去做,成立起来的政党岂不是偏离了马克思主义方向吗?

这些事情叠加在一起,使得陈独秀越来越左右为难。他自己无法把它们厘清楚,索性把广州共产党早期组织成员召集起来,大家一块儿想办法。可是,他失望了。谁都想不清楚。只有一点是肯定的:即使维经斯基不说,他们也得召开全国代表大会,正式打出中国共产党的旗号。按照上海发起组的指示,各地成立了共产党早期组织,正是为了成立统一的中国共产党做准备;或者说,即使现在上海发起组并没有对全国各共产党早期组织发号施令,她其实亦在担当这样的角色。

发号施令?依据什么来发号施令?维经斯基说得对,需要有一个统一的党纲和政纲,需要规划目前党的基本任务及工作方式。而要完成这些步骤,必不可少的条件是:应该由各地共产党早期组织派出代表,举行全国代表大会来讨论。

这一刻,陈独秀想通了许多问题。但是,他依旧跳不出那个将要跟共产国际结合，成为共产国际的一个支部，并且接受共产国际资助的圈子，决定不再对维经斯基说类似的话题，让李大钊去跟维经斯基说吧。也许，李大钊能够找到跟共产国际能不能结合又是怎么结合的办法。

陈独秀说道："维经斯基先生，你给予我们的帮助，我们一定会铭记在心。你回海参崴，必定途经北京，不妨在北京停一停，跟李大钊先生好好谈一谈。我相信，你一定能跟他谈出一个很好的结果来。"

"我一定会跟李大钊先生好好谈一谈。"维经斯基郑重其事地说道，"我来中国将近一年了。你们给我的总体印象是，做事非常有条理有理智。你们有你们的原则和方法，这一点，我深感佩服。我搞过地下活动，深知你们这样的做法，既是慎重的，也是有效的；但是，我觉得有必要强调一下，干革命其实更需要冲劲和闯劲。一旦确立了目标，必须勇往直前，义无反顾。只有这样，才有可能在最短的时间里达成革命目的。"

陈独秀微笑道："也许，我们是谨小慎微了。毕竟，我们的党只是一个蹒跚学步的婴儿，连路子都没有走稳，急不得的。不过，我们既然已经成立了共产党早期组织，并确立了革命目标，一定不会瞻前顾后，会拿出魄力，奋勇向前的。"

这是陈独秀第一次明确向他表示会尽快召开全国代表大会，维经斯基心里高兴极了。尽管他十分清楚，陈独秀是一个言出必行的人，同时也有能力践行诺言，可是，他不能因为要回俄国，从此不再关心这件事，他得继续利用自己的知识和影响力，在背后推动中国共产党第一次代表大会的召开。

维经斯基能跟不同类型的人物打交道，善于倾听别人的意见，能够摆正自己的位置，只是指导中国革命者如何去行动，而不是代替他们去工作。凭借这一点，在中国革命者心目中，维经斯基已树立了很高的威信，几乎跟每一个革命者都成为好朋友。现在，他要利用自己的亲和力与威信，去跟李大钊好好谈一谈。

一年前，在北京跟李大钊谈了几次话，维经斯基了解到，李大钊不仅具有深厚的马克思主义理论功底，而且跟自己一样，善于倾听别人的意见，更能把所有不同意见的人都团结在他的周围。维经斯基深信，一旦李大钊觉得成立中国共产党的时机已经成熟，他必定能跟陈独秀联手，迅速主持召开党的全国代表大会。

他回俄国，要路过北京，即使陈独秀没有提出建议，维经斯基也决定去会一会李大钊，跟李大钊商谈成立召开全国代表大会的事情。

带着这一目的，维经斯基进入北大，去了北大图书馆，见到了李大钊。

李大钊已经从陈独秀和上海共产党发起组代理书记李汉俊、李达等人的来信中，知道了维经斯基即将回俄国的消息。对于维经斯基帮助中国马克思主义者建立共产党早期组织所付出的努力，李大钊打心眼里感谢他，一样希望能够好好地跟他谈一谈，虚心向他学习一些革命斗争的经验。毕竟，上一次见面的时候，他们尽管谈到了组织共产党的事情，但仅仅只是初步的接触，谈论的问题很肤浅。现在，北京已经成立了共产党支部，他们可以毫无顾忌地敞开胸怀谈论一切。

不过，此时此刻，李大钊心情更加沉重。自从直系军阀和奉系军阀联手将皖系军阀逐出北京，组建新的北京政府以来，对于教育以及新思想新文化运动的压迫，比起皖系军阀更加严厉更加残酷。他们逼迫蔡元培校长离开北大，去了国外，停掉了所有学校教职工的薪水以及开学经费。到目前为止，各校教职工已经有三个多月没有领到薪水了。大家迫于无奈，不得不联合起来，成立了一个讨薪委员会，选出马叙伦为主席，李大钊等人为委员，负责向北京政府讨要薪水以及学校的各种经费。可是，经过几个月的努力，依旧毫无成效。

李大钊热心于共产党的事业，尽管经过蔡元培校长的干预，学校每个月都给太太赵纫兰送去一笔钱，作为他一家人的生活费用，可是，因为学校也得不到政府拨给的资金，现在，这笔经费也没有了。家庭生活已经倍感困难，他更拿不出钱来交给北京共产党早期组织，以维持组织的正常运转。

无论是为了共产党的事业，抑或家庭，李大钊都要花费大量时间去讨薪。马叙伦教授生病无法工作以后，李大钊挑起了全部担子，把讨薪工作进行到底。

当然，毫无疑问，李大钊最重要的工作，是如何扩大北京共产党早期组织。自从成立这个组织以来，他一直在努力想办法扩大组织及其影响。到目前为止，不仅支部成员已经发展到了十五名，而且分别派遣他们去北方各地发动工人以及先进知识分子，一连组建了好几个社会主义青年团。为了扩大共产党早期组织的阵容，宣传马克思主义，李大钊四处奔波，经常得不到应有的休息。对他来说,这算不了什么。历史和现实已经把他推到了风口浪尖,李大钊决不会退缩。

李大钊经常跟陈独秀以及上海发起组李汉俊、李达联系,相互交流逐步壮大共产党早期组织和发展社会主义青年团的看法。

在全国各地蔓延开来的共产党早期组织和社会主义青年团,已经闪烁出耀眼的光芒。李大钊敏锐地意识到,C派的朋友若能成立一个强固的精密的组织,并注意促进其分子之团体的训练,那么中国彻底的大改革,或者有所依托!(引者注:C即Communism的首字母,意为共产主义。C派即共产主义团体,指的是共产党组织以及社会主义青年团)他通过了一系列痛苦的经历和思索,得出了这样一个结论,一定要亲手推动她组织成一个强固的精密的团体。

他不是一个人在战斗,还有陈独秀这个亲密的伙伴,他们相约建党以来,已经各自成立了共产党早期组织,把这些小组凝聚成统一的中国共产党,怎么少得了陈独秀?陈独秀已经去了广州,正在那儿大力宣传马克思主义,准备成立广州共产党早期组织。得迅速跟陈独秀取得联系,达成成立全国性政党的共识。

上海共产党发起组作为联络全国各地共产党早期组织的总机关,哪怕陈独秀已经不在那儿,也必须担负主要责任。因此,需要跟李汉俊、李达联络,跟他们商量,以上海发起组为主,号召各地共产党早期组织一齐协商,进展会更快一些。

李大钊思虑成熟,分别给陈独秀以及李汉俊、李达写了一封信,把自己的想法告诉给他们,并且征求他们的意见。至于如何筹备成立中国共产党的会议,在什么地方举行成立大会,会议的议程如何安排,是各地共产党早期组织成员全都参加,抑或各派出几名代表参加,这些具体内容,可以慢慢商量。

他刚把这两封信发出去,即接到维经斯基再一次抵京的消息。这个消息,同样是鲍立维传送给李大钊的。

鲍立维跟往常一样,依旧在天津和北京之间来回奔波。每个星期,他都要到北大上两次课,对于北大的实际情况和李大钊如今的思想状态了如指掌。他尽管没有再亲自跟李大钊接触,但通过《曙光》杂志,看到了李大钊撰写的文章《团体的训练与革新的事业》,马上嗅出一个重大的信息:李大钊正在思考并号召全国的 C 派朋友们组建全国性政党！

他非常清楚组建中国共产党的意义。维经斯基一到北京，鲍立维马上把李大钊的思想状态向维经斯基作了详细的报告。

维经斯基大喜，迫不及待地要跟李大钊见面，跟他商谈召开全国代表大会的具体事项，也把自己在广州跟陈独秀协商的结果告诉给李大钊。

得知维经斯基来到北京，李大钊深知他能帮助自己解决成立中国共产党面临的主要问题，同样喜出望外。不过，他担心：一旦中国共产党成立起来了，就要跟共产国际取得联系，成为共产国际的一个支部，在其指导和帮助下，开展革命。

中国革命固然需要得到共产国际的指导和帮助，在中国各个地区组建起来的共产党早期组织以及社会主义青年团，也是因为维经斯基的到来，才从酝酿真正走向了成立，继而形成星火燎原之势的，李大钊毫不怀疑这一点。但是，中国共产党要加入共产国际，成为共产国际的一个支部，他必须得仔细考虑反复权衡。毕竟，各路军阀依靠各帝国主义做靠山，把中国拖入了深深的灾难，任何一个有良知的中国人都不能不对此保持高度的警惕。

李大钊实在分辨不清共产国际跟苏俄是什么关系，共产国际内部又是如何运作，而且俄国这个社会主义国家，至今仍跟北京政府保持着外交上的联系，更令他不能不心生警惕。一时间，李大钊无法判断其中的蕴涵，把张国焘、刘仁静、邓中夏、罗章龙、高君宇等北京共产党早期组织成员召集起来，商讨对策。

自从北京共产党早期组织成立起来之后，在李大钊的指导和带领下，众人一面积极开展各种工作，一面不断学习马克思主义理论知识。大家尽管不仅加深了对马克思主义的认识，而且对共产国际也有一定程度的了解，但对于中国共产党成立起来之后，怎么跟共产国际发生联系，共产国际跟苏俄的关系，共产国际内部的运作方式，中国共产党到底应该以什么工作为中心等一系列问题，依旧存在不同的理解。一场激烈的纷争在所难免。

毫无疑问，弄清共产国际的基本状况，是中国共产党究竟应该怎么跟它发生联系的前提。谁都能说出一番话来，但也说服不了谁。长时间的争论有什么用呢？李大钊把大家争论的重点转移到一个方向：如果加入共产国际，中国共产党是不是会丧失掉独立性；或者说，究竟以怎样的方式参加共产国际，才能够保持自我。

同样，众人各说各话，谁也说服不了谁。既然如此，大家把问题一条一条列出来，准备当面向维经斯基请教，以便释疑。

这一天，维经斯基来到了北大图书馆主任办公室。这时候，北京支部全体成员早已聚集在接待室，恭候维经斯基大驾光临。

一阵简单的寒暄过后，维经斯基说道："李先生，这一次，我是因为要回去俄国，路过北京，特意前来看望你们，跟你们交换一下看法。北京支部已经形成了一定的气势，上海那边也不错，广州同样已经成立了共产党早期组织。其他各地，武昌、长沙、济南，亦相继成立了共产党小组或共产党支部。我对你们的工作感到很满意，也钦佩你们的革命热情和毅力。我曾经听说过，李先生对组建全国性的共产党组织进行了一些思考。我觉得，成立全国性共产党组织的条件是具备的。所以，希望李先生、陈先生和上海发起组的同志们，尽快召开全国代表大会，正式成立中国共产党，加入共产国际，得到共产国际的支持和帮助，这样，可以得到更快的发展，可以和俄国一道，在全世界掀起革命高潮，真正实现李大钊同志所描绘的试看将来的环球、必是赤旗的世界的壮丽景象。"

维经斯基的说法令人振奋。李大钊和北京支部其他到会成员都情不自禁地憧憬着这个壮丽的前景，心里激动不已。他们都期待着早日成立中国共产党，以便发动群众，进行革命，早日赢来革命的高潮，但他们对共产国际仍有一定的疑虑。

李大钊说道："我的确有意于尽快召开全国代表大会，成立统一的中国共产党。但是，我们普遍对共产国际以及加入共产国际的事情持有疑虑，希望维经斯基先生能够给我们仔细说一说，共产国际跟苏俄有什么区别，加入共产国际之后，中国共产党需要担负怎样的使命，能够得到什么帮助，起到什么作用？"

维经斯基已经从陈独秀那儿领教到了中国人固有的执着和智慧，亦由此知道了中国革命者的担心。他要解除中国革命者的担心，滔滔不绝地谈起了共产国际的成立、共产国际的任务以及各国跟共产国际的关系。

众人聚精会神地聆听着，深入思考其中的蕴涵，试图捕捉出一些他们不知道或者仍然有疑虑的地方。

刘仁静思维敏锐，反应快捷，首先说道："维经斯基先生，我对你描述的共产国际的义务和责任感到很振奋。可是，事实上，共产国际似乎并不像你说的那样，能够帮助全世界的无产阶级革命者。不说别的，至今，俄国跟北京政府仍存在外交关系。难道说，俄国和共产国际是在支持北京政府吗？"

维经斯基知道他这是把共产国际和俄国混为一谈了。也许，这不只是刘仁静一个人的看法，几乎所有中国同志都持这种看法，如果不认真对待，为他们作出合情合理又符合事实的解释，令他们释疑，今后，中国共产党即使成立起来了，中国的同志们仍对共产国际抱有疑虑，肯定不是什么好兆头。

他说道："共产国际跟俄国政府是两码事。俄国代表的是俄国政府，它当然需要跟各国政府打交道。但是，这并不意味着它会支持反对马克思主义反对共产党的政府。它的目的只是为了跟其他国家的政府取得联系。共产国际却不一样。共产国际联络的对象是全世界无产阶级革命者，共产国际的责任和任务是帮助全世界无产阶级革命者建立组织，指导他们进行武装斗争，推翻统治阶级的政权。"

张国焘眉头紧蹙，问道："如果我没有记错的话，维经斯基先生刚才说过，共产国际是在列宁为首的俄共（布）领导人的帮助下，成立起来的。没错吧？"

维经斯基的确这么说过，而且，事实如此。张国焘为何要这么问？维经斯基脑子一转，瞬间明白过来了：张国焘不是需要他简单地回答是或者不是，其潜在的含义是要他为大家破除里面的疑惑。什么疑惑？张国焘也许觉得共产国际是在以列宁为首的俄共（布）领导人的主导下，创办起来的，一定会听从俄共（布）领导人以及俄国政府的指挥，最后沦为俄国向外扩张的工具。

这怪不了中国人，只怪西方列强在中国土地上太横行霸道了，所以，任何时候，中国人一向对外国势力抱有深深的警惕。

维经斯基说道："特立是不是觉得，共产国际也许会沦为苏维埃俄国扩张势力的工具呢？其实，你们不应该有这种疑虑。因为共产国际即使是在以列宁为首的俄共（布）领导人的指导下成立起来的，俄共（布）同样是以一个支部的形式加入到共产国际之中的。它没有任何特权，跟其他每一个共产国际支部成员的地位是平等的，目标是一致的。"

张国焘觉得维经斯基只是在泛泛谈论一般的概念或者理论。现在的事实是，全世界唯有俄国的社会主义革命是成功的，共产国际又是在苏俄领袖的帮助下成立的，而且总部又设在俄国的首都莫斯科。这两者之间的关系，难道仅仅只是一般性的概念可以解释得通的吗？

这的确是一个很难回答的问题。尽管事实是，在成立了共产国际之后，列宁凭借他的威望和影响力，绝对可以让共产国际按照他的意志去实行对俄国有利的政策；可是，列宁承袭了马克思主义联合一切无产者的观念，不会这么做，也从来没有这么做过。指责张国焘在怀疑列宁怀疑共产国际吗？不能，他提出的问题岂不是所有中国革命者都思考过，并且都一直在怀疑的吗？要不然，陈独秀怎么会在一听说中国共产党可以接受共产国际的资助时，立马满脸不痛快呢？

维经斯基是一个能够把握形势的人，任何时候都能摆正自己的位置，这样，已经赢得了中国同志的信任。他不能辜负这种信任，笑道："我的确不知道应该怎么回答，特立先生才会满意，诸位先生也能满意。事实上，作为唯一一个取得无产阶级政权的国家俄国，其领袖列宁和托洛斯基，都拥有让共产国际听从他们的意志的能力，但是，他们是革命者，是无产阶级的朋友，他们从来没有滥用过这种权力，也永远不会滥用这种权力。如果他们滥用这种权力，其他国家的无产阶级革命者还愿意听从他们的指挥吗？比如说，我接受了俄共（布）以及共产国际的派遣，来到中国，目的在于跟中国的革命者取得联系，帮助中国同志组建马克思主义政党。如果我不能跟你们中国同志很好地合作，不能倾听你们中国同志的意见，以为我是来自俄国和共产国际的使者，拥有了尚方宝剑，可以强迫你们做你们不愿意做的事情，难道你们愿意继续跟我交往，继续需要我的指导吗？"

事实上，前面已经说过，维经斯基最先接受的任务只有三项，根本不包括帮助中国革命者建立马克思主义政党，而且，他也不是共产国际派来的。但是，当维经斯基1920年6月份向俄共（布）远东局海参崴分局外国处汇报工作时提到，他正在进行和将要开展的一系列工作，如"把各革命团体联合起来组成一个中心组织"，"正在着手筹备召开华北社会主义者和无政府主义者联合代表会议"时，海参崴分局负责人之一维连斯基·西比利亚科夫来到北京，于1920年7月5日召集维经斯基、鲍立维、斯托扬诺维奇等十余名俄共（布）党员开了一个重要工作会议，旨在总结前一段的工作，部署下一步的任务。讨论"即将召开的中国共产党组织的代表会议和中国共产党的成立"问题时，与会者一致认为："在近期召开代表大会，彻底完成建立中国共产党的工作"是完全可能的，这才赋予了维经斯基帮助中国马克思主义者建立共产党早期组织的使命，同时也是给维经斯基前一阶段自作主张进行的推动中国同志建党盖上合法的橡皮图章。

李大钊被维经斯基的坦率和真诚打动了。是的，维经斯基来到中国，帮助他们建立了共产党早期组织，可从来没有指手画脚。召开全国代表大会，正式宣告成立中国共产党，已经是势在必行，而且能够得到共产国际的悉心帮助，一经成立，各地共产党组织必将汇成一股洪流，气势磅礴地涤荡欺压民众的腐朽统治。李大钊的眼帘，飘荡着那种荡气回肠令人奋进的前景。尽管召开中国共产党第一次全国代表大会仍然处在酝酿阶段，尽管迄今没有思考过在中国共产党正式成立之后，共产党人应该采取怎样的步骤，去发动民众，实现推翻统治阶级、建立无产阶级政权的目标，但是，有了共产国际的帮助，李大钊确信，不论前面的道路上充满了多少荆棘，有多么曲折，中国共产党一定会担负起神圣的使命。

2. 张太雷出使苏俄

维经斯基终于完完全全、彻彻底底结束了他的第一次来华使命，回到了苏俄。

他第一次进入中国，是得到共产国际同意，由俄共（布）远东局派出的。在他回苏俄之前的 1921 年 1 月，共产国际执行委员会为了加强对远东各国无产阶级革命运动的领导，决定在伊尔库茨克设立远东书记处。他奉命回国，便是到远东书记处组建中国科。为此，维经斯基一行并没有直接回到原出发地海参崴，而是走得更远，来到贝加尔湖畔的伊尔库茨克。

经过一个时期的努力，维经斯基和其他一些中俄同志将中国科组建起来了。

中国科的任务是解决中国共产党和共产国际之间的关系问题，给中国共产党和俄共（布）提供情况，并向中国共产党传达共产国际执行委员会的指示。在此后的日子里，维经斯基仍然会经常跟中国共产党人取得联系。

有一个中国人与维经斯基一起从北京来到伊尔库茨克。他便是张太雷。

张太雷受中国共产党早期组织委派，前往共产国际远东书记处，成为中国共产党派往共产国际工作的第一位代表。当张太雷跟维经斯基一道到达伊尔库茨克之后，他们共同负责，成立了中国科，并成立中国支部，他担任中国方面的书记，维经斯基担任苏俄方面的书记，共同负责共产国际与中国共产党之间的联络工作，同时以共产国际工作人员的身份从事共产国际组织局委派的其他工作。

张太雷能够成为中国共产党派往共产国际工作的第一位代表，乃是由于他的经历跟其他共产党早期组织成员相比有一些独特之处。

他在天津北洋大学法科学习期间，法科教授福克斯（美国人）在天津创办了一家英文报纸——《华北明星报》，面向住在租界里的外国人发行。福克斯看中了张太雷出色的英文功底，加上知道张太雷家境贫寒，特意聘请他兼职该报英文编辑。鲍立维来到天津后，经常为《华北明星报》提供苏俄方面的稿件，认识了张太雷，觉得此人不错，同样聘用他作为自己的英文翻译。维经斯基来华见到鲍立维以后，鲍立维把张太雷推荐给了他，由此，张太雷担任维经斯基的英文翻译。

按照一些学者的说法，张太雷不仅参加了维经斯基与李大钊在北大举办的座谈会，而且曾跟维经斯基一道去过上海，亦参加了维经斯基与陈独秀等人举办的一些座谈会。因而，不管是上海共产党早期组织的发动工作，抑或北京共产党支部的一些活动，张太雷都有过不同程度的参与。维经斯基在离开中国之际，跟陈独秀、李大钊等人商谈，需要中国共产党早期组织派遣代表去沟通跟共产国际的联系时，他们的脑海里不约而同地浮现出一个共同的人选：张太雷。

也有的学者认为，张太雷只参加了维经斯基在北大举行的座谈会，并没有跟随维经斯基去上海，自然不可能参与上海共产党早期组织的发动工作。维经斯基离开中国时，是李大钊一个人决定派张太雷跟维经斯基一道去苏俄的。根据上海发起组成员都没有提到张太雷参与座谈会，以及李大钊与陈独秀通信联系很不方便的情况，这种说法应该最符合事实。

不过，维经斯基从广州到达北京时，张太雷并不在北京，他正在天津。当时，他刚刚把一个尔后成为著名共产党领袖的人物瞿秋白送上了奔赴苏俄的路途。

瞿秋白跟张太雷既是同乡，又有同窗之谊，一向交情不错。瞿秋白以北京《晨报》记者身份，在1920年10月15日获得远东共和国派驻北京使节优林的签证，获准前往苏俄采访，成为中国第一个访问红色苏俄的记者。前往苏俄之际，瞿秋白路过天津，想到了张太雷，便特地在那儿盘桓了两天，跟张太雷话别。

需要说明的是，远东共和国是当时苏俄领袖为了抵御帝国主义列强的封锁，便于跟白匪进行战争，把远东地区划出来，建立的一个共和国，目的在于在帝国主义列强和苏俄核心至关重要地区之间建立一个缓冲地带。

送走瞿秋白以后不久，张太雷接到李大钊的通知，马上赶往北京，在北京饭店见到了从广州来到北京不久的维经斯基，知道了自己的使命。于是，他跟维经斯基及其其他随行人员一道踏上了奔赴苏俄的旅程。由于原先与维经斯基一起来华的俄共（布）党员杨明斋仍然留在上海，张太雷权充记者团离华时的临时翻译。

因为时间紧迫，来不及回家告别，张太雷写了一封长达两千多字的家信寄给妻子陆静华，把他对母亲和爱妻的思念之情、他对革命的抱负和对今后的期望,全都在这封信中倾诉出来:"我立志要到外国去求一点高深学问,谋自己独立的生活。……我先前本也有做官发财的心念,想等明年去考高等文官考试。但我现在觉悟:富贵是一种害人的东西,做了官,发了财,难保我的道德不坏。常常在官场里混,替那些不好的人在一起,嫖赌娶妾的事情或不能免。倘若是这样了,非特我的身体、道德要坏,恐怕家里要受莫大的苦处。你也看见多少做官发财的人们多嫖赌娶妾。倘若我做了官,发了财,我自己也不能保不替他们一样的做坏事。惟有求得高深的学问,既可以自己独立谋生,不要依靠他人,这样就用不着恐惧失去饭碗,心境自然也就安定,心境安定是寿长的最要紧的事,又可以保持我清洁的身体,高尚的道德;不至于像那些做官的发财人一样嫖赌娶妾做坏事。"

把立志于革命当作"去求一点高深学问",是为了让妻子及家人别为他担心,这种爱护家人的做法实在令人敬佩。由此,张太雷顺势用了很长的篇幅,详细而具体地要求妻子用心学习文化知识,多看书报杂志,学习刺绣和图画,学好了就可以自主,比较那种只做男子的附属品,要荣耀得多。在信中他充满深情地说:"希望我回来的时候,我学得很好,你也学得很好,那时我们多快活啊!"

张太雷对母亲十分孝顺,在信中特别关照妻子要妥善安排好家庭的经济生活:"母亲年老应当吃好一点,穿好一点。你可劝劝母亲说不要过省。不然我在外如何安心呢?……我们现离开是暂时的,是要想谋将来永远幸福。"

这封家信,充满了一个革命者对亲人的真挚感情以及对革命事业必定成功抱有坚定的信心。为了革命、为了共产主义事业,张太雷怀着对祖国、对亲人的深深眷恋,毅然踏上了前途莫测的艰险征程,去谋将来的永远幸福。

张太雷到达伊尔库茨克之后,与维经斯基一道组建了中国科。共产国际远东书记处指示他准备一个报告,提交给共产国际第三次代表大会。杨明斋来到伊尔库茨克。他们把从国内带来的以及以后收到的中国共产主义运动、工人运动、青年运动等方面的情况资料编写成通报,寄到苏俄各家报纸编辑部,并且起草了长达一万五千余字的正式报告——《致共产国际第三次代表大会——中国共产党代表张太雷同志的报告》。报告共分九个部分,分别介绍了中国的政治形势、经济状况、知识分子问题、社会主义运动、妇女运动、工人状况与工人运动、中国共产主义运动等方面的状况,初步提出了中国革命的战略策略思想,展望了中国共产主义运动的前景。这是中国共产党人在共产国际舞台上最早发表的文献,是第一篇详细阐述中国共产主义运动产生过程的历史文献。

共产国际远东书记处负责人舒米亚茨基在7月召开的远东书记处主席团与中国支部杨好德(即杨明斋)同志联席会议上说:我作为远东书记处的领导人,和张太雷同志起草了一份报告……我们写了这个报告,为的是将其纳入共产国际第三次代表大会的记录之中,使其成为下一步工作的基础,并以此证明共产党的成熟。这表明他亦参与了起草工作。

杨明斋与张太雷会合后,张太雷同他一道与共产国际远东书记处的代表举行多次会议,详细讨论了有关中国共产党的问题,决定建立共产国际远东书记处中国支部。张太雷提出了一份由他起草的关于建立中国支部的详细计划,要点是:一、建立中国支部,是为解决涉及中共中央和共产国际关系的问题,给中国共产党和苏俄提供情况,并向中国共产党传达共产国际执行委员会的指示。二、由两个书记负责这个支部:一个是中国共产党中央委员会派出任此工作的代表,另一个代表由远东书记处派出。三、依照各国共产党是共产国际的支部这一总的组织原则,中国共产党中央委员会和共产国际远东书记处之间的关系必须遵循同样的组织关系的原则,中国支部本身隶属于远东书记处。

共产国际远东书记处批准了张太雷的计划,同时任命张太雷和维经斯基为中国支部书记。这一体制的确立,为中国共产党与共产国际的直接联系提供了组织保证,对创建时期的中国共产党是有重要意义的。

在共产国际第三次代表大会的报告中,张太雷全面回顾了中国各地共产党早期组织成立过程,展开的各项主要工作及其当前任务。摘录相关内容如下:

中国第一批共产主义小组是一九二零年五月在上海和北京成立的。从那时起,中国其他地方也出现了许多小组。在一九二一年三月以前,中国还没有一个统一的共产主义组织。在许多地方我们不得不同无政府主义者一起共事,但是在这些共同组织中我们有自己的同志进行监督和领导,我们曾作过努力,要使这些组织变成纯粹的共产主义组织。然而后来我们确信,要继续同这些无政府主义分子一起合作是不可能的,因为他们已开始以共产主义组织的名义发表宣言，宣扬他们自己的宗旨和原则，而他们的宗旨和原则则与我们对共产主义的基本概念相矛盾。

为了阐明我们的宗旨、原则和策略，为了把无政府主义分子从组织中清除出去，我们认为有必要在一九二一年三月召开各组织的代表会议，这次会议发表了关于我们的宗旨和原则的宣言，并制定了临时性的纲领。这个纲领确定了我们组织的工作机构和工作计划，表明了我们对社会主义青年团、同业公会、行会、文化教育团体和军队的态度，也表明了共产党对工会的态度。

迄今为止，我们所做的还只是准备性质的工作，我们的通讯部向中国报刊提供关于苏维埃俄国和工人运动的消息，以及揭露日本帝国主义和美国"民主"实质的一般材料。组织部在许多大城市建立了社会主义青年团，在北京、上海和广州建立了工人学校和工人俱乐部。这个部还在各工业部门建立了许多工人工会，并把它所建立的上海五金工会的代表派往各城市去建立当地的五金工会。组织部还竭力打入同业公会和行会的组织中去瓦解它们，并由这些组织中的无产阶级分子建立象（像）印刷工会那样的新的纯粹的阶级工会。几乎所有的罢工都是我们的党员同志组织或领导的。

我们的出版部为工人群众出版了一系列周刊，如上海的《劳动界》、广东的《劳动者》、北京的《劳动音》周刊，还有《来报》周报。这个部还为工人印行了许多小册子和传单，如《一个士兵的故事》《工人的对话》《工会》《共产党人是什么样的人》等。中国共产党还把《苏维埃俄国》、布哈林的《共产党纲领》以及一套《社会主义者袖珍丛书》译成了中文。这套丛书中首先译成中文的是马克思和恩格斯的《共产党宣言》和马克思的《经济学研究导言》。

我们还出版了一些杂志，如中国共产党的中央机关刊物《共产党》，青年的杂志《曙光》《新青年》以及日报《社会活动家》。中国共产党还着手把马克思的《资本论》译成中文。

截至今年五月一日止，中国共产党已经有七个省级地方党组织，它们是：

1. 北京组织，其主要成员最初是青年学生，近来已开始大量吸收京汉铁路修配厂的铁路工人。这个组织现在有一所工人模范学校，学员一百五十名，教师是两名工人共产党员和两名来自中国社会主义青年团的党员。

2. 天津组织及其唐山站分部，该分部的成员是这个津浦铁路最大车站的铁路修配厂的工人。党特别重视唐山地区，因为它是中国最大的一个工业中心。这里有：（1）二千五百工人的京奉铁路修理厂；（2）两千工人的启新洋灰公司；（3）一万四千工人的开滦矿务总局。我党在这个地区正竭力通过开办工人学校、工人俱乐部以及建立各产业工会发起小组的办法来巩固自己。我们在这里除了共产主义组织外，还有两个小组，一个是五金工人小组，另一个是铁路员工小组，在它们周围，我们团结了一批相应的工会。

3. 汉口组织，它同城市工人，特别是同印刷工人保持着牢固的联系。

4. 上海组织，它有三个分部，它在工作中不仅像初期那样依靠青年学生，而且还依靠不久前建立的工会。在去年广州召开的五金工会代表大会开幕式上，中国最有威望的共产党员之一，当地工人好德说得好："我们在这里建立了第一个不依赖于资本主义社会并公开敌视这个社会的、按生产原则组织工人的工会，现在，为中国人民的自由和独立进行斗争的日子已经不远了。"目前这个工会已有近五百名会员。

5. 广东组织，它依靠当地的社会主义青年团和一些工会。

6. 香港组织，它不仅依靠香港三十个工会组织中的十二个，而且还同汕头、福州、澳门等市的工人建立了联系。

7. 南京组织，它虽是最年轻的组织，但已经同周围工人建立了牢固的联系。在我们党的队伍里有一批具有理论素养的著名的工作人员，我们党在精神方面是足以使中国所有的资产阶级集团艳羡的。

我们中国共产党人并不夸大个人在无产阶级群众斗争中的作用，但是我们认为，在我们队伍中还有卓越的革命马克思主义理论家，这会给我们的事业带来很大的好处，党必须利用这一点，以争取共产主义思想在我们这个远东最大国家的领土上获得胜利。

我们党认为自己当前的任务是：（1）进一步加强工会的组织，以此作为中国共产党发展和建设的基础；（2）进一步巩固共产主义者在社会主义青年团中的威信，以便通过他们在工人及青年工人中加强宣传工作，用这些成员和部分学生来加强无产阶级类型的共青团组织；（3）通过在共产国际远东书记处中建立常设的中国书记处，来增强同远东书记处的组织联系；（4）帮助组织朝鲜和日本的共产党及共青团，这不仅要运用中国的工作经验，而且要为日本和朝鲜的同志，提供一切可能而又必需的组织条件；（5）着手翻译马克思主义基本文献，首先要加快业已开始了的将马克思的《资本论》译成中文的工作。

张太雷在报告里所说的1921年3月会议,在国内的各种文献以及共产党早期组织抑或社会主义青年团早期组织成员的回忆文章中,都没有提到过,但能从共产国际远东书记处的材料中得到印证。因此,是否召开过这次会议,以及以张太雷为主起草的这份报告,其资料来源于何人何地,众说纷纭,至今没有定论。

1920年10月14日,俄共(布)中央西伯利亚局负责东方工作的全权代表冈察洛夫和东方民族处处长布尔特曼致电共产国际:东方民族处打算召开一些远东国家革命团体和共产主义团体的"一系列预备性代表会议",并且准备在1921年1月结束会议议程。12月24日,大约是因为尚未准备妥当,东方民族处又要求"不迟于3月初"召开代表会议。1921年1月21日,舒米亚茨基在给科别茨基的信中写道:"中国定于3月下旬举行共产主义组织的代表大会,我将派遣专人前去指导。"在1921年5月出版的《远东人民》1921年第1期上,舒米亚茨基发表了《共产国际在远东》一文,写道:"不久前在中国的中心(城市)举行了共产主义组织代表会议",会议认为中国共产主义运动的任务是"组织和集中群众斗争的力量,以使它的打击力量日益强大",为此,要建立"拥有统一中心机构的强大的产业工人工会"和"革命无产阶级的统一政党——共产党。"

在引用的报告材料中,提到的一些似乎与共产党早期组织和社会主义青年团早期组织所在地及其活动不相称的地方,至今同样不为人所理解。

报告中提到的帮助组织朝鲜和日本共产党及共青团,张太雷在伊尔库茨克已经做过。他受远东书记处委托,参加了筹备朝鲜共产党成立大会的组织局,并被选为大会主席团。1921年5月4日,张太雷在朝鲜共产党代表大会开幕式上致祝词,说道:"日本帝国主义是我们的共同敌人,打倒日本帝国主义是我们的共同任务。只有在共产国际的领导下,建立起同日本无产阶级国际主义的联合,才能达到这一目的。"远东书记处建议他进一步发挥其祝词中提出的把朝鲜共产主义运动与国际工人运动联合起来的论点,作一个《日本无产阶级与朝鲜贫民》的专题报告。5月7日,他就此问题作了专题报告,全面地、历史地分析了日本帝国主义的侵略和掠夺,给朝鲜、中国和日本的工人以无穷的灾难,广大劳动人民惨遭涂炭,并指出了这些国家的劳动人民有着共同的命运和共同的斗争,"朝鲜劳动人民既不能把自己的命运同朝鲜资本家联系在一起,也不能同日本和国的资本家联系在一起,……朝鲜的贫民和工人没有任何理由同日本的工人为敌,相反,应当同他们联合起来,一道去战胜远东劳动人民的共同敌人——日本资本家和日本帝国主义者"。代表大会决定,以张太雷的专题报告为基础,用日文发表对日本工人的宣言,张太雷积极参加了宣言的起草以及此后的付印工作。

1921年5月,张太雷接到了来自上海共产党早期组织的通知,要他去参加6月22日至7月12日在莫斯科召开的共产国际第三次代表大会。6月初,他和杨明斋一道动身离开伊尔库茨克,去了莫斯科。

先期抵达莫斯科的瞿秋白,作为《晨报》记者,亦出席了共产国际第三次代表大会。在那儿,他跟送别自己离开中国的张太雷再一次相遇了。在苏俄的所见所闻,激励瞿秋白走上了马克思主义道路。他当即向张太雷表示希望加入中国共产党,张太雷十分高兴,当场答应作为他的入党介绍人。

共产国际三大开会之际,青年共产国际亦在莫斯科举行第二次代表会议。为此,3月份,青年共产国际东方书记部格林给上海社会主义青年团发出了一封邀请信,邀请上海方面派人参加青年共产国际二大,上海社会主义青年团首任书记俞秀松亲自前往莫斯科参加会议。北京社会主义青年团亦接到邀请,派出何孟雄作为代表与会。4上旬,何孟雄在边境满洲里被军阀逮捕,未能抵达目的地。张太雷接替何孟雄出席了青年共产国际第二次代表大会。

在共产国际会议开幕之前,张太雷、俞秀松都到达了莫斯科。6月22日,会议开幕之际,他们赫然发现,还有五个自称是"中国共产党"或"中国共产主义组织"的代表(据江亢虎回忆,除他之外,另有姚作宾代表的"东方共产党";社会主义青年团留学生成立的"少年共产党";黑龙江省黑河的原中国社会党支部"龚君、于君"改组的"中国共产党";只身赴俄的杭州无政府主义者张民权自称代表的是"支那共产党"),试图在共产国际获得合法地位与支持。更为严峻的是,其中两家已得到共产国际三大的代表证:一家是由姚作宾等人组织的所谓"中国共产党"(由陈独秀等人发起的中国共产党早期组织成员召开第一次全国代表大会之后,姚作宾代表的中国共产党改名为东方共产党);另一家是由江亢虎组织的"中国社会党",自称党员数达到五十二万,建立有四百九十个支部。

如果他们和张太雷、俞秀松代表的中国共产党同时被共产国际所承认,那么，中国日后将会同时存在三个共产党组织，中国革命将面临异常复杂的局面。张太雷、俞秀松不愿意看到这种结果，决定主动出击，争取最好的结局：使他们所代表的中国共产党组织取得共产国际的唯一承认。

6月22日，俞秀松发出《中共代表俞秀松为姚作宾问题致共产国际远东书记处声明书》，指出自称是中国共产党代表的姚作宾等其实并不是中国共产党党员，他们在第二次中国学生大罢课期间已经成为中国学生唾弃的卑鄙叛徒，没有任何资格同共产国际进行联系，强烈要求共产国际撤销对姚作宾所谓的共产党的承认，取消姚作宾出席大会的资格。

紧接着，张太雷、俞秀松又写下《张太雷、俞秀松给季诺维也夫的信》，揭露江亢虎是十足的政客及其反马克思主义的真面目，强烈抗议大会资格审查委员会承认江亢虎的代表资格："鉴于资格审查委员会给骗子江亢虎以代表资格，本代表团认为有必要提出抗议，特作如此说明：江亢虎以何种名义出席代表大会，是代表中国并不存在的中国社会党？而在这并不存在的社会党里更没有什么左翼，那么他以何种名义参加？江亢虎在中国只是作为一名总统顾问为人所知，他根本不是社会主义者，如果第三国际允许北洋政府的总统顾问参加，就会失去中国青年的信任，给我们重大打击。"

共产国际远东书记处主管书记尼基简科、共产国际派驻远东的全权代表舒米亚茨基，支持了张太雷、俞秀松代表的中国共产党早期组织。

江亢虎确实曾经成立过中国社会党。那是1911年11月5日，江亢虎以社会主义研究会发起人名义召集特别会议，成立了中国社会党上海本部，"以不妨害国家存立范围内主张纯粹社会主义"为宗旨，制定了八条党纲：（1）赞成共和；（2）融化种界；（3）改良法律，尊重个人；（4）破除世袭遗产制度；（5）组织公共机关，普及平民教育；（6）振兴直接生利之事业，奖励劳动家；（7）专征地税，罢免一切税；（8）限制军备，并力军务以外之竞争。不过，中国社会党的存续时间不长，到了1913年，即在袁世凯威胁下被迫解散，江亢虎本人亦不得不亡命海外，在美国侨居七年。1920年9月，他回到国内，筹备赴俄国考察。江亢虎赴俄的一个重要原因，是希望在苏俄政府的帮助下，收复中国外蒙古，在那里进行社会主义试验。由于他的俄国之行得到大总统徐世昌和孙中山的支持，因此也受到苏俄政府和以列宁为首的苏俄领袖的重视，列宁、托洛茨基、斯大林、布哈林等人都接见了他。会见中，江亢虎热情赞颂苏联伟大的胜利，并且即席朗诵了自己创作的《新时代颂》，博得了苏联党、政、军要人们的一阵阵喝彩声。由此，他得以用中国"左派社会主义党"的名义出席会议，并拥有发言权。

由于张太雷、俞秀松的抗议得到了舒米亚茨基的支持，会议第四天，江亢虎的代表资格被取消。江亢虎为此给共产国际主席季诺维也夫写信表示抗议：第三次大会开幕当天，我领到了具有议决权的代表证。可是，在出席大会四天之后，在没有任何解释的情况下，卡巴斯基（Kabasky）同志要我交还代表证，并剥夺了我作为来宾的权利。我认为这是一种侮辱，表示抗议。

但是，抗议无效，江亢虎永远被排除在共产国际会议之外。

关于这次收缴代表证的经过，江亢虎后来又有详细的回忆：

（我）本以社会党代表名义出席第三国际会，已就绪矣。闻某团代表张某（张太雷）为中国共产党代表，系由东方管理部（远东书记处）部长舒氏（舒米亚茨基）所介绍而来者，因往访之。……不意相晤之下，张闪烁其词，不自承为代表。余方异之，及出席时，见张与舒氏在座，因询之曰："君代表券乎，来宾券乎？请相示。"张不可，而转索余券。余立示之，张乃以其券相示，则亦代表券也。出席二、三日，不意国际会竟将余券收去。……至终事后细访其故，始知张某等竟设为种种证据，致书于国际会，以中政府侦探目余。

江亢虎回国后，于1922年创办了上海南方大学。1924年1月国民党一大召开后，他对取消其共产国际三大资格耿耿于怀，一面上书孙中山，反对国民党接受苏俄的国际主义援助，一面乞求清朝废帝溥仪出来"救亡"。1927年，以国民党人黄郛、叶恭绰为首的清室善后委员会公布了清室密谋复辟的大量文证，江亢虎致废帝溥仪的请求觐见书以及给一些支持复辟的前清遗老们的信函得以曝光。此事一经传开，全国哗然，江亢虎遭到来自各界进步人士的痛斥。在国内难以立足，他被迫逃亡美国、加拿大。1932年初回到上海定居。1939年应汪精卫邀至上海，担任汪精卫伪政权的国民政府国务委员、考试院副院长等职，成为汉奸。日本人投降后，他被国民政府判处无期徒刑，1954年死在上海提篮桥监狱。

姚作宾代表的中国共产党或者东方共产党，是由黄介民创立的大同党改头换面而来的。黄介民于1913年赴日留学，加入孙中山领导的中华革命党，并与陈溥贤、李大钊等一起参加中华留日学生总会创办的《民彝》杂志的编辑工作。在此期间，他成立了"主张四海同胞主义"的大同党，并与朝鲜独立运动人士和社会主义者有很广泛的交往。五四运动期间，黄介民以上海为中心参加了多方面的活动，成为上海学界、工界的头面人物，大同党因此得以发展。姚作宾1918年自费到日本留学。五四运动爆发时，姚作宾作为日本留学生代表回国后成为全国学联的理事。为了与俄共（布）建立关系，姚作宾于1920年5月代表全国学联秘密访问了海参崴，与俄共方面一起讨论了苏俄对中国革命运动的援助问题、通过创办报纸加强苏俄在中国的影响问题，以及为向往苏俄的中国学生提供帮助问题。1920年11月，高丽人氏朴镇淳奉共产国际之命来到中国，跟与朝鲜革命者关系密切的黄介民、姚作宾等人领导的大同党建立了联系，给他们提供了大量经费，他们遂以大同党为基础建立了另一个中国共产党组织。

由于与俄共（布）远东局以及共产国际建立了直接联系，姚作宾和黄介民领导的中国共产党自然成为被共产国际认可的共产主义组织。

维经斯基似乎亦与他们有过接触，在经过多方面比较之后最终认定陈独秀、李大钊等具有坚定信仰的知识分子在中国有着很大的声望和号召力，代表着中国共产主义运动的主流，更具建党基础，因此没有跟他们进行深入接触。

1921年6月，姚作宾作为"中国共产党"的代表，与朴镇淳等人一起离开上海经欧洲赴莫斯科，出席即将召开的共产国际第三次代表大会。由于在科伦坡耽误了时间，他们到达莫斯科时已经是9月底。此时，不但共产国际的大会已经闭幕，在共产国际的正式使者马林主持之下，在上海召开的中国共产党第一次全国代表大会也已经闭幕，中国共产党已经在上海正式诞生。

此时，作为姚作宾与共产国际桥梁人物的朴镇淳，也在朝鲜共产党的两派内讧中失去了信任。姚作宾在莫斯科勉强与共产国际举行了会谈，他在俄国人面前自称是共产党的代表，并吹嘘自己的组织拥有多少军队，要求加入共产国际。中国社会主义青年团代表俞秀松等人得到消息后，立即向共产国际递交了抗议书。

俞秀松是1921年9月27日提交的抗议信："之前告诉你们，中国公民姚作宾不久前到了莫斯科，声称自己是中国共产党的代表，实际上他不是我党党员。因此没有权利与共产国际往来。所有共产国际与他讨论过的，甚至决定了的，中国共产党一律不予承认（即使是共产国际签署了他的提议）。"

由此，姚作宾以及他代表的那个所谓中国共产党的命运注定了。姚作宾本人于九一八事变爆发后投靠日本，沦为汉奸。1951年5月，青岛市人民法院以勾结帝国主义背叛祖国罪，判处其死刑，用一颗子弹结束了他的生命。

这是诞生于中国国内的共产党组织参加的第一次共产国际大会。在共产国际第一次和第二次大会上所看到的中国侨民在俄国成立的共产主义组织代表中国出席大会的情况，此后再也没有出现过，从此，处于襁褓之中的中国共产党登上了国际共产主义运动的舞台。

7月9日，青年共产国际第二次代表大会开幕，张太雷与俞秀松参加了会议。俞秀松代表中国社会主义青年团提出了报告，并在青年共产国际大会上作了发言，介绍了党的工人运动和青年工作。张太雷会后当选为国际执委会委员，还受托回国主持中国社会主义青年团的整顿工作。

而出席共产国际第三次代表大会的共有五十二个国家，一百零三个组织，六百零五位代表，高达五千人的各界先进分子出席了开幕式。

列宁出席大会，并且发表了演说。

作为记者的瞿秋白在当天写下了一段文字，生动地记录了这一具有重大历史意义的场面，也是最早向亿万中国人民描绘了列宁的形象。

列宁出席发言三四次，德法语非常流利，谈吐沉着果断，演说时绝没有大学教授的态度，而将一种诚挚果毅的政治家态度流露于自然之中。

安德列厅每逢列宁演说，台前拥挤不堪，椅上、桌上都站堆着人。电气照相开灯时，列宁伟大的头影投射在共产国际"各地无产阶级联合起来""俄罗斯社会主义联邦""苏维埃共和国"等标语题词上，又衬着红绫奇画——另成一新奇的感想，特异的象征。

7月12日，在共产国际第三次代表大会闭幕式上，张太雷作了发言。这是中国共产党的正式代表，第一次在共产国际代表大会上发言。从此，中国共产党人的声音一天一天强大起来，直到现在，只要是中国共产党人在说话，即使是头号强国美国也不得不竖起耳朵倾听。

张太雷以充满激情的声音说："共产国际和西欧各国的共产党今后有必

要对远东的运动更多地加以注视，不惜一切给予支援。日本帝国主义的崩溃，就是世界三个资本主义支柱之一的倒塌……目前，中国正面临着为实现共产主义而极需活动的时机……在必然到来的世界革命中，中国丰富的资源和伟大的力量是被资本家用来同无产阶级作斗争呢，还是被无产阶级用来同资本家作斗争，那就要看中国共产党，主要是看共产国际的支持如何而定了。"

大会期间，张太雷作为大会的民族和殖民地问题特别委员会成员，还提出了《关于殖民地问题致共产国际"三大"的提纲》草案。在这个草案中，他既反对近东代表不顾东方各国不同的国情，要求所有东方各共产党应有统一的共同行动纲领的主张，又反对印度代表罗易提出的在反对外国帝国主义的同时，还要反对本国资产阶级的所谓两条战线斗争的"左"倾主张，明确提出在东方殖民地半殖民地国家中，共产党人应采取民族统一战线的战略和策略。他认为，在这类国家中的民族资产阶级是软弱的，他们既害怕布尔什维主义的极端性，又害怕更强有力的帝国主义的压迫和竞争。在这种情况下，这些国家一般都存在着广泛开展反帝民族运动的一切条件，民族资产阶级是有可能参加民族革命斗争的。他在提纲草案中指出："对于民族革命运动来说，在其开始阶段，在同帝国主义的斗争中依靠民族统一战线的力量，在策略和战略上都是有利的。"因此，他建议："东方殖民地半殖民地国家共产主义者的任务是：不要丢掉自己纲领和组织的独立性，要掌握住各国的民族革命运动，要把参加运动的群众从民族资产阶级的领导下争取到自己一边来，并且要尽可能暂时迫使资产阶级跟随革命运动，迫使他们在'打倒帝国主义'和'民族独立万岁'的口号下参加斗争。"这就是既与民族资产阶级结成暂时的联盟，又在民族民主革命进程中与民族资产阶级开展争夺领导权的斗争。张太雷进行答辩时说，他之所以提出这个提纲，"主要是想以新的论证来加强弗拉基米尔·伊里奇在共产国际二大所作的关于殖民问题的结论"。

中国共产党第一次全国代表大会结束后，张太雷于同年8月奉命从莫斯科回到中国，担任共产国际代表马林的翻译，见证了中国共产党在初创阶段的发展历程以及从酝酿到具体实施国共合作的全过程，并起到了非常重要的作用。

3. 一大的酝酿准备

有关一大的酝酿准备，流行的观点认为，是马林和尼柯尔斯基来到中国，跟李达和李汉俊见面后，提出要召开全国代表大会，成立统一的中国共产党，这才开始的。但是，共产国际工作人员索科洛夫·斯特拉霍夫1921年4月21日在《关于广州政府》的报告上写道：我从上海动身前，中国共产党人在积极筹备召开共产党全国代表大会，会上要选举产生中央委员会。迄今党的实际领导权还在中央机关刊物《新青年》杂志编辑部手里。这个杂志是由我们资助在上海用中文出版的，主编是陈独秀教授，当地人称他是"中国的卢那察尔斯基"，即天才的政论家和善于发动群众的宣传员。这清楚地表明，酝酿准备召开第一次全国代表大会并非源自马林和尼柯尔斯基，而是共产党早期组织的主要负责人。

自从全国好几个地方相继建立共产党早期组织以来，李大钊、陈独秀、李汉俊、李达等主要发起人萌发了尽快召开全国代表大会成立全国性政党的想法。因为他们都很清楚，尽管目前上海发起组担负着联络其他各地共产党早期组织的使命，也的确给予了其他各地共产党早期组织一些指导，但毕竟这个刚刚来到世间的组织非常松散，不仅无法对各地共产党早期组织实施强有力的领导，而且无法全面掌握各地共产党早期组织的运作和发展情况，更谈不上应该如何规划共产党组织未来的蓝图。但是，因为各种各样的原因，想归想，他们一直无法付诸实施。

维经斯基回俄国之前，分别会见过陈独秀和李大钊，明确地向这两位党的主要创始人提出了尽快召开全国代表大会的建议，存在于他们脑海里的设想，由此步入到具体筹划和操作阶段。从3月份开始，李大钊、陈独秀、李达、李汉俊等人通过书信联络的方式，就召开全国代表大会的事情展开磋商，终于敲定了大约在6月中旬召开全国代表大会的大计。

尽管具体召开中国共产党第一次代表大会的时间、地点、议案等问题都没有得到正式确认，还需要继续商讨，毕竟，他们已经迈出了第一步，没有任何东西能挡得住他们接下来走出第二步、第三步……直至正式成立一个统一的强固的精密的全国性政党——中国共产党。

在跟陈独秀的书信来往中，李大钊知道，只有共产党能够以马克思主义为指导，通过发动群众、领导群众，进行不屈不挠的反帝反封建革命斗争，将中国民众从受封建压迫、帝国主义欺凌的黑暗状态中解救出来，建立一个人民当家的无产阶级专政国家。这个想法已经在李大钊的心里生了根，他觉得，自己和陈独秀联手，必将推动中国共产党的事业向更高层次发展，最终达成目的。

李大钊一样怀念起维经斯基来了。要不是维经斯基来到中国，什么时候才能建立起共产党早期组织？他不知道。他只知道，他和陈独秀一定会组建共产党组织，也许，他们还会继续慢慢摸索，也许，他们还会走许许多多弯路，但是，先在上海、北京等地成立共产党早期组织，继而向四周辐射，然后成立全国性马克思主义政党已经在他们心里深深地扎下了根，他们是决不会放弃的。维经斯基的到来，为他们成立共产党早期组织，增添了润滑剂，或者是一块触媒，真正起到了催化剂的作用。他非常感激维经斯基，感激俄国共产党（布），感激共产国际。

在李大钊浮想联翩的当口，张国焘来到了图书馆主任办公室。

张国焘是从长辛店回到北大的。自从北京共产党支部成立以来，张国焘以其聪明才干，以及雷厉风行的做事风格、无可置疑的担当精神、精密细致的工作态度，深得李大钊以及每一个支部成员的信任，在众人的一致推荐下，负责支部的组织工作。因为张国焘在五四运动期间曾广泛地发动群众运动，具有搞群众运动的工作经验，李大钊派遣他和邓中夏等人前去长辛店做工人工作。

要放手发动工人，按照李大钊的部署，分为两步走：第一步，提高工人的觉悟；第二步，在此基础上成立工人俱乐部。

张国焘、邓中夏等人深入到工人当中去，跟他们谈心，深切地了解并感受工人的疾苦，得到他们的欢迎，很快在长辛店建起了工人夜校，不仅教工人们文化知识，更教育工人们认识自己认识社会，懂得自己深受残酷剥削和压迫，全是由统治阶级带来的道理，使得绝大多数工人的阶级觉悟大为提高。张国焘、邓中夏等人经过精心筹划，1921年五一劳动节这天，召集长辛店工人举行群众大会，宣布长辛店工人俱乐部（工会）正式成立。应张国焘、邓中夏的邀请，李大钊出席了工人俱乐部成立大会，发表了慷慨激昂的演说，更加鼓起了工人的积极性。

"李先生，现在，长辛店工人俱乐部已经成为一面旗帜。越来越多的工人代表，从全国各地来到长辛店，参观学习我们的经验。"张国焘神色激动地说道。

李大钊说道："我们举办的工人俱乐部，其实是重新组织起来的工会。当全国各地的工人都组成了类似的工会组织，把工人都组织起来了，我们的党便有了可靠的进行阶级斗争的主导力量，可以领导无产阶级跟资产阶级做深入斗争。所以，工人俱乐部的工作，你一定要做得更好，千万不能放松。"

张国焘理解地说道："对这一点，我深有体会。只有当全国的工人运动迅猛发展起来了的时候，我们共产党的事业，才会有一个更大的发展。"

"是的，我们共产党人，一方面是要为工人和劳动阶级争取更大的利益，另一方面，也是带领工人和劳动阶级为获取自己的利益去进行斗争，直至建立无产阶级专政的国家。只有当我们的力量越来越强大，我们才有获取胜利的希望。"

李大钊说到这里，不由得触动了心思，再次想起了讨薪的事情。

时至今日，北京政府差不多已经有半年没有给各个学校拨发正常教学资金，更没有下拨教工薪水。整个教育界几乎陷入绝境，但是，为了培养人才，为了国家的未来和希望，教职工依旧坚持上课以及举办其他各项活动。由各个学校组织起来的讨薪队伍，在马叙伦教授和他的率领下，已经向北京政府发动了数次请愿活动，并在报纸上发表文章，呼吁全社会各阶层联合起来，持续不断地向政府施加压力，以获得维系各学校正常运转的资金，但丝毫没有起到作用。北京政府像一块顽固的花岗岩，岿然屹立在那儿，依然故我，似乎教职工的生存问题以及学校能不能开办下去，跟他们毫不相干。对于这样颟顸的政府，还有什么值得留恋的呢？得让腐败透顶的政府及其官僚们知道，教职工是一支巨大的力量。不过，他们不知道吗？他们知道。他们赶走了蔡元培，停发了教育界的一切资金，是因为他们认识到了教职工的力量，对教育界掀起的新文化新思想运动感到恐惧感到害怕，所以要彻底摧残教育界。教育界已经组织起讨薪队伍，发动了几次声势浩大的讨薪运动，没有任何成效，就这样算了吗？北京共产党支部在发动工人运动的时候，不是一再强调要发动所有的工人，去最终解决自己的命运吗？教育界也应该一样，必须广泛地发动教育界的人士，进行毫不妥协的抗争。这是为了自身利益甚至自身存亡的抗争，也是为中国不至于滑向比封建社会、奴隶社会还要落后的境地以维系国家的希望，以及保留一支新文化新思想队伍的抗争。李大钊已经把向北京政府的讨薪运动跟工人运动等等联系在一块儿了。

从这一刻起，李大钊决定和马叙伦等人一道，以更加积极的姿态动员全体教育界发起更大规模的抗争活动。尽管他知道，陈独秀早已被赶出了北京，蔡元培也被赶出了北京，自己已经成了北京政府眼里的毒瘤，一定要除之而后快，但是，他不能因为自身的安全，就退缩，一定要抗争到底。

张国焘并没有意识到李大钊的思维已经进入了另外一种状态，李大钊的最后几句话使他蓦然想起不久之前维经斯基来到北京的事情。当时，维经斯基不是说了吗？各地共产党早期组织应该派出代表，召开全国代表大会，成立统一的全国性马克思主义政党，以凝聚力量，形成统一的意志，跟统治阶级进行殊死较量，以最后取得无产阶级专政的政权。共产党的力量源泉在哪里？在于工人队伍，在于发动工人，在全国各地组建类似于长辛店工人俱乐部的组织。现在，各地的工人代表都来到长辛店参观学习，要是像成立中国共产党一样，有一个统一的工人运动机构来负责指导各地的工人运动，岂不是更好吗？

想到这里，张国焘说道："我记得维经斯基先生曾经说过，我们必须尽快召开一次全国代表大会，成立全国性政党。一旦中国共产党成立起来了，不是可以建立统一的工人运动机构，对各地工人运动实施统一指导吗？"

李大钊本来想等到跟陈独秀、李达、李汉俊等人进一步敲定了召开全国代表大会的大体计划之后，再把这个计划传达给每一个共产党早期组织，请各小组在讨论该计划的基础上，拿出一些有建设性的思想，以便确立具体开会日期及其他一切相关事项。现在，张国焘不仅主动提到了这个问题，而且进一步提到了按照成立中国共产党的办法，组织统一的工人运动领导机构，李大钊深感张国焘是一个不可多得具有创造性思维的人才，马上把维经斯基离开之后，自己一直在跟陈独秀、李达、李汉俊等人通信联络，磋商召开全国代表大会的事情告诉了张国焘，最后说道："你提出组织统一的工人运动领导机构，是一个很好的建议，应该在全国代表大会上，把它作为一个核心问题，让各地代表展开讨论。"

起初,张国焘只是凭着一腔热血,为了不让中国大好河山遭到日本和其他帝国主义列强的蹂躏和践踏,和易克嶷、傅斯年、罗家伦、段锡朋、邓中夏等人奋起发动了五四运动。那时候,张国焘和其他几乎所有真正走上马克思主义道路的谋求救国之道的爱国者一样,脑海里尽管吸收了一些马克思主义的知识,但更多地吸收了无政府主义以及其他各类派别的社会主义的知识。他丝毫没有想到过组织共产党,更没有想到陈独秀和李大钊竟然出乎意料地将成立共产党组织的事情付诸了行动。为了逃避北洋政府秋后算账而躲避到上海的那段时间里,张国焘第一次从陈独秀那儿听到了发起共产党早期组织的说法。他激动不已,很想成为发起人之一,但他资历太浅,只能倾听陈独秀的教诲。上海共产党早期组织还没有建立起来,他回了北京,把陈独秀跟自己的谈话内容,原原本本地告诉了李大钊,原以为李大钊会邀请他作为北京共产党早期组织发起人,谁知道李大钊竟然跟张申府早已约定了要成立北京的共产党早期组织,他更不知道,上海共产党早期组织也是因为李大钊和陈独秀秘密商谈过后,陈独秀才在维经斯基的帮助下,发动起来的。在张申府前来找他,告诉他北京共产党组织准备吸收他参加进去的时候,他既感到兴奋,又感到遗憾。他终于不能成为第一个发动共产党组织的人。

现在,召开全国代表大会,正式成立全国性政党,再一次让张国焘看到了希望:他要成为全国性马克思主义政党的最初发动或参与者。这比起在五四运动期间开创的业绩,将更加辉煌。他不能不绞尽脑汁地在李大钊面前表现自己的能力。

已经在设立工人运动的领导机构方面赢得了李大钊的赞赏,必须紧紧围绕这个问题,说明如何成立这个机构,这个机构又该如何运作。但是,又不能仅仅只谈工人运动,更重要的是成立全国性马克思主义政党,只有这样,工人运动才会得到更大发展。怎么成立中国共产党?已经从发起共产党早期组织的活动中吸取了一些经验,并且有了《中国共产党宣言》作蓝本,张国焘决计把那些东西借来一用,结合自己开展的工人运动来谈,以便李大钊更加对自己刮目相看。

可是,罗章龙突然来到图书馆主任办公室,令张国焘的全盘计划泡了汤。因为,罗章龙同样打算跟李大钊谈召开全国代表大会的想法。

罗章龙一直负责宣传工作。他接手的《劳动音》出版发行工作,鼓动工人参加各种各样的运动，向从全国各地来到长辛店工人俱乐部参观的工人代表宣传工人运动的好处，宣传马克思主义，等等一切事情，罗章龙都做得头头是道，有条有理，像张国焘一样，渐渐成了李大钊手下的得力骨干。

北京共产党支部的两个主要干将都关心成立统一的中国共产党这件大事，李大钊非常兴奋，重新把他跟陈独秀、李达、李汉俊等人通信联络的始末说了一遍，希望张国焘和罗章龙提出一些具体想法。

张国焘立即说道："依我看，有了成立全国性共产党组织的想法和思路，必须迅速定下决心，尽快确定开会的具体日期，其他的一切，可以等待各地共产党早期组织的代表到会后，再做具体的商量。当然，在此之前，有一件最重要的事情需要好好拿捏，即跟共产国际的关系问题。如果在这个问题上不能尽快拿出一个具体意见，中国共产党成立起来了，要想迅速发展壮大，恐怕会有一些困难。"

"共产国际的确曾经给我们提供了很多帮助。有了共产国际的帮助，我们要成立全国性的共产党组织；没有共产国际的帮助，我们依旧要成立全国性的共产党。一切取决于我们自己，才是解决问题的关键。如果把一切都寄托在共产国际身上，只会束缚我们的手脚。"罗章龙显然不太同意张国焘的意见。

"但是，如果没有共产国际的帮助，我们不仅会走很多弯路，也会白白浪费很多时间。"张国焘顿了顿，又说，"比如说，李先生和陈先生早已相约建党，要不是维经斯基先生来到中国，各地能否在去年相继成立共产党早期组织？所以，我们固然应该凡事自己做主，但有了共产国际的帮助，对我们毕竟大有好处嘛。"

罗章龙问道："难道我们什么都不做，一直坐等共产国际来人吗？"

张国焘笑道："我有理由相信，共产国际知道了我们的情况，一定会很快派遣人员前来帮助我们召开全国代表大会的。当然，我们不是一定要等共产国际或者俄国提供帮助，我们自己先运作起来，肯定是一个最为妥当的方法。"

李大钊很欣赏张国焘的分析判断。事实上，李大钊和陈独秀都很清楚，维经斯基临行之前提出希望尽快召开全国代表大会，成立统一的共产党组织，以便加入共产国际，得到共产国际的帮助和资助，表明共产国际一定会关注这件事。他们眼下正在筹备全国代表大会，其实是在等待共产国际提供帮助吗？也许，他们下意识里有过这样的考虑，不过，他们跟张国焘持一样的想法：能够得到共产国际的帮助，他们心里会感到高兴，但决不仅仅依赖共产国际提供帮助。

其实，罗章龙同样是这个意思，只是他对共产国际的期待程度更低一些。

有了共产国际的帮助，究竟应该怎么跟共产国际打交道？是不是一定要像维经斯基说的那样，中国共产党必须成为共产国际的一个支部呢？在道义上，中国共产党接受共产国际的指导，谁都不会持异议；但在是不是要成为共产国际的一个支部上，仍然众说纷纭。对此，李大钊和陈独秀也拿不定主意。

中国共产党和共产国际的关系问题，他们讨论了许久，仍然不能达成一致。

哪怕他们现在不能就共产国际和中国共产党的关系达成一致，但是，在李大钊看来，他们已经正式公开地谈到召开全国代表大会，这是一个很好的开端。他得紧紧抓住这个开端，继续为召开全国代表大会做必要的准备，以便尽快确定开会日期。他相信，陈独秀现在一定同样在为此做必要的准备。准备的重点，是要统一各地共产党早期组织成员的思想，要让每一个共产党早期组织的成员都知道：眼下最要紧的不是讨论召开全国代表大会的时机成不成熟，而是应该怎样召开这个大会，又在哪里召开，会议结束后，中国共产党应该怎样放手开展工作！

召开全国代表大会一事算是基本上确定下来了，李大钊心里格外畅快。自从开展讨薪运动以来，李大钊一直是凝重的，他像一座搏动的火山，时刻都在心里燃烧着自己；现在，他的能量得到了释放，李大钊轻松了，活跃了，他这座搏动的火山不仅只是在燃烧自己，而且也让别人都燃烧起来了。李大钊更加确信张国焘和罗章龙可以将整个北京支部的责任全部支撑起来；他自己，要为讨薪进行全力一搏。他已经没有退路了。所有的教职员工，几乎都嗷嗷待哺。他不能因为要筹划召开全国代表大会，便不顾及教职工的生存，不顾及学校的生存。他要为教职工和学校的生存拼尽全力。

6月3日，在李大钊等人的发动下，各校教师学生一千余人到国务院请愿，要求下发薪金以及学校开办经费。这一次，连北大校长蒋梦麟都亲自参与了。他们遭到了军警殴打。1921年6月15日《晨报》刊登请愿遭镇压的消息称："北大校长蒋梦麟受伤不能行动，法专校长王家驹，北大教授马叙伦、沈士远头破额裂，血流被体，生命危在旦夕，李大钊昏迷倒地，不省人事。"

李大钊伤愈出院后，联席会议主席马叙伦仍在治疗中，李大钊代理主席，继续领导发起讨薪斗争。7月，讨薪斗争最终取得了胜利。

正当李大钊发动教育界人士展开讨薪活动的时候，北京共产党早期组织成员在西城辟才胡同开办了一个补习学校，他们大都在那儿兼课。

这一天，他们接到上海共产党早期组织代理负责人李达、李汉俊的来信，要求他们推荐两名代表，在6月底以前赴上海开会。因为李大钊在全力以赴率领教职工展开讨薪活动之际，曾经向张国焘、罗章龙、邓中夏、刘仁静等几个核心成员交代过，要他们负责整个支部的工作；他们不愿意打扰李大钊，立刻在补习学校召开了一次全体小组成员会议，准备推选赴上海开会的人员。

终于要召开全国代表大会了！张国焘非常激动，心想：北大学年终结，李大钊先生既有许多工作要做，又在讨薪运动中受了伤，是不可能去上海的了，自己在北京共产党支部负责组织工作，无疑是能够代替李大钊先生一行的不二人选。但是，他不能公开表明态度，得先看一看其他成员的意见。

几乎每一个人都抱着跟张国焘一样的想法，觉得李大钊先生不可能离开北京，谁也没有想到推荐李大钊为出席大会的代表。

北京共产党早期组织确定一大代表人选的情况，并没有明确的记载，但多年以后，当事人张国焘、罗章龙、刘仁静的回忆文章都提及了这件事。

张国焘在《我的回忆》里写得很笼统：北京支部应该派两个代表出席大会。各地同志都盼望李大钊先生能亲自出席；但他因为正值北大学年终结期间，校务纷繁，不能抽身前往。结果便由我和刘仁静代表北京支部出席大会。

罗章龙在《亢斋回忆录——记和守常同志在一起的日子》一文里说得稍微明确一些：1921年暑假将临的时候，我们接到上海方面的通知（时独秀亦从南方来信，不在上海）要我们派人去参加会议，我们对会议的性质并不如事后所认识的那样，是全党的成立大会。时北方小组成员多在西城辟才胡同一个补习学校兼课，就在那里召开了一个小组会议，会上推选赴上海的人员。守常先生那时正忙于主持北大教师索薪工作（原索薪会主席为马叙伦，马因病改由守常代理，这次索薪罢教亘十个月之久），在场的同志因有工作不能分身，我亦往返长辛店、南口之间，忙于工人运动，张国焘已在上海，乃推选张国焘、刘仁静二人出席。

刘仁静撰写的《一大琐忆》，说得更加清晰，不过，他的说法跟张国焘、罗章龙有所不同：张国焘在其回忆录中说李大钊因校务繁忙，不能前往。这也许是他和李大钊事先研究时得到的印象。但这也符合当时我们的想法。即由于对一大的意义认识不足，一般习惯于在组织活动中不惊动李大钊，因而没有选举他是并不奇怪的。我记得选举的实际情况是：首先大家一致选举张国焘当代表。在选第二个代表时，曾提出过邓中夏和罗章龙，然而他们十分谦让，以工作忙不克分身为由辞谢，这样最后才确定我当代表。

针对此事，刘仁静还有过这样的表述：1921年暑假，我们几个北大学生，在西城租了一所房子，办补习学校，为报考大学的青年学生补课。张国焘教数学、物理，邓中夏教国文，我教英文。正在这时，我们接到上海的来信（可能是李达写的），说最近要在上海召开中国共产党第一次全国代表大会，要我们推选出两个人去参加。我们几个人——张国焘、我、罗章龙、李梅羹、邓中夏就开会研究，会议是谁主持的我已记不清楚。在会上，有的人叫邓中夏去上海开会，邓中夏说他不能去，罗章龙也说不能去，于是就决定由我和张国焘两个人去出席一大。

大家在推选出席全国代表大会的人选时，头一个推的竟然是邓中夏。这是张国焘万万没有想到的事情。尽管邓中夏的确在北京共产党支部干得非常活跃，跟自己一道把长辛店工人俱乐部办成了工人运动的样板，也向李大钊提出了召开成立中国共产党大会的建议，甚至正是因为他率先倡导并发起了平民教育会，为走向民众开了一个好头，可是，他参加共产党组织，还是自己介绍的嘛。第一个获得推荐的人怎么不是张某，而是他呢？张国焘心里很有点忿忿不平。

更让张国焘没有想到的是，邓中夏竟然说他要去参加在南京召开的少年中国学会年会，以后还有其他的活动，无法分身去上海。看起来，邓中夏根本没有意识到这是成立全国性的共产党组织，更没有意识到参加这次大会意味着什么。看起来，他的目光不够远大，不具备担当领头人的资格。张国焘暗想道。

第二个提出的人选是罗章龙。这是一个强劲的对手。张国焘猛然想起了他和自己一道跟李大钊先生的谈话内容，联想到这个人对任何事情都具有敏锐的判断力，而且一旦做出判断，必定会全力以赴，觉得这个人绝不会像邓中夏一样放弃当代表的资格。可是，大出张国焘意料的事情再度发生了，罗章龙竟然说他往返于长辛店和南口之间，忙于工人运动，根本没有时间去参加会议！

怎么回事？罗章龙明知道召开全国代表大会是一件大事，竟然选上代表之后，跟邓中夏一样拒绝！张国焘想不通，只好不往下面想了。罗章龙不去更好，自己去了上海，说不定可以借机行事，真正成为会议的中心人物呢。

果然，张国焘被推举为出席上海会议的代表。他愉快地答应下来了。

还有一个代表名额。因为邓中夏、罗章龙决定不出席这次会议，而且陆续有几个支部成员以工作脱不开身为理由，放弃了代表资格，最终，另一个代表的名额落到了刘仁静头上。不管怎么说，党的第一次代表大会确实需要有掌握了马克思主义理论知识的人参加。在大家的眼里，刘仁静正是这样的人。

因为自从五四运动期间被捕出狱之后，刘仁静一直埋首研究马克思主义著作，对马克思主义有了很深的理解。他年轻，活力四射，喜欢运用马克思主义的条文来诠释一切，并提出自己的观点，坚持自己的观点，大家送了他一个"小马克思"的外号。身为北京共产党支部的一个成员，他积极参加支部的一切活动，极力帮助罗章龙宣传马克思主义，成为罗章龙非常倚重的助手。

张国焘如愿获得了出席大会的代表资格，寻思着要去向李大钊请教一番。毕竟，在上海来信中说得非常明白，大家希望李大钊先生能够出席会议；而且，在那封信里，还隐隐约约透出了一些不和谐的成分：共产国际代表抵达上海之后，先后跟上海共产党发起组两位代理负责人李汉俊、李达把关系闹得很僵！

接过张国焘递来的信件，急切地看完之后，李大钊不由得心花怒放。原来，共产国际果然派来了正式代表马林和尼柯尔斯基，帮助成立全国性共产党组织！马林和尼柯尔斯基已经跟上海发起组取得联系，正式敲定了召开第一次全国代表大会的日期，并且随信寄来了两百元路费（由共产国际提供的）。

李大钊说道："去，把支部成员都找过来，我有话要说。"

张国焘静静地说道："李先生，大家都知道你的工作非常繁忙，身体又受了伤，没敢惊动你，大家商量了一下，决定派我和刘养初去上海参加会议。"

李大钊一向为人低调，既然大家已经做出决定，他没有异议，默默接受了这个现实。他把上海发起组李达、李汉俊两人写来的信件再看了一遍，隐隐发现了问题。原来，李达和李汉俊在信上说，马林非常骄傲，很难跟他们沟通，希望李大钊先生能够亲自来到上海，跟马林他们沟通。

张国焘说道："李先生，我是前来向你请教如何跟马林和上海发起组的李达、李汉俊两位打交道的。能够得到李先生的教诲，代替先生一行，其实跟先生亲自前往上海没有什么区别。"

是啊，自己虽说不能亲自前往上海参加会议，但决不能置身事外，得跟张国焘一块儿商量出一个办法，弭平马林、尼柯尔斯基与李达、李汉俊之间业已造成的沟通缺陷，不要因为沟通不畅而令召开全国代表大会这件大事蒙上不必要的阴影。毕竟，人家是来帮助自己的，有他们的帮助，总归是好事一件。不必等待快到月底的时候，张国焘和刘仁静再动身去上海。刘仁静需要参加预定于7月1日至4日在南京举行的少年中国学会年会，等他参加完这个会议，火速赶去上海，参加中国共产党成立大会；张国焘却不行，他应该代替自己先去上海，在各地代表尚未到达上海时，跟李达、李汉俊和马林、尼柯尔斯基做有效沟通。这肯定不是一件容易的事。好在张国焘能说会道，反应很快，应该担负得起这个重任。

李达、李汉俊说马林很骄傲。骄傲这个词很抽象，到底想表达什么意思呢？模糊不清嘛！他们跟马林和尼柯尔斯基先生之间到底出了问题？是什么妨碍了他们之间的沟通？要想解决问题，必须首先明白这一点。

李大钊跟张国焘分析了好一会儿，不得要领。维经斯基给予他们的印象太深刻了，马林和尼柯尔斯基是共产国际正式派来的，他们不愿意相信两个身受共产国际重托的人会跟维经斯基有太大区别。问题是否出在李达、李汉俊两个人身上？李达、李汉俊两个都是忠诚的马克思主义者，他们会有什么问题？

分析来分析去，李大钊觉得可能是李达、李汉俊和马林、尼柯尔斯基的性格所致。但仅仅只是这个问题，李达、李汉俊二人便和马林、尼柯尔斯基难以沟通，李大钊又觉得未免有些儿戏。

想起维经斯基临走跟自己的谈话，李大钊心里豁然开朗。是的，他们一定谈到了共产国际以及即将成立的全国性共产党组织跟共产国际之间的关系。这才是李达、李汉俊跟马林、尼柯尔斯基之间难以沟通的真正原因！马林、尼柯尔斯基秉承共产国际的意旨而来，一定跟维经斯基一样，坚持中国共产党是共产国际的一个支部；李达、李汉俊却有着不同的理解，因此导致他们之间发生了一些不愉快。这不能完全怪李达、李汉俊，即使是自己，也难以坦然接受。

不能接受，也不至于跟马林和尼柯尔斯基把关系搞僵吧？革命者应该继续沟通，慢慢缝合彼此之间的沟壑嘛。很快，李大钊捋清了脉络。他相信，有了自己的点拨，再加上张国焘的个人能力，张国焘一定会不辱使命。

可是，仅仅只是让张国焘先去上海，李大钊仍然有点不放心。自己反正是不能去上海参加会议了，作为共产党组织的最早发起人，陈独秀一定不能缺席。但是，从李达、李汉俊写来的信件中，李大钊意识到，陈独秀似乎一样回不了上海，要不然，李达、李汉俊不会说请自己务必要去上海。他跟陈独秀有过多次通信联络，知道陈独秀在广州既要应付各种流言蜚语，又要忙于革新教育计划，一直很忙。可是，再忙，陈独秀也一定要抽时间回上海。

只要把其中的原因说清楚，仲甫一定会回上海的。李大钊心里想着，决定马上亲自给陈独秀写一封信，督促他回上海主持召开第一次全国代表大会。

4. 张国焘赴沪协调

张国焘终于到达了上海。他不能辜负李大钊的重托,要不然,他会因此彻底葬送掉自从五四运动以来博得的名声以及受到众人关注的地位。

从李大钊身上,张国焘学会了怎样把具有不同性格的革命者团结在自己身边,大家为一个共同的目标而努力奋斗。何况,在张国焘临走之时,李大钊帮他初步找出了上海发起组跟共产国际代表之间存在的问题,也提出了一些解决办法。张国焘有理由相信,自己绝不会把事情搞砸。

他不仅需要听从李大钊的建议,而且需要根据陈独秀的意思去做工作。陈独秀眼下不在上海,但张国焘知道陈独秀是什么样的人,等见到了李达、李汉俊、高君曼,通过跟他们的谈话,他应该可以体会得出陈独秀现在的真实思想状态,准确地捕捉到陈独秀会在这件事情上采取什么立场。

事实上,张国焘非常清楚,仅仅把握了李大钊和陈独秀的思想,不了解马林和尼柯尔斯基,不了解李达和李汉俊,他一样有可能把事情搞砸。

了解马林、尼柯尔斯基、李达、李汉俊什么呢?第一是他们的个性,第二是他们的最大分歧点在哪里。个性决定一切,包括一个人善不善于跟别人打交道,在与别人打交道的过程中,如果出现了问题,会采取怎样的态度。知道了他们的最大分歧点,即可以把他们的个性结合起来,找出弥合他们之间距离的办法。两者都非常重要。尽管李大钊先生对此有过判断,张国焘非常相信李大钊的判断,可是,他仍然必须得亲自去摸一摸。

张国焘想到了维经斯基离开中国之前,跟北京共产党支部主要成员进行最后一次交谈的情景,当维经斯基说到中国共产党是共产国际的一个支部时,同样引起北京支部成员的质疑。维经斯基的解释很完美,能够让参加座谈会的每一个成员都心悦诚服。现在回想起来,或许是维经斯基的个人性格和魅力使北京支部成员相信中国共产党与共产国际确实应该保持那样一种关系。对照目前出现的状况,应该是马林和尼柯尔斯基说话做事的风格跟维经斯基完全不一样,致使李达、李汉俊这两位上海共产党发起组的核心成员对他们产生反感的吧?

怀着满腹心思,张国焘进入渔阳里二号,跟李达见面了。

李达一看到他,略略有些失望,很想问一声李大钊先生为什么没有来,话刚要出口,又忍住了。毕竟,他应该对张国焘表现出一份尊敬。

陈独秀离开上海之前,李达和王会悟的感情日益升温,已经到了谈婚论嫁的阶段。可是,他们尽管满脑子的新青年要追求自由,但在结婚成家这件事情上,仍然脱不开旧道德的羁縻,希望得到父母的许可。可他们一个老家在湖南,一个老家在浙江,离上海都有不短的距离。写信回去征求老人的意见,老人会怪罪他们没礼貌没诚意不懂得尊重老人;回去老家跟老人商量,可他们都有忙不完的事情要做,脱不开身。他们只好把时时浮现在心里的想结婚成家的念头按捺下去。

高君曼看出了他们的心意,询问他们准备什么时候办喜事,得到了这样的回答,马上想起自己跟陈独秀的婚事。到哪里去征求老人的意见呀?别说老人不答应,还有一个高君曼的姐姐、陈独秀的原配夫人高大众像一堵墙似的立在他们中间!他们只有一块儿私奔,两个人住到了一起,算是结了婚。

李达和王会悟都受到过新文化新思想的熏陶,怎么思想上还是这么守旧呀?高君曼说道:"你们总是说要破坏一切旧的不合理的制度,怎么到了自己头上,还是遵循旧的不合理的制度呢?结婚是你们两个人自己的事情。只要你情我愿,心里都有了对方,就可以结婚,在一起生活。老人同不同意,又有什么相干!"

被高君曼说动了心,可是,问题又来了,他们一直寄居在陈独秀先生的家里,还没有找到房子;出去租房,手里又没有钱。到哪里去结婚呀?

高君曼把自己打算撮合李达和王会悟两人结婚的事情告诉了陈独秀。

陈独秀极为赞同,和高君曼一道,把李达和王会悟同时叫到跟前,直截了当地说道:"鹤鸣、会悟,你们既然已经发展到谈婚论嫁的地步,不要顾忌其他任何事情,尽管结婚,住在一块儿。有什么好顾忌的呢?你王会悟是社会主义青年团团员,你鹤鸣更是上海共产党发起组的主要成员之一。我们为什么要组织共产党,为什么要组织社会主义青年团?目的在于推翻一切不合理的制度,包括不合理的婚姻制度。一切烦琐的程序,都不需要了。你们想结婚,可以马上结婚。所有的事情,我和小众都可以为你们操办。"

李达略微顿了一会儿,迟疑地说道:"可是,总得有一个地方住吧?"

"你们可以继续住在这里。《新青年》编辑部就是你们的家。"陈独秀朝夫人看了一眼，毅然决然地说道，"小众，你火速为他们置办结婚的东西，我去通知上海的同志，大家一块儿把鹤鸣和会悟的婚礼办起来。"

李达和王会悟闪电般结了婚，把新房安置在《共产党》月刊编辑部里。

乍一见李达、王会悟住在一起，张国焘略微有些惊讶。听王会悟说完他们结婚的经过，张国焘耳朵里响起了高君曼的声音："如果特立找准了目标，不妨把人带到这里来，我和陈先生愿意为你主持婚礼。"

张国焘抬眼一看，高君曼从楼上下来了。他刹那间想起去年受到高君曼讥讽的事情。

那时候，陈独秀正在与李达、李汉俊等人发起创立共产党早期组织，很希望跟张国焘谈话，可是，张国焘总是早出晚归，陈独秀根本看不到他的人影。

高君曼看不过去了，在某天晚上一直坐在客厅里等待张国焘归来。一看到张国焘，她马上讥讽道："特立，成天看不到你的身影，是不是轧马路去了呀？"

张国焘这才如梦初醒，知道自己不能继续跟国民党人周旋了，陈独秀一直在等着自己，要跟自己谈一些事情呢。他同时想起了临走之时李大钊先生的嘱托。得让陈独秀先生知道，自己即使外出结交国民党人，也没有忘记肩上的使命。他硬着头皮去见陈独秀。好在陈独秀并没有跟张国焘谈理论，一上来，直接谈自己是怎么在上海发起共产党组织的。张国焘反应很快，不一时便跟上了陈独秀的思维。

高君曼是一个识大体的女性，只此一句即刻打住。自从陈独秀组建共产党早期组织以来，她虽说没有亲自参加任何一件工作，但很了解一些事情。她很清楚丈夫在广州的一举一动，以及上海共产党早期组织出现了什么状况。当丈夫跟李达、李汉俊、李大钊他们经常书信联络，希望尽快召开全国代表大会的时候，她一样充满期待。共产国际的正式代表马林和尼柯尔斯基来到上海，她一样希望他们能像维经斯基一样，帮助丈夫和丈夫的同志们把各地共产党早期组织捏合到一块儿，成立统一的中国共产党组织。然而，她很快便隐隐约约感到事情有些不对头，询问李达，到底出现了什么事情。听了李达的解释，高君曼的心一样悬了起来。她思念丈夫，也惦记着丈夫的事业，很希望丈夫能够从广州回到上海，亲自处理这种棘手的问题，但丈夫明确告诉李达、李汉俊，他不可能回到上海。高君曼跟李达、李汉俊一样，感到很失望。丈夫不能回到上海,她把满腔的希望寄托在李大钊身上,不料却是张国焘代为一行。不过,看张国焘的样子,他再也不是昔日那个只知道跑出去跟国民党人交际的公子哥,高君曼心里备感安慰。

"马林是一个非常骄傲的人,咄咄逼人,很难打交道。"李达是一个心直口快的人,没有给予张国焘休息的机会,说道,"但是,跟共产国际建立联系,又几乎是我们的共识。希望特立来了之后,能够跟马林改善关系。"

张国焘眼里的李达是一个学者气味很重、秉性率直的人,有一股子湖南人的傲劲,与人一言不合,往往会睁大眼睛注视着对方,似乎是怒不可遏的样子。为此,张国焘得出的第一印象,或许马林和李达是两个戆头,恰好碰个正着。

"尼柯尔斯基先生呢?不是还有尼柯尔斯基吗?"张国焘问道。

李达说:"尼柯尔斯基不大爱说话,处于助手的地位,而且只会说俄语,跟他难以交流。我们打交道的对象主要是马林。"

看起来,指望从尼柯尔斯基那儿打开缺口,是不现实的了。张国焘顿感这一趟上海之旅有些艰难。不过,已经来到了上海,他不能退缩,一定要想尽办法搭建起沟通共产国际正式代表跟中国共产党早期组织成员之间联系的桥梁。既然尼柯尔斯基指望不上,张国焘觉得首先应该取得马林的信任。可是,怎么取得马林的信任呢?马林这家伙太骄傲,指望他先改变立场,是根本不可能的,只有自己先顺着马林的意思,把成立中国共产党之前的一切事宜准备妥当再说。

想到这里,张国焘问道:"鹤鸣,知道马林的来历吗?"

李达点了点头道:"马林目空一切,逮着机会,总爱炫耀他的革命经历。"

马林,原名亨德立克斯·斯内夫利特,荷兰鹿特丹市人,早年曾在荷兰铁路上工作,1902年加入荷兰社会民主党。1906年任尼德兰铁路和电工联合会总执委会委员,1911年任总执委会主席。1913年前往荷属殖民地爪哇,1914年倡议发起了东印度社会民主联盟,随后又使之与伊斯兰教联盟联合。1918年12月被荷属东印度当局驱逐出境,返回荷兰,加入荷兰共产党。1920年7月,以荷兰共产党代表的资格赴苏俄,以马林的名字出席共产国际第二次代表大会,并作为爪哇的代表担任民族殖民地问题委员会秘书,参加了列宁的《民族和殖民地问题提纲初稿》和罗易的《补充提纲》的讨论。在讨论中，他介绍了荷属东印度的具体情况和爪哇的革命运动，特别强调了落后国家和殖民地问题的重要性，提出："如何在落后国家和殖民地的民族革命运动与社会主义运动的相互关系上，确定一条正确的方针，在实践中，并不存在这种困难。在那里，同革命的民族主义分子合作的必要性是不言自明的，因而假若我们轻视这个运动，并采取教条主义的马克思主义者的态度，那我们也只能做一半工作。"由此，他获得列宁赏识，得以在大会上做了《民族和殖民地委员会的工作报告》，呼吁应该给予东方革命者在苏联学习理论的机会，以使远东能成为共产国际的一个有朝气的成员。在这次代表大会上，马林被选为共产国际执委会委员。鉴于他的表现，由列宁推荐，共产国际执行委员会委派马林为驻中国代表，并负责考察远东各国的革命情况。

1921年4月，马林从莫斯科出发，踏上了来中国的道路。途径奥地利维也纳时，遭到了警方的逮捕，经过友人的营救，获释之后，他便成了各国警方密切注视的目标。马林离开维也纳前往中国，沿途都受到了严格的检查。

马林尚在途中，荷兰驻印尼总督府一等秘书分别于5月17日、5月26日、5月28日三度致函荷兰驻沪代理总领事，密报马林的行踪，并寄去了马林的照片。荷兰外交大臣也于5月18日致函荷兰驻华公使，要求公使"将荷兰危险的革命宣传鼓动者出现在远东的情况通报中国政府"。荷兰驻沪代理总领事致函上海工部局，通报了斯内夫利特和巴尔斯这两名"共产党人正在前往上海，务必密切注意他们的行动"，同时通知了中国警察界和公共租界捕房。

6月3日，马林刚刚踏上上海码头，密探的眼睛便盯上了他。马林下榻于大东旅社三十二号房间。翌日，他化名安德烈森，前往荷兰驻沪总领事馆办理手续时，声称自己的职业是日本《东方经济学家》杂志记者。

张国焘思虑着说道："这么说，马林的行动岂不是受到了很大的限制吗？"

李达说道："是的，他虽说化名安德烈森，应该瞒不了各国密探的眼睛。所以，为了避免引起密探的注意，他不会到我们这里来，而是通过维经斯基先生预留在上海的一位俄国革命者跟我们联系，让我们到大东旅社楼顶花园跟他商谈。"

"如此说来，维经斯基先生的确算得上老谋深算。"张国焘佩服道。

李达不仅非常佩服维经斯基，而且打心眼里也非常佩服马林。可是，他不能容忍马林一再拿共产国际的招牌来压制他和李汉俊。他一样希望与马林改善关系，能够得到共产国际的帮助，顺顺利利地召开全国代表大会，把中国共产党正式成立起来。可是，李达不能跟马林对话，一跟马林见面，总是莫名其妙地想发火。他实在受不了马林的粗暴，那跟维经斯基完全是两个不同类型的人。尼柯尔斯基呢，在马林面前似乎并没有说话的权利，完全是马林的助手。他急切地盼望陈独秀或者李大钊能够从速来到上海。可陈独秀被广州那边的事情绊住了，李大钊也来不了，张国焘这个人选尽管并不理想，总归算得上差强人意。他只能寄希望于张国焘。毕竟，张国焘能够和任何人搞好关系，这是李达亲眼看见过的。

事实上，不仅是李达以及当时的共产党早期组织成员，甚至在很长一段时间里，中国共产党人都不太清楚，马林与尼柯尔斯基的真实关系完全倒了一个个儿，尼柯尔斯基才是真正具有决定权的人，马林只是配合尼柯尔斯基完成任务。马林自己在1922年7月11日给共产国际的报告中说："在第二次世界大会之后，我奉命赴上海，研究远东各国的运动，与之建立联系并就共产国际是否需要和可能在远东建立一个办事处，做一些调查。""我到上海后过了一些时候，伊尔库茨克来的信使通知我说，执行委员会已指定我为书记处成员。伊尔库茨克那里决定让我留在上海。实际我只是名义上参加了书记处……由于我从来没有收到过任何直接寄到我名下的文件，所以我没有参与过书记处的决策和全盘工作。我和尼柯尔斯基同志在上海期间，我只局限于帮助他执行书记处交给他的任务，我从不独立工作，以避免发生组织上的混乱。"后来，在与美国新闻工作者、马克思主义历史学家伊罗生的谈话中，马林说得更加清楚明白，共产国际"没有给我专门的指示。我仅有的事先准备就是共产国际第二次世界代表大会的讨论和提纲。之所以没有其他指示是由于没有什么指示可给，因为只有伊尔库茨克局了解一些中国动态的情况"。尼柯尔斯基则是受共产国际远东书记处派遣，继续完成维经斯基未能完成的工作任务，"应同马林一起帮助中国马克思主义者筹备和举行中共第一次代表大会"。他还被要求出席中国共产党成立的所有会议。而且，据考证，尼柯尔斯基掌管一定数额的资金，负责向共产国际驻华人员以及当时在中国工作的其他苏俄共产党（布）提供经费。包惠僧说"钱由马林拿出来，张国焘用。当时我们来上海，每个代表发了一百元路费，回去时又每人给五十元"。这笔钱，没有任何材料证明马林来华期间携带了大量资金，应该是尼柯尔斯基提供的。

大概正是因为马林处于辅助地位,对召开中国共产党第一次全国代表大会,他实际上是不看好的。1921年7月9日,一大将要召开之时,马林在写给科别茨基的信中说:"希望本月底我们要召开的代表大会将大大有利于我们的工作。同志们那些为数不多的而分散的小组将会联合起来。以后就可以开始集中统一的工作了。我认为,现阶段还不需要把太多的钱花在此地的工作上。也许过上一年就能形成一个真正组织完善的政党,届时的情况定会好转。"中国共产党第三次全国代表大会刚刚结束之后,马林更是在1923年6月20日给共产国际领导人季诺维也夫、布哈林、拉狄克写信,明确说:"党是个早产儿(1920年诞生,或者说得更确切一点,是有人过早地制造出来的)这个事实一直对党产生影响。"

尼柯尔斯基,俄国人。曾在赤塔商学院读完三年级的课程,1919年至1920年在远东共和国人民革命军服役,1921年在共产国际机关行政处工作,并加入俄共(布)。维经斯基回俄国之后,担任了远东书记处副主任。鉴于尼柯尔斯基的革命经历,维经斯基亲自跟他谈话,要他以共产国际远东书记处正式代表的名义,来中国帮助共产党早期组织召开全国代表大会成立中国共产党。

马林来到上海以后,李达跟他见了两次面,只是听他谈个人的革命经历,还算谈得投机,但一谈到中国各地共产党早期组织以及召开全国代表大会成立中国共产党的事情,两人谈不到一块儿去。李达再也不愿意跟马林打交道了。跟马林打交道的事情,主要是李汉俊在做。为此,张国焘要求李达带他去李汉俊的家。

一路上,李达还向张国焘介绍了上海共产党早期组织目前的情况。

陈独秀离开上海以后,李汉俊代理上海共产党早期组织书记,因为欠缺经费,想从《新青年》每个月挪动二百元钱过来用一用,写信征求陈独秀的意见,陈独秀坚决不同意。李汉俊感到窝火,跟陈独秀在来来往往的信件上,争得不亦乐乎。在交流召开全国代表大会的相关问题时,陈独秀主张中国共产党成立以后,应该采取中央集权制;李汉俊却完全相反,坚决主张地方分权制。按照李汉俊的说法,只有实行地方分权制,才能制约中央领导的野心膨胀。不过,在陈独秀看来,刚刚发起成立中国共产党,如果没有一个统一的集权的领导，跟无政府主义者没有两样。接连跟陈独秀发生争执，李汉俊一气之下，连代理书记都不当了，把党员名册以及一些文件往李达手里一移交，撂了挑子。从此，李达当上了上海发起组代理书记。这时候，因为上海共产党早期组织成员大都忙于各自的工作，整个组织几乎处在停滞状态，只有李达主编的《共产党》月刊仍在正常运作，不断向各地共产党早期组织输送养料。《共产党》月刊的经费十分困难，李达不得不把自己写的稿子卖给商务印书馆以换取稿酬，充当办刊经费。有时工作紧张，李达独自一人担当起从写稿到发行的全部工作。其间，李达每周为上海共产党早期组织成员讲授马克思主义课程，还要为他们编写讲义。好在李汉俊没有对党的事业袖手旁观，十分热心于召开全国代表大会，成立统一的中国共产党。在马林来到上海以后，李汉俊能够跟李达一道或者单独去跟马林交流。

其时，李汉俊跟他的哥哥李书城一块儿住在法租界贝勒路树德里106号。李书城早年参加了同盟会，辛亥革命时期担任过湖北军政府民军战时总司令黄兴的参谋长。这一年，湖北正在联合湖南发动驱逐军阀王占元的运动，受到邀请，李书城带领警卫员去了湖南，积极为攻击湖北军阀王占元的部队做准备，因此，家里只有李书城新娶的夫人薛文淑和李汉俊等人。

张国焘对李汉俊的印象不错，说他是一个学者型的人物，共产党早期组织成员中的理论家，不轻易附和人家，爱坦率表示自己的不同见解，但态度雍容，喜怒不形于色。像这样一个人竟然跟马林搞不好关系，张国焘禁不住暗自摇头。

一看见张国焘，李汉俊心里既有一些欢喜，也有一些遗憾。不过，他很热诚地欢迎张国焘先期到达上海，紧接着，不需要张国焘发问，直接把自己跟马林接触的始末告诉给张国焘：他一谈到正事，首先问我要工作报告。我告诉他，中国的共产党组织刚刚成立起来，而且各个小组很分散，工作还没有完全开展起来，根本没有什么可报告的。他老先生可好，立即满脸不高兴了。

看起来，马林对革命事业有着极大热情。张国焘心里想道。不过，他对中国的现状缺乏了解，对中国人也缺乏了解，总是盛气凌人，难怪李达和李汉俊都不愿意跟他打交道。但是，他既然是共产国际派来的正式代表，又是列宁亲自提名的人选，怎么能跟他把关系搞得太僵呢？换上自己，该怎么办？不管他的态度多么恶劣，自己小心应付，何必一定要跟他计较呢？张国焘在脑子里初步形成决定。

李汉俊继续说下去:"他一听说没有工作报告,就立即要我拿出工作计划,编列预算,说是共产国际可以予以支持。"

张国焘心想:马林的确有些鲁莽。没有工作报告,何谈工作计划?而且,上海发起组指导全国各地建立共产党早期组织,找的都是相互熟识的人,你找了人家,人家愿不愿意响应,还是一个未知数,哪能有工作计划呢?难怪李汉俊和李达都有些不高兴,换作自己,扪心自问,被人追着逼着地要这要那,原先一点思想准备都没有,的确是有些恼火,也有点难堪的。不过,如果以一个旁观者的目光,冷静客观地做出评价,不能不说马林不愧是一个真正的革命者。但愿能够抓住这一点,跟马林把关系搞好。

李汉俊的声音一如既往:"我告诉他,现在还谈不上工作计划,更谈不上跟共产国际的关系。因为中国共产党还没有正式成立起来呢。尽管我们正在商讨这个问题,但是,何时成立,并没有一个具体的时间表,只是大约会在今年年底以前成立起来。中国共产党成立了之后,会不会跟共产国际发生关系,跟共产国际又是一个什么样的关系,那要等待中国共产党成立之后,召开会议,集体讨论研究,才能拿出一个确切的方案。不是一两个人私下里决定得了的。至于经费,只能在我们感到不足时才接受补助,我并不期望靠共产国际的津贴来发展工作。"

"不错。"李达插入话头,"我们固然期待跟共产国际搞好关系,可是,我们的事情,主要靠我们自己去做。出于国际主义的考虑,我们可以在共产国际的范围里,成为其中的一分子,共同把世界革命推向高潮。但一切都得靠我们自己做主。共产国际的代表只能作为我们的顾问,而绝不能处于领导地位。"

这的确是一个很大的问题。中国共产党如果事事都要听从共产国际的指挥,等于是在中国共产党人的头上,高高在上地坐着一个共产国际代表发号施令,共产国际代表又不懂得中国的现状,不仅让人感到很不舒服,更重要的是,会给中国革命造成不必要的损失。张国焘在心里暗暗地赞同李达和李汉俊的说法。

张国焘基本上可以确定,李达、李汉俊跟马林把关系搞僵了,马林态度粗暴,固然是一个很重要的原因,更重要的因素,跟李大钊先生分析的一样,是与共产国际的关系问题。马林个人的态度嘛,李达、李汉俊都觉得难以接受,自己是来平事的,可以不予计较,但跟共产国际的关系,需要好好思量。李达、李汉俊都承认,可以得到共产国际的帮助,但要有一个前提:要以中国共产党的意志为主。这一点,李达和李汉俊并没有什么不对。不过,他不能公开附和李达和李汉俊的观点,而是要在他们跟马林之间找到一个平衡点,要不然,只会使双方的关系搞得更僵,致使召开了全国代表大会,亦不能达成目的。

可是,怎么找到这个平衡点呢?张国焘想破脑壳,拿不出具体办法。

李汉俊可不管张国焘在想什么,说道:"我们干革命固然不希望处处听从共产国际的指挥,但跟共产国际保持良好的关系,应该是头等重要的事情。我和鹤鸣已经跟马林搞不到一块儿去了,特立,希望你能跟马林改善关系。"

事情之所以棘手,是由于中国革命者有自己的考虑,马林一样有他的考虑。唉,马林怎么不像维经斯基一样懂得应该怎么跟中国革命者打交道呢?要是马林跟维经斯基一样,那该多好啊!张国焘不知不觉想到了维经斯基。

一想到维经斯基,张国焘不觉眼前一亮:是呀,不是还有尼柯尔斯基吗?尼柯尔斯基只会说俄语不要紧,处于助手地位也不要紧,他应该可以跟马林进行交流,有他在中间充当缓冲剂,事情一定不会太糟糕。何况,马林应该同样不想跟中国共产党人把关系搞得太僵。张国焘不能不朝好的方向想。

按照李达、李汉俊的指点,张国焘来到了马林居住的地方。

马林长期从事地下工作,时时处处小心谨慎,决不会主动跟任何中国人接触,每一次接触,都是以记者身份作掩护,利用采访的形式,跟接触者公开谈话。他没有在上海从事非法活动,也没有跟任何可疑的人物接触,上海工部局无法逮捕他,只派人密切监视他。他先在大东旅社住了几天,后来搬到了一个德国人家里。

张国焘是在德国人家里见到马林的。其时,尼柯尔斯基正跟马林热烈交谈着。

一见面,张国焘首先做了自我介绍,随即真诚地说道:"马林先生,感谢你为了中国的革命事业,不远万里,漂洋过海,冒着生命危险,来到上海。"

马林耸耸肩,说道:"特立先生,客套话不必多说。我们好好商量召开全国代表大会的事吧,站在共产国际的角度上,我一定会竭尽全力为你们提供帮助。"

张国焘心里有所准备,以为李达、李汉俊遇到的状况会在自己身上重演,可是,尽管马林的态度仍然有一些强硬,已经不像李达、李汉俊所说的那么盛气凌人和自以为是了。张国焘感到无限欢喜,意识到自己应该怎么做了。

李达、李汉俊已经拟定了一些注意事项,张国焘一一道来,竟然跟马林越说越投机。马林仿佛在中国找到了真同志,话匣子一打开,收不住势,把自己的经历,对于中国革命的看法,以及召开全国代表的方法与步骤,全都告诉了张国焘。而且,马林郑重其事地说起他曾和列宁在共产国际第二次大会中共同制定殖民地问题决议案的事,声称自己是共产国际东方问题的权威,并以此自傲。

回到《新青年》编辑部,一见李达和李汉俊,张国焘说道:"总算不负使命,让马林先生能够改变立场,开始重视我们的意见了。"

李达、李汉俊大喜过望,佩服地说道:"特立果然不愧为是李先生和陈先生的学生,深得两位先生的真传。以后,跟马林打交道的事情,全部交给你了。"

随即,张国焘决定正式跟他们商讨大会应该提出什么议案,以及议程的安排。

李汉俊说道:"这些问题,等待各地代表来了之后,可以在预备会议上讨论。众人想办法,总比我们三个人在这里讨论要强得多。"

张国焘说道:"其实,马林和尼柯尔斯基是来帮助我们成立中国共产党的,该请他们做指导的,我们理当应该请他们做指导。"

跟马林的关系已经得到了改善,召开全国代表大会,的确需要马林给予一定的指导,这并不违反自我为主的原则,李达和李汉俊点头表示同意。

张国焘自从在德国人的家里第一次跟马林见过面之后,两人约定好了,一旦有事商量,晚上直接去大东旅社楼顶花园碰头。那儿是洋人和高等华人消夜的理想场所,一般不会引起密探的注意。马林每天晚上都会在那儿出现,要么以记者的名义采访一些有影响力的人物,要么邀集一些朋友在那儿谈天说地,实际上是为了在张国焘需要见他的时候,他能随时出现在张国焘面前。

按照约定,张国焘去了楼顶花园。那儿搭建了好几个凉棚,每一个凉棚下面都摆放了一些小方桌,周围放了几个凳子和沙发。有一些男男女女,分别坐在一些凳子或沙发上,在热烈地交谈着。

在众目睽睽之下,张国焘跟马林做足了功夫,顺理成章地待在了一块儿。

张国焘说道:"马林先生,我这次来,是想向你求教。本月中下旬将要召开全国代表大会,可有很多问题我们都没能完全弄清楚,希望你能够做一些指导。"

然而,马林除了重复曾经向张国焘指出过的一些原则性问题,并没有做出更具体的指导。他不仅重申中国共产党应该仔细考虑跟共产国际的关系问题,而且要求列席参加会议。后来,他甚至说,尼柯尔斯基接到的命令是,他必须自始至终出席中国共产党成立的所有会议,以便及时向共产国际远东局汇报。

张国焘知道,李达、李汉俊不会同意马林的建议,可是,当面拒绝,自己在马林心目中积累起来的好感准会消失。那样一来,不仅自己在李达、李汉俊面前糊上的一层窗户纸会被捅破,而且必将影响到全国代表大会的召开,他决不能这样做。略微思考了一会儿,张国焘说道:"马林先生,如果你觉得安全,我们一定会欢迎你和尼柯尔斯基先生出席会议。"

马林心知自己已经受到了各国密探的监视,参加会议,不仅中国同志会担忧自己的安全,即使是他自己,也得冒着巨大的风险,只有退而求其次,打算参加第一次会议,以后,由张国焘随时向他汇报会议的进展。

张国焘本来已经和李达、李汉俊商量过,出于礼貌,打算邀请马林和尼柯尔斯基参加开幕仪式;至于向他们汇报会议的进展,只是自己一个人出面,别说没有理由拒绝,即使为了显示自己的重要性,也得这么干,自然一口答应下来。

回到渔阳里二号,张国焘把商谈结果告诉了李达和李汉俊。紧接着,他们开始盘算寻找打从外地来参加会议的代表的住宿地以及开会场所了。

他们把所有熟悉的地方都排列了好几遍,觉得哪儿都不安全,一时束手无策。

李汉俊思考了一会儿,说道:"鹤鸣,你太太不是非常熟悉上海的情况吗?把这件事情交给她,应该不成问题。"

李达恍然大悟似的拍了一把脑袋,赶紧把王会悟喊了进来,说道:"过一段时间，我们要召开一个会议，有一些人是从外地来的，他们没有地方住，你帮忙找一下住宿和开会场所，怎么样？"

王会悟是上海女界联谊会理事、社会主义青年团团员、《妇女声》杂志社编辑，在上海的确认识不少人，一听丈夫的话，首先想到了博文女校的校长黄绍兰。

黄绍兰早年毕业于北京女子师范学堂。辛亥革命时期，受湖北军政府民军战时总司令黄兴派遣与其他革命同志一道奔赴上海，与陈其美等人取得联系，策动上海反正，并且组织女子军事团，自任团长。袁世凯窃踞中华民国临时大总统后，女子军事团解散，她留在南京，协助黄兴做南京留守府的工作。二次革命失败，她定居上海。1916年，黄绍兰与黄兴的夫人徐宗汉、章太炎的夫人汤国黎等人一块儿在上海法租界贝勒路创办了一所博文女校，黄绍兰担任校长，徐宗汉任董事长。1920年秋因经济原因停办。1921年春，得到著名实业家张謇之兄张詧的资助，黄绍兰在法租界租借蒲柏路的一栋住宅楼，不仅重建了博文女校，而且扩大了办校规模。因为王会悟当过黄兴夫人徐宗汉的秘书，跟黄绍兰认识，凭这层关系，王会悟觉得，她找黄绍兰借学校一用，应该不会遭到拒绝。

王会悟把这些话一说，张国焘、李达、李汉俊无不欣喜。可是，问题又来了，以什么名义向黄绍兰借用学校呢？

"特立不是北大学生吗？以北京大学暑期旅行团的名义，向黄校长借住宿之地。"王会悟脑子灵活，善于应酬，马上想到了招数。

的确是一个好主意，张国焘、李达、李汉俊三个人立即赞同。

王会悟是一个风风火火的人，马上去了博文女校，找到黄绍兰，说出了跟李达他们商量好的那些话。正值暑假期间，学生和老师都放假回家了，仅剩一个厨师兼校役留在学校，住在楼下照看场地，黄绍兰一口答应下来，并亲自交代厨师：每天除了做饭给寓客吃之外，还要看紧大门，不许任何人到楼上去打扰寓客。

可是，学校没有现成的东西提供给住宿的北大暑期旅行团的成员。夏天天气炎热，容易解决，王会悟一口气购买了十几张芦席，以备到会的代表打地铺用。

住宿问题解决了，开会地点却不好办。马林和尼柯尔斯基要参加开幕会议,博文女校目标太大,容易引起密探的注意,只有另找其他的地方了。王会悟想到了与博文女校紧紧相邻的李公馆。

所谓李公馆,正是李汉俊和李书城两兄弟的家,更准确地说,是李书城的家,李书城的公馆,李汉俊不过是居住在哥哥的家里。李公馆是沿街的里弄房屋,留有后门,环境较为僻静。李书城是同盟会元老,曾任北洋政府的陆军总长,有过显赫的地位,能对全国代表大会的召开起到掩护作用。况且,李书城当时不在家,李公馆只剩下李汉俊、薛文淑、一位四十多岁厨师、一位三十多岁的安徽籍保姆以及李书城年幼的女儿。薛文淑不过十五岁,曾在博文女校就读,跟李书城不久前结的婚。王会悟又跟薛文淑认识。会址定在李公馆,可以确保万无一失。

王会悟马上说道:"人杰,你家离博文女校很近,地方大,人口少,环境也好,在你家开会不是很好吗?"

李汉俊恍然大悟,说道:"是呀,我家是一个不错的地方。"

5. 山东代表到上海

山东共产党早期组织接到上海发起组的来信和二百元钱汇款后，王尽美、邓恩铭、王翔千立即召集其他几个成员一块儿商量选派代表到上海去开会的事宜。

在此之前的几天，张国焘受到北京共产党支部和李大钊的委托，在前往上海的途中，路经济南，想起了王尽美和邓恩铭。这两个青年人曾经多次去往北京，跟张国焘见过面，人虽说年轻，但经过五四运动的洗礼，谈吐非凡，颇有见识，在张国焘心目中留下了很好的印象。王尽美甚至参加了北京马克思学说研究会的一些活动，是最早接触或进入研究会的外埠人员。后来，在北京共产党支部以及上海共产党早期组织的共同帮助和指导下，又是以这两个年轻人为主要成员，成立了济南共产党早期组织。因此，张国焘对他们更加刮目相看。现在，马上要召开全国代表大会，说提前向他们打一声招呼，联络感情也好，说趁机去了解一下济南共产党早期组织的活动情况也罢，张国焘打定主意，要去跟他们见面。在济南一下火车，张国焘直奔省立第一师范学校而去。

张国焘突然出现在自己面前，王尽美既有些惊讶，又欣喜万分。在北京共产党支部、上海共产党发起组以及杨明斋等各方面的帮助下，济南共产党早期组织秘密成立了好几个月，他们一直在暗地里展开活动，时时想继续得到北京或者上海方面的指点和帮助。可是，自从康米尼斯特学会被取消以来，他们一直受到严密的监视，不仅密探经常跟踪他们，学校当局亦生怕他们再研究过激主义，宣传过激主义，对他们采取了异常严格的管制，他们充其量只能到齐鲁书社去看一看进步书籍，或者跟王乐平进行一些简单的交流。

在这样的情形下，他们越发坚定了马克思主义信仰。不过，他们总是感觉到自己掌握的马克思主义知识太少，时刻都希望扩充自己的知识。

他们以极大的热情投入行动，但在严密的监控之下，没有固定的活动地点，没有相对稳固的活动程式，他们艰难地维持着共产党早期组织的运作。更为窘迫的是，他们家境贫寒，无论开展什么活动，都面临着缺少经济来源的困境。他们费尽心机，自身无法解决这些问题，非常希望得到北京共产支部或者上海共产党发起组的指点,可他们不仅行动受限,而且连通信的自由都没有,只能通过齐鲁书社的王乐平先生,代他们收发信件。

眼下,北京共产党支部负责组织工作的张国焘神兵天降一般出现在王尽美面前,他欣喜若狂,恨不得马上联络小组成员,召集大家一同跟张国焘见见面。

张国焘在北京负责组织工作,深知共产党早期组织的任何行动,都有可能会招致密探的注意,继而受到监视。尤其是山东,孔圣人的故乡,对任何有可能危及反动统治的活动,都视为洪水猛兽,防范之严、迫害之烈,在整个中国,没有其他任何一个地方能出其右。在这种严酷的环境条件下,王尽美、邓恩铭等人能够秘密成立济南共产党早期组织,实属不易,他不愿意因为自己的到来给济南共产党早期组织带来麻烦,只希望简单地跟王尽美谈一谈,了解一下济南共产党早期组织的情况,以便拉近自己跟王尽美的关系,这样一来,王尽美如果能出席会议,必定会在会议上支持自己,增大自己的说话权。

听王尽美简单地介绍济南共产党早期组织的活动状况,张国焘赞赏道:"灼斋,你们的情况非常特殊。你们能够坚持下来,的确不容易。"

王尽美激动之余,忘不了虚心向张国焘请教,赶紧请求张国焘指点如何解决存在的问题。张国焘在长辛店开展工人运动的时候,已经积累起了一定的经验,抓住机会,果然指点起他来了。王尽美觉得深受教益,更加希望张国焘能够跟全体小组成员见上一面,给大家一些鼓励,也给大家一些信心。

看到王尽美急切的样子,张国焘心里一阵感动,不再拒绝,答应跟济南共产党早期组织成员们见一次面。

王尽美按照事先跟小组成员约定的秘密联络方式,发出了秘密集会的通知,便从容不迫地领着张国焘在整个校园里转悠了好一会儿,摆脱了密探的监视,走出学校大门,一路七弯八拐,到达了大明湖。

其时,济南共产党早期组的其他几个成员纷纷来到了大明湖畔。他们会合后,租赁了一条小船,向着湖心划去。

船到达湖心,王尽美、邓恩铭迫不及待地把张国焘介绍给了每一个小组成员。

王翔千等人早已听说过张国焘的大名,如今知道坐在面前的人正是张国焘，不由得全都喜出望外，顾不得寒暄，一个接一个问题地向他袭去。

从大家热切的目光及其提问里，张国焘知道他们是一群执着的马克思主义者，内心很是欣慰。尽管他们掌握的马克思主义理论知识确实不太多，几乎可以说很幼稚，但是，他们都在努力学习；尽管他们的工作仍然处于非常原始阶段，可是，在重重压迫和监视之下，他们丝毫没有迟疑，更没有退缩。

张国焘首先对他们的工作予以肯定，然后话锋一转，说道："在发动工人方面，你们固然做了一些工作，但是，远远没有发动学生运动所下的功夫深。这是你们今后需要改进的地方，也是你们下一步工作的着力点。你们应该知道，即将成立统一的中国共产党，是马克思主义政党，其领导核心正是处于最底层的工人阶级。只有把工人发动起来了，中国共产党的事业才能最终取得成功。"

紧接着，张国焘告诉了他们自己是如何与北京共产党支部其他成员一道，在长辛店成立工人日校和夜校，这些工人学校又是如何吸引了许许多多工人以及工人子弟，以至于最后发展到成立工人俱乐部，成为工人运动的一面旗帜的事情。

王尽美、邓恩铭、王翔千以及所有济南共产党早期组织成员们宛如醍醐灌顶。他们深切地认识到了自己的不足。眼下，张国焘正坐在他们当中，他们不能放过难得的求教机会，不厌其烦地向张国焘提出更多问题，希望能够从张国焘那儿得到答案。张国焘的确掌握了不少马克思主义知识，也具有很强的组织和领导能力，更富有一定的实践经验，他说的每一句话，都让每一个成员深受鼓舞。

最后，张国焘说道："要想更好地发动共产主义运动，必须成立全国性的共产党组织。我这次路过济南，是因为接到上海发起组的通知，提前去上海跟发起组的同志们商量筹备召开全国代表大会的事情。到时候，你们也要派出代表，前去上海参加会议。我相信，中国共产党成立起来之后，一定能够统一规划前进的道路，大家心里有了方向，我们的组织必然会得到更快的发展。"

张国焘离开了济南，把希望留在每一个共产党早期组织成员的心中。他们热烈地憧憬着尽快召开全国代表大会，成立全国性的共产党。因此，他们更加频繁地集会，更加频繁地讨论应该怎样向北京共产党支部学习，以便愈发深入地发动工人，以及应该向全国代表大会提出怎样的见解。

这一天，王尽美终于收到了上海发起组寄来的信件和两百元钱路费。他喜不自禁，赶紧把小组成员重新召集起来，准备推选去上海参加会议的代表。

很快，济南共产党早期组织成员全部汇拢，慎重地推选代表人选。

组建济南共产党早期组织，王尽美的功劳最大，而且他为人机警，又善于学习、善于思考，最有资格成为济南共产党早期组织的代表去上海参加会议。另外一个人选呢？非邓恩铭莫属。尽管他连中学都没有毕业，但在五四运动中展现出了出色的组织和领导才干，没有人不服他；在成立济南共产党早期组织过程中，他跟王尽美一样，是中坚力量，其他小组成员，没有人比他更有资格。

人选确定了，邓恩铭和王尽美知道，他们肩上扛起了沉甸甸的责任。张国焘曾经说过，在会上，每一个共产党早期组织的代表，不仅都要介绍其所在组织成立的经过及其展开的各种活动情况，而且要针对中国共产党的性质、纲领、任务等等至关重要的问题，提出具体的建议和意见。尽管济南共产党早期组织成员在张国焘离开之后的这段时间里，进行过一些思考和讨论，可是，总体感觉仍然不够。趁大家都在一块儿的机会，他们得鼓动大家进一步展开讨论，以便修订并完善已经形成的东西，使之能更加准确地表达济南共产党早期组织的共同心愿。

王尽美和邓恩铭带着济南共产党早期组织全体成员的重托，坐上火车，经过一段漫长的旅行，抵达了上海。酷热的天气令他们很有些难以适应。他们强忍住，很想找人问一问老渔阳里二号在哪儿，可是，没有人听得懂他们的话，他们也听不懂人家那些侬侬我侬的方言。最后，他们不得不搭乘一辆黄包车，奔向目的地。

他们刚刚下了黄包车，张国焘从后面走了过来，热情地招呼道："灼斋，仲尧，你们来得很快嘛！怎么样，跟济南相比，这里热得很不像话吧？"

王尽美、邓恩铭大喜过望，连忙说道："特立，看到你，真好！"

"走，进去，我替你们介绍一下，陈先生的太太和鹤鸣先生夫妇都在里面。"张国焘微笑着说道，径直走上前去，敲开了大门。

一个漂亮的女青年出现在他们面前。正是李达的太太王会悟。王会悟一见到两个风尘仆仆的年轻人跟张国焘在一起，心知是来参加会议的，赶紧把他们请了进去。张国焘带着王尽美、邓恩铭走进了《共产党》月刊编辑部。

李达正在一个本子上写着什么，听见脚步声，连忙放下手头的事情，朝门边一看，微笑着站了起来。听了张国焘的介绍，李达一边跟王尽美和邓恩铭握着手，一边说道："这几天，我接连看到了三位年轻代表。刘养初掌握了丰富的马克思主义知识，令人感佩。灼斋和仲尧一定不会逊色。"

王尽美和邓恩铭心里一阵惭愧，一起说道："其实，我们并没有掌握多少马克思主义知识。我们是抱着学习的态度来到上海的。"

李达微微一笑，说道："只要本着学习的精神，一定能够全面掌握马克思主义知识。不过，各地代表来到上海，大家的主要任务不是学习马克思主义知识，而是怎么组建全国性的共产党组织。在这一方面，你们来得早，应该多下一些功夫，好好准备准备，有什么意见和建议，可以随时提出来，大家在一块儿协商讨论。"

"他们已经很下功夫了。"张国焘连忙把济南的情形告诉了李达。

李达先对济南共产党早期组织的活动情况给予了高度评价，然后对张国焘说道："刘养初前两天已经到了，现在，山东代表也来了，湖北代表、湖南代表和日本代表都给我们发来了消息，说是已经上了路，只有广州方面还没有消息。特立，请你给陈先生写一封信，把这里的情形告诉他，催促他快一点启程赶回上海。"

王会悟一听，马上想起了周佛海，说道："日本代表是周佛海吗？我听杨淑慧说过，她接到了周佛海的信，说周佛海正在回国的路上。"

日本代表确实是周佛海。周佛海是湖南沅陵县人，1917年初夏得到了赴日留学的机会，进入鹿儿岛第七高等学校学习，成为一名官费生。自以为在那儿学习必定会高人一等，在1918年留日学生回国请愿示威运动时期，他尽管同样回到了中国，但不愿意参加游行请愿，一个人躲到东北一个老乡那儿去享清闲了。请愿活动失败之后，他没有受到任何影响或触动，重新回到日本，继续未完成的学业。这个时期，俄国十月革命胜利的消息早已传到了日本，并在日本思想界掀起了一场研究马克思主义以及十月革命的热潮。在这一热潮的裹挟下，周佛海不甘寂寞，看了一些有关马克思主义和俄国革命的书籍，心里朦朦胧胧地产生了变革社会的想法。1920年夏天放暑假的时候，他再一次回国，途经上海，准备回到湖南老家探望父母，没想到因为驱张运动的关系，回去湖南的道路梗塞，不得不滞留在上海了。在日本留学期间，因为经常给张东荪担任主编的刊物《时事新报》投稿，他跟张东荪渐渐熟悉起来了。滞留上海，没事可做，周佛海想到了要去拜会张东荪，试图通过张东荪结交一些能够帮得上自己的人。结果，张东荪给了他一些翻译资料，又把他拉到老渔阳里二号参加了成立共产党早期组织的预备会议，结识了陈独秀。张东荪一听说要成立马克思主义政党，马上退出，周佛海却没有步其后尘，参与了上海共产党早期组织随之而来的一系列活动。因为他是湖南人，跟李达是同乡，又都留学日本，通过接触，两人的关系一下子拉近了。在思想上，承蒙李达的引导，周佛海愈发懂得了什么是马克思主义，回日本之后，通过阅读大量的社会主义以及马克思主义书籍，进一步确立了共产主义信仰。

那个时候，李达正跟王会悟热恋。看到周佛海跟李达交情一日甚于一日，王会悟当起了红娘，把自己的同学杨淑慧（老家是湖南湘潭的）介绍给周佛海。

其实，周佛海早已在老家结了婚，而且有了孩子。一看到杨淑慧，他立刻被她给迷住了，决定先隐瞒这一点，等待把她的心紧紧拴在自己身上再说。跟杨淑慧的感情越来越浓厚，差不多可以用如胶似漆来形容，周佛海觉得时机已经成熟，闪烁其词地把家里有一个老婆的事情告诉了她。杨淑慧虽说刚开始很难受，在内心挣扎了一两天之后，竟然接受了这个痛苦的事实。周佛海回到了日本，几乎每一个星期，都会用通信的方式，与杨淑慧表达各自的爱情。

周佛海跟李达也常常通信联络，以期知道上海共产党发起组的具体情况。当李达告诉他各主要共产党早期组织正在预备成立中国共产党的消息时，周佛海勃然心动，决定趁着暑假之际，再一次回到中国，参加这一盛会。因此，他非常关心开会的日期，在得到了准确的日期之后，收拾好行装，准备启程回国了。

临行，周佛海给杨淑慧和李达写过信。李达是以知道周佛海已经在路上。

顺便说一句，因为周佛海与杨淑慧的这种关系，中国共产党第一次全国代表大会结束以后，当选的中共中央书记陈独秀身居广州，不在上海，周佛海在张国焘的提携或者鼎力支持下，暂时代理书记一职，酿出桃色新闻，差一点给刚刚诞生的中国共产党带来无法预料的灾难。

张国焘在《我的回忆》里,说到了此事的来龙去脉以及如何平息的经过:

七月下旬的一天早上,仍未返回北京的刘仁静带着一个陌生的人来到我的住房,他介绍说:"这是上海总商会的杨主任秘书……"那位杨先生没有等到刘仁静说完,很生气的抢着说:"我要控告周佛海,他犯了骗诱良家女子的大罪。"他手指着一份昨天的上海时事新报,向我说:"请看这篇文章!"我接过一看,这篇文章说有一位湖南青年,自称是最进步的社会主义信徒,早已在乡间结过婚,听说还有了孩子,现在又在上海与其同乡商界某闻人的女公子大谈恋爱,看来又要再度作新郎了等语。杨先生等我看完之后,又提到他初看这篇文章时,还以为与他无关,后来经过查考,才知道那篇文章所指的就是周佛海和他的女友杨淑慧。因此他觉得他的名誉受了损害,非控告周佛海不可。

……我看见杨先生盛怒的神情,先安慰他一番,又指出:如果周佛海真已结婚,又瞒着与另一个女子恋爱,那是不对的。不过现在有些青年,家里已有了由父母作主而本人极不满意的旧式妻子,在礼教束缚之下无法离婚,于是在外面谈恋爱,甚至再度结婚的也不少。遇着这种事,做父母的很难处理,我看最好还是约集他们坦白的谈一下,不必采取法律的步骤。

最后,这位杨主任果真听信了张国焘的话,请了几个亲友,又叫上张国焘、刘仁静、周佛海等人,在他家里吃饭谈一下。杨淑慧毅然宣布自己知道周佛海在家里有老婆,还是很爱他。客人们一听,都觉得这是杨家的家事,大家不好说什么,只有让杨家人自己商谈解决了。杨淑慧的父母依然不同意女儿嫁给一个已经结过婚的人,把杨淑慧关起来。后来,杨淑慧跳窗逃跑,与周佛海私奔到了日本。

大家正说着各地代表的事,高君曼突然出现了。她接连朝王尽美和邓恩铭打量了几眼,啧啧称奇道:"又是两个青年人。看起来,你们的组织并不像陈先生一样老气横秋,富有朝气嘛。"

张国焘赶紧把王尽美、邓恩铭引荐给高君曼,然后告诉她自己正准备给陈先生写信,陈太太有没有什么话要对陈先生说。

高君曼说道:"他要去做一件事情,不做完,是不会半途而废的。"

张国焘说道:"可是,李大钊先生不能来上海主持会议,如果陈先生真的也不回上海,这个会议恐怕会失去重要性了。"

李达说道:"是呀,这正是我们希望陈先生火速赶回上海的原因。"

高君曼点了点头,说道:"你们的事情,你们自己去办吧。如果需要我帮忙做什么事情,即使仲甫不在,我也一定会竭尽全力。"

继续交谈了一会儿,张国焘带领王尽美和邓恩铭离开了老渔阳里二号,慢慢朝博文女校走去。一路上,张国焘不厌其烦地向两位山东代表介绍会议准备情况。不知不觉,他们已经来到了博文女校。

在张国焘的带领下,王尽美和邓恩铭走上二楼,朝西边方向走去。很快,他们来到后面一间屋子的门口。门是敞开的,屋子里铺满了红漆地板,挨着角落的地方,放了一堆芦席。还有一张芦席铺在正中间的地板上,一个人正仰面躺在芦席上,双手抱头,呼呼大睡,在他的肚皮上放了一本书。

张国焘一面朝里走,一面大声喊道:"刘养初,快起来,来了两个同伴。"

躺在地面的人眼睛一睁,朝门口方向望了一下,赶紧跳起身,欢快地叫道:"原来是灼斋呀,你来得正好,我正愁没有同伴说话呢。"

王瑞俊(王尽美)笑道:"不错,我是灼斋。这位是邓仲尧,跟我一块儿从山东来的。"

邓恩铭热烈地握住刘仁静的手,说道:"我到过北京,只是没见到养初兄。"

刘仁静爽朗地笑道:"能够在这里相见,说明我们终究是有缘人嘛。"

张国焘离开北京不久,刘仁静和邓中夏、高君宇结伴而行,来到南京,一同参加完少年中国学会主办的年会以后,以到上海去学习德文为由,与邓中夏、高君宇挥手告别,马不停蹄地赶往火车站,登上火车,来到了上海。

按照上海共产党早期组织的通信地址,刘仁静一样先找到老渔阳里二号,跟张国焘、李达、李汉俊等人都见过面之后,知道自己来得最早,可上海发起组的许多工作,他都插不上手,便在张国焘和王会悟的带领下,头一个住进了博文女校(根据包惠僧回忆,邓中夏亦到过上海,并且在博文女校住过几天,不过,因为接受同为少年中国学会成员、好友、时任川东道公署秘书长陈愚生等人的邀请,在一大代表尚未到齐时,即离开上海,到重庆举办暑期演讲会去了)。他从李达那儿借来了一些马克思主义的书籍,一个人常常休息一会儿，看一会儿书。

作为一个年轻人，刘仁静其实非常希望跟李达、李汉俊交流。可是，人家都忙着呢。他不能去打扰他们，不得不独自闷在博文女校，只有在吃饭的时候，才和张国焘、李达、李汉俊他们见见面，一块儿讨论一些有关马克思主义的问题。正是在这些讨论中，李达、李汉俊深深佩服他掌握了令人望尘莫及的马克思主义知识。他为此颇有一些自鸣得意。但是，他不能停止研究马克思主义。越是研究马克思主义，他越是觉得自己需要了解、需要掌握的东西太多了。李达、李汉俊分别流露出的马克思主义认识水平，令他佩服得五体投地。刘仁静暗暗下定决心，一定要在马克思主义理论知识上，有个人独到的见解。

与以后中国共产党召开的历次会议进行对比，开这么一个大会，应该有一个筹备会，有三件大事要做，第一是纲领，第二是宣言，第三是组织机构，都要有个准备，但当时没有筹备会，几乎什么事情都是各地代表到达上海以后，通过相互交谈的形式，确定下来的。刘仁静来得最早，难得与人交流，只好自己思索。

基于了解和掌握的马克思主义知识，就召开全国代表大会需要解决一些什么样的问题，刘仁静进行了一番深入的思考，脑子里勾画出了一个明晰的轮廓。他觉得，在这次大会上，一定要确立无产阶级专政这个目标。这是马克思主义的精华所在，也是根本，任何时候都不能动摇。不管碰到谁，不管什么时候，不管谈论什么话题，刘仁静只要一插上话头，都会强调这一点。

李达和李汉俊认同他的观点，但是，他们认为仅仅强调这一点还不够，中国共产党的党纲、政纲所涵盖的内容，应该更为宽广，更具有可操作性，以便指导全国各地的共产主义运动，并且最终达到无产阶级专政这一目标。

刘仁静非常赞成他们的见解，但到底应该采取哪些具体步骤，制定哪些具体章程去实现这种宏伟的目标，他一样没有搞明白。谈不下去了，他感到了知识水平以及见识的不足，又一头钻进了有关马克思主义著作里面，试图从中找出答案。他恍惚觉得自己已经在跟马克思对话了，偏偏在这个时候，张国焘竟然好像一个不合时宜的幽灵，把他从刚刚见到马克思的状态中拉回了现实。

除张国焘以外，作为第一个来到上海参加会议的代表，刘仁静轻车熟路，帮助王尽美和邓恩铭拿出了两张芦席，替他们铺在地板上，自己盘腿坐在刚刚睡过觉的芦席上，准备跟他们好好谈论一番。

他们开怀畅谈彼此对马克思主义的认识，畅谈即将召开的全国代表大会。

只要是说起全国代表大会，刘仁静准忘不了自己的设想，说道："依我看，这次大会一定要有一个主题，确立马克思主义的核心思想——通过暴力的手段，最终实现无产阶级专政。"

"你任何时候，都忘不了无产阶级专政。"张国焘微笑道，"不错，这一点，理应是我们这一次大会确立的主题。不过，似乎要实现这个目标，是遥远的将来的事情。眼下，更重要的是要制定一个符合现实状况的具体纲领。"

"目标遥远并不可怕，但是，我们一定要确立这样一种思想。没有远大的目标，绝不可能有远大的前程嘛。"刘仁静立即争辩道，"而且，没有远大的目标，怎么可能制定得出能朝这个目标奋进的具体纲领呢？"

这是王尽美和邓恩铭头一次亲耳听到有关大会议题的讨论。他们很想表达一下自己的思想，但脑子里乱成了一团，结果什么思想都表达不出来。他们知道，刘仁静的年龄比他们还小，人家却是北大哲学系的高才生，又对马克思主义有了如此深刻的认识。他们不能不对刘仁静心生敬意，甚至有一些崇拜的感觉。

张国焘看到王尽美、邓恩铭一直不说话，顿了一下，询问他们有什么看法。刘仁静只顾高谈阔论，此时猛然清醒，谈论大会的议题，怎么能不倾听别人的意见呢？他赶紧附和张国焘，要把王尽美、邓恩铭拉进讨论的阵营。

尽管掌握的马克思主义知识比刘仁静少得多，王尽美、邓恩铭在组建济南共产党早期组织的过程中，学到了不少东西，也得出了一些经验。何况，张国焘已经说到了成立全国性共产党组织的一些问题，他们打心眼里赞同张国焘的主张，也认为刘仁静的主张同样不错，但总体上说，他们更倾向于具体纲领。因此，王尽美说道："在党纲里面固然必须规定中国共产党最终所要达到的目标，但是，是不是应该更加注重于强调怎么样采取一致的行动，规定今后的任务以及具体的步骤、具体的做法，使得各地的共产党组织都有一个可以依照的具体样本呢？这样的话，可以让各地共产党组织少走一些弯路嘛。"

张国焘脸上露出了笑容，说道："灼斋的提法具有很强的针对性和可操作性。应该引起我们的关注。要不然，仅仅只是树立一个宏伟的目标，但没有指出实现这个目标的具体步骤和方法，岂不成了空中楼阁？"

"我仍然必须强调，这只不过是在确立了一个宏伟的目标之后，规定的具体细节。要不然，会有本末倒置的嫌疑。"刘仁静说道，"所以，确立无产阶级专政观念，必须放在首位；否则，谈不上具体的步骤和方法。"

张国焘笑道："如果仅仅只是把无产阶级专政当作一句口号来喊，却提不出具体步骤和方法，无产阶级专政实现得了吗？"

刘仁静先是一愣，很快明白过来，既然张国焘早已表态同意了自己的说法，继续强调必须这么做，确实有些空喊口号的意思，接下来，理当提出实现这一目标的具体步骤和方法。他嘿嘿一笑，随之提出具体建议来了。

王尽美和邓恩铭跟济南共产党早期组织其他成员商讨过应该在大会上提出怎样的主张，眼下，跟刘仁静和张国焘一讨论，二人赫然发现他们的想法早在人家的思考之中，而且，他们的思考比张国焘、刘仁静要浅薄得多，下定决心，要抱着好好学习的精神，虚心倾听每一个代表的意见。

张国焘对王尽美和邓恩铭的心思心知肚明。在济南见到他们的时候，他每说一句话，他们都犹如初上学堂的小学生，聚精会神地聆听；他指出的每一个问题，他们都虚心接受。眼下，看到他们越来越谦虚了，张国焘说道："其实，你们来得早，可以利用这个机会好好学习学习马克思主义著作。在上海发起组，收藏了很多有关马克思主义的书籍。明天，你们可以去一趟渔阳里二号，找一些书来。"

忽然，进来了两个人，打断了他们的谈话。这两个人正是李达和李汉俊。

原来，李汉俊到《共产党》月刊编辑部去（《新青年》被租界当局封闭之后，迁往广州出版。陈独秀的家里只剩下《共产党》月刊编辑部，临时负责主编《新青年》的陈望道在《民国日报》担任编辑去了），听说来了新代表，马上要去探望，并跟他们商讨大会议程。他觉得，刘仁静、王尽美、邓恩铭已经来到上海，湖北代表、湖南代表以及日本留学生代表即将到来；可是，筹备工作仍只是停留在为大会做准备上，没有商量出一个议程。要是等全体代表都到齐以后再去做，显然会影响大会的进度，也证明会前的筹备工作做得一团糟。

李达觉得李汉俊的想法有道理，所以陪同他一块儿来到博文女校。

革命者不需要过于客套，稍一寒暄，李汉俊立刻粗略地提出了自己的设想：大会的议程必须首先确定下来，紧接着是如何解决好跟共产国际代表的关系问题，其他的事情可以等待各位代表到齐之后，再一块儿商量。

张国焘持有同样的想法。张国焘继续在跟马林和尼柯尔斯基保持联系。尼柯尔斯基只会说俄语，无法跟张国焘沟通。马林能说一口流利的英语，跟张国焘交谈起来没有障碍。马林曾经告诉过张国焘一些召开大会的事项并简略提到过大会的议程议案。李汉俊的话音一落地，张国焘立即热烈地响应，率先提出了一些有关会议的安排。这一下，打开了热烈讨论的闸门。

王尽美和邓恩铭曾经都是学生领袖，主持过不少大会，也发动学生进行过各种活动，包括发动康米尼斯特学会、励新学会，秘密组建济南共产党早期组织。可是，谈到即将召开的全国代表大会，他们的知识和经验明显不够用。二人不敢贸然插嘴，只是静静地倾听他们的对话。

看起来，仅仅知道一般的理念和原则，提不出具体的解决办法或方案，不过是书呆子。最好的办法是把学到的知识，用来具体分析眼下中国的现状，找出中国共产党人从事革命斗争的具体路线。应该是一条怎样的路线呢？怎样才能适合中国的国情呢？王尽美和邓恩铭从他们的对话里，不时捕捉出了内核。

他们更加聚精会神地倾听着。可是，似乎李达、李汉俊、张国焘、刘仁静对这些问题也没有更清晰的认识，或者说，他们的认识竟然如此天差地别。他们争论得异常激烈，几乎冒出火星，但谁也说服不了谁。

在争论过程中，他们赫然分成了两方，以李汉俊为一方，以张国焘、刘仁静、李达为另一方。他们所持的观点都言之成理，论据也合情合理。王尽美和邓恩铭差一点分辨不清自己到底应该选择支持哪一方。

自己应该采取什么立场呢？在马克思主义的字眼里，没有折中立场，得明确提出自己的观点。然而，王尽美、邓恩铭脑海里此时此刻空空如也。

6. 董必武陈潭秋抵沪

董必武和陈潭秋在李达夫妇的带领下,来到了博文女校。很快,他们在刘仁静、王尽美、邓恩铭居住的屋子里安顿下来了。

接到上海发起组的通知之后,武昌共产党早期组织代理书记陈潭秋立即召集全体成员商量,选派出席第一次全国代表大会人选,回顾共产主义研究小组成立过程及其展开的一系列活动,形成简略的文字,准备提交给大会或作发言之用。

武昌共产主义研究小组成立不久,随着张国恩退出、组织吸纳了几个新成员以及各项工作全面铺开,支部书记包惠僧越来越感到自己掌握的马克思主义知识不够用,决定接受巴巴耶夫的建议,先到苏俄去留学一段日子,把小组的工作向大家作了交代,与小组成员一道推出了代理负责人,随即离开武汉,取道上海,准备去苏维埃俄国。

代理支部书记为陈潭秋。他年轻而又机灵,充满活力,具有很强的交际及工作能力,不仅在武汉中学向学生们传播马克思主义,而且参与黄负生、刘子通等人创办的《武汉星期评论》编辑工作,在介绍黄负生、刘子通进入武昌共产主义研究小组以后,把它办成了小组的机关刊物。除此以外,他还到高等师范学校附属小学、省立女子师范学校等校担任兼职老师,在那儿广泛地启迪学生的思想,培养学生对于新文化新思想的认识,并且见机行事,把许许多多优秀的学生介绍进社会主义青年团。董必武继续坚守在武汉中学这块阵地上,为共产主义运动积极培养后备人才。但是,他们不能满足于这块阵地,需要继续朝其他方向发展,努力扩大宣传马克思主义的窗口,发现和吸纳更多先进分子进入马克思学说研究会、社会主义青年团甚至是共产主义小组。

鉴于董必武和陈潭秋两个人的工作成就,全体成员一致举荐他们二人代表武昌共产主义研究小组赴上海参加中国共产党成立大会。

其间,湖北受到湖南自治运动的影响,一样发起了湖北自治运动。1920年11月,湖北政客夏寿康在鄂人治鄂的紧锣密鼓声中,登上了省长的宝座。任湖北督军经年的直系军阀骨干王占元岂能坐视自己的势力受到掣肘?极力压制夏寿康,致使其任职不到一百五十天便不得不愤然辞职。这样一来,等于宣告鄂人治鄂的迷梦被彻底打破。不甘雌伏的鄂人愈发愤怒,遂四处活动,发起驱逐王占元运动。尽管呼声很高,北洋政府像对待湖南的驱张运动一样,毫不理睬。于是,鄂人转而把目光放到省外,想要借助省外的力量,以武力驱逐王占元。

王占元轻而易举化解了鄂人治鄂对自己造成的危机,哪里把驱逐自己的运动放在心上?为了劫掠兵饷,1921年6月7日,王占元在武昌督署主持裁兵会议,宣布第二师的第七、第八团裁兵三分之二,限十天内交枪离队,否则严惩。对裁减的老兵统一只发三个月的恩饷作为遣散费,原来欠下的七八个月饷银,则以时局维艰为名,不予下发。由此,引发武昌兵变。当晚十二时左右,武昌城里枪声大作,商店住户被洗劫和焚烧,到处浓烟滚滚,许多妇女被奸淫,甚至惨遭杀害。

发动鄂人治鄂的一个重要成员是马克思学说研究会的积极分子施洋。兵变发生后,施洋赶紧跑去找董必武商量对策。

"王占元是白虎精投胎,他继续留任,只会给湖北造成更加难以想象的灾难。必须勇敢地站起来,一面发动民众,强烈要求北京政府立即免除他的职务,一面加紧与邻省联系,用武力驱逐他!"董必武坚定地说道。

施洋深受鼓舞。7日兵变,已经激起了民众的强烈不满,他决定联络有志者,像董必武说的那样,双管齐下,同时展开活动。在发动民众方面,民众的力量尽管很强大,但手中无权,又手无寸铁,强烈要求的结果,只得到北洋政府的一句空话:"没到罢免王占元的时机。"在武力驱逐方面,施洋等人经过商议,首先把目标放在吴佩孚。吴佩孚尽管跟王占元有很深的矛盾,大家同属直系军阀系列,自然不好直接与王占元大动干戈,况且他此时此刻正在全力霸占陕西地盘,暂时无暇兼顾湖北,借湖北的事机未熟予以谢绝。怎么办?只有另想办法。他们把目光转向了邻省湖南,认为湖南群众基础较好,革命势力雄厚,且湖南新任督军赵恒惕大力倡导联省自治,系以将汉阳兵工厂制造的军火提供提供给援鄂湖南部队,湖北以承担一部分军饷等为条件请求赵恒惕援鄂驱王。

正当施洋到湖南联络赵恒惕之际,董必武接到了上海共产党组织发出的开会通知。王占元的倒行逆施,使得董必武越来越感觉到必须尽快推翻军阀的统治。可是，共产主义研究小组担当不了这个重任，他只有鼓励施洋去发动驱王运动，同时对湖南军阀赵恒惕抱有深深的警惕。现在，将要正式成立中国共产党了，他热情勃发，在心里豪迈地说道："只有中国共产党，才能领导劳苦大众，彻底推翻统治阶级的政权！什么王占元，什么军阀，什么帝国主义列强，统统见鬼去吧！"

随即，董必武踏上了去上海的道路。他要为成立中国共产党贡献出自己的全部力量！同时，他深深地想起了自己的马克思主义导师李汉俊，急切地盼望跟李汉俊见面。自从1920年秋天李汉俊来过武昌，他们再也没有见过面，尽管一直保持通信联络，但是，眼下遇到了许许多多新问题，他必须当面向李汉俊请教。

到达上海，董必武、陈潭秋轻车熟路进入老渔阳里二号，迎接他们的是李达夫妇。他们相互热烈地致以问候。李达话锋一转，询问董必武和陈潭秋有关武昌共产党早期组织成立经过及其成立之后的活动情况。

董必武、陈潭秋能够在包惠僧离开武昌之后，毅然扛起小组的重任，将武昌共产主义研究小组的工作开展得有声有色，李达很是佩服，也很是欣赏，情不自禁地说道："如果上海发起组的同志们也能够像你们一样，在负责人离开之后，一如既往地把工作开展下去，该有多好哇！"

难道上海发起组出了问题吗？董必武、陈潭秋心里涌起疑问，赶紧关切地询问究竟。李达欲言又止，但在董必武的注视下，将事情说了一个大概。

原来，李汉俊竟然因为跟陈独秀在一些具体问题上意见不合，早已将代理书记的职位交给李达了。董必武恨不得马上见到李汉俊，质问他为什么要这样做。可是，董必武清楚，李汉俊是一个不会拐弯抹角的人，跟他争辩下去，不仅不能让他走出这个误区，反而会令他变本加厉，脑子里反复寻思怎样劝说李汉俊。

在李达夫妇的陪同下，董必武满腹心思地和陈潭秋一道走进了屋子。

刘仁静和王尽美、邓恩铭各拿了一本有关马克思主义的书籍，正聚精会神地看着，谁都不说话，屋子里安静极了。这几天，他们一直保持这种姿态，认真钻研马克思主义著作，遇到了问题，相互交流，相互争论。看见李达夫妇带着两个陌生人走了进来，他们赶紧把书本放在地面上，起身迎接。

李达连忙把董必武和陈潭秋介绍给了刘仁静、王尽美、邓恩铭。

刘仁静说道:"原来是武汉共产主义研究小组的董老师和陈老师。这么说,我们不是外人。想当初,我在中华大学附中读书,参加过恽代英大哥发动的互助社。可以说,我之所以能够走上革命道路,其实是从武昌开始的。"

刘仁静的热络劲头感染了王尽美和邓恩铭,两个来自山东的小伙子也热切地跟董必武和陈潭秋攀谈起来。李达和王会悟同样坐了下来,参与他们的谈话。

谈着谈着,刘仁静越发情绪高涨,流水一样滔滔不绝倾谈自己对马克思主义的看法,以及在大会上要树立起无产阶级专政的思想。

刘仁静小小年纪,已经掌握了如此丰富的马克思主义知识,而且人又机灵,有很强的思辨能力,董必武打心眼里很欣赏他。不过,董必武也认为,如果刘仁静能够真正静下心来从事一些实践活动,一定会更加前程远大。王尽美、邓恩铭说话不多,董必武一样可以看出,这两个年轻人有很强的马克思主义信仰。

陈潭秋一本正经地坐在地上,注视着刘仁静,静静地倾听着他说话。

刘仁静越说精神越亢奋,声音洪亮:"要搞无产阶级专政,必须打倒一切腐朽势力。否则,无产阶级专政永远搞不起来。"

董必武面带微笑,和蔼地问道:"你说的腐朽势力指的是哪一些势力?"

"军阀势力、封建势力、帝国主义势力,都是腐朽势力。"刘仁静略微顿了一下,补充道:"所有的军阀,不管是南方军阀,还是北方军阀,都是一样的。"

董必武眉头一紧,问道:"南方军阀?"

"是的,南方军阀就是所有南方的势力,包括孙中山。他们都是腐朽的。"刘仁静以决绝的语气说道。

孙中山先生是为了建立民主共和体制,在推翻清朝统治之后,一次又一次向北洋军阀宣战的,怎么能跟军阀混为一团呢?他确实应该多历练。董必武说道:"你掌握了丰富的马克思主义知识,这一点,的确很了不起,但是,你对孙中山先生的评价很有些偏颇。我加入过同盟会,中华革命党成立时,我是其中的一员。我认识孙中山先生。在我的眼里,他是一个革命者,只不过他提出的三民主义,跟马克思主义存在着很大的区别,不能把他跟军阀和腐朽势力混为一团。"

刘仁静摇头道:"不,董老师,在我看来,孙中山跟其他军阀是一丘之貉,都应该是我们中国共产党革命的目标。"

董必武越发不赞同刘仁静的主张了。陈潭秋多次听董必武说起孙中山先生的革命。对于孙中山总是想借助一支军阀,去达到打击另一支军阀的目的,他尽管很不赞成,可是,陈潭秋能够理解。毕竟,孙中山没有建立起属于自己的强大军队,不得不依附于军阀的势力,去达成革命的目的,正如眼下湖北的驱王运动一样,鄂人没有武装力量,只有请求其他势力出面。

陈潭秋说道:"中国共产党应该准确地判断时局,以便能更好地开展工作。如果我们把具有革命品质的人都划到对立面去,只会孤立自己,造成被动。"

刘仁静毫不客气地说道:"你这么说,无疑是要把中国共产党变成一个非马克思主义政党。如果在这次会议上真的定下了这样的方针,中国共产党的存在有什么意义?无非是多了一个像国民党一样的腐朽势力而已!"

陈潭秋尽量心平气和地解释道:"在很长一段时间里,中国共产党只能处于劣势地位,联合具有革命倾向的人,一起革命,才能成功;如果四面出击,最后只会陷入四面楚歌。只要我们确定走马克思主义道路,最后实行无产阶级专政,毫无疑问,我们的党就是马克思主义政党。"

董必武、陈潭秋在来上海的路上,已经形成共识。他们觉得,与其在大会上争论不休,不如在会议之前,大家一块儿讨论。因而,一见刘仁静主动挑起了战火,二人你方唱罢他登场,跟刘仁静展开了争论。

到目前为止,李达、李汉俊、张国焘这些做筹备工作的人都没有拿出一个正式的意见,很希望通过大家的争论,激活各自的思维,提出大会的主要论点。一见刘仁静跟董必武、陈潭秋争论起来了,李达心里感到十分痛快。他要让这场争论来得更加激烈一些,把王尽美、邓恩铭一块儿拉进了战场。

这几天,王尽美、邓恩铭埋首书本,并且在跟刘仁静的探讨之中学到了一些知识,掌握了更多的马克思主义理论,也可以把马克思主义跟中国的现实联系起来,思索中国的无产阶级革命到底应该怎么开展。他们觉得,刘仁静的主张固然符合马克思主义的原意,但似乎把中国复杂的社会情况看得太简单化了。

拿成立济南共产党早期组织来说,他们固然受到了李大钊的帮助和影响,也得到了杨明斋的指导,王乐平一样起过积极的作用。是王乐平把陈独秀写给他的信件转交给他们,也是王乐平率先发起并推进济南的新文化新思想运动,为成立济南共产党早期组织起了先导作用。王乐平却是中国国民党人。所以,在他们的心目中,孙中山领导的中国国民党无疑具有革命倾向,应该成为中国共产党在革命过程中的盟友,而不是敌人。他们理直气壮地支持董必武和陈潭秋。

刘仁静势单力孤,越发斗志昂扬。他们同样陷入谁也说服不了谁的状态。

董必武自知一时难以说服刘仁静,遂决定改变策略,谈论中国的实际情况,试图以此能让刘仁静有所触动。打心眼里,董必武很喜欢这个年轻人,觉得他有冲劲、有魄力,一旦做起事情,不达目的决不罢休,正是革命者所需要的品质。董必武有理由相信,一旦他看清了中国的实际情况,会成为很好的中国共产党人。

王尽美和邓恩铭话不多,但总能切中实质。尽管他们掌握的马克思主义知识太少了,但并不妨碍他们具有坚定的共产主义信仰。董必武亦很欣赏他们。

他们正在激烈地争论着,李汉俊过来了。他是知道武昌共产主义研究小组的代表已经来到上海,特意跑到博文女校来的。他一来到,争论暂时告一段落。

董必武和李汉俊热烈地谈论起了别后的经历。不过,他们仅仅交谈了几句,楼下的厨师便喊他们吃饭了。大家坐在一块儿吃完饭,说了一些话,董必武以要去湖北善后公会看一看为借口,和李汉俊一块儿出去了。

李汉俊一直兴奋地说着话。董必武一面听,一面思考怎样劝说李汉俊。

这个李汉俊,不仅在跟陈独秀闹矛盾,而且跟共产国际正式代表马林意见不合,同样怒目相向。跟陈独秀闹矛盾,都是自家人,问题可以慢慢化解;跟马林也搞成这样,实在太不应该。毕竟,马林是共产国际正式代表,是来帮助中国革命者召开全国代表大会的,人家具有丰富的革命经验,只不过是到达中国的时间太短,不太了解中国的实际情况而已,犯得着跟人家闹别扭吗?

进入湖北善后公会,两人一块儿走进了他们昔日一道讨论马克思主义的地方。

董必武说道:"我们走到今天,终于要成立全国性共产党组织了。人杰,这是多么不容易的事情啊。我走过的道路，比你更为曲折更为复杂。我曾经干过同盟会，干过国民党，也在中华革命党里干过。我那次来上海，是因为鄂西救国军总司令蔡香圃被杀，想找孙中山先生出面为蔡总司令讨还公道。可是，孙中山先生根本不可能给蔡香圃一个公道。他领导的同盟会也好，国民党也好，中华革命党也好，现在的中国国民党也罢，组织太涣散无力，很多人混到里面去，是想为个人升官发财找机会。所以，孙中山先生革命数十年，一直成不了事。他领导的革命要么被袁世凯之流窃取了，要么总是不成功。这个教训，我们应该牢记。"

李汉俊知道董必武是在拐弯抹角地劝说自己不要跟陈独秀发生争论。这不是一个小问题啊。陈独秀主张的集权制，在李汉俊眼里，孕育了以后的独裁；只有采取地方分权制，才能约束未来党中央的权力。还有，参加共产党组织，的确是基于理想和信念，但喝西北风是不可能参加共产党的，难道想从《新青年》里面抽取一两百元钱补贴一下共产党早期组织成员的生活，也不行吗？陈独秀却把《新青年》当成了他一个人的自留地，谁都不能碰。陈独秀难道不是太自私了吗？所有跟陈独秀的争论，李汉俊都认为自己是对的，只不过是用另外一种方式提醒陈独秀，共产党组织到底应该是一个什么样子。

他不能让董必武误会自己的思想，他要让董必武明白自己的思想。李汉俊相信，董必武知道了事情的来龙去脉，一定会支持自己。

董必武并没有理解李汉俊，反而更加替李汉俊担忧，说道："人杰，我们的党处在初创阶段，陈独秀先生提出的集权制，的确比地方分权制更适合。毕竟，干革命，没有一个坚强稳固的统一领导肯定是成不了功的。孙中山先生革命多少年了？为什么一而再再而三地失败，原因固然很多，他的政党没有太大的凝聚力，他手下的各路神仙太自以为是，不是最重要的因素吗？如果中国共产党采取你说的分权制，跟孙中山先生又有什么分别呢？最后的结果只能是失败。"

李汉俊很希望自己能够运用马克思主义的某些条条框框来驳斥董必武，可又本能地知道，他找不到具体的东西，说道："用威，我知道你的心思。但是，我无论有什么话，总是会痛痛快快说出来，要我把话压在肚子里，我真的做不到。"

董必武说道:"人杰,我不是不要你发表意见,我只是提醒你,不要意气用事,为了我们共同的事业,你一定要克制自己。"

李汉俊慎重地点了点头,马上转移话题,谈起了全国代表大会。

董必武说道:"刚才听了刘养初的说法,我很受触动。刘养初提出坚持无产阶级专政的思想,的确应该放在首位。另外,关键恐怕应该把理论跟行动统一起来,规划今后究竟应该采取什么样的步骤和措施来发展壮大我们的组织,以便快速进入到发动民众起来革命的新阶段。"

李汉俊说道:"是啊,为此,我们首先应该制定出一个统一的党纲。只是,应该具体确立哪一些条款,眼下只有区区几个人,已是各说各话,难以统一,等待各位代表全部到位,恐怕更会众说纷纭,形不成统一的意见。"

"这不是坏事。道理越辩越明。只要大家把道理讲透了,最后会达成一致。"

李汉俊却对现在能不能形成统一的党纲,存在一些疑虑。在他看来,各地共产党早期组织都没成立多久,没有任何一个小组真正完全弄懂了马克思主义。别的不说,光是马克思主义理论体系,可以化分为马克思主义哲学,马克思主义政治经济学和科学社会主义。要想全部弄懂它,不是一件容易的事情。即使李汉俊自己,也只是对马克思主义政治经济学有了一定程度的了解,至于马克思主义哲学和科学社会主义,他了解得并不多。所以,他认为,不如先派人到俄国和德国去做考察或者学习,考察好了,学好了,才能搞出中国共产党自己的东西。

董必武十分惊讶。难道李汉俊对马克思主义理论也认识不清吗?自己还是在他的引导下,才学习和研究马克思主义的呢!自己心里非常清楚,只有俄国的十月革命,才是彻底的社会革命,才是中国应该走的道路,怎么他提到了德国的革命?德国的革命是什么?说简单一些,不过是让一部分革命者进入议会。

议会是什么货色,董必武比谁都清楚。当年詹大悲当选为湖北省议会议长,他被选为省议会秘书长,张国恩当选为省议员,他们决计做出一番事业来,好好整治湖北的社会秩序,结果怎么样,他们连一个议案都没有议完,因为触及军阀王占元的利益,王占元恼羞成怒,立即派出军警,把议会驱散了。有枪就拥有一切。这就是军阀的逻辑!他们才不管你议会是干什么的。

中国共产党的最终目的，是推翻统治阶级的政权，建立无产阶级专政，怎么搞起议会来了呢？

董必武说道："人杰，我真没有想到，你会把俄国革命和德国的革命放在一块儿看待。你应该知道，中国的现实政治太黑暗了，民众受到的迫害太严重了，我们应该走俄国革命的道路，按照俄国革命的模式，来制定我们的革命党纲，才是对的呀。你怎么说起了德国的革命呢？"

李汉俊说道："用威，我只是在谈个人的观点。你可以不同意，但是，你要说服我，得拿出你的理由。"

理由明明白白地摆在那儿，可是，并不能说服李汉俊。董必武还能找出其他理由吗？望着这位引导自己走向马克思主义道路的领路人，董必武轻轻地叹了一口气，心里想道，既然自己说服不了李汉俊，李汉俊一定会在全国代表大会上提出这种论调，嘴长在他身上，他要提，谁也不可能堵得住，让大家去讨论吧。

"人杰，你无论什么时候提出这种观点，我会第一个反对你。"董必武说道。

"如果你不反对我，你还是董用威吗？同样，只要你提出的意见跟我不合拍，我也会第一个反对你。"李汉俊笑道，"只有这样，我们才算得上是真正的朋友。"

李汉俊一直跟董必武谈到了天亮，这才依依不舍地向他告别，回家去了。

董必武怎么都睡不着。李汉俊依旧那么执着，依旧那么热情，依旧那么深深地信仰马克思主义，董必武深感安慰。可是，李汉俊的许多观点和做法，远远超出了董必武接受的范围。尽管李汉俊说过，只要他的意见遭到大多数代表的反对，他会少数服从多数，可是，董必武很有些担心他会成为第二个张国恩。

他担心，是因为他拿得稳，一旦李汉俊提出那些想法，刘仁静头一个会站出来反对。王尽美、邓恩铭尽管不会过多地表明态度，但是，他们知道怎样坚持原则。其他地方的代表没到，从已到代表的态度可以推知，他们恐怕一样不会接受李汉俊的主张。如果遭到大家一致反对，李汉俊能优雅地跟大家一块儿共事吗？

看起来，得继续跟李汉俊谈下去了。那儿个年轻人的思想，董必武可以把握得了，但不能让李汉俊步了张国恩的后尘。

越想，董必武脑子越乱，蓦然，脑海里闪现出武昌兵变的一幕。这一下，过去经历的种种事情，纷至沓来，在董必武的脑子里走马灯似的翻滚不休，先是湖北自治运动，紧接着是驱逐王占元的运动。

董必武本来对自治运动没有任何热情，可是，由陈潭秋一手培养起来的一些社会主义青年团团员以及马克思学说研究会里的一些积极分子，一直极力地推动，鼓动湖北自治，他不得不密切关注着这场运动的走向。湖北自治运动被王占元挤走省长夏寿康而送进了历史。在自治运动的积极分子找不到出路之际，董必武指点他们，要他们斗争到底。他们积极参与驱逐王占元的运动。其实，董必武心里很清楚，即使驱走了王占元又怎么样？接踵而来的必定是另一个王占元。战争却只会给老百姓带来深重的灾难。但是，在没有成立中国共产党的前提下，除了驱逐王占元，湖北还有什么希望？驱逐王占元的行动正在紧锣密鼓地筹划之中，现在到底发展到哪一步了？董必武很想知道，但已经身在上海，他无从知晓。

很快，董必武的思绪从驱逐王占元的运动当中跳开，进入另外一个层级，他亲身参加过的每一次战斗：辛亥革命、二次革命、护国战争、护法战争……

探索每一场革命失败的原因，董必武深深地感到，必须有一个强有力的政党率领一支强有力的队伍跟反动势力进行殊死战争，最终战胜它们，建立一个崭新的中国。在李汉俊的引导下，董必武找到了马克思主义，从此一心一意研究马克思主义，信仰马克思主义，宣传马克思主义，唤醒民众的意识。

忽然，外面响起一阵敲门声，紧接着，董必武听见有人喊他。

董必武赶紧起来，打开门，只见陈潭秋和一个青年人正站在门外。门一开，那个年轻人把手递给董必武，一边跟他热烈地握手，一边自我介绍他叫张国焘。紧接着，陈潭秋告诉董必武：张国焘昨天跟马林和尼柯尔斯基谈话去了，天黑之后回到博文女校，一听说湖北代表到达了上海，迫不及待地要跟董先生见面。

其实，任何一个代表来到上海，张国焘都会热情似火地前去迎接。

尽管原先不认识董必武，也不知道董必武到底在武昌是怎样开展工作的，可是，从李汉俊那儿听到过董必武的革命经历，张国焘不由得对他肃然起敬。因而，一听说董必武已经到达上海，张国焘几乎是一口气跑到博文女校。但张国焘并没有看到董必武，只是见到了陈潭秋。陈潭秋给张国焘留下的印象模棱两可：总是一本正经，教员风味十足。从这个教员风味十足的革命者那儿了解到武昌共产党早期组织的活动情况后，张国焘更为董必武倔强的性格和革命家本质所吸引。

面对着董必武，张国焘忍不住说道："董先生，昨夜听云光提到你的大名和事迹，我高兴极了，觉得能够聆听你的教诲，实在是太幸运了。"

这个青年人太热情了、太谦虚了，难怪在李达、李汉俊无法跟马林、尼柯尔斯基沟通的时候，他能够力挽狂澜，为中国共产党人架起一道沟通共产国际正式代表的桥梁呢。董必武心里想着，不由得越发看重张国焘了。董必武觉得自己没有可指教张国焘的，倒很希望听一听张国焘的事迹。

张国焘毫不推辞，嘴巴上像挂了瀑布，滔滔不绝说起来了自己在北京共产党早期组织负责组织工作，是怎么把工人俱乐部建设起来的，又是怎么执行李大钊先生的命令，在搞好社会主义青年团和共产党支部活动的基础上，以北京为圆心，向北方四周扩散社会主义青年团组织以及共产党支部的影响。

董必武和陈潭秋原先了解得最多的是上海发起组，以及李大钊先生和陈独秀先生相约建党，并不知道张国焘在北京共产党早期组织里的作用。听了张国焘的一席话，他们不能不更加对他刮目相看。

回想起武汉共产主义研究小组成立的经过及成立起来后开展的各项活动，自己都没有像张国焘一样冲到前台，大部分是由包惠僧、陈潭秋负责的，董必武觉得跟张国焘相比，自愧不如。他发自肺腑地说道："特立，还是你们青年人有闯劲，有胆识，有魄力。我们的共产主义革命事业，需要像你们这样的人才。"

张国焘心里舒服极了。在北京，他成为李大钊先生的左右手；在上海，他能做出李达、李汉俊做不了的事情，赢得这两位发起组代理书记的尊重；现在，在董必武心里，同样树立了自己的威信，张国焘感到自己的目的已经达到了。

通过昨晚跟陈潭秋的谈话，张国焘知道武汉共产主义研究小组的成员们非常注重实际工作。那个时候，他已经想到了要用工作能力征服他们。这一步,已经取得了明显效果。现在,他要转入下一步:用理论来征服他们。

来到上海已经有一段时间了,张国焘非常清楚,沈雁冰已经遵照陈独秀的指示,把《俄国共产党党章》翻译出来(沈雁冰的回忆是这么说的:我记得在嘉兴南湖开会前一两个月,陈独秀叫我翻译《国际通讯》中很简单的《俄国共产党党章》,作为第一次党代表大会的参考。那时候,我觉得有些字不好译,例如核心这个名词,现在对它我们很熟悉了,在当时就不知道用什么字译得易懂明了),作为第一次全国代表大会的参考,并且,他亲眼看到过沈雁冰的译本,早已烂熟于胸,心里决定要以此为蓝本,制定中国共产党的党纲和政纲,但他暂时不能跟董必武、陈潭秋说这个事,而是打算探寻他们的认知能力,同时展现自己。

张国焘说道:"董先生,我来找你,的确非常希望能够得到你的指点。召开全国代表大会,正式成立全国性政党,是一件前无古人后无来者的伟大事业,我们根本没有多少可资借鉴的东西。因而,我们到底应该确立什么样的议程,制定怎样的党纲和政纲,我们的中心工作又应该放在哪里,才能尽快地发展我们的组织呢?我时常想找到答案,可是,又找不到。希望董先生能够指点一二。"

董必武说道:"中国共产党一经成立,在很长时间里,都会处在非法工作状态。因而,试图以为全国代表大会召开以后,中国共产党能够迅速领导民众去推翻统治阶级,恐怕不太现实。首先发展我们的组织,并且做好群众工作,为我们即将展开的革命事业积蓄力量,应该是今后很长一个时期我们工作的重点。"

"不错!干革命,不能脱离现实,否则,一事无成。"陈潭秋赞同地说道。

张国焘一样清楚,不能认清时局、制定正确的党纲政纲、规划今后的工作方向,革命事业不可能取得更大的发展。可是,原则归原则,他需要得到具体建议。

董必武思索着说道:"确立无产阶级专政,这一条必须坚定不移。至于怎么具体实施,我们都不是神仙,只有摸着石头过河,一步步探索着走。如果我们没法制定出一个具体的工作方针,能够制定出一个原则性的东西,让各地的共产党组织或者共产党支部在实践中摸索,不失为一个很好的办法。"

"当然,这不过是权宜之计。"陈潭秋说道,"比如说,我们应该怎么发起工人运动,怎么在工人当中发展党员,都可以有一个详尽的计划。特立,你是工人运动方面的能手,你心里一定早有盘算。"

张国焘说道:"老实说,除了像董先生所说的那样,必须确立无产阶级专政的原则之外,我们无法完全按照马克思主义原则来组建中国共产党。毕竟,我们的工人队伍很弱小,工人的知识水平和认知能力十分欠缺。目前,各地共产党早期组织成员即使不是全部,绝大多数也是由先进的知识分子组建起来的。"

董必武点了点头,说道:"所以,我们应该注重于在工人当中发展党员。"

陈潭秋思索着说道:"对待工人,的确不能要求他们有多少高深的马克思主义知识,只要他们愿意加入共产党,愿意为共产主义奋斗终身,应该让他们加入进来。其实,说老实话,我们也没有掌握很多马克思主义知识嘛,只是在宣传马克思主义的同时,也在提高我们自己。"

张国焘说道:"这样做,的确可以在很短的时间里发展不少工人党员,可是,未免有些泛滥的嫌疑。毕竟,我们在建立共产党小组之初,有过约定,凡加入共产党组织者,首先必须信仰马克思主义,其次要为宣传马克思主义做实际工作。"

董必武笑道:"工人们虽说暂时不太懂得马克思主义,但是,他们都信仰马克思主义,并且在为宣传马克思主义做实际工作嘛。"

张国焘恍然大悟似的说道:"不错,要想组建马克思主义政党,我们今后的中心工作必须围绕工人运动来展开。"

"发动工人运动,可以从很多方面着手去做。"陈潭秋说道,"比如说八小时工作制,比如说提高工人的待遇等等,都是深关工人切身利益的事情。从这些方面入手,最容易打动工人,引起工人共鸣。"

董必武满怀激情地说道:"工人队伍即使还很弱小,但是,一旦发动起来了,必将使得我们的革命事业出现高潮。"

因为在发动工人方面做出了一定的成绩,张国焘心里早已认定,注重工人运动应该是这次大会必须确立的一项中心工作。在跟马林和尼柯尔斯基交换意见的时候,张国焘提出过这一设想,但马林只是说他的设想在理论上是对的,并没有指出中国共产党发展壮大的出路,更没有为中国共产党指出一个近期所必要达到的目标。跟董必武和陈潭秋的这些对话,尽管似乎偏离了他设定的轨道，但张国焘仿佛觉得自己已经找到了发展壮大党组织的出路，以及近期要达到的目标。

在让董必武和陈潭秋佩服自己的同时，张国焘亦深深地佩服起这两个善于从事实际工作的共产主义者的魄力和见识来了。从此，董必武在心目中树起的形象，令张国焘一生都无法忘记：董必武为人淳朴，蓄着八字式的胡子，活像一个老学究，在谈吐中才表现出一些革命家的倔强风格。

7. 毛泽东何叔衡到上海

毛泽东与何叔衡是晚上进入博文女校的。他们看到一间房子里亮着灯光，并且听见了说话声，心知一定是前来参加会议的其他各地代表正在交流，三步并作两步，上了楼，朝那间屋子走去。到达门口，看见五个人正姿态各异地坐在芦席上，津津有味地交谈着，毛泽东立即热切地询问道："是北大暑期旅行团的吧？"

那五个人正是董必武、陈潭秋、王尽美、邓恩铭、刘仁静。董必武在湖北善后公会暂住了几天以后，回到了博文女校，希望跟大家一块儿商谈在即将召开的会议上应该提出什么议案，遇到问题又该怎么解决。因为经常要跟马林和尼柯尔斯基联系，以及避免引起密探的注意和怀疑，张国焘在外面另租了一间屋子，偶尔也会来这里跟大家商谈。只要有时间，李达、李汉俊也会单独或结伴探望大家。

一听有人问话，众人赶紧停止交谈，抬头一看，只见一个身材高大的青年人和一个个子矮了许多、年纪大了许多的人迈步朝屋子里走来。

董必武问道："二位想必是我们的同行者吧？"

"我是毛泽东，这位是何叔衡。有幸见到你们，非常高兴。"身材高大的年轻人一面说，一面伸出手，递给了董必武。

大家相互致意以后，一块儿坐在地上，热切地攀谈起来。看到大家如此热情，毛泽东心里想，如果知道大家都来了，不应该和叔翁一道去南京。

的确，毛泽东这次到达上海的时间只不过比刘仁静稍晚了一点而已。接到上海发起组的来信以后，他安排好湖南共产党早期组织的工作，和何叔衡一道于6月29日傍晚乘船前往汉口，然后从汉口转搭另外一艘客轮去上海。

谢觉哉受何叔衡之邀在《湖南通俗报》担任主编以后，很快被吸收为新民学会会员。他是湖南宁乡人，1905年考中晚清秀才，与何叔衡是结义兄弟，曾任宁乡云山学校教务主任，有写日记的习惯。他在这一天的日记上写道："午后六时叔衡往上海，偕行者润之，赴全国〇〇〇〇〇之招。"他用五个圈代表"共产主义者"五个字，为的是保密。同样是为了保密，毛泽东、何叔衡没有让他送行。

尽管毛泽东、何叔衡是秘密离开长沙的，但对于跟他们同去上海的萧瑜，则是透明的。萧瑜在回忆中这么写道：在我离开长沙前几日，毛泽东说他可以和我同行。他对我说："千万严守秘密，我告诉你，北京、广东、上海，事实上全国各地，都成立了共产主义小组，有十多个代表准备在上海举行一个秘密集会。会议的目的是正式成立中国共产党。我是长沙的代表，我很希望你和我一起赴会。"

赴法勤工俭学的新民学会会员分裂成两部分：一部分以蔡和森为首，赞成马克思主义，认为中国只能走马克思主义道路；以萧瑜为首的另一部分则认为教育才是最好的策略，根本否认马克思主义。两派几乎闹得水火不容，不过，他们仍然珍惜彼此的感情，萧瑜便与蔡和森一同写信给毛泽东，希望得到毛泽东的支持。萧瑜甚至为此特意回国找到毛泽东，希望说服毛泽东支持自己的信仰，并且带回了蔡和森写给毛泽东等人的另一封信。

萧瑜说道："润之，同窗几年，我们友谊深厚，希望你理解我，支持我，跟我保持一样的信仰。我们的友谊不能因为彼此信仰的不同而产生裂痕。"

毛泽东笑道："那很好呀。你可以跟我一样，走上马克思主义道路嘛。"

"润之，马克思主义是宣传用暴力手段去夺取政权呀！"萧瑜说道，"像刘邦和项羽那样争夺天下的斗争，在耶稣基督和释迦牟尼看来，就像街头顽童为争一个苹果打架斗殴一般。那都是身外之物，不值得你去争抢啊！"

这个萧瑜，怎么用起不伦不类的比喻来了！毛泽东心里说道。毛泽东知道，要想让萧瑜听从自己的劝告如同萧瑜想要自己听从他的劝告一样，是不可能的了，淡淡地叹了一口气，说道："你不同意卡尔·马克思的理论，多遗憾。"

萧瑜一阵心痛，哽咽地说道："难道我们的友谊要因此而结束吗？"

毛泽东心里同样有点难过。可是，他拥抱过无政府主义，发起过湖南自治运动，都失败了，最终只能选择马克思主义，再也不会回头，说道："也许，我们彼此还有时间深入思考。我是一定要走马克思主义道路，而且，我已经走出了第一步，一定会永远地走下去。决定权在你。你想通了，我们随时可以保持联络。"

自此以后，哪怕萧瑜在国内、在湖南、在长沙，毛泽东跟萧瑜再也没有见过面。他尽管有时候也会想起萧瑜，也会想到跟萧瑜再见见面，可是，他克制了自己的感情。他知道，萧瑜一定也在克制自己。分歧已经不可弥合，让他去吧，何必强求。新民学会里信仰马克思主义的会员，已经被他分别引进了长沙共产党早期组织和社会主义青年团，为什么要留恋萧瑜一个人呢？他还有许多事情要做，决心把萧瑜从心里驱赶出去，但驱赶不了。接到上海发起组的来信以后，毛泽东知道萧瑜要出国，决定再找一次萧瑜，邀他一块儿同行至上海，做最后一次劝说。

何叔衡跟萧瑜的交情尽管远没有那么亲密，但他毕竟是新民学会的一个骨干成员。有何叔衡在中间调和，一路上，萧瑜与毛泽东像昔日一样表现自如。

轮船路过洞庭湖时，萧瑜看到毛泽东拿了一本《资本主义制度大纲》的书，觉得可以趁机劝说毛泽东了，问道："建立共产党前，还须研究一下资本主义吗？"

毛泽东知道他的言外之意，微微一笑，没有作声。

萧瑜穷追不舍，继续说道："你若成为共产主义者，根本无须学习，也无须读这类书。最要紧的还是信仰。"

毛泽东又是微微一笑，没有说出一个字。

萧瑜心里清楚，毛泽东不愿意在这个问题上多费口舌，只好闭上嘴巴，试图从其他方面找到突破口。可船到上海，他也没有找到能打动毛泽东的办法。原以为只要毛泽东主动跟他谈这件事，他便可以借机找到话题，同样打了水漂。

在上海下了船，毛泽东和何叔衡不知道其他各地共产党早期组织的代表到了没有，先把萧瑜安顿在一家小旅店住下来，然后急急忙忙赶到老渔阳里二号。

李达和李汉俊正在《共产党》月刊编辑部商量事情，热情地接待了毛泽东和何叔衡，把他们送到了博文女校。毛泽东知道，代表们不可能很快汇聚到上海，想去跟萧瑜做一次长谈，向李达和李汉俊提出了希望外出一趟的想法。

陈独秀那边没有一点音信，周佛海要从日本赶回国，同样得等上一段时间。李达、李汉俊同意了毛泽东的要求。

毛泽东、何叔衡赶往萧瑜的住处。三人都非常高兴，在船上憋着没有说出来的话，现在都可以倾倒出来。很快，他们发现，不管自己说什么，都会引起对方的激烈反驳。跟在长沙相比，大家的立场没有任何松动。

当年，在杨昌济教授眼里，萧瑜的才学甚至比毛泽东、蔡和森还要强些。身居第一位的萧瑜不能走马克思主义道路，多少让毛泽东心里感到不踏实。这段日子，他已经使黄爱、庞人铨这些无政府主义者及其组织的劳工会大多数成员开始信仰起马克思主义来了，难道真的没有办法让萧瑜跟自己一道走下去吗？

原来，1920年11月21日，自从黄爱、庞人铨等人组建劳工会以来，毛泽东一直密切关注着这个组织。黄爱、庞人铨他们拥护的无政府主义思想，当年不是同样曾被毛泽东视为拯救中国的可行之策吗？最后，通过陈独秀、李大钊的帮助，以及自身认识的不断提高，毛泽东抛弃了无政府主义思想，走上了马克思主义道路。毛泽东第二次到达上海的时候，黄爱不仅也在上海，而且正在《新青年》编辑部担任缮写，受到过陈独秀的指点与熏陶。毛泽东、彭璜跟黄爱经常在一起讨论改造湖南问题，相约回湖南从事工人运动。因而，黄爱回到长沙之后，与庞人铨一道发起湖南劳工会，得到了毛泽东的支持，筹备会议便是在何叔衡任馆长的湖南通俗教育馆召开的，何叔衡担任劳工会顾问。毛泽东觉得，只要自己把工作做通了，黄爱、庞人铨一定能够像自己一样，走上马克思主义道路。因此，他不仅要何叔衡利用顾问的身份，耐心地劝导他们，而且时时亲自跟黄爱、庞人铨取得联系，结合陈独秀、李大钊对自己的教诲，把自己的亲身经历融进去，去引导他们，希望他们放弃无政府主义立场，把劳工会转移到马克思主义道路上去。

然而，黄爱、庞人铨只希望这种打破领袖和男女界限的自动组织，本着坚忍不拔的精神，自主自觉，朝着光明的路上走去，无法完全认同马克思主义。

黄爱、庞人铨的劳工会已经形成了很大的规模。毛泽东决不会放弃。他一定要改造这个组织，让他们跟无政府主义思想彻底决裂，不仅自己反复跟他们做工作，而且不断地派遣长沙共产党早期组织成员去给他们做工作，指出在军阀统治的情况下，想要建立一个无政府主义机构，是不现实的。

1921年3月8日，黄爱、庞人铨发表"反对纱厂商办"宣言，随后发动了规模宏大的收回湖南第一纱厂公有运动。他们先是组织劳工会开展了大规模的游行活动，并向赵恒惕政府递交了请愿书。游行请愿没有取得积极成果，他们愤而约集长沙各工厂及工校学生近三千人，于4月13日到第一纱厂示威，押着公司经理到湖南省财政厅毁约。赵恒惕闻讯，即刻派遣数百人的军警，以武力驱散了示威群众，当场捕去劳工代表四人，并且派一排士兵驻扎纱厂，通令工人上工。为了保护工人利益，黄爱于28日冒着生命危险，前往省署交涉，遭到逮捕。

毛泽东挺身而出，帮助庞人铨力支危局，一方面组织工人坚持斗争，一方面为营救黄爱四处奔走，向社会上大造舆论。

当年五一国际劳动节，劳工会成员在无政府思潮影响下，准备以游行示威活动的方式，营救黄爱。赵恒惕政府闻讯，布下岗警，准备制造血案。危急关头，何叔衡说服了庞人铨、李彤、张理全等人，将游行示威改为游艺会。五一那天，一千多名工人在湖南省立第一师范大礼堂举行了游艺会，以文艺形式倾诉工人的血泪生活。原来派去破坏纪念会的军警，也洒下了同情的热泪，自动撤去。

在各方面的压力下，赵恒惕不得不于6月8日将黄爱等人释放。

毛泽东热情洋溢地赞扬了劳工会反抗资本家和军阀的勇敢精神，耐心帮助黄爱、庞人铨分析纱厂风潮失败的原因，对他们没有严密的组织、只做经济斗争、没有远大政治目标的工人运动方针进行了批评；同时，毛泽东还选送了一些马克思主义书籍给他们看，使他们懂得用阶级斗争的理论去教育工人，指导行动。由此，他们对马克思主义的兴趣日益浓厚起来。毛泽东知道，要想让黄爱、庞人铨这些人彻底清除头脑里的无政府主义思想，令他们真心实意信仰马克思主义还需要时间，但已经让他们走出向马克思主义道路迈进的第一步，注定没有任何力量能阻挡他们成为真正的马克思主义者。

现在，他一样希望把自己最好的朋友引到马克思主义道路上来。怎么引？毛泽东希望通过一次旅游，进一步开导萧瑜。

毛泽东、萧瑜、何叔衡朝南京走去。他们一路走，一路交换各自对马克思主义的看法。他们谈到了中国共产党成立后的第二步，加入共产国际的问题。

毛泽东笃定地说道："我们一定要参加第三国际。"

萧瑜心里一动，难道这是一个能令毛泽东有所改变的机会？他知道，毛泽东是不可能完全改变的，只要能让毛泽东有所改变，即意味着从毛泽东这道坚壁上凿开了一条裂缝。萧瑜马上说道："第三国际是俄国，最好参加第四国际，因为它是共产主义的理想主义部分，它是马克思和普鲁东的理想的结合。它是自由的共产主义。自由共产主义的人力车有两个轮子，它无需外力来支撑！"

真正的马克思主义者怎么能持这种态度？毛泽东一眼识破了萧瑜的用意，断然拒绝道："一千年后我们再谈论它吧。"

萧瑜顽固得很，不可能走上马克思主义道路了。毛泽东心里越来越清楚这一点，他还要参加中国共产党第一次全国代表大会，不得不中止旅游，和萧瑜、何叔衡一块儿回到上海，昔日的好友从此分道扬镳。

很快，他们谈起了即将召开的大会。

董必武问道："润之，你觉得，这次会议到底应该拿出一个什么样的章程？"

毛泽东说道："在成立共产党早期组织的时候，我们不是都接到过上海发起组制定的党纲和《中国共产党宣言》吗？依我看，要点都涵盖在里面了，我们可以按照马克思主义原则，对它们进行一些细化。"

陈潭秋说道："可是，究竟怎么理解马克思主义，大家的意见并不一致。"

毛泽东说道："每一个人的经历不同，接触马克思主义的时间长短不一，侧重于马克思主义理论体系的哪一部分也不一样，脑壳里想的东西当然不可能一致。大家相互争论，相互探讨，把想法统一了，不是很好吗？"

"你可以先提出你的见解吗？"刘仁静挑衅性地问道。

毛泽东看了他一眼，再朝大家扫视了一遍，笑道："你们掌握的马克思主义知识比我深，我多说无益，只提一点，我们成立全国性马克思主义政党，搞共产主义运动，不仅要重视工人运动，更要重视农民。"

刘仁静粗暴地打断了毛泽东的话头："你知不知道马克思主义政党到底应该是什么样子的？强调的是发动工人运动，你竟然说起农民来了！"

毛泽东不以为忤，微微一笑，解释道："中国的农民人数最多，工人数量却少得很。无论是太平天国起义，还是孙中山先生的革命，都非常注重农民的力量嘛。我们为什么不能注重农民呢？"

恰在这时，李达、李汉俊结伴走了进来。

尽管毛泽东去老渔阳里二号报到时才第一次跟李达相见，但是，李达早已听说过毛泽东主办的《湘江评论》及其在湖南做出的种种事情。这些都令他对毛泽东心生敬意。为此，张国焘质疑毛泽东没有掌握多少马克思主义知识，李达认为，毛泽东的马克思主义理论知识或许有所欠缺，可毛泽东是一个志存高远的人，不仅有气魄，而且有能力，更重要的是，毛泽东接受了马克思主义，正沿着马克思主义道路向前攀登。他相信，毛泽东一定会成为一名真正的马克思主义者。

与其他绝大多数共产党早期组织成员相比，李达可以称得上是了解马克思主义，更了解列宁和十月革命的人之一。如果完全照搬照抄马克思主义理论，列宁根本不可能在俄国取得十月革命的胜利，事实上，正是列宁在资本主义链条的薄弱环节发动了革命，取得了胜利，丰富了马克思主义。所以，李达认为，真正的马克思主义者，不仅要读破马克思主义的书籍，熟知马克思主义理论体系，更重要的却是要运用马克思主义，从中国的国情出发，找出一条合适于中国革命斗争的道路。他觉得，毛泽东就是这样的人。毛泽东为了振兴湖南所做的种种努力，以及毛泽东率先在湖南发起赴俄罗斯勤工俭学，都预示着毛泽东眼光卓绝，注重现实，勤于实践。中国共产党的未来，只有像毛泽东这样的人物才能支撑得起来。

大家见过面，按照各位代表来到上海的惯例，李达、李汉俊请毛泽东、何叔衡介绍湖南共产党早期组织的活动情况。

毛泽东、何叔衡毫不推辞，你一言我一语，娓娓道来，犹如行云流水。

每一个人都被他们的讲述吸引了，全都屏息静气。特别是刘仁静，听到湖南共产党早期组织正在改造黄爱和庞人铨发起创立的湖南劳工会，心里产生了强烈的震撼。因为他清楚，在所有的共产党早期组织里面，虽说每一个小组都针对各自的特点开展了各种各样的活动，但是，单纯说到发动和指导工人运动，北京支部应该走在最前面。毛泽东尽管并没有直接发动工人运动，但在劳工会成立之初，派何叔衡担任顾问，并且一直密切地关注这个组织的未来，对其进行了正确的引导，终于让劳工会的大多数成员抛弃了无政府主义思想，开始接受马克思主义。这是一个多大的创举呀！可是，很快，刘仁静觉得不对了：黄爱、庞人铨不是还没有走上马克思主义道路吗？黄爱、庞人铨本质上仍然是无政府主义者呀……

董必武热烈地夸赞道："润之的确是一个点石成金的妙手。"

毛泽东说道："用威兄谬赞了。其实，黄爱、庞人铨他们发动的工人运动,固然有无政府主义倾向,但在反对军阀反对反动统治阶级的目标上,跟我们是一致的。为此,我们可以找到共同点,用马克思主义引导他们。"

董必武说道:"润之此番作为,让我想起了你在《湘江评论》上提倡的革命者大联合。这就是典型的革命者大联合嘛!"

刘仁静反驳道:"不,这种联合肯定是不对的。马克思主义的理念跟无政府主义的理念是根本不同的,绝对走不到一块儿去。我们进行的革命事业,只能是在马克思主义的旗帜下,由我们共产党人自己去发动。"

毛泽东说道:"全国性共产党成立以后,在很长一段时间里,都会处于弱势地位,如果我们不去团结一切具有革命倾向的力量,引导这些力量跟我们一道走,得花费多长时间,我们的革命才能取得成功?"

"时间不是问题。问题在于,我们一定要坚持马克思主义,不要对任何其他势力抱有幻想。"刘仁静大声说道。

陈潭秋说道:"在对待马克思主义的态度问题上,润之无疑是正确的。如果都像养初一样去死抠字眼,不注重眼下的现实,那么,我们的革命即使不是停留在纸面上,也注定不会有多大的实际进展。"

"是啊,我们召开全国代表大会,成立全国性共产党组织,是为了搞无产阶级革命,在反动力量异常强大的前提下,我们如果不把一切赞成革命的力量都团结到身边来,绝不可能产生很好的效果。"李达说道。

"我们在上海发起成立共产党早期组织之初,当维经斯基先生和陈独秀先生试图把无政府主义者,甚至研究系人马都拉进革命队伍的时候,我跟养初一样,是极力反对的。后来的事实也证明了我们不可能把无政府主义者和基特尔社会主义者凝聚在一起。为此,我们跟形形色色的假社会主义者、假马克思主义者进行了论战。但是,并不等于在革命初期,我们完全不能跟他们合作。我们跟他们因为主张不同,不可能共存于同一个政党,可以有其他合作方式。"李汉俊说道。

刘仁静火了,不等李汉俊的话音落地,气呼呼地插上话头:"这不是真正的马克思主义者应有的态度。马克思主义强调阶级斗争,强调无产阶级专政,无政府主义者主张自由组合,不要任何形式的权威,其他任何一个派别、任何一个政党的理念,也与马克思主义完全不同。如果硬生生地把理念完全不同的政党糅合在一起,最终只会有害于我们的革命事业。"

完全按照刘仁静的主张，中国共产党会走向何方？毛泽东实在不敢想象。他很想反驳，可刘仁静张口一个马克思是怎么说的，闭口一个列宁说了些什么，毛泽东自知拿不出许多教条来与刘仁静争辩，只有默不作声，脑子里想起了年初彭璜因为希望挪用文化书社的资金赴俄留学，与易礼容发生激烈的争论，彭对易说了些过分泄愤的话，遂于1921年1月28日写信对彭璜进行诚恳的批评和规劝：

吾兄高志有勇，体力坚强，朋辈中所少。而有数缺点：一、言语欠爽快，态度欠明决，谦恭过多而真面过少。二、感情及意气用事而理智无权。三、时起猜疑，又不愿明释。四、观察批判，一以主观的而少客观的。五、略有不服善之处。六、略有虚荣心。七、略有骄气。八、少自省，明于责人而暗于责己。九、少条理而多大言。十、自视过高，看事过易。弟常常觉得一个人总有缺点，君子只是能改过，断无生而无过。兄之缺点，弟观察未必得当。然除一、三两条及第五条弟自信所犯不多外，其余弟一概都有。

吾人有心救世，而于自己修治未到，根本未立，枝叶安茂？工具未善，工作奚当？弟有一最大缺点而不好意思向人公开者，即意弱是也。兄常谓我意志强，实则我有自知之明：知最弱莫如我之意志！我平日态度不对，向人总是龈龈，讨人嫌恶，兄或谓为意强，实则正是我弱的表现。天下惟至柔者至刚，久知此理，而自己没有这等本领，故明知故犯，不惜反其道而行之，思之悚栗！

略可自慰者，立志真实（有此志而已），自己说的话自己负责，自己做的事自己负责，不愿牺牲真我，不愿自己以自己做傀儡。待朋友：做事以事论，私交以私交论，做事论理论法，私交论情。兄于礼容，我觉未免过当，立意不十分诚，泄怨之意多，而与人为善之意少。兄说待我要反抗，兄看我为何如人？如以同某人款待我，则尽可"不答应"，何"反抗"是云。至说对某某及礼容要"征服"，则过矣过矣！人哪能有可以征服者，征服必用"力"，力只可用于法，用于法则有效；力不可用于私人之交谊，用于私人之交谊则绝对无效。岂惟无效，反动随之矣。

我觉得吾人惟有主义之争，而无私人之争，主义之争，出于不得不争，所争者主义，非私人也。私人之争，世亦多有，则大概是可以相让的。其原多出于"占据的冲动"与"意力之受拂"。兄与礼容之争，吾谓乃属于后者。（此情形弟亦常经过，并常以此施诸他人。）意力受拂，最不好过，修养未纯如吾人，一遇此情形，鲜有不勃然奋起者，此则惟有所谓"眼界宽"与"肚量大"者能受之，兄以为何如？

刘仁静之言，亦是为了主义，而非为私。毛泽东又没法用主义来驳倒他，只有默然不语，打算寻到机会，劝他多做一点实际工作，那样一来，刘仁静对马克思主义肯定会有不一样的理解。

李汉俊却不一样，微笑着看着刘仁静，说道："在中国共产党仍然很弱小的时候，我们可以跟其他任何革命派别联合，甚至可以帮助孙中山和国民党，使得国民党的革命能够取得成功，届时，我们可以参加他们的议会。"

"瞧瞧你都说了些什么！这是马克思主义者的态度吗？"刘仁静生气地说道，"我们永远不能跟国民党联合。我们要革命，只有走我们自己的道路！"

李汉俊没有想到，他这番话不仅引发了刘仁静的怒火，令他成为刘仁静倾泻怒火的靶子，而且让董必武、陈潭秋、李达、毛泽东、何叔衡、王尽美、邓恩铭等人无不对他的说法提出强烈质疑，使他一下子变成了众矢之的。

董必武、陈潭秋、李达、毛泽东、何叔衡、王尽美、邓恩铭心里曾经有过跟国民党联合的想法。可是，他们所主张的联合，并不是像李汉俊设想的一样，帮助国民党人取得了政权之后，再进入议会，而是实行下一次革命，实现共产主义的革命。一时间，大家争论得越来越激烈，屋子里的气氛越来越严峻。

天快亮了，他们不得不停止争论。李达、李汉俊告辞而去，众人准备去休息。

毛泽东个子太高，睡觉打呼噜，担心影响众人休息，准备清理芦席，去靠西的一间屋子歇息。王尽美、邓恩铭、刘仁静为他搬来了一块铺板，两条长凳子，动作灵敏地为他铺好了床铺。毛泽东脱下衣服，躺在床板上，微微闭上眼睛，怎么都没法进入梦乡。这一天的经历，走马灯似的在他眼前晃动。

尽管一到上海，结识了更多信仰马克思主义的朋友，毛泽东心里仍然放不下萧瑜。他既留恋他们曾经的友谊，又受到了杨开慧的影响。在杨开慧的记忆里，毛泽东、萧瑜、蔡和森永远都是她父亲最好的学生，她的大哥，也是值得她尊敬的人。她已经跟毛泽东结了婚，很希望这些大哥永远都跟毛泽东站在一起。

杨开慧不仅加入了湖南社会主义青年团，而且带动很多受到封建思想禁锢的同学，信仰起马克思主义来了，萧瑜跟毛泽东、蔡和森一样心胸豁达，怎么可能如此顽固呢？她觉得，只要方法对头，毛泽东一定能让萧瑜和他走同一条道路。

萧瑜的事尚未解决，何叔衡那边出事了。1921年6月，何叔衡被军阀政府定上"宣传过激主义的罪名"，撤销了省教育馆馆长的职务。

在担任教育馆馆长期间，他聘请谢觉哉主编《湖南通俗报》，在毛泽东的鼓励下，一改通俗报不痛不痒的文风，大胆鼓吹新文化新思想运动，宣传马克思主义。为此，毛泽东经常亲自操刀，为通俗报写文章。一时间，通俗报成为湖南共产党早期组织的另一块宣传阵地，鼓动了许许多多青年人，投身新文化运动。

何叔衡怀着悲伤的心情，来见毛泽东，准备跟毛泽东谈论下一步的打算。

在毛泽东看来，利用通俗报已经达成了宣传新文化新思想的目的，它完成了历史使命，现在，可以把何叔衡引进一师附属小学教书。何叔衡来到附属小学，无疑替毛泽东减轻了许多负担，让他可以腾出更多的时间，去从事发展社会主义青年团的工作。在这个方面，因为有了杨开慧的帮助，态势良好。

当毛泽东接到李达寄来的信件和两百元汇款，希望他在规定时间里，派出代表到上海参加全国代表大会时，他迅速召集小组成员，秘密推选出席会议的代表。

毛泽东被选为代表，在他临行之时，杨开慧对他说道："萧瑜大哥不是要回法国吗？你能不能邀请他一块儿去上海？趁最后的机会，你能够劝说他跟我们一样信仰马克思主义，该有多好啊。"

"谁说不是呢？可是，我们恐怕谈不拢。"毛泽东轻轻叹了一口气，说道。

一想起杨开慧，毛泽东更加难以入睡，情不自禁对她说起话来了："我认识了一些代表，他们具有很高的马克思主义理论知识。我相信，中国共产党成立以后，假如我们努力奋斗，再过三五十年，共产党极有可能统治中国。"

忽然，毛泽东感到门口有一个人影，一骨碌爬起来，大声问道："谁？"

"是我，特立。你是润之吗？"那个影子问道。

毛泽东轻轻地嘘了一口气，想起了跟张国焘相识的往事。

第一次见到张国焘,毛泽东觉得他聪明能干,胆大心细,是一个干大事的人,每每想跟他交往,只可惜,他愣是没有把毛泽东放在眼里。现在,他们为了同一个目标,走到一起来了。这是一个跟他取得联系的好机会吗?

毛泽东热情地说道:"特立,你好,我们又见面了。"

张国焘心里不希望毛泽东出席会议,可李达完全是一根筋,把毛泽东奉为中国共产党未来的希望。

现在,已经跟毛泽东面对面地站在一起了,而且从这一刻开始,直到全国代表大会结束,恐怕会经常跟他待在一起,吃饭、睡觉、开会……怎么办,要跟毛泽东单独谈一谈吗?谈什么?对毛泽东说自己跟马林和尼柯尔斯基之间的沟通情况吗?

张国焘踌躇之际,董必武、陈潭秋、刘仁静、王尽美、邓恩铭、何叔衡等人听见响动,一起走了过来。毛泽东离开后,他们一直在小声议论毛泽东和何叔衡带来的消息。看到张国焘,他们坐在毛泽东睡觉的床板上,向他说起这件事。

原来毛泽东竟然令湖南劳工会主要领导人黄爱、庞人铨都在研究马克思主义,张国焘心里掀起一阵阵波涛。是的,黄爱、庞人铨迄今为止仍然没有成为湖南共产党早期组织成员,也没有进入社会主义青年团,但正一步步走上马克思主义道路。想当初,李大钊主张革命者大联合,把无政府主义者拉进北京共产党早期组织,最终黄凌霜他们都退出了;毛泽东却让持有无政府主义主张的黄爱、庞人铨等人团结在马克思主义者周围,这是一件多么值得称道的事情啊!

张国焘不能不对毛泽东生出一些敬意,又想,既然大家都以为毛泽东可以担当大事,自己主动提出让毛泽东担任一定的职务,既可以让众人看出自己的胸怀,也让众人看出自己的原则,岂不是更能增加自己的高度吗?他微微一笑,说道:"润之所做的工作,的确值得大家学习。如果我们都能像润之一样,把更多具有革命愿望的人引导到马克思主义道路上来,我们的党一定能领导民众,在最短的时间里推翻反动统治,建立无产阶级专政的政权。"

众人被张国焘这番话激起了情绪,一个个神采飞扬,争先恐后地诉说各自的期望和憧憬。气氛越来越热烈。

何叔衡坐在那儿,一声不吭,静静聆听大家的议论。

8. 广州代表分途抵达

自从接到张国焘的来信,陈独秀一直陷入了激烈的思想斗争。

维经斯基离开中国以后,陈独秀分别跟李大钊和李达、李汉俊通信,商谈准备召开全国代表大会正式成立全国性共产党组织的有关事宜。即将尘埃落定之际,李达、李汉俊来信告诉他:共产国际代表马林和尼柯尔斯基到达上海,目的在于帮助中国共产党早期组织创建者,更准确地说,帮助上海发起组召集各地共产党早期组织代表开会,成立全国性共产党。他们已经跟马林和尼柯尔斯基接上关系,收到了两位共产国际代表为各地代表赴上海开会提供的经费。这下好了,召开全国代表大会不再停留在纸面文章,已经进入到实际操作阶段了。

来到广州的几个月,陈独秀已经非常清楚这里是一个什么地方。尽管充满了革命气息,但一样到处充斥着腐朽和龌龊。因为他的言论以及他展开的一系列改革,省议会以及教育界的一部分人物、一班政客、资本家、孔教徒、基督教徒、一班守旧派、少数自号无政府党者,都对他恨之入骨,试图一把扼住他的喉咙,置他于死地。广州异常活跃的革命气息,使他觉得在这里可以迅速发展共产主义运动,可这里充满的腐朽龌龊空气,又时时激励他要挺起胸膛,勇敢地去战斗。已经得到陈炯明的支持和同意,陈独秀正在创办广东大学预科,并担任校长,需要筹集一笔款子,修整校舍。他很希望利用这块新的阵地,为传播马克思主义创造更好的环境。一旦他离开,款子自然无法筹集到手,广东大学预科创办工作必将会受到影响,他会因此失去一块新的阵地。

所以,回不回上海出席中国共产党成立大会,陈独秀很费思量。

当收到张国焘的来信,知道李大钊不可能到上海去主持会议的时候,陈独秀更加踌躇不定。经过认真思索,他终于说服自己留在广州。派哪两位同志作代表去上海参加这次会议呢?陈独秀头一个想到了包惠僧。

1920年冬,陈独秀和维经斯基相继离开上海,上海发起组经济来源断绝,不能对各地共产党早期组织提供经费资助,包惠僧作为武昌共产党早期组织负责人,深感工作难以开展,想起马迈耶夫的话,决定离职学习。他把工作交给陈潭秋，带着三名青年团员离开武昌前往上海，准备到莫斯科留学。

春节前夕，包惠僧到达上海，住在法租界霞飞路新渔阳里六号外国语学社里。在这里，他无法筹集到足够赴俄的资金，加之到莫斯科的道路受阻，以至于留学苏俄之事终于化作泡影。看到包惠僧有些迷茫，上海发起组代理书记李汉俊要求包惠僧暂时留下来，参加上海早期共产党组织的教育宣传工作。

包惠僧除了协助杨明斋管理外国语学社，挑选准备赴莫斯科的留学生之外，参加了上海发起组成立的职工运动委员会对印刷工人、烟草工人、纺织工人的组织工作，以及对广大群众的宣传鼓动工作。

1921年5月1日，包惠僧与上海发起组的早期共产党员一道在上海天后宫举行了国际劳动节纪念大会。因为活动声势较大，法国巡捕房搜查了渔阳里六号。住在那里的人都搬走了，李汉俊有点慌，要求包惠僧到广州去当面和陈独秀商量：要么陈独秀回到上海来部署党的工作；要么把党的机关搬到广州去。

5月10日左右，包惠僧到达广州，住在大新公司旁边的昌兴街《新青年》杂志发行部（《新青年》被查封后，迁移到此处出版发行）。跟陈独秀见面以后，包惠僧把上海的工作情况以及李汉俊的意见告诉了他。

陈独秀思考了一下，说道："人杰根本不知道广州的情况，怎么能说一些不负责任的话呢？放下这里地理位置偏远，不合适作为全国共产党组织的联络位置不说，无政府主义者也会把共产党的名声搞臭。我也不能马上回去上海。我不仅担任教育委员会委员长，我还要在这里宣传马克思主义。"

"可是，人杰的想法，你也不能不考虑呀。"包惠僧说道。

陈独秀当然需要考虑李汉俊的想法。共产党组织刚刚发动起来，形式又是如此松散，自从维经斯基离开后，没有任何经济来源，上海的日子很不好过，难免李汉俊会有一些想法。可是，自己在广州，日子一样很不好过呀。干共产党，哪有那么顺当的事情呢？陈独秀决定写一封信，要李汉俊把能做的工作都做下去，实在做不了的工作，先放下来，等一个时期，维经斯基回去了，迟早会回到中国。也正是受了这件事情的刺激，陈独秀愈发认识到必须尽快召开全国代表大会。

在陈独秀的指导下,广州这边开办了宣传员养成所,专门进行社会主义教育。陈公博担任宣传员养成所所长,谭植棠、谭平山、刘尔崧、杨匏安等几乎所有共产党员都去当起了教员。社会主义青年团、马克思主义研究会都需要人手。原先,打从俄国来的斯托扬诺维奇和别斯林为了组建广州共产党,一直在施以援手,维经斯基离去之后,斯托扬诺维奇和别斯林亦跟着回俄国,造成人员欠缺。

而且,要筹备全国代表大会,有许许多多事情必须做在前头。正是用人之际,先把包惠僧留在广州,帮助广州共产党早期组织做一些事情吧。

由此,包惠僧留在广州,担任《广东群报》撰述,以及宣传员养成所学监。

包惠僧后来回忆这段经历时说:"我与陈独秀的关系就是在这段时间建立起来的。这两个月我们几乎天天见面。我很尊重他,我们都喜欢彼此的性格。我是读书人,他好比是书箱子,在学问上我受他不少影响,他俨然是我的老师,每次谈话都如同他给我上课,我总是很认真地思考他的话。"

陈独秀之所以决定派包惠僧参加会议,是希望他在全国代表大会闭幕之后,立刻返回武昌,肩负起武昌共产党组织的领导责任,从此彻底打消到俄国留学的念头。至于另一位代表人选,陈独秀暂时没考虑好,准备召集整个广东共产党早期组织成员,让大家集体讨论决定。

接下来,陈独秀开始考虑怎样召开全国代表大会了。成立全国性的马克思主义政党,首先得有统一的党纲政纲。在发动成立上海共产党早期组织的时候,上海的同志们曾经制定了一个粗略的党纲,并且在后来拟定过一个《中国共产党宣言》;与李大钊、李汉俊、李达等人函商准备召开全国代表大会的时候,陈独秀又要求沈雁冰翻译《俄国共产党章程》,以作参考。这些显然不能完全适用于即将成立的全国性共产党组织,需要增加一些新内容。

增加一些什么新内容呢?陈独秀不能主持大会,但必须提供自己的思路。

眼下,各地共产党组织的成员全部加起来,也仅仅只有五十多个人,未免太少了,得放手发展壮大共产党组织。这一点,是顶顶重要的。

其次呢?陈独秀的耳朵里似乎响起了李汉俊刺耳的声音。这个李汉俊,中国共产党只不过是襁褓中的婴儿,连全国代表大会都没召开,嚷嚷要搞地方分权,根本不懂得幼小的共产党组织最需要的是中央集权制,只有在中央的集权领导之下，各地共产主义运动才有统一的行动方向，能得到较好的发展。不过，李汉俊并没有说错，集权制会产生权力崇拜。这是万万要不得的。那么，应该如何限制集权制可能产生的权力崇拜呢？集权仅仅只是指中央集权，而不是个人集权？是的，应该是这样，在任何时候，都不应该有个人集权存在，要彻底铲除产生个人集权的温床。要达到这个目的，遇事必须召集大家在一块儿商量，按照少数服从多数的原则，集体决定所有重大的事情。这是中国共产党的组织原则。有了这个原则，中国共产党在任何时候，都能确保是马克思主义的政党，是革命的政党，不会因为个别领导人的原因，而把这个组织带到邪路上去。

继而，得强调党员纪律。一个有战斗力的政党，需要用严格的纪律来约束每一名党员。可是，制定什么样的纪律呢？陈独秀一时间想不出来，给参加会议的各位代表提供一个参考，让他们沿这个思路提出各种具体的措施和方法吧。

马克思主义强调的是发动民众，进行社会革命，渐次达到无产阶级专政。这一点，任何时候都不能忘记，更不能违背。检验中国共产党是不是真正的马克思主义政党，只需要根据这一点，即能做出准确判断。换言之，它是真正的试金石，真假立试可辨。要发动群众，必然要有发动群众的口号和方法；要夺取政权，也得有夺取政权的准备。这一切，都应该成为大会关注的重点。

陈独秀一边思索，一边列出了四点意见。刚要松一口气，包惠僧敲门进来了。陈独秀拿起张国焘写来的信件，递给他看了，然后把自己四点意见递过去，说道："我准备派你做代表，去上海开会，把这四点意见带到大会上去，要求各位代表按照这四点意见展开认真的讨论，制定出我们的党纲和政纲。"

包惠僧惊讶地问道："陈先生不回上海吗？"

陈独秀说道："第一我不能去，至少现在不能去，因为我兼大学预科校长，正在争取一笔款子修建校舍，我一走款子就不好办了。第二可以派你和另一个代表去出席会议。第一次全国代表大会尽管是一件大事，不一定非得我回去主持不可。有鹤鸣，有特立，有润之，还有其他各地的代表，一定可以开得很成功。"

包惠僧却不这么想。他觉得,是陈独秀率先在上海成立了共产党组织,然后通过派人或者用通信联系的方式,要求其他各地的先进分子相应组建共产党小组,召开全国代表大会,少了陈独秀,必然会失去意义。但他无法说服陈独秀。

随后,陈独秀准备给李达、李汉俊他们写一封信,告诉他们自己不能回上海的理由,并希望大会按照他提出的四点意见展开讨论;也打算给太太高君曼写一封信,嘱咐她给予大会应有的帮助和关心。在写信过程中,陈独秀让包惠僧去找陈公博、谭平山、杨匏安等人,把他们带去谭植棠的家,说自己随后就到,大家在那儿商量应该派谁跟包惠僧一起去上海参加会议。

陈独秀很快写好了两封信。他从抽屉里找出两个信封,在上面各自写上收信人的名字,把信放进去,把封口封好了,然后带上信,去了谭植棠的家。

给李达、李汉俊以及各地代表的信件中,提出四点意见,希望会议郑重地讨论:一曰培植党员;二曰民主主义之指导;三曰纪律;四曰慎重进行发动群众。政权问题,因本党尚未成立,应俟诸将来,而先尽力于政治上之工作。

其时,谭平山、陈公博、刘尔崧、杨匏安等广东共产党早期组织成员已经全部到位,正兴高采烈地相互交谈着。陈独秀一进去,立即公布了张国焘写来的信件,引导大家讨论应该向召开全国代表大会提出一些什么想法,嘱咐包惠僧把大家的意见记录下来,到了上海之后,连同自己的四点意见,一并提请大会讨论。

最后,他说道:"因为我不能出席全国代表大会,想请包惠僧代替我去一趟上海,等开完会之后,他直接回武昌按照大会的决议展开工作。广州这边,请大家商量一下,再选一个人去参加大会。其他各地共产党早期组织的代表已经陆续到达上海,我们的动作慢了半拍。人选一经确定,必须马上动身,越快越好。"

这一下,众人都闷声不响了。他们纵使都希望去上海参加会议,可是,时间太过仓促,大家各有自己的工作,一时之间,哪里走得开?怎么办?总得有一个人去参加大会。谁去参加?众人议论了好一会儿,确定不了人选。

陈独秀一见,提出了解决办法:出席第一次全国代表大会的人选,一定要对广州各方面的情况都非常熟悉非常了解,能够到大会上提出广州方面的意见；至于工作上的事情，可以交给其他同志完成。

根据这个标准，众人把去上海的人选锁定在陈公博身上。因为他担任宣传员养成所所长，又是《广东群报》主编，最熟悉广州的情况；至于陈公博的工作，在他离开广州期间，可以由谭植棠等人分担。

陈公博很乐意去上海参加会议。不过，他可不是真的为了信仰与使命，主要是由于不久前娶了一位漂亮太太李励庄。李励庄温柔多情，很会讨陈公博喜欢。陈公博非常爱她，只要自己做的事情，不管能不能告诉外人，他都要告诉李励庄。知道陈独秀和李大钊等人酝酿召开第一次全国代表大会的消息，他告诉了李励庄。李励庄想到自己从来没有去过上海，现在有了机会，很想去上海玩一趟。陈公博怎能拂拗了太太的心意，一旦成为广州方面的代表，心里就乐开了花。

人选一经确定，陈独秀马上对包惠僧和陈公博说道："既然已经确定你们两个去参加大会，你们应该快点动身，不要让上海那边久等。大家说的意见，你包惠僧已经记录下来了，在大会上，一定要把它说全。"

散会之后，陈独秀把自己写好的信件连同提出的四点意见，一同交给了包惠僧，说道："确定了动身日期，不必再来告诉我，径直去上海。"

包惠僧领了陈独秀的命令，匆忙和陈公博一块儿告辞而去。为了赶时间，包惠僧准备去买船票，嘱咐陈公博快点回去安顿一下太太，火速来跟他会合。不料，陈公博要带着太太一同去上海，让他先走一步，说自己随后会赶到上海。包惠僧一愣，瞪大眼睛盯着陈公博，好一会儿都说不出话来。

"这么看着我干什么？"陈公博解释道，"女人家出门，总是要麻烦一些。为了赶时间，你快点去上海报到不是更好吗？"

包惠僧不能不认为陈公博说得有理，跟他约好了在上海碰头的地方，自己买好船票，按时搭乘轮船，踏上了去上海的旅程。

到达上海的时候，已是傍晚。包惠僧下了船，搭乘一辆黄包车，径自来到渔阳里二号。他敲开门，看见王会悟站在自己面前。

一看到包惠僧，王会悟立刻满脸笑容，说道："你们终于来了！"

李达和李汉俊正在《共产党》月刊编辑部商议事情，听到动静，赶紧走了出来，一看到包惠僧，马上欢叫道："真是盼星星盼月亮，总算把你给盼来了。"

高君曼听到说话声，优雅地走下了楼梯。包惠僧赶紧迎上前去，说道："陈太太，陈先生在广州有事情要处理，不能回来。"

他从口袋掏出两封信，看了看，将陈独秀写给高君曼的信递了过去。

李达、李汉俊尽管事先已经知道陈独秀有可能不会回来，可是，当张国焘写信对陈独秀说清了李大钊不能抵沪的原因，心里仍然盼望着陈独秀能够改变初衷。现在，奇迹没有出现，二人不由得仍然很失望。

包惠僧把陈独秀写给李达、李汉俊他们二人的信顺手递给李达，和大家一块儿在客厅里坐了下来，对他们说起了陈独秀不能回到上海的原因。

既然陈独秀回不来了，不要再做指望。各地代表到得差不多了，应该迅速确定召开大会的具体时间以及议程安排。马林和尼柯尔斯基几乎每一天都会要张国焘去跟他们见面，询问张国焘会议到底什么时候才能开幕。显然，马林和尼柯尔斯基对筹备全国代表大会的情况很不满意。为了照顾两位共产国际代表的情绪，也应该尽快决定下来。李达、李汉俊心里同时想。

跟李达、李汉俊、高君曼谈了很久，当天晚上，包惠僧住在了渔阳里二号。

从李达和李汉俊那儿，包惠僧知道，各地代表来到上海之后，相互说起了各自所在共产党早期组织开展工作的情况。他离开武昌半年多了，武汉共产主义研究小组在董必武、陈潭秋等人的领导下，工作干得比以前更加活跃。他备感欣慰之余，也对自己的离开感到遗憾，很希望马上见到董必武和陈潭秋，也希望马上见到从其他各地来的代表，一夜辗转反侧，怎么都睡不着。

天亮时分，包惠僧总算睡着了，却被李达和一个陌生的声音惊醒。两个人的声音都很大，而且越说越激动。包惠僧听不清他们到底在说什么。偶尔，他还听到了高君曼和王会悟的声音。他摸索着穿好衣服，走下楼梯，来到了客厅。

王会悟、高君曼、李达正坐在那儿和一个陌生人说话。看到包惠僧，李达马上微笑向那个陌生人介绍道："这位是包惠僧先生，陈先生从广州派来的代表。"

紧接着，李达把陌生人介绍给包惠僧："这位是特立，北京小组的代表。"

张国焘这几天真是不胜其烦。几乎每一天，马林都要张国焘过去见他，催问各地代表是否到齐，陈独秀什么时候才能回到上海，会议什么时候才能召开，会议的筹备工作做得怎么样了。张国焘不能不悉心地回答他提出的每一个问题。昨天晚上，张国焘又和马林见面了。马林再一次催问广州代表到了没有，陈独秀到了没有。跟以前不同的是，马林语气更加咄咄逼人，态度更加专横，似乎广州代表和陈独秀没有回到上海，是张国焘的错误，也是全国代表大会筹备组的错误。

确实，马林越来越不耐烦了。来到中国以后，马林知道陈独秀是一个很有影响的革命者，觉得中国共产党只有在陈独秀的领导下，才能唤起民众，很快发展壮大起来，一直希望尽快协助尼柯尔斯基把中国共产党早期组织的代表们发动起来，召开第一次全国代表大会，正式宣告中国共产党成立，并且让陈独秀担任党的总书记；殊不料陈独秀竟然把这么一件大事情当成了儿戏！广州即使有再多的事情要处理，难道不能为全国代表大会这件天大的事情让路吗？一个革命者，分不清什么才是最重要的，岂是一个好的革命者、好的领导人？马林越想心里越冒火。

马林不耐烦，张国焘心里更加着急。他不能不耐着性子，一个劲地在马林面前编织谎言，让马林高兴，自己的心里恨不得广州代表插上翅膀飞到上海。只要广州代表到了，可以不管日本留学生代表是否能及时赶到，先把开幕式开了再说。

跟马林谈到很晚，张国焘本想连夜赶来跟李达商议，可又觉得不便打扰李达夫妇和高君曼，好不容易挨到天亮，迫不及待地前来向李达诉苦。

一听说陈独秀特意指派的代表到达上海，张国焘禁不住欣喜若狂。广州代表终于到了，而且陈独秀没有回来，会议可以开始，他可以成为这次会议的中心人物。不过，张国焘得先让陈独秀指派的代表成为自己的支持者。初次跟包惠僧见面，得从他说话的语气处事的态度上，弄明白这是一个什么样的人。张国焘盘算一定，诚恳地请求包惠僧讲述陈独秀在广州做的事情。

这是一个很活泼的人，健谈而且又只会注重实际工作，对理论上的东西似乎并没有什么高深的理解。那么，用实际工作打动他吧。心念及此，张国焘赶紧祭出自己的法宝，向包惠僧讲述自己在北京开展的工人运动。

如此热烈地交谈了好一会儿，张国焘说道："鹤鸣，既然陈先生指派的代表已经报到了，我们可以正式确定会议的日期，向马林报告。"

李达说道:"陈公博也是广州代表,他应该已经到了上海,等一等他吧。"

一听陈公博的名字,张国焘马上想起了五四运动。在几乎所有北大学生都被爱国热情激励起来了、纷纷加入各种进步团体的时候,身为哲学系班长的陈公博却丝毫提不起兴趣;当五四运动如火如荼展开之际,陈公博一样没有积极投身到这股强大的爱国洪流之中去,而是躲在了宿舍,闷头看书。身为著名学生领袖之一的张国焘对他没有半点好感。现在,陈公博竟然是广州共产党早期组织派出的代表,着实令张国焘心里很不爽。像陈公博这样的人物,对全国代表大会真的会感兴趣吗?他能够提出什么有益的建议?能为中国共产党的事业扑下身子埋头苦干吗?可是,陈公博是广州共产党早期组织成员推选出来的,即使不是陈独秀先生提名,最起码,得到了陈独秀先生的认可。反对陈公博,置陈独秀先生于何地呀?张国焘不会做出这种事情,只有强烈地压下心头隐隐升起的不快。

张国焘把脸转向包惠僧,问道:"他为什么不跟你一块儿来呢?"

包惠僧把陈公博的话说了一遍。张国焘心里愈发对陈公博不满,微微摇了摇头,说道:"这个陈公博,开会带着太太来。他当是游山玩水哩!"

李达同样对陈公博如此做法有些反感,摇头微笑了一下,没有出声。

张国焘征求意见似的说道:"我们定在三天之后,正式召开全国代表大会,怎么样?那个时候,陈公博即使绕道香港,也应该会到达上海。"

李达心知张国焘跟马林打交道的难处,点头同意了他的提议。

开会的时间确定下来了,张国焘如释重负。他要赶紧把消息告诉给马林,起身便走,顺便把包惠僧带去博文女校。

两人进入博文女校的时候,已经报到的各位代表正簇拥在董必武居住的屋子里,愉快地说着话。一看到包惠僧走了进来,董必武、陈潭秋感到很有些惊讶。

张国焘热情地为大家做了介绍。众人赶紧要包惠僧坐下来,大家一块儿交流。趁此机会,张国焘找出一块芦席,拿到前面靠东边自己的房间,准备一有机会,好好跟包惠僧谈谈话。做完这些,张国焘跟大家打了一声招呼,急忙去见马林了。

见到了董必武、陈潭秋以及其他各地代表,包惠僧非常高兴,希望亲耳聆听各地共产党早期组织里所做的工作;可大家对来自广州的他更感兴趣,不断询问广州方面的情况,令他不得不压抑内心的冲动,悉心回答众人的提问。

得知陈公博很快会来到上海,毛泽东说道:"我认识陈公博。这个人在北大求学期间,是学哲学的,很有一些名气。"

刘仁静嗤之以鼻:"哼,我在坐牢的时候,他却悠闲得很。"

"任何人对革命的认识,都有一个过程。有的人认识得快,有的人认识得慢,这是客观事实,只可承认,不可强求。他能走到革命阵营,就是我们的同志。"毛泽东顿了一下,转换口吻,"只不过,他好像很有些浪漫,开会竟带着太太。"

"你说得太委婉了,他不是浪漫,而是根本没把开会当回事。"刘仁静说道。

众人纷纷议论的当口,陈公博已经带着太太李励庄,抵达了上海,住进大东旅社。他是7月14日晚乘坐客轮离开广州的,比包惠僧早动身了一天。不过,他不是乘坐直达上海的客轮,而是先到香港,再从香港转船过来的。在香港玩了一圈,又连续坐船,李励庄很疲倦,一入住旅社,往床上一倒,立马进入梦乡。陈公博怎么都睡不着,趁太太熟睡的机会,准备好好考虑一下怎么去见各地代表,自己应该提出一些什么意见,让张国焘看一看,自己比他更为能干。

在陈公博心里,一直对张国焘很不满。在五四运动期间,张国焘太爱出风头了,令他很看不过眼。因为父亲的关系,陈公博从小见识了许许多多革命者,不到二十岁已是同盟会老会员,乳源县议员。这份资历,岂是张国焘所能企及的?他都没有像张国焘一样表现自己,而是听从父亲的劝导,放弃所有笼罩在身上的光环,先考进广州政法专门学校读书,继而于1917年考入北大,成为北大学生,老老实实读书,低低调调做人。张国焘不过是依靠表现自己,成为学生领袖,受到李大钊先生、陈独秀先生器重,参与共产党早期组织,如今竟然受李大钊先生指派,先期抵达上海,主持大会筹备工作,陈公博心里岂能好受?

陈公博还没有理出一个头绪,李励庄苏醒过来了,吵嚷着要陈公博带她一块儿去逛商店。陈公博无法拒绝,刚到门口,要了一辆黄包车,竟然跟张国焘相遇了。

张国焘想不到陈公博竟然来得如此之快,稍微感到有点吃惊,说道:"刚刚听包惠僧说起你,没想到,你已经到达上海了。"

陈公博同样感到有些吃惊，说道："这么说，特立不是来看望我的了。"

"我可没有未卜先知的本领。我是到这里来会一个客人的。"张国焘笑道。

陈公博马上想起陈独秀告诉过他的一些情况，说是维经斯基来到上海之后，首先住在大东旅社。难道马林住在这里，张国焘是要去见他的吗？如果是这样，自己同样得去见一见这位共产国际代表，可不能让张国焘一个人占尽风光，说什么是什么，马上向张国焘打听起马林的消息来了。

李励庄可不管张国焘是什么人，陈公博是什么心思，催促陈公博快一点去商场。今天是不可能去见共产国际的代表了，可是，总得知道其他代表住在什么地方吧？陈公博从张国焘那儿得到了答案，带着李励庄登上黄包车，扬长而去。

第二天，陈公博睁开眼睛，轻轻喊了几声太太，不见她有一点动静，匆匆忙忙洗漱了一下，留下一张字条，出了旅社，叫上一辆黄包车，直奔博文女校而去。

黄包车在博文女校门口停了下来，陈公博下意识地向前面一张望，刚好看到一群人从楼上的屋子里走出来，他们一面说着话，一面顺着楼梯往下走。一个高大的身影像磁铁一样牢牢地吸住了陈公博的眼球。

毛泽东！他们一定是出席会议的代表。没错，是他们！张国焘出现在陈公博眼前。紧接着，陈公博看到了刘仁静和包惠僧。他们要去干什么？难道是要去另外一个地方开会吗？陈公博心里一惊，赶紧付了车钱，打发走黄包车车夫，向他们飞快地冲了过去。

"你们是要到哪里去？"陈公博一面狂奔，一面问，"怎么不告诉我一声？"

刘仁静不等众人说话，挖苦道："到大东旅社去告诉你吗？你带着太太来度蜜月，好不快活，惊扰了你和你太太的春梦，谁吃罪得起？"

听张国焘说出见到陈公博的经过，刘仁静马上想起当年自己坐牢、陈公博躲在宿舍里睡大觉的往事，心里异常愤怒，觉得陈公博不是一个马克思主义者，当场发了一通牢骚。眼下，当着陈公博的面，刘仁静更不会放过冷嘲热讽的机会。

"我是带着太太一块儿来的，好像我并没有耽搁什么事吧？你们有活动，总得告诉我一声嘛。"陈公博分辩道。

毛泽东连忙对陈公博说道："你不要多心。我们是北大暑期旅行团的成员，不能老是坐在家里，得出去旅行，是不是？特立觉得你跟你太太在一起，不便打扰，所以没有派人通知你，这是好意嘛。"

"是啊，我们是旅行，不是开会，怎么好打搅你。"包惠僧说道。

陈公博顿时放了心，眼见得所有的人都望着自己，倒不好意思起来了。

"已经来了，是回去继续陪太太，还是跟我们去逛一圈，说一说广州方面的事情呢？"刘仁静说道，"要知道，我们来了十几天，对其他各共产党早期组织的活动情形，都有所了解，唯有广东共产党早期组织的事情，没有人详细介绍。"

陈公博强作笑脸，说道："想必包先生应该已经简要说过一些广州方面的情形。陈先生能够在广州当教育委员会委员长，说明广州比其他各地都要进步。"

刘仁静赶紧打断了他的话："我并不认为那是一种进步。除了共产党，在其他任何政党的统治之下，都不可能有真正的进步。"

陈公博稍微一愣，问道："陈炯明一直支持陈先生，广东共产党早期组织由此得以成立并且站稳脚跟，难道不能说明广州进步吗？"

"北洋政府、各地军阀都不支持共产主义运动，我们的共产党早期组织却能在各地秘密发展起来，能说各地都是进步吗？"刘仁静说完，仰天大笑起来。

陈公博更加难堪了。众人马上截断了刘仁静的话头和笑声，吆喝一声，一块儿热热闹闹地出了校门，径直朝外滩方向走去。

对陈公博参加一大的整体情况，张国焘做出的评价是：陈公博对于陈（独秀）先生的主张并没有多加说明。他带着他的漂亮的妻子住在大东旅社，终日忙于料理私事，对于大会的一切似乎不甚关心。在一般代表心目中，认为他像是广州政府的一位漂亮的政客，而他所谈论的，也多是关于广州政局的实况。

刘仁静认为陈公博和周佛海是一个类型，不是专程参加全国代表大会的。

9. 周佛海姗姗来迟

周佛海走进法租界环龙路渔阳里二号大门的时候，张国焘正在《共产党》月刊编辑部里，跟李达最后一次敲定召开预备会议的事宜。

张国焘不能不小心谨慎，不能不把方方面面的事情反复落实到位，因为他已经告诉马林和尼柯尔斯基，今天下午将要召开预备会议。马林和尼柯尔斯基明确表示，他们可以不参加预备会议，但是，他们一定要出席第二天的正式会议，并发表重要讲话，为这次大会确定什么样的目标定下基调。如果不能如期举行会议，马林、尼柯尔斯基会怎么看待自己这些中国共产党人呀！

这段时间经常跟李达、李汉俊二人保持接触，张国焘已经完全摸清了他们跟陈独秀之间的关系，李汉俊提出的一些意见又跟他的想法相去甚远，张国焘打心眼里已经不再对李汉俊感兴趣，更多地是跟李达打交道。从各位代表讨论问题的情况来看，无论李汉俊提出什么想法，即使刘仁静不率先出口怼他，亦会有其他人马上跟他针尖对麦芒，毫不留情地进行反驳，经常搞得剑拔弩张。每当这时候，张国焘总是保持一副中立者的姿态，觉得应该说话了，这才恰如其分地说几句；不应该说话，一直闭口不言。

看到周佛海进来了，李达分外高兴，说道："我们正要召开预备会议，你及时赶到了。来得正是时候！全体代表到齐，预示着我们的党必定能兴旺发达。"

当李达将周佛海介绍给张国焘的时候，张国焘立马对周佛海产生了好感。这个人无论在形象还是谈吐方面，都有一股子洋派的风格，虽说跟毛泽东一样，来自湖南，但早已脱去了湖南的土气，跟毛泽东形成了鲜明的对比。而且，张国焘曾经听说过周佛海参加上海共产党早期组织的经过，以及陈独秀先生亲自给周佛海写信，要他跟施存统在日本成立共产党早期组织，这样一个受陈独秀先生器重的人物，张国焘岂能不把他当成可以依靠和联合的对象呢？因此，张国焘大有跟周佛海一见如故之感，热切地跟他攀谈起来。

三个人聊了好一会儿，敲定了下午开会的事情，张国焘准备带着周佛海去博文女校。李达把二人送到门口时，看到李汉俊从老远的地方走了过来。

李汉俊同样是为了下午召开预备会议的事,来找李达做最后一次沟通的。看到了周佛海,李汉俊脸上浮现出愉快的笑容,寒暄的话中充满了喜悦。李达一见李汉俊过来了,索性跟他们一齐朝博文女校走去。

到达博文女校,张国焘把周佛海引进自己居住的那间屋子,拿出一张芦席,挨着自己睡的那张芦席旁边安置好了,准备让周佛海先休息一会儿再说。

其他各位代表都知道这天下午要召开预备会议,全部聚集在董必武等人居住的那间屋子里,谈论会议安排。听到从前面传来说话声,大家一块儿站起身,浑身汗淋淋地走过去。李达、李汉俊、张国焘赶紧为大家相互做了介绍。

刚刚确定预备会议的时间,各路人马全部到齐,众人无不欣喜万分。

周佛海刚下轮船,本来的确很有些困顿,希望小憩片刻,以便恢复体力,看到了这么多前来参加会议的代表,精神一下子振作起来,睡意遁迹无踪。

接到上海发起组代理书记李达的通知之后,周佛海顾不得写信,火急火燎地跑去东京面见施存统,准备跟他一块儿回国参加会议。施存统是旅日共产党早期组织负责人,同样接到了李达发来的通知,原想亲自回国参加会议,见周佛海如此急不可捺地希望回去中国,考虑到自己已经受到东京警视厅监视,担心发生意外,不得不放弃回国的念头,让周佛海独自一人回国。

施存统是在1920年6月19日离开上海,启程赴东京留学的。

到达日本,施存统首先拜会了帮助他留学的宫崎龙介。对戴季陶委托的大小事情,宫崎龙介一直非常上心,看到施存统患有很严重的肺病,二话不说,首先带他去医院看了病,并且让他暂时居住在自己家里。7月份,施存统从宫崎龙介家里搬了出来,进入东京同文书院,准备先把日语学好,再去攻读经济学。

施存统确实有过人的语言天赋,哪怕在此之前从来没有学习过日语,到达东京半年以后,即到了1921年1月,他已经能翻译日文有关马克思主义以及社会主义的文章,寄回国内发表。日本政府机构对中国留日学生的关注程度,远远超过国人的想象,东京警视厅外事课无时无刻不在监视、调查任何一个中国籍学生。这是日本人获取有关中国各方面情报信息的一项重要来源。通过对中国留学生来往信件的追查，东京警视厅外事课查出施存统是极端反儒教忠孝思想的《非孝》一文的作者，认定他是无政府共产主义者，开始对他进行严密的监视。

1921年4月，在鹿儿岛第七高等学校读书的周佛海给施存统寄来两封信（一封写于19日，另一封为28日）。

在第一封信中，周佛海转达了陈独秀从广州传来的意见：昨日接独秀来信，曰与上海、湖北、北京各处同志协商，使我等两人为驻日本代表，联系日本同志，日人对我等团体之存在，多有不知，我等确应尽力。但我有两方面困难：一是明年要离开鹿儿岛，这一年间，我住在这偏僻的地方任何事也未做；二是我大学的志愿在京都，但与日本人的联系还是不方便。以上两个困难使得我徒有代表虚名，感到惭愧。请你转告陈独秀，因为你住在东京非常方便。

接受陈独秀的提议，施存统和周佛海于4月下旬建立了中国留日学生共产党早期组织。最初的成员只有他们两个，到第一次全国代表大会召开时亦没有增加。施存统回忆道：日本小组成立后，陈独秀来信指定我为负责人。

4月23日，日本警方通过严密的监视，做出了较为翔实的报告：施存统这一时期"与我国社会主义者堺利彦、高津正道、山崎今朝等交往，翻译他们著述的社会主义宣传杂志及其他印刷品，然后介绍给上支那内地人"，同时，施存统正与"在上海的社会主义者鹤某以及我国社会主义者一起商谈，考虑宣传办法。最近能否在上海召开这一秘密会议还不确知。但根据鹤某寄给同人的最近信中得知，目前施存统和日本社会主义人士正准备发行秘密出版物，然后把他们寄出"。

日本警察报告中所指的鹤某正是字鹤鸣的李达，上海发起组代理书记。李达是在1920年12月给施存统写信，介绍他去认识堺利彦的。此后，施存统亦与日本其他社会主义者取得了联系。关于"最近能否在上海召开这一秘密会议"，指的是1921年5月朝鲜、日本、中国的社会主义者在上海召开的一次秘密会议，主要内容是与第三国际（共产国际）联络以及接受资金支持。

事实上，施存统不仅翻译日本社会主义者的文章寄回国内发表，而且根据自己掌握的马克思主义知识，撰写了一些宣传马克思主义的理论文章。其中，1921年5月发表于《共产党》月刊第5号的《我们要怎么样干社会革命》可以称得上是他的代表作。在文章中，施存统首先阐述了中国革命的必要性和艰巨性，认为要想中国有希望，就"非实行共产主义不可"。继而，他阐明了中国革命的方法和策略，论证了无产阶级专政和领袖问题。在他看来，中国革命"要将政治革命和社会革命合拢来干。我们第一步就要把现政府推翻，自己跑上支配阶级地位去，借着政治的优越权，来改变经济组织……除此以外，再没有第二个方法"。中国革命的策略，是"由无产阶级、兵士、学生三角联盟成的直接行动"，即武装夺取政权。他之所以提出这种认识，在他看来，中国要实行社会革命，"最有力量的人，是无产阶级和兵士；然这两种人，现在都是无觉悟的，不懂社会主义的；要使他们有觉悟，相信社会主义，就非有觉悟的学生跑进他们团体里去宣传不可；等到无产阶级和兵士相信社会主义的多了，然后三者团结一致，利用机会，猛然干起社会革命来，把那个地方底政权夺在我们手中，凭借政权来建设社会主义的经济组织。据我所知，只有这个方法，才是最有效力的"。在无产阶级专政与领袖的关系方面上，他认为，"无产阶级专政，最初一定要事实上的领袖，这是不能否认的"。因为领袖的重要，正如生产需要专门家指导一样。但是，"领袖个人决无特权"，而只有"为主义牺牲一切"的人格和精神。"只有象列宁那样刻苦、牺牲、坚忍、温和、诚实……的人，才有做无产阶级领袖底资格。"

正是因为日本警察掌握了施存统与上海中国共产党早期组织有联系，并正在协同中国共产主义者与日本社会主义者取得联络，准备召开秘密会议等情报，对施存统的监视更加严厉。

1921年5月8日，施存统给上海《国民日报》副刊《觉悟》主编邵力子写信称："我近来每天都受到日本警察的骚扰，感到无可奈何。"

这封信被日本警察开了封，没有到达收信人手中，被日方当作证据截留下来，至今仍然被保存在日本外务省外交史料馆藏中。

在如此困难的情况下，施存统仍然希望秘密扩大组织。根据施存统的回忆：我在日本期间，和彭湃有见过几次面，也代表留日中国共产党小组和他作过一次长谈，彭湃强调的主张是：中国是农民占多数，中国革命要依靠农民，他对党是表示支持的，但跟党的意见不完全一致。他当时还没有加入留日中国共产党小组。

也许，如果彭湃不是因为接到祖母病危的消息，于5月中下旬匆匆忙忙离开日本，赶回国内，再做几次沟通，施存统很有可能把他吸收进共产党早期组织。彭湃离开之时，施存统写信把他介绍给陈独秀，彭湃在广州加入社会主义青年团，也有一些学者通过梳理各种能够找到的线索进行分析，得出结论：彭湃在这期间不仅加入了社会主义青年团，也秘密加入了中国共产党。

6月份，正是上海发起组写信给各共产党早期组织，要求各派两名代表参加全国代表大会时期，施存统受到了日本警视厅外事课的询问。

在日本警方询问他是怎么来到日本及其汇款的来历时，施存统回答说，戴季陶把他介绍给宫崎氏，在同人的尽力帮助下，能够住在现在的住所。目前上午专心学英语，下午学习日语和研究经济，准备考大学攻读经济学。他来日本后，家里平均每月寄来一百元学费，钱是经过戴季陶转交的。

回答日本警方质询他与日本社会主义者以及陈独秀等人的来往，施存统是这么说的：在日本除了宫崎龙介以外没有与其他日本人交往，同日本社会主义者一次也未联系过。胡适先生是我最崇拜的，陈独秀的思想言论我也佩服，但他现在是广东政府官员，而不是思想界人。我虽然研究马克思主义，但不是社会主义者，因而我没有做过宣传社会主义的事。

进而，施存统提出抗议：最近警察严密监视我的一举一动，使我难以忍受。

尽管施存统否认了与社会主义者有联系，但警察已经抓住了他和堺利彦等日本社会主义者以及陈独秀等中国共产主义组织联络的证据，没有相信他的话，也没有因此放松对他的监视。房东由此要求他搬到别处去住。

在这样的情况下，周佛海希望回中国去，施存统自然收回了回国参加会议的念头。也正是因为施存统与国内共产党早期组织之间的通信遭到日本警视厅外事课监视、查看，中国共产党第一次全国代表大会在李汉俊的家里举行最后一次会议时，有人闯进去，紧接着遭到法租界巡捕搜查，法国总巡捕把陈公博看作日本人，也许是日本警方通过拆看施存统的信件，把内容告诉给法租界巡捕房的。

日本警视厅总监在6月29日外务省亚细亚局局长的"外密乙第995号"机密文件中，提到在上海的中国共产党于明30日在上海法租界贝勒路（原名适卢），欲召开同党大会。该大会参加者的各地代表有北京、上海、广州、苏州、南京、芜湖、安庆、镇江、蚌埠、济南、徐州、郑州、太原、汉口、长沙等各学生团体及其他联合会会员，日本人亦有参加，眼下在探查中。

应该说，日本警视厅摸到的情况大体上是准确的，包括在什么地方开会都弄清楚了。只是，由于各地代表到达上海的时间太晚，会议推迟了二十多天。当然，苏州、南京、芜湖、安庆、镇江、蚌埠、徐州、郑州、太原是否真的派出了代表，又是什么性质的代表，迄今没有确凿资料可资证实。

大约在施存统去日本的同时，周佛海因为学校放暑假，从日本回到了上海。

周佛海为什么要回到上海，回到上海以后到底干了一些什么，又是怎么参加上海共产党早期组织的活动的呢？他在《往矣集》的《扶桑笈影溯当年》一文中有过详细的描述。在这里摘录如下：

民国九年夏天，决心回沅陵省母。

那晚得一到上海，便不能再往前进了。因为那时张敬尧督湘，我们的湘军，群起驱张，战事紧张，道路梗塞。

既然不能回家，打算到杭州去玩玩。动身之前，去时事新报馆访张东荪。他是《解放与改造》的主持人，我因为投稿的关系，和他常常通信。我到了报馆，他还没有到。后来东荪来了，却谈得非常投机。他们当时组织"共学社"，翻译名著，请我也译一本，我便担任翻译克鲁泡特金的《互助论》。到西湖住在智果寺，每日除译书、看书外，便和几个朋友划船、登山。

住了三个多星期，因为热不可耐，仍旧回到了上海。

到了上海，张东荪告诉我，陈仲甫要见我。仲甫本是北大教授，主办《新青年》鼓吹新思想，为当时的当局所忌，所以弃职来沪，《新青年》也移沪出版。有一天我和张东荪、沈雁冰，去环龙路渔阳里二号，去访仲甫。当时有第三国际代表俄人吴庭斯基（即维经斯基——引者注）在座。

维经斯基正是在那一次明确提出，希望以《时事新报》《星期评论》《新青年》的主笔为班底组织中国共产党。在此之前，张东荪已经多次参加讨论，一听这话，连嚷着说他以为这只是一个研究性质的团体，既然是组织共产党，恕不奉陪，麻溜地开了溜。周佛海没有跟他走，留了下来，愿意加入共产党早期组织。

个中缘由，在《扶桑笈影溯当年》一文中，周佛海明确地做出解释：

> 我为甚么赞成组织共产党，而且率先参加？第一，两年来看到共产主义和俄国革命的书籍很多，对于共产主义的理想，不觉信仰起来；同时，对于中国当时军阀官僚的政治，非常不满，而又为俄国革命所刺激，以为非消灭这些支配阶级，建设革命政府，不足以救中国。这是公的。第二，就是个人的动机，明人不做暗事，诚人不说假话，我决不隐瞒当时有个人的动机。当时所谓个人的动机，就是政治的野心，就是 Political ambition。在一高的时候，正是巴黎和会的前后，各国外交家都大出风头。所以当时对于凡尔赛，非常神往，抱负着一种野心，将来想做一个折冲樽俎，驰骋于国际舞台，为国家争光荣的大外交家。后来研究俄国革命史，又抱着一种野心，想做领导广大民众，推翻支配阶级，树立革命政权的革命领导者。列宁、特路茨基等人物的印象，时萦脑际，辗转反侧，夙兴夜寐，都想成这样的人物。

抱着个人的目的和野心，周佛海不仅没有随同张东荪一块儿走掉，而且随即参加了上海共产党早期组织发起的各种活动，一直到了暑假快要结束的时候，才不得不离开上海，回到了日本，在鹿儿岛第七高等学校继续学业。

这次上海之行，周佛海不仅加入了上海共产党早期组织举办的一些活动，成为这个组织的一员，而且结识了从日本学成归国的李达，通过李达热恋女友王会悟的介绍，认识了杨淑慧，最终闹出一段桃色事件。

施存统、周佛海两人相继去了日本之后，有了这两粒火种，陈独秀觉得共产党组织的火焰一定可以在日本熊熊燃烧起来，等待施存统安顿好了，立即给周佛海写了一封信，嘱咐他跟施存统取得联系，两人一块儿组建旅日共产党早期组织，从留日学生中吸纳具有马克思主义观念的人员，扩大这一组织，同时指定施存统为旅日共产党早期组织的负责人。

两人相距十分遥远，联系多有不便，基本上处于分散活动状态。尽管日本研究马克思主义、宣传马克思主义的气氛比中国要浓厚一些，而且中国的马克思主义者大多是从日本研究并吸收了马克思学说，走上建立共产党早期组织之路的，但因上面所说的原因，在中国共产党第一次全国代表大会召开之前，施存统没有发展一个成员进入旅日共产党早期组织。周佛海同样没有。

施存统没能发展一个人员，是日本警视厅外事课对他实施了严密的监视，以及他想要发展的对象有自己的想法，暂时不太认同共产党的主张，周佛海又是什么原因呢？他没有积极履行扩大共产党早期组织的使命吗？不，周佛海曾经回忆：回到鹿儿岛之后，除上课以外，仍旧是研究马克斯（思）、列宁等著述，和发表论文。同时，我想要领导群众，除却论文，最要紧的是演说。所以纠合十几个中国同学，组织了一个讲演会，每礼拜讲演一次，练习演说。当时同学都说我有演说天才，说话很能动人。我听了这些奖励，越加自命不凡，居然以中国的列宁自命。现在想起来，虽觉可笑，但是在青年时代，是应该有这样自命不凡的气概的。

自命不凡，只注意表象，不针对个人做实际工作，怎么能真心赢得拥护？

回到日本的周佛海一面研究马克思主义，一面跟杨淑慧保持通信联系。通过书信来往，爱情的芽苗一天一天长大。他渴望跟杨淑慧再一次相见。定下回国的决心后，他迫不及待地给她写了一封信，告诉她自己将要回国。

终于没有错过中国共产党成立的任何一次会议，周佛海心里暗自高兴。

看到国内各地共产党早期组织的代表都把目光聚焦到他身上，希望他说一说日本共产主义运动的事情，周佛海马上忘掉了疲劳，也顾不得休息了，充分发挥演说天才，滔滔不绝地倾倒自己在日本的见闻及其所作所为。

周佛海口若悬河，气象万千。众人都被他给迷住了，一直静静地倾听着。

突然，刘仁静质疑道："日本既然比中国更适应于传播马克思主义，日本的社会主义运动也比中国普遍，你又具有如此非凡的宣传能力，在留日学生当中发展共产党员，岂不是比国内更为方便，也更为有效吗？"

周佛海不由得愣住了：旅日共产党早期组织里面至今只有自己和施存统，两人都是在上海参与共产党发起组的活动，得以成为早期共产党组织里的一员，刘仁静这么一问，岂不是把自己置于难堪的境地吗？因为跟施存统是分头展开活动，他根本不知道施存统那边遇到了什么问题，也不知道施存统做了哪些工作。想了想，他想当然地说道："仅仅只有良好的环境因素是不够的，关键得看个人是不是能真心信仰马克思主义。我们正在努力地做这项工作。"

"是啊，环境固然可以陶冶人，但真正起决定作用的是内在因素。一个人在思想上如果不想认同马克思主义，是很难把他发展到共产党组织里面来的。"张国焘微微点了一回头，附和道，目的在于为周佛海解围。

"有了一种理论，必然继之以一种运动，才能广泛地发动民众，形成一种强大的力量。"毛泽东感慨地说道，"全国代表大会一旦闭幕，我们所有的共产党人，都必须在马克思主义理论指导下，放手发动群众运动，仅仅停留在书斋里作研究，在屋子里面作脱离实际工作的演说，肯定不可能发展壮大我们的组织。"

毛泽东尽管并没有直接说出环境因素跟内在因素的关系，但是，每一个人的心里都明白，这不仅是对周佛海的质疑，也是对张国焘的质疑。刘仁静立即鼓掌赞同。随即，众人纷纷发出一片赞同声。

张国焘立马承认自己考虑不周，赞赏了毛泽东的说法，随即转移谈论方向，说道："各位代表，人已到齐，下午要召开预备会议。现在，我们是不是应该提前做一些准备呀？"

董必武说道："准备工作确实做得不够，要做的事太多，你指哪些方面？"

张国焘说道："其他的事情，可以在预备大会上进行讨论。眼下最要紧的是，我们是不是应该有一个资格审查呀？"

众人似乎从来没有听说过这么一回事，心里都有些犯嘀咕，谁都不开口说话。

张国焘一见大家冷了场，连忙问道："难道大家觉得不应该有资格审查吗？"

李汉俊眉头紧锁，看着张国焘，问道："怎么进行资格审查？"

张国焘说道："每一位预备代表，都简单说一下自己掌握的马克思主义知识和参加组织工作的情况。然后，大家一块儿讨论，确定该代表具不具备资格。"

陈潭秋心直口快，马上质疑："各位代表都是各地共产党早期组织推荐过来的，不信仰马克思主义，不为马克思主义做实际工作，是不可能进入各地共产党早期组织的。这样做，纯粹是多此一举嘛！"

众人一听，认为很有道理：是啊，完全没有必要这样做嘛。

张国焘察言观色，一见众人都要赞成陈潭秋的意见，心里一沉，赶紧说道:"云光说得的确很有道理,可是,借此机会,让大家重新回味一下各自的经历,并且相互借鉴相互学习,难道不是很有意义吗?"

众人把将要附和陈潭秋的话压了回去。张国焘赶紧抓住机会,当仁不让地说起自己的信仰和工作情况。他那谦虚的态度和低沉的声音,再次博得了众人的好感,几乎每一个人都点着头,脸上露出赞许的神色。紧接着,李达、李汉俊、董必武等人一个接一个说出了自己的经历。不一时,轮到何叔衡了。

何叔衡说了好一会儿,众人都没有听明白。

张国焘一副好心肠地说道:"叔翁,你不妨简单一点,用一两句话表达出你的马克思主义修养和实际工作情况,看能不能得到大家的认可。"

何叔衡微笑道:"我绝对信仰马克思主义。我在湖南通俗教育馆当馆长期间,对原有的《湖南通俗报》进行改革,刊发了大量宣传新文化新思想的文章。"

张国焘并没有再说什么。等何叔衡介绍完自己之后,没发言的代表又一个接一个地说下去。

当最后一个代表说完最后一个字之后,张国焘扫视了大家一遍,说道:"每一位代表的情况都已经很清楚地展现在大家面前。根据上海发起组规定的接纳党组织成员的两条最基本原则,以及《中国共产党宣言》,对照各位代表的实际情况,大家看一看,在座各位是不是都有资格成为全国代表大会的正式代表呢?"

李达觉得张国焘很有点小题大做。他心里想,既然发出通知的时候,要求各地共产党早期组织自行选派两名代表出席会议,来到上海的人,必然都是正式代表,这有什么可讨论的呀?要是怀疑这个怀疑那个,首先受到怀疑的人应该是包惠僧!包惠僧不是广州小组的成员嘛,怎么能代替广州小组出席会议呢?因为张国焘改善了上海发起组跟共产国际正式代表的关系,李达对张国焘有一种本能的尊重和维护;又因为包惠僧是陈独秀指定的代表,李达也不好说什么,一直沉默不语。现在,他恍然大悟:张国焘这样做是针对毛泽东!

得为毛泽东和何叔衡做一些解释。李达准备说话了,谁承想周佛海比他更快。

周佛海并不知道张国焘曾经就何叔衡的问题提出过质疑，心直口快地说道："按照我的理解，何叔衡的工作是不是有点跟马克思主义者的要求不相干呀？"

刘仁静立刻接上了腔："是呀，马克思主义者不应该当统治阶级的官僚，更不应该连马克思主义基本原理和概念都说不上来。"

陈公博知道这天要召开预备会议，不敢再陪太太逛街购物，老早来到了博文女校。他依旧见不得张国焘，一见张国焘，不满情绪腾腾腾地从心里朝头上翻涌。张国焘名义上是责难何叔衡，实际上指向毛泽东嘛。陈公博接连朝毛泽东投去几个眼色；毛泽东好像没有看到，坐在那儿一动不动。

陈公博觉得如果自己再不挺身而出，张国焘必定会更加张扬，自己很有可能会成为另一个何叔衡，马上说道："看一个人的工作表现，不能仅仅看他是不是在当统治阶级的官僚，而是要看他个人到底做了一些什么。难道他当这个官僚，不能为宣传马克思主义做一些事情吗？"

刘仁静立马讥笑道："当着统治阶级的官僚，却能宣传马克思主义，你的逻辑太不符合逻辑了！"

这时，毛泽东开始说话了。

"你觉得，在统治集团之下当官僚的人，一定不可以宣传马克思主义吗？"毛泽东从刘仁静的目光以及理所当然的表情上得到了肯定的答复后，继续问道，"请你告诉我，统治集团之下的官僚，为了维护其统治地位，是不是既不会宣传马克思主义，又不会信仰马克思主义？"

刘仁静仍是那副神态，说道："这不是明摆着的吗？"

毛泽东依旧不动声色，只是改变了问法："也就是说，如果一个人在统治集团下做官僚，为了宣传马克思主义，信仰马克思主义，而被当局撤销了职务，你即使不觉得他是马克思主义者，也会承认他是在做宣传马克思主义的工作吧？"

刘仁静一愣，回答道："是的。"

毛泽东把目光转向张国焘，问道："特立，你觉得是这样吗？"

张国焘点头道："不错，像这样的人，必定是马克思主义者。"

毛泽东扫视了大家一眼，笑道："既然养初和特立都认同我刚才说的话，那么，何叔衡毫无疑问是一个马克思主义者。不错，他是在湖南通俗教育馆当馆长，《湖南通俗报》却在他接手之后，变成了宣传新文化新思想运动的阵地，刊发了很多宣传马克思主义的文章，给了湖南民众以很大的启迪，最终惹恼了统治者。当局以宣传过激言论的罪名，撤销了何叔衡的职务，取缔了《湖南通俗报》。"

众人纷纷点头称是。张国焘笑道："很好，既然大家对叔翁为宣传马克思主义做了一些实际工作没有异议，下午的预备会议，大家全都有资格参加。"

10. 预备会议以及与会代表疑云

1921年7月22日下午，天空中忽然滚过一阵阵惊雷。一块一块浓重的云彩，从四面八方，压向了中央的天空。一道道闪电劈开了浓重的云雾，发出嗤嗤的声响，时不时地照亮了被黑云紧紧遮住的天空。

这时候，来自上海、北京、武昌、长沙、济南、广州、日本的十三名代表已经聚集在张国焘、周佛海和包惠僧所住的那间屋子里。他们一个个面色严峻，坐在芦席上，翘首期盼着一个神圣时刻的到来，一项伟大事业的诞生（据刘仁静回忆，不是全体代表，只有张国焘、包惠僧、周佛海、他、李达等部分代表参加了预备会议，说是碰头会。也有代表，比如说陈潭秋，称之为开幕式）。王会悟搬了一把椅子，坐在走廊上，嘴里不住地磕着瓜子，一双敏锐的目光，不时地滑向远处，似乎要从这浓烈的迷雾里，探查出任何一丝不祥的痕迹。

张国焘心情更是激动。来到上海的这些日子里，不管他是否真的像别人想象的那样付出了艰辛，不争的事实是，是他的到来，缓和了中国共产党早期组织代表跟马林和尼柯尔斯基之间的关系，他亦由此成为一道与两位共产国际代表联系的桥梁；同时，通过一系列运作，几乎每一个与会代表都对他刮目相看。他拿得稳，尽管上海发起组代理书记李达、李汉俊都比他更加优秀，他却可以成为这次大会的主持人。不过，张国焘仍须小心谨慎，在王会悟前来找寻李达和周佛海的时候，决定以退为进，主动出击，私下里告诉李达，希望李达担任大会主席。

李达连忙正色道："特立，只有你能跟共产国际代表马林和尼柯尔斯基作有效沟通。召开第一次全国代表大会，无论怎么说，都需要他们给予一定的帮助与指导。虽说我不喜欢跟他们打交道，但是，我非常清楚，我们必须随时能跟他们取得联系。为了方便你跟他们之间的沟通，大会主席应该由你担任。"

"跟你们相比，无论从年龄还是资历上说，我都没有资格主持大会。理当由你或者人杰主持。你们需要我帮忙的话，我决不会推辞。"张国焘表面上依旧推辞。

李达说道:"特立,我们搞共产党,可不是凭年龄和资历,看重的是工作能力与实际效果。论工作能力,你在五四运动时期是著名的学生领袖之一,在北京共产党支部主抓工人运动,树立了一面旗帜;论实际效果,你是唯一能够跟马林和和尼柯尔斯基作有效沟通的人,主持大会,非你莫属。你不要再推辞了,下午召开预备会议,我首先提名你为大会主席。"

张国焘计谋得手。有上海发起组代理书记李达出面力挺,大会主席不用说,肯定是他张国焘的了。只要大会主席一当,到了选举中央领导的时候,自然会有优势。届时,恐怕他张国焘不想进入中央领导层,也由不得他了。

下午的筹备会议刚开始,极力抑制着激动的心情,张国焘缓缓地朝众人扫了一遍,说道:"同志们,经过将近一个月的精心准备,我们终于可以坐下来,正式商谈如何召开全国代表大会的事情了。在这里,我们首先应该对上海发起组代理书记鹤鸣先生和人杰先生付出的巨大努力表示衷心感谢。请他们二位主持这次大会,是实至名归的。"

李达马上打断张国焘的话头,说道:"特立,只有你能跟共产国际代表作有效沟通,而且,在筹备会议期间,你做的事情比我们多得多,你熟悉每一位代表,也熟悉每一件事情。大会主席必须由你来担任。"

包惠僧、周佛海、刘仁静、王尽美、邓恩铭不约而同地鼓掌叫好,董必武、陈潭秋、毛泽东、何叔衡、李汉俊跟着点头同意。只有陈公博心里对张国焘仍然有一些不满,但见大家都已经同意了,只有极不情愿地点了一下头。

似乎深恐张国焘会推辞一般,李达根本不给他说话的机会,随即说下去:"为了防止陌生人撞进来,今天的预备会议应该速战速决。眼下,既然已经推出了大会主席,请大会主席主持会议。"

张国焘首先发表了一通感谢呀、不胜惶恐呀之类的冠冕堂皇的谦虚话,紧接着,面孔一端,提议大家推荐两名代表作为记录人员,以记录大会上每位代表的发言要点以及讨论过程、大会通过的党章党纲与决议等内容。当大家都在心里权衡谁更有资格担负这项工作时,张国焘早已盘算妥当,很快提出了毛泽东和周佛海两个人选。众人稍微愣了一下,一致赞同。从大家的表情上,张国焘看得出来,几乎没有人不流露出赞赏他胸怀坦荡的目光。

继之而来的是确定大会议程。在此之前,陆续来到上海的各地代表介绍所在共产党早期组织的成立及其活动状况,讨论如何开好这次会议的时候,都提出过很多有益的意见和建议,总括起来,在会议安排方面,大致提出了这么四项议程:一是制定党纲和政纲,二是制定党章,三是确立今后的主要工作方针,四是选举中央领导机构。不过,这并不是最终的决定,马上要召开全国代表大会了,得以此为蓝本,在预备会议上把它正式确定下来。

经过一番激烈的讨论,大家觉得党纲和政纲里面的许多内容,跟党章是重复的,因而,不必另外把党章做一个议题展开讨论。为此,大家一致为第一次全国代表大会确定了三项议程:一是制定党纲和政纲;二是确立中国共产党今后的主要工作方针;三是选举中央领导机构。

最后是开会地点。哪怕共产国际代表马林明确说过,尼柯尔斯基接到的任务是自始至终都要参加会议,因此,他们必须参加会议,但是,李达、李汉俊、张国焘事先都没有告诉大家共产国际代表有这个要求,只是告诉过各位代表初步决定在李汉俊家里开会。在预备会议上,不管出于什么目的,身为大会主席,张国焘都得把这个问题提出来。他的话音刚一落地,立即引起了大家激烈的讨论。

原先不知道内情的其他十位代表乍一听到这个消息,谁都没有想到过要拒绝共产国际代表参加会议,他们首先考虑的是如何保证会议的安全。既然在博文女校容易惹人注目,不太安全,要走完全部议程,绝不是三两天可以了事的,如果会议一直在李汉俊家里开下去,一样会引起密探们的注意。因此,马上有人提出得多找几个地方,轮流开会,以策安全。

是呀,狡兔三窟,开一次会议换一个地方,不是可以令密探难以发现吗?众人绞尽脑汁,思考可以开会的地方,可是,思考来思考去,没人能跳得出李汉俊家、老渔阳里二号、新渔阳里六号、博文女校四个位置。把这四个位置仔细盘点一下吧。大多数代表住在博文女校,一旦这里落入密探的眼窝,很容易被一网打尽;老渔阳里二号和新渔阳里六号却一个是《新青年》编辑部(《共产党》月刊编辑部亦在老渔阳里二号),一个是外国语学社,都是半公开的马克思主义活动场所,且《新青年》编辑部和外国语学社因为遭到法租界巡捕房的搜查,都已经关闭,在这两个地方开会,更容易引起密探的注意。因此,这三个位置是不能当开会场所的。李汉俊的家,李公馆距离博文女校很近,从博文女校出来,到李汉俊家开会,用不了多少时间,碰到密探的概率自然少得多，且李汉俊哥哥的身份亦足以保证密探一般不敢随意打它的主意。不过，如果马林和尼柯尔斯基两个外国人经常光顾李汉俊家，被密探发现了，李公馆将会同样变得不安全。

其实，在邀请马林和尼柯尔斯基参加全国代表大会一事上，李达、李汉俊、张国焘已经有过共识：只请他们出席开幕式，其他的事情由张国焘去跟他们沟通。现在，既然这个事情已经揭开盖子，理应由大家一道做出决定。

李汉俊一想起马林那副趾高气扬、目空一切的样子，心里仍然充满了怒火，说道："实在找不到其他的地方，我们只有不请马林先生和尼柯尔斯基先生参加会议了，一切都由我们自己做主。"

在张国焘来到上海之前，李达不得不跟马林打交道，同样受了一肚子气。张国焘抵沪后，李达已经很久没跟马林打过照面了，心里依旧对马林耿耿于怀，打心眼里不希望再见到他。尽管共产国际还有一位代表尼柯尔斯基，但因语言不通，李达没法直接跟他打交道，只是看到尼柯尔斯基对马林言听计从，好像并没有自己的主张，以为尼柯尔斯基是马林的助手，连尼柯尔斯基的面都不愿意见。一听李汉俊的话，李达心里马上叫好，成立全国性政党，本来应该由中国人自己承办，共产国际只能站在道义上予以指导和帮助，不需要马林以共产国际之名包办，因不想继续跟马林把关系闹僵，不便公开说出，现在有了一个很好的借口，不仅可以取得众人的支持，也可以名正言顺地让马林不参加会议，立即点头赞同。

其他代表为了马林和尼柯尔斯基的安全着想，果然纷纷赞同李汉俊的提议。

张国焘心里很有些不舒服。要不是他在李达、李汉俊跟马林、尼柯尔斯基之间起到了缓冲作用，凭他的资历和声望，张国焘心里清楚，他是不可能担任大会主席的。在此之前，张国焘确实曾经跟李达、李汉俊达成过共识，并且以安全为名令马林打消了一直出席会议的念头，但说心里话，张国焘其实很希望能聚众多代表之力，让马林、尼柯尔斯基自始至终参加会议，以展示自己的能力。在预备会议上把这件事情摊在桌面上，不仅没能达成目的，反而使马林和尼柯尔斯基恐怕连开幕式也参加不了，张国焘心里暗暗有些着急，赶紧说道："你们的意见固然很有道理。但是，共产国际代表是来帮助我们的。无论如何，我们应该尽量给他们提供说话的机会。毕竟，我们从头开始,有许多东西需要向他们学习嘛。"

众人似乎被张国焘的一番话说中了心思,一个个陷入了深深的思索。

过了一会儿,董必武说道:"特立说得对,人杰和鹤鸣的意见也不能不考虑。我倒有一个两全其美的办法,明天晚上的开幕式,可以邀请马林和尼柯尔斯基先生参加,以后的会议精神,由特立单独向他们汇报,听取他们的意见,以保证共产国际代表能准确了解会议的实际情况,我们也能听从他们的指导。"

兜了一圈,事情又回到了李达、李汉俊、张国焘原先商定的轨道。

也许正是因为张国焘为了达成目的,经常处心积虑,不择手段,以及其他与会代表在回忆第一次全国代表大会时,由于这样那样的原因,对包括各地代表名单在内的许许多多东西要么语焉不详,要么前后矛盾,给这次会议留下了一些悬案,令很多党史研究人员、学者以及一班爱好者无论花费多少精力,都不能破解出来。其中,何叔衡是否从头到尾参加了第一次全国代表大会,至今仍然在党史研究界存在着不小的争议。

按照张国焘的说法:在大会召开之前,几位主要代表还会商过代表的资格问题;结果认为何叔衡既不懂马克思主义,又无工作表现,不应出席大会;并推我将这一决定通知毛泽东。他旋即以湖南某项工作紧急为理由,请何叔衡先行返湘处理。因此,后来出席大会的代表只有十二人。

这是张国焘数十年以后的回忆,到底是确有其事,抑或是他记忆不清,还是故意歪曲历史真相,恐怕至今都没有人能够说得清楚,也永远不会有人说得清楚。不过,张国焘身为大会主席,既然有这样的说法,而且,毛泽东也曾经说过一大代表只有十二个人,甚至连《中国共产党第一次全国代表大会》文件上都是这么写的,无论是为了证实它,或者证伪,或者迎合,许许多多党史研究人员或爱好者上穷碧落下黄泉,找到了许许多多证据,来支撑各自的论点。

毛泽东是1936年6月在保安对来访的美国记者埃德加·斯诺谈起参加中共一大代表大会的情况时,说出席大会的代表共有十二个人的。他的原话是:"在上海这次有历史意义的会议上,除了我以外,只有一个湖南人。其他出席会议的人有张国焘、包惠僧和周佛海。我们一共十二人。"

一些党史研究人员或者党史爱好者把毛泽东的这句话与张国焘的回忆结

合在一起，认为毛泽东所说的湖南人不可能是何叔衡，而是李达，为此，何叔衡尽管到过上海，并没有自始至终参加会议，应该把他从一大代表名单中剔除去。

他们确实有些想当然了。针对这一点，笔者可以说，毛泽东所言只有一个湖南人，指的是何叔衡。因为毛泽东明知道周佛海是湖南人士，但并没把他算作湖南人，同样知道李达是湖南人，能把李达算进去吗？毛泽东的实际意思是湖南代表。李达是上海共产党早期组织代表，周佛海是旅日共产党早期组织代表。

而且，笔者可以找出数位一大代表的回忆，来支撑这种说法。

头一个，毛泽东在1969年党的九大开幕式上，一一列出了十二名代表的名单，其中包含何叔衡："第一次代表大会，只有十二个代表。现在在座的还有两个，一个是董老，再一个就是我。有好几个代表牺牲了，山东的代表王尽美、邓恩铭，湖北的代表陈潭秋，湖南的代表何叔衡，上海的代表李汉俊，都牺牲了。叛变的，当汉奸、反革命的有陈公博、周佛海、张国焘、刘仁静四个，后头这两个还活着。还有一个叫李达，在早两年去世了。"

陈潭秋1936年在莫斯科写的《中共第一次大会的回忆》一文中提到一大代表有哪些人时，写道：湖南长沙的共产主义小组的代表毛泽东、何叔衡；武汉共产主义小组的代表为我和董必武；山东济南的代表王尽美和邓恩铭。……北京的代表是刘仁静，后来成为托洛茨基派，被党开除了党籍……广东的代表为鲍怀琛，后变为叛徒，向国民党投降了。代表日本的中国学生及侨民的为周佛海，现在国民党的著名领袖之一，……除了上面所指出的九人以外，还有代表北京的张国焘，代表上海的李汉俊、李达。……广东第二个代表是陈公博，他在陈炯明暴动反对孙中山时，帮助了陈反对孙中山。

董必武1937年与尼姆·威尔斯（埃德加·斯诺夫人，此名系埃德加·斯诺为夫人起的笔名）谈话时说：我参加了1921年7月在上海召开的第一次代表大会。每个省派出两个代表，从日本回国的学生派一个代表——周佛海，他后来叛变参加了国民党。湖北省派陈潭秋和我。湖南派何叔衡和毛泽东。北京派张国焘和刘仁静，刘仁静现在是一个托洛茨基分子。上海派李汉俊和李达……广东派陈公博和包惠僧……山东派邓恩铭和王尽美——后来这两个人都被杀了。

李达则于1955年回忆出席一大代表人员时说：6月下旬，到达上海开会的各地代表共十二人：长沙——毛泽东、何叔衡。武汉——董必武、陈潭秋。上海——李达、李汉俊。北京——刘仁静，张国焘。济南——王尽美、邓恩铭。广州——陈公博。东京——周佛海。

周佛海《往矣集》里说：广东代表是公博，北京是张国焘、刘仁静，长沙是毛泽东和一位姓何的老先生，汉口是陈潭秋、包惠僧，上海是李达、李汉俊，济南是谁记不清了。丁默邨虽然不是代表，却是C·Y（共产主义青年团）的活动分子，也在上海。我便算是日本留学生的代表。

在这么多与会代表的回忆里，都有何叔衡的存在，没有确凿证据，如何推翻？于是，一些党史研究人员或爱好者开始寻找文献资料当证据了。他们找到了《中国共产党第一次全国代表大会》。

《中国共产党第一次全国代表大会》与《中国共产党第一个纲领》《中国共产党第一个决议》，是1957年由苏共中央移交给中共中央的，原文是俄文。1958年，中央档案馆把这三份文件译成中文，刊登在中央办公厅秘书局编辑的《党史资料汇报》上，送董必武审阅。董必武对这些文件及有关资料进行对照研究后，于1959年9月5日给中央档案馆复信说：这三个文件虽然是由俄文翻译出来的，在未发现中文文字记载以前，我认为是比较可靠的材料。

觉得它们比较可靠，而不是完全可靠，除了它们是从俄文翻译过来的之外，恐怕还有一个原因，上面既没有落上时间，也没有作者。关于与会人员，《中国共产党第一次全国代表大会》一文里写道：参加大会的有十二名代表，他们来自七个地方（包括上海），两个地方各有一名代表，五个地方各有两名代表。

由此，那些党史研究人员或爱好者判定，各有一名代表的两个地方正是日本和湖南，何叔衡确实中途打道回府了。

为了证明他们的论点成立，那些党史研究人员或爱好者必须找到一些其他的证据。他们找到了。其中便有董必武在1929年12月31日写给何叔衡的回信：

叔衡同志：

二十六日的信，今日午后接到一张欠资的通知后，才往邮局去取来，照你所约"五日"之期已赶不及了，幸而有张同志之便，免得又经邮局周转，耽搁时日。不过关于第一次代表大会，我已记不甚清，只能尽可能的写出来，供你们的参考。

一、大会在一九二一年七月（？）在上海开会。

二、参加会的有北京代表张国焘、刘仁静（刘现为反对派），上海代表李汉俊、李达（二李早经开除出党），广东代表陈公博（早经开除）、包惠僧（一九二七年脱党），湖南代表何叔衡、毛泽东，湖北代表陈潭秋、董必武，山东代表（姓名忘记了），留日代表周佛海（早经开除）。此外有两个国际代表，其一是马林（荷兰人，听说也是反对派一分子），另一个人的姓名忘记了。

三、议事日程中有职工运动，对别党的关系，和在政府做事务官等问题，都有争论。职工运动有的主张职业组合，有的主张产业组合，决议是产业组合（谁是怎样的主张，记不清楚）。与别党的关系，有人主张共产党员必须与其他政党脱离关系；有人主张共产党员非得到党的许可，不可兼充其他政党的党员；决议是不准党员跨任何党籍。关于在政府做事务官的问题，有人主张绝对不允许，有人主张得党部允可才可做事务官，决议是绝对不允许。后面两个问题，大约是上海方面的代表和决议案的精神不甚一致。

四、会场是借李汉俊的住宅，开到最后一次会议的时候，忽被侦探所知，未及成会，李寓即被搜检。隔了一日，我们到嘉兴东湖（应是南湖——引者注）船上将会开完。

五、大会没有宣言，只向国际做了一个中国情形的报告。报告是李汉俊和董必武起的草，经大会讨论通过（这份材料不知国际还保存着没有）。

以上是我能记着的。国焘同志还能记得许多，请问问他，当更知道详细点。

此致

革命的敬礼！

弟 必武

十二月三十一日

董必武写这封信的时候正在莫斯科列宁学院英文班学习,何叔衡在莫斯科劳动大学(前身为中山大学)学习,张国焘则是到莫斯科参加中国共产党第六次全国代表大会以后,在那儿滞留了两年多,大部分时间用于阅读,也会做一些其他事情,包括到劳动大学去讲课。在张国焘的讲课中,谈到中国共产党第一次全国代表大会的情况,明确地说:"当时到上海开会的有十一位代表。上海是李汉俊、李达,北京是张国焘、刘仁静,武汉是董必武、陈潭秋,湖南是毛泽东,广东是陈公博、包惠僧,山东是王尽美、邓恩铭,日本是周佛海。"把何叔衡排除在外。何叔衡大约是听了张国焘的讲课以后,感到有些不对劲,或者说忘记了这些事情,便写信询问董必武的。何叔衡在写给董必武的信里到底是怎么说、怎么问的,如今已查找不到。从董必武的回信里,那些党史研究人员或爱好者认为,这可以证实何叔衡没有参加第一次全国代表大会。在他们看来,理由非常简单,董必武的回信从第一次全国代表大会正式召开直至结束的全过程、参加会议的代表、会议中发生的争论,大体全都介绍了,一定是何叔衡没有参加过这次会议,这才问得如此详细的。他们既对董必武在信中把何叔衡、毛泽东两个名字并列为湖南代表视而不见,又在搞不清楚何叔衡到底是在什么情况下询问董必武,是怎么问的,武断地作出何叔衡未参加会议的结论,实在贻笑大方。原因很简单,即使不认识何叔衡三个字,也不知道何叔衡是在听了张国焘的讲课以后,不认同他的说法,找董必武求证,难道何叔衡忘记了一些事情,想从董必武那里得到提示不行吗?须知,董必武在这封信里同样说到他已记不甚清。

还有一些党史研究人员或爱好者意识到了这个问题,从另一个角度得出何叔衡没有参加一大的结论:如果何叔衡真的出席了一大,他自己可以判断出张国焘到底讲得对不对,没有必要给董必武写信去核实。

也许,他们觉得这样的结论确实经不起推敲,又寻找了一些其他证据:

其一,刘仁静回忆一大时说,"湖南有两个人,即毛泽东、何叔衡。何叔衡有没有参加完会议,我记不清了。张国焘在回忆录里说,他不够代表资格,就借故叫他提早回去了。我那时年纪小,有的事我不知道"。他们认为,这是刘仁静委婉地表示对张国焘说法的认同。此说的荒唐之处,无须辩驳。只想问一句,他们是否想过,除张国焘之外,其余十几个代表,没有任何人回忆过有资格确认这一说法,何叔衡是如何不够资格的呢?

第二，回忆何叔衡参加了一大的几位代表，都没有记述他的活动情况。即使包惠僧说何叔衡肯定参加了一大，而且，毛泽东与何叔衡坐在一起，都在他的对面，也被他们认为这是涉及包惠僧个人利益的重大问题，不足采信。

第三，谢觉哉的日记记载何叔衡与毛泽东同时离开湖南，但没有记载他们同时返湘，亦可以证明何叔衡未出席一大。他们认为，谢觉哉7月1日至8月16日没有写日记，这是刻意回避毛泽东与何叔衡是否一同返回湖南。

第四，1921年8月11日，毛泽东在上海拜会过给文化书社作信用担保的泰东图书局经理赵南公，何叔衡并没有同行，居然因此认定何叔衡早已离开上海。

第五，胡华在1950年3月出版的《中国新民主主义革命史》（初稿）一书中说，"到会代表有毛泽东、董必武、陈潭秋、王尽美、邓恩铭、李汉俊、刘仁静等"。这个观点得到了陆定一、胡乔木、胡绳、叶蠖生等有关领导和同志的认可。他们认为，里面提到了脱党的李汉俊和成为托派的刘仁静，可没有提及已经牺牲的何叔衡，证明何叔衡没有参加一大。但实际这本书也没有提到李达。

根据张国焘的回忆挖出何叔衡没有参加完一大以后，一些所谓"党史研究人员"或"爱好者"完全无视张国焘回忆里只是说要毛泽东通知何叔衡返回湖南，以及其他与会代表（包括毛泽东本人）的回忆，进而甚至提出毛泽东同样没有参加完一大的谬论。

对此，更加不值一驳。引用李达对一大的回忆来说明毛泽东是如何的与众不同：毛泽东同志在代表住所的一个房子里，经常走走想想，搔首寻思。他苦心思索竟到这样的地步，同志们经过窗前向他打交道的时候，他都不曾看到。有些同志不能体谅，反而说他是个"书呆子""神经质"，殊不知他正在计划着回到长沙后如何推动工作，要想出推动中国革命事业发展的办法。毛泽东同志后来做全党领袖，在这时已露了端倪。

博文女校校长黄绍兰的女儿黄允中后来的回忆，更能给读者增添一点情趣："毛泽东来的时候，我只有七岁，那时我和母亲都搬到楼底下住，我母亲不许我上楼去打扰他们，但那时我还不懂事，有时还偷偷上楼玩。记得我有一次走到毛主席住的房间里，毛主席叫我小妹妹，摸摸我的头，还给我吃糖。"

包惠僧是否参加以及用什么身份参加第一次全国代表大会，同样引起争论。

1957年3月18日，李达在《关于包惠僧的代表问题复中国革命博物馆信》中，把包惠僧剔除了正式代表名单："包惠僧并不是由地方党组织推选到上海出席的代表。包惠僧当时是武汉小组的成员，武汉党组织的代表是董必武、陈潭秋，包惠僧也到了上海，也住在大会代表的寓所，7月1日晚开会的时候，包也随代表们开会去了，代表们也没去拒绝他，这是事实。"

刘仁静在1979年接受党史专家邵维正的访问时说道："包惠僧是参加了会，但不是代表。包惠僧自己说他是广东的代表，我没有这个印象。我记得他是串门参加会的。党的一大没有正式手续，也没有区分谁是正式代表，谁是旁听列席代表。所以，包惠僧来参加会，也没有人不同意。"

作为广州代表的陈公博同样不认同包惠僧的身份。他说："七月初旬法专和高师都放了暑假，我和我的太太由香港转上海。我们住在大东旅馆，各代表也有住在博文女学的，也有住在别处的。周佛海、李鹤鸣、李汉俊、张国焘、包惠僧，都在那时认识，而毛泽东则因为在北大图书馆办过事，可以算是比较熟的朋友。"

包惠僧则在回忆广州共产党早期组织选派出席大会代表时，言之凿凿地说："开会时陈独秀把上海方面的来信大意讲了一遍，他表示同意召开全国代表会议，但他不能回上海参加。他接着又说：每个地区须派两个代表出席会议，广州区派包惠僧、陈公博两人为代表，会开完后惠僧仍回武汉工作。在党的初期，陈独秀对党就有点家长统治作风。但同志们都以师友的关系尊重他，不愿违拗他的意见。于是我们即由广州动身到上海，出席党的第一次全国代表大会。"

11. 开幕式及各地工作报告

  1921年7月23日，在朦胧的暮色中，一些游客或是单独，或者三两个人在一块儿，一边说着话，一边朝坐落在望志路和贝勒路交叉口的一幢青红砖相间砌成的石库门房子走去。这幢房子正是李汉俊的家——李公馆。

  那些游客当中，有穿长衫的，有穿对襟纺绸白上衣的，有穿西式衬衫结着领带的，有留八字胡的，有络腮胡子的，有教授派头的，有学生模样的，一个个神情严肃，颇是机敏，一面悠闲地走着路，一面不时地拿余光朝四周望去。没有可疑之处了，迅速从房子的后门闪进屋子里去。

  一进屋，他们在李汉俊的指引下，径直走进楼下那间颇有些庞大的餐厅（有的代表回忆他们是在楼上开会的。但是董必武否定了这个说法。他确认："当年我们开会不是在楼上，而是在楼下，……当时不像现在，人家有女眷，我们怎么好走到楼上去开会呢？何况那时我们的会议又有外国人参加。"李公馆的女主人、李汉俊的嫂子薛文淑也说，当年那张长方形的大餐桌从来都是放在楼下的。因此，如果一大代表是围着大餐桌开会，那么会场必是楼下）。

  餐厅正中央是一张长方大餐桌，上面放着一对荷叶边粉红色花瓶，里面插着鲜花。桌面上铺着雪白的台布，放着紫铜烟灰缸、白瓷茶具和几份油印文件。四周放了十二只橙黄色的圆凳，加上四把紫色椅子，一共十六个座位。餐厅里开着发出黄晕光线的电灯。在灯光的辉映下，屋子里显示出更加热烈的气息。

  陆续进入李公馆的游客正是从全国各地来到上海出席第一次全国代表大会的代表。他们一进入餐厅，便在一只只小圆凳上坐了下来，静待张国焘启动开幕式，从而进入他们盼望已久的全国代表大会第一次会议。

  马林和尼柯尔斯基在张国焘的陪同下，最先来到李公馆。此刻，他们正襟危坐在那几把紫色的椅子上，谁都不说话，只用炯炯有神的目光注视着每一个走进屋子的代表。在马林的两侧，一边是刘仁静，预备把张国焘的讲话翻译给他听；另一边是李汉俊，似乎是为了展示主人的风度，尽管一向不太喜欢跟马林打交道，避之唯恐不及，不时也会简单地对马林说说话。

  毛泽东和周佛海担任记录员，紧挨着大餐桌而坐。其他的代表围坐在一块儿，全都默然不语，一齐注视着马林，想到正是此人的到来，他们得以从天南地北汇聚到这里，正式成立统一的中国共产党，无不心潮起伏，难以自已。

张国焘心里一样非常激动。不过，作为大会主席，他不能不强烈地压抑着自己的情绪，尽量保持一副镇定的姿态。

低声跟马林交流了几句，张国焘说道："同志们，我们是从全国各地共产党早期组织推选出来的代表，深受各地共产党早期组织的重托，齐聚在上海，是为了成立我们神圣的组织：中国共产党。经过了较长一段时间的筹备工作，通过大家的辛勤努力，今天，第一次全国代表大会正式召开了！这次大会的召开，标志着从此以后，各地共产党早期组织有了统一的领导；也标志着各地共产党早期组织，能够在中国共产党的统一领导下，获得大力发展。为此，在这次大会上，我们到底应该制定怎样的党纲和政纲，我们今后的中心工作以及指导思想是什么等等之类深关中国共产党发展前景和方向的重大问题，必须得到解决。尽管在预备会议以及前期的准备工作中，我们曾经为此讨论过，一直无法达成共识，但是，我相信，有了马林先生和尼柯尔斯基先生这两位共产国际正式代表的帮助与指导，只要大家为了一个共同的目标齐心协力，我们一定能够消弭意见分歧，达成一致，我们的会议也一定会开得很成功。"

中国共产党第一次全国代表大会，以张国焘的首先讲话拉开了序幕。

略微顿了一下，根据马林的建议，张国焘宣布了一条会议纪律：为了避免惊动密探，在会议的过程中，讨论问题不能发出很大的声音，更不应该鼓掌。

紧接着，张国焘回顾道："酝酿筹备这次大会，在马林先生和尼柯尔斯基先生来上海之前，已由上海发起组的李鹤鸣先生、李人杰先生和北京小组的李大钊先生、广州小组的陈独秀先生相互函商过并达成了一致。马林先生和尼柯尔斯基先生到达上海以后，会见了李鹤鸣先生、李人杰先生，提出了一些原则意见，并为各地代表赴会提供了往返经费，由此，筹备会议的进程得以加快提速。为了使得这次会议能够取得圆满的成功，在接到李鹤鸣先生、李人杰先生发出的通知之后，李大钊先生委托我先期抵达上海，跟李鹤鸣先生、李人杰先生、马林先生、尼柯尔斯基先生进行了有效沟通。各位代表陆续来到了上海之后,进行过激烈的争辩,也彼此了解了各地共产党早期组织的活动情况,以及大家心里的想法,探讨了大会的主要议程,推选了大会主席和记录员。至此,准备工作基本结束,中国共产党成立大会,终于在今天正式开幕了。所以,这次大会的召开,是和各位代表的共同努力分不开的,也和没能来到大会现场的各位共产党早期组织成员的努力分不开的。为此,首先向大家致以崇高的敬意。"

众人的情绪被张国焘调动起来,一个个恨不得鼓掌喝彩,可是,脑子里深深地铭刻着马林做出的不准鼓掌的规定,不得不压抑住内心的冲动,一齐目不转睛地望着他。只有毛泽东和周佛海手里都拿着笔,不停地在摊放在各自面前的一个本子上记录张国焘的讲话要点。

张国焘朝每位代表扫视了一眼,继续说下去:"根据昨天下午召开的预备会议精神,我们确立了三项议程:一是制定党纲,二是确定今后的工作计划和工作方针,三是选举中央领导。尽管各位代表报告其所在共产党早期组织的工作情况,不在这三项议程之列,而且,在各位代表先后抵达上海以后,在相互交流、相互探讨中,都提到过你们所在小组的工作情况,但是,那种方式显然太过随意,不太正式,在这次会议上,听取各地共产党早期组织的工作报告,应该是大会的应有之义,也是我们制定党纲、确定今后的工作计划和工作方针、选举中央领导的重要依据。各地代表来到上海之前,对此已经有了充分的准备。为此,我提议,开幕式之后,各地共产党小组代表应正式报告你们的工作。"

张国焘说到这里,停顿下来,一一打量了一下每位代表,见大家都颔首赞同他的提议,又不动声色地说下去:"要落实好每一项议程,需要每一位代表,都充分发挥各自的聪明才智,认认真真地表达自己的意见。在这里,包惠僧同志和陈公博同志为我们带来了陈独秀先生提出的四点意见。我觉得,这更应该作为我们制定党纲政纲和工作计划的依据。"

马林和尼柯尔斯基一直正襟危坐,注视着张国焘。刘仁静轻声把张国焘的话翻译成英语。有时候,李汉俊也会帮助他翻译一两句,好让马林更能听得懂。马林显然对张国焘的讲话十分满意,脸上不时地露出笑意。尼柯尔斯基既听不懂中文,又对英语一窍不通,挺直身板,直愣愣地坐在那儿,一动不动。马林不时地轻轻说一两句俄语,大致上是把刘仁静翻译给他听的话再翻译成俄语，说给尼柯尔斯基听。尼柯尔斯基也慢慢地露出了笑脸。

张国焘取出陈独秀的信件，念完之后，随即请共产国际代表马林先生讲话。

好几个代表一时忘乎所以，双手一动，准备鼓掌，突然醒悟过来，慢慢把手放在桌面上，一齐注视着马林。

马林朝众人扫了一眼，清了一下嗓子，说道："第一次全国代表大会在今天正式开幕，标志着中国共产党正式诞生了，这是你们中国共产党人努力奋斗的结果，我代表共产国际致以热烈的祝贺！中国共产党的正式成立，不仅仅是你们中国共产党的事情，对于中国的革命具有非常重大的意义，同时，也是世界无产阶级革命的一部分，具有重大的世界意义。从此以后，共产国际增添了一个东方支部，苏俄布尔什维克增添了一个东方战友。"

说到这里，马林稍微顿了一下，再一次拿目光扫了众人一遍，续上了断裂的话头："共产国际不仅仅是世界各国共产党的联盟，而且与各国共产党之间保持领导与被领导的高度统一的上下级关系。共产国际是以世界共产党的形式统一指挥各国无产阶级的战斗行动，各国共产党都是共产国际的一个支部。"

当马林的这段话被刘仁静翻译成汉语，传达到每一个代表的耳鼓时，会场上的气氛变得静穆紧张。每一位代表都在琢磨思索马林这段话的意义。不言而喻，马林的话表明，中国共产党应当是共产国际的一个支部，接受共产国际的领导。

李达、李汉俊眼睛里冒出怒火。其他各位代表几乎都跟李达、李汉俊一样，对马林的这番话没有好感。

但马林似乎沉醉在自己的讲话之中，完全看不出代表们的表情，依然故我，滔滔不绝地说下去，而且越说越激动，越说越快。他谈到了共产国际成立的经过，谈到了共产国际的性质以及共产国际对于各国革命的指导。他说的每一句话，都强烈地冲击着每一位与会代表的耳膜，把残存在各位代表心间的对中国共产党和共产国际的关系的疑虑都排出去了，令每一位代表都对他投去了关注的目光。此时的马林好像是一个魔术师，正挥动着一根指挥棒，导引着所有人的思维，也导引着所有人的动作。

只有两个人没有把全副心身都聚集在马林身上：毛泽东和周佛海。他们依旧不断地在笔记本上龙飞凤舞。

马林嘴巴上的闸门一经打开,再也关不住。他口若悬河,快两个小时了,仍然刹不住势。他越说越激动,说到后来,竟然话锋一转,不知不觉谈到了他跟列宁见面的经历,他跟列宁一道草拟殖民地问题的前前后后。众人一听到列宁的名字,无不更加肃然起敬。

马林介绍了由列宁和罗易分别起草的《民族和殖民地问题提纲初稿》及《关于民族和殖民地问题的补充提纲》,并热情洋溢地说道:"列宁对中国革命是十分关心的,他期望能在中国建立共产党,能在世界的东方建立起社会主义制度。但是,他对中国的事情并没有太多的了解,只有伊尔库茨克局了解一些中国动态的情况,为此,他特地与共产国际沟通,派遣我来到中国,作为共产国际的直接代表驻在中国,具体了解中国革命的情状。老实说,我没有得到什么专门的指示,我仅有的事先准备就是共产国际第二次世界代表大会的讨论和提纲。但是,来到上海,与伊尔库茨克共产国际远东书记处派来的代表尼柯尔斯基先生见面后,从他那里了解了中国革命者的很多情况,又知道了尼柯尔斯基先生的使命,我知道,帮助中国革命者成立统一的无产阶级政党,是我义不容辞的责任和义务,也是列宁和共产国际派遣我来到中国的应有之义。为此,我和尼柯尔斯基先生一道与你们这些中国革命者取得联系,从事这项伟大的工作、伟大的事业。"

众人无不更加兴奋。他们似乎已经忘掉了马林所说的中国共产党成立之后要成为共产国际的一个支部。

只有李达和李汉俊两人已经无数次听马林说起他跟列宁的关系,尽管最初跟众人一样激动不已,可是,听多了,神圣感自然会消失。

眼见得众人几乎全都沉浸在马林营造出来的庄严肃穆的气氛当中,李达和李汉俊心里隐隐涌起了一种不好的预感:如果大家都觉得列宁是关心中国的,是希望中国建立起一个社会主义制度的,由此听从了马林的话,对中国共产党应该成为共产国际的一个支部不再提出任何异议,那么,中国共产党真的要变成共产国际的一个支部,听凭共产国际的领导吗?

接着,马林又谈起了他在荷属殖民地爪哇的活动情况。他说,他是1913年2月到达爪哇岛的,5月在三宝垄担任商会秘书。不久,他兼任三宝垄铁路电车工会机关刊物《坚韧报》主编。他站在被压迫者一边,于1914年5

月9日，发起创建东印度社会民主联盟（印尼共产党的前身之一），积极参加民族解放运动。因为东印度社会民主联盟又弱又小，而伊斯兰教联盟庞大而松散，马林建议东印度社会民主联盟的成员在保留自己原来身份的前提下加入伊斯兰教联盟，在其中进行革命宣传，并且通过它广泛联系广大民众，使东印度民主联盟的力量很快发展壮大。1917年11月，列宁成功领导了俄国十月革命。喜讯传到荷属东印度，马林兴奋不已，一连发表了多篇文章，宣传十月革命。荷属东印度总督由此将马林视为眼中钉，通缉和审讯他，并于1918年12月5日将他驱逐出境。

照搬他在爪哇的经验以及共产国际第二次代表大会做出的关于殖民地问题的决议，马林建议中国共产党人"在行动上与其他政党合作反对共同的敌人，同时又在我们的报纸上批评他们，这并不违背我们的原则"；"即使无产阶级现在不能取得政权，我们也应该联合其他阶级打倒共同的敌人，加强自己，使我们能够领导以后的斗争，推翻那个将要夺得政权的阶级"；同时，他强调务必特别注意建立工人组织；为了确保第一次全国代表大会快捷有效，他还建议应该选出一个起草纲领和工作计划的委员会。

马林精力充沛，口若悬河，滔滔不绝地一番讲话下来，不觉已经临近午夜。

显然，马林非常期待中国共产党人能够按照他的意见通过党章以及行动纲领。然而，中国共产党人通过的文件完全背离了他的愿望。马林异常失落，于1922年7月向莫斯科报告道："对于中国的运动及其前途，上海给了我一个悲观的印象。"而中共的建立，在他看来，不如成立"一个宣传性的小组更好一些"。

事实上，共产国际的决议不容置疑。马林回莫斯科汇报后，拿到了尚方宝剑，再次来到中国，最终促成了国共合作。不过，这是后话。

接下来，为了加快进度，张国焘连忙请尼柯尔斯基先生讲话。

这位共产国际远东书记处代表哪里听得懂中文？通过张国焘的手势，以及刘仁静把张国焘的话翻译成英文，再由马林转译成俄语，他终于明白是什么意思。

尼柯尔斯基不假思索地说道："本人谨对中国共产党第一次全国代表大会顺利召开表示热烈的祝贺。我来自设在伊尔库茨克的共产国际远东书记处。远东书记处是专门为了东方革命而成立起来的新机构,目的在于指导远东各国的共产主义运动。我建议大会随时给共产国际远东书记处发去电报,报告会议的进程。此外,刚刚成立了红色工会国际。我认为中国共产党应当执行红色工会国际赋予的使命:重视工人运动。因为中国共产党和所有的无产阶级政党一样,是马克思主义的党,是工人阶级的党,只有狠抓工人运动,这个党才能获得更快的发展。"

没有一个人能够听懂尼柯尔斯基的话。马林连忙把尼柯尔斯基的话翻译成英语。刘仁静再一次把英语翻译成汉语。这样一来,众人的热情不免减少了许多。

尼柯尔斯基既不懂中文,又不懂英文,一直以来,无法直接跟中国革命者沟通,很想趁着这个机会把心里的话都说出来,可是,一见众人热情不再,只简单地介绍了一下俄国的情况,赶紧收住话头,匆匆结束了讲话。

于是,第一天的会议结束了。各位代表又是三三两两,或者单独地离开了李公馆,消失在黑夜里。

这一夜,全体代表都没法入睡。第一次全国代表大会终于开幕了,他们心里异常高兴,但并没有掩盖他们内心的隐忧。他们倒没有把马林所说的跟其他政党合作、建立临时联盟太放在心上,最注重的是与共产国际的关系问题。跟李汉俊、李达一样,他们觉得中国共产党可以接受共产国际的帮助,也可以跟共产国际形成某种程度的联合,可是,真要成为共产国际的一个支部,他们怎么都想不通。

有共产国际的帮助,对中国革命固然有好处,但什么都依赖共产国际,中国共产党必然会失去独立性,不可能针对中国的国情做出恰如其分的决策。这对中国革命无疑是有害的。各位都这么认为。可是,与共产国际又必须保持某一种联系,才能对中国革命有所帮助。怎么联系?联合共产国际。马林会接受这种方式吗?不能看马林的眼色了,得有自己的主见,众人心里最终形成了决定。

第二天晚上,马林和尼柯尔斯基没到,各位代表照例坐在李汉俊家的餐厅里,举行第二次正式会议:按照会议日程,听取各地小组活动及其总体情况的报告。

张国焘身为大会主席,第一个发言,向大会报告了北京共产党早期组织的活动及其总体情况。他首先简略叙述了一下北京社会生活的情况，紧接着提出北京共产党早期组织"面临着需要立即着手解决的两个重要问题：第一，怎样使工人和贫民阶级对政治感兴趣，怎样用暴动精神教育他们，怎样组织他们和促使群众从事革命工作；第二，怎样打消他们想成为学者并进入知识界的念头，促使他们参加无产阶级的革命运动，最后，使他们成为工人阶级的一员"。

他说：在去年十月这个组织成立时，有几个假共产主义者混进了组织，这些人实际上是无政府主义分子，给我们增添了不少麻烦，可是由于过分激烈的言论，他们使自己和整个组织脱离了。他们退出以后，事情进行得比较顺利了。我们人手还很少，因此，不能立即提出广泛的战斗任务。我们必须集中全副精力向知识分子和工人阶级进行宣传和组织工作。

其他地区共产党早期组织代表的报告，尽管各有特色，但在三个重要问题上，跟张国焘的报告具有共性，为大会制定第一个决议提供了现实依据：党员极少必须增加，组织工人的方法和进行宣传工作的方法。

12. 讨论党纲

7月25日、26日，会议临时休会，按照马林的建议，成立了党纲和工作计划起草委员会，以起草相关文件，供接下来的会议讨论。其他代表可以自由活动。

党纲和工作计划起草委员会成员是各位代表推选出来的，作为大会主席，张国焘理所当然头一个被推荐到起草委员会。紧接着，因为李汉俊懂得四国外语，博览马克思著作，是党内最有理论修养的同志；刘仁静素有"小马克思"雅号，思维快捷，反应迅速，敢于提出和坚持自己的意见；董必武老成持重，经验丰富；李达不仅具有丰富的马克思主义知识，而且是上海发起组的重要人物，各地代表前来开会的通知和路费是他亲自发出的，亦是起草委员会成员（《中国共产党第一次代表大会》这份文件只是笼统地说，选出一个起草纲领的工作计划委员会。该委员会用了两天时间起草计划和纲领，这个期间没有开会，没有明确指出谁是其中的成员。张国焘的回忆里说，他被推举为这两个文件的起草人，汇集陈独秀先生和各代表所提出的意见，先行拟出两个草案，再交由李汉俊、刘仁静、周佛海等共同审查。也有的说起草委员会成员为董必武、李达、张国焘）。

自去年发起成立共产党早期组织以来，上海发起组先后拟出过党纲以及《中国共产党宣言》；据沈雁冰1957年4月所写《回忆上海共产主义小组》一文所说，第一次全国代表大会之前的两个月，陈独秀从维经斯基带来的《国际通讯》里挑出了《俄国共产党党章》（张西曼翻译过《俄国共产党党纲》，并出版），请沈雁冰翻译出来，作为第一次全国代表大会的参考；现在，又有陈独秀提出的四点意见，以及听取了各地共产党早期组织活动及其总体情况报告，起草委员会成员以这些作为依据，经过反复讨论，慎重取舍，终于在两天的时间里分别拿出了党纲草案以及今后的工作计划。

党纲和工作计划起草委员会已经拿出了初稿，即预示着休会结束，各位代表必须回到讨论党纲现场。

7月27日晚上，各地代表又是三三两两闪进了李公馆。他们一进去，轻车熟路，径自坐到了那张大餐桌的四周。

现在，张国焘面前又摆放了一个笔记本。在笔记本里面，夹了好几张纸，正是起草委员会拟出来的党纲草案和今后的工作计划。

尽管已经拿出了两份文件初稿，但是，张国焘没有一点轻松的感觉，反而更加心情沉重。他的脑海里，不由得时时想起在起草这两份文件的时候，李汉俊跟刘仁静以及起草委员会其他各位代表之间的争议。

李汉俊一直坚持他在正式开会之前提出的主张，对于草案中的任何一个条款，似乎都持有不同的见解。即使其他几位起草委员会成员全都不同意李汉俊的主张，也阻挡不了这个一根筋式的革命者提出截然相反的意见。

张国焘对于这一点是深有体会的。他已经多次领教过李汉俊的倔强和固执。李汉俊是一个马克思主义者，尽管着实掌握了不少马克思主义理论知识，可是，一旦遇到了中国的具体情况，似乎显得太过消极了，提出的主张跟马克思主义的要求相去甚远。怎么能让其他各位代表都接受好不容易拿出了的草案呢？那非有一场接一场激烈的争议不可。张国焘甚至可以想象得到，几乎每一条内容，都有可能被任何一个代表加以反驳，最后不得不花费很长的时间去讨论修订意见。不过，有一个蓝本放在那儿，避免大家信马由缰地任意发挥，各说各话，总归不错。

更令张国焘感到不安的是，马林明显对党纲草案存在着很大的意见。

拟定出两份文件初稿之后，张国焘曾经逐字逐句向马林和尼柯尔斯基报告过，希望听取他们的进一步指导。党纲草案能够开宗明义地宣称中国共产党是马克思主义政党，走马克思主义道路，马林感到万分高兴；对草案里提出的一些主张，马林基本上是赞同的，但他觉得并没有一个政纲，也没有规定中国共产党的近期目标和远期的蓝图，很难说是一个成熟的党纲。张国焘马上请马林指点一二，说是回去之后再由起草委员会加以完善。然而，马林似乎只是从理论上进行分析，觉得草案中缺少了一些东西，事实上，他根本提不出任何具体意见。

不过，这还不是最重要的问题。关键在于，马林和尼柯尔斯基依旧对他们不能自始至终地参加全国代表大会耿耿于怀。在他们眼里，安全固然应该放在第一位，可是，中国共产党人应该想得到更为安全的办法。尼柯尔斯基接到的命令是，他必须从头到尾参加大会，现在竟然被中国共产党人扔在了一边，仅仅只是一个顾问的角色，不，连顾问都算不上，大抵上是中国人说的那种供在庙里的菩萨，恨无灵验，根本不能随时了解会议详情及其进展，心里如何高兴得起来？张国焘只有绞尽脑汁，找一些新鲜理由来说服马林和尼柯尔斯基不要参加会议。

所有的事情加在一起，的确令张国焘大伤脑筋。但是，张国焘不能不控制自己的情绪。他是大会主席，对会议能否取得成果负有重大责任，得把党纲草案内容一条一条地提出来，征求代表们的意见，让代表们展开讨论，引导代表们求同存异，最终达成一个基本上能为大家所接受的中国共产党纲领性文件。

天气越来越炎热，大家坐在一块儿，全都汗流浃背。张国焘更是大汗淋漓。他不能顾及这些。他从笔记本里取出了党纲草案，说道："各位代表，根据已经掌握的各种情况，起草委员会成员经过认真研究，反复商讨，已经拿出了党纲草案和今后的实际工作草案。首先，我们把中国共产党党纲草案拿出来，交付各位代表讨论通过。大家有任何意见，不妨敞开来谈，只要不是意气之争，再激烈的争论，都是可以理解的。只是一点，我希望，最终我们能找到共同之处，达成一致，不负各地共产党早期组织的重托，使会议能以取得预定的成果而胜利闭幕。"

说完开场白，张国焘扫了大家一眼，开始念起了手头的党纲草案。

李汉俊早已憋不住了。他虽说是起草委员会成员，可党纲草案里面的许多条文，跟他的主张背道而驰。在起草委员会这个小团体里，他是少数派，他的主张自然无法伸张；现在，李汉俊要把他的意见和主张提出来，让众位代表做一个评判。可是，张国焘正一条条念着党纲草案，他不能不耐着性子等下去。张国焘通读完毕，李汉俊马上说道："在我看来，共产主义革命的条件在中国既然还没有成熟，目前，中国共产党人应该注重研究和宣传方面的工作，并应该支持孙中山先生的革命运动，在孙中山先生的革命取得成功之后，共产党人可以参加议会。"

这是李汉俊在以前提出的中国共产党应该注重研究，应该到俄国和德国去学习，开办马克思主义大学的翻版。

张国焘微微闭了一下眼睛，暗自说道，李汉俊果然是第一个跳出来发难的人。哪怕马林再三强调列宁在《民族和殖民地问题提纲》中阐述的民族和殖民地革命理论，张国焘都置若罔闻。按照张国焘的主张，中国共产党跟中国国民党的宗旨和性质根本不同，决不能合作。更可气的是，李汉俊竟然说共产党可以参加议会！

他赶紧说道："人杰，你的这些观点和主张，似乎在大会之前和在草案起草过程中，都被你提出来过，而且都被大家否认了。你怎么又提出来了？"

"我提出来，供大家讨论，不行吗？我有我的原则：有意见，我一定要提；如果大家觉得我的意见不对，我少数服从多数。"

不等李汉俊话音落地，刘仁静似乎深怕别人抢了先，立马予以反驳："我觉得，中国共产党应该信仰革命的马克思主义，应该以武装夺取政权，建立无产阶级专政，实现共产主义为最高原则，不应该对中国国民党和议会活动有过多的幻想，应该积极从事工人运动，以为共产革命做准备。不错，酿成共产主义革命的条件目前在中国并没有成熟，我们是应该注重研究和宣传方面的工作，但是，我们不要忘了，我们是马克思主义的政党，是无产阶级的政党，跟国民党是两条道路上奔跑的马车，不可能跑到一条道路上去。我们如果不积极为共产主义革命做准备，我们的革命永远只能是纸上谈兵。"

陈公博一听，很有些不服气，心里想道：跟国民党是两条道路上奔跑的马车，根本不可能上到一条道路去，那么，陈独秀先生去广州担任教育委员会委员长是干什么的呀？自己即将正式担任宣传员养成所所长，又是干什么的呀？岂不是变相地指责陈先生和陈某人都不是共产党人吗？他连忙说道："我们跟国民党不可能是两条道路上奔跑的马车，在某种程度上，我们是可以合作的。"

刘仁静岂容自己的理念遭到践踏，不等陈公博说完，迫不及待地打断了他的话头："你不要对国民党抱有幻想。我们是共产党，跟国民党有不同的理念和宗旨。我们是马克思主义的政党，为的是解救天下的劳苦大众；国民党却跟其他军阀是一样，都是一丘之貉，专门残害百姓，祸国殃民。"

包惠僧随即力挺刘仁静，说道："我们与孙中山是代表两个敌对的阶级，没有妥协的可能，我们对孙中山，应当与对北洋军阀一样，甚至还要更严厉些，因为他在群众当中有一定的欺骗作用。"

陈公博正要反驳，董必武蹙起眉头，开口发话了。

对国民党的内部斗争跟组织涣散，在座的各位，没有谁比董必武的体会更深刻。但他绝不认为国民党跟其他军阀是一丘之貉，更不认为国民党残害百姓祸国殃民，相反，他认为国民党具有一定的革命精神，在某种意义上说，同样是为了救国救民。他之所以退出国民党，参与组建武昌共产党早期组织，一是因为他的确对国民党失望了，二是因为他觉得共产党比国民党更有吸引力。

董必武说道："养初、怀琛，我反对你们把国民党跟其他军阀等同看待，更反对你们指责国民党残害百姓祸国殃民。我参加过国民党，我非常清楚，国民党在某种程度上，毕竟是革命的。我们可以跟国民党有不同的主张，但是，决不能认为国民党是反动的。中国现在所处的内外环境，决定了我们绝不可能一次性完成社会革命，应该有两次革命。一次是孙中山先生的民族的民主的革命，一次是社会革命。我们应该支持孙中山先生的革命，在孙中山先生的革命取得成功之后，进行社会革命。这样，对于我们的革命，将是非常有帮助的。"

刘仁静固执地说道："董老师，我们是共产党人，如果我们不能独立地站起来进行共产主义革命，是不能完成历史交付给我们的使命的。"

陈潭秋说道："在半封建半殖民地的中国，革命不可能一次完成，恐怕要经过一些曲折的道路。我们一面要坚定阶级立场，与资产阶级斗争到底；另一面对反动统治阶级的人和事也要分一个青红皂白，分别对待。只有这样，我们的党才能赢得绝大多数人心，扩大我们党的政治影响，在最短的时间里取得成功。"

由李汉俊引发的这场争论，把刘仁静和其他几乎每一位代表都卷了进去。代表们明显地分为三派：一派支持李汉俊；一派支持刘仁静；一派基本上是支持刘仁静的，但在看待国民党的问题上，又跟刘仁静拉开了距离。他们低声争论了好一阵子，最后总算以少数服从多数的原则，否定了李汉俊的观点，并且对刘仁静的观点进行了一些纠正，认为中国的革命应有两次革命。

紧接着，讨论党员经执行委员会许可能否做官和当国会议员的问题。一方坚持认为，共产党员做官没有任何危险，并建议挑选党员做国会议员，但他们必须在党的领导下进行工作；另一方则不同意这种意见。大家争论到天亮，没有结果。

关于7月28日的会议情况，《中国共产党第一次代表大会》写道：

> 辩论更加激烈。一方坚持认为，采纳国会制就会把我们的党变成黄色的

党，他们以德国社会民主党为例子说明如下事实：人们进入国会，就会逐渐放弃自己的原则，成为资本家阶级的一部分，变成叛徒，并把国会制看成是斗争和工作的唯一方式。为了不允许同资产阶级采取任何联合行动，为了集中我们的进攻力量，我们应当在国会外进行斗争。况且，利用国会也不可能争得任何改善，而进入国会，就会使人民有可能认为，利用国会，只有利用国会，我们才能改善自己的状况和发展社会革命事业。另一方坚持主张，我们应当把公开工作和秘密工作结合起来，如果我们不相信在二十四小时内可以把国家消灭掉，或者说，如果我们不相信总罢工会被资本家镇压下去，那么，政治活动就是必要的。起义的机会不会常有，只是在极少数时候才会到来，但在和平时期，我们就应做好起义的准备。我们应该改善工人的状况，应该开阔他们的眼界，应该引导他们参加革命斗争和争取出版自由、集会自由的斗争，因为公开宣传我们的理论，是取得成就的绝对必要条件。而利用同其他被压迫党派在国会中的联合行动，也可以部分地取得成就。但是，我们要向人民指出：想在旧制度范围内建立新社会的企图是无益的，即使我们试图这样做也是徒劳的。工人阶级必须自己解放自己，因为不能强迫他们进行革命。否则，他们就会对国会抱有错误的看法，采取和平时期的方式，而不采取急进的手段。

　　大家对这个问题实在不能作出结论，只好决定留到下次代表大会去解决。
　　7月29日，进行第五次会议。一讨论到中央的职能，李汉俊又忍不住了，再一次引燃了战火。当陈独秀主张中央集权的时候，他已经提出了地方分权制。现在，他说道："中共中央应是一个联络机关，不能够任意发号施令，一切应该征求各地方组织的同意，须有遇事共同讨论公开商量的精神，来决定党的一切。"
　　张国焘说道："人杰同志，你和陈先生因为中央集权制和地方分权制的问题，曾经发生过不小的争论。我想，你应该非常清楚了陈先生的意见，我的意见跟陈先生是一样的，在中国共产党刚刚成立的时候，不应该采取地方分权制，应该中央集权。这是确保中央对每一个地方党组织实施统一领导的关键，也是确保中国共产党发展壮大的关键。如果不这样做，地方党组织各自为政，如何形成合力？"

董必武眼帘飘荡着自己参加同盟会、国民党、中华革命党的经过以及这些由孙中山发动起来的组织涣散无力的情景，陷入深深的痛苦之中。他感慨地说道："是呀，如果我们一开始就实行地方分权制，无疑会损害党的中央领导，很可能会步孙中山先生的后尘，永远无法实现革命的目标。"

因为董必武从亲身经历出发，指出中央必须采取集权制，众人无不纷纷赞同。

见此情景，李汉俊倔强脾气上来了，说道："如果中央过于集权，提出了各地方组织难以接受的决议，那么，各地方组织也应该坦然接受有可能让我们的党蒙受惨重损失的决议吗？"

中国共产党刚刚成立，各位代表都不能完全确认自己走的道路是否正确；要是中央太过集权，对下面乱发号令，的确会对党造成很坏的影响。众人各抒己见，讨论了好一阵子，总算拿出了一个大家都能接受的方案：一旦有两个地方组织对中央质疑，可以召开临时会议，决定是不是需要重新选举中央领导。

讨论到征求党员的问题，李汉俊率先发表意见："我们征求党员不可限制太严，不必规定每个党员都须从事实际工作，只要是信仰马克思主义即可。"

这一点，无疑是受到了何叔衡事件的影响，才提出来的。但是，各位代表一样提出了严厉的批评。最后只是规定在工人当中征求党员的时候，才可以把条件放宽一些，毕竟，中国共产党应该是工人的党，应该发动工人去实施武装暴动。

随后，在讨论党员条件时，又带出了党员能否在现政府中做官这个问题。

陈公博即将走马上任当广东宣传员养成所所长。这个机构固然是为了宣传马克思主义，培养共产主义分子，但打着的是广州国民党政府的名义。如果党员都不能在现政府当官，他首先得放弃这一职务。但是，他不能公开反对，而是找到了很好的挡箭牌，说道："陈先生正担任广东省教育委员会委员长，利用现有职务，大力宣传新文化新思想，特别是宣传马克思主义。怎么不能在现政府里当官呢？要是陈先生不去当这个委员长，广州的共产党组织还能组建得起来吗？"

李汉俊当然清楚陈独秀为什么去广州当教育委员会委员长，支持道："是啊，只要能够宣传马克思主义，在现政府当官也未尝不可。"

刘仁静说道："中国共产党是无产阶级政党，党员当然不应该在资产阶级政府里当官。这是毫无疑义的。至于宣传马克思主义，难道非得要到资产阶级政府里去当官才能做得到吗？我们谁也没有去资产阶级政府当官，不是一样可以宣传马克思主义，而且一样非常有效果吗？"

陈公博问道："这么说，你反对陈独秀先生在广州当官吗？"

这是一个不容易回答的问题。别说刘仁静年纪最轻，不好回答，其他跟他持一样看法的代表同样没法回答。会场顿时陷入难得的安静。

激烈的争论固然令人头昏脑涨，冷场更不好看。张国焘说道："我们似乎应该对官这个名词做一些修饰。像陈独秀先生那样当教育委员会委员长，不应该算是当官；由此类推，像厂长之类的职位，也不应该算官。即使我们仍然把这些职位称作官，像这类官能够方便我们宣传马克思主义，是可以当的。我们应该反对的是当部长、省长以及其他重要行政职务这类官。"

众人不得不佩服张国焘果然心思巧妙，一下子把这道难题给回避过去了。

但是，另外一个问题无论如何只能直面：共产国际与中国共产党之间的关系。

马林在开幕式上已经把共产国际的意见说得清清楚楚：任何一个国家的共产党都要加入共产国际，成为共产国际的一个支部。可是，一听到刘仁静的翻译，各位代表马上把眉头皱得老高。只不过是马林随后谈到了列宁，才让大家的思维转了向，现在，旧话重提，每一个代表心里都有些不舒服。

李汉俊马上说道："中国共产党可以接受共产国际的理论指导，并采取一致行动，但不必在组织上明确中国共产党是共产国际的一个支部。我的意见，我们在党纲上应该写上联合共产国际，而不是成为共产国际的一个支部。"

代表们正在权衡到底应该怎么准确表达自己的意见，一听李汉俊的话，禁不住纷纷叫好，首次一致赞赏并通过了李汉俊的提议。

至此，经过三个晚上的讨论，党纲总算尘埃落定了，张国焘吁了一口气。

张国焘还有事要做，得去约定的地方，向马林和尼柯尔斯基报告会议的详细情况。几乎每天开完会之后，他都要去面见马林和尼柯尔斯基，向他们报告。

这实在是一件很不讨好的苦差事。马林经常用挑剔的眼光，对已经修改好的党纲指手画脚，指出这里有问题，那里也不合符他的心愿。张国焘强压住心里的不满，请他提出一些修改意见，自己再拿到大会上去重新讨论；可是，马林又说不出什么具体意见，只是说出大致的原则。

起草委员会成员和各位代表在上海这座熔炉里炼二十多天，早已清楚了原则性的东西，现在用得着原则性意见吗？需要的是具体办法和措施。张国焘心里想道，但不能得罪马林，要尽最大的努力在马林和各位代表之间充当沟通者。

这一次，党纲总算完成了，随后的工作计划，即使出现争议，料想也不会太大，张国焘有一种如释重负的感觉。现在，他只要向马林和尼柯尔斯基报告之后，得到他们的认可，即可把党纲交付表决通过了。可是，马林会认可吗？尼柯尔斯基会认可吗？一想起党纲里面跟共产国际的关系仅仅只是联合，而不是成为共产国际的一个支部，张国焘心里明镜似的，他仍然轻松不了，得跟马林和尼柯尔斯基有一场非常艰苦的解释工作要做。

很快，张国焘跟马林和尼柯尔斯基一道坐在了屋顶花园。他一边饮着茶，一边报告党纲的最后修订内容。

果然，当张国焘说到中国共产党联合共产国际这一条时，马林眉头紧蹙，低声用俄语跟尼柯尔斯基简单地交谈了几句，转过面来，对张国焘说道："张先生，我必须郑重地告诉你，也必须郑重地告诉你们中国的全体同志，我对于你们的工作是很不满意的。我需要出席大会，向你们传达共产国际第二次会议的精神。这样，你们将会真正地明白中国共产党的党纲到底应该是什么样子的。"

张国焘说道："马林先生，你应该很清楚，我们不是不要你出席会议，而是出于安全的考虑，不得不采取这样的办法。"

马林生气地说道："大会的安全，应该由你们完全负责。没有我和尼柯尔斯基先生参加，你们的会议不会取得符合共产国际愿望的结果。"

张国焘的心沉重起来了。马林的固执，他是领教过的，难道真的对马林和尼柯尔斯基的意见置若罔闻吗？不能，放下成立中国共产党得到了共产国际的巨大帮助不说，中国共产党今后的工作，一样需要共产国际给予指导。那么，接受马林的提议，回去转告李达、李汉俊以及各位代表，马林和尼柯尔斯基态度坚决，一定要参加会议。要想他们都接受，那一定又是一件极其困难的事情。但是，再大的困难，张国焘必须想尽办法把它摆平。

13. 凶险不期而至

7月30日晚上8点，马林和尼柯尔斯基再一次坐在李公馆那张大餐桌旁边。

为了他们能参加会议，张国焘首先做通了李达和李汉俊的工作。其他代表只是在第一次正式会议上看到过马林和尼柯尔斯基，聆听过他们的讲话，跟他们没有进行实质性交流，心里对他们其实是很有好感的，自然不会反对。

马林决定参加会议，是要给予这些中国的战友们当头棒喝，让他们清楚共产国际的威信是不容忽视的；他一定会配合尼柯尔斯基，不折不扣地完成共产国际远东书记处交代下来的任务。

各位代表陆续到场，像往常一样，随便坐在一个位置上，等待着会议开始。

张国焘手里仍然拿着一个笔记本，笔记本里夹着已经起草好了的两份草案。其中，党纲已经在前三天的讨论当中，基本上达成了一致，上面由张国焘自己画上了密密麻麻的文字，凌乱得如同好几只蜘蛛同时编织的一张网。那是他按照大家的讨论意见亲自在草案上修改的符号和文字。

毛泽东依旧坐在大餐桌旁边，担任记录员。周佛海却不见了踪影。

人基本到齐，张国焘看了一下马林，然后清了一下嗓子，说道："各位代表，经过前一段时间的共同努力，我们已经基本上对党纲草案做出了较为明确的修改。当我向共产国际代表马林先生和尼柯尔斯基先生汇报的时候，他们对草案提出了一些意见。为了使我们制定的党纲更符合马克思主义政党的特点，更适宜于指导我们今后的工作，下面，请马林先生先为我们做具体指导。"

马林听了刘仁静用英语翻译出来的那些话，威严地朝大家扫了一眼。他心里极不舒服：这是一群什么人呀？有马克思主义观念吗？能够按照马克思主义原理组织中国共产党吗？已经说得很清楚了，各国的共产党组织，都是共产国际的一个支部，他们却依旧搞出了一个联合共产国际的党纲！

但是，马林不能指责任何一个中国共产党人。李达和李汉俊给他的教训太深刻了，马林一辈子都不会忘记。马林更不能容忍这些中国共产党人无视共产国际，他要把共产国际第二次会议的精神原原本本告诉大家，再给他们强调一下：什么是共产国际，为什么各国共产党组织要加入共产国际，成为共产国际的一个支部！

马林强压着心头的怒火，准备说话了，忽然，耳朵里捕捉到了一个极其细微的声音。他立即警觉起来，下意识地朝声音传出的方向望去，紧紧盯在餐厅门口。

与此同时，尼柯尔斯基一样严肃而又紧张起来，双眼如电，射向门边。

张国焘和各位代表都有些惊讶，不约而同地放眼望去，只见虚掩着的大门被人轻轻地推开了。一个身穿灰布长衫的陌生人把头伸了进来。

李汉俊赶紧站起身，走向不速之客，问道："你是谁？干什么的？"

那人走了进来，说道："我是来找人的。"

李汉俊追问道："你找谁？"

那人随口回答道："我找社联的王主席。"

离李公馆经过三幢房子的地方，确实有一个社联的组织。但李汉俊很清楚，这一组织并没有主席，更没有姓王的人。他说道："这里哪有社联，哪有王主席？"

"对不起，我可能是找错了地方。"那人哈了哈腰，急匆匆退了出去。

马林脸色愈加严峻，用英语问李汉俊："那个人刚才说了一些什么？"

李汉俊同样使用英语向马林转述了那个人说的话。

马林把手朝大餐桌上猛地一拍，说道："这个人一定是密探。我建议立刻终止会议，大家分头离开。"

不等话音落地，马林双手向外一张，猛烈挥动着，做出驱散众人的样子。

毛泽东生性警觉，一听马林的话，连忙收拾桌上的东西，准备离开。董必武坐过牢，躲避过形形色色的搜捕，一样对这个陌生人的到来产生了怀疑，拉着身边的陈潭秋也要走。马林见大多数无动于衷的样子，一面朝外面走去，一面挥动着手臂，说道："离开，大家都从前门，赶紧离开！"

那家伙是从后门进来的，各位代表也是从后门进来的，如果那家伙确系密探，后门很有可能被封死了。马林果然有地下斗争经验！毛泽东帮他吆喝大家离开。

已经连续开了好几天会，一向都风平浪静，难道马林和尼柯尔斯基一出席会议，果真会有密探光顾吗？张国焘很有些怀疑，但见马林如此着急，信心动摇了，顺手拿起桌子上的笔记本，一面朝外面猛跑，一面敦促大家赶紧离开。

顷刻之间，会议室里只剩下李汉俊和陈公博。

李汉俊收拾了一下桌椅，拿起张国焘遗留在桌上的党纲草案，带着陈公博上了楼，进入他的书房兼卧室，把那张纸片放进抽屉，为陈公博泡好了茶。两个人坐下来，商议应付巡捕盘问的方法。大约过了十分钟，外面响起猛烈的敲门声。该来的总要来，李汉俊赶紧下去开了门。陈公博心肠一硬，跟着下了楼。

陈公博在回忆文章里写出接下来的经过：

马上便来了一个法国总巡，两个法国侦探，两个中国侦探，一个法兵，三个翻译，那个法兵更是全副武装，两个中国侦探，也是睁眉怒目，要马上拿人的样子。

那个总巡先问我们，为什么开会？我们答他不是开会，只是寻常的叙谈。他更问我们那两个教授是哪一国人？我答他说是英人。那个总巡很是狐疑，即下命令，严密搜检，于是翻箱搜箧，骚扰了足足两个钟头。

他们更把我和我朋友隔开，施行他侦查的职务。那个法侦探首先问我懂英语不懂？我说略懂。他问我从那里来？我说是由广州来。他问我懂北京话不懂？我说了懂。那个侦探更问我在什么时候来中国？他的发问，我知道这位先生是神经过敏，有点误会，我于是老实告诉他：我是中国人，并且是广州人，这次携眷来游西湖，路经上海，少不免要邀游几日，并且问他为什么要来搜查；这样严重的搜查。那个侦探才告诉我，他实在误认我是日本人，误认那两个教授是俄国的共产党，所以才来搜检。

是时他们也搜查完了，但最是凑巧的，刚刚我的朋友李先生是很好研究学问的专家，家里藏书很是不少，也有外国的文学科学，也有中国的经史子籍；但这几位外国先生仅认得英文的马克斯（思）经济各书，而不认得中国孔孟的经典。他搜查之后，微笑着对着我们说："看你们的藏书可以确认你们是社会主义者；但我以为社会主义或者将来对于中国很有利益，但今日教育尚未普及，鼓吹社会主义，就未免发生危险。今日本来可以封房子，捕你们，然而看你们还是有知识身份的人，所以我也只好通融办理……"

密探搜查虽严，但是他们有眼无珠，否则，中国共产党第一次全国代表大会必然会遇上更大的麻烦。借用陈公博的说法：（密探）什么都看过，唯有摆在抽屉一张共产党组织大纲草案，却始终没有注意，或者他们注意在军械罢了，或者他们注意在隐秘地方而不注意公开地方罢，或者因为那张大纲写在一张薄纸上而又改得一塌糊涂，故认为是一张无关重要的碎纸罢了，连看也不看。

李汉俊在接受巡捕询问时说了些什么，他在1927年12月遭到桂系军阀手下头目杀害，没有留下回忆资料，后任无法得知详情；但包惠僧在《中国共产党第一次全国代表大会的几个问题》中披露，巡捕们离开之后，他前往探视情况，李汉俊告诉他："我对他们说是北大几个教授在这里商量编现代丛书的问题。侥幸的是一份党纲放在李书城写字台抽屉内，竟没被发现。"

新时代丛书社发起者为李大钊、陈独秀、李达、李汉俊、邵力子、周建人、沈雁冰、夏丏尊、陈望道、经亨颐等人，其中多为共产党早期组织成员。1921年6月24日，上海《民国日报》副刊《觉悟》曾登载《"新时代丛书"编辑缘起》，宣称："起意编辑这个丛书，不外以下三层意思：一、想普及新文化运动，我们以为未曾'普及'而先讲'提高'，结果只把几个人'提高'罢了，一般人民未必受得到益处；我们又相信一个社会里大多数的人民连常识都不曾完备的时候，高深学问常有贵族化的危险，纵有学者产生，常变成知识阶级的贵族，所以觉得新文化应该先求普及。二、为有志研究高深些学问的人们供给下手的途径，这是和上面说的互相关联的。普及两字在另一意义上就是筑根基，各种讲科学讲思想的入门书在现今确是很需要，便主张'提高'的，这一步也是跨不过。三、想节省读书界的时间与经济，在资本主义社会里，不但进学校读书的权利不是人人都有，就连看点自修书的时间和经济也不是人人都能有的。这个丛书的又一目的，就是希望能帮助一般读者只费最短的时间和最少的代价，取得较高的常识和各学科的门径。"《缘起》申明："本丛书内容包括文艺、科学、哲学、社会问题，及其他日常生活所不可缺乏知识。"同时，公布新时代丛书社通信处为上海贝勒路树德里一百零八号（即望志路108号后门弄堂门牌），它与望志路106号的后天井相通，同为李书城、李汉俊兄弟寓所。

由此，李汉俊能用出版机构召集作者商议为由应对巡捕质疑，从而化险为夷。

顺便说一句：因为与陈独秀、张国焘政见不合，李汉俊于1922年春离开了上海。新时代丛书社由中共上海地方党组织成员沈雁冰负责出版工作，社通信处移至上海宝山路商务印书馆编译所沈雁冰那儿。

陈公博尽管强作镇定地跟侦探周旋过，但眼见得侦探们到处翻箱倒柜，不由得心里越来越有些后怕，为了压抑自己的情绪，不得不一根接一根地抽烟，竟然一连气把整整一听长城牌四十八支烟卷全部吸光！

侦探们终于离开了，李汉俊吁了一口气，陈公博浑身瘫软，差一点倒在地上。

关于这次巡捕搜查的原因，出席中国共产党第一次全国代表大会的代表在事后的回忆中给出了不同的说法。张国焘认为："当时我们保密观念很薄弱，可能当大会在博文女校进行时就已为警探所注意，那次改在李家举行也未逃掉他们的耳目，所以他们很可能有一网打尽之计，故选在马林与尼可罗夫参加时下手。"陈潭秋的回忆与张国焘的说法相近："我们的推测，侦探发现我们的会议，是由博文女校跟踪而得的。"李达则认为"是因为马林用英文大声演说，夹杂着说了好几次中国共产党，被法国巡捕听去了，所以才有那一场风波"。董必武给出的是另一种说法："开会为什么被敌人发现呢？因为那时，外国人到中国人住的地方是不太多的，国际代表马林进去时有人就跟着走进去了。"

党史研究人员、学者、爱好者更是在探索真相的旗号下，提出了许许多多不同的看法：有的根据警察局有关档案认为一大会址被搜查是因为马林的行踪早已暴露，有的根据日本警方对施存统的监视情况，得出是日本警察查获了中国共产党人开会的消息，转告给法租界当局的；有的认为是巡捕房华人侦探程子卿偶然发现了一大会场。……种种猜测，不一而足。

然而，根据张国焘的回忆：当我们围坐在李家楼上书房的一张大餐桌的四周，正要宣告开会的时候，突然有一个陌生人揭开书房的门帘，窥探了一下，说声"我找错人家"，就转身走了。

刘仁静则说：有一次还没有到开会的时候，我们正在闲谈，突然有一个人开帘子朝里面一望，我们在里面的人立即问他："你找谁？"他说："我找错了。"而后就走了。

陈潭秋的回忆是这样的：下午八点钟晚饭后，齐集李汉俊寓所的楼上厢房里，主席刚刚宣布继续开会，楼下，客堂发现了一个獐头鼠目的穿长衫的人。当时李汉俊到客堂去询问他，他说是找各界联合会王会长，找错了房子，对不起，说毕扬长下楼而去。

陈公博在《寒风集》里写道：

因着国焘个人和汉俊为难，恐怕其中代表还有附和国焘的主张罢，连日开会均没有更换地点，终于一天晚上，变故遂降临了。我们在汉俊楼上开会，人还没有到齐，俄代表马令和吴庭斯基也到了，忽然一个仆人跑上楼来报告，说有一个面生可疑的人问他经理在家否，这个仆人也算机警，急急上楼报告。俄代表一听这样说，或者因为长期经验关系罢，立即主张解散，我看各个人本来已有些慌张，一听马令主张解散，都开前门分头逃走。上海的弄堂房屋本来是惯走后门而不走前门的，大家往前门走，等于事急走太平门的办法。

当然，也有李达、包惠僧说开会了半个小时后，陌生人才闯入进来的。

巡捕走后，李汉俊和陈公博一面说着话，一面收拾屋子。他们把书籍和杂物全部清理好了，刚刚坐回椅子，外面突然响起了一阵敲门声。陈公博吓了一大跳。李汉俊镇定地下了楼，把门一打开。包惠僧进来了。

包惠僧和大家一块儿离开李公馆之后，马林叮嘱众人分散开来，先到处游逛一阵子，不要径直走入博文女校，也不要随意到任何一个地方集合，只有当明确了确实没有密探跟踪，再选择一个地方集中，重新商量下一步的计划。

随即，马林跟尼柯尔斯基朝不同的方向走去。

听从马林的吩咐，众人约定两个小时后在渔阳里二号集合，也都分开了。

大家陆续回到渔阳里二号以后，尽管没有遇到危险，心里仍然忐忑不安，很为李汉俊和陈公博的安全担心。包惠僧自告奋勇，去李汉俊家探听究竟。

毛泽东朝众人打量了一下，蓦然发现少了周佛海。原来，在这次会议之前，周佛海因为拉肚子，浑身瘫软，躺在博文女校的地板上，没有出席会议。李公馆有了不速之客，博文女校呢？毛泽东决定回到博文女校看一看动静。

包惠僧出了门，先在附近转了好几圈，再绕道朝李公馆走去。他不敢进后门，先去了前门，以为可以轻轻地推开了，可门竟然丝纹不动。他不得不敲门。

陈公博、李汉俊很有些吃惊，心里想道：难道他们卷土重来？是福不是祸，是祸躲不过，李汉俊站起身，下了楼，把门打开。一见是包惠僧，他松了一口气。

得知果然有一群法国和中国侦探前来搜查李公馆，包惠僧脸色微变，说道："既然这里已经被密探注意上了，人杰，你得和我们一块儿走。"

李汉俊摇了摇头，说道："我能走到哪里去？我留在家里，再有密探来，由我应付；你们继续把会议开下去。"

"可是，我们到哪里找安全的地方开会？"包惠僧问道。

这的确是一个问题。李汉俊想不出来，不过，他认为，只要他在家里吸引住了密探的注意力，无论大家再去哪里开会，都会比自己家里安全。李汉俊打开抽屉，取出那份已经讨论过的党纲，递给包惠僧，催促他赶紧离开。

包惠僧离开后不久，陈公博也走了，李汉俊找出一些文件，到天井跟前烧了。

陈公博是坐了一辆黄包车走的。他发现有人盯梢，遂叫黄包车驶到大世界，下车以后，先逛书场，后逛戏场，还分别在地面和屋顶的露天电影场看了一会儿电影，又在人群中绕了几圈，确定甩脱跟踪后，急忙出了大世界一个侧门，雇车回到大东旅社。他关紧了房门，悄声叫妻子把皮箱打开，取出了几份文件，然后倒掉痰盂里的水，把文件放在痰盂中烧掉，这才躺倒在床上睡下了。半夜，大东旅社发生了一件自杀案，引来众多巡捕。他受到惊吓，再也不敢在此逗留了，天一亮，跑去找到张国焘和李达，向他们说明原委，不敢继续参加会议，带着李励庄离开上海，跑到杭州去游玩压惊。会议结束以后，他回到上海，把会议通过的两份文件抄了一遍，回广州向陈独秀交差。

先行离开的包惠僧匆忙离开李公馆，疑心有人跟踪，走了几步，遇着一辆黄包车，不问价钱，迅疾跨上去说："三马路。"到三马路孟渊旅社前下了车，包惠僧又买了一点零细食物，沿着三马路到西藏路，跑到新世界兜了一个圈子。已经过去不短的时间里，包惠僧心想，法租界的包打听到了英租界应该松劲了，这才沿着跑马厅到马霍路通过爱多亚路，到霞飞路进入老渔阳里二号。他依然不敢大意，机敏地朝四周望了一圈，确信没有人跟踪自己，赶紧上去敲门。

很快，门从里面打开了，是李达开的门。他一脸紧张，急着说道："这里离李公馆不是很远嘛,你竟一去多时未返,大家都为你们捏了一把汗!"

包惠僧略略叹了一口气,说道:"不要提了,人杰那儿果然出了麻烦。"

跟李达一道进了屋,包惠僧慢慢向大家说起了他在李公馆看到的情况。众人的心都揪起来了,一个个全都屏住呼吸,融于那个险象环生的环境。

突然,又传来了一阵敲门声。大家心里一阵狂跳,油然而生一种不祥的预感。

李达猛然想起了几乎跟包惠僧同时出门的毛泽东,赶紧过去开门。毛泽东和周佛海一道出现在他的面前。

毛泽东出了渔阳里二号,沿博文女校四周转了好几圈,确信不会有危险,便蹑手蹑脚进入了女校,在楼下各个角落看了看,没有发现异常,上了楼。他径直地朝周佛海睡觉的屋子里走去。

周佛海不知道跑了多少趟厕所,双脚已经酸软得不像话,浑身没有一点力气,肚皮里面空空如也。折腾了大半夜,他渐渐地睡迷糊过去了。

毛泽东把浑身虚汗淋漓的他推醒,问道:"这里发生过什么事情吗?"

"是不是遇到危险了?"周佛海本能地问道。

毛泽东点了点头,再一次发问:"告诉我,这里发生过什么事情没有?"

周佛海拉完肚子,一直在酣睡,连现在是什么时辰都不知道,哪里知道这里发生过什么情况没有呀?不过,毛泽东的话使得他一个激灵,他突如其来地有了力气,把自己的情况对毛泽东说了一遍。两人一块儿去查看毛泽东以及其他代表的住处。他们仔细查看了一遍,一切都跟平常没有两样,顿时稍稍放了心。

"他们人呢?都遇到危险了吗?"周佛海问道。

毛泽东说道:"大家都在鹤鸣家里。依我看,你既然已经不再拉肚子了,跟我一道去鹤鸣那儿,商量一下以后该怎么办。"

两人出了学校,在外面转了一圈,确信没有尾巴之后,朝渔阳里二号走去。

各方面的情况都明朗了:博文女校没有遇到危险,可李公馆已经被密探盯上了,再也不能去了。幸而密探没有把博文女校和李公馆联系在一起,要不然,在博文女校设下埋伏,恐怕住在里面的人一个都逃不脱。

但是,博文女校真的很安全吗?密探们真的没有把博文女校和李公馆联系在一起吗?密探会不会是故意设下陷阱,等待各位代表一块儿回去以后,再一同捕捉呢？这样的话，自然对毛泽东和周佛海的行动不加理会，也不会去跟踪他们，乐得在那儿守株待兔，以免打草惊蛇呢。安全第一，众人不能不防着密探使出这一招。因而，大家是不能再回博文女校了，得找其他的地方去住。不过，最主要的问题是，他们必须找一个安全的地方，完成这次大会的全部议程。

李达说道："我们必须换一个地方开会，最好离开上海，躲开法国巡捕。"

代表们都赞同李达的意见。可是，离开上海，到哪儿去开会呢？周佛海心里一动，马上想起了西湖智果寺。去年回国的时候，他接受张东荪的邀请，为了翻译一些文章，曾经躲到那儿住了三个多星期，知道那里非常安静，是一个开会的好地方。他很熟悉那里，愿意充当向导，明天一早带领代表们直奔那里。

周佛海此言一出，立即引起了大家的兴趣。

王会悟一听，想起一个更好的地方，说道："我在嘉兴师范学校读过书，对嘉兴很熟悉。嘉兴有个南湖，离火车站很近，湖上有游船可以租。从上海到嘉兴，路程只有上海到杭州的一半。如果到南湖租条船，在船上开会，又安全又方便。游南湖的人，比游西湖的人少得多。所以，在那儿开会很安全。我还可以乔装成歌女，在船头放哨。万一发生什么意外，可以分散到我同学家里去。"

众人把目光迅速锁定在嘉兴上了（不过，按照陈潭秋在《第一次代表大会的回忆》中的说法，到嘉兴开会是中途临时决定的：在开始时，计算七天完结大会的工作的，但是因此不得不缩短到五天。同时在上海找不到大会工作继续的适当地点，决定了到杭州西湖去。但是在到出发前，又得出了结论，西湖不是适当地点，因为那里游人太多。因此即在嘉兴城的南湖举行）。

确定了开会地点，随之，到底有多少代表参加了嘉兴南湖的会议，代表们是怎么前往嘉兴的，又是在哪一天去嘉兴的，产生了很多说法。

关于参加嘉兴南湖会议的代表，陈公博由于7月30日夜和31日早晨的遭遇受到惊吓，带着老婆到杭州去游玩散心了，肯定没有去嘉兴；至于李汉俊，有资料说他也没有去，但张国焘在《我的回忆》称，"代表中只有陈公博未来，他早一天坦率的向我和李达表示请假不出席，因为他太太对于在李家所发生的事尤有余悸，其他的代表却不将这件事放在心上，首当其冲的李汉俊也满不在乎，大家仍然兴高采烈地继续工作，并笑陈公博是个弱不禁风的花花公子"。包惠僧回忆录支持他的说法，"我们都到了火车站，只有陈公博没有去，马林、李克诺思基（尼克尔斯基）当然也不方便去。约在十时左右我们都到了南湖……"

代表们是怎么去往嘉兴的，又是在哪一天去嘉兴完成会议议程的，说法更多。

一是7月31日说。主要依据董必武（1971年的回忆）、刘仁静、包惠僧、周佛海等多位一大代表的回忆。但有人提出，陈公博夫妇这天乘坐傍晚7时15分的快车去杭州之前，曾向李达和张国焘告假去杭州游西湖度蜜月。李达、张国焘告诉陈公博"打算停会"，证明李达、张国焘等人还在上海，不可能去嘉兴南湖召开会议。他们似乎忘了，陈公博在坐车之前的任何时间，比如天还不亮便向李达和张国焘告假。因此，仅仅凭借这一点，是不能推翻7月31日说的。

二是8月1日说。主要依据董必武（1929年12月31日《董必武给何叔衡的信》，见第四部第10章）和张国焘的回忆。根据1921年8月初《申报》《新闻报》等报刊的报道，8月1日下午4时半至晚上8时，嘉兴刮了一场飓风，南湖边的裕嘉缫丝厂新盖三十八间厂房被吹倒了三十六间，南湖中的游船被吹翻四五艘，还淹死三个人。可所有代表和王会悟等相关人员的回忆都没有提及这场飓风，说明这一天各位代表以及王会悟不在嘉兴南湖，会议自然开不了。

三是8月2日说。主要依据是王会悟在回忆中说的这段话："两天以后才决定到嘉兴南湖船上去开。"一些党史研究人员、学者经过考证，认为：（1）嘉兴南湖的丝网船需要先期雇定，王会悟必须提前一天到嘉兴，雇一艘船只。（2）如果一大代表是同一天分两批到达嘉兴，王会悟等人乘坐7时35分的104次早班快车到嘉兴，其余代表只能乘坐第二班9时的106次慢车，到达嘉兴的时间是12时20分。如此一来，会议便只能在下午开始，这没有任何事实依据。因此，一大代表同一天分两批到嘉兴不符合实情。（3）根据王会悟和一些代表回忆，她是乘早班快车到嘉兴的。到嘉兴后，先到鸳湖旅馆开好房间，委托雇船，然后去南湖察看地形。而大多数代表也是乘早班快车到嘉兴的。代表们到嘉兴后，"早有鹤鸣夫人在站等候，率我们上船"，"王会悟所雇的大画艇已泊在湖边",说明大部分代表是在王会悟到嘉兴的次日来到嘉兴,并直接从火车站到狮子汇渡口上的船,没有进城,也没有在嘉兴住宿。由此,他们排除了2日开会说。

事实上,在王会悟的回忆里,还有这样一段话:"决定后,李达同志当晚叫我去上海北站了解到嘉兴车的班次,第二天早上共代表十余人分两批去嘉兴。我便作为具体安排事务的工作人员先行出发,与董必武、陈潭秋、何叔衡乘头班车去嘉兴。到嘉兴后,我去鸳湖旅社租了房间,作为代表们歇脚之处。又托旅社代雇一艘中等画舫,要了一桌午餐。代表们上船前,我还出主意,让他们带了一副麻将牌。"这似乎推翻了这些党史研究人员、学者排除8月2日说的理由。

四是8月3日说。持此说的党史研究人员、学者祭出了两点依据:(1)排除8月2日说的理由,用来作为8月3日开会的一项重要依据。(2)陈公博在《我与共产党》一文中提到:"归来上海之后,佛海来找我,才知道最后大会已经在嘉兴的南湖船上开过,会议算至结束。"而陈公博和他老婆是乘坐8月4日的新宁轮离开上海,于8月10日回到广州的,因此,大会当在8月4日之前结束,7月31日、8月1日、8月2日都不可能开会,8月4日开会的话,代表们回到上海,周佛海又来不及见到陈公博,为此,会议只能在8月3日闭幕。

根据陈公博在《十日旅行中的春申浦》记载:"我们在沪杭车上开一个旅行计划的协议。协议的终局是一日游山,二日游水,三日回沪,四日附轮回广州。……太虚既无暇相见,我也只好趁着夕阳赶车回上海了。"说明他没有按照计划"三日回沪",而是提前回到了上海,则周佛海8月3日、8月4日都可能跟他见面,要想得出8月3日一大会议闭幕的结论,恐怕还得拿出更令人信服的证据。

五是8月5日说。主要依据是苏联《亚非人民》在1972年第6期上公布《驻赤塔赤色职工国际代表斯穆尔基斯的信》(1921年10月13日),里面写道:"从7月23日到8月5日,在上海举行了中国共产党的代表大会。"但因为陈公博8月4日离开了上海,此说自然不能成立,最大的可能是8月5日召开了第一次中央局会议,部署中央工作,会后向马林和尼柯尔斯基告知了一大会议和中央局会议情况,或者马林和尼柯尔斯基直接参加了中央局会议。

14. 南湖底定建党伟业

会议被迫延期举行，在没有确定具体日期之时，为了避免引起不必要的麻烦，代表们不敢再去博文女校，商量好了联络方式，各自寻找地方睡觉去了。

这天一早，王会悟与董必武、毛泽东、陈潭秋、何叔衡等作为具体的安排事务的工作人员先行出发，乘坐早晨七点三十五分从上海北站开出的104次早班快车去嘉兴。到达目的地，王会悟在张家弄鸳湖旅馆开了两个房间，叫旅馆账房帮忙雇一只大船，但他们说要雇大的需提前一天预订，现在大的已没有了，只有中号船了。王会悟只得预定了中号画舫，包了一桌酒席，给了账房八个银圆——四元半是中号画舫的租费，三元是酒菜钱，余下是小费。

稍事休息，王会悟带领先行人员去了南湖，名义上是游玩烟雨楼，实际是观察把船停靠在哪里，以及游人情况。游人不多，停放在湖中的船一共只有五条。

过了一两个小时，张国焘带着其他代表乘坐火车到达嘉兴。各位代表走出火车站以后，汇拢到一块，早有王会悟在那儿等候。王会悟好像导游小姐一样，带领大家朝位于张家弄的鸳湖旅馆走去。

王会悟安顿他们洗完脸，吃了五芳斋的粽子，稍微歇息一会儿，再去开会。

十一点左右，毛泽东和其他各位代表一道，在王会悟带领下，来到湖边码头。大家说笑着分批登上一艘小船，由小船来回摆渡，把他们送上那艘中号画舫。

一登上画舫，代表们放眼望去，只见四周波光闪动，好一派清凉的世界，不由得人人心头都平添了一分兴趣，大家指指点点，陶醉在这万种风情之中。随着各位代表一批一批来到船头，那儿已经站不下更多的人了。首先走上画舫的毛泽东、董必武、张国焘等人举步从船头穿过小巧的前舱，来到中舱。

中舱里比较宽敞，一张八仙桌大马金刀地坐在那儿，颇有一股威严。八仙桌上放着一套宜兴紫砂茶具。围在八仙桌四周的是一把把太师椅，众星拱月一般，煞是殷勤。舱里金碧辉煌，四壁刻着金色的花卉、耕牛、人物、飞鸟,连每一根柱子上都刻着金色盘龙。横匾上镌着"湖光彩月"四个字,两侧有一副对联,上书"龙船祥云阳宝日,凤载梁树阴场月"十四个龙飞凤舞般的大字。

随着众人陆续走进中舱,王会悟宛如殷勤的导游,给代表们沏上龙井绿茶,把麻将牌倒在八仙桌上。不一时,船缓缓地在湖面上移动开来。王会悟跟大家约定了看到可疑情况的示警办法,坐到前舱去放哨。

代表们并没有立即开会。打麻将的依旧打麻将,旁边的看客不停地说笑着。

将近中午,下了一阵小雨,本来不多的游人全都散去,湖面上更为安静。众人把麻将朝中间一推,一个个神情肃穆地坐在椅子上,中共一大最后一次会议正式开始了。

张国焘说道:"各位代表,在李公馆遇到密探的捣乱之后,我们不得不把会场转移到这里来。这里是不是一定很安全,没人能保证。所以,为了防止出现同样的事件,我们必须抓紧时间,尽快完成剩下的议程。"

说到这里,张国焘稍作停顿,朝大家扫了一眼,继续说:"同志们,通过大家的共同努力,前一段时间,我们已经就党纲达成了一致;现在,我们需要讨论的是今后的工作计划。这个计划其实是综合了各位代表在大会之前的意见,由我、刘养初、董用威、李鹤鸣、李人杰、周佛海等人草拟出来的。当然,这同样只是一个草案,各位代表如果有什么意见,可以继续展开讨论。"

毛泽东和周佛海依旧在履行记录的职责,两个人分别坐在八仙桌的一方,记录张国焘的说话。其他代表都对张国焘的说法给予了首肯。

张国焘拿出今后的工作计划草案,一条一条地念完之后,代表们展开了热烈的讨论。尽管依旧有一些争论,但是,一来李汉俊没有出席这次会议,二来大家人人都很克制,缺少了那么一种火药味。

因为宣传工作是今后很长一段时期里的主要工作,这一点,成为大家讨论的第一项内容。究竟应该怎样展开宣传,宣传工作的重点应该放在哪里?很快,大家把注意力集中在加强党报建设上了,并且达成了一致。

紧接着,是社会主义青年团的工作,妇女运动工作以及其他各方面的工作。

李达说道:"我们谈工作,恐怕不应该仅仅只是谈论工作本身,尤其应该关注的是,吸引最底层的民众参与到我们的工作当中来。"

这一下,为下面展开热烈的讨论打开了一扇大门。众人争先恐后,就怎么吸引最底层的民众提出了许多建设性的意见。通常是一位代表刚刚提了一个头,其他的代表立即把它发挥到极致。

忽然,他们听到了一些动静,赶紧停止讨论,敏捷地把讨论内容收拾起来,朝外面看去,只见一艘小船驶了过来,很快靠上大船。王会悟正在那儿热情地招呼着他们。众人恍然大悟:午饭的时候到了。

吃完饭,在王会悟的提议下,大船开到湖心岛,代表们走上烟雨楼,稍事休息。当他们再一次进入画舫的中舱,一个个变得神情严肃了。他们继续讨论。

现在讨论的问题是如何发动工人。要发动工人,必须建立工会组织,不仅应该有明确的工人斗争的纲领,更需要解决工人的切身利益,比如提出八小时工作制,增加工资,保护女工和童工等等各种具体的目标。至于怎么组织工会,当然不应该因袭旧式行会和招牌工会的旧习,应该注重新式产业工会的组织,也就是说每一个企业当中,全体工人不分职业和籍贯,均需组织在一个工会单位里,同一产业中的工会应该联合起来,组成某一类产业的总工会。为了使中国共产党能够自始至终都对工会进行卓有成效的领导,应该在中央所在地组设一个工人运动的总机构,并在各重要地区设立分支机构,以为领导工人运动的枢纽。各地同志都应该到工厂中去从事下层活动,将工人群众组织在工人俱乐部或本厂的工会等组织之内。

不可忽视的问题是,工人阶级的文化知识普遍都较低,中国共产党不能仅仅只是领导工人运动,更重要的是要培养工人进入党组织。究竟怎么在工人当中发展壮大党组织?这个问题一经提出,立即引起了一些争议。

率先表明态度的是李达。李达说道:"我们应该放宽工人参加共产党组织的条件,只要他热心工会活动,为工人利益斗争,并愿意加入中国共产党,就可以准许他参加,不必问他是否懂得马克思主义。"

刘仁静忍不住了,硬生生地切断了李达的话头:"不,这不能作为放宽工人参加共产党的条件。共产党员不懂得马克思主义,还是共产党吗?"

李达说道:"我并不是说工人不需要懂得马克思主义,而是说在他参加了共产党组织之后,由各地方党部加强教育和引导,使他慢慢懂得马克思主义,真正变成马克思主义者。"

"你把因果关系完全搞颠倒了嘛!"刘仁静颇有些脸红脖子粗,"一个人,只能在他懂得马克思主义,并且已经为宣传马克思主义做实际工作的前提下,才能参加共产党组织。这不仅是马克思主义的原则,而且是各地共产党早期组织普遍采纳的方式。难道成立了中国共产党之后,我们要发生蜕变吗?"

众人禁不住陷入了深深的思索:难道真的因为需要让更多的工人参加共产党组织,便降低条件吗?降低条件之后,各地方党部真的能够把工人党员教育成马克思主义者吗?这样的话,中国共产党到底是不是马克思主义的政党呢?

张国焘说道:"我和工人接触得比较多。我了解他们的疾苦,也了解他们的思想。他们没有多少文化知识,目光短浅了一些。但是,他们只要认准了一个道理,准会全力以赴。他们热爱生活,为人友善,也非常执着,都有一股子热情劲。把他们的潜力全部发挥出来,是中国共产党应该做的事情。既然我们是马克思主义的政党,必须发动工人运动,必须培植工人党员。所以,我赞同鹤鸣的意见。只是,我们不仅要让各地方党部加强对工人党员的教育,其实中央也应该加强教育和宣传,可以指导各地方组织在工人群众中宣扬马克思主义,出版一些适合工人口味的通俗刊物,这样,可以较快到达宣传和教育的效果。"

刘仁静心里清楚,张国焘的说法是可行的,遂再也不说话了。

对其他政党的态度问题上,同样产生了短时间的争论。《中国共产党第一次代表大会》是这样表述的——有些人坚决主张,我们应坚持这种意见:无产阶级不论在理论上和实践上都应该始终与其他政党作斗争。同其他政党联合行动,并不违背我们党的原则,我们应当团结所有的人,竭尽全力与共同的敌人作斗争,因为我国的军阀是社会上一切其他阶级的敌人。另一些人主张,在行动上与其他政党合作反对共同的敌人,同时又在我们的报纸上批评他们,这并不违背我们的原则。我们自己即使不能立即夺得政权,至少可以加强自己,以利于今后的行动,因为我们的力量会因这个进展而强大起来,而代替当前统治者的那个统治阶级或许不会像封建老爷那样进行压迫。这样,我们就可以集中自己的革命力量,扩大自己的革命活动。这样,即使无产阶级现在不能取得政权,我们也应该联合其他阶级打倒共同的敌人,加强自己,使我们能够领导以后的斗争,推翻那个将要夺得政权的阶级。这样,我们联合其他阶级,仅仅是为了进行破坏性的斗争。但是,会议接受了第一种意见,即实际工作计划起草委员会的提案。

因为党员少,组织农民和军队的问题成了悬案,会议决定集中中国共产党的全部精力组织工厂工人。

今后的工作计划讨论完毕之后,众人一齐把目光聚焦到张国焘的身上。

张国焘强压着内心的喜悦,朝大家扫视了一眼,从笔记本里面取出了已经讨论过的党纲,先一条一条地念修改好了的党纲条款。每念完一条,立即交由大家一块儿表决。这些条款本来都是大家讨论通过了的,除了一些字句还需要进一步修订之外,并没有引起更多的争议。

很快,《中国共产党第一个纲领》得到通过。其具体内容如下:

一、我们的党定名为"中国共产党"。

二、我们党的纲领如下:

(1)革命军队必须与无产阶级一起推翻资本家阶级的政权,必须援助工人阶级,直到社会阶级区分消除的时候;

(2)直到阶级斗争结束为止,即直到社会的阶级区分消灭的为止,承认无产阶级专政;

(3)消灭资本家私有制,没收机器、土地、厂房和半成品等生产资料;

(4)联合第三国际(引者注:即共产国际)。

三、我们党承认苏维埃管理制度,要把工人、农民和士兵组织起来,并以社会革命为自己政策的主要目的。中国共产党彻底断绝与资产阶级的黄色知识分子及与其类似的其他党派的任何联系。

四、凡承认本党党纲和政策,并愿成为忠实的党员者,经党员一人介绍,不分性别,不分国籍,都可以接收为党员,成为我们的同志。但是在加入我们的队伍以前,必须与那些与我们的纲领背道而驰的党派和集团断绝一切联系。

五、接受新党员的手续如下:被介绍人必须接受其所在地的委员会的考察,考察期限至少为两个月。考察期满后,经大多数党员同意,始得成为党员。如果该地有执行委员会，必须经执行委员会批准。

六、在党处于地下状态时，党的重要主张和党员身分（份）应保守秘密。

七、每个地方，凡是有党员五人以上的，必须成立委员会。

八、委员会的党员经以前所在地的书记介绍，可以转到另一个地方委员会。

九、凡是党员不超过十人的地方委员会，应设书记一人；超过十人的应设财务委员、组织委员和宣传委员各一人；超过三十人的，应由委员会的成员中选出一个执行委员会。关于执行委员会的规定下面将要说到。

十、工人、农民、士兵和学生等地方组织的人数很多时，可以派他们到其他地区去工作，但是一定要受当地执行委员会最严格的监督。

十一、（遗漏）。

十二、地方执行委员会的财政、活动和政策，必须受中央执行委员会的监督。

十三、委员会所管辖的党员超过五百人或同一地区有五个委员会时，必须成立执行委员会。全国代表会议应委派十人参加该执行委员会，如果这些要求不能实现，必须成立临时中央执行委员会。关于执行委员会的工作和组织，下面将要更加详细地阐述。

十四、党员如果不是由于法律的迫使和没有得到党的特别允许，不得担任政府的委员或国会议员。士兵、警察和职员不在此例。

十五、这个纲领经三分之二全国代表大会代表同意，始得修改。

紧接着，通过了《关于当前实际工作的决议》。这份决议确定党成立后的中心任务是组织工会和教育工人，领导工人运动，对党领导工人运动的任务、方针、政策和方法都提出了规定或要求。党的基本任务是从事工人运动的各项活动，加强对工会和工人运动的研究与领导。决议共六大点：

一、工人组织

本党的基本任务是成立产业工会。凡有一个以上产业部门的地方，均应组织工会；在没有大工业而只有一两个工厂的地方，可成立比较适于当地条件的工厂工会。

党应在工会里灌输阶级斗争的精神。党应警惕，使工会避免成为其他党派之傀儡。为此，党应特别机警地注意，勿使工会执行其他的政治路线。对于手工业工会，应迅速派出党员，尽快进行改组工作。

拥有会员二百人以上方能成立工会，而且至少要派我党党员二人到该工会去工作。

二、宣传

一切书籍、日报、标语和传单的出版工作，均应受中央执行委员会或临时中央执行委员会的监督。

每个地方组织均有权出版地方通报、日报、周刊、传单和通告。不论中央或地方出版的一切出版物，其出版工作均应受党员的领导。

任何出版物，无论是中央的或地方的，均不得刊登违背党的原则、政策和决议的文章。

三、工人学校

因工人学校是组织产业工会过程中的一个阶段，所以在一切产业部门均应成立这种学校，例如，应成立"运输工人预备学校"和"纺织工人预备学校"等等。在这种学校里，除非常必要的情况外，不应教若干门不同的课程。

学校管理处和校务委员会应完全由工人组成。党聘请的教员可以出席校务委员会的会议。

工人学校应逐渐变成工人政党的中心机构，否则，这种学校就无需存在，可予以解散或改组。

学校的基本方针是提高工人的觉悟，使他们认识到成立工会的必要。

四、工会组织的研究机构

这种机构应由各个产业部门的领导人、有觉悟的工人和党员组成，应研究产业工会组织的工作方法等问题。

成立这种机构的主要目的应为教育工人使其在实践中能够实现共产党的思想。应特别注意组织工人工会，援助其他部门的工人运动，研究工人工会以及其他无产阶级组织的情况。

为了更适当地进行工作，这种机构的研究工作应分为以下几类：工人运动史、组织工厂工人的方法、卡尔·马克思的经济学说、各国工人运动的现状。研究的成果应定期发表。应特别注意中国工人运动问题。

五、对现有政党的态度

对现有其他政党，应采取独立的进取的政策。在政治斗争中，在反对军阀主义和官僚制度的斗争中，在争取言论、出版、集会自由的斗争中，我们应始终站在完全独立的立场上，只维护无产阶级的利益，不同其他党派建立任何关系。

六、党与第三国际的联系

党中央委员会应每月向第三国际报告工作。

在必要时，应派一特命全权代表前往设在伊尔库茨克的第三国际远东书记处。此外，并应派代表赴远东各国，以便商讨发展和配合今后阶级斗争的进程。

这时候，天色渐渐暗了下来。大会进入最后一项议程，即选举中国共产党的中央领导机构。

张国焘心里越来越激动了。这是他盼望已久的时刻。自从来到上海，参加筹备中国共产党成立大会以来，他一直在马林、尼柯尔斯基和李达、李汉俊之间来回穿梭，缓和他们之间的关系，而且为起草会议草案出力甚多，赢得了各位代表的支持。现在，他将要正式踏上中国共产党中央机构的大门了。从此以后，他必定会在中国共产党的历史上书写出美好的篇章。

面对着各位代表，张国焘又不能表露自己的内心，强烈地压抑了自己的激动，说道："各位代表，通过大家的辛勤努力，我们已经通过了两份文件。下面，我们进入最后一个议程，选举中央领导机构。"

中央领导机构究竟应该怎么设置？领导层应该由几个成员组成？再度引起了与会人员的讨论，并且很快形成了共识：鉴于全体党员人数加起来只不过五十多人，各地的组织也不健全，今后的主要工作是发展组织，指导工人运动，决定暂不成立中央委员会，先建立三人组成的中央局，一个书记负责全盘工作，另设一个组织主任，负责组织工作，一个宣传主任，负责宣传工作。

一切有了妥当的安排，可以立即进行选举了。怎么选举？不可能一个一个地提名，得采取无记名投票的形式。这需要纸和笔。张国焘连忙拿起笔记本，撕出几张纸来，准备发给大家。突然，他听到了轻轻的敲击声。这是王会悟发出了信号！他赶紧把笔记本一收，往屁股底下一放。

毛泽东迅速跳起来，隔着窗帘，偷偷观看外面的情况。周佛海马上把麻将重新倒回八仙桌上。

过了一会儿，毛泽东听到了突突突的声音，紧接着，看到了一辆飞驶而来的汽艇。密探过来了！如果他们前来搜索，所有已经通过的文件和记录，将会全部落到他们的手里，中国共产党在刚刚成立的时候，便会遭到近乎毁灭性打击。毛泽东赶紧飞也似的奔向八仙桌，把自己和周佛海的记录收到一块儿。张国焘似乎感觉到屁股底下也不安全，马上拿出那两个文件和自己的记录本，交给了毛泽东。毛泽东把它们分别塞进了画舫的角落里。

突突突的声音越来越近。众人煞有介事地打起了麻将，心里却在思考怎么应付即将到来的搜查和盘问。不一会儿，声音竟然越来越远。

毛泽东再一次透过窗户，朝外面看去，只见那辆汽艇已经从画舫的侧边驶了过去。怎么回事？是想让我们放松警惕，然后一网打尽吗？毛泽东心里想道。他看到船夫，钻出去问道："师傅，那艘汽艇是干什么的呀？跑得倒是蛮快的嘛。"

"那是有钱人的私人游艇。每天天快要黑下来，都会到湖里来跑一圈。"

原来如此！毛泽东暗吁了一口气，依旧跟船夫闲聊了几句，回到中舱，把情况告诉了大家。众人立即收起麻将，毛泽东取出那些文件和记录，坐回原位。

张国焘把撕成十几块的纸张分到了众人手里，让每一个人在上面填写三个名字，并征求大家的意见，确立了唱票人、监票人和记录人。

众人压抑着内心的激动，庄严地填写完毕，分别将票交到了唱票人手里。监票人记录人各就各位。开始唱票了。

结果很快出来了：陈独秀以集中票数，当选为总书记；张国焘沟通了共产国际正式代表跟李达、李汉俊之间的关系，使得会议能够顺利进行，并且又主持一大会议，擅长社会活动，得到很多人拥护，当选为组织主任；李达负责一大筹备工作，上海发起组代理书记，翻译了大量马克思著作，又是《共产党》月刊主编，当选为宣传主任。陈独秀没有返沪时，书记一职暂由周佛海代理。

事实上，对中国共产党第一次全国代表大会到底选举出什么样的机构，有多少人当选，源于与会代表的回忆及国际相关文件，党史界同样存在争论。

1929年，张国焘在莫斯科中山大学所作《关于中共成立情况的两次讲课稿》称：一大选举三个中央委员，陈独秀任书记，张国焘任组织，李达任宣传。三个候补委员，周佛海、姚明载、刘仁静。其中，姚明载是什么人，或者是谁的化名,至今没有查明。不过,张国焘在1971年口述的《我的回忆》中,又是另一个版本:讨论结果,一致认为现在党员人数很少,暂不必根据党章组设人数较多的中央执行委员会;只须选出三个委员,分担书记、组织、宣传等工作就够了。根据这个决定,大会旋即一致推举陈独秀任书记,李达任宣传,我任组织。

张国焘说话颠三倒四,是否也能作为他说何叔衡提前离开不可相信的证据?

1936年,陈潭秋在《第一次代表大会的回忆》一文中写道:在临时中央局里选张国焘、陈独秀、李达为委员,候补者为周佛海、李汉俊、刘仁静。

1953年,包惠僧撰写的《共产党第一次全国代表会议前后的回忆》称:选出三个中央委员即陈独秀、张国焘、李达,两个候补委员即李大钊、周佛海,并决定陈独秀任书记、张国焘任组织、李达任宣传,陈独秀返沪以前,书记暂由周佛海代理。

1937年,董必武在与埃德加·斯诺夫人尼姆·威尔斯的谈话中,说道:"(中共一大)选出的中央委员会,包括有陈独秀、李大钊、张国焘、李汉俊等人。"

周佛海在回忆文章《扶桑笈影溯当年》里称:在最后一天的会议上,除通过党纲和党的组织外,并选举陈仲甫(独秀)为委员长,周佛海为副委员长,张国焘为组织部长,李达为宣传部长,陈独秀未到上海的时期内,由周佛海代理。

1921年10月13日,《驻赤塔赤色职工国际代表斯穆尔基斯的信件》中,称这次"共产主义者的代表大会在结束时选出了四个人组成的中国共产党中央(临时)委员会。"

距离一大会议闭幕时间最近的《中国共产党第一次代表大会》则明确写道:选举三位同志组成书记处,并选出组织部和宣传委员会。

历史之所以令人着迷,不仅在于历史能给后人怎样的启迪,更在于人们可以追寻历史研究人员的踪迹,看到他们是如何从浩瀚庞杂的历史资料中,竭力探求与还原历史的真相。但是,因为这样那样的原因,历史上留下了许许多多谜团,无论是当世之人,抑或后世之人,亦无论他们花费多少时间,多大的精力,永远无法进抵真相的内核。所以,权威的说法,往往代表了历史真相。

中共中央党史研究室占有的资料最多,集中了国内具有最高研究水平的党史专家和学者，无疑是党史研究领域的最高权威，由中共中央党史研究室著、中共党史出版社2002年9月出版的《中国共产党历史 第一卷（1921—1949）上册》，对一大选举的领导机构与领导成员，所作结论如下：党的一大考虑到党员数量少和地方组织尚不健全的情况，决定暂不成立中央执行委员会，只设立中央局作为中央的临时领导机构。大会选举陈独秀、张国焘、李达组成中央局，选举陈独秀担任书记，张国焘负责组织工作，李达负责宣传工作。

下午6点左右，在南湖游船上的会议全部结束。张国焘发表了简单的闭幕词，即宣布会议闭幕。中舱里立即响起了代表们的轻轻呼喊声："共产党万岁！""第三国际万岁！""共产主义——人类的解放者万岁！"

中国共产党的成立大会，是在反动统治的白色恐怖下秘密举行的。除了大会会场一度遭到帝国主义的暗探和巡捕的骚扰外，在社会上并没有引起多大注意，好像什么事都没有发生。但是，中国共产党一经成立，随即得到共产国际的承认。从此，在中国的政治舞台上出现了一个崭新的、以马克思列宁主义为行动指南的、统一的无产阶级政党。灾难深重的中国人民有了可以信赖的组织者和领导者，中国革命的面貌从此焕然一新。